LES
AUTEURS LATINS

EXPLIQUÉS D'APRÈS UNE MÉTHODE NOUVELLE

PAR DEUX TRADUCTIONS FRANÇAISES

L'UNE LITTÉRALE ET JUXTALINÉAIRE PRÉSENTANT LE MOT A MOT FRANÇAIS
EN REGARD DES MOTS LATINS CORRESPONDANTS
L'AUTRE CORRECTE ET PRÉCÉDÉE DU TEXTE LATIN

avec des sommaires et des notes

PAR UNE SOCIÉTÉ DE PROFESSEURS

ET DE LATINISTES

TACITE

LES ANNALES

EXPLIQUÉES LITTÉRALEMENT, ANNOTÉES
ET REVUES POUR LA TRADUCTION FRANÇAISE

PAR M. MATERNE
Censeur du lycée Saint-Louis

Livres XI, XII et XIII

PARIS

LIBRAIRIE DE L. HACHETTE ET Cie
RUE PIERRE-SARRAZIN, N° 14
(Près de l'École de Médecine)

LES

AUTEURS LATINS

EXPLIQUÉS D'APRÈS UNE MÉTHODE NOUVELLE

PAR DEUX TRADUCTIONS FRANÇAISES

Ces livres ont été expliqués littéralement, annotés et revus pour la traduction française par M. Materne, censeur du lycée Saint-Louis.

Ch. Lahure, imprimeur du Sénat et de la Cour de Cassation
(ancienne maison Crapelet), rue de Vaugirard, 9.

LES
AUTEURS LATINS

EXPLIQUÉS D'APRÈS UNE MÉTHODE NOUVELLE

PAR DEUX TRADUCTIONS FRANÇAISES

L'UNE LITTÉRALE ET JUXTALINÉAIRE PRÉSENTANT LE MOT A MOT FRANÇAIS
EN REGARD DES MOTS LATINS CORRESPONDANTS
L'AUTRE CORRECTE ET PRÉCÉDÉE DU TEXTE LATIN

avec des sommaires et des notes

PAR UNE SOCIÉTÉ DE PROFESSEURS

ET DE LATINISTES

—

TACITE
LIVRES XI, XII ET XIII DES ANNALES

—

PARIS

LIBRAIRIE DE L. HACHETTE ET Cie

RUE PIERRE-SARRAZIN, Nº 14

(Près de l'École de Médecine)

—

1854

AVIS

On a réuni par des traits les mots français qui traduisent un seul mot latin.

On a imprimé en *italiques* les mots qu'il était nécessaire d'ajouter pour rendre intelligible la traduction littérale, et qui n'avaient pas leur équivalent dans le latin.

Enfin, les mots placés entre parenthèses, dans le français, doivent être considérés comme une seconde explication, plus intelligible que la version littérale.

ARGUMENT ANALYTIQUE

DU ONZIÈME LIVRE DES ANNALES.

———

I. Valérius Asiaticus, soupçonné par Messaline d'avoir été l'amant de Poppée, est arrêté à Baïes.

II. Tandis que Claude, refusant de l'entendre devant le sénat, écoute sa justification au palais, Messaline fait décider Poppée à se donner la mort.

III. Condamné par Claude, Valérius Asiaticus se fait ouvrir les veines.

IV. Un songe cause la mort de deux chevaliers romains.

V. On demande que la loi Cincia, qui réprimait les prévarications des avocats, soit remise en vigueur.

VI. Opposition qui se manifeste à ce sujet au sein du sénat.

VII. Langage des adversaires de la proposition. Claude fixe une limite aux honoraires des avocats.

VIII-X. Dissensions des Parthes; meurtre de Bardane; Gotarzès monte sur le trône.

XI. Jeux séculaires.

XII. Amours scandaleuses de Messaline et de Silanus.

XIII-XIV. Claude, ignorant les désordres de son épouse, se livre aux fonctions de la censure : il ajoute trois lettres à l'alphabet.

XV. Sénatus-consulte relatif à l'art des aruspices.

XVI-XVII. Les Chérusques viennent à Rome demander un roi.

XVIII-XX. Corbulon réprime les mouvements des Chauques. La mort de Gannasque lui inspire de plus grands desseins ; mais Claude, alarmé de ses talents militaires, lui défend de continuer la guerre contre les Germains.

XXI. Obscure naissance et élévation de Curtius Rufus.

XXII. Cn. Novius est surpris armé d'un poignard destiné à frapper Claude. Origine et vicissitudes de la questure.

XXIII-XXIV. On propose de compléter le sénat. Les Gaulois, admis depuis longtemps au nombre des citoyens romains, obtiennent, grâce au prince qui plaide lui-même leur cause, le droit de parvenir aux honneurs dans Rome.

XXV. Clôture du lustre.

XXVI-XXVII. Messaline profite d'un voyage de Claude à Ostie, et épouse publiquement Silius.

XXVIII. Alarmes et indignation dans le palais.

XXIX-XXXI. Narcisse révèle ce crime à Claude. Effroi de l'empereur. Fête chez Messaline.

XXXII. Claude revient d'Ostie pour se venger. Messaline va au-devant de lui.

XXXIII. Narcisse prend des précautions contre la faiblesse du prince.

XXXIV. Irrésolution de Claude. Narcisse l'empêche d'entendre les prières de sa femme.

XXXV. Supplice de Silius et de plusieurs chevaliers romains.

XXXVI. Claude, tenté de faire grâce à l'histrion Mnester, en est empêché par ses affranchis.

XXXVII-XXXVIII. Narcisse fait tuer Messaline à l'insu de l'empereur. Indifférence du prince à cette nouvelle. Narcisse reçoit les ornements de la questure.

Ce livre renferme l'espace de deux ans.

Ans de Rome.	Ans de J. C.	Consuls.
800	47	Tib. Claudius César pour la quatrième fois. L. Vitellius pour la troisième fois.
801	48	Aulus Vitellius. L. Vipstanus Publicola.

ANNALIUM

LIBER XI.

I. Nam[1] Valerium Asiaticum, bis consulem, fuisse quondam adulterum ejus credidit ; pariterque hortis inhians, quos ille a Lucullo cœptos[2] insigni magnificentia extollebat, Suilium[3] accusandis utrisque immittit. Adjungitur Sosibius, Britannici educator, qui, per speciem benevolentiæ, moneret Claudium cavere vim atque opes principibus infensas : « Præcipuum auctorem Asiaticum interficiendi Cæsaris[4] non extimuisse in concione populi Romani fateri, gloriamque facinoris ultro petere ; clarum ex eo in Urbe, didita per provincias fama, parare iter ad Germanicos exercitus ; quando genitus Viennæ, multisque et validis propinquitatibus subnixus , turbare gentiles

I. Messaline croyait que Valérius Asiaticus, deux fois consul, avait été autrefois l'amant de Poppée. D'ailleurs elle convoitait ses jardins, qui avaient été commencés par Lucullus, et qu'il embellissait encore avec une magnificence extraordinaire. Elle déchaîna Suilius pour les accuser l'un et l'autre. En même temps, Sosibius, gouverneur de Britannicus, insinuait à Claude, comme par affection pour sa personne, qu'il fallait se défier d'une puissance et d'une opulence menaçantes pour les princes. « Asiaticus avait été le principal auteur du meurtre de Caïus ; il n'avait pas craint d'avouer ce forfait dans l'assemblée du peuple romain et d'en revendiquer la gloire ; depuis ce temps son nom avait acquis de la célébrité dans Rome et dans les provinces ; il se disposait à partir pour les armées de Germanie ; né à Vienne, soutenu par une famille nombreuse et puissante, il lui serait facile de soulever des

ANNALES.

LIVRE XI.

I. Nam credidit Valerium Asiaticum, bis consulem, fuisse quondam adulterum ejus ; inhiansque pariter hortis, quos cœptos a Lucullo ille extollebat magnificentia insigni, immittit Suilium accusandis utrisque. Sosibius adjungitur, educator Britannici, qui, per speciem benevolentiæ, moneret Claudium cavere vim atque opes infensas principibus : « Asiaticum, præcipuum auctorem interficiendi Cæsaris, non extimuisse fateri in concione populi Romani, petereque ultro gloriam facinoris ; ex eo clarum in Urbe, parare iter ad exercitus Germanicos, fama didita per provincias ; quando genitus Viennæ, subnixusque propinquitatibus multis	I. Car elle (Messaline) crut Valérius Asiaticus, deux-fois consul, avoir été autrefois complice-adultère d'elle (Poppée) ; et convoitant également les jardins, lesquels commencés par Lucullus celui-là (Valérius) rehaussait par une magnificence insigne, elle lâche Suilius pour accuser l'un-et-l'autre. Sosibius lui est adjoint, précepteur de Britannicus, qui, par semblant de bienveillance, avertît Claude [lence de se garder d'une puissance et d'une opu-menaçantes pour les princes : « Asiaticus, principal auteur de tuer César (du meurtre de Caligula), n'avoir pas craint d'avouer dans une assemblée du peuple romain, et de réclamer spontanément la gloire de ce fait ; [Rome), depuis ce moment célèbre dans la ville préparer son départ pour les armées de-Germanie, sa renommée s'étant répandue dans les provinces ; attendu que né à Vienne, et appuyé de parentés nombreuses

nationes promptum haberet. » At Claudius, nihil ultra scrutatus, citis cum militibus, tanquam opprimendo bello, Crispinum[1] prætorii præfectum misit ; à quo repertus est apud
Baias, vinclisque inditis, in Urbem raptus.

II. Neque data senatus copia : intra cubiculum auditur, Messalina coram, et Suilio corruptionem militum , quos pecunia
et stupro in omni flagitio[2] obstrictos arguebat, exin adulterium
Poppææ[3], ac postremum mollitiam corporis objectante; ad
quod victo silentio, prorupit reus, et : « Interroga, inquit,
Suili, filios tuos, virum me esse fatebuntur. » Ingressusque
defensionem, commoto majorem in modum Claudio, Messalinæ quoque lacrimas excivit; quibus abluendis cubiculo
egrediens, monet Vitellium ne elabi reum sineret. Ipsa ad perniciem Poppææ festinat, subditis qui, terrore carceris, ad voluntariam mortem propellerent; adeo ignaro Cæsare, ut,

nations avec lesquelles il avait une origine commune. » Claude,
sans plus d'examen, comme s'il se fût agi d'étouffer une guerre,
envoie à la hâte, avec un détachement de troupes légères, Crispinus,
préfet du prétoire, qui trouve Asiaticus à Baïes, et le traîne à Rome
chargé de fers.

II. On ne lui permit pas de se justifier devant le sénat. Il fut entendu dans l'appartement de Claude, en présence de Messaline. Suilius lui reprocha la corruption des soldats qu'il avait, disait-il, enchaînés à tous ses forfaits par ses largesses et ses débauches. Il
l'accusa ensuite d'adultère avec Poppée, et enfin lui reprocha d'être
efféminé. A ce dernier trait, l'accusé ne put s'empêcher de rompre
le silence et d'éclater : « Interroge tes fils, Suilius, s'écrie-t-il, ils te
diront que je suis un homme. » Sa défense attendrit singulièrement
Claude; Messaline même sentit couler quelques larmes. En sortant
pour les essuyer, elle n'en recommande pas moins à Vitellius de ne
pas laisser échapper l'accusé, et, de son côté, elle court hâter la
perte de Poppée, apostant des traîtres qui la poussèrent à se donner
la mort par peur de la prison. Claude ignorait tout, au point que

et validis,
haberet promptum turbare
nationes gentiles. »
At Claudius,
scrutatus nihil ultra,
misit Crispinum
præfectum prætorii,
cum militibus citis,
tanquam opprimendo bello;
a quo,
repertus est apud Baïas,
vinclisque additis,
raptus in Urbem.

II. Neque copia senatus
data :
auditur intra cubiculum,
coram Messalina,
et Suilio objectante
corruptionem militum,
quos arguebat
obstrictos in omni flagitio
pecunia et stupro,
exin adulterium Poppææ,
ac postremum
mollitiam corporis ;
ad quod silentio victo,
reus prorupit,
et « Interroga, inquit,
tuos filios, Suili,
fatebuntur me esse virum. »
Ingressusque defensionem,
Claudio commoto
in majorem modum,
excivit lacrimas
Messalinæ quoque ;
quibus abluendis
egrediens cubiculo,
monet Vitellium
ne sineret reum elabi.
Ipsa festinat
ad perniciem Poppææ,
subditis
qui, terrore carceris,
propellerent
ad mortem voluntariam ;
Cæsare adeo ignaro,
ut, post paucos dies,

et puissantes,   [lever
il aurait facile (il lui serait facile) de sou-
des nations de-même-race que lui. »
Mais Claude,
n'ayant approfondi rien au delà,
envoya Crispinus,
préfet du prétoire,   [gères),
avec des soldats légers (des troupes lé-
comme pour étouffer une guerre ;
par lequel (Crispinus)
il (Valérius) fut trouvé à Baïes,
et des fers lui ayant été mis,
traîné dans la ville (Rome).

II. Et la faculté du sénat (comparution
ne lui fut pas donnée : [devant le sénat)
il est entendu dans la chambre de Claude,
en présence de Messaline,
et de Suilius qui lui reproche
la corruption des soldats,
lesquels il signalait
comme liés à tous ses désordres
par l'argent et l'impudicité,
puis l'adultère de Poppée,
et enfin
l'énervement de son corps ;
sur quoi son silence étant vaincu,
l'accusé éclata,
et « Interroge, dit-il,
tes fils, Suilius,
ils avoueront moi être homme. »
Et étant entré-dans sa défense,
Claude étant ému   [ment),
d'une assez-grande manière (assez vive-
il fit-venir des larmes
à Messaline aussi ;
pour lesquelles essuyer
sortant de la chambre,
elle avertit Vitellius
qu'il ne laissât pas l'accusé échapper.
Elle-même se hâte
pour la perte de Poppée,
des gens étant apostés
qui, par la peur de la prison,
la poussassent
à une mort volontaire ;   [du fait,
César (Claude) étant tellement ignorant
que, après peu de jours,

paucos post dies, epulantem apud se maritum ejus Scipionem percontaretur, cur sine uxore discubuisset, atque ille functam fato responderet.

III. Sed consultante super absolutione Asiatici, flens Vitellius, commemorata vetustate amicitiæ, utque Antoniam principis matrem pariter observavissent, dein percursis Asiatici in rempublicam officiis, recentique adversus Britanniam militia, quæque alia conciliandæ misericordiæ videbantur, liberum ei mortis arbitrium permisit[1]; et secuta sunt Claudii verba in eamdem clementiam[2]. Hortantibus dehinc quibusdam inediam et lenem exitum, remittere beneficium Asiaticus ait : et, usurpatis quibus insueverat exercitationibus, lauto corpore, hilare epulatus, quum se honestius calliditate Tiberii vel impetu C. Cæsaris periturum dixisset, quam quod fraude muliebri et impudico Vitellii ore caderet, venas exsolvit; viso ta-

Scipion, mari de Poppée, se trouvant quelques jours après à la table du prince, celui-ci lui demanda pourquoi il n'avait point amené sa femme ; à quoi Scipion répondit qu'elle était morte.

III. Claude songeait à absoudre Asiaticus. Vitellius, les yeux noyés de pleurs, s'étendit sur leur ancienne amitié, sur les respects qu'ils avaient rendus ensemble à Antonia, mère du prince ; il rappela les services d'Asiaticus envers la république, ses exploits tout récents contre les Bretons, et d'autres traits dont le but semblait être de lui concilier la pitié, et il conclut à lui laisser la liberté de choisir son genre de mort : aussitôt Claude opina pour la même grâce. Quelques amis pressèrent Asiaticus de se laisser mourir de faim, ce qu'ils regardaient comme une mort douce. Asiaticus les remercie de leur sollicitude ; puis il continue de vaquer à ses exercices ordinaires, il se baigne, soupe gaiement, et, après avoir dit qu'il lui eût été plus honorable de périr victime de la politique artificieuse de Tibère ou des fureurs de Caïus que des intrigues d'une femme et de la langue impure de Vitellius, il se fait ouvrir les veines. Il avait visité aupara-

percontaretur Scipionem	il demandait à Scipion
maritum ejus	mari d'elle
epulantem apud se,	qui était-à-un-repas chez lui,
cur discubuisset	pourquoi il s'était mis-à-table
sine uxore,	sans sa femme,
atque ille responderet	et que celui-ci répondit
functam fato.	elle avoir rempli sa destinée (être morte).
III. Sed consultante	III. Mais Claude délibérant
super absolutione Asiatici,	sur l'absolution d'Asiaticus,
Vitellius flens,	Vitellius pleurant,
vetustate amicitiæ	l'ancienneté de son amitié
commemorata,	ayant été rappelée,
utque observavissent	et comme ils avaient honoré
pariter	ensemble
Antoniam	Antonia
matrem principis,	mère du prince,
dein officiis Asiatici	puis les services d'Asiaticus
in rempublicam	envers la république
percursis,	ayant été parcourus (énumérés),
militiaque recenti	et sa campagne récente
adversus Britanniam,	contre la Bretagne,
aliaque quæ videbantur	et d'autres choses qui semblaient
conciliandæ misericordiæ,	propres à lui concilier la pitié,
permisit ei	remit à lui
liberum arbitrium mortis ;	le libre choix de sa mort ;
et verba Claudii secuta sunt	et des paroles de Claude suivirent
in eamdem clementiam.	dans-le-sens-d'une même clémence.
Dehinc quibusdam	Ensuite quelques-uns
hortantibus inediam	lui conseillant l'abstinence-de-nourriture
et exitum lenem,	et une fin douce,
Asiaticus ait	Asiaticus dit [fait :
remittere beneficium :	lui leur rendre (les remercier de) ce bien-
et, exercitationibus	et, les exercices
quibus insueverat	auxquels il était accoutumé
usurpatis,	ayant été pratiqués,
corpore lauto,	son corps ayant été lavé,
epulatus hilare,	ayant soupé gaiement,
quum dixisset	après qu'il eut dit [honorablement
se periturum honestius	lui avoir dû périr (qu'il serait mort) plus
callide Tiberii	par la politique de Tibère
vel impetu C. Cæsaris,	ou par la fureur de C. César,
quam quod caderet	que de ce qu'il tombait (qu'en tombant)
fraude muliebri	par l'artifice d'une femme
et ore impudico Vitellii,	et par la bouche impure de Vitellius,
exsolvit venas ;	il s'ouvrit les veines ;
tamen rogo	cependant son bûcher
viso ante,	ayant été visité auparavant,

1.

men ante rogo, jussoque transferri partem in aliam, ne opacitas arborum vapore ignis minueretur : tantum illi securitatis novissimæ fuit.

IV. Vocantur post hæc patres, pergitque Suilius addere reos equites Romanos illustres, quibus Petra cognomentum. Et causa necis, quod domum suam Valerii et Poppææ congressibus præbuissent : verum nocturnæ quietis species alteri objecta, tanquam vidisset Claudium spicea corona evinctum, spicis retro conversis.[1], eaque imagine gravitatem annonæ dixisset. Quidam pampineam coronam albentibus foliis visam, atque ita interpretatum tradidere, vergente autumno mortem principis ostendi. Illud haud ambigitur, qualicumque insomnio ipsi fratrique perniciem allatam. Sestertium quindecies[2] et insignia præturæ Crispino decreta. Adjecit Vitellius sestertium decies Sosibio, quod Britannicum præceptis, Claudium consiliis juvaret. Rogatus sententiam et Scipio : « Quum idem,

vant son bûcher, et ordonné qu'on le changeât de place, de peur que la flamme n'endommageât l'ombrage de ses arbres : tant il conserva de fermeté à sa dernière heure.

IV. On convoque alors le sénat, et Suilius implique dans l'accusation deux chevaliers romains du premier rang, surnommés Pétra. Le cause de leur mort fut d'avoir prêté leur maison aux entrevues d'Asiaticus et de Poppée. Le prétexte fut un songe, où l'un d'eux avait vu Claude couronné d'épis renversés, ce qu'il avait interprété comme l'indice d'une famine. Quelques-uns ont rapporté que la couronne était de pampres flétris, et qu'il en avait conclu que Claude mourrait au déclin de l'automne. Ce qui est hors de doute, c'est que les deux frères furent condamnés pour un songe, quel qu'il fût. On décerna à Crispinus quinze cent mille sesterces et les ornements de la préture. Vitellius fit ajouter un million de sesterces pour Sosibius, en récompense de ce qu'il aidait Britannicus de ses leçons et Claude de ses conseils. On demanda aussi l'avis de Scipion : « Puis-

jussoque transferri	et ordre-donné *ce bûcher* être transporté
in aliam partem,	d'un autre côté,
ne opacitas arborum	de peur que l'ombrage-épais des arbres
minueretur vapore ignis :	ne fût endommagé par l'ardeur du feu :
tantum fuit illi	tant fut à lui
securitatis novissimæ.	de sécurité suprême.
IV. Post hæc	IV. Après cela
patres vocantur,	les sénateurs sont convoqués,
Suiliusque pergit	et Suilius continue
addere reos	à ajouter *comme* accusés
equites Romanos illustres,	des chevaliers romains illustres,
quibus cognomentum	auxquels le surnom
Petra.	*était* Petra.
Et causa necis,	Et la cause de *leur* mort *fut*
quod præbuissent	qu'ils avaient prêté
suam domum	leur maison
congressibus	aux entrevues
Valerii et Poppææ :	de Valérius et de Poppée :
verum species	mais le prétexte
quietis nocturnæ	d'un songe nocturne
objecta alteri,	*fut* reproché à l'un,
tanquam vidisset Claudium	parce qu'il avait vu Claude
evinctum corona spicea,	ceint d'une couronne d'épis,
spicis conversis retro,	les épis étant tournés en arrière,
dixissetque	et avait dit
gravitatem annonæ	la cherté des vivres
ea imagine.	*être signifiée* par cette image.
Quidam tradidere	Quelques-uns ont rapporté
coronam pampineam visam	une couronne de-pampre *avoir été* vue
foliis albentibus,	avec des feuilles blanchissantes,
atque interpretatum ita,	et *l'accusé* avoir interprété ainsi,
mortem principis ostendi	la mort du prince être marquée
autumno vergente.	pour l'automne déclinant.
Illud haud ambigitur,	Ceci n'est pas mis-en-doute,
perniciem allatam	la perte *avoir été* apportée (causée)
ipsi fratrique	à lui-même et à *son* frère
insomnio qualicumque.	par un songe quelconque.
Quindecies sestertium	Quinze-fois *cent milliers* de sesterces
et insignia præturæ	et les insignes de la préture
decreta Crispino.	*furent* décernés à Crispinus.
Vitellius adjecit	Vitellius ajouta [terces
decies sestertium	dix-fois *cent milliers* (un million) de ses-
Sosibio,	pour Sosibius,
quod juvaret	parce qu'il aidait
Britannicum præceptis,	Britannicus de *ses* leçons,
Claudium consiliis.	Claude de *ses* conseils.
Et Scipio	Scipion aussi

inquit, de admissis Poppææ sentiam quod omnes, putate me idem dicere quod omnes, » eleganti temperamento inter conjugalem amorem et senatoriam necessitatem.

V. Continuus inde et sævus accusandis reis Suilius, multique audaciæ ejus æmuli. Nam cuncta legum et magistratuum munia in se trahens princeps materiam prædandi patefecerat: nec quidquam publicæ mercis tam venale fuit quam advocatorum [1] perfidia, adeo ut Samius, insignis eques Romanus, quadringentis nummorum millibus Suilio datis, et cognita prævaricatione, ferro in domo ejus incubuerit. Igitur, incipiente C. Silio, consule designato, cujus de potentia et exitio in tempore [2] memorabo, consurgunt patres, legemque Cinciam [3] flagitant, qua cavetur antiquitus ne quis, ob causam orandam, pecuniam donumve accipiat.

VI. Deinde, obstrepentibus his quibus ea contumelia para-

que je pense comme vous tous de la conduite de Poppée, croyez, dit-il, que ma décision est la même. » Tempérament ingénieux entre la tendresse du mari et les devoirs du sénateur.

V. Depuis ce moment, Suilius se livra au métier d'accusateur sans relâche et sans pitié, et son audace eut beaucoup d'imitateurs. Le prince, en attirant à lui tous les pouvoirs des lois et des magistrats, avait ouvert la porte au brigandage ; et, dans ce trafic général, rien ne se mettait à si haut prix que la perfidie des avocats. Ainsi un chevalier romain du premier rang, Samius, donna quatre cent mille sesterces à Suilius, qui le trahit pour une somme plus forte, et Samius, de désespoir, se perça de son épée dans la maison même de Suilius. Cependant, à la voix de Silius, consul désigné, dont je rapporterai en leur temps l'élévation et la chute, les sénateurs se lèvent et demandent l'exécution de l'ancienne loi Cincia, qui défend aux avocats de recevoir de l'argent ou des présents.

VI. Tous ceux que cette loi menaçait éclataient en murmures. Si-

rogatus sententiam :   consulté sur *son* avis :

« Quum, inquit,   « Puisque, dit-il,

sentiam idem quod omnes   je pense la même chose que tous

de admissis Poppææ,   sur les crimes de Poppée,

putate me dicere idem   pensez moi dire la même chose

quod omnes, »   que tous, »

temperamento eleganti   par un tempérament ingénieux

inter amorem conjugalem   entre l'amour du-mari

et necessitatem senatoriam.   et la nécessité (le devoir) du-sénateur.

    V. Inde Suilius   V. Dès lors Suilius

continuus et sævus   *fut* assidu et acharné

accusandis reis,   à poursuivre des accusés,

multique æmuli   et *il y eut* beaucoup d'émules

audaciæ ejus.   de l'audace de lui.

Nam princeps trahens in se   Car le prince attirant à soi

cuncta munia   toutes les fonctions

legum et magistratuum   des lois et des magistratures

patefecerat   avait ouvert

materiam prædandi : [cæ   matière à piller :

nec quidquam mercis publi-   et rien de (aucune) marchandise publique

fuit tam venale   ne fut aussi vénal

quam perfidia   que la perfidie

advocatorum,   des avocats,

adeo ut Samius,   tellement que Samius,

eques Romanus insignis,   chevalier romain distingué,

quadringentis millibus   quatre-cents milliers

nummorum   d'écus

datis Suilio,   ayant été donnés à Suilius,   [connue,

et prævaricatione cognita,   et la prévarication *de celui-ci* étant re-

incubuerit ferro   se jeta sur le fer (se perça de son épée)

in domo ejus.   dans la maison de lui (Suilius).

Igitur, C. Silio,   Donc, C. Silius,

consule designato,   consul désigné,

de potentia et exitio cujus   de la puissance et de la perte duquel

memorabo in tempore,   je parlerai en *leur* temps,

incipiente,   commençant *à parler*,

patres consurgunt,   les sénateurs se lèvent,

flagitantque   et réclament

legem Cinciam,   la loi Cincia,

qua cavetur antiquitus   par laquelle il est pourvu anciennement

ne quis accipiat   à ce que personne ne reçoive

pecuniam donumve   de l'argent ou un présent

ob orandam causam.   pour plaider une cause.

    VI. Deinde,   VI. Ensuite,

his quibus ea contumelia   ceux contre lesquels cet affront

parabatur   était préparé

obstrepentibus,   murmurant,

batur, discors Suilio Silius acriter incubuit, veterum oratorum
exempla referens, « Qui famam in posteros præmia eloquentiæ
cogitavissent pulcherrima : alioquin et bonarum artium principem sordidis ministeriis fœdari ; ne fidem quidem integram
manere, ubi magnitudo quæstuum spectetur ; quod si in nullius mercedem negotia tueantur [1], pauciora fore ; nunc ini-
micitias, accusationes, odia et injurias foveri, ut, quomodo vis
morborum pretia medentibus, sic fori tabes pecuniam advo-
catis ferat : meminissent C. Asinii et Messallæ [2], ac recentiorum
Arruntii et Æsernini [3] ; ad summa provectos incorrupta vita
et facundia. » Talia dicente consule designato, consentientibus
aliis, parabatur sententia qua lege repetundarum tenerentur,
quum Suilius et Cossutianus [4] et ceteri, qui non judicium
(quippe in manifestos), sed pœnam statui videbant, circum-

lius, qu'aiguillonnait sa haine contre Suilius, insiste avec force,
rappelant l'exemple des anciens orateurs, « qui regardaient les suffrages de la postérité comme le plus digne prix de l'éloquence : autrement, c'était souiller le plus noble des arts par un trafic sordide ;
il n'y avait plus de garantie contre la trahison, du moment où l'on
calculait la grandeur des profits. Il y aurait moins de procès, si les
procès n'enrichissaient personne : au lieu que les discordes, les accusations, les haines, les injustices faisant la fortune des orateurs, comme les épidémies font celle des médecins, leur avidité
entretenait soigneusement ces plaies honteuses du barreau. Qu'on
se rappelât Asinius et Messala, et tout récemment Éserninus et Arruntius ; ils étaient parvenus aux plus grands honneurs par des mœurs
et une éloquence incorruptibles. » Ce discours du consul désigné
entraînant les suffrages, on préparait un décret pour soumettre les
coupables à la loi sur les concussions, lorsque Suilius, Cossutianus
et d'autres, qui se voyaient poursuivis d'avance, ou plutôt condamnés (car leurs prévarications étaient manifestes), entourent le prince,

Silius discors Suilio	Silius en-désaccord avec Suilius
incubuit acriter,	insista avec-force,
referens exempla	rapportant les exemples
veterum oratorum,	des anciens orateurs;
« Qui cogitavissent	« Qui avaient pensé
famam in posteros	la renommée parmi les descendants
præmia pulcherrima	être les récompenses les plus belles
eloquentiæ :	de l'éloquence :
alioquin et principem	autrement aussi le premier
artium bonarum	des arts honnêtes
fœdari ministeriis sordidis;	être souillé par des ministères sordides;
ne fidem quidem	la foi même
manere integram;	ne pas rester entière,
ubi magnitudo quæstuum	dès que la grandeur des profits
spectetur;	était considérée;
quod si tueantur negotia	que si on soutenait les affaires (les causes)
in mercedem nullius,	en-vue-du gain de personne,
fore pauciora;	elles devoir être moins nombreuses;
nunc inimicitias;	maintenant les inimitiés,
accusationes,	les accusations, [ragées,
odia et injurias foveri,	les haines et les injustices être encou-
ut tabes fori	pour que la corruption du barreau
ferat advocatis pecuniam,	rapportât aux avocats de l'argent,
sic quomodo vis morborum	de même que la violence des maladies
pretia medentibus :	rapporte des salaires aux médecins :
meminissent	qu'ils se souvinssent
C. Asinii et Messallæ,	de C. Asinius et de Messala,
ac recentiorum	et d'autres plus modernes
Arruntii et Æsernini;	tels qu'Arruntius et Éserninus;
provectos	ceux-là avoir été portés
ad summa	aux plus-hautes dignités
vita	par une vie
et facundia incorrupta. »	et une éloquence incorruptibles. »
Consule designato	Le consul désigné
dicente talia,	disant de telles paroles,
aliis consentientibus,	les autres étant-du-même-avis,
sententia parabatur	une résolution était préparée
qua	par laquelle les avocats mercenaires
tenerentur lege	fussent tenus par (sous le coup de) la loi
repetundarum,	de sommes à-réclamer (de concussion),
quum Suilius	lorsque Suilius
et Cossutianus	et Cossutianus
et ceteri, qui videbant	et tous-les-autres, qui voyaient
non judicium statui,	non un jugement être établi,
sed pœnam	mais un châtiment [ment-coupables),
(quippe in manifestos),	(car il s'adressait à des hommes manifeste-
circumsistunt Cæsarem,	entourent César (Claude),

sistunt Cæsarem, ante acta deprecantes. Et, postquam annuit, agere incipiunt.;

VII. « Quem illum tanta superbia esse, ut æternitatem famæ spe præsumat? usui et rebus subsidium præparari, ne quis inopia advocatorum potentioribus obnoxius sit. Neque tamen eloquentiam gratuito contingere; omitti curas familiares, ut quis se alienis negotiis intendat : multos militia, quosdam exercendo agros[1] tolerare vitam; nihil a quoquam expeti, nisi cujus fructus ante providerit. Facile Asinium et Messallam, inter Antonium et Augustum bellorum præmiis refertos, aut ditium familiarum heredes Æserninos et Arruntios, magnum animum induisse; prompta sibi exempla, quantis mercedibus P. Clodius aut C. Curio concionari soliti sint : se modicos senatores, quieta republica, nulla nisi pacis emolumenta petere. Cogitaret plebem, quæ toga enitesceret; sublatis studiorum pretiis, etiam studia peritura. » Ut minus decora hæc, ita haud frustra dicta princeps ratus, capiendis pecuniis posuit modum

et lui demandent une amnistie pour le passé; puis, l'ayant obtenue, ils s'enhardissent à répondre.

VII. « Quel est l'homme, disent-ils, assez orgueilleux pour se promettre l'immortalité? C'est pour l'utilité et pour un bien réel qu'on cultive l'éloquence; c'est pour empêcher que, faute de défenseurs, le faible ne soit la proie du plus fort. Ce talent toutefois ne s'acquiert pas sans des sacrifices; pour s'appliquer aux affaires d'autrui, on néglige les siennes. Les uns vivent du service militaire, d'autres de la culture de leurs champs; on n'embrasse pas de profession sans en avoir auparavant calculé les avantages. Asinius et Messala, enrichis par la guerre dans les querelles d'Auguste et d'Antoine, Éserninus et Arruntius, héritiers de familles opulentes, ont pu se parer d'un noble désintéressement; mais des exemples contraires s'offrent en foule : on sait le prix que mettaient à leur éloquence les Clodius et les Curion. Pour eux, simples sénateurs, vivant sous un gouvernement paisible, ils n'aspirent à rien qu'à jouir des fruits de la paix. Que Claude songe au peuple, qui n'a que cette voie pour s'illustrer; en supprimant les récompenses des talents, on anéantira les talents eux mêmes. » Ces considérations, peu nobles sans doute, ne parurent point à Claude sans fondement. Il fixa des

deprecantes | détournant-par-leurs-prières (priant d'ou-
acta ante. | les faits accomplis antérieurement. [blier)
Et, postquam annuit, | Et, après qu'il y eut consenti,
incipiunt agere. | ils commencent à traiter-l'affaire.

VII. « Quem esse illum | VII. « Quel homme être celui-là
tanta superbia, | d'un si-grand orgueil,
ut præsumat spe | qu'il présume en espérance
æternitatem famæ? | l'éternité de la renommée ?
subsidium præparari | la ressource de l'éloquence être préparée
usui et rebus, | pour l'utilité et les réalités,
ne quis sit obnoxius | afin que personne ne soit à-la-merci
potentioribus | des plus puissants
inopia advocatorum. | faute d'avocats.
Neque tamen eloquentiam | Et cependant l'éloquence
contingere gratuito ; | n'échoir à personne gratuitement ;
curas familiares omitti, | les soins de-famille être négligés,
ut quis se intendat | pour que l'on s'applique
negotiis alienis : | aux affaires d'-autrui :
multos tolerare vitam | beaucoup de gens soutenir leur vie
militia, | par la profession-militaire,
quosdam exercendo agros ; | quelques-uns en-travaillant les champs ;
nihil expeti a quoquam, | rien n'être recherché par qui-que-ce-soit,
nisi cujus providerit ante | sinon une chose dont il ait prévu aupara-
fructus. | les avantages. [vant
Asinium et Messallam, | Asinius et Messala,
refertos | chargés
præmiis bellorum | des récompenses des guerres
inter Antonium | entre Antoine
et Augustum, | et Auguste,
aut Æserninos et Arruntios | ou les Æserninus et les Arruntius
heredes ditium familiarum, | héritiers de riches familles,
induisse facile | avoir revêtu facilement
magnum animum ; | une grande âme ;
exempla prompta sibi, | les exemples être à-portée à eux,
quantis mercedibus | pour prouver à quels-grands prix
P. Clodius aut C. Curio | P. Clodius ou C. Curion
soliti sint concionari : | avaient coutume de haranguer-le-peuple :
se modicos senatores, | eux modestes sénateurs,
republica quieta, | l'État étant tranquille,
petere nulla emolumenta | ne demander aucun émolument
nisi pacis. | sinon ceux de la paix.
Cogitaret plebem, | Qu'il (Claude) songeât au peuple,
quæ enitesceret toga ; | qui pouvait se distinguer sous la toge ;
pretiis studiorum sublatis, | les prix des études étant enlevés,
studia etiam peritura. » | les études aussi devoir périr. »
Princeps ratus | Le prince persuadé [manquer de vérité)
hæc dicta haud frustra | ces paroles être dites non en-vain (ne pas

usque ad dena sestertia[1], quem egressi repetundarum tenerentur.

VIII. Sub idem tempus Mithridates, quem imperitasse Armeniis, et ad præsentiam Cæsaris vectum memoravi, monente
Claudio, in regnum remeavit, fisus Pharasmanis opibus. Is,
rex Iberis idemque Mithridatis frater, nuntiabat discordare
Parthos, summaque imperii ambigua, minora sine cura haberi. Nam inter Gotarzis pleraque sæva (qui necem fratri Artabano conjugique ac filio ejus præparaverat, unde metus ejus
in ceteros) accivere Bardanem. Ille, ut erat magnis ausis
promptus, biduo tria millia stadiorum[2] invadit, ignarumque
et exterritum Gotarzen proturbat. Neque cunctatur quin
proximas præfecturas corripiat, solis Seleucensibus dominationem ejus abnuentibus; in quos, ut patris sui quoque defec-

bornes aux honoraires des avocats, et permit de recevoir juqu'à dix
mille sesterces, prix au delà duquel on serait coupable de concussion.

VIII. Vers le même temps, Mithridate, ce souverain de l'Arménie, que Caligula, ainsi que je l'ai dit, avait fait amener devant
lui, retourna dans ses États par le conseil de Claude, comptant sur
l'appui de Pharasmane son frère, roi d'Ibérie. Celui-ci lui mandait
que les Parthes étaient en proie à la discorde, et qu'au milieu des
débats de leurs princes, qui se disputaient la couronne, ils négli-
geaient les affaires de moindre importance. En effet Gotarzès, entre
autres cruautés, avait fait périr son propre frère Artaban, ainsi que
la femme et les enfants de ce prince; et les Parthes, révoltés de cette
barbarie, qui les alarmait pour eux-mêmes, avaient appelé Bardane.
Ce prince, actif et audacieux, franchit trois mille stades en deux
jours, surprend Gotarzès, l'épouvante et le réduit à s'enfuir. Puis,
sans perdre un instant, il s'empare des provinces voisines. Seuls les
Séleuciens refusaient de le reconnaître. Indigné de leur résistance
et de leur ancienne révolte contre son père, consultant plus sa co-

ita ut
de même que (bien qu'elles fussent)

minus decora,
moins (peu) nobles,

posuit modum
posa une limite

capiendis pecuniis
pour recevoir de l'argent

usque ad dena sestertia,
jusqu'à dix *mille* sesterces,

quem egressi
laquelle *limite* ayant franchie

tenerentur
on serait tenu *par* (sous le coup de) *la loi*

repetundarum.
de *sommes* à-réclamer (de concussion).

VIII. Sub idem tempus
VIII. Vers le même temps

Mithridates,
Mithridate,

quem memoravi
que j'ai dit

imperitasse Armeniis,
avoir commandé aux Arméniens,

et vocatum
et *avoir été* appelé

ad præsentiam Cæsaris,
en présence de César (Caligula),

Claudio monente,
Claude *l'*avertissant,

remeavit in regnum,
retourna dans *son* royaume,

fisus opibus Pharasmanis.
s'étant fié aux secours de Pharasmane.

Is, rex Iberis
Celui-ci, roi aux (des) Ibériens

idemque frater Mithridatis,
et le même (aussi) frère de Mithridate,

nuntiabat
annonçait

Parthos discordare,
les Parthes être divisés,

summaque imperii
et la souveraineté de l'empire

ambigua,
étant incertaine,

minora haberi sine cura.
les moindres *affaires* être traitées sans soin.

Nam inter pleraque sæva
Car au milieu de bien des *actes* cruels

Gotarzis
de Gotarzès

(qui præparaverat necem
(qui avait préparé la mort

fratri Artabano
à *son* frère Artaban

conjugique ac filio ejus,
et à l'épouse et au fils de lui,

unde metus ejus
d'où la crainte de lui

in ceteros),
s'étendait à tous-les-autres),

accivere Bardanem.
ils appelèrent Bardane.

Ille, ut erat promptus
Celui-là, comme il était prompt

magnis ausis,
pour de grandes entreprises,

invadit biduo
parcourt en-deux-jours

tria millia stadiorum,
trois milliers de stades,

proturbatque Gotarzen
et chasse Gotarzès

ignarum et exterritum.
ignorant *de cette agression* et épouvanté.

Neque cunctatur
Et il ne tarde pas

quin corripiat
qu'il ne saisisse (à saisir)

præfecturas proximas,
les provinces voisines,

Seleucensibus solis
les habitants-de-Séleucie seuls

abnuentibus
refusant

dominationem ejus,
la domination de lui;

in quos, ut defectores
contre lesquels, comme déserteurs

sui patris quoque,
de son père aussi,

accensus ira
enflammé de colère

tores ', ira magis quam ex usu præsenti accensus, implicatur obsidione urbis validæ, et munimentis objecti amnis muroque et commeatibus firmatæ. Interim Gotarzes, Daharum Hyrcanorumque opibus auctus, bellum renovat; coactusque Bardanes omittere Seleuciam, Bactrianos apud campos castra contulit.

IX. Tunc, distractis Orientis viribus et quonam inclinarent incertis, casus Mithridati datus est occupandi Armeniam, vi militis Romani ad excidenda castellorum ardua, simul Ibero exercitu campos persultante. Nec enim restitere Armenii, fuso, qui prœlium ausus erat, Demonacte præfecto. Paululum cunctationis attulit rex minoris Armeniæ Cotys, versis illuc quibusdam procerum ; dein litteris Cæsaris coercitus : et cuncta in Mithridaten fluxere, atrociorem quam novo regno conduceret. At Parthi imperatores, quum pugnam pararent, fœdus repente faciunt, cognitis popularium insidiis, quas Go-

lère que la politique, il s'engage dans les longueurs d'un siége contre une place très-forte, bien approvisionnée, défendue par un fleuve et munie de remparts. Pendant ce temps Gotarzès, soutenu par les Dahes et les Hyrcaniens, reparaît avec une armée; et Bardane, contraint d'abandonner Séleucie, va camper dans les plaines de la Bactriane.

IX. Pendant que cette querelle partageait l'Orient et tenait les nations indécises, Mithridate trouva l'occasion d'envahir l'Arménie, secondé à la fois par la valeur romaine, qui emporta tous les forts sur les hauteurs, et par les troupes d'Ibérie, qui se répandirent dans les plaines. Les Arméniens ne résistèrent plus, après la défaite de leur gouverneur Démonax, qui avait hasardé un combat. Cotys, roi de la petite Arménie, pour lequel s'étaient déclarés quelques grands, retarda un peu nos succès; il fut bientôt contenu par une lettre de Claude, et tout se soumit à Mithridate, qui se montra plus sévère qu'il ne convenait au commencement d'un règne. Cependant les deux chefs des Parthes, au moment de livrer bataille, concluent tout à coup un traité : ils avaient découvert une conspiration de leurs

magis	plutôt;
quam ex usu præsenti,	que d'après l'utilité présente,
implicatùr obsidione	il s'engage dans le siége
urbis validæ,	de cette ville puissante,
et firmatæ munimentis	et fortifiée par les remparts
amnis objecti	d'un fleuve mis-devant lui
muroque et commeatibus.	et par un mur et des provisions.
Interim Gotarzes,	Cependant Gotarzès, [Dahes
auctus opibus Daharum	accru des (renforcé par les) secours des
Hyrcanorumque,	et des Hyrcaniens,
renovat bellum ;	renouvelle la guerre ;
Bardanesque	et Bardane.
coactus omittere Seleuciam	forcé d'abandonner Séleucie
contulit castra	porta son camp,
ad campos Bactrianos.	dans les plaines de-la-Bactriane.
IX. Tunc,	IX. Alors,
viribus Orientis distractis	les forces de l'Orient étant partagées
et incertis	et incertaines
quonam inclinarent,	où elles inclineraient,
casus datus est Mithridati	la chance fut donnée à Mithridate
occupandi Armeniam,	d'envahir l'Arménie,
vi militis Romani	par la force du soldat romain
ad excidenda ardua	pour abattre les hautes murailles
castellorum,	des forteresses,
simul exercitu Ibero	en même temps l'armée ibérienne
persultante campos.	courant-à-travers les plaines.
Nec enim Armenii	Et en effet les Arméniens
restitere,	ne résistèrent point,
præfecto Demonacte,	leur gouverneur Démonax,
qui ausus erat prœlium,	lequel avait hasardé un combat,
fuso. [uiæ,	ayant été mis-en-déroute.
Cotys, rex minoris Arme-	Cotys, roi de la petite Arménie,
attulit	apporta
paululum cunctationis,	un peu de retard,
quibusdam procerum	quelques-uns des grands
versis illuc ;	s'étant tournés de-ce-côté (vers lui) ;
dein coercitus	ensuite il fut contenu
litteris Cæsaris :	par une lettre de César (Claude) :
et cuncta	et tout
fluxere in Mithridaten,	s'écoula vers Mithridate,
utrociorem	plus dur
quam conduceret	qu'il ne convenait
novo regno.	pour un nouveau règne.
At imperatores Parthi,	Mais les généraux parthes,
quum pararent pugnam,	lorsqu'ils préparaient le combat,
faciunt repente fœdus,	font tout-à-coup un traité,
insidiis popularium	les embûches de ceux-de-leur-nation

tarzes fratri patefecerat; congressique primo cunctanter,
deinde complexi dextras, apud altaria deum pepigere fraudem
inimicorum ulcisci, atque ipsi inter se concedere. Potiorque
Bardanes visus retinendo regno. At Gotarzes, ne quid æmulationis exsisteret, penitus in Hyrcaniam abiit, regressoque
Bardani deditur Seleucia, septimo post defectionem anno, non
sine dedecore Parthorum, quos una civitas tandiu eluserat.

X. Exin validissimas præfecturas invasit; et recuperare
Armeniam avebat, ni a Vibio Marso, Syriæ legato, bellum mi-
nitante, cohibitus foret. Atque interim Gotarzes, pœnitentia
concessi regni, et revocante nobilitate, cui in pace durius servitium est, contrahit copias : et huic contra itum ad amnem
Erinden [1]; in cujus transgressu multum certato, pervicit

sujets, dont Gotarzès fit part à son neveu. Quelques difficultés
arrêtèrent d'abord les négociations; enfin, s'étant pris la main mutuellement, ils convinrent devant les autels des dieux de punir la
perfidie de leurs ennemis et de s'accorder entre eux sur leurs préten-
tions. On jugea le sceptre plus assuré dans les mains de Bardane,
et Gotarzès, pour ne donner aucun ombrage, se retira au fond de
l'Hyrcanie. Au retour de Bardane, Séleucie se soumit, après s'être
maintenue sept ans dans la révolte, non sans honte pour les Parthes,
qu'une seule ville avait bravés si longtemps.

X. Bardane courut ensuite se saisir des provinces les plus importantes; il se disposait à reprendre l'Arménie; mais Vibius Marsus,
gouverneur de Syrie, le contint, en le menaçant de porter la guerre
dans ses États. De son côté, Gotarzès, se repentant d'avoir cédé un
royaume, rappelé d'ailleurs par la noblesse, toujours plus opprimée
pendant la paix, lève des troupes. Les deux rivaux se rencontrèrent
près du fleuve Érinde. Après une longue bataille au passage de ce
fleuve, Bardane resta vainqueur, et, par une suite de combats heu-

cognitis,	étant connues,
quas Gotarzes	lesquelles Gotarzes
patefecerat fratri ;	avait découvertes à *son* frère ;
congressique	et s'étant abouchés
primo cunctanter,	d'abord avec hésitation,
deinde complexi dextras,	puis ayant enlacé *leurs* mains,
pepigere apud altaria deum	ils convinrent devant les autels des dieux
ulcisci	de se venger
fraudem inimicorum,	de la perfidie de *leurs* ennemis,
atque concedere ipsi	et de s'accorder eux-mêmes
inter se.	entre eux.
Bardanesque visus potior	Et Bardane parut préférable
retinendo regno.	pour garder la royauté.
At Gotarzes,	Mais Gotarzès,
ne quid æmulationis	pour que rien (aucun sujet) de rivalité
exsisteret,	ne s'élevât,
abiit penitus	s'en alla tout-au-fond
in Hyrcaniam ;	dans l'Hyrcanie ;
Seleuciaque deditur	et Séleucie se rend
Bardani regresso,	à Bardane revenu,
septimo anno	la septième année
post defectionem,	après sa défection,
non sine dedecore	non sans la honte
Parthorum,	des Parthes,
quos una civitas	qu'une *seule* cité
eluserat tandiu.	avait bravés si-longtemps.
X. Exin invasit	X. Ensuite il envahit
præfecturas validissimas ;	les provinces les plus fortes ;
et avebat	et il désirait
recuperare Armeniam,	recouvrer l'Arménie,
ni cohibitus foret	s'il n'*en* eût été empêché
a Vibio Marso,	par Vibius Marsus,
legato Syriæ,	gouverneur de Syrie,
minitante bellum :	qui *le* menaçait de la guerre.
Atque interim Gotarzes,	Et cependant Gotarzès,
pœnitentia regni concessi,	de regret du royaume cédé,
et nobilitate,	et la noblesse,
cui servitium est durius	à laquelle l'esclavage est plus dur
in pace,	dans la paix,
revocante,	*le* rappelant,
contrahit copias :	rassemble des troupes ;
et itum contra huic	et on alla au-devant de celui-ci
ad amnem Erinden ;	vers le fleuve Erinde ;
in transgressu cujus	au passage duquel [battu) beaucoup,
certato multum,	ayant été combattu (après qu'on eut com-
Bardanes pervicit,	Bardane vainquit-enfin,
subegitque	et soumit

Bardanes, prosperisque prœliis medias nationes subegit ad flumen Sinden [1], quod Dahas Ariosque determinat. Ibi modus rebus secundis positus ; nam Parthi, quanquam victores, longinquam militiam aspernabantur. Igitur, exstructis monumentis, quibus opes suas testabatur nec cuiquam ante Arsacidarum tributa illis de gentibus parta, regreditur, ingens gloria [2], atque eo ferocior et subjectis intolerantior [3] ; qui, dolo ante composito, incautum venationique intentum interfecere, primam intra juventam, sed claritudine paucos inter senum regum, si perinde amorem inter populares, quam metum apud hostes, quæsivisset. Nece Bardanis turbatæ Parthorum res, inter ambiguos quis in regnum acciperetur. Multi ad Gotarzen inclinabant ; quidam ad Meherdaten, prolem Phraatis, obsidio nobis datum. Dein prævaluit Gotarzes ; potitusque regiam, per sævitiem ac luxum adegit Parthos mitten

reux, soumit toutes les nations jusqu'au Sinde, qui sépare les Dahæ et les Ariens. Ce fut là le terme de ses conquêtes ; car les Parthes, quoique vainqueurs, se dégoûtaient de servir si loin de leur pays. Bardane, ayant fait élever des monuments pour attester ses victoires sur des peuples qu'aucun Arsacide, avant lui, n'avait rendus tributaires, revint couvert de gloire. Mais son orgueil s'accrut et le rendit de plus en plus insupportable à ses sujets. Ils tramèrent une conspiration, et le surprirent dans une partie de chasse, où il périt à la fleur de l'âge, avec un nom qui eût égalé celui des plus grands rois vieillis sur le trône, s'il eût autant cherché à se faire aimer de ses peuples qu'à se faire craindre de ses ennemis. A sa mort, l'empire, partagé sur le choix de son successeur, retomba dans l'anarchie. La plupart inclinaient pour Gotarzès, et quelques-uns pour un descendant de Phraate, nommé Méherdate, qui nous avait été donné en otage. Gotarzès prévalut ; mais, une fois sur le trône, ses cruautés et ses dissolutions réduisirent les Parthes à députer secrètement

proeliis prosperis — par des combats heureux

nationes medias — les nations intermédiaires

ad flumen Sinden, — jusqu'au fleuve Sinde,

quod disterminat — qui sépare

Dahas Ariosque. — les Dahes et les Ariens.

Ibi modus positus — Là une borne *fut* posée

rebus secundis ; — à *ses* actions prospères (à ses succès) ;

nam Parthi, — car les Parthes,

quanquam victores, — quoique vainqueurs,

aspernabantur — répugnaient

militiam longinquam. — à une guerre lointaine.

Igitur, — Aussi,

monumentis exstructis, — des monuments ayant été élevés,

quibus testabatur suas opes, — par lesquels il attestait sa puissance,

nec tributa parta ante — et des tributs qui n'avaient été conquis

de illis gentibus — sur ces nations-là   [auparavant

cuiquam Arsacidarum, — par aucun des Arsacides,

regreditur, ingens gloria, — il revient, grand de gloire,

atque eo ferocior — et par là plus fier

et intolerantior subjectis ; — et plus insupportable à *ses* sujets ;

qui, dolo composito ante, — qui, un complot étant concerté d'avance,

interfecere incautum — tuèrent *lui* sans-défiance

intentumque venationi, — et occupé à la chasse,

intra primam juventam, — dans *sa* première jeunesse,   [nombre

sed inter paucos — mais *il eût pu être rangé* parmi un-petit-

senum regum - — de vieux rois

laritudine, — par l'éclat *de son nom*,

i quaesivisset amorem — s'il eût recherché l'amour

nter populares — parmi ceux-de-*sa*-nation

erinde quam metum — autant que la crainte

pud hostes. — chez les ennemis.

es Parthorum turbatae — Les affaires des Parthes *furent* troublées

ece Bardanis, — par la mort de Bardane,   [vaient)

nter ambiguos — au-milieu-de *peuples* incertains (qui ne sa-

uis acciperetur — qui serait reçu

n regnum. — pour la royauté.

ulti inclinabant — Beaucoup inclinaient

d. Gotarzen ; — vers Gotarzès ;

nidam ad Meherdaten, — quelques-uns vers Méherdate,

rolem Phraatis, — rejeton de Phraate,

atum nobis obsidio. — donné à nous en otage.

ein Gotarzes praevaluit ; — Ensuite Gotarzès prévalut ;

otitusque regiam, — et s'étant emparé du palais,

œgit Parthos — il força les Parthes

er saevitiem ac luxum — par *sa* cruauté et *son* déréglement

ittere — à envoyer

d principem Romanum — au prince romain

ad principem Romanum occultas preces, quis permitti Meherdaten patrium ad fastigium orabant.

XI. Iisdem consulibus ludi sæculares[1], octingentesimo post
Romam conditam, quarto et sexagesimo quàm Augustus ediderat, spectati sunt. Utriusque principis rationes prætermitto,
satis narratas libris quibus res imperatoris Domitiani composui.
Nam is quoque edidit ludos sæculares; iisque intentius adfui,
sacerdotio quindecimvirali præditus ac tum prætor : quod non
jactantia refero, sed quia collegio quindecimvirum antiquitus
ea cura, et magistratus potissimum exsequebantur officia
cærimoniarum. Sedente Claudio, circensibus ludis, quum
pueri nobiles equis ludicrum Trojæ[2] inirent, interque eos Britannicus, imperatore genitus, et L. Domitius, adoptione mox
in imperium et cognomentum Neronis adscitus, favor plebis
acrior in Domitium loco præsagii acceptus est. Vulgabaturque
adfuisse infantiæ ejus dracones, in modum custodum : fabulosa

vers Claude, pour le prier de vouloir bien renvoyer Méherdate, et le
laisser monter sur le trône de ses pères.

XI. Sous les mêmes consuls, Claude célébra les jeux séculaires,
huit cents ans après la fondation de Rome, soixante-quatre ans
après ceux qu'Auguste avait donnés. Je ne répéterai point ici, sur
le calcul de ces deux princes, ce que j'ai suffisamment expliqué dans
l'histoire de Domitien ; car celui-ci donna aussi des jeux séculaires,
dont j'observai plus exactement les circonstances, étant alors décoré du sacerdoce des quindécemvirs, et de plus préteur : ce que je
ne rapporte point ici par vanité, mais parce que, de tout temps, les
quindécemvirs ont eu l'inspection de ces jeux, et que le soin de
régler les cérémonies regardait surtout les préteurs. Aux jeux du
cirque, où les jeunes nobles exécutèrent à cheval le jeu troyen, ayant
parmi eux Britannicus, fils de l'empereur, et L. Domitius, à qui
l'adoption devait donner l'empire et le surnom de Néron, le peuple
fit éclater, en présence même de Claude, sa prédilection pour Domitius : ce qu'on interpréta comme un présage de sa grandeur future.
On débitait encore que des dragons avaient paru autour de son ber-

reces occultas,	des prières secrètes,
quis orabant Meherdaten	par lesquelles ils priaient Méherdate
permitti	*leur* être remis
ad fastigium patrium.	pour *occuper* le rang-élevé de-ses-pères.
XI. Iisdem consulibus	XI. Sous les mêmes consuls
ludi sæculares	les jeux séculaires
spectati sunt,	furent donnés-en-spectacle,
octingentesimo	la huit-centième *année*
post Romam conditam,	après Rome fondée,
sexagesimo et quarto	la soixante et quatrième
quam Augustus ediderat.	*après* qu'Auguste *les* avait donnés.
Prætermitto rationes	Je passe les calculs
utriusque principis,	de l'un-et-l'autre prince,
satis narratas libris	assez racontés dans les livres
quibus composui res	dans lesquels j'ai exposé les actes
imperatoris Domitiani.	de l'empereur Domitien.
Nam is quoque	Car celui-ci aussi
edidit ludos sæculares ;	donna des jeux séculaires ;
adfuique iis intentius,	et j'assistai à ces *jeux* plus attentivement,
præditus	étant pourvu
sacerdotio quindecimvirali	du sacerdoce quindécemviral
ac tum prætor :	et alors préteur :
quod non refero jactantia,	ce que je ne rapporte pas par jactance,
sed quia antiquitus	mais parce que anciennement
ea cura	ce soin (le soin de ces jeux)
collegio quindecimvirum,	*appartenait* au collége des quindécemvirs,
et magistratus	et *que* les magistrats
exsequebantur potissimum	s'acquittaient de préférence
officia cærimoniarum.	des offices des cérémonies.
Claudio sedente,	Claude siégeant,
ludis circensibus,	aux jeux du-cirque,
quum pueri nobiles	pendant que des enfants nobles
inirent equis	exécutaient sur des chevaux
ludicrum Trojæ,	le jeu de Troie,
interque eos Britannicus,	et parmi eux Britannicus,
genitus imperatore,	né de l'empereur,
et L. Domitius,	et L. Domitius,
mox adscitus adoptione	bientôt admis par adoption
in imperium	à l'empire
et cognomentum Neronis,	et au surnom de Néron,
favor plebis	la faveur du peuple
acrior in Domitium	plus vive pour Domitius
acceptus est	fût reçue
loco præsagii.	en guise de présage.
Vulgabaturque	Et il était publié
dracones	des dragons
adfuisse infantiæ ejus,	avoir assisté l'enfance de lui,

et externis miraculis assimulata; nam ipse, haudquaquam
sui detractor, unam omnino anguem in cubiculo visam narrare
solitus est.

XII. Verum inclinatio populi supererat ex memoria Germanici, cujus illa reliqua soboles virilis. Et matri Agrippinæ
miseratio augebatur, ob sævitiam Messallinæ; quæ, semper
infesta et tunc commotior, quominus strueret crimina et accusatores novo et furori proximo amore detinebatur. Nam in C.
Silium, juventutis Romanæ pulcherrimum, ita exarserat, ut
Juniam Silanam, nobilem feminam, matrimonio ejus exturbaret, vacuoque adultero potiretur. Neque Silius flagitii aut
periculi nescius erat; sed, certo si abnueret exitio, et nonnulla
fallendi spe, simul magnis præmiis, opperiri futura et præsentibus frui pro solatio habebat. Illa non furtim, sed multo

ceau, comme pour le garder : fable calquée sur des merveilles étrangères; car Néron lui-même, qui n'était nullement porté à se ra-
baisser, a souvent raconté qu'on n'avait vu dans sa chambre qu'un
seul serpent.

XII. Cette faveur du peuple était un reste de son ancienne ido-
lâtrie pour Germanicus, de qui Néron se trouvait le seul descendant
mâle ; et sa mère inspirait un intérêt plus vif, à cause de la cruauté
de Messaline, qui toujours son ennemie, et alors plus animée que
jamais, n'eût pas manqué de lui susciter des accusations, si un
nouvel amour, voisin de la frénésie, ne l'eût entièrement occupée.
Elle avait conçu pour le jeune Silius, le plus beau des Romains, une
passion si violente, qu'elle le força de chasser à l'instant de son lit
Junia Silana, malgré l'éclat du nom de cette femme, afin que son
amant lui appartînt tout entier. Silius ne se déguisait ni le crime
ni le péril ; mais la certitude qu'il était perdu, s'il refusait, l'espoir
de tromper Claude, de grandes récompenses, le consolaient et l'en-
gageaient à jouir du présent en attendant l'avenir. Pour Messaline,
elle bravait tous les regards ; elle ne quittait point la maison de son

in modum custodum :   à la manière de gardiens ;
fabulosa   choses fabuleuses
et assimulata   et empruntées
miraculis externis;   aux merveilles étrangères ;
nam ipse,   [sui, car lui-même,
haudquaquam   detractor nullement détracteur de soi,
solitus est narrare   a eu-coutume de raconter
unam anguem omnino   un *seul* serpent en-tout
visam in cubiculo.   *avoir été* vu dans *sa* chambre.

XII. Verum   XII. Mais
inclinatio populi   *cette* inclination du peuple
supererat   restait (était un reste)
ex memoria Germanici;   du souvenir de Germanicus,
cujus illa soboles virilis   dont ce rejeton viril
reliqua.   *était* restant.
Et miseratio augebatur   Et la pitié s'augmentait
matri Agrippinæ,   pour *sa* mère Agrippine,
ob sævitiam Messalinæ;   à-cause-de la cruauté de Messaline ;
quæ, semper infesta   qui, toujours ennemie
et tunc commotior,   et alors plus acharnée,
detinebatur amore novo   était retenue par un amour nouveau
et proximo furori,   et voisin de la fureur,
quominus strueret   *qui empêchait* qu'elle ne dressât *contre elle*
crimina et accusatores.   des griefs et des accusateurs.
Nam exarserat   Car elle s'était enflammée
in C. Silium,   pour C. Silius,
pulcherrimum   le plus beau
juventutis Romanæ,   de la jeunesse romaine,
ita ut exturbaret   tellement qu'elle chassa
matrimonio ejus   du mariage (lit) de lui
Juniam Silanam,   Junia Silana,
feminam nobilem,   femme noble,
potireturque   et prit-possession
adultero vacuo.   de *cet* amant vacant (sans partage).
Neque Silius erat nescius   Silius aussi n'était point ignorant
flagitii aut periculi;   du crime où (ni) du danger ;
sed exitio certo   mais *sa* perte *étant* certaine
si abnueret,   s'il refusait,
et nonnulla spe   et quelque espoir *étant à lui*
fallendi,   de tromper *Claude*,
simul magnis præmiis,   en-même-temps de grandes récompenses
habebat pro solatio   il avait pour consolation   [*étant données*,
opperiri futura   d'attendre l'avenir
et frui præsentibus.   et de jouir du présent.
Illa ventitare   Elle (Messaline) de venir-sans-cesse
domum   dans *sa* maison
non furtim,   non furtivement,

comitatu ventitare domum, egressibus adhærescere, largiri
opes, honores; postremo, velut translata jam fortuna, servi,
liberti, paratus principis, apud adulterum visebantur.

XIII. At Claudius, matrimonii sui ignarus, et munia censoria usurpans, theatralem populi lasciviam severis edictis
increpuit, quod in P. Pomponium[1] consularem (is carmina
scenæ dabat) inque feminas illustres probra jecerat. Et lege
lata sævitiam creditorum coercuit, ne in mortem parentum
pecunias filiis familiarum fœnori darent. Fontesque aquarum[2],
ab Simbruinis collibus deductos, Urbi intulit. Ac novas litterarum formas addidit vulgavitque, comperto Græcam quoque
litteraturam non simul cœptam absolutamque.

XIV. Primi per figuras animalium Ægyptii sensus mentis
effingebant; et antiquissima monumenta memoriæ humanæ
impressa saxis cernuntur : et litterarum semet inventores
perhibent; inde Phœnicas, quia mari præpollebant, intulisse

amant, elle y traînait tout son cortége; elle s'attachait à tous ses pas;
elle accumulait sur lui les richesses, les honneurs ; à voir enfin les
esclaves, les affranchis de l'empereur, et toute la pompe des Césars
qui entourait Silius, on l'eût cru déjà investi de la puissance impériale.

XIII. Cependant Claude, qui ignorait les désordres de sa propre
maison, et qui exerçait les fonctions de censeur, réprima par des
édits sévères la licence du peuple, qui avait insulté en plein théâtre
des femmes de distinction, et le consulaire P. Pomponius, auteur de
poëmes destinés à la scène. Une loi qui défendit de prêter à intérêt
aux enfants pendant la vie de leurs pères arrêta les brigandages des
usuriers. Le prince fit construire un aqueduc, pour amener dans
Rome l'eau des monts Simbruins, et il augmenta l'alphabet de trois
lettres nouvelles, qu'il fit adopter, sachant que celui des Grecs ne
s'était complété qu'avec le temps.

XIV. Les Égyptiens les premiers représentèrent la pensée avec
des figures d'animaux : tels sont leurs plus anciens monuments his-
toriques, et ils existent encore gravés sur des pierres. Ils se préten-
dent aussi les inventeurs des lettres. Ils disent que c'est de leur pays
qu'elles furent portées dans la Grèce par les Phéniciens, qui, plus

sed multo comitatu,
adhærescere egressibus,
largiri opes, honores ;
postremo, velut fortuna
translata jam, servi,
liberti, paratus principis,
visebantur
apud adulterum.

mais avec un nombreux cortége,
de s'attacher à *ses* sorties ,
de *lui* prodiguer richesses, honneurs ;
enfin, comme la fortune
étant transportée déjà *chez lui*, les esclaves,
les affranchis, l'appareil du prince,
étaient vus
chez *cet* adultère.

XIII. At Claudius,
ignarus sui matrimonii,
et usurpans
munia censoria,
increpuit severis edictis
lasciviam theatralem
populi,
quod jecerat probra [nium
in consularem P. Pompo-
(is dabat carmina scenæ)
inque feminas illustres.
Et lege lata
coercuit sævitiam
creditorum,
ne darent
pecunias fœnori
filiis familiarum
in mortem parentum.
Intulitque Urbi
fontes aquarum,
deductos
ab collibus Simbruinis.
Ac addidit vulgavitque
novas formas litterarum,
comperto   [que
litteraturam Græcam quo-
non cœptam
absolutamque simul.

XIII. Cependant Claude,
n'étant-pas-au-fait de son ménage,
et exerçant
les fonctions de-censeur,
gourmanda par de sévères édits
la licence théâtrale
du peuple,
parce qu'il avait lancé des outrages
contre le consulaire P. Pomponius
(celui-ci donnait des poëmes à la scène)
et contre des femmes illustres.
Et une loi étant portée
il réprima la cruauté
des usuriers ,
défendant qu'ils donnassent (prêtassent)
de l'argent à usure
aux fils de famille
jusqu'à la mort de *leurs* pères.
Et il amena dans la ville. (Rome)
des sources d'eaux,
tirées
des collines Simbruines.
Et il ajouta et mit-en-circulation
de nouvelles formes de lettres,
ceci ayant été reconnu
savoir l'alphabet grec aussi
n'*avoir* pas *été* commencé
et achevé à la fois.

XIV. Ægyptii primi
effingebant sensus mentis
per figuras animalium ;
et antiquissima monumenta
memoriæ humanæ
cernuntur impressa saxis :
et perhibent semet
nventores litterarum ;
nde Phœnicas
ntulisse Græciæ,
uia præpollebant mari,

XIV. Les Égyptiens les premiers
représentaient les sentiments de l'âme
par des figures d'animaux ;
et les plus anciens monuments
de la mémoire humaine
sont vus gravés-sur des pierres :
et-ils disent eux-mêmes
inventeurs des lettres ;
de là les Phéniciens
les avoir apportées à la Grèce,   [mer,
parce qu'ils avaient-la-suprématie sur

Græciæ, gloriamque adeptos tanquam repererint quæ acceperant. Quippe fama est Cadmum, classe Phœnicum vectum, rudibus adhuc Græcorum populis artis ejus auctorem fuisse. Quidam Cecropem Atheniensem, vel Linum Thebanum, et temporibus Trojanis Palamedem Argivum memorant, sedecim litterarum formas, mox alios, ac præcipuum Simonidem, ceteras reperisse. At in Italia Etrusci ab Corinthio Demarato, Aborigines Arcade ab Evandro, didicerunt; et forma litteris Latinis quæ veterrimis Græcorum. Sed nobis quoque paucæ primum fuere; deinde additæ sunt. Quo exemplo Claudius tres litteras adjecit [1], quæ usui, imperitante eo, post oblitteratæ, adspiciuntur etiam nunc in ære publicandis plebiscitis. [2] per fora ac templa fixo.

XV. Retulit deinde ad senatum super collegio aruspicum, « Ne vetustissima Italiæ disciplina per desidiam exolesceret : sæpe adversis reipublicæ temporibus accitos, quorum monitu

puissants sur mer, s'attribuèrent la gloire d'avoir découvert ce qu'on leur avait enseigné. En effet la tradition générale est que Cadmus, arrivé sur une flotte de Phéniciens, enseigna le premier l'écriture aux peuples de la Grèce, encore barbares. Ce fut, selon quelques-uns, l'Athénien Cécrops, ou le Thébain Linus, ou, au siége de Troie, l'Argien Palamède, qui inventèrent les formes des seize lettres; d'autres, principalement Simonide, ne tardèrent pas à trouver le reste de l'alphabet. En Italie, les Étrusques les reçurent du Corinthien Démarate, les Aborigènes de l'Arcadien Évandre ; et l'on voit que la forme des lettres latines est la même que les Grecs avaient d'abord adoptée. Au reste, nous n'eûmes primitivement aussi que quelques lettres ; les autres sont venues ensuite. D'après tous ces exemples, Claude en ajouta trois, qui furent en usage sous son règne, et abandonnées aussitôt après lui. On les voit encore aujourd'hui sur les tables d'airain affichées dans les temples et sur les places pour promulguer les plébiscites.

XV. Claude fit ensuite un rapport au sénat sur le collége des aruspices. « Il ne fallait pas, disait-il, laisser périr par négligence le plus ancien des arts de l'Italie. Souvent, dans les calamités publiques, on avait eu recours à ces prêtres ; on avait, d'après leur

adeptosque gloriam	et avoir acquis la gloire
tanquam repererint	comme s'ils avaient trouvé
quæ acceperant.	ce qu'ils avaient reçu.
Quippe fama est Cadmum,	En effet la renommée est Cadmus,
vectum classe Phœnicum,	porté sur une flotte de Phéniciens,
fuisse auctorem ejus artis	avoir été l'auteur de cet art (l'écriture)
populis Græcorum	pour les peuples des Grecs
adhuc rudibus.	encore grossiers.
Quidam memorant	Quelques-uns rapportent
Atheniensem Cecropem,	l'Athénien Cécrops,
vel Thebanum Linum,	ou le Thébain Linus,
et Argivum Palamedem	et l'Argien Palamède
temporibus Trojanis,	dans les temps de Troie,
reperisse	avoir trouvé
sedecim formas litterarum,	seize formes de lettres;
mox alios;	puis d'autres, [nide,
ac præcipuum Simonidem,	et le principal (particulièrement) Simo-
ceteras.	avoir trouvé toutes-les-autres.
At in Italia	Mais en Italie
Etrusci didicerunt	les Étrusques les apprirent
ab Corinthio Demarato,	du Corinthien Démarate,
Aborigines	les Aborigènes
ab Arcade Evandro;	de l'Arcadien Évandre;
et litteris Latinis	et aux lettres latines
forma quæ	la forme est celle qui est (est la même que)
veterrimis Græcorum.	aux plus anciennes lettres des Grecs.
Sed nobis quoque	Mais à nous aussi
fuere primum paucæ;	furent d'abord peu de lettres;
deinde additæ sunt.	ensuite d'autres furent ajoutées.
Quo exemplo Claudius	Suivant lequel exemple Claude
adjecit tres litteras,	ajouta trois lettres,
quæ usui,	qui ayant été en usage,
eo imperitante,	celui-ci régnant,
post oblitteratæ,	et ensuite tombées-en-désuétude,
adspiciuntur etiam nunc	sont vues encore maintenant
in ære fixo	sur l'airain fixé
per fora ac templa	dans les places et dans les temples
publicandis plebiscitis.	pour publier les plébiscites.
XV. Deinde retulit	XV. Ensuite il fit-un-rapport
ad senatum	au sénat
super collegio aruspicum,	sur le collége des aruspices,
« Ne vetustissima disciplina	« Pour que le plus ancien art
Italiæ	de l'Italie
exolesceret per desidiam :	ne se perdît pas par négligence :
sæpe temporibus adversis	souvent dans les temps contraires (les
reipublicæ	de la république [malheurs)
accitos,	ces hommes avoir été mandés,

redintegratas cærimonias et in posterum rectius habitas; primoresque Etruriæ [1], sponte aut patrum Romanorum impulsu,
retinuisse scientiam et in familias propagasse : quod nunc
segnius fieri, publica circa bonas artes socordia, et quia externæ superstitiones [2] valescant : et læta quidem in præsens
omnia; sed benignitati deum gratiam referendam, ne ritus
sacrorum, inter ambigua culti, per prospera oblitterarentur. »
Factum ex eo senatusconsultum, viderent pontifices quæ reti-
nenda firmandaque aruspicum [3].

XVI. Eodem anno Cheruscorum gens regem Roma petivit,
amissis per interna bella nobilibus, et uno reliquo stirpis regiæ,
qui apud Urbem habebatur, nomine Italicus. Paternum huic
genus e Flavio [3], fratre Arminii; mater ex Cattumero, principe
Cattorum, erat; ipse forma decorus, et armis equisque in
patrium nostrumque morem exercitus. Igitur Cæsar auctum

avis, réformé le culte, qui depuis lors avait été mieux réglé. Les premières familles d'Étrurie, soit d'elles-mêmes, soit à la sollicitation
du sénat romain, avaient cultivé autrefois cette science et l'avaient
transmise à leurs descendants; maintenant on la négligeait, parce
que l'indifférence pour les arts louables devenait générale, et que les
superstitions étrangères prévalaient. La situation de l'empire était
heureuse sans doute; mais on devait se montrer reconnaissant de la
bonté des dieux, en n'abandonnant pas dans la prospérité des rites
qu'on avait soigneusement observés dans les moments critiques. »
Un sénatus-consulte chargea les pontifes d'examiner les traditions
des aruspices pour voir ce qu'il faudrait maintenir et remettre en
vigueur.

XVI. Cette même année, les Chérusques vinrent nous demander
un roi. Les guerres civiles avaient détruit leur noblesse, et il ne
restait plus du sang royal qu'un seul rejeton, nommé Italicus, que
l'on gardait à Rome. Italicus avait pour père Flavius, frère d'Arminius; sa mère était fille de Cattumère, chef des Cattes. Bien fait de
sa personne, il savait manier les armes et les chevaux à la manière
de son pays aussi bien qu'à la nôtre. Claude lui donne donc des

monitu quorum	sur l'avis desquels
cærimonias redintegratas	les cérémonies *avoir été* rétablies
et habitas rectius	et observées plus exactement
in posterum;	à l'avenir ;
primoresque Etruriæ,	et les premiers de l'Étrurie,
sponte aut impulsu	spontanément ou par l'impulsion
patrum Romanorum,	des sénateurs romains,
retinuisse scientiam	avoir gardé *cette* science
et propagasse in familias :	et *l'*avoir propagée dans *leurs* familles :
quod nunc	laquelle chose maintenant
fieri segnius,	se faire plus négligemment,
socordia publica	par l'indifférence publique
circa artes bonas, [næ	pour les arts utiles,
et quia superstitiones exter-	et parce que les superstitions étrangères
valescant :	prenaient-de-la-force :
et quidem omnia læta	et certes toutes *les affaires être* prospères
in præsens ;	pour le présent ;
sed gratiam referendam	mais *cette* grâce devoir être rendue
benignitati deum,	à la bonté des dieux,
ne ritus sacrorum,	que les rites des sacrifices,
culti	pratiqués
inter ambigua,	dans les *temps* douteux (difficiles),
oblitterarentur	ne fussent pas effacés (mis en oubli)
per prospera. »	pendant les *temps* prospères. »
Ex eo	D'après cela
senatusconsultum factum,	un sénatus-consulte *fut* fait,
pontifices viderent	*portant* que les pontifes vissent
quæ aruspicum	quelles *cérémonies* des aruspices
retinenda firmandaque.	*étaient* à-conserver et à-affermir.
XVI. Eodem anno	XVI. La même année
gens Cheruscorum	la nation des Chérusques
petivit regem Roma,	demanda un roi à Rome,
nobilibus amissis	*ses* nobles ayant été perdus (ayant péri)
per bella interna,	par les guerres intestines,
et uno reliquo	et un *seul rejeton* restant
stirpis regiæ,	de la race royale,
qui habebatur apud Urbem,	lequel était gardé dans la ville (Rome),
homine Italico.	de nom Italicus.
Huic genus paternum erat	A celui-ci l'origine paternelle était
e Flavio, fratre Arminii ;	*venant* de Flavius, frère d'Arminius,
mater ex Cattumero,	*sa* mère *était née* de Cattumère,
principe Cattorum ;	prince des Cattes ;
ipse decorus forma,	lui-même *était* beau d'extérieur,
et exercitus armis equisque	et exercé aux armes et aux chevaux
in morem patrium	à la manière de-*son*-pays
nostrumque.	et à la nôtre.
Igitur Cæsar hortatur	Donc César (Claude) exhorte

pecunia, additis stipatoribus, hortatur « Gentile decus magno
animo capessere : illum primum, Romæ ortum, nec obsidem,
sed civem, ire externum ad imperium. » Ac primo lætus Germanis adventus, atque eo magis quod, nullis discordiis imbu-
tus, pari in omnes studio ageret : celebrari, coli, modo co-
mitatem et temperantiam, nulli invisam, sæpius vinolentiam
ac libidines, grata barbaris, usurpans. Jamque apud proximos,
jam longius, clarescere; quum potentiam ejus suspectantes
qui factionibus floruerant, discedunt ad conterminos populos,
ac testificantur « Adimi veterem Germaniæ libertatem, et
Romanas opes insurgere : adeo neminem iisdem in terris ortum, qui principem locum impleat, nisi exploratoris Flavii
progenies supra cunctos attollatur? Frustra Arminium præ-
scribi : cujus si filius, hostili in solo adultus [1], in regnum ve-

secours d'argent, des gardes, et l'exhorte à aller se ressaisir du rang
de ses ancêtres. « Il était le premier qui, après avoir habité Rome,
non comme otage, mais comme citoyen, en fût sorti pour occuper
un trône étranger. » Italicus fut d'abord reçu avec transport par les
Germains, d'autant plus que, n'ayant pris aucune part à toutes
leurs discordes, il leur montrait à tous une égale affection, employant tantôt la modération et l'affabilité, vertus qu'on ne hait nulle
part, le plus souvent se livrant à tous les excès de la table et du vin,
vices chéris des barbares : il était exalté, adoré; déjà sa réputation
commençait à se répandre chez les nations voisines et même chez
les peuples éloignés, lorsque, jaloux de sa puissance, ceux qui avaient
acquis du pouvoir pendant les troubles se retirent chez les peuples
voisins et les prennent à témoin « qu'on dépouillait la Germanie de
son antique liberté, et que la puissance romaine s'élevait sur ses
ruines. N'y avait-il donc personne qui, né dans leur pays, fût digne
de les commander, sans aller prendre le fils d'un espion, d'un Flavius, pour le placer au-dessus d'eux? En vain on leur opposait la
gloire d'Arminius : le fils même de ce héros, élevé sur un sol ennemi,

auctum pecunia,	*lui* comblé d'argent,
stipatoribus additis,	des gardes *lui* étant donnés,
« Capessere decus gentile	« A prendre la dignité de-*sa*-race
magno animo :	avec un grand courage :
illum primum,	lui le premier,
ortum Romæ,	né à Rome,
nec obsidem, sed civem,	et non otage, mais citoyen,
ire	aller
ad imperium externum. »	à un empire étranger. »
Ac primo adventus	Et d'abord *son* arrivée
lætus Germanis,	*fut* agréable aux Germains,
atque magis eo quod,	et plus par cela que,
imbutus nullis discordiis,	*n'étant* imbu d'aucun esprit-de-parti,
ageret in omnes	il agissait envers tous
studio pari :	avec une bienveillance égale :
celebrari, coli,	*il commençait à* être entouré, à être honoré,
usurpans	employant
modo comitatem	tantôt l'affabilité
et temperantiam,	et la tempérance,
invisam nulli,	*qui n'est* odieuse à personne,
sæpius vinolentiam	plus souvent l'ivrognerie
ac libidines,	et les débauches,
grata barbaris.	*vices* agréables aux barbares.
Jamque clarescere	Et déjà *il commençait à* devenir-célèbre
apud proximos,	chez les *peuples* voisins,
jam longius ;	déjà *même* plus loin ;
quum qui floruerant	lorsque *ceux* qui avaient prospéré
factionibus,	par les factions,
suspectantes	jalousant
potentiam ejus,	la puissance de lui,
discedunt	se retirent
ad populos conterminos,	chez les peuples limitrophes,
ac testificantur	et *les* prennent-à-témoin
« Veterem libertatem	« L'ancienne liberté
adimi Germaniæ,	être ravie à la Germanie,
et opes Romanas insurgere :	et la puissance romaine s'élever :
neminem adeo	*il n'y avait* personne donc
ortum in iisdem terris,	de né dans le même pays,
qui impleat	qui remplît (pour remplir)
principem locum,	la première place,
nisi progenies	si la progéniture
exploratoris Flavii	de l'espion Flavius
attollatur supra cunctos ?	n'était élevée au-dessus de tous ?
Frustra Arminium	En-vain Arminius
præscribi :	être mis-en-avant :
cujus si filius,	duquel si le fils,
adultus in solo hostili,	grandi sur le territoire ennemi,

nisset, posse extimesci, infectum alimonio, servitio, cultu, omnibus externis. At si paterna Italico mens esset, non alium infensius arma contra patriam ac deos penates, quam parentem ejus, exercuisse. »

XVII. His atque talibus magnas copias coegere. Nec pauciores Italicum sequebantur. Non enim irrupisse ad invitos, sed accitum memorabant : « Quando nobilitate ceteros anteiret, virtutem experirentur, an dignum se patruo Arminio, avo Cattumero præberet. Nec patrem rubori, quod fidem adversus Romanos volentibus Germanis sumptam nunquam omisisset. Falso libertatis vocabulum obtendi ab iis qui privatim degeneres, in publicum exitiosi, nihil spei nisi per discordias habeant. » Adstrepebat huic alacre vulgus ; et magno inter barbaros prœlio victor rex ; dein secunda fortuna ad superbiam prolapsus pulsusque, ac rursus Langobardorum [1] opi-

corrompu par l'éducation, la servitude, le faste et tous les vices de l'étranger, leur inspirerait encore trop d'alarmes ; combien plus ne devaient-ils pas trembler en voyant régner sur eux le fils du plus implacable ennemi de leur patrie et de leurs dieux ? »

XVII. Ils parvinrent ainsi à rassembler de grandes forces. De son côté, Italicus n'avait pas moins de partisans : « Car enfin, disaient-ils, il n'était point entré chez eux à force ouverte ; c'étaient eux-mêmes qui l'avaient appelé ; et, puisqu'il l'emportait par la naissance, pourquoi ne pas faire l'essai de sa valeur, ne pas attendre s'il se montrerait digne de son oncle Arminius, de son aïeul Cattumère ? Ce n'était point une raison de rougir de son père, parce que ce père n'avait jamais voulu rompre des engagements contractés avec Rome de l'aveu des Germains. La liberté n'était qu'un vain prétexte allégué par des factieux, honte de leurs familles, fléau de leur patrie, qui n'avaient d'espoir qu'en éternisant les discordes. » Un frémissement d'allégresse annonçait toute l'ardeur de la multitude, et il se livra entre les barbares un grand combat, où le roi fut vainqueur. Depuis, il se laissa enorgueillir par la prospérité, et fut chassé, puis rétabli par le secours des Lombards ; mais ses victoires, ainsi

venisset in regnum,	était venu pour la royauté,
posse extimesci,	*lui-même* pouvoir être redouté,
infectum alimonio,	étant infecté de l'éducation
servitio, cultu,	de l'esclavage, du genre-de-vie,
omnibus externis.	de tous *les vices* de-l'étranger.
At si mens paterna	Mais si l'esprit de-*son-père*
esset Italico,	était à Italicus,
non alium	pas un autre
exercuisse arma infensius	n'avoir manié les armes plus hostilement
quam parentem ejus	que le père de lui
contra patriam	contre *sa* patrie
ac deos penates. »	et *ses* dieux pénates. »
XVII. His atque talibus	XVII. Par ces *propos* et *d'autres* tels
coegere magnas copias.	ils rassemblèrent de grandes troupes.
Nec pauciores	Et des *partisans* non moins nombreux
sequebantur Italicum.	suivaient Italicus.
Memorabant enim	Ils disaient en effet
non irrupisse	*lui* n'avoir point fait-irruption
ad invitos,	chez *eux* ne-*le*-voulant-pas,
sed accitum :	mais *avoir été* appelé :
« Quando anteiret ceteros	« Puisqu'il surpassait tous-les-autres
nobilitate,	par la noblesse,
experirentur virtutem,	qu'ils éprouvassent *sa* valeur,
an se præberet dignum	*et vissent* s'il se montrerait digne
patruo Arminio,	de *son* oncle Arminius,
avo Cattumero.	de *son* aïeul Cattumère.
Nec patrem rubori,	*Son* père aussi n'*être* point à honte,
quod nunquam omisisset	parce que jamais il n'avait abandonné
fidem sumptam	la foi contractée
adversus Romanos,	envers les Romains,
Germanis volentibus.	les Germains *le* voulant.
Vocabulum libertatis	Le nom de liberté
obtendi falso ab iis	être allégué faussement par ceux
qui degeneres privatim,	qui dégénérés en-particulier,
exitiosi in publicum,	funestes pour le *bien* public,
habeant nihil spei	n'avaient rien de (aucune) espérance
nisi per discordias. »	sinon au-moyen-des discordes. »
Vulgus alacre	La multitude enthousiaste
adstrepebat huic;	applaudissait celui-ci;
et rex	et le roi
victor magno prœlio	*fut* vainqueur dans un grand combat
inter barbaros;	entre les barbares;
dein fortuna secunda	puis par la fortune favorable
prolapsus ad superbiam	s'étant laissé-aller à l'orgueil
pulsusque,	et ayant été chassé,
ac rursus refectus	et de-nouveau rétabli
opibus Langobardorum,	par les secours des Lombards,

bus refectus, per læta, per adversa, res Cheruscas afflictabat.

XVIII. Per idem tempus Chauci, nulla dissensione domi, et
morte Sanquinii[1] alacres, dum Corbulo adventat, inferiorem
Germaniam incursavere, duce Gannasco : qui natione Canninefas, auxiliare æs diu meritus, post transfuga, levibus navigiis prædabundus, Gallorum maxime oram[2] vastabat, non
ignarus dites et imbelles esse. At Corbulo provinciam ingressus, magna cum cura, et mox gloria, cui principium illa militia fuit, triremes alveo Rheni, ceteras navium, ut quæque
habiles, per æstuaria et fossas adegit : lintribusque hostium
depressis, et exturbato Gannasco, ubi præsentia satis composita sunt, legiones operum et laboris ignaras, populationibus
lætantes, veterem ad morem reduxit; ne quis agmine decederet, nec pugnam nisi jussus iniret : stationes, vigiliæ,
diurna nocturnaque munia in armis agitabantur. Feruntque

que ses défaites, affaiblissaient également la puissance des Chérusques.

XVIII. Dans le même temps, les Chauques, tranquilles au dedans
et enhardis par la mort de Sanquinius, firent, avant l'arrivée de Corbulon, des incursions dans la basse Germanie. Ils avaient pour chef
Gannasque, un Canninéfate, longtemps auxiliaire parmi nous, depuis transfuge, qui exerçait ses pirateries avec de petits bâtiments,
et infestait surtout les côtes habitées par les Gaulois, dont il n'ignorait ni les richesses ni la lâcheté. Corbulon, dès son arrivée dans
la province, déployant une grande activité, et jetant dès lors les
fondements de sa haute réputation, fit venir des trirèmes par le
Rhin, d'autres bâtiments plus légers par les lagunes et les canaux ;
et, après avoir coulé bas les vaisseaux ennemis et repoussé Gannasque, jugeant alors la tranquillité suffisamment rétablie, il s'oc-
cupa de ramener à l'ancienne discipline les légions, qui ne connais-
saient plus ni les travaux ni la fatigue, et ne respiraient que le
pillage. Il fut défendu de s'écarter dans les marches, d'aller au combat sans un ordre formel. Gardes, veilles, service de jour et de
nuit, tout désormais se fit en armes. On rapporte que deux soldats

afflictabat res Cheruscas
per læta, per adversa.

il ruinait les affaires des-Chérusques
par *ses* succès, par *ses* revers.

XVIII. Per idem tempus
Chauci,
nulla dissensione domi,
et alacres morte Sanquinii,
dum Corbulo adventat,
incursavere
Germaniam inferiorem,
Gannasco duce :
qui, Canninefas natione,
meritus diu æs auxiliare,
post transfuga,
prædabundus
navigiis levibus,
vastabat
oram Gallorum maxime,
non ignarus
esse dites et imbelles.
At Corbulo
ingressus provinciam,
cum magna cura,
et mox gloria,
cui principium
fuit illa militia,
adegit triremes
alveo Rheni,
ceteras navium,
ut quæque habiles,
per æstuaria et fossas :
lintribusque hostium
depressis,
et Gannasco exturbato,
ubi præsentia
composita sunt satis,
reduxit ad morem veterem
legiones
ignaras operum et laboris,
lætantes populationibus ;
ne quis
decederet agmine,
nec iniret pugnam
nisi jussus :
stationes, vigiliæ,
munia diurna nocturnaque
agitabantur in armis.
Feruntque militem,

XVIII. Pendant le même temps
les Chauques,
sans aucune dissension à l'intérieur,
et enhardis par la mort de Sanquinius,
pendant que Corbulon approche,
firent-des-incursions
dans la Germanie inférieure,
Gannasque *étant leur* chef :
lequel, Canninéfate de nation,   [liaire,
ayant gagné longtemps une paye d'-auxi-
puis transfuge,
piratant
avec des vaisseaux légers,
ravageait
la côte des Gaulois surtout,
n'*étant* point ignorant
eux être riches et inaguerris.
Mais Corbulon
étant entré dans la province,
avec une grande activité,
et bientôt *avec une grande* gloire,
à laquelle le commencement
fut cette expédition,
poussa les trirèmes
dans le lit du Rhin,
et les autres des vaisseaux,
selon que chacun *y était* propre,
à travers les lagunes et les canaux :
et les barques des ennemis.
étant submergées,
et Gannasque chassé,
dès que les *affaires* présentes
furent réglées suffisamment,
il ramena à la coutume ancienne-
les légions
ignorantes des travaux et de la fatigue,
et qui se plaisaient aux dévastations ;
défendant que personne
ne s'écartât du corps-en-marche,
et ne commençât un combat
sinon *en* ayant-reçu-l'ordre :
les gardes, les veilles,
le service de-jour et de-nuit
se passaient sous les armes.
Et on rapporte un soldat,

militem, quia vallum non accinctus, atque alium, quia pugione[1] tantum accinctus foderet, morte punitos. Quæ nimia,
et incertum an falso jacta, originem tamen e severitate ducis
traxere; intentumque et magnis delictis inexorabilem scias,
cui tantum asperitatis etiam adversus levia credebatur.

XIX. Ceterum is terror milites hostesque in diversum affecit : nos virtutem auximus; barbari ferociam infregere. Et
natio Frisiorum[2], post rebellionem clade L. Apronii cœptam,
infensa aut malefida, datis obsidibus, consedit apud agros a
Corbulone descriptos. Idem senatum, magistratus, leges imposuit : ac, ne jussa exuerent, præsidium immunivit, missis
qui majores Chaucos ad deditionem pellicerent, simul Gàn-
nascum dolo aggrederentur. Nec irritæ aut degeneres insidiæ
fuere adversus transfugam et violatorem fidei. Sed cæde ejus
motæ Chaucorum mentes, et Corbulo semina rebellionis præ-

furent punis de mort, parce qu'ils travaillaient aux retranchements,
l'un sans être armé, l'autre armé seulement d'un poignard. Ces traits
d'une sévérité excessive, et qui peut-être sont controuvés, prouvent
du moins l'opinion qu'il faut avoir de ce général, qui bien certaine-
ment dut se montrer ferme et inexorable pour les grandes fautes,
puisqu'on lui supposait tant de rigueur pour les plus légères.

XIX. Cette sévérité produisit un effet contraire sur nos soldats et
sur l'ennemi : elle releva notre courage, elle abaissa l'orgueil des
Barbares. Les Frisons, toujours nos ennemis déclarés ou secrets,
depuis cette révolte qui avait commencé par la défaite d'Apronius,
vinrent donner des otages, et se renfermèrent dans le territoire que
leur assigna Corbulon. Ce général établit chez eux un sénat, des magistrats, des lois; et, de peur qu'ils ne s'écartassent des règlements
qu'il leur avait prescrits, il éleva une forteresse pour les contenir. Il
avait envoyé chez les grands Chauques des émissaires pour ménager
leur soumission, et en même temps pour tramer sous main la perte
de Gannasque. La ruse fut employée avec succès et sans honte contre
un transfuge et un traître. Mais sa mort aigrit les Chauques, parmi
lesquels Corbulon jetait à dessein des semences de révolte; et, à

quia foderet vallum	parce qu'il creusait un retranchement
non accinctus,	n'étant pas ceint (armé),
atque alium,	et un autre,
quia accinctus	parce qu'il creusait étant ceint (armé)
pugione tantum,	d'un poignard seulement,
punitos morte.	avoir été punis de mort.
Quæ nimia,	Lesquels actes excessifs,
et incertum	et il est incertain [sement,
an jacta falso,	s'ils ne furent pas lancés (ébruités) faus-
traxere tamen originem	tirèrent cependant leur origine
e severitate ducis;	de la sévérité du chef;
sciasque intentum	et tu peux-savoir ce chef avoir été attentif
et inexorabilem	et inexorable
magnis delictis,	aux grandes fautes,
cui tantum asperitatis	lui à qui tant de rigueur
credebatur	était crue
etiam adversus levia.	même contre des fautes légères.
XIX. Ceterum is terror	XIX. Au-reste cette terreur
affecit in diversum	affecta en sens divers
milites hostesque :	nos soldats et les ennemis :
nos auximus virtutem ;	nous, nous augmentâmes notre courage ;
barbari infregere ferociam.	les barbares rabattirent leur fierté.
Et natio Frisiorum,	La nation aussi des Frisons,
post rebellionem	après la rébellion
cœptam clade L. Apronii,	commencée par la défaite de L. Apronius,
infensa aut malefida,	devenue ennemie ou infidèle,
obsidibus datis,	des otages étant donnés,
consedit apud agros	s'établit dans les champs
descriptos a Corbulone.	désignés par Corbulon.
Idem imposuit senatum,	Le même chef leur imposa un sénat,
magistratus, leges :	des magistrats, des lois :
ac, ne exuerent jussa,	et, pour qu'ils ne rejetassent pas ses ordres,
immunivit præsidium,	il fortifia-chez eux un poste,
missis	des gens étant envoyés
qui pellicerent	qui attirassent
ad deditionem	à une capitulation
majores Chaucos,	les grands Chauques,
simul	et en-même-temps
aggrederentur Gannascum	attaquassent Gannasque
dolo.	par la ruse.
Nec insidiæ fuere irritæ	Et ces embûches ne furent point vaines
aut degeneres	ou (ni) indignes
adversus transfugam	contre un transfuge
et violatorem fidei.	et un violateur de la foi.
Sed mentes Chaucorum	Mais les esprits des Chauques
motæ cæde ejus,	furent émus par le meurtre de celui-ci,
et Corbulo præbebat	et Corbulon fournissait

bebat, ut læta apud plerosque, ita apud quosdam sinistra fama : « Cur hostem conciret? adversa in rempublicam casura ; sin prospere egisset, formidolosum paci virum insignem, et ignavo principi præversativgravem. » Igitur Claudius adeo novam in Germanias vim prohibuit, ut referri præsidia cis Rhenum juberet.

XX. Jam castra in hostili solo molienti Corbuloni hæ litteræ redduntur. Ille, re subita, quanquam multa simul offunderentur, metus ex imperatore, contemptio ex barbaris, ludibrium apud socios, nihil aliud prolocutus quam « Beatos quondam duces Romanos[1] ! » signum receptui dedit. Ut tamen miles otium exueret, inter Mosam Rhenumque trium et viginti millium spatio fossam perduxit, qua incerta Oceani[2] vetarentur. Insignia tamen triumphi indulsit Cæsar, quamvis bellum negavisset. Nec multo post Curtius Rufus eumdem

---

Rome même, ces nouvelles, tout en étant reçues par le plus grand nombre avec enthousiasme, inspiraient aussi des réflexions sinistres : « Pourquoi, disait-on, provoquer l'ennemi? Si Corbulon échoue, il compromet l'État; s'il réussit, il se compromet lui-même. La paix s'effraye des grands noms, et ils sont à charge à un prince sans cœur. » Aussi Claude défendit si bien toute entreprise nouvelle contre la Germanie, qu'il ordonna même que toutes les garnisons fussent ramenées en deçà du Rhin.

XX. Corbulon avait déjà établi son camp sur les terres ennemies, lorsqu'il reçoit cet ordre. A ce coup imprévu, quoiqu'il se vît en butte aux soupçons de l'empereur, au mépris des barbares, aux railleries des alliés, et que toutes ces idées vinssent l'assaillir à la fois, il ne dit que ce seul mot : « Heureux jadis les généraux romains ! » et il fit sonner la retraite. Cependant, pour faire perdre au soldat l'habitude de l'oisiveté, il fit creuser, entre la Meuse et le Rhin, un canal de vingt-trois milles, destiné à recevoir les débordements de l'Océan. Claude lui accorda les ornements du triomphe, après lui avoir défendu la guerre ; et, peu de temps après, Curtius Rufus obtint le

semina rebellionis,	des germes de rébellion,
fama sinistra	l'opinion *étant* sinistre
apud quosdam,	chez quelques-uns,
ita ut læta apud plerosque :	de même que favorable chez la plupart :
« Cur conciret hostem ?	« Pourquoi provoquait-il l'ennemi ?
adversa casura	les revers devoir tomber
in rempublicam ;	sur la république ;
sin egisset prospere,	si-au-contraire il avait agi avec-succès,
virum insignem	un homme distingué
formidolosum paci,	*être* redoutable pour la paix,
et prægravem	et très-à-charge
principi ignavo. »	à un prince lâche. »
Igitur Claudius	Donc Claude
prohibuit adeo	défendit tellement [nies,
novam vim in Germanias,	une nouvelle attaque contre les Germa-
ut juberet præsidia	qu'il ordonna les garnisons
referri cis Rhenum.	être ramenées en deçà du Rhin.
XX. Hæ litteræ	XX. Cette lettre
redduntur Corbuloni	est remise à Corbulon
molienti jam castra	qui établissait déjà *son* camp
in solo hostili.	sur le territoire ennemi. [ne,
Ille, re subita,	Celui-ci (Corbulon), la chose *étant* soudai-
quanquam multa simul	quoique de nombreux *sentiments* à la fois
offunderentur,	se répandissent *en lui*,
metus ex imperatore,	la crainte du-côté-de l'empereur,
contemptio ex barbaris,	le mépris du-côté-des-barbares,
ludibrium apud socios,	la dérision chez les alliés,
prolocutus nihil aliud	n'ayant dit rien autre chose
quam « Beatos quondam	que « Heureux autrefois
duces Romanos ! »	les généraux romains ! »
dedit signum receptui.	donna le signal pour la retraite.
Tamen ut miles	Cependant pour que le soldat
exueret otium,	dépouillât *son* oisiveté,
perduxit	il conduisit (fit creuser)
inter Mosam Rhenumque	entre la Meuse et le Rhin
spatio	dans un espace
viginti et trium millium	de vingt et trois milles
fossam,	un fossé,
qua incerta Oceani	par lequel les hasards de l'Océan
vetarentur.	fussent empêchés.
Tamen Cæsar indulsit	Toutefois César (Claude) *lui* accorda
insignia triumphi,	les insignes du triomphe,
quamvis negavisset bellum.	quoiqu'il *lui* eût refusé la guerre.
Nec multo post	Et non beaucoup après
Curtius Rufus	Curtius Rufus
adipiscitur	obtient
eumdem honorem,	le même honneur,

honorem adipiscitur, qui in agro Mattiaco[1] recluserat specus
quærendis venis argenti : undè tenuis fructus, nec in longum,
fuit; at legionibus cum damno labor, effodere rivos, quæque
in aperto gravia, humum infra, moliri. Quis subactus miles,
et quia plures per provincias similia tolerabantur, componit
occultas litteras, nomine exercituum, precantium imperatorem ut, quibus permissurus esset exercitus, triumphalia ante
tribueret.

XXI. De origine Curtii Rufi[2], quem gladiatore genitum
quidam prodidere, neque falsa prompserim, et vera exsequi
pudet. Postquam adolevit, sectator quæstoris cui Africa
obtigerat, dum in oppido Adrumeto, vacuis per medium diei
porticibus, secretus agitat, oblata ei species muliebris ultra
modum humanum, et audita est vox : « Tu es, Rufe, qui in
hanc provinciam pro consule venies. » Tali omine in spem
sublatus, digressusque in Urbem, et largitione amicorum[3],

même honneur pour avoir ouvert, dans le territoire de Mattium, une
mine d'argent, dont le produit fut médiocre et dura peu. Du reste,
cette mine coûta des fatigues et des pertes énormes aux légions obli-
gées d'ouvrir des galeries, et de se livrer sous terre à des travaux
déjà fort pénibles à la surface du sol. Comme on en exigeait de pareils dans la plupart des provinces, le soldat, rebuté enfin, écrivit
secrètement une lettre, par laquelle il suppliait l'empereur, au nom
des armées, d'accorder d'avance les ornements du triomphe aux généraux qu'il nommerait.

XXI. Je me tairai sur l'origine de Curtius Rufus, que quelques-
uns font naître d'un gladiateur : je craindrais de répéter des men-
songes, et le vrai même, j'ai honte de le rapporter. Au sortir de
l'adolescence, étant de la suite du questeur qui avait le département
de l'Afrique, un jour qu'il se promenait seul, à midi, dans la ville
d'Adrumète, sous des portiques solitaires, une figure de femme,
d'une taille plus qu'humaine, lui apparut et lui dit : « Rufus, cette
province verra en toi son proconsul. » Cette prédiction enfle ses espérances. De retour à Rome, il obtient la questure par les intrigues

qui in agro Mattiaco	lui qui dans le pays de-Mattium
recluserat specus	avait ouvert des mines
quærendis venis argenti :	pour chercher des veines d'argent :
unde fructus fuit tenuis,	d'où (dont) le fruit fut médiocre,
nec in longum ;	et non pour un long *temps ;*
at legionibus	mais pour les légions
labor cum damno	*ce fut* un travail avec perte
effodere rivos,	de creuser des canaux,
molirique infra humum	et d'entreprendre sous la terre
quæ gravia	*des travaux* qui *sont* pénibles
in aperto.	*même* à découvert.
Quis subactus,	Par lesquels *travaux* abattu,
et quia similia	et parce que des choses semblables
tolerabantur	étaient endurées
per plures provincias,	dans plusieurs provinces,
miles	le soldat
componit litteras occultas,	compose une lettre secrète,
nomine exercituum,	au nom des armées,
precantium imperatorem	qui priaient l'empereur
ut tribueret ante	qu'il accordât d'avance
triumphalia,	les *ornements* du-triomphe
quibus permissurus esset	*à ceux* à qui il confierait
exercitus.	des armées.
XXI. De origine	XXI. Sur l'origine
Curtii Rufi,	de Curtius Rufus,
quem quidam prodidere	que quelques-uns ont rapporté
genitum gladiatore,	*être* né d'un gladiateur,
neque prompserim falsa,	et je ne saurais émettre des choses fausses,
et pudet exsequi vera.	et j'ai-honte d'exposer les *faits* vrais.
Postquam adolevit,	Après qu'il fut devenu-adolescent,
dum, sector quæstoris	pendant que, *étant* de-la-suite du questeur
cui Africa obtigerat,	auquel l'Afrique était échue,
agitat secretus	il se promène solitaire
in oppido Adrumeto,	dans la ville d'Adrumète,
porticibus vacuis	sous les portiques vides
per medium diei ;	au milieu du jour,
species muliebris	une figure de-femme
ultra modum humanum	*grande* au delà de la mesure humaine
oblata est ei,	s'offrit à lui,
et vox audita :	et *cette* voix *fut* entendue :
« Tu es, Rufe, qui venies	« Tu es, Rufus, *celui* qui viendra
in hanc provinciam	dans cette province [sul). »
pro consule. »	à-la-place d'un consul (comme procon-
Sublatus in spem	Porté à l'espoir
tali omine,	par un tel présage,
digressusque in Urbem,	et étant retourné à la ville (Rome),
assequitur et quæsturam	il obtient et la questure

simul acri ingenio, quæsturam, et mox, nobiles inter candi-
datos, præturam principis suffragio assequitur; quum hisce
verbis Tiberius dedecus natalium ejus velavisset, « Curtius
Rufus videtur mihi ex se natus. » Longa post hæc senecta, et
adversus superiores tristi adulatione, arrogans minoribus,
inter pares difficilis, consulare imperium, triumphi insignia,
ac postremo Africam, obtinuit; atque, ibi defunctus[1], fatale
præsagium implevit.

XXII. Interea Romæ, nullis palam neque cognitis mox
causis, Cn. Novius, eques Romanus, ferro accinctus reperitur[2] in cœtu salutantium principem; nam, postquam tormentis dilaniabatur, de se Novius, conscios non edidit, incertum an occultans. Iisdem consulibus P. Dolabella censuit
spectaculum gladiatorum per omnes annos celebrandum pecunia eorum qui quæsturam adipiscerentur. Apud majores
virtutis id præmium fuerat, cunctisque civium, si bonis artibus fiderent, licitum petere magistratus; ac ne ætas qui-

de ses amis, par l'activité de son caractère; pour la préture il se voit
préféré par le suffrage du prince à des candidats de la plus haute
naissance. Tibère même, pour voiler la bassesse de son extraction,
se servit de ce mot : « Rufus est fils de ses œuvres. » Il parvint depuis à une longue vieillesse. Lâche adulateur des grands, hautain
envers ses inférieurs, difficile avec ses égaux, il obtint le consulat,
les ornements du triomphe, et enfin le gouvernement de l'Afrique,
où il mourut, accomplissant ainsi la prédiction.

XXII. Cependant, à Rome, un chevalier romain, nommé Cn. Novius,
sans qu'il y eût de cause apparente, ni qu'on ait pu en découvrir depuis, fut trouvé avec un poignard dans la foule de ceux qui venaient
saluer le prince. On eut beau le déchirer par la torture, il s'avoua
coupable, mais n'impliqua personne, soit qu'il n'eût pas de complices, soit qu'il ne voulût pas les déceler. Sous les mêmes consuls, P. Dolabella proposa de donner tous les ans un spectacle de gladiateurs aux
frais de ceux qui obtiendraient la questure. Anciennement cette dignité n'était que la récompense du mérite, et en général tout citoyen,
avec du talent, pouvait prétendre aux magistratures. On ne considé-

largitione amicorum,	par les intrigues de *ses* amis,
simul ingenio acri,	en même temps par *son* caractère actif,
et mox præturam,	et bientôt la préture,
inter candidatos nobiles,	parmi des candidats nobles,
suffragio principis;	par le suffrage du prince;
quum Tiberius velavisset	lorsque Tibère avait couvert
dedecus natalium ejus	la bassesse de la naissance de lui
hisce verbis :	par ces mots:
« Curtius Rufus	« Curtius Rufus
videtur mihi natus ex se. »	paraît à moi né de lui-même. »
Longa senecta post hæc,	Dans une longue vieillesse après cela,
et tristi adulatione	et par une triste adulation
adversus superiores,	envers *ses* supérieurs,
arrogans minoribus,	arrogant avec *ses* inférieurs,
difficilis inter pares, [lare,	difficile parmi *ses* égaux,
obtinuit imperium consu-	il obtint l'autorité consulaire,
insignia triumphi,	les insignes du triomphe,
ac postremo Africam;	et enfin l'Afrique;
atque, defunctus ibi,	et, étant mort là,
implevit præsagium fatale.	il accomplit le présage de-la-destinée.
XXII. Interea Romæ,	XXII. Cependant à Rome,
nullis causis palam	sans aucuns motifs *mis* en-évidence
neque cognitis mox,	ni connus ensuite,
Cn. Novius,	Cn. Novius,
eques Romanus,	chevalier romain,
reperitur accinctus ferro	est trouvé ceint d'un fer
in cœtu	dans la réunion
salutantium principem;	de ceux qui saluaient le prince;
nam, postquam dilaniabat	car, lorsqu'il était déchiré
tormentis,	par les tortures,
Novius edidit de se,	Novius fit-des-aveux sur lui,
non conscios,	*mais* ne *fit* pas *connaître* de complices,
incertum	*il est* incertain (on ne sait) [les trahir).
an occultans.	si *ce fut les* cachant (si c'était pour ne pas
Iisdem consulibus	Sous les mêmes consuls
P. Dolabella censuit	P. Dolabella proposa
spectaculum gladiatorum	un spectacle de gladiateurs
celebrandum	devoir être célébré
per omnes annos	pendant toutes les années
pecunia eorum [ram.	avec l'argent (aux frais) de ceux
qui adipiscerentur quæstu-	qui obtiendraient la questure.
Apud majores	Chez *nos* ancêtres
id fuerat præmium virtutis,	ç'avait été la récompense de la vertu,
licitumque cunctis civium	et *il était* permis à tous parmi les citoyens
petere magistratus,	de demander les magistratures,
si fiderent bonis artibus;	s'ils s'appuyaient sur de bonnes prati-
ac ne ætas quidem	et l'âge même [ques (mœurs);

dem[1] distinguebatur, quin prima juventa consulatum ac
dictaturas inirent. Sed quæstores regibus etiam tum imperantibus instituti sunt; quod lex curiata[2] ostendit, ab L. Bruto
repetita. Mansitque consulibus potestas deligendi, donec eum
quoque honorem populus mandaret : creatique primum Valerius Potitus et Æmilius Mamercus, sexagesimo tertio anno[3]
post Tarquinios exactos, ut rem militarem comitarentur. Dein,
gliscentibus negotiis, duo additi, qui Romæ curarent. Mox
duplicatus numerus[4], stipendiaria jam Italia, et accedentibus
provinciarum vectigalibus. Post, lege Sullæ, viginti creati
supplendo senatui[5], cui judicia tradiderat[6]. Et, quanquam
equites judicia recuperavissent, quæstura tamen, ex dignitate
candidatorum aut facilitate tribuentium, gratuito concedebatur, donec sententia Dolabellæ velut venundaretur.

XXIII. A. Vitellio, L. Vipstano consulibus, quum de supplendo senatu agitaretur, primoresque Galliæ quæ Comata[7]
appellatur, fœdera et civitatem Romanam pridem assecuti,

rait même pas l'âge, et une grande jeunesse n'excluait ni du consulat
ni des dictatures. Les questeurs furent établis dès le temps même des
rois : ce que montre la loi *curiate*, qui fut ensuite renouvelée par Brutus. Les consuls restèrent en possession du droit de choisir les questeurs, jusqu'au temps où le peuple vint à conférer aussi cette dignité.
Les premiers qu'il nomma furent Valérius Potitus et Émilius Mamercus, soixante-trois ans après l'expulsion des Tarquins. Les questeurs
accompagnaient les généraux à la guerre. Depuis, les affaires se
multipliant, on en créa deux nouveaux pour l'intérieur de Rome.
Ce nombre ne tarda pas à être doublé, lorsqu'aux tributs que payait
déjà l'Italie se joignirent ceux des provinces. Sylla le porta jusqu'à
vingt, afin qu'ils servissent à recruter le sénat, auquel il avait at-
tribué les jugements; et ce nombre subsista, lors même que le pouvoir judiciaire eut été rendu aux chevaliers. Au reste, soit qu'elle
fût accordée au mérite des candidats ou à la faveur, la questure
était donnée gratuitement, jusqu'au moment où, d'après l'avis de
Dolabella, on la rendit en quelque sorte vénale.

XXIII. Sous le consulat de A. Vitellius et de L. Vipstanus, comme
il était question de compléter le sénat, et que les principaux habitants de la Gaule appelée *Chevelue*, depuis longtemps alliés et ci-

distinguebatur,   n'était pas distingué,
quin inirent   *au point d'empêcher* qu'ils n'exerçassent
prima juventa   dans la première jeunesse
consulatum ac dictaturas.   le consulat et les dictatures.
Sed quæstores instituti sunt   Mais les questeurs furent établis
regibus imperantibus   les rois gouvernant
tum etiam;   alors encore;
quod ostendit lex curiata,   ce que montre la loi curiate.,
repetita ab L. Bruto.   renouvelée par L. Brutus.
Potestasque deligendi   Et le pouvoir de *les* choisir
mansit consulibus,   demeura aux consuls,
donec populus mandaret   jusqu'à ce que le peuple déléguât
eum honorem quoque :   cet honneur aussi :
Valeriusque Potitus   et Valérius Potitus
et Æmilius Mamercus   et Émilius Mamercus   [fois,
creati primum,   *furent* créés *questeurs* pour-la-première-
sexagesimo tertio anno   la soixante-troisième année
post Tarquinios exactos,   après les Tarquins chassés,
ut comitarentur   afin qu'ils accompagnassent
rem militarem.   la puissance militaire (les armées).
Dein, negotiis gliscentibus,   Ensuite, les affaires s'accroissant,
duo additi,   deux *questeurs furent* ajoutés,
qui curarent Romæ.   qui administrassent à Rome.
Mox numerus duplicatus,   Bientôt le nombre *fut* doublé,
Italia jam stipendiaria,   l'Italie *étant* déjà tributaire,
et vectigalibus provincia-   et les revenus des provinces
accedentibus.   [rum   s'y joignant.
Post, lege Sullæ,   Après *cela*, par une loi de Sylla,
viginti creati   vingt *questeurs furent* créés
supplendo senatui,   pour recruter le sénat,
cui tradiderat judicia.   auquel il avait livré les jugements.
Et, quanquam equites   Et, quoique les chevaliers
recuperavissent judicia,   eussent recouvré les jugements,
quæstura tamen   la questure cependant
concedebatur gratuito,   était accordée gratuitement,
ex dignitate candidatorum   selon la dignité des candidats
aut facilitate tribuentium,   ou la facilité de ceux qui *la* donnaient,
donec velut   jusqu'à ce qu'en-quelque-sorte
venundaretur   elle fût vendue
sententia-Dolabellæ.   sur la proposition de Dolabella.
    XXIII. A. Vitellio,   XXIII. A. Vitellius
L. Vipstano consulibus,   *et* L. Vipstanus *étant* consuls,
quum agitaretur   comme on délibérait
de supplendo senatu,   pour recruter le sénat,
primoresque Galliæ   et *que* les premiers *habitants* de la Gaule
quæ appellatur Comata,   qui est appelée Chevelue,
assecuti pridem   ayant obtenu depuis-longtemps

jùs adipiscendorum in Urbe honorum expeterent, multus ea
super re variusque rumor, et studiis diversis apud principem
certabatur, asseverantium « Non adeo ægram Italiam, ut senatum suppeditare urbi suæ nequiret : suffecisse olim indige-
nas, consanguineis populis ; nec pœnitere veteris reipublicæ.
Quin adhuc memorari exempla quæ priscis moribus ad virtutem et gloriam Romana indoles prodiderit. An parum quod
Veneti et Insubres curiam irruperint, nisi cœtus alienigena-
rum, velut captivitas, inferatur? Quem ultra honorem resi-
duis nobilium, aut si quis pauper e Latio senator, fore? Op-
pleturos omnia divites illos, quorum avi proavique, hostilium
nationum duces, exercitus nostros ferro vique ceciderint, divum Julium apud Alesiam [1] obsederint. Recentia hæc : quid si
memoria eorum inoriretur, qui, Capitolio et arce Romana

toyens, sollicitaient le droit de parvenir aussi aux dignités dans
Rome, il s'éleva à ce sujet de vives contestations. Plusieurs, devant
le prince même, s'y opposèrent avec force. Ils disaient « que l'Italie
n'était pas assez épuisée pour ne pouvoir fournir un sénat à sa capitale. Les seuls enfants de Rome, avec les peuples de son sang, y
suffisaient bien jadis ; et certes on n'avait pas à rougir de l'ancienne
république : on ne parlait encore que des prodiges de gloire et de
vertu qui avaient signalé ces mœurs antiques. N'était-ce point assez
que des Vénètes et des Insubriens eussent envahi le sénat, sans y in-
troduire en quelque sorte la captivité elle-même avec cette foule d'é-
trangers? Quelles prérogatives auraient donc désormais le peu de
patriciens qui restaient, et les sénateurs pauvres du Latium ? Ces
nouveaux venus, grâce à leurs richesses, envahiraient tous les emplois, eux dont l'aïeul ou le bisaïeul avait commandé des nations ennemies, taillé en pièces des armées romaines, assiégé Jules César devant Alise. C'étaient là des injures récentes : que serait-ce si l'on
rappelait le Capitole et la citadelle presque renversés par les mains

fœdera	des traités
et civitatem Romanam	et la cité romaine,
expeterent jus	réclamaient le droit
adipiscendorum honorum	d'acquérir les honneurs
in Urbe,	dans la ville (Rome),
rumor multus variusque	des propos nombreux et variés
super ea re,	s'élevèrent sur cette affaire,
et certabatur	et on disputait
apud principem	devant le prince
studiis diversis	avec des passions contraires
asseverantium	des uns affirmant
« Italiam non adeo ægram,	« L'Italie n'être pas si malade,
ut nequiret suppeditare	qu'elle ne pût fournir
senatum suæ urbi :	un sénat à sa ville (capitale) :
indigenas suffecisse olim,	les indigènes avoir suffi autrefois,
populis consanguineis ;	avec les peuples de-leur-sang ;
nec pœnitere	et eux ne pas rougir
veteris reipublicæ.	de l'ancienne république.
Quin exempla	Bien-plus des exemples
quæ indoles Romana	lesquels le caractère romain
prodiderit	avait légués
moribus priscis	sous ces mœurs antiques
ad virtutem et gloriam,	en-fait-de vertu et de gloire,
memorari adhuc.	être cités encore.
An parum	Était-ce peu
quod Veneti et Insubres	que les Vénètes et les Insubriens
irruperint curiam,	eussent envahi la curie,
nisi cœtus alienigenarum	si une foule d'étrangers
inferatur,	n'y était introduite,
velut captivitas ?	comme la captivité elle-même ?
Quem honorem fore ultra	Quel honneur devoir être au delà
residuis nobilium,	à ceux-qui-restaient des nobles,
aut si quis senator pauper	ou s'il se trouvait quelque sénateur pauvre
e Latio ?	originaire du Latium ?
Illos divites	Ces riches-là
oppleturos omnia,	devoir remplir toutes les places,
quorum avi proavique,	desquels les aïeuls et les bisaïeuls,
duces nationum hostilium,	chefs de nations ennemies,
ceciderint ferro vique	avaient massacré par le fer et la violence
nostros exercitus,	nos armées,
obsederint divum Julium	avaient assiégé le divin Jules (César)
apud Alesiam.	devant Alise.
Hæc recentia :	Ces faits être récents :
quid	que serait-ce [souvenir)
si memoria inoriretur	si la mémoire naissait (si on rappelait le
eorum, qui,	de ceux, qui,
Capitolio et arce Romana	le Capitole et la citadelle de-Rome

manibus eorumdem pæne stratis...? Fruerentur sane vocabulo civitatis; at insignia patrum, decora magistratuum, ne vulgarent. »

XXIV. His atque talibus haud permotus princeps, et statim contra disseruit, et, vocato senatu, ita exorsus est [1] : « Majores mei (quorum antiquissimus Clausus, origine Sabina, simul in civitatem Romanam et in familias patriciorum adscitus est) hortantur uti paribus consiliis rempublicam capessam, transferendo huc quod usquam egregium fuerit. Neque enim ignoro Julios Alba, Coruncanios Camerio, Porcios Tusculo, et, ne vetera scrutemur, Etruria Lucaniaque et omni Italia in senatum accitos. Postremo ipsam ad Alpes promotam [2], ut non modo singuli viritim, sed terræ gentesque in nomen nostrum coalescerent. Tunc solida domi quies, et adversus externa floruimus, quum Transpadani in civitatem recepti, quum, specie

de ces mêmes Gaulois? Qu'ils jouissent, puisqu'on l'a voulu, du titre de citoyens; mais que les décorations sénatoriales, que les honneurs de la magistrature ne soient point ainsi prostitués. »

XXIV. Le prince ne fut point touché de ces raisons et d'autres semblables, et, ayant convoqué le sénat, il y répliqua sur-le-champ en ces termes : « Mes ancêtres, dont le plus ancien, Clausus, né parmi les Sabins, reçut à la fois le droit de cité romaine et le titre de patricien, m'exhortent à suivre la même voie, en transportant dans le sénat ce que chaque pays a produit de plus illustre. Je n'ignore point en effet qu'Albe nous a donné les Jules, Camérium les Coruncanius, Tusculum les Porcius, et, sans remonter si haut, que l'Étrurie et la Lucanie, que l'Italie entière nous ont fourni des sénateurs. Enfin, peu contents d'adopter des particuliers, nous avons reculé les bornes de l'Italie même jusqu'aux Alpes, afin d'associer au nom romain des nations et des contrées entières. Ce fut une époque de tranquillité profonde au dedans et de gloire au dehors, quand nous allâmes chercher des citoyens au delà du Pô; quand, pour réparer l'épuisement que causait à l'empire le transport de nos légions sur toute

pæne stratis

manibus eorumdem...?

Fruerentur sane

vocabulo civitatis ;

at ne vulgarent

insignia patrum,

decora magistratuum. »

XXIV. Princeps

haud permotus

his atque talibus,

et disseruit contra statim,

et, senatu vocato,

exorsus est ita ;

« Mei majores

(quorum antiquissimus,

Clausus, origine Sabina,

adscitus est simul

in civitatem Romanam

et in familias patriciorum)

hortantur

uti capessam rempublicam

consiliis paribus,

transferendo huc

quod fuerit egregium

usquam.

Neque enim ignoro

Julios accitos

Alba in senatum,

Coruncanios Camerio,

Porcios Tusculo,

et, ne scrutemur

vetera,

Etruria Lucaniaque

et omni Italia.

Postremo ipsam

promotam ad Alpes,

ut non modo

singuli viritim,

sed terræ gentesque

coalescerent

in nostrum nomen.

Tunc quies solida domi,

et floruimus

adversus externa,

quùm Transpadani

recepti in civitatem,

quùm, specie legionum

---

ayant été presque renversés

par les mains de ces-mêmes *ennemis*... ?

Qu'ils jouissent, soit,

du titre de la cité (de citoyens) ;

du moins qu'on ne prostituât point

les insignes des sénateurs,

les ornements des magistrats. »

XXIV. Le prince

ne *fut* point touché

de ces *raisons* et *d'autres* telles,

et il parla contre aussitôt,

et, le sénat étant convoqué,

il commença ainsi :

« Mes ancêtres

(dont le plus ancien,

Clausus, d'origine sabine,

fut admis à la fois

dans la cité romaine

et dans les familles des patriciens)

m'exhortent

à ce que j'administre la chose-publique

avec des mesures pareilles,

en transportant ici

tout ce qui a été illustre

partout *ailleurs*.

Et en effet je n'ignore pas

les Jules *avoir été* appelés

d'Albe dans le sénat,

les Coruncanius de Camérie,

les Porcius de Tusculum,

et, pour que nous ne fouillions pas

les *faits* anciens,   [Lucanie

d'autres être venus de l'Étrurie et de la

et de toute l'Italie.

Enfin *l'Italie* elle-même

avoir été portée jusqu'aux Alpes,

de sorte que non-seulement

des individus isolément,

mais des territoires et des nations

se réunissent

à notre nom.

Alors le repos *fut* solide à l'intérieur,

et nous fûmes-florissants

contre l'étranger,

lorsque les *peuples* transpadans

furent reçus dans la cité,

lorsque, sous prétexte de légions

deductarum' per orbem terræ legionum, additis provincialium validissimis, fesso imperio subventum est. Num pœnitet Balbos ex Hispania, nec minus insignes viros e Gallia Narbonensi transivisse? Manent posteri eorum, nec amore in hanc patriam nobis concedunt. Quid aliud exitio Lacedæmoniis et Atheniensibus fuit, quanquam armis pollerent, nisi quod victos pro alienigenis arcebant? At conditor noster Romulus tantum sapientia valuit, ut plerosque populos eodem die hostes, dein cives, habuerit. Advenæ in nos regnaverunt. Libertinorum filiis magistratus mandari, non, ut plerique falluntur, repens, sed priori populo factitatum est. At cum Senonibus pugnavimus : scilicet Volsci et Æqui nunquam adversam nobis aciem instruxere! Capti a Gallis sumus; sed et Tuscis obsides dedimus, et Samnitium jugum subivimus. Attamen, si cuncta bella recenseas, nullum breviore spatio quam adversus Gallos con-

la terre, nous y incorporâmes les plus braves soldats des provinces. Regrettons-nous d'avoir pris à l'Espagne ses Balbus et à la Gaule Narbonnaise tant d'hommes non moins illustres? Leurs descendants subsistent encore, et leur amour pour cette patrie ne le cède point au nôtre. Pourquoi Lacédémone et Athènes sont-elles tombées, malgré la gloire de leurs armes, si ce n'est pour avoir toujours exclu de leur sein les vaincus, comme étrangers? Bien plus sage, Romulus, notre fondateur, vit la plupart de ses voisins, le matin ses ennemis, le soir ses concitoyens. Des étrangers ont régné sur nous. Des fils d'affranchis ont été magistrats; et ceci ne fut point une innovation, comme on le croit faussement; ce fut un usage fréquent des premiers siècles. Mais les Sénonais nous ont fait la guerre! Apparemment que les Èques et les Volsques ne nous ont jamais livré de batailles! Les Gaulois ont pris Rome; mais nous avons donné des otages aux Étrusques, nous avons subi le joug des Samnites. Encore, si nous parcourons l'histoire de nos guerres, verrons-nous que nulle autre guerre n'a été aussi promptement terminée que celle contre les Gaulois. De-

deductarum	transportées
per orbem terræ,	par *tout* le cercle de la terre,
validissimis provincialium	les plus vaillants des habitants-des-pro-
additis,	y étant ajoutés; [vinces
subventum est	on vint en-aide
imperio fesso.	à l'empire fatigué.
Num pœnitet Balbos	Est-ce qu'on se repent les Balbus
transivisse ex Hispania,	avoir passé d'Espagne *chez nous*,
nec viros minus insignes	et des hommes non moins remarquables
e Gallia Narbonensi?	*avoir passé ici* de la Gaule narbonnaise?
Posteri eorum manent,	Les descendants de ces *hommes* subsistent,
nec concedunt nobis	et ne *le* cèdent point à nous
amore in hanc patriam.	en amour pour cette patrie.
Quid aliud fuit exitio	Quelle autre chose fut à perte
Lacedæmoniis	aux Lacédémoniens
et Atheniensibus,	et aux Athéniens,
quanquam pollerent armis,	quoiqu'ils fussent-puissants par les armes,
nisi quod arcebant victos	sinon qu'ils écartaient les vaincus
pro alienigenis?	pour (comme) étrangers?
At Romulus noster conditor	Mais Romulus notre fondateur
valuit tantum sapientia	*l'*emporta tellement par *sa* sagesse
ut habuerit plerosque po-	qu'il eut la plupart des peuples
eodem die hostes, [pulos	le même jour *pour* ennemis,
dein cives.	puis *pour* citoyens.
Advenæ	Des étrangers
regnaverunt in nos.	ont régné sur nous.
Magistratus mandari	Des magistratures être confiées
filiis libertinorum,	à des fils d'affranchis,
non repens,	*cela n'est* pas chose soudaine (récente),
ut plerique	comme la plupart
falluntur,	se trompent *en le croyant*,
sed factitatum est	mais a été fait-souvent
populo priori.	par le peuple précédent.
At pugnavimus	Mais nous avons combattu
cum Senonibus :	avec (contre) les Sénonais :
scilicet Volsci et Æqui	apparemment les Volsques et les Èques
instruxere nunquam	ne rangèrent jamais
aciem adversam nobis !	une armée opposée à nous !
Capti sumus a Gallis,	Nous avons été pris par les Gaulois,
sed et dedimus	mais nous avons donné aussi
obsides Tuscis,	des otages aux Toscans,
et subivimus jugum	et nous avons subi le joug
Samnitium.	des Samnites.
Attamen si recenseas	Cependant si tu passes-en-revue
cuncta bella,	toutes les guerres,
nullum confectum	aucune ne *fut* achevée
spatio breviore	dans un espace *de temps* plus court

fectum. Continua inde ac fida pax. Jam moribus, artibus, affi-
nitatibus nostris mixti, aurum et opes suas inferant potius quam
separati habeant. Omnia, patres conscripti, quæ nunc vetustissima creduntur, nova fuere : plebei magistratus post patricios ; Latini post plebeios ; ceterarum Italiæ gentium post Lati-
nos. Inveterascet hoc quoque, et quod hodie exemplis tuemur
inter exempla erit. »

XXV. Orationem principis secuto patrum consulto, primi
Ædui senatorum in Urbe jus adepti sunt. Datum id fœderi an-
tiquo, et quia soli Gallorum fraternitatis nomen [1] cum populo
Romano usurpant. Iisdem diebus in numerum patriciorum ad-
scivit Cæsar vetustissimum quemque e senatu, aut quibus
clari parentes fuerant : paucis jam reliquis familiarum quas
Romulus majorum, et L. Brutus minorum gentium [2], appella-

puis leur soumission, la paix a été solide et constante. Croyez-moi
donc, pères conscrits, consommons cette union de deux peuples qui
ont des mœurs, des arts, des alliances communes ; qu'ils nous appor-
tent leur or plutôt que d'en jouir à l'écart. Ce qu'on croit le plus ancien
a été nouveau ; Rome prit d'abord ses magistrats parmi les patriciens,
puis indistinctement dans le peuple, puis chez les Latins, puis enfin
parmi les autres nations de l'Italie. Ceci deviendra ancien à son tour,
et ce que nous défendons par des autorités sera invoqué un jour. »

XXV. Le discours du prince fut suivi d'un sénatus-consulte, par
lequel le droit de siéger dans le sénat fut conféré d'abord aux Éduens.
L'ancienneté de leur alliance, et le privilége qu'ils ont seuls des Gaulois
de se nommer frères du peuple romain leur valurent cette distinction.
Ces mêmes jours, Claude admit au nombre des patriciens les sénateurs des familles les plus anciennes, et ceux dont les pères s'étaient
le plus illustrés. A peine restait-il quelques descendants des familles
que Romulus avait appelées *majorum gentium*, et Brutus *minorum*.

quam adversus Gallos.	que *celle* contre les Gaulois.
Inde pax	Dès-lors la paix
continua ac fida.	a *été* continuelle et sûre.
Jam mixti nostris moribus,	Déjà mêlés à nos mœurs,
artibus, affinitatibus;	à *nos* arts, à *nos* alliances,
inferant aurum	qu'ils *nous* apportent *leur* or
et suas opes,	et leurs richesses,
potius quam habeant	plutôt qu'ils ne *les* possèdent
separati.	restant-à-l'écart *de nous.*
Patres conscripti,	Pères conscrits,
omnia quæ nunc	toutes les choses qui maintenant
creduntur vetustissima,	sont crues les plus anciennes,
fuere nova :	ont été nouvelles :
magistratus plebei	*il y a eu* des magistrats plébéiens
post patricios;	après des patriciens ;
Latini	des latins
post plebeios ;	après des plébéiens ;
ceterarum gentium Italiæ	*il y en a eu* des autres nations de l'Italie
post Latinos.	après des latins.
Hoc quoque inveterascet,	Ceci aussi vieillira,
et quod tuemur hodie	et *ce* que nous défendons aujourd'hui
exemplis	par des exemples
erit inter exempla. »	sera *un jour* parmi les exemples. »
XXV. Consulto patrum	XXV. Un décret des sénateurs
secuto orationem principis,	ayant suivi le discours du prince,
Ædui primi adepti sunt	les Éduens les premiers obtinrent
jus senatorum in Urbe.	le droit de sénateurs dans la ville.
Id datum	Cela *fut* donné à (on voulut récompenser)
fœderi antiquo,	une alliance ancienne,
et quia soli Gallorum	et parce que seuls des Gaulois
usurpant nomen	ils prennent le nom
fraternitatis	de fraternité (de frères)
cum populo Romano.	avec le (du) peuple romain.
Iisdem diebus	Dans les mêmes jours
Cæsar adscivit	César (Claude) admit
in numerum patriciorum	au nombre des patriciens
quemque vetustissimum	chaque *membre* le plus ancien
e senatu,	du sénat,
aut quibus fuerant	ou *ceux* à qui avaient été
parentes clari :	des pères illustres :
paucis reliquis jam	peu restant alors
familiarum	des familles
quas Romulus et L. Brutus	que Romulus et L. Brutus
appellaverant	avaient appelées
majorum gentium,	*le premier* MAJORUM GENTIUM
minorum ;	*le second* MINORUM ;
exhaustis etiam	*celles-là* étant épuisées aussi

verant; exhaustis etiam quas dictator Cæsar lege Cassia, et
princeps Augustus lege Sænia, sublegere. Lætaque hæc in
rempublicam munia, multo gaudio censoris, inibantur. Fa-
mosos probris quonam modo senatu depelleret anxius, mitem
et recens repertam, quam ex severitate prisca, rationem ad-
hibuit, monendo «Secum quisque de se consultaret, peteret-
que jus exuendi ordinis : facilem ejus rei veniam; et motos
senatu et excusatos simul propositurum, ut judicium censo-
rum ac pudor sponte cedentium permixti ignominiam molli-
rent. » Ob ea Vipstanus consul retulit « Patrem senatus ap-
pellandum esse Claudium : quippe promiscuum patris patriæ
cognomentum; nova in rempublicam merita non usitatis voca-
bulis honoranda. » Sed ipse cohibuit consulem, ut nimium
assentantem. Condiditque lustrum, quo censa [1] sunt civium
LXIX centena et XLIV millia. Isque illi finis inscitiæ erga domum

Celles même que Jules César avait créées dans sa dictature, par la
loi Cassia, et Auguste, dans son principat, par la loi Sénia, se trouvaient déjà éteintes. Ces règlements, heureux pour l'État, n'avaient
rien que de satisfaisant pour le censeur. Plus inquiet sur les moyens
de purger le sénat des infâmes qui le déshonoraient, il aima mieux
employer un tempérament doux et imaginé nouvellement que d'user
de l'ancienne rigueur. Il conseilla aux coupables de se juger eux-
mêmes et de demander leur retraite : on se prêterait sans peine à
cet arrangement, et il présenterait les expulsions sans les distinguer
des retraites volontaires, afin que la justice des censeurs, confondue
avec celle qu'on se ferait à soi-même, en devînt moins flétrissante. Le
consul Vipstanus proposa à ce sujet de donner à Claude le titre de
père du sénat, prétendant que celui de père de la patrie était trop
vulgaire, et que des services extraordinaires demandaient de nouvelles distinctions. Claude trouva lui-même cette flatterie excessive,
et la réprima. Il fit la clôture du lustre; on avait compté six millions
neuf cent quarante-quatre mille citoyens. C'est vers ce temps qu'il
cessa d'ignorer ce qui se passait chez lui : réduit à connaître et à pu-

quas dictator Cæsar	lesquelles le dictateur César,
lege Cassia,	par la loi Cassia,
et princeps Augustus	et le prince Auguste
lege Sænia,	par la loi Sénia,
sublegere.	avaient substituées.
Hæcque munia	Et ces fonctions *de la censure*
læta in rempublicam	heureuses pour la république
inibantur	étaient exercées
multo gaudio censoris.	à la grande joie du censeur (Claude).
Anxius quonam modo	Inquiet de quelle manière
depelleret senatu	il chasserait du sénat
famosos probris,	les *membres* décriés par *leurs* infamies,
adhibuit rationem	il (Claude) employa un moyen
mitem et recens repertam,	doux et récemment trouvé
quam ex severitate prisca,	*plutôt* que *tiré* de la sévérité ancienne,
monendo « Quisque	en avertissant « Que chacun
consultaret de se secum;	délibérât sur soi avec soi-même,
peteretque jus	et demandât le droit
exuendi ordinis :	de dépouiller (quitter) le rang *sénatorial* :
veniam ejus rei facilem ;	l'obtention de cette chose *être* facile ;
et propositurum simul	et *lui* devoir présenter ensemble
motos senatu	les exclus du sénat
et excusatos,	et les excusés,
ut judicium censorum	de-sorte-que le jugement des censeurs
ac pudor cedentium sponte	et la honte de ceux qui se retiraient spon-
permixti	étant confondus [tanément
mollirent ignominiam. »	adoucissent l'ignominie. »
Ob ea consul Vipstanus	Pour cela le consul Vipstanus
retulit « Claudium	fit-un-rapport *disant* « Claude
appellandum esse	devoir être appelé
patrem senatus :	père du sénat :
quippe cognomentum	en effet le surnom
patris patriæ	de père de la patrie
promiscuum ;	*être* commun ;
merita nova	des services nouveaux
in rempublicam	envers l'État
honoranda	devoir être honorés
vocabulis non usitatis. »	par des titres non usités. »
Sed ipse cohibuit consulem,	Mais lui-même (Claude) arrêta le consul,
ut assentantem nimium.	comme flattant trop.
Condiditque lustrum, quo	Et il ferma le lustre, dans lequel
censa sunt	furent recensés [millions neuf cent mille)
sexaginta novem centena	soixante-neuf centaines-de *milliers* (six
et quadraginta quatuor mil-	et quarante-quatre milliers
civium. [lia	de citoyens.
Isque finis fuit illi	Et cette fin fut à lui
inscitiæ erga suam domum;	de *son* ignorance à-l'égard-de sa maison ;

suam fuit ; haud multo post flagitia uxoris noscere ac punire adactus, ut deinde ardesceret in nuptias incestas.

XXVI. Jam Messalina, facilitate adulteriorum in fastidium versa, ad incognitas libidines profluebat ; quum abrumpi dissimulationem etiam Silius, sive fatali vecordia, an imminentium periculorum remedium ipsa pericula ratus, urgebat. « Quippe non eo ventum ut senectam principis opperirentur : insontibus innoxia consilia ; flagitiis manifestis subsidium ab audacia petendum. Adesse conscios, paria metuentes ; se caelibem, orbum, nuptiis et adoptando Britannico paratum : mansuram eamdem Messalinae potentiam, addita securitate, si praevenirent Claudium, ut insidiis incautum, ita irae properum. » Segniter hae voces acceptae, non amore in maritum, sed ne Silius, summa adeptus, sperneret adulteram, scelusque, inter ancipitia probatum, veris mox pretiis aestimaret. Nomen tamen matrimonii

nir les débordements de sa femme, il ne tarda pas à désirer avec ardeur un hymen incestueux.

XXVI. Messaline, dégoûtée de ses adultères trop faciles, courait à des voluptés inconnues, lorsque Silius, soit par je ne sais quel aveuglement qui le poussait à sa perte, soit qu'aux périls qui le menaçaient il ne vit d'autre remède que le péril même, fut le premier à la presser de ne plus garder de ménagements. « Ils n'en étaient pas venus à ce point, lui disait-il, pour laisser tranquillement vieillir Claude ; l'innocent pouvait rester inoffensif, mais des coupables avérés n'avaient de ressource que l'audace. Des craintes communes leur donnaient des complices sûrs ; il était sans femme, sans enfants, prêt à adopter Britannicus en épousant Messaline : elle ne perdrait rien de son pouvoir et gagnerait de la tranquillité, s'ils prévenaient Claude, aussi facile à surprendre que prompt à s'irriter. » Ce discours fut reçu froidement, non que Messaline aimât son mari, mais parce qu'elle craignait les mépris de son amant dès qu'il aurait l'autorité souveraine, et sa juste horreur pour un crime que le danger seul lui faisait approuver. Toutefois l'idée du mariage la transporta,

adactus haud multo post	ayant été amené non beaucoup après
noscere ac punire	à connaître et à punir
flagitia uxoris;	les désordres de *son* épouse,
ut deinde ardesceret	pour qu'ensuite il s'enflammât
in nuptias incestas.	pour un mariage incestueux.
XXVI. Jam Messalina,	XXVI. Déjà Messaline,
versa in fastidium	tournée au dégoût
facilitate adulteriorum,	par la facilité des adultères,
profluebat	se-laissait-aller
ad libidines incognitas;	à des débauches inconnues;
quum Silius etiam,	lorsque Silius aussi,
sive vecordia fatali,	soit par un aveuglement fatal,
an ratus pericula ipsa	ou persuadé les dangers même
remedium periculorum	*être* le remède des dangers
imminentium,	qui *le* menaçaient,
urgebat	*la* pressait [pue.
dissimulationem abrumpi.	*demandant toute* dissimulation être rom—
« Quippe non ventum eo	« En effet *eux* n'en être pas venus là,
ut opperirentur	qu'ils attendissent
senectam principis :	la vieillesse du prince :
consilia innoxia	les mesures inoffensives
insontibus;	*être bonnes* pour les innocents;
flagitiis manifestis	*mais* les désordres étant manifestes
subsidium petendum	secours devoir être demandé
ab audacia.	à l'audace.
Conscios adesse,	Des complices être *à eux*,
metuentes paria;	redoutant des *dangers* pareils;
se caelibem, orbum,	lui *être* sans-femme, sans-enfant,
paratum nuptiis	préparé à un mariage
et adoptando Britannico :	et à adopter Britannicus :
potentiam Messalinae	la puissance de Messaline
mansuram eamdem,	devoir rester la même,
securitate addita,	la sécurité étant ajoutée,
si praevenirent Claudium,	s'ils prévenaient Claude,
properum irae	prompt à la colère
ita ut incautum	aussi bien que sans-défiance
insidiis. »	contre les embûches. »
Hae voces acceptae	Ces paroles *furent* accueillies
segniter,	avec-indifférence *par elle*,
non amore in maritum,	non par amour pour *son* mari,
sed ne Silius,	mais de peur que Silius,
adeptus summa,	ayant obtenu le souverain *pouvoir*,
sperneret adulteram,	ne méprisât une *femme* adultère,
aestimaretque mox	et n'estimât bientôt
veris pretiis	à *son* vrai prix
scelus probatum	un crime approuvé
inter ancipitia.	au milieu des dangers.

concupivit, ob magnitudinem infamiæ, cujus apud prodigos novissima voluptas est[1]. Nec ultra exspectato quam dum sacrificii gratia Claudius Ostiam proficisceretur, cuncta nuptiarum solennia celebrat.

XXVII. Haud sum ignarus fabulosum[2] visum iri tantum ullis mortalium securitatis fuisse, in civitate ompium gnara et nihil reticente, nedum consulem designatum, cum uxore principis, prædicta die, adhibitis qui obsignarent, velut suscipiendorum liberorum causa, convenisse; atque illam audisse auspicum verba, subisse[3], sacrificasse apud deos; discubitum inter convivas; oscula, complexus; noctem denique actam licentia conjugali. Sed nihil compositum miraculi causa, verum audita scriptaque senioribus tradam.

XXVIII. Igitur domus principis inhorruerat; maximeque quos penes potentia, et, si res verterent, formido, non jam se-

par l'excès de l'infamie, qui, à ce degré de corruption, est un dernier plaisir. Elle n'attendit que le départ de Claude, qui allait à Ostie pour un sacrifice, et elle célébra son mariage dans les formes ordinaires.

XXVII. Ce fait, je ne me le dissimule pas, paraîtra fabuleux. On aura peine à croire que, dans une ville où l'on sait tout et où rien ne se tait, un citoyen, et surtout un consul désigné, ait eu le front de s'unir publiquement à la femme de son empereur, que leur union ait été annoncée d'avance, consignée dans des actes authentiques, comme pour assurer la légitimité des enfants; que cette femme ait entendu les paroles des augures, reçu le voile nuptial, sacrifié aux dieux, pris place à un banquet solennel, au milieu de convives témoins de leurs baisers, de leurs embrassements, et d'une nuit passée dans toutes les libertés conjugales. Mais il n'y a rien là d'inventé pour exciter la surprise; je ne fais que rapporter ce que nos vieillards ont su et écrit.

XXVIII. Cette scène avait révolté toute la maison du prince, surtout ceux qui avaient le pouvoir, et qui couraient le plus de dangers dans le cas d'une révolution. Leur indignation ne se bornait

Tamen concupivit
nomen matrimonii,
ob magnitudinem infamiæ,
cujus voluptas
est novissima
apud prodigos.
Nec exspectato
ultra quam
dum Claudius
proficisceretur Ostiam
gratia sacrificandi,
celebrat cuncta solennia
nuptiarum.   [rus

Cependant elle désira
le nom de mariage (le titre d'épouse),
à-cause-de la grandeur de l'infamie,
de laquelle la volupté
est la dernière
chez les débauchés.
Et n'étant pas attendu (sans attendre)
au delà de ce qu'*il fallait*,
jusqu'à ce que Claude
partît pour Ostie,
en vue de faire-un-sacrifice,
elle célèbre toutes les solennités
d'un mariage,

XXVII. Haud sum igna-
visum iri fabulosum,
tantum securitatis fuisse
ullis mortalium,
in civitate gnara omnium
et reticente nihil,
nedum
consulem designatum,
convenisse
cum uxore principis,
die prædicta,
adhibitis qui obsignarent,
velut causa
suscipiendorum liberorum;
atque illam
audisse verba auspicum,
subisse,
sacrificasse apud deos,
discubitum inter convivas;
oscula, amplexus;
denique noctem actam
licentia conjugali.
Sed tradam nihil   [li,
compositum causa miracu-
verum audita scriptaque
senioribus.

XXVII. Je ne suis point sans-savoir
ceci devoir sembler fabuleux,
tant de sécurité avoir été
à quelques-uns des mortels,
dans une cité qui sait tout
et qui ne tait rien,
quelqu'un, encore-moins
un consul désigné,
s'être rencontré
avec l'épouse du prince,
à un jour dit-d'avance,   [sent,
des témoins ayant été appelés qui signas-
comme en vue
d'avoir-légitimement des enfants ;
et elle
avoir entendu les paroles des augures,
être entrée-sous *le voile nuptial*,
avoir sacrifié devant les dieux,
avoir pris-place au milieu des convives ;
des baisers, des embrassements *avoir été*
enfin une nuit *avoir été* passée   [échangés,
dans *toute* la licence conjugale.
Mais je *ne* rapporterai rien
d'arrangé en vue du merveilleux,
mais des choses entendues et écrites
par *nos* vieillards.

XXVIII. Igitur
domus principis
inhorruerat;
maximeque penes quos
potentia,
et, si res verterent,
formido,
fremere,

XXVIII. Donc
la maison du prince
avait frissonné-d'horreur ;
et surtout *ceux* aux-mains desquels
était le pouvoir,
et *à qui*, si les choses tournaient,
était de la crainte,
commencent à dire-en-frémissant,

cretis colloquiis, sed aperte fremere,.« Dum histrio [1] cubiculum
principis insultaverit., dedecus quidem illatum ; sed exscidium
procul abfuisse : nunc juvenem nobilem, dignitate formæ, vi
mentis, ac propinquo consulatu, majorem ad spem accingi :
nec enim occultum quid post tale matrimonium superesset. »
Subibat sine dubio metus reputantes hebetem Claudium et
uxori devinctum; multasque mortes [2] jussu Messalinæ patratas. Rursus ipsa facilitas imperatoris fiduciam dabat, si atrocitate criminis prævaluissent, posse opprimi damnatam antequam ream. Sed in eo discrimen verti, si defensio audiretur,
utque clausæ aures etiam confitenti forent.

XXIX. Ac primo Callistus, jam mihi circa necem C. Cæsaris narratus, et Appianæ cædis molitor [3] Narcissus, flagrantis-
simaque eo in tempore gratia Pallas, agitavere num Messali-

plus à des murmures secrets ; elle éclatait ouvertement. « Au moins,
disaient-ils, quand un histrion insultait la couche de l'empereur, s'il le déshonorait, il ne le détrônait pas. Mais de la part
d'un jeune homme comme Silius, en qui la beauté, la naissance,
l'énergie du caractère allaient être soutenues par tout le pouvoir du consulat, cet attentat, certes, annonçait de plus hautes
espérances. Il n'était pas difficile de voir ce qui lui restait à faire
après un tel mariage. » Toutefois ils sentaient aussi quelques
craintes en songeant à l'imbécillité de Claude, à l'empire de sa
femme sur lui, à tous les meurtres ordonnés par Messaline. D'un
autre côté, cette stupidité même du prince leur donnait l'espoir que,
s'ils pouvaient faire impression sur son esprit par l'énormité du
crime, ils la feraient condamner sans qu'il y eût d'instruction. Mais
le point capital était d'empêcher que ses défenses ne fussent entendues, et de faire qu'elle trouvât les oreilles de son époux fermées,
même à ses aveux.

XXIX. D'abord Calliste, celui dont j'ai fait mention au sujet du
meurtre de Caïus, Narcisse, l'instrument de celui d'Appius, et
Pallas, qui avait dans ce temps-là un crédit sans borne, délibérèrent si, par de secrètes menaces, ils n'arracheraient pas Messa-

non jam colloquiis secretis,   non plus dans des entretiens secrets,
sed aperte,   mais ouvertement,
« Dum histrio insultaverit   « Tant qu'un histrion avait outragé
cubiculum principis,   la couche du prince,
dedecus quidem illatum ;   un déshonneur sans-doute avoir été causé ;
sed exscidium   mais la ruine
abfuisse procul :   avoir été loin :
nunc juvenem nobilem,   maintenant un jeune-homme noble,
dignitate formæ,   *fort* de la dignité de l'extérieur,
vi mentis,   de l'énergie de l'esprit,
ac consulatu propinquo,   et d'un consulat prochain,
accingi ad majorem spem :   se préparer à une plus grande espérance :
nec enim occultum,   et en effet *ceci* n'*être* point caché,
quid superesset   quelle chose restait
post tale matrimonium. »   après un tel mariage. »
Sine dubio metus   Sans doute la crainte
subibat   se glissait-en *eux*
reputantes   qui songeaient
Claudium hebetem   Claude *être* imbécile
et devinctum uxori,   et enchaîné à *son* épouse,
multasque mortes patratas   et beaucoup de morts avoir été accomplies
jussu Messalinæ.   par l'ordre de Messaline.
Rursus facilitas ipsa   D'autre-part la facilité même
imperatoris   de l'empereur
dabat fiduciam,   *leur* donnait confiance,
posse opprimi   *elle* pouvoir être accablée
damnatam   étant condamnée
antequam ream,   avant qu *d'être* accusée,
si prævaluissent   s'ils avaient prévalu *auprès de lui*
atrocitate criminis.   par l'énormité de l'accusation.
Sed discrimen   Mais le point-critique
verti in eo,   rouler sur cela,
si defensio audiretur,   si la défense serait entendue,
utque aures   et que les oreilles *du prince*
forent clausæ   fussent fermées
etiam confitenti.   même à *elle* avouant *tout*.
   XXIX. Ac primo   XXIX. Et d'abord
Callistus,   Calliste,
jam narratus mihi   déjà cité par moi
circa necem C. Cæsaris,   au-sujet-du meurtre de C. César,
et Narcissus   et Narcisse
molitor cædis Appianæ,   instrument du meurtre d'-Appius,
Pallasque   et Pallas
gratia flagrantissima   *jouissant* du crédit le plus éclatant
in eo tempore,   en ce temps-là,
agitavere   délibérèrent
num minis secretis   si par des menaces secrètes

nam secretis minis depellerent amore Silii, cuncta alia dissi-
mulantes. Deinde, metu ne ad perniciem ultro traherentur,
desistunt, Pallas per ignaviam, Callistus prioris quoque regiæ[1]
peritus, et potentiam cautis quam acribus consiliis tutius haberi. Perstitit Narcissus ; et, solum id immutans, ne quo sermone præsciam criminis et accusatoris faceret, ipse ad occa-
siones intentus, longa apud Ostiam Cæsaris mora, duas pelli-
ces, quarum is corporibus maxime insueverat, largitione ac
promissis et, uxore dejecta, plus potentiæ ostentando, perpulit delationem subire.

XXX. Exin Calpurnia (id pellici nomen), ubi datum secretum, Cæsaris genibus provoluta, nupsisse Messalinam Silio
exclamat; simul Cleopatram, quæ idem opperiens adstabat,
an comperisset interrogat ; atque, illa annuente, cieri Narcissum postulat. Is, veniam in præteritum petens, quod ei Titios[2],
Vectios, Plautios dissimulavisset, nec nunc adulteria objectu-

line à son amour pour Silius ; puis, craignant de se perdre eux-
mêmes, Pallas et Calliste abandonnent l'entreprise, Pallas par
lâcheté, Calliste parce qu'il avait de plus l'expérience de l'autre
cour, et savait que, pour se maintenir au pouvoir, la prudence est
plus utile que la hardiesse, Narcisse persista ; seulement il eut la
précaution de ne pas dire un mot qui pût faire pressentir à Messaline l'accusation ni l'accusateur. Attentif à saisir les occasions,
comme le prince séjournait longtemps à Ostie, il choisit deux cour-
tisanes qui servaient habituellement à ses plaisirs ; et avec de l'argent, des promesses, en leur faisant envisager la perspective d'un
plus grand pouvoir, quand il n'y aurait plus d'épouse, il les détermine à se charger de la délation.

XXX. Dès qu'elles se trouvent seules avec l'empereur, Calpurnie
(c'était le nom d'une de ces deux femmes) se jette à ses genoux, et
s'écrie que Messaline est mariée à Silius. Puis elle interroge sur la
vérité du fait Cléopâtre qui était là dans le même dessein, et, celle-ci
confirmant son rapport, elle demande qu'on fasse venir Narcisse.
Celui-ci s'excusa sur le passé, sur ce qu'il n'avait point parlé à
l'empereur des Titius, des Vectius, des Plautius : « Maintenant

depellerent Messalinam | ils n'arracheraient pas Messaline
amore Silii, | à *son* amour pour Silius,
dissimulantes cuncta alia. | dissimulant toutes les autres choses.
Deinde, metu | Ensuite, dans la crainte
ne traherentur ultro | qu'ils ne fussent entraînés d'eux-mêmes
ad perniciem, | à *leur* perte,
desistunt, | ils se désistent,
Pallas per ignaviam, | Pallas par lâcheté,
Callistus peritus quoque | Calliste ayant-l'expérience aussi
regiæ prioris | de la cour précédente
et potentiam | et *sachant* le pouvoir
haberi tutius | être tenu plus sûrement
consiliis cautis | par des mesures prudentes
quam acribus. | que par des *mesures* hardies.
Narcissus perstitit ; | Narcisse persista ;
et, immutans id solum, | et, changeant ceci seulement,
ne faceret quo sermone | qu'il ne rendît par aucun propos
præsciam criminis | *elle* pressentant l'accusation
et accusatoris, | et l'accusateur,
ipse intentus ad occasiones, | lui-même attentif aux occasions,
mora Cæsaris longa | le séjour de César (Claude) *étant* long
apud Ostiam, | à Ostie,
largitione ac promissis, | par des largesses et des promesses,
et ostentando | et en *leur* montrant
plus potentiæ, | plus de puissance,
uxore dejecta, | l'épouse étant renversée,
perpulit subire delationem | il détermina à se charger de la délation
duas pellices, | deux courtisanes ;
corporibus quarum | aux corps desquelles
is insueverat maxime. | il (Claude) était accoutumé le plus.
   XXX. Exin Calpurnia | XXX. Ensuite Calpurnia
(id nomen pellici), | (ce nom *était* à une courtisane),
ubi secretum datum, | dès qu'une *audience* secrète *lui fut* donnée,
provoluta genibus Cæsaris, | s'étant roulée aux genoux de César
exclamat Messalinam | s'écrie Messaline   [(Claude),
nupsisse Silio ; | avoir épousé Silius ;
simul | en même temps
interrogat Cleopatram, | elle interroge Cléopâtre,
quæ adstabat | qui se tenait-là
opperiens idem, | attendant la même chose,
an comperisset ; | si elle avait appris *cela* ;
atque, illa annuente, | et, celle-ci disant-oui,
postulat Narcissum cieri. | elle réclame Narcisse être appelé.
Is, petens veniam | Celui-ci, demandant grâce
in præteritum, | pour le passé,
quod dissimulavisset ei | de ce qu'il avait dissimulé à lui
Titios, Vectios, Plautios, | les Titius, les Vectius, les Plautius,

rum ait : « Ne domum, servitia, et ceteros fortunæ paratus reposceret; frueretur imo iis, sed redderet uxorem, rumpe-retque tabulas nuptiales. An discidium, inquit, tuum nosti? nam matrimonium Silii vidit populus et senatus et miles; ac, ni propere agis, tenet Urbem maritus. »

XXXI. Tum potissimum quemque amicorum vocat; primum-que rei frumentariæ præfectum Turranium, post Lusium Ge-tam, prætorianis impositum, percontatur. Quibus fatentibus, certatim ceteri circumstrepunt, « Iret in castra, firmaret præ-torias cohortes, securitati ante quam vindictæ consuleret. » Satis constat eo pavore offusum Claudium, ut identidem in-terrogaret an ipse imperii potens, an Silius privatus esset. At Messalina, non alias solutior luxu, adulto autumno, simula-crum vindemiæ per domum celebrat. Urgeri præla, fluere la-cus, et feminæ pellibus accinctæ assultabant, ut sacrificantes

même il ne parlerait point encore de l'adultère de Silius, et n'enga-gerait point le prince à redemander son palais, ses esclaves, tous les ornements de sa grandeur; que Silius jouît des biens, mais qu'il rendît l'épouse, et qu'il déchirât l'acte de son mariage. Sais-tu, poursuivit-il, que tu es répudié? Silius a eu pour témoins le peuple, le sénat, l'armée : si tu tardes un moment, Rome est au pouvoir de ce nouvel époux. »

XXXI. Aussitôt Claude fait appeler les principaux de ses amis; et d'abord il interroge Turranius, préfet des vivres, ensuite Lusius Géta, commandant du prétoire. Enhardis par leurs aveux, tous ceux qui étaient autour du prince lui crient à l'envi « de marcher au camp, de s'assurer des cohortes prétoriennes, de pourvoir à sa sûreté d'abord, avant de songer à la vengeance. » Une chose cer-taine, c'est que Claude fut saisi d'une telle frayeur, qu'il demanda plusieurs fois s'il était maître de l'empire, si l'on n'avait point proclamé Silius. Dans l'intervalle, Messaline, plus abandonnée que jamais dans ses dissolutions, représentait dans son palais une ven-dange. On était au milieu de l'automne. Les pressoirs foulaient les raisins, le vin coulait dans les cuves; tout autour sautaient des femmes vêtues de peaux, imitant les sacrifices, ou plutôt le délire

ait nec nunc
objecturum adulteria :
« Ne reposceret domum,
servitia,
et ceteros paratus fortunæ;
imo frueretur iis,
sed redderet uxorem,
rumperetque tabulas
nuptiales.
An nosti, inquit,
tuum discidium?
nam populus et senatus
et miles
vidit matrimonium Silii ;
ac., ni agis propere,
maritus tenet Urbem. »
XXXI. Tum vocat
quemque potissimum
amicorum;
primumque
percontatur Turranium,
præfectum rei frumentariæ,
post Lusium Getam,
impositum prætorianis.
Quibus fatentibus, ceteri
circumstrepunt certatim,
« Iret in castra,
firmaret
cohortes prætorias,
consuleret securitati
antequam vindictæ. »
Constat satis
Claudium offusum
eo pavore,
ut identidem interrogaret
an ipse esset potens imperii,
an Silius privatus.
At Messalina,
non alias solutior luxu,
autumno adulto,
celebrat per domum
simulacrum vindemiæ.
Præla urgeri,
lacus fluere,
et feminæ accinctæ pellibus
assultabant,
ut Bacchæ sacrificantes

dit maintenant encore   [adultères :
ne devoir pas reprocher *à Messaline* des
« Qu'il (Claude) ne réclamât point *sa*
ses esclaves,   [maison,
et les autres appareils de la fortune ;
bien-plus qu'il (Silius) jouît de *tout* cela,
mais qu'il rendît *à l'empereur son* épouse,
et qu'il rompît les actes
de-*son*-mariage.
Est-ce que tu connais, dit-il *à Claude*,
ta répudiation ?
car le peuple et le sénat
et le soldat
ont vu le mariage de Silius ;
et, si tu n'agis en-toute-hâte,
le *nouveau* mari tient (occupe) la ville. »
XXXI. Alors il (Claude) appelle
chaque principal (les principaux)
de *ses* amis ;
et d'abord
il interroge Turranius,
préposé à la provision de-blé (préfet des
après *lui* Lusius Géta,   [vivres),
mis-à-la-tête (chef) des prétoriens.
Lesquels avouant, tous-les-autres
murmurent à-l'envi,
disant « Qu'il allât au camp,
qu'il affermît *dans le devoir*
les cohortes prétoriennes,
qu'il pourvût à *sa* sécurité
avant que *de pourvoir* à sa vengeance. »
Il est-constant suffisamment
Claude avoir été envahi
par une telle terreur,
que de-temps-en-temps il demandait
si lui-même était maître de l'empire,
si Silius *était* simple-particulier.
Cependant Messaline,   [lution,
n'*ayant* jamais *été* plus effrénée de disso-
l'automne étant avancé,
célèbre dans *sa* maison
un simulacre de vendange.
On eût vu les pressoirs être pressés,
les cuves couler,
et des femmes ceintes de peaux
sautaient-autour,
comme des Bacchantes qui sacrifient

vel insanientes Bacchæ; ipsa, crine fluxo, thyrsum quatiens,
juxtaque Silius hedera vinctus, gerere cothurnos, jacere caput,
strepente circum procaci choro. Ferunt Vectium Valentem,
lascivia in præaltam arborem connisum, interrogantibus quid
adspiceret respondisse tempestatem ab Ostia atrocem; sive
ceperat¹ ea species, seu forte lapsa vox in præsagium
vertit.

XXXII. Non rumor interea, sed undique nuntii incedunt,
qui gnara Claudio cuncta, et venire promptum ultioni affer-
rent. Igitur Messalina Lucullianos in hortos, Silius, dissimu-
lando metu, ad munia fori, digrediuntur. Ceteris passim dila-
bentibus, affuere centuriones, inditaque sunt vincula, ut quis re-
periebatur in publico aut per latebras. Messalina tamen, quanquam res adversæ consilium eximerent, ire obviam et adspici
a marito, quod sæpe subsidium habuerat, haud segniter inten-

des Bacchantes. Messaline, les cheveux épars, le thyrse à la main,
et à ses côtés Silius, couronné de lierre, tous deux chaussés du
cothurne, agitaient la tête au chant d'un chœur lascif. On rapporte
que Vectius Valens, dans les folies de cette orgie, étant monté sur
un arbre très-haut, quelqu'un lui demanda ce qu'il voyait : « Je
vois, répondit-il, un orage furieux du côté d'Ostie; » soit qu'en
effet cette apparence s'offrit à ses yeux, ou que ce mot jeté au
hasard soit devenu un présage de l'événement.

XXXII. Cependant le bruit se répand, ou plutôt des courriers
arrivent de toutes parts, annonçant que Claude est instruit de tout
et qu'il accourt pour se venger. Aussitôt Messaline se retire dans
les jardins de Lucullus; Silius, pour déguiser sa frayeur, va aux
affaires du forum. Les autres se dispersent à la hâte, et en même
temps paraissent les centurions qui les arrêtent à mesure qu'ils les
trouvent dans les rues ou dans leurs retraites. Messaline, malgré le
trouble inséparable de pareils moments, ne manqua point de fermeté.
Elle résolut d'aller au-devant de son mari et de se montrer à lui, ce

vel insanientes ;	ou qui sont-en-délire ;
ipsa, crine fluxo,	elle-même, la chevelure flottante,
quatiens thyrsum,	agitant un thyrse,
juxtaque Silius	et auprès d'elle Silius
vinctus hedera,	ceint de lierre,
gerere cothurnos,	étaient vus porter des cothurnes,
jacere caput,	jeter la tête de côté et d'autre,
choro procaci	un chœur licencieux
strepente circum.	retentissant (chantant) autour d'eux.
Ferunt Vectium Valentem,	On rapporte Vectius Valens,
connisum lascivia	étant monté par pétulance
in arborem præaltam,	sur un arbre très-élevé,
respondisse	avoir répondu
interrogantibus	à ceux qui lui demandaient
quid adspiceret,	quoi il voyait,
tempestatem atrocem	une tempête terrible
ab Ostia ;	du côté d'Ostie ;
sive ea species	soit que cette image
ceperat,	eût saisi ses yeux,
seu vox lapsa forte	soit qu'un mot échappé par-hasard
vertit in præsagium.	ait tourné en présage.
XXXII. Interea	XXXII. Cependant
non rumor,	non une rumeur,
sed undique nuntii	mais de toutes parts des messagers
incedunt,	arrivent,
qui afferrent	qui apportaient (annonçaient)
cuncta gnara	tout être connu
Claudio,	de Claude,
et venire promptum ultioni.	et lui venir prêt pour la vengeance.
Igitur Messalina, Silius,	Donc Messaline, Silius,
dissimulando metu ;	pour dissimuler leur crainte,
digrediuntur	se retirent
in hortos Lucullianos,	elle dans les jardins de-Lucullus,
ad munia fori.	lui aux fonctions du forum.
Ceteris	Tous-les-autres
dilabentibus passim,	se dispersant çà-et-là,
centuriones affuere,	des centurions parurent,
vinculaque indita sunt,	et des liens furent mis aux fugitifs,
ut quis reperiebatur	selon que chacun était trouvé
in publico aut per latebras.	en public ou dans des retraites.
Messalina tamen,	Messaline cependant,
quanquam res adversæ	quoique les événements contraires
eximerent consilium,	lui ôtassent de la sagacité,
intendit haud segniter	résolut non sans-fermeté
ire obviam	d'aller au-devant de Claude
et adspici a marito,	et de se-faire-voir par son mari,
quod subsidium	laquelle ressource

dit; jussitque ut Britannicus et Octavia in complexum patris
pergerent; et Vibidiam, virginum vestalium vetustissimam,
oravit pontificis maximi aures adire, clementiam expetere. Atque interim, tribus omnino comitantibus (id repente solitudinis erat), spatium Urbis pedibus emensa, vehiculo quo purgamenta hortorum eripiuntur, Ostiensem viam intrat; nulla
cujusquam misericordia, quia flagitiorum deformitas prævalebat.

XXXIII. Trepidabatur nihilominus a Cæsare : quippe Getæ,
prætorii præfecto, haud satis fidebat, ad honesta seu prava
juxta levi. Ergo Narcissus, assumptis quibus idem metus, non
aliam spem incolumitatis Cæsaris affirmat, quam si jus militum,
uno illo die, in aliquem libertorum transferret; seque offert suscepturum. Ac ne, dum in Urbem vehitur, ad pœnitentiam a L. Vitellio, P. Largo Cæcina mutaretur, in eodem gestamine [1] sedem poscit sumitque.

qui lui avait souvent réussi. Elle ordonne à Britannicus et à Octavie
de courir se jeter dans les bras de leur père; elle conjure Vibidia, la
plus ancienne des Vestales, d'aller trouver le souverain pontife, de
solliciter sa clémence; et cependant, ayant traversé toute la ville à
pied, suivie en tout de trois personnes (telle était la solitude qu'un
instant avait faite autour d'elle), montée sur un de ces tombereaux
dans lesquels on emporte les immondices des jardins, elle prend la
route d'Ostie; et personne ne la plaignait; l'horreur de ses infamies
étouffait toute compassion.

XXXIII. De son côté, Claude ne tremblait pas moins. Il se fiait
médiocrement à Géta, son préfet du prétoire, esprit léger, aussi
capable du mal que du bien. Narcisse, d'accord avec ceux qui
avaient les mêmes craintes, déclare que l'unique moyen de salut pour
l'empereur est de remettre, pour ce jour-là seulement, le commandement des soldats à quelqu'un de ses affranchis, et il offre de s'en
charger. Puis, de peur que, sur la route, L. Vitellius et P. Largus
Cécina ne changeassent les dispositions de Claude, il demande et
prend une place dans la voiture qui les portait tous trois.

habuerat sæpe ;   elle avait eue (employée) souvent ;
jussitque   et elle ordonna
ut Britannicus et Octavia   que Britannicus et Octavie
pergerent   courussent
in complexum patris ;   dans les bras de *leur* père ;
et oravit Vibidiam,   et elle pria Vibidia,
vetustissimam   la plus ancienne
virginum vestalium,   des vierges vestales,
adire aures   d'approcher des oreilles
maximi pontificis,   du grand pontife,
expetere clementiam.   de réclamer *sa* clémence.
Atque interim,   Et en-attendant,
tribus omnino comitantibus   trois *personnes* en-tout *l'*accompagnant
(id erat repente   (tel était tout-à-coup
solitudinis)   *le degré* de *sa* solitude)
emensa pedibus   ayant parcouru à pied
spatium Urbis,   *tout* l'espace de la ville (Rome),
intrat viam Ostiensem   elle entre sur le chemin d'-Ostie
vehiculo quo eripiuntur   dans une voiture où sont emportées
purgamenta hortorum ;   les immondices des jardins ;
nulla misericordia   sans aucune pitié
cujusquam,   de personne,
quia deformitas flagitiorum   parce que l'horreur de *ses* désordres
prævalebat.   était-plus-puissante.

XXXIII. Nihilominus   XXXIII. Néanmoins
trepidabatur a Cæsare :   on s'alarmait du-côté-de César (Claude) :
quippe haud fidebat satis   car il ne se fiait pas assez
Getæ, præfecto prætorii,   à Géta, préfet du prétoire,
levi juxta   *homme* léger également
ad honesta seu prava.   pour les choses honnêtes ou mauvaises.
Ergo Narcissus,   Donc Narcisse,
assumptis   *ceux-là* étant pris-avec *lui*
quibus idem metus,   auxquels *était* la même crainte,
affirmat non aliam spem   affirme ne pas *exister* un autre espoir
incolumitatis Cæsaris,   du salut de César (Claude),
quam si, illo uno die,   que si, ce seul jour-là,   [dats
transferret jus militum   il transférait le commandement des sol-
in aliquem libertorum ;   à quelqu'un des affranchis ;
seque offert   et il s'offre
suscepturum.   *comme* devant s'*en* charger.
Ac ne mutaretur   Et de peur qu'il (Claude) ne fût tourné
ad pœnitentiam   au repentir
a L. Vitellio,   par L. Vitellius
P. Largo Cæcina,   *et* par P. Largus Cécina,
dum vehitur in Urbem,   pendant qu'il se transporte à la ville,
poscit sumitque sedem   il demande et prend place
in eodem gestamine.   dans la même voiture :

XXXIV. Crebra post hæc fama fuit, inter diversas principis
voces, quum modo incusaret flagitia uxoris, aliquando ad memoriam conjugii et infantiam liberorum revolveretur, non
aliud prolocutum Vitellium quam « O facinus! o scelus! » Instabat quidem Narcissus aperire ambages, et veri copiam facere; sed non ideo pervicit quin suspensa, et quo ducerentur
inclinatura, responderet, exemploque ejus Largus Cæcina uteretur. Et jam erat in adspectu Messalina, clamitabatque audiret Octaviæ et Britannici matrem; quum obstreperet accusator, Silium et nuptias referens : simul codicillos; libidinum
indices, tradidit, quibus visus Cæsaris averteret. Nec multo
post Urbem ingredienti offerebantur communes liberi, nisi
Narcissus amoveri eos jussisset. Vibidiam depellere nequivit,
quin multa cum invidia flagitaret ne indefensa conjux exitio

XXXIV. C'est une opinion assez répandue aujourd'hui qu'au
milieu des variations du prince, qui tantôt s'emportait contre les
déréglements de sa femme, tantôt s'attendrissait au souvenir de
leur union et de leurs enfants en bas âge, Vitellius ne dit que ces
mots : « O crime! ô forfait! » Narcisse eut beau le presser de s'expliquer sans détour et d'accuser hautement la vérité; il n'en put
jamais arracher que des réponses ambiguës, qui, au besoin, pouvaient se prêter à tous les sens, et Cécina se conduisit de même.
Enfin on vit paraître Messaline; à ses cris redoublés sur ce qu'elle
était la mère de Britannicus et d'Octavie et qu'on devait écouter sa
défense, Narcisse opposait de plus fortes clameurs, rappelant Silius
et son mariage. En même temps, pour distraire les yeux de Claude,
il lui donna à lire un mémoire où étaient retracées les débauches de
sa femme. Quelques moments après, comme on entrait dans Rome,
on allait lui présenter ses enfants; Narcisse ordonna qu'on les ren-
voyât. Mais il ne put empêcher Vibidia de demander avec une
amère énergie qu'une épouse ne fût pas livrée à la mort sans avoir

XXXIV. Post hæc
fuit fama crebra,
inter voces diversas
principis,
quum modo incusaret
flagitia uxoris,
aliquando revolveretur
ad memoriam conjugii
et infantiam liberorum,
Vitellium
non prolocutum aliud
quam « O facinus!
o scelus! »
Narcissus quidem instabat
aperire ambages,
et facere copiam veri ;
sed non pervicit ideo
quin responderet
suspensa,
et inclinatura
quo ducerentur,
Largusque Cæcina
uteretur exemplo ejus.
Et jam Messalina
erat in adspectu,
clamitabatque
audiret matrem
Octaviæ et Britannici ;
quum accusator
obstreperet,
referens Silium et nuptias :
simul tradidit codicillos,
indices libidinum,
quibus averteret
visus Cæsaris.
Nec multo post
ingredienti Urbem
offerebantur
liberi communes,
nisi Narcissus jussisset
eos amoveri.
Nequivit
depellere Vibidiam,
quin flagitaret
cum multa invidia
ne conjux daretur exitio
indefensa.

XXXIV. Après cela
ce fut un bruit répandu,
parmi les exclamations contraires
du prince,
lorsque tantôt il accusait
les désordres de son épouse,
et que quelquefois il se repliait
vers le souvenir de son mariage
et le bas-âge de ses enfants,
Vitellius
n'avoir pas dit autre chose
que « O crime !
ô forfait ! »
Narcisse il est vrai le pressait
d'expliquer ces ambiguités,   [rité ;
et de fournir un moyen de trouver la vé-
mais il ne réussit pas pour-cela
à empêcher qu'il ne répondît
des mots suspendus (inachevés),
et qui pouvaient-pencher
où ils seraient conduits,
et que Largus Cécina
n'usât de l'exemple de lui.
Et déjà Messaline
était en présence,
et criait-sans-cesse
qu'il entendît la mère
d'Octavie et de Britannicus ;
lorsque l'accusateur
interrompait-bruyamment,
rappelant Silius et le mariage :
en même temps il remit un mémoire,
qui-révélait les débauches de Messaline,
par lequel il détournât (afin de détourner)
les regards de César.
Et non beaucoup après
à Claude entrant dans la ville
étaient présentés
leurs enfants communs,
si Narcisse n'eût ordonné
eux être écartés.
Il ne-put-pas
éloigner (empêcher) Vibidia,
qu'elle ne demandât
avec beaucoup d'amertume
qu'une épouse ne fût pas livrée à la perte
sans-défense.

daretur. Igitur auditurum principem, et fore diluendi criminis
facultatem respondit; iret interim virgo, et sacra capesseret.

XXXV. Mirum inter hæc silentium Claudii; Vitellius ignaro
propior ; omnia liberto obediebant. Patefieri domum adulteri,
atque illuc deduci imperatorem jubet. Ac primum in vestibulo
effigiem patris Silii [1], consulto senatus abolitam, demonstrat ;
tum quidquid habitum Neronibus et Drusis in pretium probri
cessisse : incensumque et ad minas erumpentem castris infert,
parata concione militum ; apud quos, præmonente Narcisso,
pauca verba fecit : nam, etsi justum, dolorem pudor impedie-
bat: Cohortium clamor dehinc continuus, nomina reorum et
pœnas flagitantium : admotusque Silius tribunali non defensionem, non moras tentavit, precatus ut mors acceleraretur.
Eadem constantia et illustres equites Romanos cupidos matu-
ræ necis fecit. Titium Proculum, custodem [2] a Silio Messalinæ

pu se défendre. Narcisse répondit que le prince l'entendrait et
qu'elle aurait toute liberté de se disculper ; qu'en attendant, la ves-
tale pouvait se retirer et reprendre les fonctions de son ministère
sacré.

XXXV. Ce qu'il y avait de surprenant au milieu de toutes ces
scènes, c'était le silence de Claude. Vitellius semblait ne rien savoir.
Tout obéissait à l'affranchi. Il fait ouvrir la maison de Silius, il y
conduit l'empereur ; et d'abord, dès le vestibule, il lui montre
l'image du père de Silius, conservée au mépris du sénatus-consulte
qui l'avait abolie ; puis toutes les richesses des Nérons et des Drusus,
devenues le prix des attentats du fils ; et voyant le prince enflammé
de colère et éclatant en menaces, il le mène au camp où l'on avait
pris soin de tenir les soldats assemblés. Claude, sur l'avis de Narcisse, leur fait une courte harangue. En effet, quoique son ressentiment fût juste, la bienséance ne permettait pas d'insister. Les
cohortes répondent par de longs cris de fureur; elles demandent
avec instance le nom des coupables et leur supplice. Silius, conduit
au tribunal, n'essaya ni de se défendre ni de reculer sa mort; il
pria même qu'on l'accélérât. Quelques chevaliers romains du premier rang, montrant une fermeté pareille, sollicitèrent aussi une
mort prompte. Titius Proculus, que Silius avait donné pour gardien

Igitur respondit | Aussi répondit-il
principem auditurum, | le prince devoir *l'*entendre,
et facultatem fore | et facilité devoir être *à elle*
diluendi criminis; | de dissiper l'accusation ;
interim virgo iret, | qu'en-attendant la vierge allât,
et capesseret sacra. | et s'occupât de *ses fonctions* sacrées.

XXXV. Inter hæc | XXXV. Parmi ces *scènes*
silentium Claudii mirum ; | le silence de Claude *fut* surprenant ;
Vitellius propior | Vitellius *était* plus rapproché (ressemblait)
ignaro ; | de (à) *quelqu'un* qui-ignore ;
omnia obediebant liberto. | tout obéissait à l'affranchi.
Jubet domum adulteri | Il ordonne la maison de l'adultère
patefieri, | être ouverte,
atque imperatorem | et l'empereur
deduci illuc. | être conduit là.
Ac primum in vestibulo | Et d'abord dans le vestibule
demonstrat effigiem | il *lui* montre l'image
patris Silii, | du père de Silius,
abolitam consulto senatus; | abolie par décret du sénat;
tum quidquid habitum | puis tout-ce-qui *avait été* possédé
Neronibus et Drusis | par les Nérons et les Drusus
cessisse in pretium probri : | avoir passé *là* pour prix du déshonneur :
infertque castris incensum | et il *le* mène au camp *tout*-animé
et erumpentem ad minas, | et éclatant en menaces,
concione militum | une assemblée des soldats
parata ; | ayant été préparée ;
apud quos, | devant lesquels,
Narcisso præmonente, | Narcisse *l'*avertissant-d'avance,
fecit pauca verba : | il (Claude) dit quelques mots :
nam pudor | car la honte
impediebat dolorem, | enchaînait *son* ressentiment,
etsi justum. | quoique juste.
Dehine clamor continuus | Ensuite *ce fut* une clameur continue
cohortium, | des cohortes,
flagitantium nomina | qui demandaient les noms
et pœnas reorum : | et le châtiment des accusés :
Siliusque | et Silius
admotus tribunali | amené-devant le tribunal
non tentavit defensionem, | n'essaya ni défense,
non moras, | ni délai,
precatus | ayant prié
ut mors acceleraretur. | pour que *sa* mort fût hâtée.
Eadem constantia fecit | La même fermeté fit (rendit)
et illustres equites Romanos | aussi d'illustres chevaliers romains
cupidos necis maturæ. | désireux d'une mort prompte.
Jubet | Il (Claude) ordonne
Titium Proculum, | Titius Proculus,

datum, et indicium offerentem Vectium Valentem et confes-
sum, et Pompeium Urbicum ac Saufellum Trogum ex consciis
trahi ad supplicium jubet. Decius quoque Calpurnianus, vigilum
præfectus, Sulpicius Rufus, ludi procurator, Juncus Virgilianus,
senator, eadem pœna affecti.

XXXVI. Solus Mnester cunctationem attulit, dilaniata veste
clamitans, « Adspiceret verberum notas, reminisceretur vocis
qua se obnoxium jussis Messalinæ dedisset. Aliis largitione
aut spei magnitudine, sibi ex necessitate culpam; nec cuiquam
ante pereundum fuisse, si Silius rerum potiretur. » Commotum
his et pronum ad misericordiam Cæsarem perpulere liberti, ne,
tot illustribus viris interfectis, histrioni consuleretur; sponte
an coactus tam magna peccavisset, nihil referre. Ne Trauli
quidem Montani, equitis Romani, defensio recepta est : is mo-
desta juventa, sed corpore insigni, accitus ultro noctemque

à Messaline, et Vectius Valens, quoiqu'il offrît des révélations et
qu'il eût tout avoué lui-même, sont traînés au supplice par l'ordre
de Claude, avec Pompéius Urbicus et Saufellus Trogus. Décius
Calpurnianus, préfet des gardes nocturnes, Sulpicius Rufus, procurateur des jeux, et le sénateur Juncus Virgilianus subirent aussi la
même peine.

XXXVI. On n'hésita que pour Mnester. Ce malheureux, déchi-
rant sa robe, criait à Claude « de regarder sur son corps les meur-
trissures des verges; de se souvenir du commandement exprès par
equel il l'avait lui-même soumis aux volontés de Messaline; si les
autres avaient été séduits par l'intérêt ou par l'ambition, il n'avait
failli que par nécessité; il eût été la première victime que Silius
empereur eût immolée. » Claude, ému par ces paroles, penchait
vers la pitié; mais ses affranchis décidèrent qu'après le sacrifice
de tant de personnages distingués, on ne devait point épargner un
vil histrion; qu'il importait peu qu'un si grand crime eût été volontaire ou forcé. On ne voulut pas même admettre la défense de Trau-
lus Montanus, chevalier romain. C'était un jeune homme de mœurs
sages, mais d'une beauté remarquable. Messaline l'avait elle-même
fait venir, et, dès la première nuit, elle l'avait renvoyé, aussi prompte

datum a Silio	donné par Silius,
custodem Messalinæ,	*pour* gardien à Messaline,
et Vectium Valentem	et Vectius Valens
offerentem indicium	qui offrait une dénonciation
et confessum,	et qui avait avoué,
et Pompeium Urbicum	et Pompéius Urbicus
ac Saufellum Trogum	et Saufellus Trogus
ex consciis,	*qui étaient* parmi les complices,
trahi ad supplicium. [que,	être traînés au supplice.
Decius Calpurnianus quo-	Décius Calpurnianus aussi,
præfectus vigilum,	préfet des gardes-de-nuit,
Sulpicius Rufus,	Sulpicius Rufus,
procurator ludi,	procurateur des jeux,
Juncus Virgilianus,	Juncus Virgilianus,
senator,	sénateur,
affecti eadem pœna.	*furent* frappés de la même peine.
XXXVI. Solus Mnester	XXXVI. Seul Mnester
attulit cunctationem,	apporta *quelque* retard,
clamitans veste dilaniata,	ne-cessant-de-crier *sa* robe étant déchirée,
« Adspiceret	« Qu'il (Claude) vît
notas verberum,	les marques des fouets,
reminisceretur vocis	qu'il se souvînt de la parole
qua se dedisset obnoxium	par laquelle il s'était livré *comme* sujet
jussis Messalinæ.	aux ordres de Messaline.
Aliis culpam	Aux autres la faute
largitione	*avoir été causée* par des largesses
aut magnitudine spei,	ou par la grandeur de l'espérance,
sibi ex necessitate;	à lui par la nécessité ; [rait été)
nec pereundum fuisse	et nécessité-de-périr n'avoir dû être (n'au-
cuiquam ante,	à personne avant *lui,*
si Silius potiretur rerum. »	si Silius fût devenu-maître des affaires. »
Liberti perpulere Cæsarem	Les affranchis décidèrent César
commotum his [diam,	ébranlé par ces *paroles*
et pronum ad misericor-	et penchant vers la pitié,
ne, tot viris illustribus	à ce que, tant d'hommes illustres
interfectis,	ayant été tués,
consuleretur histrioni;	il ne fût pas porté-intérêt à un histrion ;
peccavisset tam magna	qu'il eût commis de si grandes *fautes*
sponte an coactus,	de plein-gré ou forcé,
referre nihil.	*ils disaient cela* n'importer en rien.
Defensio Trauli Montani,	La défense de Traulus Montanus,
equitis Romani,	chevalier romain,
ne recepta quidem est :	ne fut pas même admise :
is juventa modesta,	celui-ci d'une jeunesse modeste,
sed corpore insigni,	mais d'un corps remarquable,
accitus erat ultro	avait été appelé spontanément
proturbatusque	et chassé

intra unam a Messalina proturbatus erat, paribus lasciviis ad
cupidinem et fastidia. Suilio Cæsonino et Plautio Laterano
mors remittitur : huic, ob patrui* egregium meritum ; Cæsoni-
nus vitiis protectus est, tanquam in illo fœdissimo cœtu
passus muliebria.

XXXVII. Interim Messalina Lucullianis in hortis prolatare
vitam, componere preces, nonnulla spe, et aliquando ira :
tanta inter extrema superbia agebat. Ac, ni cædem ejus Narcissus properavisset, verterat pernicies in accusatorem. Nam
Claudius, domum regressus et tempestivis epulis delenitus,
ubi vino incaluit, iri jubet, nuntiarique miseræ (hoc enim
verbo usum ferunt) dicendam ad causam postera die adesset.
Quod ubi auditum, et languescere ira, redire amor, ac, si
cunctarentur, propinqua nox et uxorii cubiculi memoria timebantur, prorumpit Narcissus, denuntiatque centurionibus et

dans ses dégoûts qu'effrénée dans ses désirs. On fit grâce de la vie
à Plautius Latéranus et à Suilius Césoninus. Le premier dut cette
faveur aux services signalés de son oncle, l'autre à son infamie
même, ayant joué le rôle d'une femme dans cette abominable fête.

XXXVII. Cependant Messaline était dans les jardins de Lucullus,
ne renonçant point à la vie, rédigeant des supplications, ayant de
l'espoir encore, et de temps en temps de la colère : tant elle conservait d'orgueil au comble même du malheur ! Si Narcisse ne se fût
hâté de la faire périr, le coup retombait sur l'accusateur. Claude,
rentré dans son palais, avait fait avancer l'heure de son repas. Le
plaisir de la table l'ayant adouci, et le vin commençant à échauffer
ses sens, il donne ordre qu'on aille dire à la malheureuse (c'est,
dit-on, le mot qu'il employa) de venir le lendemain se justifier.
A ces mots, comme on vit que la colère s'amortissait, que l'a-
mour revenait, et que, si l'on tardait davantage, la nuit qui devait
suivre et les ressouvenirs du lit conjugal étaient à craindre, Narcisse
sort brusquement, et court signifier aux centurions et au tribun de

intra unam noctem	en une *seule* nuit
a Messalina,	par Messaline,
lasciviis paribus	qui *était* d'un déréglement pareil
ad cupidinem et fastidia.	en-fait-de désirs et de dégoûts.
Mors remittitur	La mort est remise
Suilio Cæsonino	à Suilius Césoninus
et Plautio Laterano :	et à Plautius Latéranus :
huic, ob meritum egregium	à celui-ci, pour le service signalé
patrui ;	de *son* oncle ;
Cæsoninus protectus est	Césoninus fut protégé
vitiis,	par *ses* vices,
tanquam passus muliebria	comme ayant subi *un rôle* de-femme
in illo cœtu fœdissimo.	dans cette réunion très-impure.
XXXVII. Interim	XXXVII. Cependant
Messalina	Messaline
prolatare vitam	de prolonger *sa* vie
in hortis Lucullianis,	dans les jardins de-Lucullus,
componere preces,	d'arranger des prières,
nonnulla spe,	avec quelque espérance,
et aliquando ira :	et quelquefois avec colère :
agebat tanta superbia	elle se conduisait avec tant d'orgueil
inter extrema.	au-milieu-de *ces* extrémités.
Ac, ni Narcissus	Et, si Narcisse
properavisset cædem ejus,	n'eût hâté le meurtre d'elle,
pernicies verterat	la perte avait (aurait) tourné
in accusatorem.	contre l'accusateur.
Nam Claudius	Car Claude
regressus domum	rentré à la maison
et delenitus	et adouci
epulis tempestivis,	par un repas fait-de-bonne-heure,
ubi incaluit vino,	dès qu'il fut échauffé par le vin,
jubet iri,	ordonne être allé (qu'on aille), [heureuse
nuntiarique miseræ	et être annoncé (qu'on annonce) à la mal-
(ferunt enim	(car on rapporte
usum hoc verbo	*lui* avoir usé de ce mot)
adesset die postera	qu'elle se présentât le jour suivant
ad dicendam causam.	pour plaider *sa* cause.
Quod ubi auditum,	Laquelle chose dès qu'elle *fut* entendue,
et ira languescere,	et que *sa* colère *commençait* à languir,
amor redire,	*son* amour *à* revenir,
ac, si cunctarentur,	et que, s'ils tardaient,
nox propinqua	la nuit prochaine
et memoria cubiculi uxorii	et le souvenir de la couche conjugale
timebantur,	étaient redoutés (étaient à craindre),
Narcissus prorumpit,	Narcisse sort-brusquement,
denuntiatque	et signifie
centurionibus et tribuno	aux centurions et au tribun

tribuno qui aderant exsequi cædem, ita imperatorem jubere :
custos et exactor e libertis Evodus datus. Isque, raptim in
hortos prægressus, reperit fusam humi, assidente matre Lepida ; quæ, florenti filiæ haud concors, supremis ejus necessita-
tibus ad miserationem evicta erat; suadebatque ne percusso-
rem opperiretur : transisse vitam, neque aliud quam morti
decus quærendum. Sed animo per libidines corrupto nihil honestum inerat, lacrimæque et questus irriti ducebantur, quum
impetu venientium pulsæ fores, adstititque tribunus per silentium, at libertus increpans multis ac servilibus probris.

XXXVIII. Tunc primum fortunam suam introspexit, fer-
rumque accepit, quod frustra jugulo ac pectori per trepidatio-
nem admovens, ictu tribuni transfigitur : corpus matri conces-
sum. Nuntiatumque Claudio epulanti perisse Messalinam, non
distincto suà an aliena manu : nec ille quæsivit; poposcitque

garde d'aller tuer Messaline, que c'était l'ordre de l'empereur.
Évode, un des affranchis, partit avec eux pour les surveiller et les
animer. S'étant rendu aux jardins, il trouve Messaline étendue à
terre à côté de sa mère Lépida, qui, peu d'accord avec sa fille tant
que celle-ci fut heureuse, n'avait pu, en ces moments suprêmes, lui
refuser de la pitié. Elle lui conseillait de ne pas attendre les bour-
reaux, lui disant que la vie avait passé pour elle, qu'il ne lui restait
plus qu'à honorer sa mort. Mais cette âme flétrie par le vice ne
conservait plus aucune énergie ; elle se consumait en larmes et en
plaintes frivoles, quand tout à coup les portes s'ouvrent avec violence, et les satellites paraissent, le tribun en silence, l'affranchi se
répandant en injures serviles.

XXXVIII. Alors, pour la première fois, elle entrevit son sort ;
elle prit le fer, qu'elle approcha vainement de son cou et de son
sein. Sa main tremblante n'osant frapper, le tribun la perce de son
épée ; on laissa le corps à sa mère. Claude était à table lorsqu'on
vint lui annoncer la mort de Messaline, sans spécifier si elle avait
péri de sa main ou de celle d'un autre. Le prince, au lieu de s'en in-

qui aderant	qui étaient-là
exsequi cædem,	d'exécuter le meurtre,
imperatorem jubere ita :	*disant* l'empereur ordonner ainsi :
Evodus e libertis datus	Évode *un* des affranchis *fut* donné
custos et exactor.	*comme* gardien et contrôleur.
Isque, prægressus raptim	Et celui-ci, étant allé-en-avant rapidement
in hortos,	dans les jardins,
reperit fusam humi,	trouve *elle* étendue à terre,
matre Lepida assidente ;	*sa* mère Lépida étant assise-à-côté ;
quæ, haud concors	laquelle, non d'-accord
filiæ florenti,	avec *sa* fille florissante,
evicta erat ad miserationem	avait été forcée à la pitié
supremis necessitatibus	par les-suprêmes nécessités
ejus ;	d'elle ;
suadebatque	et elle *lui* conseillait
ne opperiretur	qu'elle n'attendît pas
percussorem :	le bourreau :
vitam transisse,	*sa* vie avoir passé,
neque aliud quærendum	et rien autre n'*être* à-rechercher
quam decus morti.	que de l'honneur pour *sa* mort.
Sed animo	Mais dans *cette* âme
corrupto per libidines	corrompue par les déréglements
nihil honestum inerat ;	rien d'honnête n'était ;
lacrimæque et questus irriti	et *ses* larmes et *ses* plaintes vaines
ducebantur,	se prolongeaient,
quum fores pulsæ	lorsque les portes *furent* heurtées
impulsu venientium,	par le choc de ceux qui venaient,
tribunusque adstitit	et *que* le tribun parut
per silentium,	en silence,
at libertus increpans	mais l'affranchi *la* gourmandant
probris multis	par des injures nombreuses
ac servilibus.	et dignes-d'un-esclave.
XXXVIII. Tunc primum	XXXVIII. Alors pour-la-première-fois
introspexit suam fortunam,	elle envisagea *sa* fortune,
accepitque ferrum,	et prit le fer,
quod admovens frustra	lequel approchant en-vain
jugulo ac pectori	de *sa* gorge et de *sa* poitrine
per trepidationem,	dans *son* trouble,
transfigitur	elle est percée-de-part-en-part
ictu tribuni :	par un coup du tribun :
corpus concessum matri.	*son* corps *fut* accordé à *sa* mère.
Nuntiatumque	Et *il fut* annoncé
Claudio epulanti	à Claude qui soupait
Messalinam perisse,	Messaline avoir péri,
non distincto	n'étant point spécifié
sua manu	*si c'était* de sa main
an aliena :	ou d'*une main* étrangère :

poculum, et solita convivio celebravit. Ne secutis quidem diebus odii, gaudii, iræ, tristitiæ, ullius denique humani affectus
signa dedit, non quum lætantes accusatores adspiceret, non
quum filios mœrentes. Juvitque oblivionem ejus senatus, censendo nomen et effigies privatis ac publicis locis demovendas.
Decreta Narcisso quæstoria insignia, levissimum fastigii ejus,
quum supra Pallantem et Callistum ageret. Honesta quidem,
sed ex quibus deterrima orirentur, tristitiis multis.

former, demande à boire et achève tranquillement son repas. Il ne
donna non plus les jours suivants aucun signe de haine, de joie, de
ressentiment, de tristesse, enfin d'un sentiment quelconque, ni en
voyant l'allégresse des accusateurs, ni en voyant la douleur de ses
enfants. Le sénat seconda encore la facilité qu'avait Claude à oublier
sa femme, en faisant enlever de tous les lieux publics et privés le
nom et les images de Messaline. On décerna les honneurs de la quès-
ture à Narcisse, faible accessoire d'une fortune qui surpassait celle
de Pallas et de Calliste. Au reste, cette vengeance, quoique juste,
fut la source des plus grands forfaits et de bien des calamités.

nec ille quæsivit; — et lui ne s'*en* enquit point;
poposcitque poculum, — et il demanda une coupe,
et celebravit — et exécuta
solita convivio. — les choses habituelles à un repas.
Ne dedit quidem — Il ne donna pas même
diebus secutis — les jours suivants
signa odii, gaudii, — des signes de haine, de joie,
iræ, tristitiæ, [mani, — de colère, de tristesse,
denique ullius affectus hu- — enfin de quelque sentiment humain,
non quum adspiceret — ni lorsqu'il voyait
accusatores lætantes, — les accusateurs satisfaits,
non quum — ni lorsqu'*il voyait*
filios mœrentes. — *ses* fils affligés.
Senatusque juvit — Et le sénat seconda
oblivionem ejus, — l'oubli de lui, [*saline*
censendo nomen et effigies — en proposant le nom et les statues *de Mes-*
demovendas — devoir être ôtés
locis privatis ac publicis. — des lieux privés et publics.
Insignia quæstoria — Les insignes de-la-questure
decreta Narcisso, — *furent* décernés à Narcisse,
levissimum — *accessoire* très-léger
fastigii ejus, — de l'élévation de lui,
quum ageret — puisqu'il se trouvait
supra Pallantem — au-dessus de Pallas
et Callistum. — et de Calliste.
Honesta quidem, — *Actes* honorables certes,
sed ex quibus orirentur — mais desquels devaient sortir
deterrima, — *les conséquences* les plus mauvaises,
multis tristitiis. — avec beaucoup de misères.

NOTES

Page 4 : 1. *Nam.* Les livres VII, VIII, IX et X des *Annales* nous manquent tout entiers avec le commencement du onzième. Ils comprenaient le règne de Caligula (790-794 de Rome), et les six premières années de celui de Claude (794-800). La partie qui nous reste du onzième livre commence à l'an 800, Claude étant consul pour la quatrième fois, et censeur avec Vitellius, père de l'empereur de ce nom.

— 2. *A Lucullo cœptos.* Voy. Plutarque, *Vie de Lucullus*, chapitre LXXXI. Ces jardins étaient sur le mont dit aujourd'hui Pincio, au fond et à l'est du champ de Mars.

— 3. *Suilium.* Il avait été relégué par Tibère dans une île. Voy. *Annales*, VI, XXXI.

— 4. *Præcipuum auctorem interficiendi Cæsaris.* Asiaticus avait été outragé par Caïus dans un festin, en présence de plusieurs convives; il devait donc désirer de se venger. Cependant on ne trouve nulle part qu'il ait conseillé, comme le dit Tacite, le meurtre du tyran. Seulement lorsque, après la mort de Caïus, les soldats du prétoire et la populace de Rome voulurent massacrer les meurtriers, Asiaticus ne craignit point de braver cette multitude furieuse et de crier de toutes ses forces : « Plût aux dieux qu'il eût expiré de ma main ! » Cette audace étonna et calma les esprits. Voy. Sénèque, *de la Constance du sage*, XVIII; Dion, LIX, XXX.

Page 6 : 1. *Crispinum.* Voy. *Annales*, XII, XLII.

— 2. *In omni flagitio.* Leçon des manuscrits justifiée par de nombreux exemples : *Annales*, XIII, XXXVI : *In contumelia detenti*; XV, XLIV : *In crimine convicti.*

— 3. *Poppææ.* Voy. *Annales*, VI, XXIV.

Page 8 : 1. *Permisit* a le même sens que *permittendum censuit.*

Page 8 : 2. *In eamdem clementiam.* Ironie. Henri VIII fit une faveur du même genre au chancelier Morus, en permettant qu'il fût décapité au lieu d'être pendu.

Page 10 : 1. *Spicis retro conversis.* Là était-le présage sinistre.

— 2. *Sestertium quindecies.* 292,253 francs de notre monnaie.

Page 12 : 1. *Advocatorum.* Même sens que *patronorum.* Du temps de Cicéron, on appelait *advocati* les amis qui venaient devant le tribunal appuyer un accusé de leur présence et de leurs bons témoignages.

— 2. *In tempore.* Voy. plus bas, XII et XXXV.

— 3. *Legem Cinciam.* Loi proposée l'an de Rome 549 par le tribun M. Cincius Alimentus, et appuyée par le grand Fabius.

Page 14 : 1. *Tueantur.* Quelques commentateurs pensent que ce verbe est pris ici passivement. Ainsi Varron, *de l'Agriculture*, III, I : *Quod et in pace a rusticis Romanis alebantur, et in bello ab his tuebantur.* Julien, *Digeste*, XXVII, x, 7 : *Consilio et opera curatoris tueri debet non solum patrimonium, sed et corpus et salus furiosi.*

— 2. *Asinii.* Asinius Pollion. Voy. *Annales*, IV, XXXIV. — *Messalæ.* Messala Corvinus. Voy. *Annales*, IV, XXXIV.

— 3. *Arruntii.* Voy. *Annales*, VI, XLVIII. — *Æsernini.* Marcellus Éserninus, petit-fils d'Asinius Pollion. Voy. Suétone, *Vie d'Auguste*, XLIII.

— 4. *Cossutianus.* Cossutianus Capiton, un des accusateurs de Thraséas. Voy. *Annales*, XVI, XXI et XXVIII. Condamné pour concussion, à la requête des Ciliciens (*Annales*, XIII, XXXIII), il fut rappelé dans le sénat par le crédit de Tigellin, son beau-père (XIV, XLVIII).

Page 16 : 1. *Exercendo agros.* Expression empruntée au langage des poëtes. Voy. Virgile, *Énéide*, VII, 798. Ces emprunts sont fréquents dans Tacite.

Page 18 : 1. *Dena sestertia.* 1948 francs de notre monnaie. Néron fixa également des limites aux honoraires des avocats ; mais Suétone (*Vie de Néron*, XVII) ne donne pas de chiffres. Trajan revint à la limite fixée par Claude, avec cette restriction que les avocats ne pourraient recevoir leurs honoraires qu'une fois le procès terminé.

— 2. *Tria millia stadiorum.* Il s'agit probablement ici du petit stade d'Aristote, ce qui fait soixante et quinze lieues pour les trois mille stades. S'il s'agissait du grand stade olympique, la distance parcourue serait de plus de cent quarante lieues.

Page 20 : 1. *Patris sui defectores.* Voy. *Annales*, VI, XLII.

Page 22 : 1. *Erinden.* Fleuve inconnu, à moins que ce ne soit le même que Ptolémée (VI, ii) place entre l'Hyrcanie et la Médie, sous le nom de Charondas.

Page 24 : 1. *Sinden.* Fleuve inconnu, comme le précédent.

— 2. *Ingens gloria.* Expression poétique. Voy. Virgile, *Énéide*, XI, 124.

— 3. *Intolerantior* a ici le même sens que *intolerabilior.*

Page 26 : 1. *Ludi sæculares.* Les jeux séculaires avaient été institués l'an de Rome 353. Depuis ce moment, on les célébra tous les cent dix ans jusqu'à Auguste, qui, d'après un calcul qu'on ignore, ou peut-être par un simple caprice, avança leur retour et en fit la célébration en 737 ; tandis que, s'il s'était assujetti à l'ancien calcul, ils auraient dû être reculés jusqu'en 793. Claude les célébra la huit centième année de Rome, comptant, à ce qu'il paraît, non plus, comme on avait fait jusqu'alors, depuis l'institution des jeux, mais depuis la fondation de la ville, et il restreignit à cent ans la durée du siècle. Ce calcul fut suivi par ses successeurs, à l'exception de Domitien, qui les célébra en 840. Les jeux séculaires furent célébrés pour la dernière fois par l'empereur Philippe, l'an 1000 de Rome.

— 2. *Ludicrum Trojæ.* Jeu décrit par Virgile (*Énéide*, V, 545 et suiv.), et dont Auguste donna souvent le spectacle aux Romains. Voy. Suétone, *Vie d'Auguste*, xliii ; Dion, XLIII, xxiii.

Page 30 : 1. *P. Pomponium.* Auteur tragique, dont tous les ouvrages sont perdus, mais qui, dans son temps, avait beaucoup de réputation. Pline l'ancien et Quintilien ne parlent de son talent qu'avec les plus grands éloges. Pline le Jeune rapporte de lui un mot assez heureux. Quand ses amis lui faisaient des critiques auxquelles il ne se rendait point : « J'en appelle au peuple, » disait-il. Il joignit la gloire des armes à celle des lettres. Il paraît, en effet, que c'est ce même Pomponius qui eut quelques succès en Germanie contre les Cattes, et qui obtint les ornements du triomphe.

— 2. *Fontes aquarum.* Cet aqueduc, commencé par Caligula et achevé par Claude, coûta près de onze millions. On avait pris l'eau à quarante milles de Rome, et on l'avait élevée à la hauteur de toutes les montagnes de la ville. Voy. Pline, XXXVI, xxiv.

Page 32 : 1. *Tres litteras adjecit.* L'une de ces trois lettres fut, sans aucun doute, le digamma éolique. On l'employait sous la forme d'une F renversée, Ⅎ, à la place du V, *diⅎus, juⅎentus*, pour *divus, juventus.* Quintilien regrette qu'on n'ait pas conservé l'usage de cette lettre. — La seconde tenait lieu du ψ (ps) des Grecs : sa forme était o c : on l'appelait *antisigma*. — Quant à la troisième, suivant Brotier, elle servait à marquer l'I dans certains mots, comme *viro*, *virtute*, où cette voyelle avait un son sourd et approchant de l'*i* ou de l'*u* bref des Anglais.

Page 32 : 2. *Plebiscitis*. Ce mot est probablement une erreur de copiste. Il n'y avait plus de plébiscites sous les empereurs, à moins qu'on ne veuille donner ce nom aux lois *curiates*, par lesquelles l'autorité publique ratifiait les testaments et les adoptions.

Page 34 : 1. *Primores Etruriæ*. Cicéron, *de la Divination*, I, XLI : « Du temps de nos ancêtres et de la gloire de cet empire, le sénat avait sagement ordonné que six enfants des premières familles seraient confiés à chaque peuple d'Étrurie pour y étudier la doctrine des aruspices, de peur qu'un si grand art, s'il était exercé par des hommes de basse naissance, ne perdît de sa majesté religieuse et ne dégénérât en profession mercenaire. »

— 2. *Externæ superstitiones*. Le culte de Sérapis, le judaïsme, et la religion chrétienne, qui ne faisait que de naître, mais dont les progrès étaient déjà menaçants pour le polythéisme expirant.

— 3. *E Flavio*. Voy. *Annales*, II, IX.

Page 36 : 1. *Hostili in solo adultus*. Le fils d'Arminius avait été en effet élevé à Ravenne. Voy. *Annales*, I, LVIII. La destinée de cet enfant était probablement racontée dans les livres que nous n'avons plus.

Page 38 : 1. *Langobardorum*. Les Lombards, peuple d'origine germanique ou scandinave, habitèrent d'abord entre l'Aller (affluent du Weser) et l'Elbe (sous Tibère); puis sur l'Aller, la Leine et jusqu'au Weser, et entre ce fleuve et le Rhin. Oubliés pendant deux siècles, ils reparaissent en 518, et Charlemagne met fin à leur domination en 774.

Page 40 : 1. *Sanquinii*. Voy. *Annales*, VI, IV, VII.

— 2. *Gallorum oram*. La basse Germanie était un démembrement de la Gaule-Belgique.

Page 42 : 1. *Pugione*. Du temps de Polybe, les Romains n'avaient qu'une épée large, pointue, tranchante des deux côtés, qu'ils portaient à droite; plus tard, ils en eurent deux, savoir : cette même épée qu'ils mirent à gauche, et une autre plus courte, appelée *pugio*, qu'ils portèrent à droite. Voy. Le Beau, *vingtième Mémoire*, *Acad. des Inscr.*, t. XXXIX, p. 489.

Page 42 : 2. *Frisiorum.* Voy. *Annales*, IV, LXXV.

Page 44 : 1. *Beatos quondam duces Romanos!* Dion, LX, XXX : ῏Ω μακάριοι οἱ πάλαι ποτὲ στρατηγήσαντες.

— 2. *Incerta Oceani.* Il s'agit ici des marées qui étaient incertaines et qu'on ne calculait pas alors.

Page 46 : 1. *In agro Mattiaco.* Tacite (*Annales*, I, LVI) parle de *Mattium* comme d'un endroit considérable dans le pays des Cattes, et ailleurs (*Histoires*, IV, XXXVII) d'un peuple nommé *Mattiaci.*

— 2. *Curtii Rufi.* Quelques-uns pensent que ce Curtius pourrait être l'historien Quinte-Curce. Mais c'est là une simple conjecture.

— 3. *Largitione amicorum.* Par la faveur de ses amis, leur complaisance, leur bonne volonté, et non par leurs largesses. Salluste, *Catilina*, LIV, emploie le verbe *largiri* dans ce sens : *Cato nihil largiundo gloriam adeptus.*

Page 48 : 1. *Atque ibi defunctus.* Pline le Jeune, *Lettres*, VII, XXVII, rapporte que le même spectre qui avait annoncé à Rufus qu'il serait proconsul d'Afrique, lui prédit aussi qu'il mourrait dans cette province. Tacite, qui avait omis d'abord cette dernière circonstance, veut peut-être l'indiquer ici par le mot *fatale.* Cependant le sens le plus ordinaire et le plus autorisé est celui que nous avons adopté.

— 2. *Ferro accinctus reperitur.* Claude faisait fouiller indistinctement tous ceux qui venaient le visiter. Cet usage fut aboli par Vespasien. Voy. Suétone, *Vie de Claude*, XXXV.

Page 50 : 1. *Ne ætas quidem.* Ce ne fut qu'en 572 de Rome qu'un tribun du peuple, Lucius Villius, porta cette loi fameuse, connue sous le nom de *lex annalis*, qui fixait l'âge requis pour chaque magistrature. Depuis lors, on ne pouvait être consul avant quarante-trois ans.

— 2. *Lex curiata.* Il s'agit ici de la loi qui réglait le pouvoir des rois et qui était renouvelée à chaque règne. Brutus la renouvela pour conférer aux consuls les mêmes pouvoirs qu'avaient eus les rois.

— 3. *Sexagesimo tertio anno.* L'an de Rome 308.

— 4. *Mox duplicatus numerus.* L'an 489 de Rome, selon Freinshémius (supplément de Tite Live, XV, XVIII).

— 5. *Supplendo senatui.* La questure était la première des dignités qui donnât des droits au rang de sénateur.

— 6. *Cui judicia tradiderat.* L'an de Rome 672.

— 7. *Comata.* On appelait ainsi la Gaule transalpine, où l'on portait les cheveux longs, pour la distinguer de la Gaule cisalpine, nommée autrement *Togata*, parce qu'elle avait adopté les usages des Romains, la toge, les cheveux courts, etc.

Page 52 : 1. *Apud Alesiam.* « Devant Alise, » et non « dans Alise. » En effet, c'est avant de se rendre maître de cette ville que César eut un siége à soutenir dans ses lignes de circonvallation. Voy. César, *Guerre des Gaules*, VII, LXXXIII. — Alise, sur une montagne de l'Auxois, au pied de laquelle est aujourd'hui un bourg du même nom.

Page 54 : 1. *Ita exorsus est.* L'original de ce discours de Claude existe presque entier, gravé sur des tables de bronze découvertes à Lyon en 1528, et conservées dans cette ville. Brotier l'a transcrit dans ses notes. C'est une pièce intéressante à consulter, et qui confirme ce que l'on soupçonnait déjà, que ces belles harangues des historiens anciens sont entièrement de leur imagination.

— 2. *Ipsam ad Alpes promotam.* Ceci eut lieu sous les triumvirs Octave, Marc-Antoine et Lépide. Jusque-là, le Rubicon formait la limite de l'Italie du côté du nord. Voy. Dion, XLVIII, XII.

Page 56 : 1. *Deductarum.* Allusion, non-seulement aux colonies militaires, mais encore aux cantonnements des légions aux extrémités de l'empire.

Page 58 : 1. *Fraternitatis nomen.* Les Arvernes se disaient aussi frères des Romains. Lucain, *la Pharsale*, I, 427 :

> Arvernique ausi Latio se fingere fratres,
> Sanguine ab Iliaco populi.

— 2. *Majorum... minorum gentium.* Cicéron, *de la République*, II, XX, Tite Live, I, XXXV, et Denys d'Halicarnasse, t. III, p. 199, attribuent à Tarquin l'Ancien la création que Tacite attribue à Brutus. La première expression désigne les familles élevées les premières au patriciat; la seconde, celles qui n'y furent élevées que postérieurement.

Page 60 : 1. *Quo censa*, etc. D'autres donnent 5 984 072. Les manuscrits varient. Vespasien et Titus firent encore une fois la clôture du lustre, et ce fut la dernière : on ne dit pas combien ils comptèrent de citoyens.

Page 64 : 1. *Infamiæ cujus..., voluptas est.* Sénèque, Lettre CXXIII : *Nolunt solita peccare, quibus peccandi præmium infamia est.* Valère-Maxime, VI, IX : *Perditæ luxuriæ Athenis adolescens Polemo, neque illecebris tantum, sed etiam ipsa infamia gaudens.*

— 2. *Fabulosum.* Une chose plus fabuleuse encore, c'est ce que rapporte Suétone, *Vie de Claude*, XXIX, que le prince lui-même avait scellé de son sceau l'acte dotal. On lui avait persuadé qu'un grand péril menaçait le mari de Messaline, ce qui l'avait déterminé à la faire épouser fictivement par un autre. Mais le mariage fut sérieux, et non de simple forme.

Page 64 : 3. *Subisse.* Sous-entendez *templa* ou *domum mariti*, ou mieux *velum nuptiale*.

Page 66 : 1. *Histrio.* Le pantomime Mnester.

— 2. *Mortes.* Pluriel rare. On le retrouve dans le titre d'un traité de Lactance : *De mortibus persecutorum*.

— 3. *Appianæ cædis molitor.* Messaline avait jeté un œil incestueux sur Appius Silanus, mari de sa mère. Repoussée par lui, elle résolut de se venger. Narcisse, qu'elle avait mis du complot, entre de grand matin chez Claude, d'un air effrayé, et lui dit qu'il a vu en songe Appius tout près de percer le sein de César. Messaline, survenant, ajoute que, depuis plusieurs nuits, elle est poursuivie par le même songe. La veille, on avait prévenu Appius de se trouver à cette heure à la porte du prince. Appius s'y étant donc présenté, Claude, persuadé que c'est le songe qui s'accomplit, le fait mettre à mort sur-le-champ. Voy. Suétone, *Vie de Claude*, XXXVII; Dion LX, XIV.

Page 68 : 1. *Prioris quoque regiæ.* La cour de Caligula.

— 2. *Titios*, etc. Complices des désordres de Messaline. Voy. plus bas, XXXV et XXXVI.

Page 70 : 1. *Ceperat.* Sous-entendez *animum* ou *oculos*. D'autres proposent de lire *cœperat*, leçon également bonne.

Page 74 : 1. *Eodem gestamine.* La voiture qui portait Claude, Vitellius et Cécina. — *Gestamen* signifie proprement une *litière à bras*.

Page 78 : 1. *Patris Silii.* Celui dont la mort est racontée au livre IV, ch. XVIII et XIX.

— 2. *Custodem.* Soit que Messaline eût demandé un surveillant à Silius, pour mieux simuler une chaste et légitime union, soit que Silius la fît garder dans une vue politique.

Page 80 : 1. *Mnester.* Ce Mnester avait eu les honneurs d'une statue faite avec la fonte de tous les bronzes et toutes les médailles qui portaient l'empreinte de Caligula.

Page 82 : 1. *Patrui.* A. Plautius, qui fit des conquêtes en Bretagne.

ARGUMENT ANALYTIQUE

DU DOUZIÈME LIVRE DES ANNALES.

I-II. Claude délibère sur le choix d'une épouse, et balance entre Lollia Paulina, Julie Agrippine et Élia Pétina.

III-VII. Agrippine l'emporte sur ses rivales, grâce à ses séductions et au zèle de Pallas. Un décret du sénat légitime l'union des oncles paternels et de leurs nièces.

VIII. Mort volontaire de Silanus ; Calvina, sa sœur, est bannie de l'Italie.

IX. Octavie, fille de Claude, est fiancée à Domitius, fils d'Agrippine.

X-XIII. Les Parthes demandent que Rome leur envoie Méherdate pour roi.

XIV. Ce prince livre bataille à Gotarzès, qui est vainqueur. Mort de Gotarzès. Il a pour successeur Vonon d'abord, puis Vologèse.

XV-XXI. Mithridate tente de reconquérir le royaume du Pont ; il est vaincu et conduit à Rome.

XXII. Lollia est condamnée à l'exil et ensuite forcée de se donner la mort.

XXIII-XXIV. L'augure de salut est remis en vigueur. L'enceinte de Rome est agrandie ; anciennes limites de cette ville.

XXV-XXVI. Adoption par Claude du fils d'Agrippine, Domitius, qui reçoit le nom de Néron.

XXVII-XXVIII. Agrippine fonde une colonie dans la cité des Ubiens. Brigandages et défaite des Cattes.

XXIX-XXX. Vannius, roi des Suèves, est détrôné.

XXXI-XL. Exploits de L. Ostorius en Bretagne. Il remporte une grande victoire sur Caractacus, meurt, et a pour successeur A. Didius.

XLI-XLII. Néron prend la robe virile avant l'âge. Il supplante Britannicus par les artifices d'Agrippine.

XLIII. Prodiges à Rome et cherté des vivres.

XLIV-LI. Guerre entre les Ibériens et les Arméniens ; elle met aux prises les Romains et les Parthes.

LII. Exil de Furius Scribonianus. Expulsion des astrologues hors de l'Italie.

LIII. Sénatus-consulte contre les femmes qui auraient commerce avec des esclaves. Récompenses décernées à Pallas, que Claude avait déclaré auteur de ce projet de loi.

LIV. Troubles de la Judée apaisés par la condamnation de Cumanus.

LV. Révolte chez les Clites.

LVI-LVII. Claude donne sur le lac Fucin le simulacre d'un combat naval.

LVIII. Néron plaide la cause des habitants d'Ilium et de Bologne.

LIX. Statilius Taurus est accusé à l'instigation d'Agrippine, et se donne la mort.

LX. Claude donne à ses procurateurs le droit de rendre la justice.

LXI. L'île de Cos est déclarée exempte de tributs.

LXII-LXIII. Exemption d'impôts accordée à Byzance pour cinq ans.

LXIV-LXV. Prodiges multipliés. Domitia Lépida, tante de Néron, est forcée de se donner la mort.

LXVI-LXVIII. Claude tombe malade. Agrippine l'empoisonne dans des champignons.

LXIX. Néron est proclamé empereur. Funérailles et apothéose de Claude.

Ce livre renferme l'espace de six ans :

Ans de Rome.	Ans de J. C.	Consuls.
802	49	C. Pompéius. Q. Véranius.
803	50	C. Antistius. M. Suilius.
804	51	Tib. Claudius César, pour la cinquième fois. Ser. Cornélius Orphitus.
805	52	P. Cornélius Sylla. L. Salyius Othon.
806	53	D. Julius Silanus. Q. Hatérius.
807	54	M. Asinius Marcellus. Manius Acilius Aviola.

ANNALIUM

LIBER XII.

I. Cæde Messalinæ convulsa principis domus, orto apud libertos certamine, quis deligeret uxorem Claudio, cælibis vitæ intoleranti et conjugum imperiis obnoxio [1]. Nec minore ambitu feminæ exarserant : suam quæque nobilitatem, formam, opes contendere, ac digna tanto matrimonio ostentare. Sed maxime ambigebatur inter Lolliam Paulinam, M. Lollii consularis filiam, et Juliam Agrippinam, Germanico genitam. Huic Pallas, illi Callistus, fautores aderant ; at Ælia Petina, e familia Tuberonum, Narcisso fovebatur. Ipse, modo huc, modo illuc, ut quemque suadentium audierat, promptus, discor-

I. Après la mort de Messaline, le palais fut bouleversé par les intrigues des affranchis, qui se disputaient à qui choisirait une femme à Claude, impatient du célibat, et porté à se laisser gouverner par une épouse. De leur côté, les femmes n'intriguaient pas moins vivement. Toutes étalaient à l'envi leurs titres à un si noble hymen, leur beauté, leur naissance, leurs richesses. Mais, au milieu de ces rivalités, l'attention se fixait principalement sur Lollia Paulina, fille du consulaire M. Lollius, et sur Agrippine, fille de Germanicus. Celle-ci avait l'appui de Pallas, l'autre était soutenue par Calliste ; Narcisse en protégeait une troisième, Élia Pétina, de la famille des Tubérons. Claude, toujours docile aux dernières impulsions, avait penché successivement pour chacune d'elles. Enfin, ses

ANNALES.

LIVRE XII.

I. Domus principis convulsa cæde Messalinæ, certamine orto apud libertos, quis deligeret uxorem Claudio, intoleranti vitæ cælibis, et obnoxio imperiis conjugum. Nec feminæ exarserant ambitu minore : quæque contendere suam nobilitatem, formam, opes, ac ostentare digna tanto matrimonio. Sed ambigebatur maxime inter Lolliam Paulinam, filiam consularis M. Lollii, et Juliam Agrippinam, genitam Germanico. Fautores aderant, Pallas huic, Callistus illi; at Ælia Petina, e familia Tuberonum, fovebatur Narcisso. Ipse, promptus modo huc, modo illuc, ut audierat quemque

I. La maison du prince *fut* bouleversée par le meurtre de Messaline, un débat s'étant élevé parmi les affranchis, *pour savoir* qui choisirait une épouse à Claude, impatient de la vie du-célibat, et soumis à l'ascendant de *ses* épouses. Et les femmes [pas) n'étaient pas enflammées (ne se livraient par (à) une brigue moindre; chacune de mettre-en-avant sa noblesse, *sa* beauté, *ses* richesses, et d'étaler *des titres* dignes d'un si-grand mariage. Mais on balançait surtout entre Lollia Paulina, fille du consulaire M. Lollius, et Julie Agrippine, née (fille) de Germanicus. *Leurs* appuis étaient, Pallas à celle-ci (Agrippine), Calliste à celle-là (Lollia); mais Élia Pétina, de la famille des Tubérons, était protégée par Narcisse. Lui-même (Claude), inclinant tantôt ici, tantôt là, selon qu'il avait entendu chacun

dantes in consilium vocat, ac promere sententiam et adjicere
rationes jubet.

II. Narcissus vetus matrimonium, familiam communem
(nam Antonia ex Petina erat), nihil in penatibus ejus novum,
disserebat, si sueta conjux rediret, haudquaquam noverca-
libus odiis usura in Britannicum et Octaviam, proxima suis
pignora : Callistus improbatam longo dissidio, ac; si rursus
assumeretur, eo ipso superbam; longeque rectius Lolliam
induci, quando nullos liberos genuisset, vacuam æmulatione,
et privignis parentis loco futuram. At Pallas id maxime in
Agrippina laudare, quod Germanici nepotem secum traheret,
dignum prorsus imperatoria fortuna : stirpem nobilem [1], et
familiæ Claudiæ quæ posteros conjungeret ; nec femina expertæ
fecunditatis, integra juventa, claritudinem Cæsarum aliam in
domum ferret.

favoris ne pouvant s'accorder, il les rassemble tous, et, dans un
conseil privé, il leur demande leur avis et leurs raisons.

II. Narcisse alléguait en faveur de Pétina son ancien mariage
avec le prince et le gage qui en restait (car Antonia était sa fille),
ajoutant qu'on ne s'apercevrait d'aucun changement dans le palais
en y revoyant une épouse déjà connue, qui n'aurait assurément
point les haines d'une marâtre contre Britannicus et Octavie, puisque
leur sang se confondait avec celui de son propre enfant. Calliste
objectait contre elle la réprobation d'un long divorce et l'orgueil
que lui donnerait son rappel; et il soutenait qu'il valait beaucoup
mieux prendre Lollia, qui, sans enfants et par conséquent sans
jalousie, servirait de mère à ceux de son époux. Mais Pallas insistait principalement sur ce que l'hymen d'Agrippine associerait à
la famille impériale un petit-fils de Germanicus, digne assurément de cet honneur, une illustre maison, qui réunirait tous les
descendants des Claudes, et sur ce qu'une femme jeune encore,
et d'une fécondité éprouvée, ne porterait point dans une autre
famille les titres des Césars.

suadentium,	de ceux qui *le* conseillaient,
vocat in consilium	convoque en conseil
discordantes,	*ses affranchis* divisés,
ac jubet	et *leur* ordonne
promere sententias	d'émettre *leurs* avis
et adjicere rationes.	et d'y joindre *leurs* motifs.
II. Narcissus	II. Narcisse
disserebat	faisait-valoir
vetus matrimonium,	un ancien mariage,
familiam communem	une famille commune
(nam Antonia	(car Antonia
erat ex Petina),	était *née* de Pétina),
nihil novum	rien de nouveau
in penatibus ejus,	dans les pénates de lui,
si conjux sueta rediret,	si une épouse accoutumée revenait,
haudquaquam usura	qui n'userait nullement
odiis novercalibus	de haines de-marâtre
in Britannicum	envers Britannicus
et Octaviam,	et Octavie,
pignora proxima suis :	gages proches des siens *propres* :
Callistus improbatam	Calliste *disait elle avoir été* désapprouvée
longo dissidio,	par un long divorce,
ac superbam eo ipso,	et *devoir être* orgueilleuse par cela même,
si assumeretur	si elle était (qu'elle serait) prise
rursus ;	de-nouveau ;
Lolliamque induci	et Lollia être introduite
longe rectius,	de beaucoup avec-plus-de-raison,
vacuam æmulatione,	exempte de jalousie,
et futuram loco parentis	et devant être à la place d'une mère
privignis,	pour les enfants-d'un-premier-lit,
quando genuisset	puisqu'elle *n'avait* engendré
nullos liberos.	aucun enfant.
At Pallas	Mais Pallas
laudare id maxime	*se met à* louer ceci surtout
in Agrippina,	dans Agrippine,
quod traheret secum	qu'elle entraînait avec-elle
nepotem Germanici,	un petit-fils de Germanicus,
dignum prorsus	digne tout-à-fait
fortuna imperatoria :	de la fortune impériale :
nobilem stirpem,	noble rejeton *elle-même*,
et quæ conjungeret posteros	et qui unirait les descendants
familiæ Claudiæ ;	de la famille Claudia ;
nec femina	et une femme
fecunditatis expertæ,	d'une fécondité éprouvée,
juventa integra,	d'une jeunesse *encore* entière,
ferret in aliam domum	ne porterait pas dans une autre maison
claritudinem Cæsarum.	l'illustration des Césars.

III. Prævaluere hæc, adjuta Agrippinæ illecebris, quæ ad
eum, per speciem necessitudinis, crebro ventitando, pellicit
patruum ut, prælata ceteris et nondum uxor, potentia uxoria
jam uteretur. Nam, ubi sui matrimonii certa fuit, struere majora, nuptiasque Domitii, quem ex Cn. Ahenobarbo genuerat,
et Octaviæ, Cæsaris filiæ, moliri; quod sine scelere perpetrari non poterat, quia L. Silano desponderat Octaviam Cæsar,
juvenemque et alia clarum, insigni triumphalium et gladiatorii muneris magnificentia, protulerat ad studia vulgi. Sed
nihil arduum videbatur in animo principis cui non judicium,
non odium erat, nisi indita et jussa.

IV. Igitur Vitellius nomine censoris serviles fallacias obtegens, ingruentiumque dominationum provisor, quo gratiam
Agrippinæ pararet, consiliis ejus implicari, serere crimina in

III. Cette raison l'emporta, soutenue des séductions d'Agrippine,
qui, visitant Claude sans cesse, sous prétexte qu'elle était sa nièce,
l'eut bientôt captivé au point que, préférée à ses rivales, sans
avoir encore le nom d'épouse, elle en exerçait déjà toute l'autorité.
En effet, elle n'eut pas plutôt l'assurance de son mariage, que,
portant ses vues plus loin, elle songea à marier Domitius, le fils
qu'elle avait eu d'Ahénobarbus, avec Octavie, fille de Claude : ce
qui ne pouvait s'exécuter sans un crime, puisque Claude avait
fiancé Octavie à L. Silanus, et que, non content de ce qu'une haute
naissance donnait de lustre à ce jeune homme, il avait cherché
encore à fixer sur lui les regards de la multitude par l'éclat des
décorations triomphales et la magnificence d'un combat de gladiateurs. Mais rien ne paraissait difficile avec un prince à qui l'on
suggérait toutes ses affections, à qui l'on commandait toutes ses
haines.

IV. Aussi Vitellius, couvrant des sévérités d'un censeur ses
basses intrigues, et habile à pressentir l'avénement des puissances
nouvelles, entra dans les projets d'Agrippine pour gagner ses

III. Hæc prævaluere,
adjuta
illecebris Agrippinæ,
quæ ventilando crebro
ad eum,
per speciem necessitudinis,
pellicit patruum,
ut, prælata ceteris
et nondum uxor,
uteretur jam
potentia uxoria.
Nam ubi fuit certa
sui matrimonii,
struere majora,
molirique
nuptias Domitii,
quem genuerat
ex Cn. Ahenobarbo,
et Octaviæ,
filiæ Cæsaris;
quod non poterat perpetrari
sine scelere,
quia Cæsar
desponderat Octaviam
L. Silano,
protuleratque
ad studia vulgi,
insigni triumphalium
et magnificentia
muneris gladiatorii,
juvenem
clarum et alia.
Sed nihil
videbatur arduum
in animo principis,
cui non erat judicium,
non odium,
nisi indita et jussa.
IV. Igitur Vitellius,
obtegens nomine censoris
fallacias serviles,
provisorque
dominationum
ingruentium,
quo pararet
gratiam Agrippinæ,
implicari

III. Ces *raisons* prévalurent,
aidées
des séductions d'Agrippine,
qui en venant fréquemment
chez lui (Claude)
sous prétexte de parenté,
séduit *son* oncle,
de sorte que, préférée aux autres
et non-encore épouse,
elle usait déjà
de la puissance d'une-épouse.
Car dès qu'elle fut assurée
de son mariage,
elle se mit à dresser de plus grands *plans*,
et à préparer
l'hymen de Domitius,
qu'elle avait engendré
de Cn. Ahénobarbus,
et d'Octavie (avec Octavie),
fille de César (Claude);
chose qui ne pouvait être accomplie
sans un crime,
parce que César (Claude)
avait fiancé Octavie
à L. Silanus,
et avait mis-en-avant
pour *lui gagner* l'affection du peuple,
par l'insigne des triomphateurs
et la magnificence
d'un spectacle de-gladiateurs,
ce jeune homme
illustre aussi par d'autres *qualités*.
Mais rien
ne semblait difficile *à conquérir*
sur le cœur d'un prince,
auquel n'était point de préférence,
point de haine,
sinon suggérées et prescrites.
IV. Aussi Vitellius,
couvrant du nom de censeur
ses artifices serviles,
et habile-à-prévoir
les puissances
imminentes,
afin qu'il gagnât
la faveur d'Agrippine,
commence à s'engager

Silanum, cui sane decora et procax soror, Julia Calvina, haud
multum ante Vitellii nurus fuerat. Hinc initium accusationis,
fratrumque[1], non incestum sed incustoditum, amorem ad infamiam traxit. Et praebebat Caesar aures, accipiendis adversum
generum suspicionibus caritate filiae promptior. At Silanus,
insidiarum nescius, ac forte eo anno praetor, repente per
edictum Vitellii ordine senatorio movetur, quanquam lecto
pridem senatu lustroque condito. Simul affinitatem Claudius
diremit, adactusque Silanus ejurare magistratum, et reliquus
praeturae dies in Eprium Marcellum collatus est[2].

V. C. Pompeio, Q. Veranio consulibus[3], pactum inter Claudium et Agrippinam matrimonium jam fama, jam amore illi-
cito firmabatur; necdum celebrare solennia nuptiarum audebant, nullo exemplo deductae in domum patrui fratris filiae.

bonnes grâces. Il sema des calomnies contre Silanus, dont la sœur,
Julia Calvina, peu auparavant épouse de son fils, avait une grande
beauté, il est vrai, mais trop peu de réserve. Ce fut le fondement de
son accusation : il qualifia de crime un amour fraternel innocent,
mais indiscret. Claude prêtait l'oreille, sa tendresse pour sa fille lui
faisant accueillir plus facilement les soupçons contre son gendre.
Silanus, cette année-là même, était préteur. Il ignorait entièrement
le complot, lorsqu'il se voit tout à coup chassé du sénat par un édit
de Vitellius, quoique depuis longtemps le choix des sénateurs eût été
arrêté et la clôture du lustre prononcée. Claude, de son côté, rompt
l'alliance conclue, et Silanus est forcé d'abdiquer la préture. Le
jour d'exercice qui lui restait fut rempli par Éprius Marcellus.

V. Sous le consulat de C. Pompéius et de Q. Véranius, le mariage
arrêté entre Claude et Agrippine était déjà connu par la rumeur
publique, confirmé par un amour illicite, et toutefois ils n'osaient
encore le célébrer solennellement, cette union d'une nièce avec un

consiliis ejus,	dans les desseins d'elle,
serere crimina	à semer des accusations
in Silanum,	contre Silanus,
cui soror Julia Calvina,	à qui (dont) la sœur Julia Calvina,
sane decora et procax,	assurément belle et d'humeur-libre,
fuerat	avait été
haud multum ante	non beaucoup (peu de temps) auparavant
nurus Vitellii.	la bru de Vitellius.
Hinc initium accusationis,	De là le commencement de l'accusation,
traxitque ad infamiam	et il traîna en infamie (interpréta d'une
amorem	un amour [manière infâme)
fratrum,	de frère-et-sœur,
non incestum,	non incestueux,
sed incustoditum.	mais indiscret.
Et Cæsar præbebat aures,	Et César (Claude) prêtait l'oreille,
promptior caritate filiæ	plus porté par tendresse pour sa fille
accipiendis suspicionibus	à accueillir des soupçons
adversum generum.	contre son gendre.
At Silanus,	Mais Silanus,
nescius insidiarum,	ignorant ces embûches,
ac forte prætor eo anno,	et par hasard préteur cette année,
movetur repente	est écarté tout-à-coup
ordine senatorio	de l'ordre sénatorial
per edictum Vitellii,	par un édit de Vitellius,
quanquam senatu	quoique le sénat
lecto pridem	ayant été choisi depuis-longtemps
lustroque condito.	et le lustre clos.
Simul Claudius	En même temps Claude
diremit affinitatem,	rompit l'alliance,
Silanusque adactus	et Silanus fut forcé
ejurare magistratum,	d'abdiquer sa magistrature,
et dies præturæ reliquus	et le jour de préture restant
collatus est	fut conféré
in Eprium Marcellum.	à Éprius Marcellus.
V. C. Pompeio,	V. C. Pompéius
Q. Veranio	et Q. Véranius
consulibus,	étant consuls,
matrimonium pactum	le mariage convenu
inter Claudium	entre Claude
et Agrippinam	et Agrippine
firmabatur jam fama,	était confirmé déjà par la renommée,
jam amore illicito ;	déjà par un amour illicite ;
necdum audebant	et ils n'osaient pas-encore
celebrare solennia	célébrer les solennités
nuptiarum,	des noces,
nullo exemplo	aucun exemple n'étant
filiæ fratris	de la fille d'un frère

5.

Quin et incestum, ac, si sperneretur, ne in malum publicum erumperet, metuebatur. Nec ante omissa cunctatio quam Vitellius suis artibus id perpetrandum sumpsit. Percontatusque Cæsarem an jussis populi; an auctoritati senatus cederet, ubi ille unum se civium et consensui imparem respondit, opperiri intra palatium jubet. Ipse curiam ingreditur, summamque rempublicam agi obtestans, veniam dicendi ante alios exposcit, orditurque « Gravissimos principis labores, quis orbem terræ capessat, egere adminiculis, ut, domestica cura vacuus, in commune consulat. Quod porro honestius censoriæ mentis levamen, quam assumere conjugem prosperis dubiisque sociam, cui cogitationes intimas, cui parvos liberos tradat, non luxui aut voluptatibus assuefactus, sed qui prima ab juventa legibus obtemperavisset? »

VI. Postquam hæc favorabili oratione præmisit, multaque

oncle étant sans exemple. On s'effrayait même de l'inceste, et on craignait, si on passait outre, d'attirer des désastres sur l'État. L'incertitude ne cessa que lorsque Vitellius eut pris sur lui de terminer l'affaire par un coup de son génie. Il demanda à Claude s'il céderait aux ordres du peuple, à l'autorité du sénat. Celui-ci ayant répondu qu'un citoyen ne pouvait résister seul au vœu général, Vitellius lui prescrit de se tenir dans son palais, pendant que de son côté il se rendra au sénat. Il annonce, en entrant, qu'il vient pour une affaire qui intéresse le bien de l'État, demande à parler le premier, et commence ainsi : « Les immenses travaux du prince, embrassant le monde entier, exigent une aide qui, en l'affranchissant des soins domestiques, lui permette de veiller au bien général. Or, quel délassement plus convenable à l'austérité d'un censeur qu'une épouse, compagne de son bonheur et de ses peines, dépositaire de ses secrets, gardienne de ses enfants en bas âge? Cette ressource est d'autant plus nécessaire à Claude qu'il n'a jamais connu la débauche ni les plaisirs, et que, dès sa première jeunesse, il s'est imposé le devoir d'obéir aux lois. »

VI. Après ce début, qui disposa favorablement les esprits, et

deductæ in domum patrui.	emmenée dans la maison de *son* oncle.
Quin et incestum	Bien-plus même un inceste
metuebatur;	était craint,
ac, si sperneretur,	et, s'il était bravé,
ne erumperet	*on craignait* qu'il n'éclatât
in malum publicum.	en un malheur public.
Nec cunctatio omissa	Et *aucun* délai ne *fut* omis
antequam Vitellius	avant que Vitellius
sumpsit id perpetrandum	eût pris cela à-exécuter
suis artibus.	par ses talents.
Percontatusque Cæsarem	Et ayant demandé à César (Claude)
an cederet jussis populi,	s'il céderait aux ordres du peuple,
an auctoritati senatus,	s'*il céderait* à l'autorité du sénat,
ubi ille respondit	dès que celui-ci eut répondu
se unum civium	lui *être* un *seul* des citoyens
et imparem consensui,	et incapable-de-résister à l'accord *de tous*,
jubet operiri	il *l'*engage à attendre
intra palatium.	dans le palais.
Ipse ingreditur curiam,	Lui-même entre dans la curie,
obtestansque	et protestant
summam rempublicam	le plus haut intérêt-public
agi,	être-en-question,
exposcit veniam	il demande la permission
dicendi ante alios,	de parler avant les autres,
orditurque	et commence *ainsi* :
« Labores gravissimos	« Les travaux très-graves
principis,	du prince,
quis capessat orbem terræ,	par lesquels il embrasse le cercle de la terre
egere adminiculis,	avoir-besoin d'appuis, [(l'univers),
ut, vacuus cura domestica,	afin que, exempt de soucis domestiques,
consulat in commune.	il pourvoie au *bien* commun.
Porro	Or
quod levamen honestius	quel délassement plus honnête
mentis censoriæ,	de l'âme d'un-censeur,
quam assumere conjugem	que de prendre une épouse
sociam prosperis	associée aux *événements* heureux
dubiisque,	et douteux (malheureux),
cui tradat	à qui il confie
cogitationes intimas,	*ses* pensées intimes,
cui liberos parvos,	à qui *il confie ses* enfants *tout* petits,
non assuefactus	*lui qui n'était* pas habitué
luxui aut voluptatibus,	à la mollesse où (ni) aux plaisirs,
sed qui obtemperavisset	mais qui avait obéi
legibus	aux lois
ab prima juventa? »	dès *sa* première jeunesse? »
VI. Postquam	VI. Après que
præmisit hæc	il eut jeté-en-avant ces *mots*

patrum assentatio sequebatur, capto rursus initio, « Quando
maritandum principem cuncti suaderent, deligi oportere feminam nobilitate, puerperiis, sanctimonia insignem. Nec diu
anquirendum quin Agrippina claritudine generis anteiret;
datum ab ea fecunditatis experimentum, et congruere artes
honestas. Id vero egregium, quod, provisu deum vidua[1] jungeretur principi sua tantum matrimonia experto. Audivisse
a parentibus, vidisse ipsos, arripi conjuges[2] ad libita Cæsarum:
procul id à præsenti modestia. Statueretur imo documentum,
quo uxorem imperator acciperet. At enim nova nobis in fratrum filias conjugia : sed aliis gentibus solennia, neque lege
ulla prohibita; et sobrinarum[3] diu ignorata, tempore addito,
percrebuisse. Morem accommodari prout conducat, et fore hoc
quoque[4] in his quæ mox usurpentur. »

auquel les sénateurs donnèrent une pleine approbation, il ajouta
« que, puisqu'ils conseillaient tous au prince de se marier, il fallait
choisir à Claude une femme distinguée par sa naissance, par sa
fécondité, par sa vertu; qu'Agrippine avait sans contredit une naissance supérieure à toute autre; qu'elle avait donné des preuves de
fécondité, et que ses vertus répondaient à ce double avantage De
plus, elle était veuve, ce qui semblait une attention particulière des
dieux pour un prince qui n'avait jamais empiété sur les droits d'un
autre époux. Leurs pères avaient vu, ils avaient vu eux-mêmes des
Césars enlever, au gré de leur caprice, des femmes à leurs maris :
combien cette violence était loin de la modération présente! Enfin il
était bon d'établir un exemple qui pût désormais régler les mariages
des empereurs. L'union entre l'oncle et la nièce est, dira-t-on, nouvelle parmi nous; mais elle est consacrée chez d'autres nations, et
aucune loi ne la défend. Longtemps aussi les mariages entre cousins
furent inconnus; ils ont fini par se multiplier. Les convenances
modifient les coutumes, et la nouveauté d'aujourd'hui deviendra
demain un usage. »

oratione favorabili, par un discours insinuant,
multaque assentatio et *comme* un grand assentiment
patrum des sénateurs
sequebatur, suivait, [(reprenant la parole),
initio capto rursus, un commencement étant pris de-nouveau
« Quando cuncti suaderent il dit « Puisque tous conseillaient
principem maritandum, le prince devoir se marier,
oportere deligi falloir être choisie (qu'il fallait choisir)
feminam insignem une femme distinguée
nobilitate, puerperiis, par *sa* noblesse, *ses* enfantements,
sanctimonia. *sa* pureté. [ne pouvait douter) longtemps
Nec anquirendum diu Et ne devoir pas être mis-en-doute (qu'on
quin Agrippina anteiret qu'Agrippine ne l'emportât
claritudine generis ; par l'illustration de *sa* naissance ;
experimentum fecunditatis la preuve de *sa* fécondité
datum ab ea, *avoir été* donnée par elle,
et artes honestas congruere, et des qualités honorables s'y joindre.
Id vero egregium, Mais ceci *être* remarquable,
quod, provisu deum, que, par une providence des dieux,
vidua veuve
jungeretur principi elle s'unirait à un prince
experto qui avait éprouvé (connu)
tantum sua matrimonia. seulement ses *propres* mariages.
Audivisse a parentibus, *Eux* avoir appris de *leurs* pères,
ipsos vidisse, eux-mêmes avoir vu,
conjuges arripi des épouses être enlevées
ad libita Cæsarum : selon les caprices des Césars :
id procul cela *être* loin
a modestia præsenti. de la modération présente.
Imo documentum Bien-plus qu'une règle
statueretur, fût établie,
quo imperator par laquelle l'empereur
acciperet uxorem. recevrait une épouse.
At enim conjugia Mais en effet (dira-t-on) des mariages
in filias fratrum avec les filles des frères
nova nobis : *sont* nouveaux pour nous :
sed solennia *oui,* mais *ils sont* habituels
aliis gentibus, à d'autres nations,
neque prohibita ulla lege ; et ne *sont* défendus par aucune loi ;
et sobrinarum *ceux* même des cousines
ignorata diu ignorés (sans exemple) longtemps
percrebuisse, s'être (se sont) accrédités,
tempore addito. le temps s'étant ajouté.
Morem accommodari La coutume s'accommoder
prout conducat, selon qu'il est-utile,
et hoc quoque fore in his et ceci aussi devoir être parmi ces *usages*
quæ mox usurpentur. » qui bientôt seront pratiqués. »

VII. Haud defuere qui certatim, si cunctaretur Cæsar, vi
acturos testificantes, erumperent curia. Conglobatur promiscua multitudo, populumque Romanum eadem orare clamitat.
Nec Claudius ultra exspectato obvium apud forum præbet se
gratantibus, senatumque ingressus decretum postulat quo
justæ inter patruos fratrumque filias nuptiæ etiam in posterum statuerentur. Neque tamen repertus est nisi unus talis
matrimonii cupitor, T. Alledius Severus, eques Romanus,
quem plerique Agrippinæ gratia impulsum ferebant. Versa
ex eo civitas, et cuncta feminæ obediebant, non per lasciviam, ut Messalina, rebus Romanis illudenti : adductum [1] et
quasi virile servitium; palam severitas ac sæpius superbia ;
nihil domi impudicum, nisi dominationi expediret; cupido
auri immensa obtentum habebat, quasi subsidium regno pararetur.

VIII. Die nuptiarum Silanus sibi mortem conscivit; sive eo

VII. Il ne manqua pas de sénateurs qui se précipitèrent à l'envi
hors de la salle, en protestant que, si Claude résistait, ils emploie-
raient la violence. Un amas de populace s'attroupe aussitôt, et répète
à grands cris que le peuple romain forme les mêmes vœux ; et Claude,
sans différer davantage, vient au Forum recevoir les félicitations qui
l'attendaient; puis, entrant au sénat, il demande un décret qui autorise à l'avenir le mariage des oncles avec les filles de leurs frères.
Cependant personne depuis ne se pressa de suivre cet exemple, si l'on
excepte T. Allédius Sévérus, chevalier romain, et encore croit-on
que ce fut à l'instigation d'Agrippine. Dès ce moment, toute l'administration changea. Tout obéissait à une femme; mais cette femme
ne se jouait point des affaires, comme Messaline, au gré de ses caprices. L'autorité fut grave et, pour ainsi dire, virile. En public,
de la sévérité, et assez souvent de la hauteur ; dans l'intérieur, point
de dissolutions, à moins qu'elles ne fussent utiles au pouvoir. Une
passion désordonnée pour l'argent se couvrait du prétexte des besoins futurs de l'État.

VIII. Le jour du mariage, Silanus se donna la mort, soit qu'il

VII. Haud defuere
qui erumperent curia
testificantes certatim
acturos vi,
si Cæsar cunctaretur.
Multitudo promiscua
conglobatur,
clamitatque
populum Romanum
orare eadem.
Nec exspectato
ultra :
Claudius se præbet obvium
gratantibus apud forum,
ingressusque senatum
postulat decretum
quo nuptiæ
inter patruos
filiasque fratrum
statuerentur justæ
etiam in posterum.
Neque tamen repertus est
cupitor talis matrimonii,
nisi unus,
T. Alledius Severus,
eques Romanus,
quem plerique ferebant
impulsum
gratia Agrippinæ.
Ex eo civitas versa,
et cuncta
obediebant feminæ,   [nis
non illudenti rebus Roma-
per lasciviam,
ut Messalina :
servitium adductum
et quasi virile ;
palam severitas
ac sæpius superbia ;
domi nihil impudicum,
nisi expediret
dominationi ;
cupido immensa auri
habebat obtentum,
quasi subsidium
pararetur regno.
VIII. Die nuptiarum

VII. *Des sénateurs* ne manquèrent pas
qui s'élancèrent de la curie
protestant à-l'envi
eux devoir agir de force,
si César (Claude) hésitait.
Une multitude confuse
s'attroupe,
et né-cesse-de-crier
le peuple romain
demander les mêmes choses.
Et n'étant pas attendu (sans attendre)
au delà (davantage)
Claude se montre sur-le-passage
à ceux qui *le* félicitent sur le forum,
et étant entré au sénat
il demande un décret
par lequel les mariages
entre les oncles
et les filles de *leurs* frères
seraient établis légitimes
aussi pour l'avenir.
Et pourtant *personne* ne fut trouvé
désireux d'un tel mariage,
sinon un *seul homme*,
T. Allédius Sévérus,
chevalier romain,
que la plupart disaient
poussé *à cela*
par le désir-de-plaire à Agrippine.
Dès ce *moment* l'Etat *fut* changé,
et tout
obéissait à une femme,
qui ne se jouait pas des affaires romaines
par caprice,
comme Messaline :
c'était une servitude étroite
et presque virile ;
ouvertement de la sévérité
et plus souvent de l'orgueil ;
à la maison rien d'impudique,
à moins que *ce* ne fût-utile
à la domination ;
un désir immense d'or
avait *pour* prétexte,
comme si *c'était* une ressource
qui était préparée pour l'empire.
VIII. Le jour des noces

usque spem vitæ produxerat, seu delecto die augendam ad
invidiam. Calvina, soror ejus, Italia pulsa est. Addidit Claudius sacra ex legibus Tulli regis, piaculaque apud lucum
Dianæ[1] per pontifices danda; irridentibus cunctis quod pœnæ
procurationesque incesti id temporis exquirerentur. At Agrippina, ne malis tantum facinoribus notesceret, veniam exsilii
pro Annæo Seneca, simul præturam impetrat, lætum in publicum rata ob claritudinem studiorum ejus, utque Domitii
pueritia tali magistro adolesceret, et consiliis ejusdem ad spem
dominationis uterentur[2], quia Seneca fidus in Agrippinam memoria beneficii et infensus Claudio dolore injuriæ credebatur[3].

IX. Placitum dehinc non ultra cunctari; sed designatum
consulem, Memmium Pollionem, ingentibus promissis inducunt[4] sententiam expromere qua oraretur Claudius despondere Octaviam Domitio; quod ætati utriusque non absurdum,

eût conservé jusque-là des espérances, soit qu'il eût choisi ce jour
pour rendre ses ennemis plus odieux. Calvina, sa sœur, fut bannie
de l'Italie. Claude ajouta que les pontifes feraient des sacrifices et
des expiations dans le bois sacré de Diane, conformément aux insti-
tutions du roi Tullus. La punition et l'expiation d'un inceste, dans
un moment pareil, furent un sujet général de plaisanterie. Cependant Agrippine, ne voulant pas s'annoncer seulement par des actes
odieux, obtient le rappel de Sénèque, et de plus le fait nommer préteur, sûre par là de plaire au public, qui s'intéressait à un talent
célèbre; charmée d'ailleurs qu'un tel maître pût élever l'enfance de
Domitius, et se promettant de le faire servir aux projets de son ambition : car on croyait qu'il serait dévoué à Agrippine par le souvenir
du bienfait, ennemi de Claude par le ressentiment de l'injure.

IX. On résolut au reste de ne pas différer, et à force de promesses on engagea le consul désigné, Memmius Pollion, à proposer
un sénatus-consulte par lequel Claude serait prié de fiancer Octavie
à Domitius. Cet arrangement ne choquait pas trop les convenances

Silanus
conscivit sibi mortem ;
sive produxerat spem vitæ
usque eo,
seu die delecto
ad augendam invidiam.
Calvina, soror ejus,
pulsa est Italia.
Claudius addidit sacra
ex legibus regis Tulli,
piaculaque danda
per pontifices
apud lucum Dianæ ;
cunctis irridentibus
quod pœnæ
procurationesque incesti
exquirerentur id temporis.
At Agrippina,
ne notesceret
tantum malis facinoribus,
impetrat pro Annæo Seneca
veniam exsilii,
mox præturam,
rata lætum in publicum
ob claritudinem
studiorum ejus,
utque pueritia Domitii
adolesceret tali magistro,
et uterentur
consiliis ejusdem
ad spem dominationis,
quia Seneca credebatur
fidus in Agrippinam
memoria beneficii
et infensus Claudio
dolore injuriæ.

IX. Dehinc placitum
non cunctari ultra ;
sed ingentibus promissis
inducunt
Memmium Pollionem,
consulem designatum,
expromere sententiam
qua Claudius oraretur
despondere Octaviam
Domitio ;
quod non absurdum

Silanus [mort ;
prononça contre lui-même (se donna) la
soit qu'il eût prolongé l'espoir de la vie
jusque-là,
soit (ou bien) ce jour ayant été choisi
pour augmenter la haine *publique*.
Calvina, sœur de lui,
fut chassée de l'Italie.
Claude ajouta des sacrifices
d'après les lois du roi Tullus,
et des expiations devoir être offertes
par les pontifes
dans le bois-sacré de Diane ;
tous se moquant
de ce que des châtiments
et des expiations d'inceste
fussent recherchés en ce moment.
Mais Agrippine,
pour qu'elle ne se-fît-pas-connaître
seulement par de mauvaises actions,
obtient pour Annéus Sénèque
la grâce de *son* exil,
puis la préture,
persuadée *cela être* agréable au public
à cause de l'éclat
des talents de lui,
et afin que l'enfance de Domitius
se développât sous-un tel maître,
se qu'ils usassent *tous deux*
des conseils du même *homme*
en-vue-de l'espoir de la domination,
parce que Sénèque était cru
fidèle envers Agrippine
par le souvenir du bienfait
et hostile à Claude
par le ressentiment-de l'injure.

IX. Ensuite *it fut* résolu
de ne pas différer davantage ;
mais par de grandes promesses
ils engagent
Memmius Pollion,
consul désigné,
à émettre un avis
par lequel Claude serait prié
de fiancer Octavie
à Domitius ;
ce qui n'*était* pas sans-convenance

et majora patefacturum erat. Pollio, haud disparibus verbis
ac nuper Vitellius, censet : despondeturque Octavia; ac, super
priorem necessitudinem, sponsus jam et gener Domitius æquari
Britannico, studiis matris, arte eorum quis, ob accusatam
Messalinam, ultio ex filio timebatur.

X. Per idem tempus legati Parthorum, ad expetendum, ut
retuli[1], Meherdaten missi, senatum ingrediuntur mandataque
in hunc modum incipiunt : « Non se fœderis ignaros, nec defectione a familia Arsacidarum venire; sed filium Vononis,
nepotem Phraatis accedere, adversus dominationem Gotarzis,
nobilitati plebique juxta intolerandam. Jam fratres, jam propinquos, jam longius sitos, cædibus exhaustos; adjici conjuges
gravidas, liberos parvos, dum socors domi, bellis infaustus,
ignaviam sævitia tegat. Veterem sibi ac publice cœptam nobiscum amicitiam; et subveniendum sociis virium æmulis

de l'âge, et ouvrait la route pour aller plus loin. Pollion, employant
à peu près les mêmes termes que Vitellius, ouvre donc cet avis :
Octavie est fiancée; et déjà Domitius, joignant à ses premiers titres
celui d'époux et celui de gendre, marche l'égal de Britannicus,
grâce aux soins d'une mère et aux intrigues de ceux qui, ayant
accusé Messaline, craignaient le ressentiment de son fils.

X. Dans le même temps, les ambassadeurs des Parthes, venus,
comme je l'ai dit, pour redemander Méherdate, furent admis à l'audience du sénat. Ils exposèrent « qu'ils n'ignoraient pas nos traités et
qu'ils ne venaient point conduits par un esprit de rébellion contre
la famille des Arsacides ; qu'ils avaient recours au fils de Vonon,
au petit-fils de Phraate, contre la domination de Gotarzès, également
insupportable à la noblesse et au peuple; que, non content d'avoir
assassiné frères, parents, étrangers, ce roi immolait maintenant les
femmes enceintes et les enfants au berceau, tyran imbécile dans la
paix, malheureux dans la guerre, qui voulait déguiser sa lâcheté
par ses barbaries. L'alliance des Parthes avec nous était ancienne et
contractée au nom de la nation; nous devions secourir des alliés,

ætati utriusque,	pour l'âge de l'un-et-l'autre,
et patefacturum erat	et devait ouvrir
majora.	de plus grandes *perspectives*.
Pollio censet	Pollion opine [termes)
verbis haud disparibus	en termes non différents (dans les mêmes
ac nuper Vitellius :	que naguère Vitellius :
Octaviaque despondetur;	et Octavie est fiancée;
ac Domitius, [rem,	et Domitius,
super necessitudinem prio-	outre *sa* parenté antérieure,
sponsus jam et gener	fiancé déjà et gendre
æquari Britannico,	*commence à* être égalé à Britannicus,
studiis matris,	par le zèle de *sa* mère,
arte eorum	par la politique de ceux
quis ultio	par qui une vengeance
timebatur ex filio,	était redoutée de-la-part du-fils,
ob Messalinam accusatam.	à-cause-de Messaline accusée.
X. Per idem tempus	X. Pendant le même temps
legati Parthorum,	les députés des Parthes,
missi, ut retuli, [ten,	envoyés, comme je *l'ai* rapporté,
ad expetendum Meherda-	pour demander Méherdate,
ingrediuntur senatum	entrent au sénat
incipiuntque mandata	et commencent *à exposer leurs* instructions
in hunc modum :	de cette manière : [té,
« Se non ignaros foederis,	« Eux n'*être* point ignorants de *notre* trai-
nec venire defectione	et ne pas venir par défection (trahison)
a familia Arsacidarum ;	de (contre) la famille des Arsacides ;
sed accedere	mais venir-trouver
filium Vononis,	un fils de Vonon,
nepotem Phraatis,	un petit-fils de Phraate,
adversus dominationem	contre la domination
Gotarzis,	de Gotarzès,
intolerandam juxta	intolérable également
nobilitati plebique.	pour la noblesse et pour le peuple.
Jam fratres,	Déjà *ses* frères,
jam propinquos,	déjà *ses* proches,
jam sitos longius,	déjà ceux qui étaient établis plus loin,
exhaustos cædibus;	*avoir été* épuisés par des massacres ;
conjuges gravidas,	des femmes enceintes,
liberos parvos	des enfants *tout* petits
adjici,	être ajoutés *aux victimes*,
dum socors domi,	pendant que *ce tyran* stupide à l'intérieur,
infaustus bellis,	malheureux dans *ses* guerres,
tegat ignaviam sævitia.	couvrait *sa* lâcheté par *sa* cruauté.
Amicitiam veterem	Une amitié ancienne
ac cœptam publice	et formée publiquement
sibi nobiscum ;	*être* à eux avec-nous ;
et subveniendum	et falloir (il fallait) venir-en-aide

cedentibusque per reverentiam. Ideo regum obsides liberos dari [1] ut, si domestici imperii tædeat, sit regressus ad principem patresque, quorum moribus assuefactus rex melior adsciscerétur. »

XI. Ubi hæc atque talia dissertavere, incipit orationem Cæsar de fastigio Romano Parthorumque obsequiis; seque divo Augusto adæquabat, petitum ab eo regem referens, omissa Tiberii memoria; quanquam is quoque miserat [2]. Addiditque præcepta (etenim aderat Méherdates) ut non dominationem et servos, sed rectorem et cives cogitaret, clementiamque ac justitiam, quanto ignara [3] barbaris, tanto toleratiora, capesseret. Hinc versus ad legatos, extollit laudibus « Aluminum Urbis, spectatæ ad id modestiæ; ac tamen ferenda regum ingenia, neque usui crebras mutationes : rem Romanam huc satietate gloriæ provectam, ut externis quoque gentibus quietem velit.»

nos rivaux en gloire, qui nous cédaient par déférence; s'ils nous donnaient en otages les enfants de leurs souverains, c'était afin de pouvoir, lorsque leurs maîtres les opprimeraient, recourir au prince et au sénat, et retrouver parmi nous un roi que l'exemple de nos mœurs eût formé aux vertus. »

XI. Lorsqu'ils eurent développé ces raisons et d'autres semblables, Claude prit la parole. Il débuta par quelques mots sur la grandeur de Rome et sur les hommages des Parthes, s'égalant à Auguste, qui leur avait donné un roi, sans faire mention de Tibère, qui pourtant avait eu aussi cet honneur. Puis s'adressant à Méherdate (car il était présent), il lui conseilla de se bien persuader qu'il n'allait pas commander à des esclaves, mais gouverner des citoyens, et de pratiquer la clémence et la justice, vertus qui, pour être inconnues aux barbares, ne leur en seraient que plus agréables. Ensuite, se tournant vers les députés, il leur vanta « l'élève des Romains, sa modération qui ne s'était pas encore démentie. D'ailleurs, ajouta-t-il, il faut supporter les défauts des rois; et on ne gagne rien à changer trop souvent. Rome, désormais rassasiée de gloire, en est venue au point de souhaiter la tranquillité même aux nations étran-

sociis æmulis virium	à des alliés égaux en forces
cedentibusque	et qui cédaient
per reverentiam.	par déférence.
Liberos regum	Les enfants de *leurs* rois
dari obsides ideo,	*nous* être donnés *en* otages pour-cela,
ut, si tædeat	afin que, s'ils s'ennuyaient
imperii domestici,	de *leur* gouvernement domestique,
régressus sit	un recours fût *possible*
ad principem patrésque,	vers le prince et les sénateurs,
moribus quorum	aux mœurs desquels
assuefactus	accoutumé
rex melior adscisceretur. »	un roi meilleur fût appelé. »
XI. Ubi dissertavere	XI. Dès qu'ils eurent exposé
hæc atque talia,	ces *raisons* et *d'autres* telles,
Cæsar incipit orationem	César (Claude) commence un discours
de fastigio Romano	sur la grandeur romaine
obsequiisque Parthorum ;	et les hommages des Parthes ;
seque adæquabat	et il s'égalait
divo Augusto,	au divin Auguste,
referens regem	rapportant un roi
petitum ab eo,	*avoir été* demandé à lui,
memoria Tiberii omissa,	la mention de Tibère étant omise,
quanquam is quoque	quoique lui (Tibère) aussi
miserat.	*en* eût envoyé *un.*
Addiditque præcepta	Et il ajouta des conseils
(etenim Meherdates aderat)	(car Méherdate était-présent)
ut cogitaret	*savoir,* qu'il eût-dans-l'esprit
non dominationem	non une domination
et servos,	et des esclaves,
sed rectorem et cives ;	mais un gouverneur et des citoyens ;
capesseretque	et qu'il embrassât
clementiam ac justitiam,	la clémence et la justice,
tanto toleratiora,	*vertus* d'autant plus supportables,
quanto ignara barbaris.	qu'*elles étaient* ignorées des barbares.
Hinc versus	De là (alors) s'étant tourné
ad legatos,	vers les députés,
extollit laudibus	il exalte par des louanges
« Alumnum Urbis,	« L'élève de la ville (de Rome),
modestiæ spectatæ	*prince* d'une modération remarquée
ad id ;	jusqu'à ce *moment;*
ac tamen ingenia regum	et pourtant les caractères des rois
ferenda,	*être* à-supporter,
neque mutationes crebras	et les mutations fréquentes
usui :	n'*être* pas à utilité :
rem Romanam	la puissance romaine
provectam huc	avoir été portée là (à ce point)
satietate gloriæ,	par satiété de gloire,

Datum post hæc C. Cassio, qui Syriæ præerat, deducere juvenem ripam ad Euphratis.

XII. Ea tempestate Cassius ceteros præminebat peritia legum; nam militares artes per otium ignotæ, industriosque aut
ignavos pax in æquo tenet. Attamen, quantum sine bello dabatur, revoeare priscum morem, exercitare legiones, cura,
provisu perinde agere ac si hostis ingrueret, ita dignum majoribus suis et familia Cassia ratus, per illas quoque gentes
celebrata [1]. Igitur, excitis quorum de sententia petitus rex,
positisque castris apud Zeugma [2], unde maxime pervius amnis,
postquam illustres Parthi rexque Arabum Acbarus advenerat,
monet Meherdaten barbarorum impetus acres cunctatione
languescere aut in perfidiam mutari; itaque urgeret cœpta.
Quod spretum fraude Acbari, qui juvenem ignarum, et summam fortunam in luxu ratum, multos per dies attinuit apud

gères. » C. Cassius, gouverneur de Syrie, fut chargé de conduire le
jeune prince jusqu'aux rives de l'Euphrate.

XII. Cassius éclipsait tous les Romains de son temps par sa profonde connaissance des lois; car les talents militaires sont ignorés
dans l'oisiveté de la paix, où l'homme de cœur et le lâche sont au
même rang. Toutefois, autant qu'on le pouvait sans guerre, il
s'attachait à rétablir l'ancienne discipline, à exercer les légions,
aussi actif, aussi vigilant que s'il eût été en présence de l'ennemi;
enfin il soutenait dignement l'honneur de ses ancêtres et du nom de
Cassius, célèbre aussi dans ces contrées. Ayant mandé les partisans
du jeune roi, il alla camper à Zeugma, où le passage du fleuve était
le plus commode. Lorsque les principaux d'entre les Parthes, et
Acbare, roi des Arabes, furent arrivés, il quitta Méherdate, en le
prévenant que l'ardeur impétueuse des barbares se refroidissait par
les délais ou se changeait en perfidie; qu'il fallait donc pousser l'entreprise avec vigueur. Cet avis fut négligé par la faute d'Acbare; et
ce traître, abusant de l'inexpérience du jeune prince, qui regardait

nt velit quietem
quoque gentibus externis. »
Post hæc datum Cassio,
qui præerat Syriæ,
deducere juvenem
ad ripam Euphratis.

qu'elle voulait du repos
aussi pour les nations étrangères. »
Après cela *mission fut* donnée à Cassius,
qui gouvernait la Syrie,
de conduire le jeune-homme
sur la rive de l'Euphrate.

XII. Ea tempestate
Cassius præminebat ceteros
peritia legum ;
nam artes militares
ignotæ per otium,
paxque tenet in æquo
industrios aut ignavos.
Attamen,
quantum dabatur
sine bello,
revocare legiones
ad priscum morem,
exercitare,
agere cura, provisu,
perinde ac si hostis
ingrueret ;
ratus dignum ita
suis majoribus
et familia Cassia,
celebrata quoque
per illas gentes.
Igitur, excitis
de sententia quorum
rex petitus,
castrisque positis
apud Zeugma,
unde amnis
maxime pervius,
postquam illustres Parthi
rexque Arabum Acbarus
advenerat,
monet Meherdaten
acres impetus barbarorum
languescere cunctatione
aut mutari in perfidiam ;
itaque urgeret cœpta.
Quod spretum
fraude Acbari,
qui attinuit per multos dies
apud oppidum Edessam
juvenem, ignarum,

XII. En ce temps-là
Cassius surpassait les autres *Romains*
par *sa* connaissance des lois ;
car les talents militaires
sont inconnus dans l'oisiveté,
et la paix tient dans *un rang* égal
les *hommes* actifs ou lâches.
Cependant,
autant qu'il était donné
de le faire sans guerre,
il se met à rappeler les légions
à l'ancienne coutume (discipline),
à les exercer,
à agir avec soin, avec prévoyance,
de même que si l'ennemi
menaçait ;
pensant *cela être* digne ainsi
de ses ancêtres
et de la famille Cassia,
renommée aussi
parmi ces nations.
Aussi, *ceux-là* étant appelés
sur l'avis desquels
le roi *avait été* demandé,
et un camp étant établi
à Zeugma,
à partir d'où le fleuve
est le plus facile-à-traverser,
après que les grands parthes
et le roi des Arabes Acbare
furent arrivés,
il avertit Méherdate
les vifs élans des barbares
languir par les délais
ou se changer en perfidie ;
c'est pourquoi qu'il pressât *ses* entreprises.
Lequel *conseil fut* méprisé
par la perfidie d'Acbare,
qui retint pendant plusieurs jours
dans la ville *d'*Edesse
le jeune-homme, inexpérimenté,

oppidum Edessam. Et vocante Carrhene, promptasque res
ostentante si citi advenissent, non cominus Mesopotamiam, sed
flexu Armeniam petunt, id temporis importunam, quia hiems
occipiebat.

XIII. Exin nivibus et montibus fessi, postquam campos
propinquabant, copiis Carrhenis adjunguntur. Transmissoque
amne Tigri, permeant Adiabenos, quorum rex Izates societatem Meherdatis palam induerat, in Gotarzen per occulta et
magis fida inclinabat. Sed capta in transitu urbs Ninos, vetustissima sedes Assyriæ, et Arbela, castellum insigne fama, quod,
postremo inter Darium atque Alexandrum prœlio, Persarum
illic opes conciderant. Interea Gotarzes, apud montem cui
nomen Sambulos, vota diis loci suscipiebat, præcipua religione Herculis; qui, tempore stato, per quietem monet sacerdotes ut, templum juxta, equos venatui adornatos sistant.

les plaisirs comme l'attribut du rang suprême, le retint longtemps
à Édesse. En vain Carrhène les appelait, leur promettant un succès
infaillible s'ils arrivaient promptement : au lieu d'aller droit en
Mésopotamie, ils font un détour pour gagner l'Arménie, peu prati-
cable dans ce moment, parce que l'hiver approchait.

XIII. Après s'être fatigués au milieu des neiges et des montagnes, ils joignent près des plaines les troupes de Carrhène; puis,
ayant passé le Tigre, ils traversent l'Adiabénie, dont le roi Izatès avait
embrassé le parti de Méherdate en apparence, mais penchait pour
Gotarzès, qu'il servait en secret. On prit, chemin faisant, Ninive,
ancienne capitale de l'Assyrie, et le château d'Arbèle, fameux par
la dernière bataille qu'Alexandre livra à Darius, et qui décida la
chute de l'empire des Perses. Gotarzès était sur le mont Sambulos,
offrant des vœux aux divinités du lieu, parmi lesquelles Hercule est
particulièrement vénéré. Ce dieu, à des temps réglés, apparaît en
songe aux prêtres, et leur prescrit de tenir près du temple des chevaux équipés pour la chasse. Les chevaux, sitôt qu'on les a chargés

et ratum[1]	et persuadé
summam fortunam	la plus haute fortune
in luxu,	*consister* dans le plaisir.
Et Carrhene vocante,	Et Carrhène *l'*appelant,
ostentanteque res promptas	et *lui* montrant les affaires toutes-prêtes
si advenissent citi,	s'ils arrivaient prompts (promptement),
petunt non Mesopotamiam	ils gagnent non la Mésopotamie
cominus,	*qui était* près,
sed flexu Armeniam,	mais par un détour l'Arménie,
importunam id temporis,	peu-praticable en ce moment,
quia hiems occipiebat.	parce que l'hiver commençait.
XIII. Exin fessi	XIII. Ensuite fatigués
nivibus et montibus,	par les neiges et les montagnes,
postquam propinquabant	lorsqu'ils approchaient
campos,	des plaines,
adjunguntur	ils se joignent
copiis Carrhenis.	aux troupes de Carrhène.
Amneque Tigri transmisso,	Et le fleuve *du* Tigre étant traversé,
permeant Adiabenos,	ils passent chez les Adiabéniens,
quorum rex Izates	dont le roi Izatès
induerat palam	avait revêtu (embrassé) ouvertement
societatem Meherdatis,	l'alliance de Méherdate,
inclinabat in Gotarzen	*mais* penchait pour Gotarzès
per occulta et magis fida.	par des *négociations* secrètes et plus fidèles.
Sed urbs Ninos	Mais la ville *de* Ninive
capta in transitu,	*fut* prise au passage (en passant),
vetustissima sedes Assyriæ,	la plus ancienne capitale de l'Assyrie,
et Arbela,	et *aussi* Arbèle,
castellum insigne fama,	château fameux par la renommée,
quod, postremo proelio	parce que, dans le dernier combat
inter Darium	entre Darius
et Alexandrum,	et Alexandre,
opes Persarum	la puissance des Perses
conciderant illic.	avait succombé là.
Interea Gotarzes,	Cependant Gotarzès,
apud montem	sur la montagne
cui nomen Sambulos,	à laquelle le nom *est* Sambulos,
suscipiebat vota	offrait des vœux
diis loci,	aux divinités du lieu,
religione Herculis	la religion d'Hercule
præcipua;	*étant* la principale;
qui, tempore stato,	lequel, à un temps réglé,
monet sacerdotes	avertit les prêtres
per quietem,	pendant *leur* repos,
ut, juxta templum,	pour que, près du temple,
sistant equos adornatos	ils tiennent des chevaux équipés
venatui.	pour la chasse.

Equi, ubi pharetras telis onustas accepere, per saltus vagi, nocte demum, vacuis pharetris, multo cum anhelitu redeunt. Rursus deus, qua silvas pererraverit, nocturno visu demonstrat, reperiunturque fusæ passim feræ.

XIV. Ceterum Gotarzes, nondum satis aucto exercitu, flumine Corma pro munimento uti; et, quanquam per insectationes et nuntios ad prœlium vocaretur, nectere moras, locos mutare, et, missis corruptoribus, exuendam ad fidem hostes emercari. Ex quis Izates Adiabenus, mox Acbarus Arabum cum exercitu abscedunt, levitate gentili, et quia experimentis cognitum est barbaros malle Roma petere reges quam habere. At Meherdates, validis auxiliis nudatus, ceterorum proditione suspecta, quod unum erat reliquum, rem in casum dare prœlioque experiri statuit. Nec detrectavit pugnam Gotarzes, deminutis hostibus ferox. Concursumque magna cæde et am-

de carquois remplis de flèches, partent et courent les bois jusqu'à la nuit; alors ils rentrent hors d'haleine et les carquois vides. Le dieu, dans une autre apparition nocturne, indique les forêts qu'il a parcourues, et l'on y retrouve un grand abatis de gibier.

XIV. Au reste Gotarzès, ne jugeant point encore son armée assez nombreuse, se tenait derrière le fleuve Corma, qui lui servait de rempart. Là, quoiqu'on ne cessât par des escarmouches et des défis de le provoquer au combat, il temporisait, changeait de positions, et tâchait par ses émissaires d'acheter la trahison des partisans de son ennemi. Bientôt le roi de l'Adiabénie, Izatès, et Acbare, roi des Arabes, se retirent avec leurs troupes, par cette légèreté naturelle à leur nation, qui vient toujours demander aux Romains des rois qu'elle ne garde jamais. Méherdate, privé de si puissants auxiliaires, et craignant une défection générale, ne vit d'autre ressource que de tenter le sort des armes et de risquer une bataille. Gotarzès ne la refusa point, enhardi par l'affaiblissement de l'ennemi. Le choc fut très-sanglant et l'événement douteux, jusqu'au

Equi, ubi accepere | Les chevaux, dès qu'ils ont reçu
pharetras onustas telis, | des carquois chargés de traits,
vagi per saltus, | errant par les bois,
redeunt demum nocte, | reviennent enfin la nuit,
pharetris vacuis, | les carquois vides,
cum multo anhelitu. | avec beaucoup d'essoufflement.
Rursus deus demonstrat | De-nouveau le dieu indique
visu nocturno | par une vision nocturne
qua pererraverit silvas, | par où il a parcouru les forêts,
feræque reperiuntur | et les bêtes-sauvages sont trouvées
fusæ passim. | étendues çà-et-là.

XIV. Ceterum Gotarzes, | XIV. Au-reste Gotarzès,
exercitu | son armée
nondum satis aucto, | n'étant pas encore assez augmentée,
uti flumine Corma | commence à se servir du fleuve Corma
pro munimento; | en-guise-de rempart;
et, quanquam vocaretur | et, quoiqu'il fût provoqué
ad proelium | au combat
per insectationes | par des escarmouches
et nuntios, | et des messagers,
nectere moras, | il se met à ourdir des retards (temporiser),
mutare locos, | à changer de lieu,
et, corruptoribus missis, | et, des embaucheurs étant envoyés,
emercari hostes | à marchander les ennemis [leur fidélité.
ad exuendam fidem. | pour dépouiller (pour qu'ils abjurassent)
Ex quis Izates Adiabenus, | Desquels Izatès Adiabénien,
mox Acbarus | puis Acbare
cum exercitu Arabum, | avec une armée d'Arabes,
abscedunt, | se retirent,
levitate gentili, | avec la légèreté de-leur-nation,
et quia cognitum est | et parce qu'il a été connu
experimentis | par plusieurs expériences
barbaros malle | les barbares aimer-mieux
petere reges Roma | demander des rois à Rome
quam habere. | que de les avoir.
At Meherdates, | Mais Méherdate,
nudatus auxiliis validis, | dénué de secours puissants,
proditione ceterorum | la trahison des autres
suspecta, | étant suspectée,
statuit, quod unum | résolut, parti qui seul
erat reliquum, | était de-reste (restait) à lui,
dare rem in casum | de livrer sa fortune à la chance de la guerre
experirique proelio. | et de l'éprouver par un combat.
Nec Gotarzes, ferox | Et Gotarzès, enhardi
hostibus deminutis, | par les ennemis affaiblis,
detrectavit pugnam. | ne refusa pas le combat.
Concursumque | Et on se heurta

biguo eventu, donec Carrhenen, profligatis obversis longius
evectum, integer a tergo globus circumveniret. Tum, omni spe
perdita, Meherdates, promissa Parrhacis paterni clientis se-
cutus, dolo ejus vincitur traditurque victori. Atque ille non
propinquum neque Arsacis de gente, sed alienigenam et Romanum increpans, auribus decisis vivere jubet ostentui clementiæ suæ et in nos dehonestamento. Dein Gotarzes morbo
obiit, accitusque in regnum Vonones, Medos tum præsidens.
Nulla huic prospera aut adversa, quis memoraretur : brevi et
inglorio imperio perfunctus est; resque Parthorum in filium
ejus Vologesen translatæ.

XV. At Mithridates [1] Bosporanus, amissis opibus vagus,
posteaquam Didium, ducem Romanum, roburque exercitus
abisse cognoverat, relictos in novo regno Cotyn, juventa ru-
dem, et paucas cohortium cum Julio Aquila, equite Romano,

moment où Carrhène, s'étant engagé trop loin à la poursuite d'un
corps qu'il avait mis en déroute, fut enveloppé par des troupes fraî-
ches. Tout fut alors désespéré. Méherdate, se fiant à la parole de
Parrhax, client de son père, fut trompé indignement par ce traître,
qui le livra chargé de fers au vainqueur. Gotarzès, refusant de
reconnaître Méherdate pour un parent et pour un Arsacide, ne
voyant en lui qu'un vil étranger, qu'un Romain, lui fit couper les
oreilles, et le laissa vivre ainsi mutilé pour attester sa clémence et
notre humiliation. Gotarzès mourut de maladie peu de temps après,
et fut remplacé par Vonon, alors gouverneur de la Médie. Celui-ci
n'eut ni succès ni revers qui méritent qu'on en parle. Il régna peu
de temps et sans gloire; la couronne passa à son fils Vologèse.

XV. Cependant Mithridate, roi détrôné du Bosphore, errait toujours depuis la perte de son royaume, lorsqu'il apprend que le général romain, Didius, était parti avec l'élite de son armée, et que,
pour garder la nouvelle conquête, on avait laissé Cotys, jeune
homme sans expérience, et quelques cohortes seulement, sous un
simple chevalier romain, Julius Aquila. Plein de mépris pour tous

magna cæde	avec un grand carnage
et eventu ambiguo,	et un succès équivoque,
donec globus integer	jusqu'à ce qu'une troupe fraîche
circumveniret a tergo	enveloppât par derrière
Carrhenen,	Carrhène,
evectum longius,	emporté trop loin,
obversis	ceux-qui-étaient-en-face *de lui*
profligatis.	ayant été mis-en-déroute.
Tum, omni spe perdita,	Alors, tout espoir étant perdu,
Meherdates, secutus	Méherdate, ayant suivi (écouté)
promissa Parrhacis	les promesses de Parrhax
clientis paterni,	client de-*son*-père,
vincitur dolo ejus	est enchaîné par une ruse de lui
traditurque victori.	et est livré au vainqueur.
Atque ille increpans	Et celui-ci *lui* reprochant
non propinquum	de n'*être* pas *son* parent
neque de gente Arsacis,	ni de la race d'Arsace,
sed alienigenam	mais un étranger
et Romanum,	et un Romain,
jubet vivere	ordonne *lui* vivre
auribus decisis,	avec les oreilles coupées,
ostentui suæ clementiæ	pour montre de sa clémence
et dehonestamento in nos.	et affront envers nous.
Dein Gotarzes obiit morbo,	Ensuite Gotarzès mourut de maladie,
Vononesque,	et Vonon,
præsidens tum Medos,	qui gouvernait alors les Mèdes,
accitus in regnum.	*fut* appelé à la royauté.
Huic nulla prospera	A celui-ci ne *furent* nuls succès
aut adversa	ou (ni) revers
quis memoraretur :	par lesquels il fût-digne-de-mémoire :
perfunctus est	il exerça
imperio brevi et inglorio;	un gouvernement court et sans-gloire;
resque Parthorum	et les affaires (l'empire) des Parthes
translatæ	*furent* transférées (passa)
in Vologesen filium ejus.	à Vologèse fils de lui.
XV. At Mithridates	XV. Cependant Mithridate
Bosporanus,	*ancien roi* du-Bosphore,
vagus opibus amissis,	errant *ses* richesses étant perdues,
posteaquam cognoverat	après qu'il eut appris
Didium, ducem Romanum,	Didius, général romain,
roburque exercitus abisse,	et la force de l'armée être partis,
Cotyn, rudem juventa,	Cotys, novice par jeunesse,
et paucas cohortium	et peu des cohortes
cum Julio Aquila,	avec Julius Aquila,
equite Romano,	chevalier romain,
relictos in novo regno,	*avoir été* laissés dans le nouveau royaume,
utrisque spretis,	l'un-et-l'autre étant méprisés,

spretis utrisque, concire nationes, illicere perfugas; postremo,
exercitu coacto, regem Dandaridarum[1] exturbat, imperioque
ejus potitur. Quæ ubi cognita, et jam jamque Bosporum in-
vasurus habebatur, diffisi propriis viribus Aquila et Cotys,
quia Zorsines, Siracorum[2] rex, hostilia resumpserat, externas
et ipsi gratias quæsivere, missis legatis ad Eunonen, qui
Aorsorum genti præcellebat. Nec fuit in arduo societas; potentiam Romanam adversus rebellem Mithridaten ostentanti-
bus. Igitur pepigere, equestribus prœliis Eunones certaret,
obsidia urbium Romani capesserent.

XVI. Tum composito agmine incedunt; cujus frontem et
terga Aorsi, media cohortes et Bosporani tutabantur, nostris
in armis. Sic pulsus hostis, ventumque Sozam, oppidum
Dandaricæ, quod, desertum a Mithridate, ob ambiguos popularium animos obtineri relicto ibi præsidio visum. Exin in

deux, il rassemble autour de lui quelques peuplades, attire des
transfuges; enfin, parvenu à former une armée, il chasse le roi des
Dandarides de ses États et s'en empare. A cette nouvelle, comme
on s'attendait sans cesse à voir le Bosphore attaqué, Aquila et Cotys,
se défiant de leurs propres forces, depuis que Zorsine, roi des Siraques, avait recommencé les hostilités, cherchèrent aussi à s'appuyer
sur un secours étranger : ils députèrent vers Eunone, chef de la nation des Aorses. L'alliance ne fut pas difficile à conclure : Eunone
avait à choisir entre la puissance romaine et le rebelle Mithridate.
On convint qu'il fournirait de la cavalerie et que les Romains se
chargeraient des siéges.

XVI. Alors ils s'avancent en bon ordre. La tête et l'arrière-garde
étaient occupées par les Aorses, le centre par nos cohortes et par les
troupes du Bosphore, armées à la romaine. On parvint ainsi à chasser l'ennemi, et l'on entra dans Soza, ville de la Dandarique, qui
avait été abandonnée par Mithridate. Les dispositions équivoques
des habitants décidèrent à y laisser une garnison. De là, on marcha

concire nationes,	*se met à* rassembler des nations,
illicere perfugas ;	*à* attirer des transfuges ;
postremo exercitu coacto,	enfin une armée étant réunie,
exturbat	il chasse-en-désordre
regem Dandaridarum,	le roi des Dandarides,
potiturque imperio ejus.	et s'empare de l'autorité de lui.
Quæ	Lesquelles choses
ubi cognita,	dès qu'*elles furent* connues,
et habebatur	et *comme* il était tenu (regardé) [retard]
invasurus jam jamque	*comme* devant envahir déjà et déjà (sans
Bosporum,	le Bosphore,
Aquila et Cotys,	Aquila et Cotys,
diffisi propriis viribus,	se défiant de *leurs* propres forces,
quia Zorsines,	parce que Zorsine,
rex Siracorum,	roi des Siraques,
resumpserat hostilia,	avait repris les hostilités,
quæsivere et ipsi	cherchèrent aussi eux-mêmes
gratias externas,	des faveurs étrangères,
legatis missis ad Eunonen,	des députés étant envoyés à Eunone,
qui præcellebat	qui commandait
genti Aorsorum.	à la nation des Aorses.
Nec societas	Et l'alliance
fuit in arduo,	ne fut pas en *condition* difficile,
ostentantibus	*ceux-ci lui* montrant-avec-affectation
potentiam Romanam	la puissance romaine
adversus Mithridaten	contre Mithridate
rebellem,	rebelle.
Igitur pepigere	Aussi convinrent-ils
Eunones certaret	qu'Eunone lutterait
prœliis equestribus,	par des combats-de-cavalerie,
Romani capesserent	que les Romains se chargeraient
obsidia urbium.	des siéges des villes.
XVI. Tum incedunt	XVI. Alors ils s'avancent
agmine composito ;	avec une troupe en-bon-ordre ;
cujus Aorsi [ga,	de laquelle les Aorses
tutabantur frontem et ter-	protégeaient le front et les derrières,
cohortes	*nos* cohortes
et Bosporani	et ceux-du-Bosphore
media,	*protégeaient* le centre,
in armis nostris.	*tous* en armes nôtres (armés à la romaine).
Sic hostis pulsus,	Ainsi l'ennemi *fut* repoussé,
ventumque Sozam,	et l'on arriva à Soza,
oppidum Dandaricæ,	ville de la Dandarique,
quod, desertum	laquelle, abandonnée
a Mithridate,	par Mithridate,
visum obtineri	il parut-bon être gardée (de garder)
præsidio relicto ibi	par une garnison laissée là

Siracos pergunt , et , transgressi amnem Pandam, circumveniunt urbem Uspen, editam loco et mœnibus ac fossis muni-
tam ; nisi quod mœnia non saxo, sed cratibus et vimentis ac
media humo [1], adversum irrumpentes invalida erant. Eductæ-
que altius turres facibus atque hastis turbabant obsessos ; ac,
ni prœlium nox diremisset , cœpta patrataque expugnatio
eumdem intra diem foret.

XVII. Postero misere legatos, veniam liberis corporibus
orantes; servitii decem millia offerebant. Quod aspernati sunt
victores, quia trucidare deditos sævum, tantam multitudinem
custodia cingere arduum : ut belli potius jure caderent. Da-
tumque militibus, qui scalis evaserant, signum cædis. Exscidio
dio Uspensium metus ceteris injectus , nihil tutum ratis,
quum arma, munimenta, impediti vel eminentes loci, amnes-

contre les Siraques, et, après avoir passé la rivière de Panda, on in-
vestit Uspé , place située sur une hauteur et défendue par des murs
et des fossés. Mais les murs construits sans pierre, seulement avec
des claies entrelacées et remplies de terre, étaient incapables de résister à une attaque. Nos tours, plus élevées, faisaient pleuvoir des
torches et des javelines qui désolaient les assiégés ; et , sans la nuit
qui vint suspendre le combat, le même jour eût vu commencer et
finir le siége.

XVII. Le lendemain , les assiégés envoyèrent demander grâce
pour les personnes libres : ils offraient dix mille esclaves. Les vainqueurs refusèrent : massacrer des gens reçus à merci eût été un acte
barbare ; garder tant de prisonniers était difficile. On aima mieux
qu'ils périssent par le droit de la guerre. Déjà les soldats avaient
escaladé les murs ; on leur donna le signal du carnage. Le sac
d'Uspé intimida les autres villes ; elles ne voyaient plus de barrière
capable de les défendre, puisque les armes, les retranchements, les
bois ou les montagnes, les rivières et les murs , rien n'arrêtait les

ob animos ambiguos	à-cause-des dispositions équivoques
popularium.	des habitants.
Exin pergunt in Siracos,	Ensuite on marche contre les Siraques,
et, transgressi	et, ayant traversé
amnem Pandam,	la rivière de Panda,
circumveniunt	on investit
urbem Uspen,	la ville d'Uspé,
editam loco	élevée de lieu (assise sur une hauteur)
et munitam	et défendue
mœnibus ac fossis;	par des murs et des fossés;
nisi quod mœnia	si-ce-n'est que les murs
non saxo, sed cratibus	faits non de pierre, mais de claies
et vimentis ac humo media,	et d'osier et de terre mise-au-milieu,
erant invalida	étaient sans-force
adversum irrumpentes.	contre des-assaillants.
Turresque eductæ altius	Nos tours aussi élevées plus haut
turbabant obsessos	mettaient-en-désordre les assiégés
facibus atque hastis;	avec des torches et des javelines;
ac, ni nox	et, si la nuit
diremisset prœlium,	n'eût séparé le (mis fin au) combat,
expugnatio	le siége
cœpta patrataque foret	eût été commencé et achevé
intra eumdem diem.	en un même jour.
XVII. Postero	XVII. Le lendemain
misere legatos,	ils envoyèrent des députés,
orantes veniam	demandant grâce
corporibus liberis;	pour les corps (les personnes) libres;
offerebant	ils offraient
decem millia servitii.	dix milliers d'esclaves.
Quod victores	Offre que les vainqueurs
aspernati sunt,	repoussèrent,
quia sævum	parce qu'il eût été cruel [dus,
trucidare deditos,	de massacrer des gens qui se seraient ren-
arduum cingere custodia	et difficile d'entourer d'une garde
tantam multitudinem :	une si-grande multitude : [tombassent
ut potius caderent	que plutôt (ils aimaient mieux que) ils
jure belli.	par le droit de la guerre.
Signumque cædis	Et le signal du massacre
datum militibus,	fut donné aux soldats,
qui evaserant	qui avaient franchi le mur
scalis.	avec des échelles.
Exscidio Uspensium	Par la ruine des habitants-d'Uspé
metus injectus ceteris,	la terreur fut jetée parmi les autres,
ratis nihil tutum,	qui pensaient rien n'être assuré,
quum arma, munimenta,	puisque les armes, les remparts,
loci impediti vel eminentes,	les lieux embarrassés ou élevés,
amnesque et urbes	et les fleuves et les villes

que et urbes juxta perrumperentur. Igitur Zorsines, diu pen-
sitato Mithridatisne rebus extremis an patrio regno consuleret,
postquam prævaluit gentilis utilitas, datis obsidibus, apud
effigiem Cæsaris [1] procubuit, magna gloria exercitus Romani,
quem incruentum et victorem tridui itinere abfuisse ab amne
Tanai constitit. Sed in regressu dispar fortuna fuit, quia
navium quasdam, quæ mari remeabant, in littora Taurorum
delatas circumvenere barbari, præfecto cohortis et plerisque
centurionum interfectis.

XVIII. Interea Mithridates, nullo in armis subsidio, consultat cujus misericordiam experiretur. Frater Cotys, proditor
olim, deinde hostis, metuebatur. Romanorum nemo id aucto-
ritatis aderat, ut promissa ejus magni penderentur. Ad
Eunonen convertit, propriis odiis non infensum, et recens
conjuncta nobiscum amicitia validum. Igitur, cultu vultuque

vainqueurs. Zorsine réfléchit longtemps sur l'alternative de sacrifier
ou Mithridate, dont les affaires étaient désespérées, ou ses propres
États. Enfin l'intérêt de sa maison prévalut; il donna des otages et
vint se prosterner au pied de la statue de César. Cette expédition fit
beaucoup d'honneur aux Romains qui, toujours triomphants et sans
perdre un seul homme, étaient parvenus jusqu'à trois journées du
Tanaïs. Mais le retour fut moins heureux : quelques-uns des navires
qui ramenaient les troupes furent jetés sur la côte de la Tauride et
investis par les barbares, qui tuèrent un préfet de cohorte et plusieurs
centurions.

XVIII. Cependant Mithridate, n'espérant plus rien des armes,
hésitait sur le choix de celui dont il implorerait la pitié. Il redoutait
son frère Cotys, autrefois ami perfide, depuis ennemi déclaré. Parmi
les Romains, personne n'avait assez d'autorité pour qu'on pût compter sur ses promesses. Il jette les yeux sur Eunone, qui n'était point
animé de ressentiments personnels, et qui jouissait auprès de nous
de toute la faveur d'un nouvel allié. Prenant donc et l'habit et l'air

perrumperentur juxta.	étaient forcés également.
Igitur Zorsines,	Donc Zorsine,
pensitato diu	ceci ayant été pesé longtemps
consuleretne	s'il pourvoirait (porterait secours)
rebus extremis	aux affaires extrêmes (à la détresse)
Mithridatis	de Mithridate
an regno patrio,	ou au royaume de-*ses*-pères,
postquam utilitas gentilis	lorsque l'intérêt de-*sa*-nation
prævaluit,	eut prévalu,
obsidibus datis,	des otages ayant été donnés,
procubuit	se prosterna
apud effigiem Cæsaris,	devant l'image de César (Claude),
magna gloria	à la grande gloire
exercitus Romani,	de l'armée romaine,
quem constitit	laquelle il fut-constant
abfuisse	s'être éloignée
itinere tridui	par une route de trois-jours
ab amne Tanai	du fleuve Tanaïs
incruentum et victorem.	sans-effusion-de-sang et victorieuse.
Sed in regressu	Mais au retour
fortuna fuit dispar,	la fortune fut différente,
quia barbari circumvenere	parce que les barbares investirent
quasdam navium,	quelques-uns des vaisseaux,
quæ remeabant mari,	qui revenaient de la *haute* mer,
delatas in littora	portés sur les rivages
Taurorum,	des habitants-de-la-Tauride,
præfecto cohortis	un préfet de cohorte
et plerisque centurionum	et la plupart des centurions
interfectis.	ayant été tués.
XVIII. Interea	XVIII. Cependant
Mithridates,	Mithridate,
nullo subsidio	aucune ressource *n'étant pour lui*
in armis,	dans les armes,
consultat [diam.	délibère
cujus experiretur misericor-	de qui il éprouverait la pitié.
Frater Cotys, olim proditor,	*Son* frère Cotys, autrefois traître,
dein hostis,	puis ennemi,
metuebatur.	était craint *par lui.*
Nemo Romanorum aderat	Personne des Romains n'était-là
id auctoritatis,	avec ce *degré* d'autorité,
ut promissa ejus	que les promesses de lui
penderentur magni.	fussent estimées à un grand *prix*
Convertit ad Eunonen,	Il *se* tourne vers Eunone,
non infensum	*qui ne lui était* pas hostile
odiis propriis,	par des haines personnelles,
et validum amicitia	et *qui était* fort de l'amitié
conjuncta recens nobiscum.	formée récemment avec-nous.

quam maxime ad præsentem fortunam comparato, regiam ingreditur, genibusque ejus provolutus : « Mithridates, inquit,
terra marique Romanis per tot annos quæsitus, sponte adsum.
Utere, ut voles, prole magni Achæmenis[1], quod mihi solum
hostes non abstulerunt. »

XIX. At Eunones, claritudine viri, mutatione rerum et
prece haud degenere permotus, allevat supplicem, laudatque
quod gentem Aorsorum, quod suam dexteram, petendæ veniæ delegerit. Simul legatos litterasque ad Cæsarem in hunc
modum mittit : « Populi Romani imperatoribus magnarumque
nationum regibus primam ex similitudine fortunæ amicitiam;
sibi et Claudio etiam communionem[2] victoriæ esse. Bellorum
egregios fines, quoties ignoscendo transigatur. Sic Zorsini
victo nihil ereptum. Pro Mithridate, quando gravius merere-

le plus conforme à sa fortune, il entre dans le palais d'Eunone, et
tombant à ses genoux : «'Ce Mithridate, dit-il, que les Romains, depuis tant d'années, cherchent par terre et par mer, se remet lui-
même en tes mains; dispose à ton gré d'un descendant du grand
Achéménès; ce titre est le seul bien que mes ennemis ne m'aient
point ôté. »

XIX. L'éclat de cette naissance, l'inconstance de la fortune et la
dignité de cette prière frappèrent Eunone. Il relève le monarque
suppliant, et le félicite d'avoir choisi la nation des Aorses et l'inter-
cession de leur roi pour demander son pardon. Aussitôt il envoie des
députés vers Claude avec une lettre dont le sens était « qu'une ressemblance de fortune avait commencé les liaisons des empereurs
romains avec les souverains des grandes nations; qu'il y avait de
plus entre Claude et lui une communauté de victoires; que c'était
finir glorieusement une guerre que de la terminer en pardonnant;
qu'ainsi, après avoir vaincu Zorsine, on ne lui avait rien ôté; que,
Mithridate étant plus coupable, il ne demandait pour lui ni puis-

Igitur, cultu vultuque
comparato quam maxime
ad fortunam præsentem,
ingreditur regiam,
provolutusque
genibus ejus :
« Mithridates, inquit,
quæsitus Romanis
terra marique
per tot annos,
adsum sponte.
Utere, ut voles,
prole magni Achæmenis,
quod solum hostes
non abstulerunt mihi. »
XIX. At Eunones,
permotus
claritudine viri,
mutatione rerum
et prece haud degenere,
allevat supplicem,
laudatque quod delegerit
petendæ veniæ
gentem Aorsorum,
quod suam dexteram.
Simul
mittit ad Cæsarem
legatos litterasque
in hunc modum :
« Primam amicitiam
imperatoribus
populi Romani
regibusque
magnarum nationum
ex similitudine fortunæ;
sibi et Claudio
communionem victoriæ
esse etiam.
Fines bellorum egregios,
quoties transigatur
ignoscendo.
Sic nihil ereptum
Zorsini victo.
Pro Mithridate,
quando mereretur gravius,
precari non potentiam,
non regnum,

Donc, *son* extérieur et *son* visage
étant accommodés le plus possible
à *sa* fortune présente,
il entre dans le palais,
et s'étant roulé
aux genoux de lui :
« Mithridate, *lui* dit-il,
cherché par les Romains
par terre et par mer
pendant tant d'années,
je suis-ici de *mon* gré.
Use, comme tu voudras,
de la race du grand Achéménès,
lequel *bien* seul les ennemis
n'ont pas enlevé à moi. »
XIX. Mais Eunone,
touché
de l'illustration de l'homme,
du changement de *ses* affaires
et de *sa* prière non indigne,
relève le suppliant,
et *le* loue de ce qu'il a choisi
pour demander grâce
la nation des Aorses,
de ce qu'*il a choisi* sa main.
En-même-temps
il envoie à César (Claude)
des députés et une lettre
conçue de cette manière :
« La première amitié
pour les empereurs
du peuple romain
et les rois
des grandes nations
être née d'une ressemblance de fortune;
pour lui (Eunone) et pour Claude
une communauté de victoire
être aussi.
Les fins des guerres *être* les meilleures,
toutes-les-fois-qu'on traitait
en pardonnant.
Ainsi rien n'*avoir été* enlevé
à Zorsine vaincu.
Pour Mithridate,
puisqu'il méritait *une peine* plus grave,
lui ne solliciter ni puissance,
ni royaume,

tur, non potentiam, non regnum precari, sed ne triumphare-
tur, neve pœnas capite expenderet. »

XX. At Claudius, quanquam nobilitatibus externis mitis,
dubitavit tamen accipere captivum pacto salutis an repetere
armis rectius foret. Huc dolor injuriarum et libido vindictæ
adigebat. Sed disserebatur contra « Suscipi bellum avio
itinere, importuoso mari ; ad hoc reges feroces, vagos populos,
solum frugum egens ; tum tædium ex mora, pericula ex pro-
perantia, modicam victoribus laudem, ac multum infamiæ si
pellerentur : quin arriperet oblata, et servaret exsulem, cui
inopi quanto longiorem vitam, tanto plus supplicii fore. » His
permotus scripsit Eunoni « Meritum quidem novissima exempla Mithridaten, nec sibi vim ad exsequendum deesse ; verum
ita majoribus placitum, quanta pervicacia in hostem, tanta

sance ni trône, mais seulement qu'on lui fit grâce du triomphe et
du supplice. »

XX. Claude, quoique disposé à la clémence envers les noms illustres des nations étrangères, délibéra pourtant s'il lui convenait d'accepter un captif en s'obligeant à l'épargner, plutôt que de le reprendre par les armes. Le ressentiment de l'injure et l'attrait de la
vengeance le poussaient à ce dernier parti ; mais on lui objecta mille
inconvénients : « D'abord, la guerre dans un pays sans routes et sur
une mer sans ports ; ensuite des rois belliqueux, des peuples errants,
un sol stérile ; enfin les dégoûts de la lenteur, les dangers de la précipitation ; peu de gloire, si l'on était vainqueur ; beaucoup de honte,
si l'on était repoussé. Pourquoi ne pas accepter ce qui était offert,
et ne pas consentir à épargner un banni, qui serait d'autant plus
puni que sa vie se prolongerait dans l'indigence ? » Frappé de ces
raisons, il répondit à Eunone « que Mithridate avait mérité les dernières rigueurs, et que la force ne manquait point aux Romains
pour les lui faire subir ; mais que, fidèles aux principes de leurs
aïeux, autant ils montraient d'inflexibilité contre un ennemi, autant
ils usaient de clémence envers des suppliants ; qu'à l'égard du

sed ne triumpharetur,	mais qu'il ne fût pas mené-en-triomphe,
neve expenderet capite	et qu'il n'acquittât pas de sa tête
pœnas. »	les peines méritées. »
XX. At Claudius,	XX. Mais Claude,
quanquam mitis	quoique doux
nobilitatibus externis,	pour les noblesses étrangères,
dubitavit tamen	hésita cependant
foret rectius	s'il serait mieux
accipere captivum	de recevoir un captif
pacto salutis,	avec un pacte de salut,
an repetere armis.	ou de le reprendre par les armes.
Dolor injuriarum	Le ressentiment de ses injures
et libido vindictæ	et la passion de la vengeance
adigebat huc.	le poussaient là (vers ce dernier parti).
Sed disserebatur contra	Mais il lui était exposé contrairement
« Bellum	« Une guerre
suscipi	être entreprise
itinere avio,	sur un chemin non-frayé,
mari importuoso;	sur une mer sans-ports ;
ad hoc reges feroces,	outre cela les rois être belliqueux,
populos vagos,	les peuples errants,
solum egens frugum ;	le sol dénué de productions ;
tum tædium ex mora,	puis l'ennui résultant du retard,
pericula ex properantia,	les dangers de la précipitation,
modicam laudem	une médiocre gloire
victoribus,	pour eux vainqueurs,
ac multum infamiæ	et beaucoup de honte
si pellerentur :	s'ils étaient repoussés :
quin	au-contraire
arriperet oblata,	qu'il saisît les conditions offertes,
et servaret exsulem	et qu'il conservât un exilé
cui inopi	auquel dénué-de-ressources
tanto plus supplicii fore,	d'autant plus de châtiment devoir être,
quanto vitam longiorem. »	que sa vie serait plus longue. »
Permotus his,	Touché de ces raisons,
scripsit Eunoni	il écrivit à Eunone
« Mithridaten	« Mithridate
meritum quidem	avoir mérité certes
novissima exempla,	les derniers exemples (châtiments),
nec vim deesse sibi	et la force ne manquer pas à lui (Claude)
ad exsequendum ;	pour exécuter ;
verum placitum ita	mais ceci avoir plu ainsi
majoribus,	à ses ancêtres,
utendum	falloir user (qu'il fallait user)
adversus supplices	envers des suppliants
tanta beneficentia,	d'une aussi-grande clémence
quanta pervicacia	que-grande était leur inflexibilité

· beneficentia adversus supplices utendum ; nam triumphos de populis regnisque integris acquiri. »

XXI. Traditus post hæc Mithridates, vectusque Romam per Junium Cilonem[1], procuratorem Ponti, ferocius quam pro fortuna disseruisse apud Cæsarem ferebatur. Elataque vox ejus in vulgum hisce verbis : « Non sum remissus ad te, sed reversus; vel, si non credis, dimitte et quære. » Vultu quoque interrito permansit, quum rostra juxta, custodibus circumdatus, visui populo præberetur. Consularia insignia Ciloni, Aquilæ prætoria decernuntur.

XXII. Iisdem consulibus, atrox odii Agrippina, ac Lolliæ infensa, quod secum de matrimonio principis certavisset, molitur crimina et accusatorem qui objiceret Chaldæos, magos, interrogatumque Apollinis Clarii[2] simulacrum super nuptiis imperatoris. Exin Claudius, inaudita rea, multa de claritudine ejus apud senatum præfatus, « Sorore L. Volusii genitam,

triomphe, on ne le méritait que sur des peuples et des rois dans toute leur puissance. »

XXI. Sur cette assurance, on livra Mithridate ; il fut conduit à Rome par Junius Cilon, procurateur du Pont. Son discours à Claude fut, dit-on, plus fier qu'on ne l'eût attendu de sa fortune présente. Le voici, tel qu'il courut dans le public : « On ne m'a point amené, je suis venu. Si tu en doutes, laisse-moi partir, et fais-moi chercher. » Cette intrépidité ne se démentit point lorsqu'il se vit près des rostres, environné de gardes et livré aux regards du peuple. On décerna les ornements consulaires à Cilon, ceux de la préture à Julius Aquila.

XXII. Cependant Agrippine, implacable dans ses haines, ne pardonnait point à Lollia de lui avoir disputé la main de Claude. Dès cette année même, elle lui suscita un délateur. On l'accusa d'avoir interrogé des astrologues et des magiciens, d'avoir consulté l'oracle d'Apollon de Claros sur le mariage du prince. Aussitôt Claude, sans que l'accusée eût été entendue, après un long exorde sur l'illustration de cette femme, qui était nièce de L. Volusius, petite-nièce de Mesin hostem ;

nam triumphos acquiri
de populis regnisque
integris. »

XXI. Post hæc
Mithridates traditus,
vectusque Romam
per Junium Cilonem,
procuratorem Ponti,
ferebatur disseruisse
apud Cæsarem
ferocius quam pro fortuna.
Voxque ejus hisce verbis
elata in vulgum :
« Non remissus sum ad te,
sed reversus ;
vel, si non credis,
dimitte
et quære. »
Permansit quoque
vultu interrito,
quum juxta rostra,
circumdatus custodibus,
præberetur visui populo.
Insignia consularia
decernuntur Ciloni,
prætoria Aquilæ.   [bus,
XXII. Iisdem consuli-
Agrippina atrox odii
ac infensa Lolliæ,
quod certavisset secum
de matrimonio principis,
molitur crimina
et accusatorem
qui objiceret
Chaldæos, magos,
simulacrumque
Apollinis Clarii
interrogatum
super nuptiis imperatoris.
Exin Claudius,
rea inaudita,
præfatus multa
apud senatum
de claritudine ejus,
« Genitam
sorore L. Volusii,

contre un ennemi ;

car les triomphes être conquis
sur des peuples et des royaumes
entiers (non entamés). »

XXI. Après cela
Mithridate livré,
et conduit à Rome,
par Junius Cilon,
procurateur du Pont,
était dit avoir parlé
devant César (Claude)
plus fièrement que selon sa fortune.
Et un discours de lui en ces termes
fut répandu parmi le peuple :
« Je n'ai point été renvoyé vers toi,
mais je suis revenu ;
ou, si tu ne me crois pas,
congédie-moi
et cherche-moi (viens me chercher). »
Il resta aussi
avec un visage non-effrayé,
lorsque près des rostres,
entouré de gardes,
il était présenté en spectacle au peuple.
Les insignes consulaires
sont décernés à Cilon,
ceux de-préteur à Aquila.
XXII. Sous les mêmes consuls,
Agrippine violente de haine
et ennemie de Lollia,
parce qu'elle avait rivalisé avec-elle
au-sujet-du mariage du prince,
prépare des accusations
et un accusateur
qui lui reprochât
des Chaldéens, des magiciens,
et la statue
d'Apollon de-Claros
interrogée
sur l'hymen de l'empereur.
Ensuite Claude,
l'accusée n'étant-point-entendue,
ayant dit-d'abord bien des choses
devant le sénat
sur l'illustration d'elle (de Lollia),
savoir « Elle être née
d'une sœur de L. Volusius,

majorem ei patruum Cottam Messalinum esse, Memmio
quondam Regulo nuptam (nam de C. Cæsaris nuptiis consulto
reticebat), addidit perniciosa in rempublicam consilia et materiem sceleri detrahendam : proin, publicatis bonis, cederet
Italia. » Ita quinquagies sestertium [1] ex opibus immensis exsuli
relictum. Et Calpurnia, illustris femina, pervertitur; quia
formam ejus laudaverat princeps, nulla libidine, sed fortuito
sermone; unde vis Agrippinæ citra ultima stetit. In Lolliam [2]
mittitur tribunus a quo ad mortem adigeretur. Damnatus et
lege repetundarum Cadius Rufus, accusantibus Bithynis.

XXIII. Galliæ Narbonensi, ob egregiam in patres reverentiam, datum ut senatoribus ejus provinciæ, non exquisita principis sententia [3], jure quo Sicilia haberetur, res suas invisere
liceret; Ituræique et Judæi, defunctis regibus Sohemo atque
Agrippa, provinciæ Syriæ additi. Salutis augurium [4], quinque

salinus Cotta, et qui avait eu Memmius Régulus pour époux (car il
taisait à dessein son mariage avec l'empereur Caïus), Claude ajouta
qu'elle avait des projets funestes contre l'État, qu'il fallait ôter au
crime ses moyens de succès, confisquer ses biens et la bannir d'Italie.
Ainsi, de son immense fortune, on ne lui laissa en l'exilant que
cinq millions de sesterces. La perte de Calpurnie, femme d'une haute
distinction, fut aussi résolue, parce que le prince avait loué sa
beauté, non qu'il en fût épris ; il en avait parlé indifféremment et
comme par hasard : aussi la violence d'Agrippine ne se porta-t-elle
point aux dernières extrémités. Quant à Lollia, on lui envoya un
tribun pour la forcer à mourir. On condamna encore Cadius Rufus
pour crime de concussion, sur la poursuite des Bithyniens.

XXIII. La Gaule Narbonnaise s'était signalée par sa déférence
pour le sénat. Pour l'en récompenser, on accorda aux sénateurs de
cette province le privilége de pouvoir aller visiter leurs biens sans
une permission particulière du prince ; exception qui n'avait lieu
auparavant que pour la Sicile. Les rois Sohème et Agrippa étant
morts, on réunit l'Iturie et la Judée au gouvernement de Syrie.

Cottam Messalinum	Cotta Messalinus
esse ei majorem patruum,	être à elle grand-oncle,
nuptam quondam	elle *avoir été* mariée autrefois
Memmio Regulo	à Memmius Régulus
(nam reticebat consulto	(car il se taisait à-dessein
de nuptiis C. Cæsaris),	sur *son* mariage avec C. César),
addidit consilia perniciosa	ajouta des projets funestes
in rempublicam	*exister* contre l'État
et materiem	et *toute* matière
detrahendam sceleri :	devoir être ôtée au crime :
proin cederet Italia,	donc qu'elle s'éloignât de l'Italie,
bonis publicatis. »	*ses* biens étant confisqués. »
Ita	Ainsi [de sesterces
quinquagies sestertium	cinquante-fois *cent milliers* (cinq millions)
relictum exsuli	*furent* laissés à *elle* exilée
ex immensis opibus.	de *ses* immenses richesses.
Et Calpurnia,	Calpurnie aussi,
femina illustris,	femme illustre,
pervertitur, quia princeps	est perdue, parce que le prince
laudaverat formam ejus,	avait loué la beauté d'elle,
nulla libidine,	sans aucune passion,
sed sermone fortuito ;	mais dans une conversation fortuite ;
unde vis Agrippinæ	d'où (aussi) la violence d'Agrippine
stetit citra ultima.	s'arrêta en deçà des dernières *rigueurs.*
Tribunus mittitur	Un tribun est envoyé
in Lolliam,	chez Lollia,
a quo adigeretur ad mortem.	par lequel elle fût poussée à la mort.
Et Cadius Rufus damnatus	Cadius Rufus aussi *fut* condamné
lege repetundarum,	d'après la loi de *sommes* à-réclamer (de
Bithynis accusantibus.	les Bithyniens *l'*accusant. [concussion),
XXIII. Datum	XXIII. Il fut accordé
Galliæ Narbonensi,	à la Gaule Narbonnaise,
ob reverentiam egregiam	à cause de *sa* déférence remarquable
in patres,	envers les sénateurs,
ut liceret senatoribus	qu'il fût permis aux sénateurs
ejus provinciæ	de cette province
invisere suas res,	de visiter leurs biens,
jure	avec le *même* droit
quo Sicilia haberetur,	sous lequel la Sicile était tenue,
sententia principis	la décision du prince
non exquisita.	n'étant point demandée.
Ituræique et Judæi,	Et les Ituréens et les Juifs,
Sohemo atque Agrippa	Sohème et Agrippa
regibus	*leurs* rois
defunctis,	étant morts,
additi provinciæ Syriæ.	*furent* ajoutés à la province *de* Syrie.
Placitum augurium salutis,	Il *fut* décidé l'augure de salut,

et viginti annis omissum, repeti ac deinde continuari placitum. Et pomœrium [1] auxit Cæsar, more prisco, quo iis qui protulere imperium etiam terminos Urbis propagare datur. Nec tamen duces Romani, quanquam magnis nationibus subactis, usurpaverant, nisi L. Sulla et divus Augustus.

XXIV. Regum in eo ambitio vel gloria varie vulgata. Sed initium condendi, et quod pomœrium Romulus posuerit, noscere haud absurdum reor. Igitur a foro boario, ubi æreum tauri simulacrum adspicimus, quia id genus animalium aratro subditur, sulcus designandi oppidi cœptus, ut magnam Herculis aram amplecteretur. Inde certis spatiis interjecti lapides [2], per ima montis Palatini ad aram Consi [3], mox ad Curias veteres [4], tum ad sacellum Larium forumque Romanum ; et Capitolium non a Romulo, sed a T. Tatio additum Urbi credidere.

L'augure de salut, interrompu depuis vingt-cinq ans, fut repris alors, et il a été continué depuis. Claude étendit le *pomérium*, d'après l'ancien usage qui donne à ceux qui ont agrandi l'empire le droit de reculer l'enceinte de la ville. Toutefois aucun des généraux romains n'avait exercé ce droit, même après avoir subjugué de grandes nations, si ce n'est Sylla et Auguste.

XXIV. Quelle fut à cet égard ou la vanité ou la gloire des rois? c'est un point sur lequel les traditions varient. Mais je ne crois pas inutile de faire connaître en quel lieu furent bâtis les premiers édifices, et quel fut le *pomérium* tracé par Romulus. Le sillon qui désigne l'emplacement de la ville commençait au marché aux bœufs, où l'on voit un taureau d'airain (parce que c'est l'animal qu'on attelle à la charrue), et embrassait le grand autel d'Hercule. De là, il y avait des bornes placées de distance en distance le long et au pied du mont Palatin, jusqu'à l'autel de Consus d'abord, puis jusqu'aux anciennes Curies, enfin jusqu'au petit temple des Lares et au *forum Romanum*. Pour le Capitole, on croit qu'il fut l'ouvrage de T. Tatius, et non de Romulus. Depuis, l'enceinte de Rome s'est accrue

omissum	négligé
viginti et quinque annis,	*depuis* vingt et cinq années,
repeti	être repris
ac deinde continuari.	et désormais être continué.
Et Cæsar	Et César (Claude)
auxit pomœrium,	agrandit le pomérium,
more prisco,	suivant l'usage ancien,
quo datur	par lequel il est accordé
iis qui protulere imperium	à ceux qui ont reculé l'empire
propagare etiam	d'étendre aussi
terminos Urbis.	les limites de la ville (Rome).
Nec tamen duces Romani	Et cependant les généraux romains
usurpaverant, [bus	n'avaient pas exercé *ce droit*,
quanquam magnis nationi-	quoique de grandes nations
subactis,	ayant été soumises *par eux*,
nisi L. Sulla	sinon L. Sylla
et divus Augustus.	et le divin Auguste.
XXIV. In eo	XXIV. En cela
ambitio vel gloria regum	la vanité ou la gloire des rois
vulgata varie.	*a été* publiée diversement.
Sed reor	Mais je pense
haud absurdum	n'*être* point hors-de-propos
noscere	de connaître [premiers bâtiments),
initium condendi,	le commencement de bâtir (l'enceinte des
et quod pomœrium	et quel pomérium
Romulus posuerit.	Romulus établit.
Igitur a foro boario,	Ainsi du marché aux-bœufs,
ubi adspicimus	où nous voyons
simulacrum æreum tauri,	l'image d'airain d'un taureau,
quia id genus animalium	parce que ce genre d'animaux
subditur aratro,	est mis-sous (attelé à) la charrue,
sulcus cœptus	un sillon *fut* commencé
designandi oppidi,	pour désigner *l'emplacement de* la ville,
ut amplecteretur	de manière qu'il embrassât
magnam aram Herculis.	le grand autel d'Hercule.
Inde lapides interjecti	De-là des pierres *furent* placées-çà-et-là
spatiis certis,	à des intervalles déterminés,
per ima montis Palatini	*passant* par le pied du mont Palatin
ad aram Consi,	jusqu'à l'autel de Consus,
mox ad veteres Curias,	puis jusqu'aux anciennes-Curies,
tum ad sacellum Larium	enfin jusqu'à la chapelle des Lares
forumque Romanum;	et au forum romain;
et credidere Capitolium	et on crut le Capitole
additum Urbi	*avoir été* ajouté à la ville
non a Romulo,	non par Romulus,
sed a T. Tatio.	mais par T. Tatius.
Mox pomœrium auctum	Depuis, le pomérium *fut* agrandi

Mox pro fortuna pomœrium auctum. Et quos tum Claudius terminos posuerit, facile cognitu et publicis actis perscriptum.

XXV. C. Antistio, M. Suilio consulibus, adoptio in Domitium, auctoritate Pallantis, festinatur; qui, obstrictus Agripprinæ, ut conciliator nuptiarum, et mox stupro ejus illigatus, stimulabat Claudium « Consuleret reipublicæ, Britannici pueritiam robore circumdaret. Sic apud divum Augustum, quanquam nepotibus subnixum, viguisse privignos; a Tiberio, super propriam stirpem, Germanicum assumptum. Se quoque accingeret juvene, partem curarum capessituro. » His evictus, biennio majorem natu Domitium filio anteponit, habita apud senatum oratione in eumdem quem a liberto acceperat modum. Adnotabant periti nullam antehac adoptionem inter patricios Claudios ¹ reperiri, eosque ab Atto Clauso continuos duravisse.

—

avec sa puissance. Les limites fixées par Claude sont faciles à connaître; elles sont consignées dans les actes publics.

XXV. Sous le consulat de C. Antistius et de M. Suilius, le crédit de Pallas fit hâter l'adoption de Domitius. Cet affranchi, qui était tout dévoué à Agrippine, dont il avait négocié le mariage et dont il était bientôt devenu l'amant, pressa Claude « de pourvoir aux besoins de l'empire, de donner un soutien à l'enfance de Britannicus. Ainsi Auguste, quoiqu'il eût des petits-fils pour étayer sa maison, n'avait point négligé les enfants de sa femme; ainsi Tibère, ayant un héritier de son sang, avait adopté Germanicus. Claude, à leur exemple, devait s'appuyer d'un jeune homme qui partageât avec lui les soins du gouvernement. » Convaincu par ces raisons, Claude préfère à son propre fils Domitius; qui n'avait que deux ans de plus, et va répéter au sénat une harangue dont les termes avaient été dictés par son affranchi. Les gens au fait de l'histoire remarquèrent que c'était la première adoption dans la famille patricienne des Claudes, qui, depuis Attus Clausus, s'était perpétuée sans mélange.

pro fortuna.	selon la fortune *de Rome*.
Et quos terminos tum	Et quelles limites alors
Claudius posuerit,	Claude établit,
facile cognitu	*cela est* facile à connaître
et perscriptum	et écrit
actis publicis.	dans les actes publics.
XXV. C. Antistio,	XXV. C. Antistius
M. Suilio consulibus,	*et* M. Suilius *étant* consuls,
adoptio festinatur	l'adoption est hâtée
in Domitium,	pour Domitius,
auctoritate Pallantis;	à l'instigation de Pallas;
qui, obstrictus Agrippinæ,	qui, enchaîné à Agrippine,
ut conciliator nuptiarum,	comme négociateur de *son* mariage,
et mox illigatus	et bientôt lié [elle],
stupro ejus,	par un commerce-criminel d'elle (avec
stimulabat Claudium	pressait Claude
« Consuleret reipublicæ,	« Qu'il pouvût *aux besoins de* l'État,
circumdaret robore	qu'il entourât de force
pueritiam Britannici.	l'enfance de Britannicus.
Sic	Ainsi
apud divum Augustum,	auprès du divin Auguste,
quanquam subnixum	quoique appuyé
nepotibus,	sur des petits-fils,
privignos viguisse;	les fils-de-sa-femme avoir eu-du-crédit;
Germanicum	Germanicus
assumptum a Tiberio,	*avoir été* adopté par Tibère,
super stirpem propriam.	outre la progéniture propre *à celui-ci*.
Se accingeret quoque	Qu'il s'armât aussi
juvene,	d'un jeune-homme,
capessituro partem	qui prendrait une partie
curarum. »	des soins *de l'État*. »
Evictus his,	Vaincu par ces *raisons*,
anteponit filio	il (Claude) préfère à *son* fils [âgé]
Domitium majorem natu	Domitius plus grand par la naissance (plus
biennio,	de deux-ans,
oratione habita	un discours ayant été tenu
apud senatum	devant le sénat
in eumdem modum	de la même façon
quem acceperat a liberto.	qu'il *l'*avait reçu de *son* affranchi.
Periti adnotabant	Les habiles remarquaient
nullam adoptionem	nulle adoption
reperiri antehac	ne se rencontrer avant-ce-moment
inter patricios	parmi les patriciens
Claudios,	de-la-famille-Claudia,
eosque duravisse	et ceux-là avoir duré
continuos	sans-interruption
ab Atto Clauso.	depuis Attus Clausus.

XXVI. Ceterum actæ principi grates, quæsitiore in Domitium adulatione; rogataque lex qua in familiam Claudiam et nomen Neronis transiret; augetur et Agrippina cognomento Augustæ : quibus patratis, nemo adeo expers misericordiæ fuit, quem non Britannici fortunæ mœror afficeret. Desolatus paulatim etiam servilibus ministeriis, intempestiva novercæ officia in ludibria vertebat, intelligens falsi : neque enim segnem ei fuisse indolem ferunt; sive verum, seu, periculis commendatus, retinuit famam sine experimento.

XXVII. Sed Agrippina, quo vim suam sociis quoque nationibus ostentaret, in oppidum Ubiorum, in quo genita erat, veteranos coloniamque deduci impetrat, cui nomen inditum ex vocabulo ipsius[1]. Ac forte acciderat ut eam gentem, Rheno transgressam, avus Agrippa[2] in fidem acciperet. Iisdem temporibus in superiore Germania trepidatum, adventu Cattorum

XXVI. On adressa au prince des actions de grâce où la flatterie épuisa tous ses raffinements pour Domitius. Une loi fut rendue pour le faire passer dans la famille Claudia et lui donner le surnom de Néron. Agrippine fut décorée du titre d'Augusta. Tous ces arrangements consommés, il n'y eut pas de cœur si dur que le sort de Britannicus ne touchât de pitié. Délaissé peu à peu, jusqu'à n'avoir plus un esclave pour le servir, il tournait en dérision les soins importuns de sa marâtre, dont il comprenait l'hypocrisie : car on prétend que son esprit ne manquait pas de vivacité, soit que la chose fût vraie, soit que ses malheurs seuls aient accrédité cette opinion avant qu'il eût pu la justifier.

XXVII. Agrippine voulut aussi étaler son pouvoir aux yeux des nations alliées. Elle obtint qu'on envoyât dans la ville des Ubiens, où elle était née, des vétérans et une colonie à laquelle on donna son nom. Le hasard avait fait que, lorsque cette nation passa le Rhin, ce fut son aïeul Agrippa qui la reçut dans notre alliance. Vers le même temps, une incursion des Cattes, accourus pour piller,

XXVI. Ceterum
grates
actæ principi,
adulatione quæsitiore
in Domitium;
lexque rogata
quâ transiret
in familiam Claudiam
et nomen Neronis;
et Agrippina augetur
cognomento Augustæ :
quibus patratis,
nemo fuit adeo expers
misericordiæ,
quem mœror
fortunæ Britannici
non afficeret.
Desolatus paulatim
etiam
ministeriis servilibus,
vertebat in ludibria
officia intempestiva
noverœæ,
intelligens falsi :
neque enim ferunt
indolem ei fuisse segnem;
sive verum, seu,
commendatus periculis,
retinuit famam
sine experimento.

XXVII. Sed Agrippina,
quo ostentaret suam vim
quoque nationibus sociis,
impetrat veteranos
coloniamque deduci
in oppidum Ubiorum,
in quo genita erat,
cui nomen inditum
ex vocabulo ipsius.
Ac forte acciderat
ut avus Agrippa
acciperet in fidem
eam gentem,
transgressam Rheno.
Iisdem temporibus
trepidatum
in superiore Germania,

XXVI. Au-reste
des actions-de-grâces
furent rendues au prince,
avec une flatterie plus raffinée
envers Domitius;
et une loi *fut* proposée
par laquelle il passerait
dans la famille Claudia
et dans le nom de Néron;
et Agrippine est rehaussée
du surnom d'Augusta :
lesquelles choses étant exécutées,
personne ne fut si dépourvu
de pitié,
que le chagrin
de la fortune de Britannicus
ne *l'*affectât.
Délaissé peu-à-peu
même
par les services des-esclaves,
il tournait en dérision
les égards intempestifs
de *sa* marâtre,
en comprenant la fausseté :
et en effet on rapporte
le caractère à lui n'avoir pas été engourdi;
soit que *cela soit* vrai, soit que,
recommandé par *ses* dangers,
il ait gardé *cette* réputation
sans preuve.

XXXII. Mais Agrippine,
afin qu'elle montrât sa puissance
aussi aux nations alliées,
obtient des vétérans
et une colonie être conduits
dans la ville des Ubiens,
dans laquelle elle était née,
à laquelle *ville* un nom *fut* donné
tiré du nom d'elle-même.
Et par hasard il était arrivé
que *son* aïeul Agrippa
avait reçu en soumission
cette nation,
qui avait traversé le Rhin.
Dans les mêmes temps
il-y-eut-alarme
dans la haute Germanie,

latrocinia agitantium. Inde L. Pomponius legatus auxiliares
Vangionas ac Nemetas[1], addito equite alario, monuit ut an-
teirent populatores, vel dilapsis improvisi circumfunderentur.
Et secuta consilium ducis industria militum; divisique in duo
agmina : qui lævum iter petiverant, recens reversos, præda-
que per luxum usos et somno graves, circumvenere. Aucta
lætitia quod quosdam e clade Variana, quadragesimum post
annum [2], servitio exemerant.

XXVIII. At qui dextris et propioribus compendiis ierant
obvio hosti et aciem auso plus cladis faciunt; et præda famaque
onusti ad montem Taunum [3] revertuntur, ubi Pomponius
cum legionibus opperiebatur, si Catti, cupidine ulciscendi,
casum pugnæ præberent. Illi metu, ne hinc Romanus; inde
Cherusci, cum quis æternum discordant, circumgrederentur,

jeta l'alarme dans la haute Germanie. Le lieutenant L. Pomponius,
sans perdre un instant, détache les cohortes des Vangions et dès
Némètes, soutenues par des cavaliers auxiliaires, avec ordre de pré-
venir les pillards, ou de tomber à l'improviste sur leurs bandes
éparses. Les soldats secondèrent avec ardeur les vues du général. Ils
se partagent en deux corps; les uns prennent à gauche, trouvent
les barbares déjà revenus de leur expédition, et qui, après avoir con-
sumé leur butin en débauches, étaient appesantis par le sommeil; ils
les enveloppent aussitôt. Ce qui ajouta au bonheur de cette journée,
c'est qu'on délivra des soldats de l'armée de Varus, captifs depuis
quarante ans.

XXVIII. L'autre corps, qui avait coupé à droite par des chemins
plus courts, tua plus de monde à l'ennemi, parce que les barbares
se portèrent à sa rencontre et risquèrent le combat. Tous, chargés de
gloire et de butin, revinrent vers le mont Taunus, où Pomponius, avec
les légions, attendait que les Cattes, animés par la vengeance, lui
fournissent l'occasion d'une bataille. Ceux-ci, craignant d'être enfermés d'un côté par les Romains, de l'autre par les Chérusques,
leurs éternels ennemis, envoyèrent à Rome des députés et des ota-

adventu Cattorum	par l'arrivée des Cattes
agitantium latrocinia.	qui exerçaient des brigandages.
Inde	Dès lors
legatus L. Pomponius	le lieutenant L. Pomponius
monuit auxiliares	avertit les auxiliaires
Vangionas et Nemetas,	Vangions et Némètes, [liaire)
equite alario	le cavalier des-ailes (la cavalerie auxi-
addito,	étant ajouté (leur étant adjointe),
ut anteirent populatores,	qu'ils prévinssent les dévastateurs,
vel improvisi [sis.	ou *que* inattendus.
circumfunderentur dilap-	ils se répandissent autour d'*eux* dispersés.
Et industria militum	Et l'activité des soldats
secuta consilium ducis ;	suivit le (répondit au) plan du général ;
divisique in duo agmina :	et *ils furent* divisés en deux troupes :
qui petiverant	*ceux* qui avaient pris
iter lævum	le chemin à-gauche
circumvenere	enveloppèrent *les barbares*
reversos recens,	revenus récemment,
ususque præda	et qui avaient usé de *leur* butin
per luxum	en débauche
et graves somno.	et *qui étaient* appesantis par le sommeil.
Lætitia aucta	La joie *fut* augmentée
quod exemerant servitio	de ce qu'ils avaient arraché à l'esclavage
quosdam.	quelques *survivants*
è clade Variana, [num.	de la défaite de-Varus,
post quadragesimum an-	après la quarantième année.
XXVIII. At qui ierant	XXVIII. Mais *ceux* qui étaient allés
compendiis dextris	par des chemins-plus-courts à-droite
et propioribus,	et plus rapprochés,
faciunt plus cladis	font (causent) plus de désastre
hosti obvio	à l'ennemi qui s'était présenté
et auso aciem ;	et qui avait osé *livrer* bataille ;
et onusti præda famaque	et chargés de butin et de renommée
revertuntur	ils retournent
ad montem Taunum,	vers le mont Taunus,
ubi Pomponius	où Pomponius
opperiebatur	attendait
cum legionibus,	avec les légions,
si Catti,	si les Cattes,
cupidine ulciscendi,	par désir de se venger,
præberent casum pugnæ.	*lui* fourniraient l'occasion d'un combat.
Illi metu,	Ceux-là de peur
ne hinc Romani,	que d'un-côté les Romains,
inde Cherusci,	de-l'autre les Chérusques,
cum quis discordant	avec qui ils sont-en-désaccord
æternum,	perpétuellement,
circumgrederentur,	ne *les* enveloppassent,

legatos in Urbem et obsides misere. Decretusque Pomponio triumphalis honos; modica pars famæ ejus apud posteros, in quis carminum gloria præcellit.

XXIX. Per idem tempus Vannius, Suevis a Druso Cæsare [1] impositus, pellitur regno : prima imperii ætate clarus acceptusque popularibus; mox diuturnitate in superbiam mutans [2] et odio accolarum, simul domesticis discordiis, circumventus. Auctores fuere Vibillius, Hermundurorum rex, et Vangio ac Sido.[3], sorore Vannii geniti. Nec Claudius, quanquam sæpe oratus [4], arma certantibus barbaris interposuit, tutum Vannio perfugium promittens si pelleretur. Scripsitque P. Atellio Histro, qui Pannoniam præsidebat, legionem ipsaque e provincia lecta auxilia pro ripa componeret, subsidio victis, et terrorem adversus victores, ne, fortuna elati, nostram quoque pacem turbarent : nam vis innumera Lygii[5],

ges. On décerna les ornements du triomphe à Pomponius, moins connu pourtant dans la postérité par cet honneur que par la gloire de ses vers.

XXIX. A la même époque, Vannius fut chassé du trône des Suèves, où Drusus César l'avait placé. Les premières années de son règne avaient été glorieuses et populaires. Depuis, le long usage de l'autorité l'avait enorgueilli, et il fut en butte à la fois aux haines de ses voisins et à des dissensions domestiques. Les auteurs de sa perte furent Vangion et Sidon, tous deux fils de sa sœur, et Vibillius, roi des Hermondures. Claude, quoique souvent sollicité, n'interposa point ses armes dans cette querelle entre barbares. Seulement il promit un asile à Vannius, s'il était chassé, et il écrivit à Hister, qui commandait dans la Pannonie, de tenir une légion prête le long du Danube, avec l'élite des auxiliaires de la province, pour protéger les vaincus et contenir les vainqueurs, qui, dans l'ivresse de leurs succès, auraient pu troubler la paix de l'empire; car il ne cessait

misere in Urbem	envoyèrent à la ville (Rome)
legatos et obsides.	des députés et des otages.
Honosque triumphalis	Et l'honneur du-triomphe
decretus Pomponio ;	*fut* décerné à Pomponius ;
pars modica famæ ejus	part modeste de la réputation de lui
apud posteros ;	chez les descendants,
in quis præcellit	chez lesquels il tient-un-rang-distingué
gloria carminum.	par la gloire de *ses* vers.
XXIX. Per idem tempus	XXIX. Pendant le même temps
Vannius,	Vannius,
impositus Suevis	mis-à-la-tête des Suèves
a Druso Cæsare,	par Drusus César,
pellitur regno :	est chassé de *son* royaume :
clarus	illustre
acceptusque popularibus	et agréable à ceux-de-la-nation
prima ætate	dans la première période
imperii ;	de *son* commandement ; [gueil
mox, mutans in superbiam	bientôt, changeant (tournant) vers l'or-
diuturnitate,	par la longueur-du-temps,
et circumventus	et enveloppé (assailli)
odio accolarum,	par la haine des voisins, [mestiques.
simul discordiis domesticis.	en-même-temps par des dissensions do-
Auctores	Les auteurs *de ce changement*
fuere Vibillius,	furent Vibillius,
rex Hermundurorum,	roi des Hermondures,
et Vangio ac Sido,	et Vangion et Sidon,
geniti sorore Vannii.	nés de la sœur de Vannius.
Nec Claudius,	Et Claude,
quanquam sæpe oratus,	quoique souvent prié,
interposuit arma	n'interposa point *ses* armes
barbaris certantibus,	entre les barbares se disputant,
promittens Vannio	promettant à Vannius
perfugium tutum,	un asile sûr,
si pelleretur.	s'il était chassé.
Scripsitque	Et il écrivit
P. Atellio Histro,	à P. Atellius Hister,
qui præsidebat	qui gouvernait
Pannoniam,	la Pannonie,
componeret pro ripa	pour qu'il disposât le-long-de la rive
legionem auxiliaque	une légion et des secours (auxiliaires)
lecta e provincia ipsa,	choisis de la province elle-même,
subsidio victis,	pour renfort aux vaincus,
et terrorem	et *comme* épouvantail
adversus victores,	contre les vainqueurs,
ne, elati fortuna,	de peur que, exaltés par la fortune,
turbarent quoque	ils ne troublassent aussi
nostram pacem :	notre paix :

aliæque gentes adventabant, fama ditis regni, quod Vannius
triginta per annos prædationibus et vectigalibus auxerat. Ipsi
manus propria pedites, eques e Sarmatis Iazygibus[1] erat,
impar · multitudini hostium; eoque castellis sese defensare
bellumque ducere statuerat.

XXX. Sed Iazyges, obsidionis impatientes et proximos per
campos vagi, necessitudinem pugnæ attulere, quia Lygius
Hermundurusque illic ingruerant. Igitur degressus castellis
Vannius funditur prœlio, quanquam rebus adversis, laudatus
quod et pugnam manu capessiit, et corpore adverso vulnera
excepit. Ceterum ad classem, in Danubio opperientem, per-
fugit. Secuti mox clientes, et, acceptis agris, in Pannonia
locati sunt. Regnum Vangio ac Sido inter se partivere, egregia
adversus nos fide; subjectis, suone an servitii ingenio, dum

d'arriver des troupes innombrables de Lygiens et d'autres nations,
attirées par la renommée des trésors que Vannius, pendant trente ans
d'exactions et de pillage, avait accumulés dans ce royaume. Vannius
n'avait d'infanterie que ses Suèves, et de cavalerie que les Sarmates
Iazyges : forces insuffisantes contre un ennemi si nombreux. Aussi
avait-il résolu de se renfermer dans ses places, et de traîner la
guerre en longueur.

XXX. Mais les Sarmates, qui ne pouvaient supporter l'ennui
d'un siége, et qui se répandaient dans les campagnes voisines, lui
firent une nécessité de combattre; parce que toutes les forces des
ennemis étaient tombées sur eux. Vannius, quittant donc ses forte-
resses, livra une bataille et la perdit. Toutefois, dans son malheur,
il conserva sa réputation, ayant combattu vaillamment de sa personne, et s'étant retiré couvert d'honorables blessures. Il trouva un
asile sur la flotte qui l'attendait sur le Danube. Ses clients ne tardèrent pas à le suivre, et on leur donna des terres dans la Pannonie,
où ils se fixèrent. Vangion et Sidon partagèrent entre eux le royaume,
et nous vouèrent un attachement inviolable; leurs sujets, soit qu'il
faille en accuser leur inconstance ou la royauté même, après les

nam vis innumera,	car une force innombrable,
Lygii aliæque gentes	les Lygiens et d'autres nations
adventabant,	approchaient,
fama	*attirés* par la réputation
regni ditis,	d'un royaume opulent,
quod Vannius auxerat	que Vannius avait enrichi
prædationibus	par des pillages
et vectigalibus	et par des tributs
per triginta annos.	pendant trente années.
Ipsi propria manus erat	A lui-même la propre troupe était
pedites, eques	des fantassins, un cavalier
e Sarmatis Iazygibus,	*tiré* des Sarmates Iazyges,
impar	insuffisante
multitudini hostium;	pour la multitude des ennemis;
eoque statuerat	et pour-cela il avait résolu
sese defensare castellis	de se défendre dans *ses* forteresses
ducereque bellum.	et de prolonger la guerre.
XXX. Sed Iazyges,	XXX. Mais les Iazyges,
impatientes obsidionis	ennuyés d'un siège
et vagi	et se répandant
per campos proximos,	dans les campagnes voisines,
attulere	apportèrent (amenèrent)
necessitudinem pugnæ,	une nécessité de combat,
quia Lygius	parce que le Lygien
Hermundurusque	et l'Hermondure
ingruerant illic.	s'étaient jetés de-ce-côté.
Igitur Vannius,	Aussi Vannius,
degressus castellis,	étant sorti de *ses* forteresses,
funditur prœlio;	est mis-en-déroute dans le combat;
quanquam rebus adversis,	toutefois *sa* fortune *étant* contraire,
laudatus quod	*il fut* loué parce que
et capessiit pugnam manu,	et il engagea le combat de *sa* main,
et excepit vulnera	et il reçut des blessures
corpore adverso.	sur *son* corps placé-devant *l'ennemi*.
Cæterum	Au-reste
perfugit ad classem,	il s'enfuit vers la flotte,
opperientem in Danubio.	qui attendait sur le Danube.
Mox clientes secuti,	Bientôt *ses* clients *le* suivirent,
et, agris acceptis,	et, des terres étant reçues,
locati sunt in Pannonia.	furent établis en Pannonie.
Vangio ac Sido	Vangion et Sidon
partivere inter se regnum,	partagèrent entre eux le royaume,
fide egregia	avec une fidélité singulière
adversus nos;	envers nous;
subjectis, suone ingenio	*leurs* sujets, était-ce par leur caractère
an servitii,	ou *par la nature* de l'esclavage,
multa caritate,	*étant animés* de beaucoup d'amour *pour eux*,

adipiscerentur dominationem, multa caritate, et majore odio
postquam adepti sunt.

XXXI. At in Britannia P. Ostorium [1] pro prætore turbidæ
res excepere, effusis in agrum sociorum hostibus, eo violentius quod novum ducem, exercitu ignoto et cœpta hieme,
iturum obviam non rebantur. Ille, gnarus primis eventibus
metum aut fiduciam gigni, citas cohortes rapit; et, cæsis qui
restiterant, disjectos consectatus, ne rursus conglobarentur,
infensaque et infida pax non duci, non militi requiem permitteret, detrahere arma suspectis, cinctosque castris, ad
Auvonam et Sabrinam [2] fluvios, cohibere parat. Quod primi
Iceni [3] abnuere, valida gens, nec prœliis contusi, quia societatem nostram volentes accesserant; hisque auctoribus, circumjectæ nationes locum pugnæ delegere, septum agresti
aggere, et aditu angusto, ne pervius equiti foret. Ea munimenta dux Romanus, quanquam sine robore legionum sociales

avoir beaucoup aimés jusqu'à ce qu'ils devinssent leurs maîtres, les
haïrent beaucoup plus encore, sitôt qu'ils le furent.

XXXI. En Bretagne, le propréteur P. Ostorius trouva, en arri-
vant, la province pleine d'agitation. Les ennemis s'étaient jetés en
foule sur les terres de nos alliés, avec d'autant plus de fureur qu'ils
ne supposaient point que, l'hiver commencé, un nouveau général,
avec des troupes qu'il ne connaissait pas, pût marcher contre eux.
Mais lui, sachant combien les premiers événements peuvent inspirer
de crainte ou de confiance, accourt précipitamment avec les cohortes,
et, après avoir taillé en pièces ce qui résiste, poursuit le reste dis-
persé ; puis, dans la crainte qu'ils ne s'attroupent de nouveau ; et
qu'une paix toujours incertaine, toujours troublée, n'ôte le repos au
général et au soldat, il s'apprête à désarmer les peuplades suspectes
et à les contenir par une chaîne de postes fortifiés autour des rivières
d'Auvone et de Sabrine. La résistance commença par les Icéniens,
nation puissante et qui n'avait point été affaiblie par des défaites,
parce que d'abord elle était entrée volontairement dans notre alliance.
A leur instigation, toutes les nations voisines choisirent un champ
de bataille entouré d'un rempart irrégulier, dont l'entrée étroite
était inaccessible à la cavalerie. Le général romain, sans légions,
avec les seules troupes des alliés, entreprend de forcer ces retran-

dum adipiscerentur
dominationem,
et majore odio,
postquam adepti sunt.
   XXXI. At in Britannia
res turbidæ
excepere P. Ostorium
pro prætore,
hostibus effusis
in agrum sociorum,
eo violentius,
quod non rebantur
novum ducem
iturum obviam,
exercitu ignoto
et hieme cœpta.
Ille, gnarus
metum aut fiduciam
gigni primis eventibus,
rapit cohortes citas ;
et, qui restiterant
cæsis,
consectatus disjectos,
ne conglobarentur rursus,
paxque infensa et infida
non permitteret requiem
duci, non militi,
parat detrahere arma
suspectis,
cohibereque cinctos castris,
ad Auvonam et Sabrinam.
Quod Iceni primi
abnuere,
gens valida,
nec contusi prœliis,
quia accesserant
volentes
nostram societatem ;
hisque auctoribus,
nationes circumjectæ
delegere locum pugnæ,
septum aggere agresti,
et aditu angusto,
ne foret pervius equiti.
Dux Romanus,
quanquam ducebat
copias sociales

jusqu'à ce qu'ils obtinssent
le pouvoir,
et d'une plus grande haine,
lorsqu'ils l'eurent obtenu.
   XXXI. Cependant en Bretagne
des affaires en-désordre
accueillirent P. Ostorius
propréteur,
les ennemis s'étant répandus
sur le territoire de *nos* alliés,
d'autant plus violemment,
qu'ils ne pensaient pas
un nouveau général
devoir aller au-devant *d'eux*,
avec une armée inconnue
et l'hiver étant commencé.
Celui-ci, sachant
la crainte ou la confiance   [ments,
être enfantées par les premiers événe-
entraîne *ses* cohortes rapides ;
et, *ceux* qui avaient résisté
ayant été taillés-en-pièces,
ayant poursuivi *les autres* dispersés, [veau,
de peur qu'ils ne s'attroupassent de-nou-
et qu'une paix malveillante et perfide
ne laissât point de repos
au chef, ni au soldat,
il *se* prépare à enlever *leurs* armes
aux suspects,
et à *les* contenir entourés d'un camp,
vers l'Auvone et la Sabrine.
Ce que les Icéniens les premiers
refusèrent,
nation forte,
et non écrasés par les combats,
parce qu'ils étaient entrés
le voulant *bien*
dans notre alliance;
et ceux-ci *le leur* conseillant,
les nations situées-autour *d'eux*
choisirent un lieu pour le combat,
entouré d'un rempart grossier,
et avec une entrée étroite,   [lier.
pour qu'elle ne fût pas accessible au cava-
Le général romain,
quoiqu'il conduisît
les troupes des-alliés

copias ducebat, perrumpere aggreditur, et, distributis cohortibus, turmas quoque peditum ad munia accingit. Tunc, dato
signo, perfringunt aggerem, suisque claustris impeditos tur-
bant. Atque illi, conscientia rebellionis et obseptis effugiis,
multa et clara facinora fecere. Qua pugna filius legati,
M. Ostorius, servati civis decus meruit.

XXXII. Ceterum clade Icenorum compositi qui bellum inter
et pacem dubitabant; et ductus inde in Cangos[1] exercitus.
Vastati agri, prædæ passim actæ; non ausis aciem hostibus,
vel, si ex occulto carpere agmen tentarent, punito dolo. Jamque ventum haud procul mari quod Hiberniam insulam
adspectat, quum ortæ apud Brigantas[2] discordiæ retraxere
ducem, destinationis certum, ne nova moliretur nisi prioribus
firmatis. Et Brigantes quidem, paucis qui arma cœptabant
interfectis, in reliquos data venia resedere. Silurum[3] gens,

chements. Ayant disposé ses cohortes, il fait mettre pied à terre à sa
cavalerie. Le signal donné, on fait brèche au rempart, et l'ennemi,
emprisonné dans ses propres fortifications, est mis en désordre.
Toutefois, la conscience de leur révolte, jointe à l'impossibilité de
fuir, fit faire aux Bretons des prodiges de valeur. Dans ce combat,
le fils du lieutenant, M. Ostorius, mérita la couronne civique.

XXXII. La défaite des Icéniens contint ceux qui balançaient entre
la paix et la guerre, et l'armée fut conduite chez les Canges. On
ravagea leurs champs, on fit beaucoup de butin, sans que l'ennemi
osât en venir aux mains, ou, s'il essaya, par surprise, d'entamer nos
colonnes, on l'en fit repentir. Déjà on touchait à la mer située en
face de l'Hibernie, lorsque des dissensions, qui s'étaient élevées
parmi les Brigantes, rappelèrent le général, décidé à ne point tenter de
nouvelles conquêtes avant d'avoir assuré les anciennes. En punissant
de mort quelques séditieux et en pardonnant aux autres, on eut

sine robore legionum, — sans la force des légions,
aggreditur — entreprend
perrumpere ea munimenta, — de pénétrer-à-travers ces remparts,
et, cohortibus distributis, — et, *ses* cohortes étant distribuées,
accingit turmas quoque — il prépare *ses* escadrons aussi
ad munia peditum. — aux fonctions des fantassins.
Tunc, signo dato, — Alors, le signal étant donné,
perfringunt aggerem, — ils enfoncent le rempart,
turbantque impeditos — et mettent-en-désordre [cades.
suis claustris. — *les ennemis* embarrassés dans leurs barri-
Atque illi, — Et ceux-ci,
conscientia rebellionis — par la conscience de *leur* rébellion
et effugiis obseptis, — et les issues étant cernées,
fecere facinora — firent des actes *de valeur*
multa et clara. — nombreux et éclatants.
Qua pugna, — Dans ce combat,
M. Osterius, — M. Osterius,
filius legati, — fils du lieutenant,
meruit decus — mérita l'honneur
civis servati. — d'un citoyen sauvé (la couronne civique).
XXXII. Ceterum — XXXII. Au-reste
clade Icenorum — par la défaite des Icéniens
qui dubitabant — *ceux* qui hésitaient
inter bellum et pacem — entre la guerre et la paix
compositi; — *furent* pacifiés;
et inde exercitus — et de là l'armée
ductus in Cangos. — *fut* conduite chez les Cances.
Agri vastati, — Les champs *furent* dévastés,
prædæ actæ passim; — du butin emmené çà-et-là;
hostibus non ausis aciem, — les ennemis n'ayant pas osé *livrer* bataille,
vel dolo punito, — où *leur* ruse étant punie,
si tentarent ex occulto — s'ils essayaient à la dérobée
carpere agmen. — d'entamer l'armée-en-marche.
Jamque ventum — Et déjà on était venu
haud procul mari — non loin de la mer
quod adspectat — qui regarde
insulam Hiberniam, — l'île *d'*Hibernie,
quum discordiæ — lorsque des discordes
ortæ apud Brigantas — élevées chez les Brigantes
retraxere ducem, — ramenèrent le général,
certum destinationis, — résolu dans *ce* dessein,
ne moliretur nova — qu'il n'entreprît pas de nouvelles *conquêtes*
nisi prioribus firmatis. — sinon les premières étant affermies.
Et Brigantes quidem, — Et les Brigantes certes,
paucis interfectis — quelques-uns ayant été tués
qui cœptabant arma, — qui cherchaient-à-prendre les armes,
venia data in reliquos, — le pardon ayant été accordé aux autres,

non atrocitate, non clementia mutabatur, quin bellum exerceret, castrisque legionum premenda foret. Id quo promptius
veniret, colonia Camulodunum[1], valida veteranorum manu,
deducitur in agros captivos, subsidium adversus rebelles, et
imbuendis sociis ad officia legum.

XXXIII. Itum inde in Siluras, super propriam ferociam,
Caractaci viribus confisos; quem multa ambigua, multa prospera extulerant, ut ceteros Britannorum imperatores præmineret. Sed tum astu, locorum fraude prior, vi militum inferior,
transfert bellum in Ordovicas, additisque qui pacem nostram[2]
metuebant, novissimum casum experitur, sumpto ad prœlium
loco, ut aditus, abscessus, cuncta nobis importuna et suis in
melius essent. Tunc montibus arduis, et si qua clementer
accedi poterant, in modum valli saxa præstruit; et præfluebat

bientôt pacifié les Brigantes. Quant aux Silures, ni la terreur ni la
clémence ne put les ramener : toujours les armes à la main, il
fallut que des légions campées au milieu d'eux les pliassent au
joug. Pour y parvenir plus tôt, Ostorius établit à Camulodunum une
colonie nombreuse de vétérans, destinée en même temps à contenir
les rebelles et à civiliser les alliés.

XXXIII. On marcha ensuite contre les Silures, dont l'intrépidité
naturelle était encore soutenue par leur confiance en Caractacus,
qui, par beaucoup de succès équivoques ou avérés, s'était élevé
à une réputation devant laquelle s'éclipsaient tous les autres chefs
de la Bretagne. Plus rusé capitaine, employant mieux les ressources
du terrain, mais commandant des troupes bien inférieures, il transporte la guerre chez les Ordoviques. Là, renforcé de tous ceux qui
redoutaient notre domination, il se décide enfin pour une affaire
générale. Il avait choisi son champ de bataille de manière que l'entrée, la sortie, tout enfin était contraire à notre armée et favorable
à la sienne. Tout autour régnaient des monts escarpés : là où la
pente plus douce permettait un accès plus libre, des pierres entassées
formaient une sorte de rempart ; au-devant coulait une rivière dont

resedere.
Gens Silurum
non mutabatur atrocitate,
non clementia,
quin exerceret bellum,
premendaque foret
castris legionum.
Quo id veniret promptius,
colonia deducitur
Camulodunum,
in agros captivos,
valida manu veteranorum,
subsidium adversus rebel-
et imbuendis sociis   [les,
ad officia legum.

    XXXIII. Itum inde
in Siluras,
confisos viribus Caractaci,
super ferociam propriam ;
quem multa ambigua,
multa prospera extulerant,
ut præmineret
ceteros imperatores
Britannorum.
Sed tum astu,
prior
fraude locorum,
inferior vi militum,
transfert bellum
in Ordovicas,
quique metuebant
nostram pacem
additis,
experitur
novissimum casum,
loco sumpto
ad prœlium,
ut aditus, abscessus,
cuncta
essent importuna nobis
et in melius suis.
Tunc montibus arduis
et si qua
poterant accedi
clementer,
præstruit saxa
in modum valli ;

---

s'apaisèrent.
La nation des Silures
n'était pas changée par la rigueur,
ni par la clémence,
au point qu'elle n'entretînt pas la guerre,
et qu'elle ne fût pas à-réprimer
par un campement de légions.
Afin que cela arrivât plus vite,
une colonie est conduite
à Camulodunum,
sur les terres prises-à-l'ennemi,
avec une forte troupe de vétérans,
renfort contre les rebelles,
et *aussi* pour former les alliés   [aux lois).
aux devoirs envers les lois (à l'obéissance

    XXXIII. On alla de là
chez les Silures,   [cus,
qui s'étaient fiés aux forces de Caracta-
outre *leur* audace propre ;
lequel *chef* beaucoup de *succès* douteux,
beaucoup d'heureux avaient élevé,
au point qu'il dominait
les autres généraux
des Bretons.
Mais alors par une ruse,
étant supérieur
par les piéges des lieux,
inférieur par la force des soldats,
il transporte la guerre
chez les Ordoviques,
et *ceux* qui craignaient
notre paix
étant joints *à lui*,
il tente
un dernier hasard,
un lieu ayant été choisi
pour le combat,
de-sorte-que les abords, les issues,
tout *enfin*
fût défavorable pour nous
et en meilleure *condition* pour les siens.
Alors sur des monts escarpés   [qui)
et si quelques *endroits* (sur les endroits
pouvaient être abordés
doucement (par une pente douce),
il entasse des rochers
à la manière d'un retranchement ;

amnis vado incerto, catervæque armatorum pro munimentis constiterant.

XXXIV. Ad hoc gentium ductores circumire, hortari, firmare animos minuendo metu, accendenda spe, aliisque belli incitamentis. Enimvero Caractacus, huc illuc volitans, illum diem, illam aciem testabatur aut recuperandæ libertatis, aut servitutis æternæ initium fore : vocabatque nomina majorum qui dictatorem Cæsarem pepulissent, quorum virtute, vacui a securibus et tributis, intemerata conjugum et liberorum corpora retinerent. Hæc atque talia dicenti adstrepere vulgus; gentili quisque religione¹ obstringi, non telis, non vulneribus cessuros.

XXXV. Obstupefecit ea alacritas ducem Romanum; simul objectus amnis, additum vallum, imminentia juga, nihil nisi atrox et propugnatoribus frequens terrebat. Sed miles prœlium poscere; cuncta virtute expugnabilia clamitare; præ-

les gués étaient dangereux; une infanterie nombreuse bordait les retranchements.

XXXIV. De plus, les chefs des différentes nations parcourent les rangs, exhortent, encouragent, atténuant le péril, exagérant les espérances, employant tous les moyens qui peuvent exciter au combat. Pour Caractacus, il volait de tous les côtés, s'écriant que ce jour, que cette bataille allait commencer l'affranchissement de la Bretagne ou son éternelle servitude. Il nommait aux guerriers ces braves Bretons qui avaient chassé le dictateur César, qui, par leur valeur, les avaient préservés des tributs et des haches, et avaient conservé pur l'honneur de leurs femmes et de leurs enfants. Pendant qu'il parlait de la sorte, l'armée frémissait d'enthousiasme; chacun jurait par les dieux de son pays que ni traits ni blessures ne le feraient reculer d'un pas.

XXXV. Cet enthousiasme consterna le général romain. D'ailleurs, cette rivière à traverser, ce rempart ajouté, ces monts escarpés, toute l'horreur de ce lieu et de cette multitude sauvage l'épouvantaient. Mais le soldat demandait la bataille; il criait que rien n'était insurmontable à la valeur et les préfets, les tribuns, tenant les

et amnis vado incerto | et un fleuve de gué incertain
praefluebat, | coulait-par-devant,
catervaeque armatorum | et des troupes d'*hommes* armés
constiterant | se tenaient
pro munimentis. | devant les remparts.
XXXIV. Ad hoc | XXXIV. Outre cela
ductores gentium | les chefs des nations
circumire, | de parcourir *les rangs*,
hortari, firmare animos | d'exhorter, de rassurer les esprits
minuendo metu, | en atténuant la crainte,
accendenda spe, | en enflammant l'espérance,
aliisque incitamentis belli. | et par d'autres stimulants de la guerre.
Enimvero Caractacus, | Par-exemple Caractacus,
volitans huc illuc, | volant çà *et* là,
testabatur | *les* prenait-à-témoin
illum diem, illam aciem | ce jour, cette bataille
fore initium | devoir être le commencement
aut recuperandae libertatis, | ou de recouvrer la liberté,
aut servitutis aeternae : | ou d'une servitude éternelle :
vocabatque nomina | et il rappelait les noms
majorum | de *leurs* ancêtres
qui pepulissent | qui avaient chassé
dictatorem Caesarem, | le dictateur César,
virtute quorum, | *et* par le courage desquels,
vacui a securibus | exempts des haches
et tributis, | et des tributs,
retinerent intemerata | ils conservaient exempts-de-souillure
corpora conjugum | les corps de *leurs* femmes
et liberorum. | et de *leurs* enfants.
Vulgus adstrepere | La foule d'applaudir
dicenti haec atque talia ; | à *lui* disant ces *paroles* et d'*autres* telles ;
quisque obstringi | chacun de se lier
religione gentili, | par la religion nationale,
non cessuros telis, | *jurant eux* ne devoir pas céder aux traits,
non vulneribus. | ni aux blessures.
XXXV. Ea alacritas | XXXV. Cet enthousiasme
obstupefecit | consterna
ducem Romanum ; | le général romain ;
simul amnis objectus, | en-même-temps un fleuve opposé,
vallum additum, | un retranchement ajouté,
juga imminentia, | des hauteurs qui dominaient ;
nihil nisi atrox   [bus | rien sinon (qui ne fût) terrible
et frequens propugnatori- | et abondant en défenseurs
terrebat. | *tout cela* l'effrayait.
Sed miles poscere proelium, | Mais le soldat de demander le combat,
clamitare | de s'écrier
cuncta expugnabilia | tout *être* prenable

fectique ac tribuni, paria disserentes, ardorem exercitus in-
cendebant. Tum Ostorius, circumspectis quæ impenetrabilia
quæque pervia, ducit infensos, amnemque haud difficulter
evadit. Ubi ventum ad aggerem, dum missilibus certabatur,
plus vulnerum in nos et pleræque cædes oriebantur. Posteaquam, facta testudine, rudes et informes saxorum compages
distractæ, parque cominus acies, decedere barbari in juga
montium. Sed eo quoque irrupere ferentarius[1] gravisque
miles : illi telis assultantes, hi conserto gradu; turbatis contra
Britannorum ordinibus, apud quos nulla loricarum galea-
rumve tegmina ; et, si auxiliaribus resisterent, gladiis ac pilis
legionariorum, si huc verterent, spathis[2] et hastis auxiliarium
sternebantur. Clara ea victoria fuit, captaque uxore et filia
Caractaci, fratres quoque in deditionem accepti.

mêmes discours, enflammaient encore le courage de l'armée. Ostorius, les voyant pleins de cette ardeur, après avoir observé les endroits accessibles et les passages praticables, les mène au combat, et
franchit la rivière sans difficulté. Arrivés au rempart, tant qu'on se
battit avec les armes de trait, les blessés et les morts furent presque
tous de notre côté. Mais sitôt qu'à l'abri de la tortue on eut ren-
versé cet amas informe de pierres amoncelées sans art, et que le
combat se fut engagé de près sur un même niveau, les barbares furent obligés de se replier sur le sommet des montagnes. Nos soldats
les y suivent, non-seulement les troupes légères, mais jusqu'aux légionnaires même, malgré le poids de leurs armes ; les uns pressaient
l'ennemi par leurs traits, par l'agilité de leurs bonds, les autres par
leur marche serrée, tandis qu'au contraire la confusion s'était mise
dans les rangs des Bretons, qui ne portent ni casque ni cuirasse.
S'ils faisaient face aux auxiliaires, ils tombaient sous l'épée, sous le
javelot des légionnaires ; s'ils tenaient tête à ceux-ci, le sabre et
les javelines des auxiliaires les harcelaient. Cette victoire fut écla-
tante : on prit la femme et la fille de Caractacus ; ses frères aussi se
rendirent à discrétion.

virtute ;	par la valeur ;
præfectique ac tribuni,	et les préfets et les tribuns,
disserentes paria,	disant des choses pareilles;
incendebant ardorem	enflammaient l'ardeur
exercitus.	de l'armée.
Tum Ostorius,	Alors Ostorius,
quæ impenetrabilia	*les lieux* qui *étaient* inaccessibles
quæque pervia	et *ceux* qui *étaient* abordables
circumspectis,	ayant été examinés,
ducit infensos,	conduit *ses soldats* acharnés,
evaditque amnem	et franchit le fleuve
haud difficulter.	non difficilement.
Ubi ventum ad aggerem,	Dès qu'on fut venu au rempart,
dum certabatur missilibus,	tant qu'on combattait avec des traits,
plus vulnerum	plus de blessures
et pleræque cædes	et beaucoup de morts
oriebantur in nos.	s'élevaient contre nous.
Posteaquam,	*Mais* lorsque,
testudine facta,	la tortue étant faite,
compages saxorum	*ces* amas de rochers
rudes et informes	grossiers et sans-forme
distractæ,	*eurent été* dispersés,
aciesque par cominus,	et que la lutte *devint* égale de-près,
barbari decedere	les barbares *commencèrent à* se retirer
in juga montium.	sur les hauteurs des montagnes.
Sed miles	Mais le soldat
ferentarius gravisque	armé-à-la-légère et pesant
irrupere eo quoque :	se précipitèrent là aussi :
illi assultantes telis,	ceux-là attaquant *l'ennemi* avec des traits,
hi gradu conserto ;	ceux-ci le pas étant engagé (de près);
ordinibus Britannorum	les rangs des Bretons
turbatis contra,	étant en-désordre au-contraire,
apud quos nulla tegmina	chez lesquels *n'étaient* nuls remparts
loricarum galearumve ;	de cuirasses ou de casques ;
et, si resisterent	et, s'ils résistaient
auxiliaribus,	aux auxiliaires,
sternebantur	ils étaient abattus
gladiis ac pilis	par les glaives et les traits
legionariorum,	des légionnaires,
si verterent huc,	s'ils *se* tournaient de-ce-côté,
spathis et hastis	par les sabres et les javelines
auxiliarium.	des auxiliaires.
Ea victoria fuit clara,	Cette victoire fut éclatante,
uxoreque	et l'épouse
et filia Caractaci capta,	et la fille de Caractacus étant prises,
fratres quoque	*ses* frères aussi
accepti in deditionem.	*furent* reçus à capitulation.

XXXVI. Ipse (ut ferme intuta sunt adversa) quum fidem
Cartismanduæ, reginæ Brigantum, petivisset, vinctus ac victoribus traditus est, nono post anno quam bellum in Britannia
cœptum. Unde fama ejus evecta insulas, et proximas provincias pervagata, per Italiam quoque celebrabatur ; avebant-
que visere quis ille tot per annos opes nostras sprevisset. Ne
Romæ quidem ignobile Caractaci nomen erat ; et Cæsar, dum
suum decus extollit, addidit gloriam victo. Vocatus quippe,
ut ad insigne spectaculum, populus. Stetere in armis prætoriæ
cohortes, campo qui castra præjacet. Tum, incedentibus regiis
clientelis, phaleræ torquesque, quæque externis bellis quæ-
sierat, traducta ; mox fratres et conjux et filia ; postremo ipse
ostentatus. Ceterorum preces degeneres fuere, ex-metu. At
non Caractacus, aut vultu demisso aut verbis, misericor-

XXXVI. Pour lui (mais il n'est point d'asile sûr pour le malheur), il avait cru trouver une retraite chez Cartismandua, reine
des Brigantes ; il est trahi et remis chargé de fers au vainqueur.
C'était la neuvième année que la guerre durait en Bretagne. Sa renommée avait franchi les îles, parcouru les provinces voisines, et pé-
nétré même en Italie. On était impatient de voir le guerrier qui
depuis tant d'années bravait notre puissance ; à Rome même, le
nom de Caractacus n'était pas sans célébrité. Claude, en voulant re-
hausser sa propre gloire, augmenta celle de son captif. Le peuple fut
convoqué comme pour un spectacle extraordinaire. Les prétoriens se
rangèrent en armes dans la plaine qui borde leur camp. Les clients
du roi, les caparaçons, les colliers et tous les trophées de ses victoires sur les étrangers, puis ses frères, sa femme et sa fille, furent
montrés en pompe à la multitude ; enfin il parut lui-même. La crainte
dicta aux autres des paroles pusillanimes ; Caractacus, sans humilier

XXXVI. Ipse,	XXXVI. Lui-même,
—ut ferme adversa	—comme presque-toujours les revers
sunt intuta,—	sont mal-assurés (n'ont pas d'asile sûr),—
qnum petivisset fidem	lorsqu'il eut cherché la foi (se fut mis
Cartismanduæ,	de Cartismandua, [sous la protection)
reginæ Brigantum,	reine des Brigantes,
vinctus est	fut enchaîné
ac traditus victoribus,	et livré aux vainqueurs,
nono anno	la neuvième année
postquam bellum	après que la guerre
cœptum in Britannia.	*avait été* commencée en Bretagne.
Unde fama ejus	D'où la renommée de lui
evecta insulas,	sortie des îles *où elle était née*,
et pervagata	et s'étant répandue
provincias proximas,	dans les provinces voisines,
celebrabatur quoque	était célébrée aussi
per Italiam ;	en Italie ;
avebantque visere	et on désirait voir
quis ille sprevisset	quel *était* celui *qui* avait méprisé
nostras opes	notre puissance
per tot annos.	pendant tant d'années.
Ne Romæ quidem	Pas même à Rome
nomen Caractaci	le nom de Caractacus
erat ignobile ;	n'était sans-éclat ;
et Cæsar,	et César (Claude),
dum extollit suum decus,	pendant qu'il rehausse son honneur,
addidit gloriam victo.	ajouta de la gloire au vaincu.
Populus quippe vocatus,	Le peuple en effet *fut* convoqué,
ut ad spectaculum insigne.	comme pour un spectacle extraordinaire.
Cohortes prætoriæ	Les cohortes prétoriennes
stetere in armis	se tinrent en armes
campo	dans la plaine
qui præjacet castra.	qui s'étend-devant *leur* camp.
Tum, clientelis regiis	Alors, les clients du-roi
incedentibus,	s'avançant,
phaleræ torquesque,	des caparaçons et des colliers,
quæque quæsierat	et *les trophées* qu'il avait conquis
bellis externis,	dans des guerres étrangères,
traducta ;	défilèrent ;
mox fratres	puis *ses* frères
et conjux et filia ;	et *sa* femme et *sa* fille ;
postremo ipse ostentatus.	enfin lui-même montré-avec-affectation.
Preces ceterorum	Les prières des autres
fuere degeneres, ex metu.	furent indignes, par crainte.
At Caractacus,	Mais Caractacus,
non requirens	ne recherchant pas
misericordiam	la pitié

diam requirens, ubi tribunali adstitit, in hunc modum locutus est:

XXXVII. « Si, quanta nobilitas et fortuna mihi fuit, tanta rerum prosperarum moderatio fuisset, amicus potius in hanc urbem quam captus venissem; neque dedignatus esses claris majoribus ortum, pluribus gentibus imperitantem, fœdere pacis accipere. Præsens sors mea, ut mihi informis, sic tibi magnifica est : habui equos, viros, arma, opes; quid mirum, si hæc invitus amisi? Non, si vos omnibus imperitare vultis, sequitur ut omnes servitutem accipiant. Si statim deditus traderer, neque mea fortuna neque tua gloria inclaruisset : et supplicium mei oblivio sequeretur; at, si incolumem servaveris, æternum exemplar clementiæ ero. » Ad ea Cæsar veniam ipsique et conjugi et fratribus tribuit. Atque illi, vinclis exsoluti, Agrippinam quoque, haud procul alio suggestu conspicuam, iisdem quibus principem laudibus gratibusque vene-

ses regards, sans dire un mot qui mendiât la pitié, arrivé près du tribunal, parla ainsi :

XXXVII. « Si ma modération dans la prospérité eût égalé ma naissance et ma fortune, je serais venu ici comme ami, jamais comme prisonnier; et toi-même tu n'aurais pas dédaigné l'alliance d'un monarque issu d'aïeux illustres et souverain de plusieurs nations. Maintenant le sort m'abaisse autant qu'il t'élève. J'ai eu des chevaux, des armes, des soldats, des richesses; est-il étonnant que j'aie voulu conserver ces biens? Si vous voulez commander à tous, ce n'est pas une raison pour que tous acceptent la servitude. Au reste, si je me fusse livré sans combattre, ni ma fortune ni ta victoire n'auraient occupé la renommée, et même aujourd'hui mon supplice serait bientôt oublié. Mais si tu me laisses la vie, je serai une preuve éternelle de ta clémence. » Claude lui pardonna ainsi qu'à sa femme et à ses frères. Après qu'on eut détaché leurs chaînes, ils allèrent rendre à Agrippine, qui était assise près de là sur une estrade élevée, les mêmes respects et les mêmes actions de grâces

aut vultu demisso	ou par un visage baissé
aut verbis,	ou par des paroles,
locutus est in hunc modum :	parla de cette manière :
XXXVII. « Si moderátio	XXXVII. « Si la modération
rerum prosperarum	des (dans les) choses heureuses
fuisset mihi tanta,	eût été à moi aussi-grande,
quanta fuit nobilitas	que fut *ma* noblesse
et fortuna,	et *ma* fortune,
venissem in hanc urbem	je serais venu dans cette ville
amicus potius quam captus;	ami plutôt que prisonnier ;
neque dedignatus esses	et tu n'aurais pas dédaigné
accipere fœdere pacis	d'accueillir par un traité de paix
ortum claris majoribus,	un *homme* issu d'illustres ancêtres,
imperitantem	commandant
pluribus gentibus.	à plusieurs nations.
Mea sors præsens	Mon sort actuel
est magnifica tibi,	est glorieux pour toi,
sic ut informis mihi :	de même que honteux pour moi :
habui equos, viros,	j'ai eu des chevaux, des hommes,
arma, opes ;	des armes, des richesses ;
quid mirum,	quoi d'étonnant,
si amisi hæc invitus ?	si j'ai perdu ces *biens* malgré-moi ?
Si vultis vos	Si vous voulez vous
imperitare omnibus,	commander à tous,
non sequitur ut omnes	il ne suit pas *de là* que tous
accipiant servitutem.	acceptent la servitude.
Si deditus statim	Si m'étant rendu aussitôt
traderer,	je *t*'eusse été livré,
neque mea fortuna	ni ma fortune
neque tua gloria	ni ta gloire
inclaruisset :	n'aurait été illustrée :
et oblivio mei	et l'oubli de moi
sequeretur supplicium ;	suivrait *mon* supplice ;
at si servaveris incolumem,	mais si tu conserves *moi* sain-et-sauf,
ero exemplar æternum	je serai une preuve éternelle
clementiæ. »	de *ta* clémence. »
Ad ea Cæsar	A ces *mots* César (Claude)
tribuit veniam ipsique	accorda le pardon et à lui-même
et conjugi et fratribus.	et à *sa* femme et à *ses* frères.
Atque illi, exsoluti vinclis,	Et ceux-ci, délivrés de *leurs* liens,
venerati sunt	rendirent-hommage
quoque Agrippinam,	aussi à Agrippine,
conspicuam haud procul	*qui était* en-vue non loin
alio suggestu,	sur une autre tribune,
iisdem laudibus	avec les mêmes louanges
gratibusque	et *les mêmes* actions-de-grâces
quibus principem ;	qu'au prince ;

rati sunt; novum sane et moribus veterum insolitum, feminam
signis Romanis præsidere : ipsa semet parti a majoribus suis
imperii sociam ferebat.

XXXVIII. Vocati posthac patres multa et magnifica super
captivitate Caractaci disseruere; neque minus id clarum quam
quum Syphacem P. Scipio, Persen L. Paulus, et si qui alii
vinctos reges populo Romano ostendere. Censentur Ostorio
triumphi insignia; prosperis ad id rebus ejus, mox ambiguis [1]:
sive quod, amoto Caractaco, quasi debellatum foret, minus
intenta apud nos militia fuit, sive hostes, miseratione tanti
regis, acrius ad ultionem exarsere. Præfectum castrorum et
legionarias cohortes, exstruendis apud Siluras præsidiis relictas, circumfundunt. Ac, ni cito e vicis et castellis proximis
subventum foret, copiæ tum occidione occubuissent : præfectus
tamen et octo centuriones, ac promptissimus quisque mani-

qu'au prince. C'était certes une étrange nouveauté dans nos mœurs
de voir une femme présider aux enseignes romaines. Mais elle-même
se disait appelée au partage d'un empire qu'avaient fondé ses aïeux.

XXXVIII. Le sénat fut ensuite convoqué, et l'on y fit de pom-
peux discours sur la prise de Caractacus, que l'on exaltait comme un
exploit non moins glorieux que la prise de Syphax par Scipion, de
Persée par Paul-Émile, et des autres rois que nos généraux avaient
fait voir enchaînés au peuple romain. On décerna à Ostorius les ornements du triomphe. Sa fortune, constante jusqu'à ce jour, éprouva
depuis des variations; soit que, délivré de Caractacus et supposant
la guerre finie, il laissât la discipline se relâcher dans nos armées,
soit que la pitié pour un si grand monarque eût allumé dans le cœur
des barbares une plus vive ardeur de vengeance. Des cohortes légionnaires qu'on avait laissées avec un préfet de camp chez les Silures,
pour y construire des forts, furent enveloppées. Si on ne s'était
hâté d'accourir des postes les plus voisins, c'en était fait de la
troupe entière. Malgré ce secours, le préfet, huit centurions et les

novum sane — spectacle nouveau assurément
et insolitum — et inaccoutumé
moribus veterum — dans les mœurs des anciens
feminam — une femme
præsidere signis Romanis : — siéger-devant les enseignes romaines :
ipsa semet ferebat — elle-même se donnait
sociam imperii — comme associée à l'empire
parti a suis majoribus. — conquis par ses ancêtres.
 XXXVIII. Posthac — XXXVIII. Après-cela
patres vocati — les sénateurs convoqués
disseruere multa — dirent des paroles nombreuses
et magnifica — et magnifiques
super captivitate Caractaci; — sur la captivité de Caractacus ;
neque id minus clarum — et cela n'être pas moins remarquable
quam quum P. Scipio — que lorsque P. Scipion
Syphacem, — avait montré Syphax,
L. Paulus Persen, — L. Paulus Persée,
et si qui alii — et si quelques autres (et lorsque d'autres)
ostendere populo Romano — montrèrent au peuple romain
reges vinctos. — des rois enchaînés.
Insignia triumphi — Les insignes du triomphe
censentur Ostorio ; — sont votés à Ostorius ;
rebus ejus — les actions de lui
prosperis ad id, — ayant été prospères jusqu'à ce moment,
mox ambiguis : — et bientôt indécises :
sive quod, — soit parce que,
Caractaco amoto, — Caractacus éloigné,
militia apud nos — la discipline parmi nous
fuit minus intenta, — fut moins tendue (sévère),
quasi debellatum foret, — comme si l'on eût terminé-la-guerre,
sive hostes — soit que les ennemis
exarsere acrius — brûlassent plus ardemment
ad ultionem, — pour la vengeance,
miseratione tanti regis. — par pitié pour un si-grand roi.
Circumfundunt — Ils enveloppent
præfectum castrorum — un préfet de camp
et cohortes legionarias, — et des cohortes légionnaires,
relictas apud Siluras — laissées chez les Silures
exstruendis præsidiis. — pour construire des forts.   [ment
Ac ni subventum foret cito — Et si l'on ne fût venu-en-aide prompte-
e vicis et castellis proximis, — des villages et des châteaux voisins,
tum copiæ — alors les troupes
occubuissent occidione : — eussent péri par un massacre général :
tamen præfectus — cependant le préfet
et octo centuriones — et huit centurions
ac quisque manipulus — et chaque soldat
promptissimus — le plus hardi

pulus [1], cecidere. Nec multo post pabulantes nostros missasque
ad subsidium turmas profligant.

XXXIX. Tum Ostorius cohortes expeditas exposuit [2]; nec
ideo fugam sistebat, ni legiones proelium excepissent. Earum
robore æquata pugna, dein nobis pro meliore fuit : effugere
hostes, tenui damno, quia inclinabat dies. Crebra hinc proelia
et sæpius in modum latrocinii : per saltus, per paludes, ut
cuique fors aut virtus; temere, proviso; ob iram, ob prædam,
jussu, et aliquando ignaris ducibus : ac præcipua Silurum
pervicacia, quos accendebat vulgata imperatoris Romani vox,
ut quondam Sugambri excisi et in Gallias trajecti forent, ita
Silurum nomen penitus exstinguendum. Igitur duas auxiliares
cohortes, avaritia præfectorum incautius populantes, intercepere; spoliaque et captivos largiendo, ceteras quoque
nationes ad defectionem trahebant : quum tædio curarum

---

plus braves soldats périrent. Peu de temps après, nos fourrageurs et
la cavalerie envoyée pour les soutenir furent mis en déroute.

XXXIX. Ostorius fit sortir alors de l'infanterie légère, qui cependant n'eût pas arrêté la déroute, si les légions n'étaient venues
soutenir la lutte. Leur valeur rétablit le combat, et bientôt nous
donna l'avantage ; mais, comme le jour baissait, les ennemis s'enfuirent sans grande perte. Ce ne furent, depuis ce moment, que ren-
contres fortuites ou cherchées, et dont la plupart ressemblaient à des
attaques de brigands. On se battait dans les bois, dans les marais,
avec témérité ou avec méthode, par vengeance ou pour faire du butin, par l'ordre des chefs et quelquefois à leur insu. Les plus acharnés
étaient les Silures, qui se rappelaient avec fureur ce mot publiquement répété du général romain : « que, de même que les Sicambres
avaient été exterminés jadis et transportés dans les Gaules, il fallait
anéantir jusqu'au nom des Silures. » Ils enlèvent deux cohortes
auxiliaires, que leurs préfets trop avides menaient au pillage sans
précaution. Avec les dépouilles et les prisonniers, ils font des largesses aux autres nations et les entraînent à la révolte. Enfin Osto-

cecidere.

tombèrent.

Nec multo post
profligant
nostros pabulantes
turmasque missas
ad subsidium.

Et non beaucoup après
ils mettent-en-déroute
les nôtres allant-au-fourrage
et les escadrons envoyés
à leur secours.

XXXIX. Tum Ostorius
exposuit
cohortes expeditas ;
nec sistebat fugam ideo,
ni legiones
excepissent prœlium.
Robore earum
pugna æqua fuit,
dein nobis pro meliore :
hostes effugere,
damno tenui,
quia dies inclinabat.
Hinc prœlia crebra
et sæpius
in modum latrocinii :
per saltus, per paludes,
ut fors aut virtus
cuique ;
temere, proviso ;
ob iram, ob prædam ;
jussu, et aliquando
ducibus ignaris :
ac pervicacia præcipua
Silurum, quos accendebat
vox imperatoris Romani
vulgata,
nomen Silurum
exstinguendum penitus
ita ut quondam Sugambri
excisi forent
et trajecti in Gallias.
Igitur intercepere
duas cohortes auxiliares,
populantes incautius
avaritia præfectorum ;
largiendoque
spolia et captivos,
trahebant ad defectionem
ceteras nationes quoque :
quum Ostorius fessus
tædio curarum

XXXIX. Alors Ostorius
fit-sortir
des cohortes légères ;
et il n'arrêtait pas la fuite pour-cela,
si les légions
n'eussent soutenu le combat.
Par la force d'elles
le combat fut égal,
puis il devint pour nous meilleur :
les ennemis s'enfuirent,
avec une perte faible,
parce que le jour baissait.
Dès-lors ce furent des combats fréquents
et le plus souvent
à la manière d'attaques-de-brigands :
à travers les bois, à travers les marais,
selon que le hasard ou le courage
était à chacun ;
tumultuairement, avec-méthode ;
par ressentiment, pour le butin ;
par ordre des chefs, et quelquefois
les chefs ne-le-sachant-point :
et avec un acharnement particulier
des Silures, qu'animait
un mot du général romain
qui avait été divulgué,
savoir le nom des Silures
devoir être anéanti entièrement
de même qu'autrefois les Sicambres
avaient été exterminés
et transportés dans les Gaules.
Aussi surprirent-ils
deux cohortes auxiliaires,
qui pillaient trop imprudemment
par l'avidité de leurs préfets ;
et en faisant-largesse
de dépouilles et de captifs,
ils entraînaient à la défection
les autres nations aussi :
lorsque Ostorius fatigué
par l'ennui de ces inquiétudes

fessus Ostorius concessit vita; lætis hostibus, tanquam ducem haud spernendum, etsi non prœlium, at certe bellum absumpsisset.

XL. At Cæsar, cognita morte legati, ne provincia sine rectore foret, A. Didium suffecit. Is, propere vectus, non tamen integras res invenit, adversa interim legionis pugna, cui Manlius Valens præerat : auctaque et apud hostes ejus rei fama, quo venientem ducem exterrerent; atque illo augente audita, ut major laus compositis, vel, si duravissent, venia justior tribueretur. Silures id quoque damnum intulerant, lateque persultabant, donec accursu Didii pellerentur. Sed, post captum Caractacum, præcipuus scientia rei militaris Venusius, e Brigantum civitate, ut supra memoravi, fidusque diu et Romanis armis defensus, quum Cartismanduam reginam matrimonio teneret, mox, orto dissidio et statim bello, etiam

rius, accablé de dégoûts et de chagrins, mourut au grand contentement des barbares; quoiqu'il n'eût pas péri dans un combat, c'était cependant un général redoutable dont la guerre les délivrait.

XL. Claude, ayant appris la mort de son lieutenant, et ne voulant point laisser la province sans chef, nomma à sa place A. Didius. Celui-ci, malgré sa diligence, ne trouva pas les choses dans l'état où Ostorius les avait laissées. Dans l'intervalle, une légion, commandée par Manlius Valens, avait été battue. Les Bretons grossirent cet échec pour effrayer le nouveau général ; lui-même il en exagéra l'importance, afin de se ménager, où plus de gloire, s'il le réparait, ou une excuse plus légitime, s'il n'y réussissait pas. C'étaient encore les Silures qui nous avaient causé cette perte, et ils infestèrent au loin le pays, jusqu'à ce que Didius, accouru à la hâte, les eût repoussés. Depuis la prise de Caractacus, les barbares n'avaient pas de meilleur capitaine que Vénusius, de la nation des Brigantes, comme je l'ai dit plus haut, et longtemps attaché aux Romains, qui l'avaient protégé de leurs armés, tant qu'il était resté l'époux de la reine Cartismandua. Depuis leur divorce, qui fut aussitôt suivi d'une

concessit vita ;	sortit de la vie (mourut);
hostibus lætis,	les ennemis *étant* joyeux,
tanquam,	comme si , [*enlevé,*
etsi non prœlium,	bien que *ce ne fût* pas un combat *qui l'eût*
at certe bellum	cependant du moins la guerre
absumpsisset	eût enlevé (fait mourir)
ducem haud spernendum.	un général non méprisable.
XL. At Cæsar,	XL. Mais César (Claude),
morte legati cognita,	la mort de *son* lieutenant étant connue ,
suffecit A. Didium,	*lui* substitua A. Didius,
ne provincia	pour que la province
foret sine rectore.	ne fût pas sans gouverneur.
Is,	Celui-ci ,
vectus propere,	s'y étant transporté à-la-hâte,
non invenit tamen	ne trouva cependant pas
res integras,	les choses entières (dans le même état),
pugna adversa legionis ,	un combat malheureux d'une légion ,
cui præerat	que commandait
Manlius Valens,	Manlius Valens,
interim :	*ayant eu lieu* dans-l'intervalle :
famaque ejus rei	et la renommée de cette affaire
aucta et apud hostes,	*fut* grossie aussi chez les ennemis,
quo exterrerent	afin qu'ils effrayassent
ducem venientem;	le général qui venait;
atque illo	celui-ci aussi
augente audita,	grossissant les choses apprises,
ut major laus	pour qu'une plus grande gloire
tribueretur	*lui* fût attribuée,
compositis,	*ces affaires* étant réglées,
vel venia justior,	ou *du moins* une excuse plus légitime,
si duravissent.	si elles avaient duré.
Silures intulerant	Les Silures *nous* avaient apporté (causé)
id damnum quoque,	ce dommage aussi,
persultabantque late,	et ils faisaient-des-courses au-loin,
donec pellerentur	jusqu'à ce qu'ils furent repoussés
accursu Didii. [tum	par l'arrivée de Didius.
Sed, post, Caractacum cap-	Mais, après Caractacus pris ,
Venusius,	Venusius,
e civitate Brigantum,	de la cité des Brigantes,
præcipuus	très-remarquable
scientia rei militaris,	par la connaissance de l'art militaire,
ut memoravi supra,	comme je *l'*ai dit plus haut ,
diuque fidus	et longtemps fidèle
et defensus armis Romanis,	et protégé par les armes romaines,
quum teneret matrimonio	lorsqu'il tenait par mariage
reginam Cartismanduam,	la reine Cartismandua, [eu-lieu)
mox, dissidio orto	bientôt, un divorce s'étant produit (ayant

adversus nos hostilia induerat. Sed primo tantum inter ipsos
certabatur, callidisque Cartismandua artibus fratrem ac propinquos Venusii intercepit. Inde accensi hostes, stimulante
ignominia ne feminæ imperio subderentur[1], valida et lecta
armis juventus, regnum ejus invadunt : quod nobis prævisum;
et missæ auxilio cohortes acre prœlium fecere, cujus initio
ambiguo, finis lætior fuit. Neque dispari eventu pugnatum a
legione cui Cæsius Nasica præerat. Nam Didius, senectute
gravis, et multa copia honorum, per ministros agere et arcere
hostem satis habebat. Hæc, quanquam a duobus, Ostorio
Didioque, proprætoribus plures per annos gesta, conjunxi,
ne divisa haud perinde ad memoriam sui valerent. Ad temporum ordinem redeo.

XLI. Tib. Claudio quintum, Ser. Cornelio Orphito consulibus,
virilis toga Neroni maturata[2], quo capessendæ reipublicæ

guerre, il nous avait enveloppés dans son inimitié. Toutefois la lutte
fut d'abord entre eux seuls, et Cartismandua, par un adroit strata-
gème, fit prisonniers le frère et les parents de Vénusius. Indignés
et redoutant l'ignominie d'obéir à une femme, les ennemis armèrent
leur plus brave jeunesse et fondirent sur les États de la reine. C'était
ce que nous avions prévu, et des cohortes envoyées à son secours
livrèrent un rude combat où la fortune, d'abord indécise, finit par
nous être favorable. Il en fut de même dans un autre combat, que
Césius Nasica soutint avec sa légion; car Didius, appésanti par l'âge
et rassasié d'honneurs, se contentait d'agir par autrui et se bornait
à repousser l'ennemi. Ces événements eurent lieu en plusieurs années, sous les deux proprêteurs Ostorius et Didius; je les ai réunis,
de peur que, séparés, ils ne laissassent un souvenir trop fugitif. Je
reprends maintenant l'ordre des temps.

XLI. Sous le cinquième consulat de Claude et sous celui de Cornélius Orphitus, on donna prématurément la robe virile à Néron,
afin qu'il parût déjà capable de gouverner. Le sénat, dans ses adu-

et statim bello, — et aussitôt une guerre,
induerat hostilia — était entré-dans des *mesures* hostiles
etiam adversus nos. — même contre nous.
Sed primo certabatur — Mais d'abord la-lutte-était-engagée
tantum inter ipsos, — seulement entre eux-mêmes,
Cartismanduaque — et Cartismandua
intercepit artibus callidis — surprit par des artifices habiles
fratrem ac propinquos. — le frère et les proches *de Vénusius.*
Inde hostes accensi, — De-là (aussi) les ennemis *furent* enflam-
ignominia stimulante — la honte *les* excitant   [més (aigris),
ne subderentur — pour qu'ils ne fussent pas soumis
imperio feminæ; — à l'autorité d'une femme;
juventus valida, — une jeunesse robuste
et lecta armis — et choisie pour les armes
invadunt regnum ejus : — envahit le royaume d'elle :
quod prævisum nobis; — *ce qui avait été* prévu par nous;
et cohortes missæ auxilio — et des cohortes envoyées au secours
fecere prœlium acre, — firent (livrèrent) un combat acharné,
cujus finis fuit lætior, — dont l'issue fut plus heureuse,
initio ambiguo. — le commencement *ayant été* indécis.
Neque pugnatum — Et il ne fut pas combattu
eventu dispari — avec un succès différent
a legione — par la légion
cui præerat Cæsius Nasica. — que commandait Césius Nasica.
Nam Didius, — Car Didius,
gravis senectute, — appesanti par la vieillesse,
et multa copia honorum, — et par une grande abondance d'honneurs,
habebat satis — avait assez (se contentait)
agere per ministros — d'agir par des subalternes
et arcere hostem. — et de repousser l'ennemi.
Conjunxi hæc, — J'ai réuni ces *faits,*
quanquam gesta — quoique accomplis
a duobus proprætoribus, — par deux propréteurs,
Ostorio et Didio, — Ostorius et Didius,
per plures annos, — pendant plusieurs années,
ne divisa — de peur que divisés
haud valerent perinde — ils n'eussent-pas-de-la-force autant
ad memoriam sui. — pour le souvenir d'eux (pour qu'on en
Redeo — Je reviens   [gardât le souvenir).
ad ordinem temporum. — à l'ordre des temps.
XLI. Tib. Claudio — XLI. Tib. Claude
quintum, — pour-la-cinquième-fois
Ser. Cornelio Orphito — *et* Ser. Cornélius Orphitus
consulibus, — *étant* consuls,
toga virilis — la *prise de la* toge virile
maturata Neroni, — *fut* avancée pour Néron,
quo videretur habilis — afin qu'il parût apte

habilis videretur. Et Cæsar adulationibus senatus libens cessit
ut vicesimo ætatis anno consulatum Nero iniret, atque interim
designatus ¹ proconsulare imperium extra Urbem haberet, ac
princeps juventutis appellaretur. Additum nomine ejus donativum militi, congiarium ² plebi. Et ludicro Circensium, quod
acquirendis vulgi studiis edebatur, Britannicus in prætexta,
Nero triumphalium veste, transvecti sunt. Spectaret populus
hunc decore imperatorio, illum puerili habitu, ac perinde
fortunam utriusque præsumeret. Simul qui centurionum tribunorumque sortem Britannici miserabantur remoti fictis
causis, et alii per speciem honoris : etiam libertorum si quis
incorrupta fide, depellitur, tali occasione. Obvii inter se, Nero
Britannicum nomine, ille Domitium, salutavere. Quod, ut
discordiæ initium, Agrippina multo questu ad maritum defert :
« Sperni quippe adoptionem, quæque censuerint patres, jus-

lations, demandait que Néron prît possession du consulat à vingt
ans, qu'en attendant il fût désigné consul, qu'il eût hors de Rome
le pouvoir proconsulaire, et qu'il fût nommé prince de la jeunesse ;
Claude condescendit à tout. On distribua de plus, au nom de Néron,
le *donativum* aux soldats ; le *congiarium* au peuple ; et dans les jeux
du cirque, qui furent donnés pour lui concilier la faveur publique,
Britannicus parut avec la prétexte, Néron avec la robe triomphale.
Ainsi le peuple romain put les contempler tous deux, revêtus l'un
des habits de l'enfance, l'autre des attributs du commandement, et
pressentir par là leurs futures destinées. Bientôt tous les tribuns et
les centurions qui s'intéressaient au sort de Britannicus sont écartés
par des motifs supposés, ou sous prétexte d'emplois honorables. Le
peu même qui restait d'affranchis fidèles et incorruptibles est chassé
à l'occasion que voici. Les deux frères s'étant rencontrés, Néron
salua Britannicus par son nom, et celui-ci appela Néron Domitius.
Agrippine dénonça ce fait avec beaucoup d'emportement à son époux
comme un signal de discorde. « C'était, selon elle, se jouer de
l'adoption ; on annulait dans l'intérieur du palais un acte autorisé
par le sénat et ordonné par le peuple. Si l'on ne punissait les indignes

capessendæ reipublicæ.
à prendre *en main* l'État.

Et Cæsar cessit libens
Et César (Claude) accorda volontiers

adulationibus senatus
aux adulations du sénat

ut Nero iniret consulatum
que Néron entrât dans le consulat

vicesimo anno ætatis,
la vingtième année de *son* âge,

atque designatus interim
et *que* désigné en attendant

haberet extra Urbem
il eût hors de la ville (de Rome)

imperium proconsulare,
l'autorité proconsulaire,

ac appellaretur
et fût appelé

princeps juventutis.
prince de la jeunesse.

Donativum militi,
Un donativum pour le soldat,

congiarium plebi,
un congiarium pour le peuple,

additum nomine ejus.
furent ajoutés au nom de lui.

Et ludicro Circensium,
Et dans le spectacle des *jeux* du Cirque,

quod edebatur
qui était donné

acquirendis studiis vulgi,
pour gagner la faveur du peuple,

Britannicus in prætexta,
Britannicus en *robe* prétexte,

Nero veste triumphalium,
Néron avec l'habit des triomphateurs,

transvecti sunt.
furent promenés.

Populus spectaret
Il fallait que le peuple vît

hunc decore imperatorio,
celui-ci avec l'insigne d'empereur,

illum habitu puerili,
celui-là avec les habits de l'enfance,

ac præsumeret perinde
et qu'il présumât aussi

fortunam utriusque.
la fortune de l'un-et-de-l'autre.

Simul centurionum
En même temps *ceux* des centurions

tribunorumque
et des tribuns

qui miserabantur
qui avaient-pitié

sortem Britannici
du sort de Britannicus   [supposés,

remoti causis fictis,
furent éloignés, *les uns* sur des motifs

et alii per speciem honoris
et les autres sous prétexte d'honneur :

etiam si quis libertorum
même si quelqu'un des affranchis

fide incorrupta,
se trouve d'une fidélité incorruptible,

depellitur
il est chassé   [vante).

tali occasione.
dans une telle occasion (à l'occasion sui-

Obvii inter se
Se-rencontrant entre eux

salutavere,
ils *se* saluèrent,

Nero Britannicum
Néron *appelant* Britannicus

nomine,
par *son* nom,

ille Domitium.
celui-ci *appelant Néron* Domitius.

Quod Agrippina
Chose qu'Agrippine

defert ad maritum
dénonce à *son* mari

multo questu,
avec beaucoup de plaintes,

ut initium discordiæ :
comme un commencement de discorde :

« Quippe
« En effet

adoptionem sperni,
l'adoption être méprisée,

quæque patres censuerint,
et *ce que* les sénateurs ont voté,

populus jusserit,
ce que le peuple a ordonné,

serit populus[1], intra penates abrogari; ac nisi pravitas tam
infensa docentium arceatur, eruptura in publicam perniciem.»
Commotus his quasi criminibus, Claudius optimum quemque
educatorem filii exsilio ac morte afficit, datosque a noverca
custodiæ ejus imponit.

XLII. Nondum tamen summa moliri Agrippina audebat, ni
prætoriarum cohortium cura exsolverentur Lusius Geta et
Rufius Crispinus, quos Messalinæ memores et liberis ejus devinctos credebat. Igitur distrahi cohortes ambitu duorum, et,
si ab uno regerentur, intentiorem fore disciplinam asseverante
uxore, transfertur regimen cohortium ad Burrum Afranium,
egregiæ militaris famæ, gnarum tamen cujus sponte præficeretur. Suum quoque fastigium Agrippina extollere altius :
carpento Capitolium ingredi, qui mos, sacerdotibus[2], et sacris
antiquitus concessus, venerationem augebat feminæ; quam

maîtres qui nourrissaient cet esprit de haine, il en résulterait la
ruine de l'État. » Claude, frappé de ces graves inculpations, con-
damne à l'exil ou à la mort les gouverneurs les plus vertueux de son
fils, et il le fait surveiller par d'autres du choix de sa marâtre.

XLII. Toutefois Agrippine n'osait couronner encore son entreprise, avant d'avoir ôté le commandement des prétoriens à Lusius
Géta et à Rufus Crispinus, qu'elle croyait attachés à la mémoire et
aux enfants de Messaline. Elle représente donc qu'une rivalité iné-
vitable entre deux chefs divise les cohortes, et que sous l'autorité
d'un seul la discipline serait plus ferme. Claude suivit le conseil
d'Agrippine, et la préfecture du prétoire fut donnée à Burrus Afranius, d'une haute réputation militaire, mais qui savait trop de
quelle main il tenait son commandement. Agrippine travaillait
aussi à l'accroissement de sa propre grandeur. Elle obtint de monter
au Capitole sur un *carpentum*, honneur réservé de tout temps aux
prêtres et aux statues des dieux, et qui ajoutait aux respects du

abrogari — être abrogé
intra penates ; — dans l'intérieur, *du palais* ;
ac, nisi pravitas tam infensa — et, si la méchanceté si hostile
docentium — de ceux qui instruisaient *Britannicus*
arceatur, — n'était écartée,
eruptura — *ces actes* devoir éclater
in perniciem publicam. » — pour la ruine publique. »
Commotus his — Emu de ces *plaintes*
quasi criminibus, — comme d'*autant* d'accusations,
Claudius afficit exsilio — Claude frappe de l'exil
ac morte   [rem — et de la mort
quemque optimum educato- — chaque meilleur instituteur
filii, — de *son* fils,
imponitque custodiæ ejus — et prépose à la garde de lui
datos a noverca. — des *hommes* donnés par *sa* marâtre.

XLII. Tamen Agrippina — XLII. Cependant Agrippine
nondum audebat moliri — n'osait pas encore tenter
summa, — les dernières *entreprises*,
ni Lusius Géta — si Lusius Géta
et Rufius Crispinus — et Rufius Crispinus
exsolverentur cura — n'étaient déliés (démis) de la direction
cohortium prætoriarum, — des cohortes prétoriennes,
quos credebat — lesquels elle croyait
memores Messalinæ — fidèles-à-la-mémoire de Messaline
et devinctos liberis ejus. — et attachés aux enfants d'elle.
Igitur uxore asseverante — Aussi l'épouse affirmant
cohortes distrahi — les cohortes être divisées
ambitu duorum, — par l'ambition de deux *chefs*,
et disciplinam — et la discipline
fore intentiorem, — devoir être plus tendue,
si regerentur ab uno, — si elles étaient commandées par un *seul*,
regimen cohortium — le commandement des cohortes
transfertur — est transporté
ad Burrum Afranium, — à Burrus Afranius,
famæ militaris egregiæ, — d'une réputation militaire remarquable,
gnarum tamen — sachant cependant
sponte cujus — par la volonté de qui
præficeretur. — il était préposé *aux cohortes*.
Agrippina extollere altius — Agrippine d'élever plus haut
suum fastigium quoque : — sa grandeur aussi :
ingredi carpento — de monter en char
Capitolium, — au Capitole,
qui mos, — laquelle coutume,
concessus antiquitus — concédée anciennement
sacerdotibus et sacris, — aux prêtres et aux *images* sacrées,
augebat venerationem — augmentait la vénération
feminæ, — pour une femme,

imperatore genitam [1], sororem ejus qui rerum potitus sit et
conjugem et matrem [2] fuisse, unicum ad hunc diem exemplum [3]
est. Inter quæ præcipuus propugnator ejus Vitellius, validissima gratia, ætate extrema (adeo incertæ sunt potentium
res), accusatione corripitur, deferente Junio Lupo senatore. Is
crimina majestatis et cupidinem imperii objectabat. Præbuissetque aures Cæsar, nisi Agrippinæ minis magis quam
precibus mutatus esset, ut accusatori aqua atque igne interdi-
ceret : hactenus Vitellius voluerat.

XLIII. Multa eo anno prodigia evenere. Insessum diris
avibus Capitolium, crebris terræ motibus prorutæ domus, ac,
dum latius metuitur, trepidatione vulgi invalidus quisque
obtriti. Frugum quoque egestas, et orta ex eo fames, in pro-
digium accipiebatur. Nec occulti tantum questus ; sed jura
reddentem Claudium circumvasere clamoribus turbidis, pul-

peuple pour une femme, la seule jusqu'à nos jours qu'on ait vue fille
d'un César, sœur, épouse et mère d'empereurs. Cependant le plus
zélé de ses partisans, Vitellius, dans tout l'éclat de sa faveur, à l'extrémité de sa carrière, fut en butte à une accusation de lèse-majesté.
Le sénateur Junius Lupus lui reprochait de convoiter l'empire, et
Claude se laissait persuader, si Agrippine, par menaces plutôt que
par prières, ne l'eût décidé au contraire à bannir l'accusateur : seule
punition qu'eût exigée Vitellius.

XLIII. Il y eut cette année beaucoup de prodiges. Des oiseaux
sinistres vinrent se percher sur le Capitole. De fréquentes secousses
de tremblements de terre renversèrent des maisons ; et comme, dans
la crainte d'un plus grand désastre, le peuple se pressait en foule,
les plus faibles furent écrasés. La disette des grains et la famine qui
en fut la suite s'expliquaient aussi comme une menace du ciel; et l'on
ne se borna point à des plaintes secrètes. Claude, occupé à rendre la

quam genitam fuisse	laquelle être née
imperatore,	d'un impérateur,
sororem et conjugem	*être* sœur et épouse
et matrem ejus	et mère de celui
qui potitus sit rerum,	qui devint-maître des affaires (régna),
est exemplum unicum	est un exemple unique
ad hunc diem.	jusqu'à ce jour.
Inter quæ Vitellius [ejus,	Sur ces *entrefaites* Vitellius
præcipuus propugnator	le principal défenseur d'elle,
gratia validissima,	*jouissant* du crédit le plus puissant,
ætate extrema	à un âge extrême
(adeo sunt incertæ	(tant est incertaine
res potentium),	la fortune des puissants),
corripitur accusatione,	est saisi par une accusation,
senatore Junio Lupo	le sénateur Junius Lupus
deferente.	*le* dénonçant.
Is objectabat	Celui-ci *lui* reprochait
crimina majestatis	des griefs de *lèse*-majesté
et cupidinem imperii.	et le désir de l'empire.
Cæsarque præbuisset aures	Et César (Claude) *y* eût prêté les oreilles,
nisi mutatus esset	s'il n'eût été changé
minis	par les menaces
magis quam precibus	plus que par les prières
Agrippinæ,	d'Agrippine,
ut interdiceret accusatori	au point qu'il interdît à l'accusateur
aqua atque igne :	l'eau et le feu :
Vitellius	Vitellius
voluerat hactenus.	avait voulu jusque-là (cela seulement).
XLIII. Multa prodigia	XLIII. Beaucoup de prodiges
evenere eo anno.	arrivèrent cette année.
Capitolium insessum	Le Capitole *fut* occupé
avibus diris,	par des oiseaux sinistres,
domus prorutæ	des maisons *furent* renversées
crebris motibus terræ,	par de fréquents tremblements de terre,
ac, dum latius	et, pendant qu'*un désastre* plus étendu
metuitur,	est craint,
quisque invalidus vulgi	chaque *personne* faible du peuple
obtriti	*fut* écrasée
trepidatione.	dans *cette* alarme.
Egestas frugum quoque,	La disette des grains aussi,
et fames orta ex eo,	et la famine sortie de là, [ge.
accipiebatur in prodigium.	était reçue en (interprétée comme) prodi-
Nec tantum	Et *ce n'étaient* pas seulement
questus occulti ;	des plaintes secrètes ;
sed circumvasere	mais on entoura
clamoribus turbidis	avec des cris séditieux
Claudium reddentem jura,	Claude qui rendait la justice,

sumque in extremam fori partem vi urgebant, donec militum
globo infensos perrupit. Quindecim dierum alimenta Urbi, non
amplius, superfuisse constitit : magnaque deum benignitate
et modestia hiemis rebus extremis subventum. At hercule
olim ex Italiæ regionibus longinquas in provincias commeatus
portabant; nec nunc infecunditate laboratur, sed Africam
potius et Ægyptum exercemus, navibusque et casibus vita
populi Romani permissa est [1].

XLIV. Eodem anno bellum, inter Armenios Iberosque exortum, Parthis quoque ac Romanis gravissimorum inter se motuum causa fuit. Genti Parthorum Vologeses imperitabat,
materna origine ex pellice Græca, concessu fratrum regnum
adeptus. Iberos Pharasmanes vetusta possessione, Armenios
frater ejus Mithridates [2] obtinebat, opibus nostris. Erat Pharasmani filius nomine Rhadamistus, decora proceritate, vi

justice, se vit assailli par des clameurs séditieuses, poussé jusqu'à
l'extrémité du Forum, et là pressé vivement, lorsqu'un gros de
soldats parvint à l'arracher des mains d'une populace furieuse. Il est
certain qu'il ne restait pas de vivres à Rome pour plus de quinze
jours, et il fallut une faveur particulière des dieux et la douceur de
la saison pour nous garantir des plus déplorables extrémités. L'Italie
fournissait jadis elle-même ses blés aux provinces éloignées, et son
sol n'est pas plus stérile aujourd'hui; mais nous cultivons de préférence l'Afrique et l'Égypte, et la vie du peuple romain est abandonnée aux hasards de la mer.

XLIV. Cette même année, il s'éleva entre les Ibériens et les Arméniens une guerre qui occasionna un choc violent entre les Parthes
et les Romains. Vologèse, fils d'une courtisane grecque, régnait sur
les Parthes, en vertu d'un accord fait avec ses frères. L'Ibérie appar-
tenait à Pharasmane par une longue possession de ses aïeux, et
Mithridate, son frère, devait à la protection de Rome le trône d'Arménie. Pharasmane avait un fils nommé Rhadamiste, d'une taille

urgebantque vi · · · et on *le* pressait avec violence
pulsum · poussé (en le poussant)
in partem extremam fori, vers la partie extrême du forum, [mutins
doñec perrupit infensos jusqu'à ce qu'il se fit-jour-à-travers les
globo militum. · avec une troupe de soldats.
Constitit · · Il fut-constant
alimenta les vivres
quindecim dierum. dé quinze jours,
non amplius, pas davantage,
superfuisse Urbi ; être restés à la ville (Rome) ;
subventumque et il fut remédié
rebus extremis · à *cet* état-de-choses extrême
magna benignitate deum par la grande bonté des dieux
et modestia hiemis. et la douceur de l'hiver.
At hercule olim Mais certes autrefois
portabant commeatus on transportait des provisions
ex regionibus Italiæ · des contrées de l'Italie
in provincias longinquas ; dans les provinces éloignées ;
nec nunc laboratur et maintenant encore on ne souffre pas
infecunditate, par *sa* stérilité,
sed exercemus potius mais nous cultivons de préférence
Africam et Ægyptum, l'Afrique et l'Egypte,
vitaque populi Romani et la vie du peuple romain
permissa est a été confiée
navibus et casibus. · aux navires et aux hasards.
   XLIV. Eodem anno   XLIV. La même année
bellum exortum une guerre qui s'éleva
inter Armenios Iberosque entre les Arméniens et les Ibériens
fuit causa Parthis quoque fut cause pour les Parthes aussi
ac Romanis et pour les Romains
motuum gravissimorum. de mouvements très-graves
inter se entre eux.
Vologeses, Vologèse,
origine materna par *son* origine maternelle
ex pellice Græca, *né* d'une courtisane grecque,
adeptus regnum ayant obtenu le royaume
concessu fratrum, par une concession de *ses* frères,
imperitabat commandait
genti Parthorum. à la nation des Parthes.
Pharasmanes Pharasmane
obtinebat Iberos tenait les Ibériens
vetusta possessione. par une ancienne possession.
Mithridates frater ejus Mithridate frère de lui
Armenios *tenait* les Arméniens
nostris opibus. par notre puissance.
Pharasmani erat filius A Pharasmane était un fils
nomine Rhadamistus, de nom (nommé) Rhadamiste,

corporis insignis., et patrias artes edoctus, claraque inter
accolas fama. Is modicum Iberiæ regnum senecta patris detineri
ferocius crebriusque jactabat quam ut cupidinem occultaret.
Igitur Pharasmanes juvenem potentiæ promptæ, et studio
popularium accinctum, vergentibus jam annis suis metuens,
aliam ad spem trahere, et Armeniam ostentare, pulsis Parthis
datam Mithridati a semet memorando; sed vim differendam et
potiorem dolum, quo incautum opprimerent. Ita Rhadamistus,
simulata adversus patrem discordia, tanquam novercæ odiis
impar, pergit ad patruum; multaque ab eo comitate in speciem
liberum cultus, primores Armeniorum ad res novas illicit,
ignaro et ornante insuper Mithridate.

XLV. Reconciliationis specie assumpta, regressus ad patrem,
quæ fraude confici potuerint prompta nuntiat; cetera armis

majestueuse, d'une force de corps singulière, d'une adresse admi-
rable dans tous les exercices de son pays, et dont la réputation avait
de l'éclat chez les peuples voisins. Ce jeune homme trouvait que la
vieillesse de son père lui faisait attendre bien longtemps le petit
royaume d'Ibérie, et ses plaintes étaient trop emportées et trop fréquentes pour qu'on ne comprît pas ce qu'il désirait. Pharasmane,
redoutant pour ses vieux jours un jeune homme si impatient de régner et qu'il voyait entouré de l'affection des peuples, chercha à le
distraire par d'autres espérances. Il lui fit envisager l'Arménie
comme une conquête facile; « lui-même, disait-il, l'avait arrachée
aux Parthes et donnée à Mithridate; toutefois il fallait différer les
moyens violents; la ruse était plus sûre, et en surprenant Mithridate, il l'accablerait plus aisément. » Rhadamiste donc, feignant
d'avoir quelques démêlés avec son père, de ne pouvoir plus supporter
les haines d'une marâtre, se rend chez son oncle, qui l'accueille avec
une extrême bonté et le traite comme un de ses enfants. Pendant que
cet oncle, loin de rien soupçonner, le comblait chaque jour de nouveaux bienfaits, son neveu excitait à la révolte les grands de son
royaume.

XLV. Ayant prétexté une réconciliation pour retourner auprès de
son père, il lui apprend que ses intrigues ont préparé l'entreprise

proceritate decora,	de taille majestueuse,
insignis vi corporis,	remarquable par la force de *son* corps,
et edoctus artes patrias,	et instruit dans les arts du-pays,
famaque clara	et d'une réputation éclatante
inter accolas.	parmi les peuples-voisins.
Is jactabat ferocius	Celui-ci se plaignait plus fièrement
crebriusque quam	et plus fréquemment qu'*il n'eût fallu*
ut occultaret cupidinem,	pour qu'il cachât *son* ambition
modicum regnum Iberiæ	le petit royaume d'Ibérie
detineri	être tenu [père] :
senecta patris.	par la vieillesse de *son* père (par son vieux
Igitur Pharasmanes	Aussi Pharasmane
metuens suis annis	craignant pour ses années
jam vergentibus,	déjà déclinant,
trahere ad aliam spem	*cherche à* attirer vers une autre espérance
juvenem	un jeune homme
potentiæ promptæ,	de puissance impatiente,
et accinctum studio	et entouré de l'affection
popularium,	des habitants-du-pays,
et ostentare Armeniam,	et *à lui* montrer l'Arménie,
memorando datam	en *lui* rappelant *elle avoir été* donnée
a semet Mithridati,	par lui-même à Mithridate,
Parthis pulsis ;	les Parthes ayant été chassés ;
sed vim differendam	mais la violence devoir être différée
et dolum potiorem,	et la ruse *être* préférable,
quo opprimerent	afin qu'ils accablassent
incautum.	*lui* sans-méfiance.
Ita Rhadamistus ;	Ainsi Rhadamiste,
discordia simulata	un différend étant simulé
adversus patrem,	avec *son* père,
pergit ad patruum,	se rend chez *son* oncle,
tanquam impar	comme trop faible
odiis novercæ ;	contre les haines d'une marâtre ;
cultusque multa comitate	et accueilli avec beaucoup d'affabilité
in speciem liberum,	à la manière des enfants *de Mithridate*,
illicit ad res novas	il excite à un état-de-choses nouveau
primores Armeniorum,	les premiers des Arméniens,
Mithridate ignaro	Mithridate ne-*le*-sachant-pas
et insuper ornante.	et de plus *le* comblant *de bienfaits*.
XLV. Specie	XLV. Une apparence
reconciliationis	de réconciliation
assumpta,	étant prise (imaginée),
regressus ad patrem,	revenu vers *son* père,
nuntiat	il *lui* annonce
quæ potuerint confici	*les choses* qui avaient pu être faites
fraude	par la ruse
prompta,	*être* prêtes,

exsequenda. Interim Pharasmanes belli causas confingit : « Prœlianti sibi adversus regem Albanorum, et Romanos auxilio vocanti, fratrem adversatum; eamque injuriam excidio ipsius ultum iturum. » Simul magnas copias filio tradidit : ille, irruptione subita territum exutumque campis, Mithridaten compulit in castellum Gorneas, tutum loco ac præsidio militum quis Cœlius Pollio præfectus, centurio Casperius præerat. Nihil tam ignarum barbaris quam machinamenta et astus oppugnationum; at nobis ea pars militiæ maxime gnara est. Ita Rhadamistus, frustra vel cum damno tentatis munitionibus, obsidium incipit; et, quum vis negligeretur, avaritiam præfecti emercatur, obtestante Casperio ne socius rex, ne Armenia, donum populi Romani, scelere et pecunia verterentur. Postremo, quia multitudinem hostium Pollio, jussa patris Rha-

autant qu'elle pouvait l'être, que c'est aux armes à faire le reste. Alors Pharasmane invente un sujet de guerre; il suppose que dans une négociation où il demandait du secours aux Romains contre un roi d'Albanie, il a été traversé par son frère, et il prétend venger cette injure par la ruine de Mithridate. En même temps il donne à son fils des troupes nombreuses. Mithridate, effrayé d'une attaque imprévue, et ne pouvant tenir la campagne, fut réduit à se renfermer dans le château de Gornéas, place défendue par sa position et par une garnison romaine que commandaient le préfet Célius Pollion et le centurion Caspérius. Rien d'aussi peu connu des barbares que l'usage des machines et l'art des siéges, tandis que c'est la partie de la guerre où nous excellons. Rhadamiste, après avoir tenté quelques attaques sans fruit ou avec perte, se borne à un blocus, et achète de l'avarice du préfet ce qu'il n'attend plus de la force. En vain Caspérius proteste qu'il ne souffrira pas qu'on sacrifie à un vil intérêt un monarque allié et qu'on le dépouille par un crime d'un royaume qu'il tenait de la munificence du peuple romain. Pollion objectait toujours la grande supériorité de l'ennemi, Rhadamiste, les ordres de son père. Enfin le centurion convient d'une trève, et

cetera	les autres
exsequenda armis.	devoir être exécutées par les armes.
Interim Pharasmanes	Cependant Pharasmane
confingit causas belli :	imagine des causes de guerre :
« Fratrem adversatum	« *Son* frère s'être opposé
sibi prœlianti	à lui qui était-en-guerre
adversus regem Albanorum	contre le roi des Albaniens
et vocanti Romanos	et qui appelait les Romains
auxilio ;	à *son* secours ;
iturumque ultum	et devoir aller se venger
eam injuriam	de cette injure
excidio ipsius. »	par la ruine de lui-même. »
Simul tradidit filio	En même temps il remit à *son* fils
magnas copias :	de grandes troupes :
ille compulit Mithridaten,	celui-ci poussa Mithridate,
territum irruptione subita	effrayé d'une attaque soudaine
exutumque campis,	et dépossédé de la campagne,
in castellum Gorneas,	dans le château *de* Gornéas,
tutum loco	sûr par le lieu
ac præsidio militum,	et par un poste de soldats,
quis præerat	auxquels commandait
præfectus Cœlius Pollio,	le préfet Célius Pollion,
centurio Casperius.	le centurion Caspérius.
Nihil tam ignarum barbaris	Rien n'*est* si inconnu des barbares
quam machinamenta	que les machines
et astus oppugnationum ;	et les ruses des siéges ;
at ea pars maxime	mais cette partie surtout
militiœ	de l'art-militaire
est gnara nobis.	est connue de nous.
Ita Rhadamistus,	Ainsi Rhadamiste,
munitionibus tentatis	les remparts ayant été attaqués
frustra vel cum damno,	en-vain ou avec perte,
incipit obsidium ;	commence un siége ;
et, quum vis negligeretur,	et, comme la force était négligée,
emercatur	il achète
avaritiam præfecti,	l'avarice du préfet,
Casperio obtestante	Caspérius se récriant
ne rex socius,	pour qu'un roi allié,
ne Armenia,	pour que l'Arménie,
donum populi Romani,	don du peuple romain,
verterentur	ne fussent pas renversés
scelere et pecunia.	par un crime et pour de l'argent.
Postremo,	Enfin,
quia Pollio, Rhadamistus	parce que Pollion *et* Rhadamiste
obtendebant	alléguaient
multitudinem hostium,	*l'un* la multitude des ennemis,
jussa patris,	*l'autre* les ordres de *son* père,

damistus, obtendebant, pactus inducias abscedit ut, nisi
Pharasmanen bello absterruisset, T. Ummidium Quadratum,
præsidem Syriæ, doceret quo in statu Armeniæ forent.

XLVI. Digressu centurionis velut custode exsolutus, præfectus hortari Mithridaten ad sanciendum fœdus, « Conjunctio-
nem fratrum, ac priorem ætate Pharasmanen, et cetera
necessitudinum nomina referens, quod filiam ejus in matrimonio haberet, quod ipse Rhadamisto socer esset. Non
abnuere pacem Iberos, quanquam in tempore validiores; et
satis cognitam Armeniorum perfidiam, nec aliud subsidii quam
castellum commeatu egenum : ne dubitaret armis incruentas
conditiones malle[1]. » Cunctante ad ea Mithridate, et suspectis
præfecti consiliis, quod pellicem regiam polluerat, inque
omnem libidinem venalis habebatur, Casperius interim ad
Pharasmanen pervadit, utque Iberi obsidio decedant expos-

part dans l'intention de détourner Pharasmane de la guerre, et, s'il
échouait dans sa négociation, d'instruire le gouverneur de Syrie
Ummidius Quadratus de l'état où se trouvait l'Arménie.

XLVI. Le préfet, délivré ainsi d'un surveillant qui le gênait,
presse Mithridate de conclure le traité. Il insiste sur l'union frater-
nelle, sur l'âge plus avancé de Pharasmane, et les autres liens qui
l'unissent à ce prince comme époux de sa fille et beau-père de Rhadamiste. Il fait valoir la modération des Ibériens, qui ne refusent
point la paix malgré leurs succès, la perfidie trop connue des Arméniens, le peu de ressources qu'offre un château dépourvu de vivres,
enfin les avantages d'une capitulation qui épargnait le sang. Ces
raisons ne persuadèrent point Mithridate ; il se défiait du préfet, qui
venait de corrompre une de ses concubines, et qu'il croyait capable
de tous les crimes pour de l'argent. Cependant Caspérius arrive à la
cour de Pharasmane, et demande qu'on lève le siége. Celui-ci

pactus inducias	ayant conclu une trêve
abscedit	il se retire
ut edoceret	pour qu'il instruisît
præsidem Syriæ,	le gouverneur de Syrie,
T. Ummidium Quadratum,	T. Ummidius Quadratus,
in quo statu	en quel état
forent Armeniæ,	étaient les Arménies,
nisi absterruisset bello	s'il n'avait détourné de la guerre
Pharasmanen.	Pharasmane.
XLVI. Præfectus,	XLVI. Le préfet,
velut exsolutus custode	comme délivré d'un surveillant
digressu centurionis,	par le départ du centurion,
hortari Mithridaten	*commence à* engager Mithridate
ad sanciendum fœdus,	à sanctionner le traité,
referens	rappelant
« Conjunctionem fratrum,	« L'union des frères,
ac Pharasmanen	et Pharasmane
priorem ætate,	*être* le premier par l'âge,
et cetera nomina	et les autres titres
necessitudinum;	de parenté,
quod haberet	qu'il avait
in matrimonio	en mariage
filiam ejus,	la fille de lui,
quod ipse esset socer	que lui-même était beau-père
Rhadamisto.	à Rhadamiste.
Iberos non abnuere pacem,	Les Ibériens ne pas refuser la paix,
quanquam validiores	quoique plus forts
in tempore;	dans le moment;
et perfidiam Armeniorum	et la perfidie des Arméniens
satis cognitam;	*être* assez connue; [*n'être à lui*
nec aliud subsidii	et rien autre de (aucun autre) secours
quam castellum	qu'une forteresse
egenum commeatu :	dépourvue de vivres :
ne dubitaret malle	qu'il n'hésitât pas à préférer
conditiones incruentas	des conditions non-sanglantes
armis. »	aux armes. »
Ad ea	A ces *raisons*
Mithridate cunctante,	Mithridate hésitant,
et consiliis præfecti	et les conseils du préfet
suspectis,	*lui étant* suspects,
quod polluerat	parce qu'il avait souillé
pellicem regiam,	une concubine royale,
habebaturque venalis	et qu'il était tenu *pour* vénal
in omnem libidinem,	pour toute bassesse,
Casperius interim	Caspérius dans-l'intervalle
pervadit ad Pharasmanen,	se rend auprès de Pharasmane,
expostulatque ut Iberi	et demande que les Ibériens

tulat. Ille, propalam incerta et sæpius molliora respondens, secretis nuntiis monet Rhadamistum oppugnationem quoquo modo celerare. Augetur flagitii merces : et Pollio, occulta corruptione, impellit milites ut pacem flagitarent seque præsidio abituros minitarentur. Qua necessitate Mithridates diem locumque fœderi accepit castelloque egreditur.

XLVII. Ac primo Rhadamistus, in amplexus ejus effusus, simulare obsequium, socerum ac parentem appellare. Adjicit jusjurandum non ferro, non veneno, vim allaturum : simul in lucum propinquum trahit, provisum illic sacrificium imperatum dictitans, ut diis testibus pax firmaretur. Mos est regibus, quoties in societatem coeant, implicare dextras, pollicesque inter se vincire nodoque præstringere ; mox, ubi sanguis in artus se extremos suffuderit, levi ictu cruorem eliciunt atque invicem-lambunt [1] ; id fœdus arcanum habetur, quasi mutuo

l'amusant en public par des réponses équivoques, quelquefois même favorables, fait avertir Rhadamiste de hâter d'une manière ou d'une autre la reddition de la forteresse. On augmente le prix de la trahison, et Pollion, corrompant sous main les soldats ; les détermine à demander la paix et à menacer de quitter la place. Mithridate, cédant à la nécessité, prit le jour et le lieu qu'on lui fixa pour le traité, et sortit du château.

XLVII. D'abord Rhadamiste, se précipitant dans ses bras, le reçoit avec tous les dehors de l'affection, lui prodigue les noms de père et de beau-père ; il s'engage par serment à ne jamais attenter à ses jours par le fer ou par le poison ; puis il l'entraîne près de là, dans un bois sacré, où il avait, disait-il, ordonné les apprêts d'un sacrifice, afin que la paix fût scellée en présence des dieux. L'usage de ces rois, quand ils font un traité, est de s'entrelacer les mains et de se faire attacher ensemble les pouces par un nœud très-serré ; lorsque le sang s'est porté aux extrémités, une légère piqûre le fait jaillir, et ils en sucent mutuellement quelques gouttes. Cette sorte

decedant obsidio.	se retirent du siége.
Ille, respondens	Celui-ci, répondant
propalam incerta	ouvertement des choses ambiguës
et sæpius molliora,	et plus souvent des choses trop favorables,
monet Rhadamistum	avertit Rhadamiste
nuntiis secretis	par des messages secrets
celerare oppugnationem	de hâter la prise *de la place*
modo quoquo.	d'une manière quelconque.
Merces flagitii augetur,	Le prix du crime est augmenté,
et Pollio,	et Pollion,
corruptione occulta,	par une corruption secrète,
impellit milites	détermine les soldats
ut flagitarent pacem,	à ce qu'ils demandassent la paix
minitarenturque	et menaçassent
se abituros præsidio.	eux devoir se retirer de *leur* poste.
Qua necessitate	Par laquelle nécessité
Mithridates	Mithridate
accepit diem locumque	accepta un jour et un lieu
fœderi	pour le traité
egrediturque castello.	et il sort de la forteresse.
XLVII. Ac primo	XLVII. Et d'abord
Rhadamistus,	Rhadamiste,
effusus in amplexus ejus,	s'étant jeté dans les bras de lui,
simulare obsequium,	de feindre la soumission,
appellare	de *l'*appeler
socerum ac parentem.	beau-père et père.
Adjicit jusjurandum	Il ajoute le serment
allaturum vim	*lui* ne devoir employer la violence
non ferro, non veneno :	ni par le fer, ni par le poison :
simul trahit	en-même-temps il *l'*entraîne
in lucum propinquum,	dans un bois-sacré voisin,
dictitans imperatum	répétant ordre-avoir-été-donné
sacrificium provisum illic,	un sacrifice *être* préparé là,
ut pax firmaretur	pour que la paix fût affermie
diis testibus.	les dieux *étant* témoins.
Mos est regibus,	La coutume est à *ces* rois,
quoties coeunt	toutes-les-fois-qu'ils s'unissent
in societatem,	en alliance,
implicare dextras,	d'entrelacer *leurs mains* droites,
vincireque inter se pollices	et de lier entre eux *leurs* pouces
præstringereque nodo ;	et de *les* serrer par un nœud ;
mox, ubi sanguis	puis, dès que le sang
se suffuderit	s'est répandu-en-s'amassant
in artus extremos,	dans les articulations extrêmes,
eliciunt cruorem	ils font-jaillir le sang
ictu levi,	d'un coup léger,
atque lambunt invicem :	et *le* lèchent mutuellement :

cruore sacratum. Sed tunc, qui ea vincula admovebat, deci-
disse simulans, genua Mithridatis invadit ipsumque prosternit;
simulque concursu plurium injiciuntur catenæ, ac compede
(quod dedecorum barbaris) trahebatur. Moxque vulgus, duro
imperio habitum, probra ac verbera intentabat. Et erant
contra qui tantam fortunæ commutationem miserarentur. Secutaque cum parvis liberis conjux cuncta lamentatione complebat.
Diversis et contectis vehiculis abduntur, dum Pharasmanis
jussa exquirerentur. Illi cupido regni fratre et filia potior,
animusque sceleribus paratus : visui tamen consuluit, ne
coram interficerentur. Et Rhadamistus, quasi jurisjurandi
memor, non ferrum, non venenum in sororem et patruum
expromit; sed projectos in humum, et veste multa gravique

de traité passe pour inviolable, étant pour ainsi dire cimenté du sang
des deux parties. Mais celui qui était chargé des apprêts s'étant laissé
tomber, comme par mégarde, saisit Mithridate aux genoux et le
renversa par terre; d'autres en même temps se jettent sur lui et le
chargent de chaînes. On l'entraîne les fers aux pieds, ce qui est le
comble de l'ignominie chez les barbares. Le peuple, traité durement
sous son règne, l'accabla d'injures et de coups. Il y en avait pourtant qu'un aussi prodigieux changement de fortune attendrissait.
Sa femme, qui le suivait avec ses jeunes enfants, remplissait l'air
de lamentations. On les renferma séparément dans des chariots couverts, en attendant les ordres de Pharasmane. L'appât d'un trône
l'emportait sur son frère et sur sa fille dans ce cœur habitué au
crime. Toutefois il voulut s'épargner le spectacle de leur mort; il ne
les fit pas tuer devant lui. De son côté, Rhadamiste, fidèle à son serment, n'employa en effet ni le fer ni le poison contre son oncle et sa
sœur, mais il les fit étendre par terre et étouffer sous un amas d'étof-

id fœdus habetur arcanum,	ce traité est tenu *pour* intime,
quasi sacratum	comme consacré
cruore mutuo.	par un sang réciproque.
Sed tunc,	Mais alors,
qui admovebat ea vincula,	*celui* qui approchait ces liens,
simulans decidisse,	feignant d'être tombé,
invadit genua	prend les genoux
Mithridatis	de Mithridate,
prosternitque ipsum ;	et *le* terrasse lui-même ;
simulque	et en même temps
concursu plurium	par le concours de plusieurs
catenæ injiciuntur,	des chaînes sont jetées-sur *lui*,
ac trahebatur compede	et il était traîné par une entrave
(quod dedecorum	(*ce* qui *est* déshonorant
barbaris).	chez les barbares).
Moxque vulgus,	Et bientôt le peuple,
habitum duro imperio,	traité avec une dure autorité,
intentabat proba	*lui* lançait des injures
ac verbera.	et des coups.
Et erant contra	Et *des gens* étaient au-contraire
qui miserarentur	qui prenaient-pitié
tantam commutationem	d'un si-grand changement
fortunæ.	de fortune.
Conjuxque secuta	Et *son* épouse *l'*ayant suivi
cum liberis parvis	avec *ses* enfants *tout* petits
complebat cuncta	remplissait tous *les lieux*
lamentatione.	de *ses* lamentations.
Abduntur	Ils sont enfermés
vehiculis	dans des chars
diversis et contectis,	séparés et couverts,
dum jussa	jusqu'à ce que les ordres
Pharasmanis	de Pharasmane
exquirerentur.	fussent demandés.
Illi cupido regni	A celui-ci le désir de la domination
potior fratre et filia,	*était* plus fort qu'un frère et une fille,
animusque	et *son* âme
paratus sceleribus :	*était* prête aux crimes :
tamen consuluit visui,	cependant il ménagea *sa* vue,
ne conficerentur	*ordonnant* qu'ils ne fussent pas mis-à-mort
coram.	en-*sa*-présence.
Et Rhadamistus,	Rhadamiste aussi,
quasi memor jurisjurandi,	comme se souvenant de *son* serment,
non expromit ferrum	n'emploie ni le fer
non venenum	ni le poison
in sororem et patruum ;	contre *sa* sœur et *son* oncle ;
sed necat	mais il tue *eux*
projectos in humum	jetés par terre

opertos, necat. Filii quoque Mithridatis, quod cædibus parentum illacrimaverant, trucidati sunt.

XLVIII. At Quadratus, cognoscens proditum Mithridaten,
et regnum ab interfectoribus obtineri, vocat consilium, docet
acta et an ulcisceretur consultat. Paucis decus publicum curæ;
plures tuta disserunt : « Omne scelus externum cum lætitia
habendum ; semina etiam odiorum jacienda, ut sæpe principes
Romani eamdem Armeniam, specie largitionis, turbandis
barbarorum animis, præbuerint. Potiretur Rhadamistus male
partis, dum invisus, infamis ; quando id magis ex usu quam
si cum gloria adeptus foret. » In hanc sententiam itum. Ne
tamen annuisse facinori viderentur, et diversa Cæsar præciperet, missi ad Pharasmanen nuntii, ut abscederet a finibus
Armeniis, filiumque abstraheret.

XLIX. Erat Cappadociæ procurator Julius Pelignus, ignavi

---

fes pesantes. Les fils mêmes de Mithridate furent égorgés pour avoir
pleuré la mort de leur père et de leur mère.

XLVIII. Cependant Quadratus, instruit du malheur de Mithridate et de l'usurpation de son royaume par ses meurtriers, assemble
son conseil, expose les faits, et demande s'il doit en tirer vengeance.
Peu s'intéressaient à l'honneur public ; la plupart se décident pour
le parti le plus sûr. Il fallait, selon eux, se réjouir de tous ces crimes des étrangers, jeter même parmi eux des semences de haine, à
l'exemple des empereurs qui souvent avaient donné cette même Arménie pour mettre la discorde chez les barbares. On devait laisser
Rhadamiste jouir de son injuste conquête, pourvu qu'il fût odieux,
décrié ; elle servirait moins les intérêts de Rome si elle était
plus glorieuse. Cependant, pour ne point paraître avoir approuvé
un crime, et dans la crainte d'un ordre contraire de Claude, on
envoya sommer Pharasmane d'évacuer l'Arménie et de rappeler
son fils.

XLIX. La Cappadoce avait pour procurateur Julius Pélignus,

et opertos
veste multa gravique.
Filii quoque Mithridatis
trucidati sunt,
quod illacrimaverant
cædibus parentum.

et couverts
d'étoffes nombreuses et pesantes.
Les fils aussi de Mithridate
furent égorgés,
parce qu'ils avaient pleuré
sur les meurtres d'un-père-et-d'une-mère.

XLVIII. At Quadratus,
cognoscens Mithridaten
proditum,
et regnum obtineri
ab interfectoribus,
vocat consilium,
docet acta et consultat
an ulcisceretur.
Decus publicum
curæ paucis;
plures disserunt
tuta :
« Omne scelus externum
habendum cum lætitia;
etiam semina odiorum
jacienda,
ut sæpe principes Romani
præbuerint
eamdem Armeniam,
specie largitionis,
turbandis animis
barbarorum.
Rhadamistus potiretur
male partis,
dum invisus, infamis;
quando id magis
ex usu
quam si adeptus foret
cum gloria. »
Itum in hanc sententiam.
Tamen ne viderentur
annuisse facinori,
et Cæsar
præciperet diversa,
nuntii missi
ad Pharasmanen,
ut abscederet
a finibus Armeniis,
abstraheretque filium.

XLVIII. Mais Quadratus,
sachant Mithridate
avoir été trahi,
et *son* royaume être occupé
par *ses* meurtriers,
convoque un conseil,
expose les faits et demande
s'il devait se venger.
L'honneur public
était à soin à peu;
de plus nombreux exposent
des *raisons* de-sûreté :
« Tout crime étranger
devoir être reçu avec joie;
même des semences de haines
devoir être jetées,
comme souvent les princes romains
avaient offert
la même Arménie,
en guise de largesse,
pour troubler les esprits
des barbares.
Que Rhadamiste restât-maître
de *biens* mal acquis,
pourvu qu'*il fût* odieux, décrié;
puisque cela *était* plus
dans *notre* intérêt
que s'il *les* eût acquis
avec gloire. »
On alla (se rangea) à cet avis.
Cependant de peur qu'ils ne parussent
avoir acquiescé au crime,
et que César (Claude)
ne donnât-des-ordres contraires,
des messagers *furent* envoyés
à Pharasmane,
pour qu'il s'éloignât
des frontières arméniennes,
et qu'il rappelât *son* fils.

XLIX. Procurator
Cappadociæ

XLIX. Le procurateur
de la Cappadoce

animi, et deridiculo corporis juxta despiciendus, sed Claudio perquam familiaris, quum privatus olim conversatione scurrarum [1] iners otium oblectaret. Is, auxiliis provincialium contractis, tanquam recuperaturus Armeniam, dum socios magis quam hostes prædatur., abscessu suorum et incursantibus barbaris, præsidii egens, ad Rhadamistum venit; donisque ejus evictus, ultro regium insigne sumere cohortatur, sumentique adest auctor et satelles. Quod ubi turpi fama divulgatum, ne ceteri quoque ex Peligno conjectarentur, Helvidius Priscus legatus cum legione mittitur, rebus turbidis pro tempore ut consuleret. Igitur propere montem Taurum transgressus, moderatione plura quam vi composuerat, quum redire in Syriam jubetur, ne initium belli adversus Parthos exsisteret.

L. Nam Vologeses, casum invadendæ Armeniæ obvenisse

homme également méprisable par la bassesse de son âme et par les difformités de son corps, mais qui avait vécu dans la plus intime familiarité avec Claude, lorsque ce prince était simple particulier, et que des bouffons amusaient son imbécile oisiveté. Ce Pélignus lève un corps d'auxiliaires dans la province, comme pour reconquérir l'Arménie; mais, faisant plus de mal aux alliés qu'à l'ennemi, abandonné des siens, harcelé par les barbares, dénué de ressources, il vient enfin trouver Rhadamiste. Gagné par ses présents, il est le premier à l'engager à prendre la couronne; il assiste même comme satellite à cette cérémonie qu'il avait autorisée de ses conseils. Lorsque cette lâcheté fut divulguée avec ses circonstances honteuses, de peur qu'on ne jugeât des autres Romains par Pélignus, on envoya le lieutenant Helvidius Priscus à la tête d'une légion pour remédier aux troubles comme il le pourrait. Helvidius franchit rapidement le mont Taurus, et, par la douceur plus que par la force, il avait déjà commencé à ramener les esprits, lorsqu'il reçut l'ordre de rentrer en Syrie, afin de ne pas donner lieu à une guerre contre les Parthes.

L. Vologèse, jugeant le moment favorable pour se ressaisir de

erat Julius Pelignus, — était Julius Pélignus,

animi ignavi, — de cœur lâche,

et despiciendus juxta — et méprisable également

deridiculo corporis, — par le ridicule de *son* corps,

sed perquam familiaris — mais fort intime

Claudio, — avec Claude,

quum olim privatus — lorsque autrefois simple-particulier

oblectaret otium iners — il (Claude) charmait *son* oisiveté imbécile

conversatione scurrarum. — par le commerce des bouffons.

Is, — Celui-ci,

auxiliis provincialium — des secours d'hommes-de-la-province

contractis, — étant rassemblés,

tanquam recuperaturus — comme devant reconquérir

Armeniam, — l'Arménie,

dum prædatur — pendant qu'il pille

socios magis quam hostes, — les alliés plus que les ennemis,

egens præsidii, — dénué de renforts,

abscessu suorum — par le départ des siens

et barbaris incursantibus, — et les barbares faisant-des-incursions,

venit ad Rhadamistum ; — vient vers Rhadamiste ;

evictusque donis ejus, — et vaincu (séduit) par les présents de lui,

cohortatur ultro — il *l'*exhorte de-lui-même

sumere insigne regium, — à prendre l'insigne royal,

adestque auctor et satelles — et assiste *comme* conseiller et satellite

sumenti. — *lui* prenant *cet insigne.*

Quod — Laquelle chose

ubi divulgatum — dès qu'*elle fut* divulguée

fama turpi, — par une renommée honteuse,

ne ceteri quoque — de peur que les autres *Romains* aussi

conjectarentur — ne fussent jugés

ex Peligno, — d'après Pélignus,

legatus Helvidius Priscus — le lieutenant Helvidius Priscus

mittitur cum legione, — est envoyé avec une légion,

ut consuleret pro tempore — pour qu'il pourvût selon la circonstance

rebus turbidis. — aux affaires en-désordre.

Igitur transgressus propere — Donc ayant franchi à-la-hâte

montem Taurum, — le mont Taurus,

composuerat plura — il avait arrangé plus de choses

moderatione quam vi, — par la modération que par la force,

quum jubetur — lorsqu'il reçoit-l'ordre

redire in Syriam, — de retourner en Syrie,

ne initium belli — de peur qu'un commencement de guerre

adversus Parthos — contre les Parthes

exsisteret. — ne s'élevât.

L. Nam Vologeses, — L. Car Vologèse,

ratus casum obvenisse — persuadé une occasion *lui* être échue

invadendæ Armeniæ, — d'envahir l'Arménie,

ratus, quam, a majoribus suis possessam, externus rex flagitio
obtineret, contrahit copias, fratremque Tiridaten deducere in
regnum-parat, ne qua pars domus sine imperio ageret. Incessu
Parthorum, sine acie pulsi Iberi; urbesque Armeniorum
Artaxata et Tigranocerta jugum accepere. Deinde atrox hiems,
seu parum provisi commeatus, et orta ex utroque tabes,
percellunt Vologesen omittere [1] præsentia; vacuamque rursus
Armeniam Rhadamistus invasit, truculentior quam antea,
tanquam adversus defectores.et in tempore rebellaturos. Atque
illi, quamvis servitio sueti, patientiam abrumpunt, armisque
regiam circumveniunt.

LI. Nec aliud Rhadamisto subsidium fuit quam pernicitas
equorum, quis seque et conjugem abstulit. Sed conjux gravida,
primam utcumque fugam, ob metum hostilem et mariti caritatem, toleravit; post, festinatione continua, ubi quati uterus,

l'Arménie, ancienne possession de ses ancêtres, dont un étranger
jouissait par une lâche perfidie, lève des troupes, et se prépare à placer sur ce trône son frère Tiridate, afin qu'aucun des siens ne fût
sans couronne. Au seul bruit de la marche des Parthes, les Ibériens
se retirèrent sans combattre; Artaxate et Tigranocerte, villes d'Arménie, ouvrirent leurs portes. Mais bientôt la rigueur de la saison,
le défaut de précaution pour les subsistances, et la contagion qui na-
quit de cette double cause, forcent Vologèse d'évacuer pour le moment l'Arménie. Rhadamiste y rentre aussitôt, plus terrible que
jamais, croyant ne devoir aucun ménagement à des rebelles qui, à
la première occasion, le trahiraient encore. Quoique façonnés à
l'esclavage, les Arméniens éclatèrent enfin, et coururent en armes
investir le palais.

LI. Rhadamiste ne dut son salut qu'à la vitesse des chevaux sur
lesquels il s'enfuit accompagné de sa femme. Celle-ci était enceinte:
la crainte de l'ennemi et la tendresse conjugale lui firent d'abord
supporter les premières fatigues. Mais bientôt, ne pouvant tenir à
des secousses continuelles qui déchiraient ses entrailles, elle conjura

quam, possessam	laquelle, possédée
a suis majoribus,	par ses ancêtres,
rex externus	un roi étranger
obtineret flagitio,	occupait par un crime,
contrahit copias,	rassemble des troupes,
paratque	et *se* prépare
deducere in regnum	à conduire dans *ce* royaume
fratrem Tiridaten,	*son* frère Tiridate,
ne qua pars domus	pour qu'aucune partie de *sa* famille
ageret sine imperio.	ne menât *la vie* (ne fût) sans un empire.
Incessu Parthorum,	Par l'approche des Parthes,
Iberi pulsi	les Ibériens *furent* chassés
sine acie;	sans combat;
urbesque Armeniorum,	et les villes des Arméniens,
Artaxata et Tigranocerta,	Artaxate et Tigranocerte,
accepere jugum.	reçurent le joug.
Deinde hiems atrox,	Ensuite un hiver rigoureux,
seu commeatus	ou des approvisionnements
parum provisi,	peu (mal) ménagés,
et tabes	et la maladie-contagieuse
orta ex utroque,	née de l'une-et-l'autre *cause,*
percellunt Vologesen	poussent (forcent) Vologèse
omittere præsentia;	à renoncer aux *avantages* présents;
Rhadamistusque	et Rhadamiste
invasit Armeniam	envahit l'Arménie
rursus vacuam,	de-nouveau vide (sans maître),
truculentior quam antea,	plus terrible qu'auparavant,
tanquam	comme *ayant affaire*
adversus defectores	à des-traîtres
et rebellaturos	et à *des peuples* prêts-à-se révolter
in tempore.	au *premier* moment.
Atque illi,	Et ceux-ci,
quamvis sueti servitio,	quoique accoutumés à l'esclavage,
abrumpunt patientiam,	rompent (secouent) *leur* patience,
circumveniuntque regiam	et investissent le palais
armis.	avec des armes.
LI. Nec aliud subsidium	LI. Et point d'autre ressource
fuit Rhadamisto	ne fut à Rhadamiste
quam pernicitas equorum,	que la vitesse des chevaux,
quis abstulit	sur lesquels il emporta
seque et conjugem.	et lui-même et *son* épouse.
Sed conjux gravida	Mais *son* épouse enceinte
toleravit utcumque	supporta tellement-quellement
primam fugam,	la première (le commencement de la) fuite,
ob metum hostilem	à-cause-de la crainte de-l'ennemi
et caritatem mariti;	et de *sa* tendresse pour *son* mari;
post, festinatione continua,	ensuite, par *cette* hâte continuelle,

et viscera vibrantur.[1], orare ut morte honesta contumeliis
captivitatis eximeretur. Ille primo amplecti, allevare, adhor-
tari, modo virtutem admirans, modo timore æger, ne quis
relicta potiretur. Postremo, violentia amoris, et facinorum
non rudis, destringit acinacem, vulneratamque ripam ad
Araxis trahit, flumini tradit; ne corpus etiam auferretur :
ipse præceps Iberos ad patrium regnum pervadit. Interim
Zenobiam (id mulieri nomen) placida illuvie, spirantem ac
vitæ manifestam, advertere pastores; et, dignitate formæ haud
degenerem reputantes, obligant vulnus, agrestia medicamina
adhibent; cognitoque nomine et casu, in urbem Artaxata
ferunt, unde publica cura deducta ad Tiridaten, comiterque
excepta, cultu regio habita est.

LII. Fausto Sulla, Salvio Othone consulibus, Furius Scribonianus in exsilium agitur, quasi finem principis per Chaldæos

son époux de la dérober par une mort honorable aux outrages de la
captivité. Rhadamiste d'abord embrasse sa femme, la relève, l'encourage, tantôt frappé d'admiration pour sa vertu, tantôt tourmenté de
la crainte que, s'il la laisse, un autre ne s'en empare. Enfin les fureurs de la jalousie l'emportent dans ce cœur déjà fait au crime; il
tire son cimeterre, il la frappe; puis, la traînant vers l'Araxe, il la
plonge dans le fleuve, ne voulant pas même que le corps pût être
enlevé. De là, il regagne à toute bride les États de son père. Zéno-
bie (c'était le nom de cette reine) fut portée doucement vers le bord
par le courant. Des bergers l'aperçurent qui respirait, qui donnait
encore des signes de vie; et, jugeant à la noblesse de ses traits qu'elle
n'était pas d'une naissance obscure, ils pansèrent sa blessure et y ap-
pliquèrent des remèdes champêtres; ensuite, instruits de son nom et
de son aventure, ils la portèrent dans la ville d'Artaxate, d'où elle fut
conduite, par les soins des magistrats, vers Tiridate, qui l'accueillit
avec bonté et la traita en reine.

LII. Sous le consulat de Faustus Sylla et de Salvius Othon, Furius Scribonianus fut exilé, sous prétexte qu'il avait questionné les

ubi uterus quati,	comme *son* sein *commence à* être secoué,
et viscera vibrantur,	et que *ses* entrailles sont agitées,
orare	*elle se met à le* prier
ut eximeretur	pour qu'elle fût affranchie
morte honesta	par une mort honorable,
contumeliis captivitatis.	des outrages de la captivité.
Ille primo amplecti,	Celui-ci d'abord *de l'*embrasser,
allevare, adhortari,	*de la* relever, *de l'*exhorter,
modo admirans virtutem,	tantôt admirant *son* courage,
modo æger timore,	tantôt malade de la crainte
ne quis potiretur	que quelqu'un ne devînt-maître
relicta.	*d'elle* abandonnée.
Postremo,	Enfin,
violentia amoris,	par la violence de *son* amour,
et non rudis facinorum,	et *n'étant* point novice aux crimes,
destringit acinacem,	il tire *son* cimeterre,
trahitque vulneratam	et traîne *elle* blessée
ad ripam Araxis,	sur la rive de l'Araxe,
tradit flumini,	*et la* livre au fleuve,
ne corpus etiam auferretur :	de peur que le corps même ne fût enlevé :
ipse præceps	lui-même fuyant-précipitamment
pervadit Iberos	parvient chez les Ibériens
ad regnum patrium.	dans le royaume *de-ses-*pères.
Interim pastores	Cependant des bergers
advertere Zenobiam	aperçurent Zénobie
(id nomen mulieri),	(ce nom *était à cette* femme),
illuvie placida,	dans la vase stagnante,
spirantem	respirant *encore*
ac manifestam vitæ ;	et donnant-des-signes-manifestes de vie ;
et, reputantes	et, conjecturant
dignitate formæ	par la dignité de *son* extérieur
haud degenerem,	*elle* ne pas *être* sans-noblesse,
obligant vulnus,	ils bandent *sa* blessure,
adhibent	y appliquent
medicamina agrestia ;	des remèdes grossiers ;
nomineque cognito	et *son* nom étant connu
et casu,	ainsi-que *son* aventure,
ferunt in urbem Artaxata,	ils *la* portent dans la ville *d'*Artaxate,
unde deducta ad Tiridaten	d'où conduite vers Tiridate
cura publica,	par les soins des-magistrats,
exceptaque comiter,	et reçue *par lui* avec-affabilité,
habita est cultu regio.	elle fut traitée avec les honneurs royaux.
LII. Fausto Sulla,	LII. Faustus Sylla
Salvio Othone consulibus,	*et* Salvius Othon *étant* consuls,
Furius Scribonianus	Furius Scribonianus
agitur in exsilium,	est envoyé en exil,
quasi scrutaretur	comme s'il s'était enquis

scrutaretur. Adnectebatur crimini Junia mater ejus, ut casus prioris (nam relegata erat) impatiens. Pater Scriboniani [1] Camillus arma per Dalmatiam moverat; idque ad clementiam trahebat Cæsar, quod stirpem hostilem iterum conservaret. Neque tamen exsuli longa posthac vita fuit : morte fortuita, an per venenum exstinctus esset, ut quisque credidit, vulgavere. De mathematicis Italia pellendis factum senatusconsultum, atrox et irritum. Laudati dehinc oratione principis qui ob angustias familiares ordine senatorio sponte cederent, motique qui remanendo impudentiam paupertati adjicerent.

LIII. Inter quæ refertur ad patres de pœna feminarum quæ servis conjungerentur; statuiturque ut, ignaro domino ad id prolapsæ, in servitute, sin consensisset, pro libertis haberentur. Pallanti, quem repertorem ejus relationis ediderat Cæsar, prætoria insignia et centies quinquagies sestertium [2] censuit

---

astrologues sur la durée de la vie du prince. On lui reprochait encore les plaintes de sa mère Junia, qui, bannie elle-même, supportait impatiemment sa disgrâce. Le père de Furius était ce Camille qui avait pris les armes en Dalmatie, et Claude se piqua de clémence en épargnant pour la seconde fois une race ennemie. Furius ne jouit pas longtemps de cette faveur; il mourut peu de temps après, ou naturellement, ou empoisonné; car les historiens sont partagés sur ce point. On fit, pour chasser les astrologues d'Italie, un sénatus-consulte très-rigoureux et très-inutile. Il y eut une harangue du prince où de grands éloges étaient donnés aux sénateurs qui, à cause de la médiocrité de leur fortune, s'excluaient volontairement du sénat, et il en chassa ceux qui, en restant, ajoutaient l'impudence à la pauvreté.

LIII. On délibéra ensuite sur la punition des femmes qui se dégraderaient avec des esclaves. Il fut décidé qu'elles seraient elles-mêmes tenues pour esclaves, si c'était à l'insu du maître, et pour affranchies, si c'était de son consentement. Claude ayant déclaré Pallas auteur de ce règlement, le consul désigné, Baréa Soranus, proposa de lui décerner les ornements de la préture et quinze millions

per Chaldæos	par les Chaldéens
finem principis.	de la fin du prince.
Junia mater ejus	Junia mère de lui
adnectebatur crimini,	était jointe à (impliquée dans) l'accusation,
ut impatiens	comme impatiente
prioris casus	de sa première disgrâce
(nam relegata erat).	(car elle avait été reléguée).
Camillus pater Scriboniani	Camille père de Scribonianus
moverat arma	avait mis-en-mouvement les armes (allu-
per Dalmatiam ;	en Dalmatie ; [mé la guerre)
Cæsarque trahebat id	et César (Claude) tirait (interprétait) ceci
ad clementiam,	à clémence,
quod conservaret iterum	qu'il conservait une-seconde-fois
stirpem hostilem.	une race ennemie.
Neque tamen posthac	Et cependant après-cela
vita fuit longa exsuli :	la vie ne fut pas longue à l'exilé :
exstinctus esset	qu'il eût été emporté
morte fortuita	par une mort fortuite
an per venenum,	ou par le poison,
vulgavere,	on publia le fait,
ut quisque credidit.	selon que chacun crut.
Senatusconsultum factum,	Un sénatus-consulte fut rendu,
atrox et irritum,	violent et inutile,
de pellendis Italia	pour chasser d'Italie
mathematicis.	les astrologues.
Dehinc laudati	Ensuite furent loués
oratione principis	dans un discours du prince
qui ob angustias familiares	ceux qui pour détresse domestique
cederent sponte	se retiraient de leur gré
ordine senatorio,	de l'ordre sénatorial,
motique qui remanendo	et ceux-là furent exclus qui en restant
adjicerent impudentiam	ajoutaient l'impudence
paupertati.	à la pauvreté.
LIII. Inter quæ	LIII. Au milieu desquels débats
refertur ad patres	un-rapport-est-fait aux sénateurs
de pœna feminarum	sur le châtiment des femmes
quæ conjungerentur servis;	qui s'uniraient à des esclaves ;
statuiturque :	et il est décidé
ut, prolapsæ ad id	que, tombées à ce degré d'infamie
domino ignaro,	le maître en étant ignorant,
haberentur in servitute,	elles seraient tenues en servitude,
sin consensisset,	mais-si le maître avait consenti,
pro libertis.	elles seraient tenues pour affranchies.
Barea Soranus,	Baréa Soranus,
consul designatus,	consul désigné,
censuit	proposa
insignia prætoria	les insignes de préteur

consul designatus, Barea Soranus. Additum a Scipione Cornelio « Grates publice agendas, quod regibus Arcadiæ ortus,
veterrimam nobilitatem usui publico postponeret, seque inter
ministros principis haberi sineret. » Asseveravit Claudius contentum honore Pallantem intra priorem paupertatem subsistere.
Et fixum est ære publico [1] senatusconsultum quo libertinus,
sestertii ter millies possessor , antiquæ parsimoniæ laudibus
cumulabatur.

LIV. At non frater ejus, cognomento Felix, pari moderatione
agebat, jampridem Judææ impositus, et cuncta malefacta sibi
impune ratus, tanta potentia subnixo. Sane præbuerant Judæi
speciem motus, orta seditione [2], postquam, cognita cæde Caii,
haud obtemperatum esset; manebat metus ne quis principum
eadem imperitaret. Atque interim Felix intempestivis remediis

de sesterces. Cornélius Scipion voulut en outre qu'on le remerciât,
au nom de l'État, de ce qu'étant issu des rois d'Arcadie il sacrifiait
une très-ancienne noblesse au bien public, et souffrait d'être compté
parmi les serviteurs du prince. Claude répondit que Pallas, content
de l'honneur, voulait rester dans sa pauvreté ; et l'on grava publiquement sur l'airain un sénatus-consulte où un affranchi, possesseur
de trois cents millions de sesterces, était exalté pour son désintéressement antique.

LIV. Mais son frère, surnommé Félix, était loin de montrer même
cette modération ; depuis longtemps procurateur de la Judée, il se
croyait tout permis à l'ombre du pouvoir sans bornes de Pallas. Il
est vrai que les Juifs avaient donné des signes de rébellion, en se
soulevant sur l'ordre qui leur avait été intimé de placer dans leur
temple la statue de Caïus. Quoique la mort de ce prince eût arrêté
l'exécution de cet ordre, ils craignaient de voir un autre empereur le
renouveler. De son côté, Félix aigrissait le mal par des remèdes in-

et centies quinquagies sestertium Pallanti, quem Cæsar ediderat repertorem ejus relationis.

et cent-fois *et* cinquante-fois *cent milliers* de sesterces [quinze millions) pour Pallas, que César (Claude) avait fait-connaître *comme* auteur de ce rapport.

Additum
a Scipione Cornelio
« Grates
agendas publice,
quod,
ortus regibus Arcadiæ,
postponeret usui publico
nobilitatem veterrimam,
sineretque se haberi
inter ministros principis. »
Claudius asseveravit
Pallantem
contentum honore
subsistere
intra priorem paupertatem.
Et senatusconsultum
fixum est ære publico
quo libertinus,
possessor
ter millies
sestertii,
cumulabatur laudibus
parsimoniæ antiquæ.

Il fut ajouté
par Scipion Cornélius
« Des actions-de-grâces
devoir *lui* être rendues publiquement,
parce que,
issu des rois d'Arcadie,
il sacrifiait à l'utilité publique
la noblesse la plus ancienne,
et souffrait lui-même être compté
parmi les serviteurs du prince. »
Claude affirma.
Pallas
content de l'honneur
rester
dans *sa* première pauvreté.
Et un sénatus-consulte
fut gravé sur l'airain public
par lequel *sénatus-consulte* un affranchi,
possesseur
de trois-fois mille-fois *cent milliers* (trois
de sesterces, [cents millions)
était comblé de louanges
pour *son* désintéressement antique.

LIV. At frater ejus,
cognomento Felix,
non agebat
moderatione pari, [dææ,
impositus jampridem Ju-
et ratus cuncta malefacta
impune sibi,
subnixo tanta potentia.
Sane Judæi
præbuerant speciem motus,
seditione orta, [tum esset,
postquam haud obtempera-
cæde Caii cognita ;
metus manebat
ne quis principum
imperitaret eadem.
Atque interim Felix
accendebat delicta
remediis intempestivis,

LIV. Mais le frère de lui,
de surnom Félix,
ne se conduisait pas
avec une modération pareille,
préposé depuis-longtemps à la Judée,
et persuadé tous les méfaits
être commis impunément pour lui-même,
appuyé d'une si-grande puissance.
Sans-doute les Juifs
avaient fourni l'apparence d'une révolte,
une sédition s'étant élevée,
lorsqu'il n'avait pas été obéi *par eux*,
le meurtre de Caïus étant connu ;
la crainte restait *à eux*
que quelqu'un des princes
ne commandât les mêmes choses.
Et cependant Félix
enflammait (envenimait) les torts
par des remèdes intempestifs,

delicta accendebat, æmulo ad deterrima Ventidio Cumano, cui pars provinciæ habebatur; ita divisis ut huic Galilæorum natio, Felici Samaritæ parerent, discordes olim, et tum, contemptu regentium, minus coercitis odiis. Igitur raptare inter se, immittere latronum globos, componere insidias, et aliquando prœliis congredi, spoliaque et prædas ad procuratores referre. Hique primo lætari; mox gliscente pernicie, quum arma militum interjecissent, cæsi milites. Arsissetque bello provincia, ni Quadratus, Syriæ rector, subvenisset. Nec diu adversus Judæos qui in necem militum proruperant dubitatum quin capite pœnas luerent. Cumanus et Felix cunctationem afferebant, quia Claudius, causis rebellionis auditis, jus statuendi etiam de procuratoribus dederat. Sed Quadratus Felicem inter judices ostentavit, receptum in tribunal, quo

tempestifs. Ventidius Cumanus et lui se portaient à l'envi aux plus grands excès; car une partie de la province était sous les ordres de Cumanus. Dans ce partage, les Galiléens étaient échus à celui-ci, et à Félix les Samaritains, nations ennemies de tout temps, et qui alors, par le mépris qu'elles avaient pour ces gouverneurs, contraignaient moins leur inimitié. Chaque jour on voyait ces deux peuples se piller mutuellement, envoyer l'un chez l'autre des troupes de brigands, se dresser des embuscades, se livrer même de véritables combats, et rapporter aux procurateurs les dépouilles et le butin. Ceux-ci s'en réjouirent d'abord; mais bientôt, alarmés des progrès du désordre, ils voulurent interposer leurs armes : leurs soldats furent taillés en pièces. Enfin, la province eût été en proie à toutes les horreurs de la guerre, si Quadratus, gouverneur de Syrie, ne fût venu au secours des habitants. Son parti fut bientôt pris à l'égard des Juifs qui s'étaient emportés jusqu'à massacrer nos soldats; il leur fit payer ce crime de la tête. Cumanus et Félix l'embarrassaient davantage; car le prince, instruit des causes de la révolte, lui avait donné pouvoir de statuer même sur les procurateurs. Mais Quadratus affecta de montrer Félix au nombre des juges, afin que la vue du coupable, siégeant au tribunal, intimidât le zèle des accusateurs.

Ventidio Cumano	Ventidius Cumanus
æmulo	*étant son émule*
ad deterrima,	pour *les mesures* les plus mauvaises,
cui pars provinciæ	*lui* par qui une partie de la province
habebatur ;	était tenue ;
divisis	*les peuples* étant divisés
ita ut huic	de-telle-sorte qu'à celui-ci
natio Galilæorum,	*obéissait* la nation des Galiléens,
Felici parerent Samaritæ,	à Félix obéissaient les Samaritains,
discordes olim,	*peuples* ennemis autrefois, [nues,
et tum odiis minus coercitis,	et alors *animés* de haines moins conte-
contemptu regentium.	par mépris des (pour les) gouvernants.
Igitur raptare inter se,	Aussi *les voyait-on se* piller entre eux,
immittere	lancer
globos latronum,	des troupes de brigands,
componere insidias,	préparer (dresser) des embuscades,
et aliquando congredi	et quelquefois en-venir-aux-mains
proeliis,	dans des combats,
referreque ad procuratores	et reporter aux procurateurs
spolia et prædas.	les dépouilles et le butin.
Hique primo lætari ;	Et ceux-ci d'abord de se réjouir ;
mox pernicie gliscente,	puis la ruine grandissant,
quum interjecissent	lorsqu'ils eurent interposé
arma militum,	les armes de *leurs* soldats,
milites cæsi.	les soldats *furent* taillés-en-pièces.
Provinciaque	Et la province
arsisset bello,	eût été embrasée par la guerre,
ni Quadratus,	si Quadratus,
rector Syriæ,	gouverneur de Syrie,
subvenisset.	ne fût venu-au-secours.
Nec dubitatum diu	Et on n'hésita pas longtemps
adversus Judæos	contre les Juifs
qui proruperant	qui s'étaient emportés
in necem militum	jusqu'au massacre des soldats
quin luerent poenas	sans qu'ils payassent *leur* peine
capite.	de la tête.
Cumanus et Felix	Cumanus et Félix
afferebant cunctationem,	apportaient du retard,
quia Claudius,	parce que Claude,
causis rebellionis auditis,	les causes de la rébellion étant apprises,
dederat	avait donné *à Quadratus*
jus statuendi	le droit de statuer
etiam de procuratoribus.	même sur les procurateurs.
Sed Quadratus	Mais Quadratus
ostentavit inter judices	affecta-de-montrer parmi les juges
Felicem,	Félix,
receptum in tribunal,	admis au tribunal,

studia accusantium deterrerentur ; damnatusque flagitiorum
quæ duo deliquerant Cumanus, et quies provinciæ reddita.

LV. Nec multo post agrestium Cilicum nationes, quibus
Clitarum cognomentum, sæpe et alias commotæ, tunc, Trosobore duce, montes asperos castris cepere, atque inde decursu
in littora aut urbes, vim cultoribus et oppidanis, ac plerumque
in mercatores et navicularios, audebant. Obsessaque civitas
Anemuriensis, et missi e Syria in subsidium equites, cum
præfecto Curtio Severo, turbantur, quod duri circum loci,
peditibusque ad pugnam idonei, equestre proelium haud patiebantur. Dein rex ejus oræ Antiochus, blandimentis adversus
plebem, fraude in ducem, quum barbarorum copias disso-
ciasset, Trosobore paucisque primoribus interfectis, ceteros
clementia composuit.

Cumanus seul fut puni des délits communs à tous les deux, et le
calme se rétablit dans la province.

LV. A quelque temps de là, les tribus sauvages de Cilicie con-
nues sous le nom de Clites se révoltèrent, comme elles avaient fait
plus d'une fois à différentes époques. Leur chef était Trosobore. Elles
s'étaient postées sur des montagnes escarpées, où elles avaient établi
un camp. De là elles faisaient des incursions sur la côte et dans les
villes, et enlevaient les cultivateurs et les habitants, mais surtout les
marchands et les maîtres des navires. Elles osèrent même assiéger
la ville d'Anémur, et des cavaliers envoyés au secours de la place
sous les ordres du préfet Curtius Sévérus furent mis en déroute,
parce que le terrain fort montueux, favorable pour des troupes de
pied, ne l'était nullement pour un combat de cavalerie. Enfin le roi
de ce pays, Antiochus, en flattant la multitude et en trompant le
chef, parvint à désunir les forces des rebelles ; et, après avoir fait
mourir Trosobore et quelques autres des plus marquants, il ramena
le reste par la clémence.

quo studia accusantium	afin que le zèle des accusateurs
deterrerentur ;	fût détourné ;
Cumanusque damnatus	et Cumanus *fut* condamné
flagitiorum	pour les fautes
quæ duo deliquerant,	que *tous* deux avaient commises,
et quies reddita	et le calme *fut* rendu
provinciæ.	à la province.
LV. Nec multo post	LV. Et non beaucoup après
nationes Cilicum agrestium	des peuplades de Ciciliens sauvages
quibus cognomentum	auxquelles *est* le surnom
Clitarum,	de Clites,
sæpe et alias commotæ,	souvent aussi d'autres-fois agitées,
tunc, Trosobore duce,	alors, Trosobore *étant leur* chef,
cepere castris	prirent pour un campement
montes asperos ;	des montagnes escarpées ;
atque inde, decursu	et de là, par une descente
in littora aut urbes,	sur les rivages ou *dans* les villes,
audebant vim	elles osaient *employer* la violence
cultoribus	contre les cultivateurs
et oppidanis,	et les habitants-des-villes,
ac plerumque	et le plus souvent
in mercatores	contre les marchands
et navicularios.	et les maîtres-de-navires.
Civitasque Anemuriensis	Et la ville d'-Anémur
obsessa,	*fut* assiégée,
et equites missi e Syria	et des cavaliers envoyés de Syrie
in subsidium,	au secours,
cum præfecto	avec le préfet
Curtio Severo,	Curtius Sévérus,
turbantur,	sont mis-en-désordre,
quod loci circum, duri	parce que les lieux d'alentour, difficiles
idoneique ad pugnam	et propres au combat
peditibus,	pour des fantassins,
haud patiebantur	ne comportaient point
prœlium equestre.	un combat de-cavalerie.
Dein Antiochus,	Ensuite Antiochus,
rex ejus oræ,	roi de cette côte (contrée),
blandimentis	par des caresses
adversus plebem,	envers le peuple,
fraude in ducem,	par de la ruse envers le chef,
quum dissociasset	après qu'il eut divisé
copias barbarorum,	les troupes des barbares,
Trosobore	Trosobore
paucisque primoribus	et quelques grands
interfectis,	ayant été tués,
composuit ceteros	pacifia les autres
clementia.	par la clémence.

LVI. Sub idem tempus, inter lacum Fucinum amnemque Lirin perrupto monte[1], quo magnificentia operis a pluribus viseretur, lacu in ipso navale prœlium adornatur, ut quondam Augustus, structo cis Tiberim stagno, sed levibus navigiis et minore copia, ediderat. Claudius triremes quadriremesque et undeviginti hominum millia armavit, cincto ratibus ambitu ne vaga effugia forent, ac tamen spatium amplexus ad vim remigii, gubernantium artes, impetus navium, et prœlio solita. In ratibus prætoriarum cohortium manipuli turmæque adstiterant, antepositis propugnaculis, ex quis catapultæ balistæque tenderentur. Reliqua lacus classiarii tectis navibus obtinebant. Ripas et colles ac montium edita, in modum theatri, multitudo innumera complevit, proximis e municipiis, et alii Urbe ex ipsa, visendi cupidine aut officio in principem. Ipse insigni paludamento, neque procul Agrippina chlamyde[2]

LVI. Vers le même temps, on acheva de couper la montagne qui sépare le lac Fucin du Liris, et, afin d'avoir plus de témoins de la magnificence de l'ouvrage, on fit représenter sur le lac même un combat naval, à l'exemple d'Auguste, qui, ayant fait creuser un étang en deçà du Tibre, avait donné un spectacle pareil, mais avec de petits bâtiments et moins de combattants. Claude arma des galères à trois et quatre rangs de rames, montées par dix-neuf mille hommes. Des radeaux bordaient tous les contours du lac, afin d'empêcher la fuite, et embrassaient cependant un espace où pouvaient se déployer la force des rameurs, l'art des pilotes, la vitesse des navires et toutes les manœuvres d'un combat. Sur les radeaux étaient rangées des troupes prétoriennes, infanterie et cavalerie, et devant elles on avait dressé des parapets d'où l'on pouvait faire jouer les catapultes et les balistes. Les combattants, sur des vaisseaux pontés, occupaient le reste du lac. Les rivages, les collines, le penchant des montagnes formaient un vaste amphithéâtre, où se pressait une multitude immense accourue des villes voisines et de Rome même, par curiosité ou pour plaire au prince. Claude, revêtu d'un *paludamentum* superbe, et non loin de lui Agrippine, portant une chlamyde tissue d'or, présidèrent

LVI. Sub idem tempus,
monte perrupto
inter lacum Fucinum
amnemque Lirin,
quo magnificentia operis
viseretur a pluribus,
prœlium navale
adornatur in lacu ipso,
ut quondam Augustus
ediderat,
stagno structo cis Tiberim,
sed navigiis levibus
et copia minore.
Claudius armavit
triremes quadriremesque
et undeviginti millia
hominum,
ambitu
cincto ratibus,
ne effugia vaga
forent,
ac tamen
amplexus spatium
ad vim remigii,
artes gubernantium,
impetus navium,
et solita prœlio.
In ratibus adstiterant
manipuli turmæque
cohortium prætoriarum,
propugnaculis antepositis,
ex quis tenderentur
catapultæ balistæque.
Classiarii obtinebant
reliqua lacus
navibus tectis.
Multitudo innumera,
e municipiis proximis,
et alii ex Urbe ipsa,
cupidine visendi
aut officio in principem,
complevit ripas et colles
ac edita montium,
in modum theatri.
Ipse
paludamento insigni,
neque procul Agrippina

LVI. Vers le même temps,
la montagne ayant été coupée
entre le lac Fucin
et la rivière *du* Liris,
afin que la magnificence de l'ouvrage
fût visitée par plus *de personnes*,
un combat naval
est préparé sur le lac même,
comme autrefois Auguste
en avait donné *un*,   [Tibre,
un étang ayant été pratiqué en deçà du
mais avec des bâtiments légers
et une troupe moindre.
Claude arma
des trirèmes et des quadrirèmes
et dix-neuf milliers
d'hommes,
l'enceinte *du lac*
étant bordée de radeaux,
pour que des issues libres
ne fussent point,
et cependant
il embrassa un espace
suffisant pour la force des rameurs,
les manœuvres des pilotes,
les chocs des vaisseaux,
et les *incidents* ordinaires à un combat.
Sur les radeaux se tenaient
des compagnies et des escadrons
des cohortes prétoriennes,
des remparts ayant été placés-en-avant,
desquels pouvaient être bandées
des catapultes et des balistes.
Les soldats-de-la-flotte occupaient
le reste du lac
avec des vaisseaux couverts (pontés).
Une multitude innombrable,
des municipes voisins,
et d'autres de la ville (de Rome) même,
par le désir de voir
ou par déférence envers le prince,
remplit les rives et les collines
et les *points* élevés des montagnes,
en manière d'amphithéâtre.
Lui-même
en paludamentum magnifique,
et non loin Agrippine

aurata, præsedere. Pugnatum, quanquam inter sontes, fortium virorum animo ; ac post multum vulnerum occidioni exempti sunt.

LVII. Sed, perfecto spectaculo, apertum aquarum iter. Incuria operis manifesta fuit, haud satis depressi ad lacus ima vel media. Eoque, tempore interjecto, altius effossi specus ; et, contrahendæ rursus multitudini, gladiatorum spectaculum editur, inditis pontibus pedestrem ad pugnam. Quin et convivium effluvio lacus appositum magna formidine cunctos affecit, quia vis aquarum prorumpens proxima trahebat, convulsis ulterioribus [1], aut fragore et sonitu exterritis. Simul Agrippina, trepidatione principis usa, ministrum operis Narcissum incusat cupidinis ac prædarum, nec ille reticet, impotentiam muliebrem nimiasque spes ejus arguens.

LVIII. D. Junio, Q. Haterio consulibus, sedecim annos natus Nero Octaviam, Cæsaris filiam, in matrimonium accepit [2].

au spectacle. Les combattants n'étaient que des malfaiteurs, mais ils montrèrent l'intrépidité des plus braves soldats. Quand il y eut beaucoup de sang de répandu, on les dispensa de s'entr'égorger.

LVII. Le spectacle achevé, on ouvrit passage aux eaux, et alors parut visiblement l'imperfection de l'ouvrage : le canal n'était point assez profond pour recevoir toutes les eaux du lac, ou même pour en contenir la moitié. On recommença donc, au bout de quelque temps, à creuser encore ; et, pour attirer de nouveau la multitude, on donna un spectacle de gladiateurs sur des ponts construits exprès pour ce combat. Un repas fut même servi près du lieu où le lac devait se décharger ; mais quand on vit toutes ces eaux, en se précipitant, entraîner les bords de la chaussée qui était sur leur passage, et donner au reste les secousses les plus violentes, sans compter le fracas seul qui saisissait d'effroi, il y eut parmi les convives une consternation générale. Agrippine profita de la terreur de Claude pour l'exciter contre Narcisse, l'entrepreneur de ces travaux ; elle accusait sa cupidité et ses brigandages. Narcisse, de son côté, ne se taisait point sur cette domination impérieuse d'une femme et sur son ambition démesurée.

LVIII. Sous le consulat de D. Junius et de Q. Haterius, Néron, âgé de seize ans, épousa Octavie, fille de Claude. Afin que des occu-

chlamyde aurata,	en chlamyde d'-or,
præsedere.	présidèrent.
Pugnatum,	Il fut combattu,
quanquam inter sontes,	quoique entre criminels,
animo virorum fortium ;	avec le cœur d'hommes courageux ;
ac post multum vulnerum	et après beaucoup de blessures
exempti sunt occidioni.	ils furent exemptés du massacre.
LVII. Sed,	LVII. Mais,
spectaculo perfecto,	le spectacle étant terminé,
iter aquarum apertum.	le chemin des eaux *fut* ouvert.
Incuria operis	Le peu-de-soin de (apporté à) l'ouvrage
haud satis depressi	*qui n'avait* pas *été* assez creusé
ad ima lacus	jusqu'au fond du lac
vel media,	ou *même* à la moitié,
fuit manifesta.	fut manifeste.
Eoque,	Et pour cela,
tempore interjecto,	*quelque* temps ayant été mis-en-intervalle,
specus effossi	des souterrains *furent* creusés
altius ;	plus profondément ;
et, contrahendæ rursus	et, pour rassembler de-nouveau
multitudini,	la multitude,
spectaculum gladiatorum	un spectacle de gladiateurs
editur,	est donné,
pontibus inditis	des ponts ayant été placés
ad pugnam pedestrem.	pour un combat de-pied.
Quin et convivium	En-outre aussi un repas
appositum effluvio lacus	servi-près du déversoir du lac
affecit cunctos	frappa tous *les convives*
magna formidine,	d'une grande crainte,
quia vis aquarum	parce que la masse des eaux
prorumpens	se précipitant
trahebat proxima,	entraînait *ce qui était* proche,
ulterioribus convulsis	ce-qui-était-au-delà étant secoué
aut exterritis	ou épouvanté
fragore et sonitu.	du fracas et du bruit.
Simul Agrippina,	En-même-temps Agrippine,
usa trepidatione principis,	ayant profité de l'alarme du prince,
incusat Narcissum	accuse Narcisse
ministrum operis	ministre (entrepreneur) de *ce* travail
cupidinis ac prædarum ;	de cupidité et de rapine ;
nec ille reticet,	et celui-là ne se tait point,
arguens	incriminant
impotentiam muliebrem	le despotisme d'une-femme
spesque nimias ejus.	et les espérances excessives d'elle.
LVIII. D. Junio,	LVIII. D. Junius
Q. Haterio consulibus,	*et* Q. Hatérius *étant* consuls,
Nero natus sedecim annos	Néron né depuis (âgé de) seize ans

Utque studiis honestis et eloquentiæ gloria nitesceret, causa
Iliensium suscepta, Romanum Troja demissum et Juliæ stirpis
auctorem Æneam, aliaque haud procul fabulis vetera facunde
exsecutus, perpetrat ut Ilienses omni publico munere solve-
rentur. Eodem oratore, Bononiensi coloniæ, igni haustæ,
subventum centies sestertii largitione. Redditur Rhodiis libertas[1], adempta sæpe aut firmata, prout bellis externis meruerant
aut domi seditione deliquerant. Tributumque Apamensibus[2],
terræ motu convulsis, in quinquennium remissum.

LIX. At Claudius sævissima quæque promere adigebatur,
ejusdem Agrippinæ artibus; quæ Statilium Taurum opibus
illustrem, hortis ejus inhians, pervertit, accusante Tarquitio
Prisco. Legatus is Tauri, Africam imperio proconsulari re-

pations honorables et les succès de l'éloquence commençassent à lui
donner quelque éclat, on le chargea de la cause d'Ilium. Après avoir
rappelé dans un brillant discours l'origine troyenne des Romains,
Énée, père des Jules, et d'autres traditions qui se perdent dans les
temps fabuleux, il obtint que les habitants d'Ilium fussent exemptés
de toute charge publique. Ce fut encore sur sa demande que la colonie de Bologne, ruinée par un incendie, reçut un secours de dix
millions de sesterces ; la liberté fut rendue aux Rhodiens, qui l'avaient
souvent perdue ou recouvrée, selon qu'ils nous avaient servis dans
nos guerres ou offensés par leurs séditions. Enfin le tribut fut remis pour cinq ans à la ville d'Apamée, renversée par un tremblement
de terre.

LIX. Cependant les artifices d'Agrippine poussaient Claude aux
plus odieuses cruautés. Des richesses immenses donnaient un grand
éclat à Statilius Taurus ; elle convoita ses jardins, et, afin de le perdre, elle le fit accuser, au retour de son proconsulat d'Afrique, par

accepit in matrimonium	reçut en mariage
Octaviam, filiam Cæsaris.	Octavie, fille de César (Claude).
Utque nitesceret	Et pour qu'il brillât
studiis honestis	par des talents honorables
et gloria eloquentiæ,	et par la gloire de l'éloquence,
causa Iliensium	la cause des habitants-d'Ilium
suscepta,	étant embrassée,
exsecutus facunde	ayant exposé avec-faconde
Romanum	le Romain
demissum Troja,	descendu de Troie,
et Æneam	et Énée
auctorem stirpis Juliæ,	auteur de la race des-Jules,
aliaque vetera	et d'autres *traditions* anciennes
haud procul fabulis,	non loin (voisines) des fables,
perpetrat ut Ilienses	il obtient que les habitants-d'Ilium
solverentur	fussent affranchis
omni munere publico.	de toute charge publique.
Eodem oratore,	Le même *étant* solliciteur,
subventum	on vint-en-aide
coloniæ Bononiensi,	à la colonie de-Bologne,
haustæ igni,	engloutie par le feu,
largitione	avec une largesse [sesterces.
centies sestertii.	de cent-fois *cent milliers* (dix millions) de
Libertas	La liberté
redditur Rhodiis,	est rendue aux Rhodiens,
adempta sæpe aut firmata,	*liberté* ôtée souvent ou confirmée,
prout meruerant	selon qu'ils *l'*avaient mérité
bellis externis	dans les guerres étrangères
aut deliquerant domi	ou avaient failli à l'intérieur
seditione.	par sédition.
Tributumque remissum	Et le tribut *fut* remis (levé)
in quinquennium	pour cinq-ans
Apamensibus,	aux habitants-d'Apamée,
convulsis motu terræ.	ébranlés par un tremblement de terre.
LIX. At Claudius	LIX. Mais Claude
adigebatur promere	était poussé à déployer
quæque sævissima,	toutes *les mesures* les plus cruelles,
artibus	par les artifices
ejusdem Agrippinæ;	de la même Agrippine;
quæ pervertit	laquelle perdit
Statilium Taurum	Statilius Taurus
illustrem opibus,	illustre par *ses* richesses,
inhians hortis ejus,	convoitant les jardins de lui,
Tarquitio Prisco accusante.	Tarquitius Priscus *l'*accusant.
Is, legatus Tauri,	Celui-ci, lieutenant de Taurus,
regentis Africam	qui gouvernait l'Afrique
imperio proconsulari,	avec l'autorité proconsulaire,

gentis, postquam revenerant, pauca repetundarum crimina, ceterum magicas superstitiones objectabat. Nec ille diutius falsum accusatorem indignasque sordes perpessus, vim vitæ suæ attulit, ante sententiam senatus. Tarquitius tamen curia exactus est[1]; quod patres odio delatoris, contra ambitum Agrippinæ pervicere.

LX. Eodem anno sæpius audita vox principis, parem vim rerum habendam a procuratoribus suis[2] judicatarum ac si ipse statuisset; ac, ne fortuito prolapsus videretur, senatus quoque consulto cautum plenius quam antea et uberius. Nam divus Augustus, apud equestres[3] qui Ægypto præsiderent, lege agi, decretaque eorum perinde haberi jusserat ac si magistratus Romani constituissent; mox alias per provincias et in Urbe pleraque concessa sunt, quæ olim a prætoribus noscebantur. Claudius omne jus tradidit de quo toties seditione

Tarquitius Priscus, son propre lieutenant. Celui-ci lui imputait bien quelques concussions; mais le fond de son accusation roulait sur des superstitions magiques. Taurus ne put supporter l'indignité de ces calomnies et l'humiliation du rôle d'accusé; il se tua avant le jugement. Tarquitius n'en fut pas moins chassé du sénat; les sénateurs, indignés de sa délation, emportèrent ce décret, malgré toutes les sollicitations d'Agrippine.

LX. Dans le cours de cette année, on entendit souvent dire au prince que les jugements des procurateurs devaient avoir la même force que les siens mêmes; et, pour qu'on ne crût pas que ce propos lui avait échappé par hasard, un sénatus-consulte leur confirma ce privilége d'une manière plus formelle et plus étendue. Auguste avait d'abord décidé que les chevaliers qui commandaient en Égypte auraient l'administration de la justice, et leurs décrets la même sanction que ceux des magistrats romains. On ne tarda pas à attribuer depuis aux chevaliers, dans d'autres provinces et à Rome, beaucoup d'affaires qui jadis étaient portées devant les préteurs. Claude enfin leur livra tout entier un droit qui avait donné lieu anciennement à

postquam revenerant,	après que *tous deux* étaient revenus,
objectabat pauca crimina	*lui* imputait quelques griefs
repetundarum,	de *sommes* à-réclamer (de concussion),
ceterum	*mais* du-reste
superstitiones magicas.	des superstitions magiques.
Nec ille	Et celui-là
perpessus diutius	n'ayant pas enduré plus longtemps
accusatorem falsum	un accusateur faux
sordesque indignas,	et une humiliation indigne,
attulit vim suæ vitæ,	employa la violence contre sa vie,
ante sententiam senatus.	avant la décision du sénat.
Tamen Tarquitius	Cependant Tarquitius
exactus est curia;	fut chassé de la curie;
quod patres pervicere	ce que les sénateurs emportèrent
odio delatoris,	par haine du délateur,
contra ambitum	contre les intrigues
Agrippinæ.	d'Agrippine.
LX. Eodem anno	LX. La même année
vox principis	un mot du prince
audita sæpius,	*fut* entendu souvent,
vim	*savoir* la valeur
rerum judicatarum	des choses jugées
a suis procuratoribus	par ses procurateurs
habendam parem	devoir être tenue (jugée) la même
ac si ipse statuisset;	que si lui-même avait décidé;
ac, ne videretur	et, de peur qu'il ne parût
prolapsus fortuito,	s'être laissé-aller par-hasard,
cautum quoque	*il fut* avisé aussi
consulto senatus	par un décret du sénat
plenius quam antea	plus pleinement qu'auparavant
et uberius.	et avec-plus-d'étendue.
Nam divus Augustus	Car le divin Auguste
jusserat	avait ordonné
agi lege	être procédé selon la loi (juridiquement)
apud equestres	devant ceux-de-rang-équestre
qui præsiderent Ægypto,	qui gouvernaient l'Égypte,
decretaque eorum	et les décrets d'eux
haberi perinde	être considérés autant
ac si magistratus Romani	comme (que) si des magistrats romains
constituissent;	*les* avaient établis (rendus);
mox per alias provincias	bientôt dans d'autres provinces
et in Urbe	et dans la ville (à Rome)
pleraque concessa sunt,	beaucoup de choses *leur* furent accordées,
quæ olim noscebantur	qui autrefois étaient connues
a prætoribus.	par les préteurs.
Claudius tradidit omne jus	Claude *leur* livra tous les jugements
de quo certatum toties	pour lesquels on combattit tant-de-fois

aut armis certatum, quum Semproniis rogationibus[1] equester
ordo in possessione judiciorum locaretur, aut rursum Serviliæ
leges[2] senatui judicia redderent, Mariusque et Sulla olim de
eo vel præcipue bellarent. Sed tunc ordinum diversa studia;
et, quæ vicerant, publice valebant. C. Oppius et Cornelius
Balbus[3] primi Cæsaris opibus potuere conditiones pacis et
arbitria belli tractare. Matios posthac, et Vedios[4], et cetera
equitum Romanorum prævalida nomina referre nihil attinuerit,
quum Claudius libertos, quos rei familiari præfecerat, sibique
et legibus adæquaverit.

LXI. Retulit dein de immunitate Cois tribuenda, multaque
super antiquitate eorum memoravit : « Argivos, vel Cœum[5]
Latonæ parentem, vetustissimos insulæ cultores; mox,
adventu Æsculapii, artem medendi illatam maximeque inter
posteros ejus celebrem fuisse, » nomina singulorum referens,

tant de séditions et de combats, lorsque les lois Semproniennes
avaient mis l'ordre équestre en possession des jugements, ou qu'à
leur tour les lois Serviliennes avaient rendu au sénat un droit
qui avait encore été la principale cause des guerres de Sylla et de
Marius. Mais alors c'étaient les ordres de l'État qui luttaient entre
eux, et celui à qui était restée la victoire donnait à tous ses membres
la puissance. C. Oppius et Cornélius Balbus commencèrent, sous Jules César, à décider souverainement de la paix et de la guerre. Depuis, on a vu les Matius, les Védius, et d'autres simples chevaliers
romains, revêtus d'un pouvoir énorme ; mais il est inutile de les citer,
lorsqu'on voit Claude égaler à lui-même et aux lois les affranchis
qu'il avait chargés de ses affaires domestiques.

LXI. Le prince proposa ensuite d'affranchir de tout tribut l'île de
Cos, et entra dans de grands détails sur l'antiquité de ses habitants.
Il dit « que les Argiens, où Céus, père de Latone, y avaient les premiers établi leur séjour ; que, depuis, Esculape leur avait apporté
l'art de la médecine, et que la gloire de cet art s'était maintenue avec
le plus grand éclat parmi ses descendants. Il cita les noms et les

seditione aut armis,	par la sédition ou par les armes,
quum	lorsque
rogationibus Semproniis	par les lois Semproniennes
ordo equester	l'ordre équestre
locaretur in possessione	était mis en possession
judiciorum,	des jugements,
aut rursum	ou *que* de-nouveau
leges Serviliæ	les lois Serviliennes
redderent judicia senatui,	rendaient les jugements au sénat,
Mariusque et Sulla	et *que* Marius et Sylla
bellarent olim de eo	guerroyaient autrefois pour cela
vel præcipue.	même principalement.
Sed tunc studia ordinum	Mais alors les dispositions des ordres
diversa;	*étaient* opposées ;
et, quæ vicerant,	et *celles* qui avaient triomphé
valebant publice.	prévalaient publiquement.
C. Oppius	C. Oppius
et Cornelius Balbus	et Cornélius Balbus
potuere primi	purent les premiers
opibus Cæsaris	par la puissance de César
tractare conditiones pacis	tenir-en-main les conditions de la paix
et arbitria belli.	et les décisions de la guerre.
Attinuerit nihil	Il *n*'importerait en rien
referre posthac	de rapporter après-cela
Matios et Vedios,	les Matius et les Védius,
et cetera nomina prævalida	et tous-les-autres noms très-puissants
equitum Romanorum,	de chevaliers romains,
quum Claudius	puisque Claude
adæquaverit	égala
sibique et legibus	et à lui-même et aux lois
libertos quos præfecerat	les affranchis qu'il avait préposés
rei familiari.	à *sa* fortune domestique.
LXI. Dein retulit	LXI. Ensuite il fit-un-rapport
de immunitate	sur l'immunité
tribuenda Cois,	à-accorder aux habitants-de-Cos,
memoravitque multa	et il rappela beaucoup de choses
super antiquitate eorum :	sur l'antiquité d'eux :
« Argivos, vel Cœum,	*disant* « Les Argiens, ou Céus,
parentem Latonæ,	père de Latone,
vetustissimos cultores	*être* les plus anciens colons
insulæ;	de l'île;
mox, adventu Æsculapii,	bientôt, par l'arrivée d'Esculape,
artem medendi illatam	l'art de guérir *avoir été* importé
fuisseque celebrem	et avoir été célèbre
maxime	surtout
inter posteros ejus, »	parmi les descendants de lui, »
referens	rapportant

et quibus quisque ætatibus viguissent. Quinetiam dixit « Xenophontem, cujus scientia ipse uteretur, eadem familia ortum,
precibusque ejus dandum ut omni tributo vacui in posterum
Coi sacram et tantum dei ministram insulam colerent. » Neque
dubium habetur multa eorumdem in populum Romanum merita
sociasque victorias potuisse tradi. Sed Claudius, facilitate solita, quod uni concesserat nullis extrinsecus adjumentis velavit.

LXII. At Byzantii, data dicendi copia, quum magnitudinem
onerum apud senatum deprecarentur, cuncta repetivere, orsi
a fœdere quod nobiscum inierant, quâ tempestate bellavimus
adversus regem Macedonum [1] cui, ut degeneri, Pseudophilippi
vocabulum impositum. Missas posthac copias in Antiochum,
Persen, Aristonicum, et piratico bello adjutum Antonium [2],
memorabant; quæque Sullæ, aut Lucullo, aut Pompeio obtu-

époques. Il ajouta que Xénophon, le médecin qu'il employait lui-
même, était de cette famille, et qu'il fallait, à sa prière, décharger à
l'avenir de tout impôt les habitants de Cos, afin que cette île sacrée
pût s'adonner uniquement au service du dieu. » Il est certain qu'il
aurait pu citer beaucoup de services rendus aux Romains par ces insu-
laires, et des victoires auxquelles ils avaient contribué par leur courage ; mais Claude, avec sa facilité ordinaire, négligea de voiler
par des considérations publiques une faveur purement personnelle.

LXII. Les Byzantins, admis à l'audience du sénat, réclamèrent
contre l'énormité de leurs taxes, et n'omirent aucun de leurs titres,
en commençant par le traité qu'ils avaient conclu avec nous du temps
où nous faisions la guerre à ce roi de Macédoine, qui, usurpant une
origine illustre, reçut le nom de faux Philippe. Ils parlèrent ensuite
des troupes qu'ils nous avaient fournies contre Antiochus, Persée,
Aristonicus ; des secours donnés à Antoine contre les pirates, et de
ceux qu'ils avaient offerts à Sylla, à Lucullus et à Pompée ; puis des

nomina singulorum,
et quibus ætatibus
viguissent quisque.
Quinetiam dixit :
« Xenophontem,
scientiâ cujus ipse uteretur,
ortum eadem familia,
dandumque
precibus ejus,
ut Coi
vacui omni tribnto
in posterum
colerent insulam sacram
et tantum ministram dei. »
Neque habetur dubium
multa merita eorumdem
in populum Romanum
victoriasque socias
potuisse tradi.
Sed Claudius,
facilitate solita,
velavit nullis adjumentis
extrinsecus
quod concesserat uni.
LXII. At Byzantii,
copia dicendi data,
quum deprecarentur
magnitudinem onerum
apud senatum,
repetivere cuncta,
orsi a fœdere
quod inierant nobiscum,
tempestate qua bellavimus
adversus regem
Macedonum,
cui, ut degeneri,
impositum vocabulum
Pseudophilippi.
Memorabant posthac
copias missas
in Antiochum,
Persen, Aristonicum,
et Antonium adjutum
bello piratico ;
quæque obtulissent
Sullæ,
aut Lucullo, aut Pompeio;

les noms de chacun,
et à quelles époques
ils avaient eu-du-crédit chacun.
Bien-plus il dit :
« Xénophon,
de la science duquel lui-même usait,
être issu de la même famille,
, et *ceci* devoir être donné
aux prières de lui,
que les habitants-de-Cos
exempts de tout tribut
à l'avenir
habitassent *cette* île sacrée
et seulement vouée-au-culte du dieu.
Et il n'est pas tenu *pour* douteux
beaucoup de services des mêmes *peuples*
envers le peuple romain
et des victoires associées *aux nôtres*
avoir pu être rapportés.
Mais Claude,
avec *sa* facilité accoutumée,
ne couvrit d'aucune aide (ne déguisa sous
tirée du dehors [aucune raison)
ce qu'il avait accordé à un *seul*.
LXII. Mais les Byzantins,
la faculté de parler *leur* étant donnée,
comme ils sollicitaient-la-remise
de la grandeur de *leurs* charges
devant le sénat,
reprirent tout (toute leur histoire),
ayant commencé par le traité
qu'ils avaient conclu avec-nous,
dans le temps où nous fîmes-la-guerre
contre le roi
des Macédoniens, [mune,
auquel, comme *étant* de-naissance-com-
a été imposé le nom
de Pseudo-Philippe.
Ils rappelaient ensuite
les troupes envoyées
contre Antiochus,
contre Persée, *contre* Aristonicus,
et Antoine aidé
dans la guerre des-pirates ;
et *les secours* qu'ils avaient offerts
à Sylla,
ou à Lucullus, ou à Pompée;

lissent; mox recentia in Cæsares merita, quando ea loca insiderent quæ transmeantibus terra marique ducibus exercitibusque, simul vehendo commeatúi, opportuna forent.

LXIII. Namque arctissimo inter Europam Asiamque divortio, Byzantium in extrema Europa posuere Græci, quibus, Pythium Apollinem consulentibus ubi conderent urbem, redditum oraculum est, « Quærerent sedem cæcorum terris[1] adversam.» Ea ambage Chalcedonii monstrabantur, quod priores illuc advecti, prævisa locorum utilitate, pejora legissent. Quippe Byzantium fertili solo, fecundoque mari, quia vis piscium innumera[2] Ponto erumpens, et obliquis subter undas saxis exterrita, omisso alterius littoris flexu, hos ad portus defertur. Unde primo quæstuosi et opulenti; post, magnitudine onerum urgente, finem aut modum orabant, adnitente principe, qui

services rendus récemment aux Césars, leur ville étant, par terre ou par mer, le passage continuel de nos armées, de nos généraux et de tous les approvisionnements.

LXIII. En effet, c'est dans cet espace si étroit qui sépare l'Europe et l'Asie que Byzance a été bâtie, à l'extrémité de l'Europe. Les Grecs, ses fondateurs, avaient consulté l'oracle de Delphes sur l'emplacement qu'il fallait choisir ; et l'oracle leur avait répondu de bâtir en face de la terre des aveugles. Ce mot mystérieux désignait les Chalcédoniens, qui, arrivés les premiers dans ce lieu, où ils avaient le choix de toutes les positions, avaient préféré la moins avantageuse. Près de Byzance, en effet, le sol est fertile et la mer poissonneuse. Une quantité innombrable de poissons accourant de l'Euxin, et rencontrant dans les sinuosités de la côte opposée des rochers inclinés sous l'eau, s'éloignent effrayés et refluent vers ce port. Aussi Byzance fut-elle, dès les premiers temps, commerçante et riche. Depuis, des impôts excessifs l'avaient écrasée, et elle en sollicitait la suppression ou la réduction. Sa demande fut appuyée par le prince, qui insista sur

mox merita recentia | puis les services récents
in Cæsares, | envers les Césars,
quando insiderent ea loca, | vu qu'ils occupaient ces (des) lieux,
quæ forent opportuna | qui étaient avantageux
ducibus exercitibusque | pour les généraux et les armées
transmeantibus terra | qui passaient par terre
marique, | et par mer,
simul | en-même-temps
vehendo commeatui. | pour transporter les provisions.

LXIII. Namque | LXIII. En effet
divortio arctissimo | dans la séparation la plus étroite
inter Europam | entre l'Europe
Asiamque, | et l'Asie,
Græci posuere Byzantium | les Grecs établirent Byzance
in extrema Europa, | à l'extrémité de l'Europe,
quibus, consulentibus | auxquels, consultant
Apollinem Pythium | Apollon Pythien
ubi conderent urbem, | *pour savoir* où ils fonderaient la ville,
oraculum redditum est, | un oracle fut rendu,
« Quærerent sedem | *disant* « Qu'ils cherchassent une place
adversam terris cæcorum. » | opposée aux terres des aveugles. »
Chalcedonii monstrabantur | Les Chalcédoniens étaient désignés
ea ambage, | par cette ambiguité,
quod advecti illuc priores, | parce que abordés là les premiers,
utilitate locorum | l'avantage des lieux
prævisa, | étant vu-d'avance, [nes.
legissent pejora. | ils avaient choisi des *positions* moins-bon-
Quippe Byzantium | Car Byzance
solo fertili, | *jouit* d'un sol fertile,
marique fecundo, | et d'une mer féconde,
quia vis innumera | parce qu'une quantité innombrable
piscium | de poissons
erumpens Ponto, | se précipitant du Pont-*Euxin*,
et exterrita saxis obliquis | et effrayée par des rochers inclinés
subter undas, | sous les ondes,
flexu alterius littoris | la sinuosité de l'autre rivage
omisso, | étant laissée-de-côté,
defertur ad hos portus, | se porte vers ces ports,
Unde | D'où (aussi) *les Byzantins*
primo quæstuosi | *furent* d'abord commerçants
et opulenti ; | et riches ;
post, magnitudine onerum | ensuite, la grandeur des charges
urgente, | *les* accablant,
orabant finem | ils demandaient une fin
aut modum, | ou une mesure,
principe adnitente, | le prince *les* appuyant,
qui retulit | lequel exposa

Thracio Bosporanoque[1] bello recens fessos juvandosque retulit.
Ita tributa in quinquennium remissa.

LXIV. M. Asinio, Manio Acilio consulibus, mutationem rerum in deterius portendi cognitum est crebris prodigiis. Signa
ac tentoria militum igne cœlesti arsere, fastigio Capitolii
examen apium insedit, biformes hominum partus[2], et suis
fœtum editum cui accipitrum ungues inessent. Numerabatur
inter ostenta deminutus omnium magistratuum numerus,
quæstore, ædili, tribuno, ac prætore et consule, paucos intra
menses, defunctis. Sed in præcipuo pavore Agrippina, vocem
Claudii, quam temulentus jecerat, « Fatale sibi ut conjugum
flagitia ferret, dein puniret, » metuens, agere et celerare
statuit, perdita prius Domitia Lepida, muliebribus causis;
quia Lepida, minore Antonia genita, avunculo Augusto, Agrip-

l'épuisement où venaient de la jeter les guerres de Thrace et du Bosphore. On l'exempta de tributs pour cinq ans.

LXIV. Sous le consulat de M. Asinius et de Manius Acilius, des
prodiges nombreux annoncèrent dans l'État de funestes changements. Il y eut des tentes et des drapeaux consumés par le feu du
ciel. Un essaim d'abeilles alla se poser au faîte du Capitole. On dé-
bita qu'il était né des enfants monstrueux, et un porc avec des serres
d'épervier. On comptait encore parmi les présages alarmants la di-
minution qui survint dans le nombre des magistrats par la mort
d'un questeur, d'un édile, d'un tribun, d'un préteur et d'un consul,
emportés dans l'espace de quelques mois. Mais Agrippine avait bien
d'autres sujets d'alarmes. Claude, dans l'ivresse, s'était échappé à
dire que son destin était de supporter les dérèglements de ses femmes,
et ensuite de les punir. Ce mot, qui la faisait trembler, fut pour elle
un avertissement d'agir et de se hâter. Elle avait fait périr auparavant Domitia Lépida, par des motifs de femme, parce que Domitia,
fille de la jeune Antonia, nièce d'Auguste, cousine germaine du père

fessos recens	*eux être* fatigués récemment
bello Thracio	de la guerre de-Thrace
Bosporanoque	et du-Bosphore
juvandosque.	et devoir être secourus.
Ita tributa remissa	Ainsi les tributs *leur furent* remis
in quinquennium.	pour cinq-ans.
LXIV. M. Asinio,	LXIV. M. Asinius
Manio Acilio consulibus,	*et* Manius Acilius *étant* consuls,
cognitum est	il fut connu
crebris prodigiis	par de fréquents prodiges
mutationem rerum	un changement des affaires
in deterius	en pis
portendi.	être présagé.
Signa ac tentoria militum	Des enseignes et des tentes de soldats
arsere igne cœlesti,	brûlèrent par le feu du-ciel,
examen apium insedit	un essaim d'abeilles se posa
fastigio Capitolii,	sur le faîte du Capitole,
partus hominum	*on dit* des enfantements d'hommes
biformes,	à-deux-formes *avoir eu lieu*,
et fetum suis editum	et le petit d'une truie *être* né
cui inessent	auquel étaient
ungues accipitrum.	des serres d'éperviers.
Numerus	Le nombre
omnium magistratuum	de tous les magistrats
deminutus	diminué
numerabatur inter ostenta,	était compté parmi les présages,
quæstore, ædili, tribuno,	un questeur, un édile, un tribun,
ac prætore et consule	et un préteur et un consul
defunctis	étant morts
intra paucos menses.	en peu de mois.
Sed Agrippina	Mais Agrippine
in præcipuo pavore,	sous-le-coup-de la principale terreur,
metuens vocem Claudii,	craignant un mot de Claude,
quam jecerat temulentus,	qu'il avait lâché *étant* ivre,
« Fatale sibi	« *Ceci être* réservé-par-le-destin à lui
ut ferret	qu'il supportât
flagitia conjugum,	les désordres de *ses* épouses,
dein puniret, »	*et* qu'ensuite il *les* punît, »
statuit agere et celerare,	résolut d'agir et de *se* hâter,
Domitia Lepida	Domitia Lépida
perdita prius,	ayant-été perdue *par elle* auparavant,
causis muliebribus ;	par des motifs de-femme ;
quia Lepida,	parce que Lépida,
genita Antonia minore,	née d'Antonia la plus jeune,
Augusto avunculo,	Auguste *étant son* oncle,
sobrina prior	cousine à-un-degré-supérieur
Agrippinæ,	d'Agrippine ;

pinæ sobrina prior, ac Cnei! mariti ejus soror, parem sibi claritudinem credebat : nec forma, ætas, opes multum distabant; et utraque impudica, infamis, violenta, haud minus vitiis æmulabantur quam si qua ex fortuna prospera acceperant. Enimvero certamen acerrimum, amita potius an mater apud Neronem prævaleret. Nam Lepida blandimentis et largitionibus juvenilem animum devinciebat; truci contra ac minaci Agrippina, quæ filio dare imperium, tolerare imperitantem nequibat.

LXV. Ceterum objecta sunt « Quod conjugium principis devotionibus petivisset, quodque, parum coercitis per Calabriam servorum agminibus, pacem Italiæ turbaret. » Ob hæc mors indicta, multum adversante Narcisso, qui Agrippinam magis magisque suspectans, prompsisse inter proximos ferebatur « Certam sibi perniciem, seu Britannicus rerum, seu

---

d'Agrippine et sœur de son premier mari Domitius, se croyait son égale du côté de la naissance. Il n'y avait pas non plus entre elles une grande différence de beauté, d'âge, de richesses. Toutes deux sans pudeur, décriées pour leurs infamies, et d'un caractère emporté, rivalisaient par leurs vices non moins que par les avantages qu'elles tenaient de la fortune. Domitia aspirait encore à régner sur Néron, et c'était même ce qui allumait le plus la jalousie d'Agrippine; car la tante, par des caresses et par des présents, avait l'art d'enchaîner ce jeune cœur intimidé par une mère toujours sévère et menaçante, qui voulait bien donner à son fils l'autorité, mais qui ne pouvait souffrir qu'il l'exerçât.

LXV. Au reste, on accusa Domitia d'avoir usé de sortiléges contre l'épouse du prince, et de troubler la paix de l'Italie par les armées d'esclaves indisciplinés qu'elle entretenait dans la Calabre. On prononça la peine de mort contre elle, malgré toute la résistance de Narcisse, qui, redoutant de plus en plus Agrippine, déclara, dit-on, à ses amis, « qu'il voyait sa perte infaillible, soit que Néron, soit

ac soror Cnei mariti ejus, et sœur de Cnéius mari d'elle,
credebat croyait
claritudinem parem sibi : une illustration pareille *être* à elle :
nec forma, ætas, opes et la beauté, l'âge, la fortune
distabant multum ; ne différaient pas beaucoup ;
et utraque impudica, et l'une-et-l'autre impudiques,
infamis, violenta, infâmes, emportées,
haud æmulabantur minus ne rivalisaient pas moins
vitiis de vices
quam que *d'avantages*
si acceperant qua si elles *en* avaient reçu quelques-uns
ex fortuna prospera. d'une fortune prospère.
Enimvero En effet.
certamen acerrimum, *c'était entre elles* une lutte très-acharnée,
amita an mater *pour savoir si* la tante ou la mère
prævaleret potius prévaudrait de-préférence
apud Neronem. auprès de Néron.
Nam Lepida devinciebat Car Lépida enchaînait
animum juvenilem l'âme du-jeune-homme
blandimentis par des caresses
et largitionibus ; et des largesses ;
Agrippina contra Agrippine au-contraire
truci ac minaci, *étant* farouche et menaçante,
quæ *elle qui pouvait bien*
dare imperium filio, donner l'empire à *son* fils,
nequibat tolerare *mais qui* ne-pouvait supporter
imperitantem. *lui* exerçant-l'empire.
  LXV. Ceterum   LXV. Au-reste
objecta sunt *ces choses* furent reprochées *à Domitia*
« Quod petivisset « Qu'elle avait attaqué
devotionibus par des enchantements
conjugium principis, le mariage (l'épouse) du prince,
quodque turbaret et qu'elle troublait
pacem Italiæ, la paix de l'Italie,
agminibus servorum par des troupes d'esclaves
parum coercitis peu réprimées (indisciplinées)
per Calabriam. » dans la Calabre. »
Ob hæc A-cause-de ces *griefs*
mors indicta, la mort *fut* prononcée *contre elle*,
Narcisso Narcisse
adversante multum, *s'y* opposant beaucoup,
qui suspectans Agrippinam *lui* qui se défiant d'Agrippine
magis magisque, de plus en plus,
ferebatur prompsisse était dit avoir déclaré
inter proximos au-milieu-de *ses* intimes
« Perniciem certam sibi, « La perte *être* assurée à lui,
seu Britannicus, seu Nero soit que Britannicus, soit que Néron

10.

Nero potiretur; verum ita de se meritum Cæsarem, ut vitam
usui ejus impenderet. Convictam Messalinam et Silium :
pares iterum accusandi causas esse; si Nero imperitaret,
Britannico successore, nullum principi meritum ; ac novercæ
insidiis domum omnem convelli, majore flagitio quam si im-
pudicitiam prioris conjugis reticuisset : quanquam ne impu-
dicitiam quidem nunc abesse, Pallante adultero; ne quis
ambigat decus, pudorem, corpus, cuncta regno viliora habere. »
Hæc atque talia dictitans, amplecti Britannicum, robur ætatis
quam maturrimum precari, modo ad deos, modo ad ipsum
tendere manus, « Adolesceret, patris inimicos depelleret, matris etiam interfectores ulcisceretur. »

LXVI. In tanta mole curarum, valetudine adversa corripitur, refovendisque viribus mollitie cœli et salubritate

que Britannicus succédât à l'empire; mais qu'il devait aux bienfaits
de Claude de s'immoler pour lui ; qu'il avait confondu Messaline et
Silius; que les raisons d'accuser Agrippine étaient aussi fortes;
qu'assurément Britannicus ne lui saurait pas plus de gré de régner
que Néron ; mais que laisser une marâtre bouleverser tout le palais
par ses intrigues lui paraîtrait cent fois plus honteux que s'il eût
caché les débordements de la première épouse ; qu'Agrippine, après
tout, n'était guère moins impudique que Messaline ; ses amours avec
Pallas ne laissaient pas le moindre doute qu'elle ne sacrifiât bienséance, vertu, pudeur, tout en un mot, au maintien de sa domination. » En tenant ces discours et d'autres semblables, il embrassait Britannicus; il demandait aux dieux d'abréger son adolescence ;
il tendait les mains tantôt vers le ciel, tantôt vers cet enfant, le
pressant de croître, de chasser les ennemis de son père, dût-il punir
aussi les meurtriers de sa mère.

LXVI. Au milieu de tous ces soucis; Narcisse tomba malade. Il
alla, pour se rétablir, respirer l'air tempéré et prendre les eaux sa-

potiretur rerum ;	devînt-maître des affaires ;
verum Cæsarem	mais César (Claude)
meritum ita de se,	avoir mérité tellement de lui,
ut impenderet vitam	qu'il sacrifiait *sa* vie
usui ejus.	à l'intérêt de lui.
Messalinam convictam	Messaline *avoir été* convaincue *par lui*
et Silium :	ainsi-que Silius :
pares causas accusandi	de pareils motifs d'accuser
esse iterum ;	être une-seconde-fois ;
si Nero imperitaret,	si Néron était-empereur,
Britannico	*ou* Britannicus
successore,	*étant* le successeur *de Claude*,
meritum nullum principi ;	*ses* services *être* nuls pour le prince ;
ac omnem domum convelli	et tout le palais être bouleversé
insidiis novercæ,	par les embûches d'une marâtre,
majore flagitio	avec une plus grande honte
quam si reticuisset	que s'il eût tu
impudicitiam	l'impudicité
prioris conjugis :	de la première épouse :
quanquam	cependant
ne impudicitiam quidem	l'impudicité même
abesse nunc,	ne point faire-défaut maintenant,
Pallante adultero ;	Pallas *étant* l'amant *d'Agrippine* ;
ne quis ambigat	*de sorte* que personne ne doute
habere decus, pudorem,	*elle* tenir honneur, pudeur,
corpus, cuncta	*son* corps, tout *enfin*
viliora	*pour choses* de-moindre-prix
regno. »	que la domination. »
Dictitans	Disant-et-redisant
hæc atque talia,	ces *paroles* et *d'autres* telles,
amplecti Britannicum,	*il se mettait* à embrasser Britannicus,
precari robur ætatis	à *lui* souhaiter une vigueur d'âge
quam maturrimum,	la plus prompte *possible*,
tendere manus	à tendre les mains
modo ad deos,	tantôt vers les dieux,
modo ad ipsum,	tantôt vers lui-même,
« Adolesceret,	« Qu'il grandît,
depelleret inimicos patris,	qu'il chassât les ennemis de *son* père,
ulcisceretur etiam	qu'il se vengeât même
interfectores matris. »	des meurtriers de *sa* mère. »
LXVI. In tanta mole	LXVI. Dans une si-grande masse
curarum,	de chagrins,
corripitur	il (Narcisse) est surpris
valetudine adversa,	par une santé contraire (une indisposi-
pergitque Sinuessam,	et se dirige vers Sinuesse, [tion),
refovendis viribus	pour refaire *ses* forces
mollitie cœli	par la douceur du climat

aquarum, Sinuessam[1] pergit. Tum Agrippina, sceleris olim
certa et oblatæ occasionis propera, nec ministrorum egens,
de genere veneni consultavit : ne repentino et præcipiti facinus proderetur; si lentum et tabidum delegisset, ne admotus
supremis Claudius, et dolo intellecto, ad amorem filii rediret[2] :
exquisitum aliquid placebat, quod turbaret mentem et mortem
differret. Deligitur artifex talium, vocabulo Locusta, nuper
veneficii damnata, et diu inter instrumenta regni habita. Ejus
mulieris ingenio paratum virus, cujus minister e spadonibus
fuit Halotus, inferre epulas et explorare gustu solitus.

LXVII. Adeoque cuncta mox pernotuere, ut temporum illo-
rum scriptores prodiderint infusum delectabili[3] cibo bole-
torum venenum ; nec vim medicaminis statim intellectam,
socordiane Claudii an vinolentia : simul soluta alvus subve-

lubres de Sinuesse. Agrippine, dès longtemps décidée au crime, et
ne manquant point de complices, s'empressa de saisir l'occasion qui
s'offrait. Elle n'hésitait que sur le choix du poison. Elle craignait
que, violent et prompt, il ne décelât le forfait, et que, s'il était trop
lent, Claude, à sa dernière heure, venant à ouvrir les yeux, ne se
reprît de tendresse pour son fils. Elle aurait voulu quelque compo-
sition nouvelle qui troublât la raison, sans trop précipiter la mort.
On choisit une femme habile dans cet art, nommée Locuste, qu'on
venait de condamner pour empoisonnement, et qu'on avait ménagée
longtemps comme un instrument de pouvoir. Cette femme mit tout
son talent dans la préparation du poison, qui fut administré par
l'eunuque Halotus, chargé de servir les mets et de les goûter.

LXVII. Tous les détails de ce crime devinrent bientôt si publics
que les écrivains du temps n'en omettent aucun. Le poison fut mis
dans un mets délicat, dans un ragoût de champignons. Le prince
n'en reconnut pas d'abord les effets, soit stupidité, soit peut-être
parce qu'il était ivre. D'ailleurs une évacuation qui survint semblait

et salubritate aquarum.	et la salubrité des eaux.
Tum Agrippina,	Alors Agrippine,
olim certa sceleris	depuis-longtemps résolue au crime
et propera	et pressée
occasionis oblatæ,	de *saisir* l'occasion offerte,
nec egens ministrorum,	et ne manquant pas de coopérateurs,
consultavit	délibéra
de genere veneni :	sur le genre de poison :
ne proderetur	*craignant* qu'elle ne fût trahie
repentino et præcipiti ;	par un *poison* soudain et violent ;
si delegisset	*et si* elle avait choisi
lentum et tabidum,	un *poison* lent et languissant,
ne Claudius	*craignant* que Claude
admotus supremis,	approchant des derniers *moments*,
et dolo intellecto,	et le piége étant compris,
rediret ad amorem filii :	ne revînt à l'amour de *son* fils :
aliquid exquisitum	quelque-chose (quelque poison) de-choix
placebat,	*lui* plaisait,
quod turbaret mentem	qui troublât l'esprit
et differret mortem.	et différât la mort.
Artifex talium	Une *femme* experte en de telles *matières*
deligitur,	est choisie,
vocabulo Locusta,	de nom Locuste,
nuper damnata	naguère condamnée
veneficii,	pour empoisonnement,
et diu habita	et longtemps tenue
inter instrumenta regni.	parmi les instruments de la tyrannie.
Ingenio ejus mulieris	Par le génie de cette femme
virus paratum,	un poison *fut* préparé,
cujus minister fuit Halotus	lequel celui-qui-*l*'administra fut Halotus
e spadonibus,	*un* des eunuques *du palais*,
solitus inferre epulas	qui avait-coutume de présenter les mets
et explorare	et de *les* essayer
gustu.	par la dégustation.
LXVII. Cunctaque	LXVII. Et tous *les détails*
mox pernotuere adeo,	bientôt furent-connus tellement,
ut scriptores	que les écrivains
illorum temporum	de ces temps-là
prodiderint	ont rapporté
venenum infusum	le poison *avoir été* versé
cibo delectabili	dans un mets délicieux
boletorum ;	de champignons ;
nec vim medicaminis	et l'effet de *cette* préparation
intellectam statim,	n'*avoir* pas *été* senti immédiatement,
socordiane Claudii	ou par la stupidité de Claude
an vinolentia :	ou par *son* état-d'ivresse :
simul	en-même-temps

nisse videbatur. Igitur exterrita Agrippina, et quando ultima timebantur, spreta præsentium invidia, provisam jam sibi Xenophontis medici conscientiam adhibet. Ille, tanquam nisus evomentis adjuvaret, pinnam, rapido veneno illitam, faucibus ejus demisisse creditur, haud ignarus summa scelera incipi cum periculo, peragi cum præmio.

LXVIII. Vocabatur interim senatus; votaque pro incolumitate principis consules et sacerdotes nuncupabant, quum jam exanimis vestibus et fomentis obtegeretur, dum res firmando Neronis imperio componuntur. Jam primum Agrippina, velut dolore victa et solatia conquirens, tenere amplexu Britannicum, veram paterni oris effigiem appellare, ac variis artibus demorari, ne cubiculo egrederetur. Antoniam quoque et Oc-

l'avoir sauvé. Agrippine, saisie d'effroi, et, dans ce péril extrême, bravant l'odieux des imputations, recourut au médecin Xénophon, qu'elle avait pris soin d'avance de mettre dans ses intérêts. Celui-ci, sous prétexte d'aider les vomissements, enfonça, à ce qu'on croit, dans le gosier de Claude, une plume imprégnée d'un poison subtil, n'ignorant point que, s'il y a du danger à commencer les grands crimes, on gagne à les consommer.

LXVIII. Cependant le sénat s'assemblait, les consuls et les prêtres faisaient des vœux pour la conservation du prince, tandis que son corps déjà inanimé était enveloppé de linges dans son lit, où l'on affecta de lui prodiguer des soins jusqu'à ce que le pouvoir de Néron fût établi sans retour. Dès le premier instant, Agrippine, feignant d'être vaincue par sa douleur et de chercher des consolations, serrait Britannicus dans ses bras, l'appelait la vivante image de son père, l'empêchait, par mille artifices, de sortir de son appartement. Elle retint de même ses sœurs Antonia et Octavie. Des gardes

alvus soluta	son ventre se relâchant
videbatur subvenisse.	semblait *lui* être venu-en-aide.
Igitur Agrippina	Donc Agrippine
exterrita,	effrayée,
et quando ultima	et comme, les derniers *dangers*
timebantur,	étaient craints,
invidia præsentium	l'odieux des *imputations* présentes
spreta,	étant méprisé,
adhibet conscientiam	emploie la complicité
jam provisam sibi	déjà ménagée par elle
medici Xenophontis.	du médecin Xénophon.
Ille, tanquam adjuvaret	Celui-ci, comme s'il aidait
nisus evomentis,	les efforts du *prince* qui vomissait,
creditur demisisse	est cru avoir introduit
faucibus ejus	dans le gosier de lui
pinnam,	une plume,
illitam veneno rapido,	imprégnée d'un poison rapide,
haud ignarus	n'ignorant pas
summa scelera	les plus grands crimes
incipi cum periculo,	être commencés avec danger,
peragi cum præmio.	être achevés avec récompense.
LXVIII. Interim	LXVIII. Cependant
senatus vocabatur ;	le sénat était convoqué ;
consulesque et sacerdotes	et les consuls et les prêtres
nuncupabant vota	formulaient des vœux
pro incolumitate	pour la conservation
principis,	du prince,
quum jam exanimis	lorsque déjà inanimé
obtegeretur vestibus	il était enveloppé de couvertures
et fomentis,	et de fomentations,
dum res componuntur	pendant que les choses s'arrangent
firmando imperio	pour assurer l'autorité
Neronis.	de Néron.
Jam primum	Tout d'abord
Agrippina,	Agrippine,
velut victa dolore	comme vaincue par la douleur
et conquirens solatia,	et cherchant des consolations,
tenere amplexu	de tenir dans *ses* bras
Britannicum,	Britannicus,
appellare veram effigiem	de *l'*appeler la véritable image
oris paterni,	de la figure paternelle,
ac variis artibus	et par différents artifices
demorari,	de *l'*arrêter,
ne egrederetur cubiculo.	pour qu'il ne sortît pas de la chambre.
Attinuit quoque	Elle retint aussi
Antoniam	Antonia
et Octaviam,	et Octavie,

taviam, sorores ejus, attinuit; et cunctos aditus custodiis clau-
serat, crebroque vulgabat ire in melius valetudinem principis,
quo miles bona in spe ageret, tempusque prosperum ex monitis Chaldæorum [1] adventaret.

LXIX. Tunc medio diei, tertium ante idus octobris [2], foribus
palatii [3] repente diductis, comitante Burro, Nero egreditur ad
cohortem quæ more militiæ excubiis adest. Ibi, monente præfecto, festis vocibus exceptus, inditur lecticæ. Dubitavisse
quosdam ferunt, respectantes rogitantesque ubi Britannicus
esset; mox, nullo in diversum auctore, quæ offerebantur secuti
sunt. Illatusque castris Nero, et congruentia tempori præfatus,
promisso donativo ad exemplum paternæ largitionis [4], imperator consalutatur. Sententiam militum secuta patrum consulta;
nec dubitatum est apud provincias. Cœlestesque honores [5]

fermaient par ses ordres toutes les issues du palais, et l'on publiait
de temps en temps que le prince allait mieux, pour contenir le soldat par l'espérance et attendre le moment favorable marqué par les
astrologues.

LXIX. Enfin, le troisième jour avant les ides d'octobre, à midi,
les portes du palais s'ouvrirent tout à coup, et Néron, accompagné
de Burrus, s'avance vers la cohorte qui, suivant l'usage, faisait la
garde à ce poste. Au signal donné par le préfet, il est accueilli par
des acclamations et placé dans une litière. Quelques soldats, dit-on,
hésitèrent, regardant derrière eux et demandant à plusieurs reprises
où était Britannicus. Mais, comme ils ne se virent point appuyés, ils
suivirent bientôt l'impulsion générale. Néron, arrivé au camp, fit un
discours approprié aux circonstances, promit des gratifications pareilles à celles de son père, et fut proclamé empereur. Le sénat confirma la décision des soldats, et les provinces l'acceptèrent sans hési-

sorores ejus ;	sœurs de lui ;
et clauserat custodiis	et elle avait fermé par des gardes
cunctos aditus,	toutes les entrées,
vulgabatque crebro	et elle publiait fréquemment
valetudinem principis	la santé du prince
ire in melius,	aller à mieux (s'améliorer);
quo miles ageret	afin que le soldat se conduisît
in bona spe,	en bonne espérance,
tempusque prosperum	et que le moment heureux
ex monitis	d'après les avertissements
Chaldæorum	des Chaldéens
adveniaret.	arrivât.
LXIX. Tunc	LXIX. Alors
medio diei,	au milieu du jour,
tertium	le troisième *jour*
ante idus octobris,	avant les ides d'octobre,
foribus palatii	les portes du palais
diductis repente,	ayant été ouvertes tout-à-coup,
Burro comitante,	Burrus l'accompagnant,
Nero egreditur ad cohortem	Néron sort vers la cohorte
quæ more	qui suivant l'usage
militiæ	de la milice
adest excubiis.	est-là pour la garde.
Ibi, præfecto monente,	Là, le préfet donnant-le-signal,
exceptus vocibus festis,	accueilli par des acclamations de-fête,
inditur lecticæ.	il (Néron) est placé-dans une litière.
Ferunt	On rapporte
quosdam dubitavisse,	quelques-uns avoir hésité,
respectantes rogitantesque	regardant et demandant-souvent
ubi esset Britannicus ;	où était Britannicus ;
mox, nullo auctore	bientôt, nul n'ouvrant-un avis
in diversum,	dans un *sens* opposé,
secuti sunt	*tous* suivirent (accueillirent)
quæ offerebantur.	*les choses* qui étaient offertes.
Neroque illatus castris,	Et Néron porté au camp,
et præfatus	et ayant dit-d'abord *quelques mots*
congruentia tempori,	accommodés à la circonstance,
donativo promisso	un donativum étant promis
ad exemplum	à l'exemple
largitionis paternæ,	de la largesse de-*son*-père,
consalutatur imperator.	est salué empereur.
Consulta patrum	Les décrets des sénateurs
secuta sententiam	suivirent la décision
militum ;	des soldats ;
nec dubitatum est	et on n'hésita pas
apud provincias.	dans les provinces.
Honoresque cœlestes	Et les honneurs célestes

Claudio decernuntur, et·funeris·solenne, perinde·ác·divo
Augusto, celebratur, æmulante Agrippina proaviæ·Liviæ
magnificentiam. Testamentum tamen haud récitatum, ne
antepositus·filio·privignus·injuria et·invidia·animos·vulgi
turbaret.

tation. On décerna à Claude les honneurs divins et des obsèques
aussi solennelles que celles d'Auguste ; car Agrippine·fut jalouse
d'égaler la magnificence de sa bisaïeule Livie. Toutefois on ne lut
pas le testament, de peur que l'injustice d'un père·qui sacrifiait son
fils au fils de sa femme ne révoltât les esprits et ne causât quelque
trouble.

decernuntur Claudio,	sont décernés à Claude,
et solenne funeris	et la solennité de *ses* funérailles
celebratur	est célébrée,
perinde ac divo Augusto,	de même que pour le divin Auguste,
Agrippina æmulante	Agrippine imitant
magnificentiam	la magnificence
proaviæ Liviæ.	de *sa* bisaïeule Livie.
Tamen testamentum	Cependant le testament
haud recitatum,	ne *fut* point lu,
ne privignus	de peur qu'un beau-fils
antepositus filio	préféré à un fils
turbaret animos vulgi	n'émût les esprit de la foule
injuria et invidia.	par l'injustice et l'odieux.

NOTES

Page 98 : 1. *Conjugum imperiis obnoxio*. Nous avons déjà vu, *Annales*, XI, XXVIII : *Hebetem Claudium et uxori devinctum*.

Page 100 : 1. *Stirpem nobilem* se rapporte à Agrippine elle-même, et non à son fils.

Page 104 : 1. *Fratrum*. Ce mot désigne le frère et la sœur, comme *liberi*, les enfants des deux sexes. Les Grecs employaient quelquefois πατέρες pour désigner le père et la mère.

— 2. *Reliquus præturæ dies.... collatus est*. Il suffisait d'avoir été préteur un jour pour devenir *prætorius*, ex-préteur, et pour pouvoir par suite prétendre au consulat et au gouvernement des provinces.

— 3. *C. Pompeio, Q. Veranio consulibus*. L'an de Rome 802, de J. C. 49. Les quatre premiers chapitres de ce livre appartiennent encore à l'année précédente, où périt Messaline.

Page 108 : 1. *Vidua*. Agrippine était veuve de l'orateur Crispus Passiénus, qu'elle avait épousé après la mort de Cn. Domitius, père de Néron. Passiénus, qui était fort riche, l'ayant instituée son héritière, elle l'empoisonna pour hériter plus tôt.

— 2. *Arripi conjuges*. Allusion au mariage d'Auguste avec Livie, et à ceux de Caligula avec Livia Orestilla, Lollia Paulina et Milonia Césonia.

— 3. *Sobrinarum*. Le premier mariage historiquement connu entre cousins germains est celui de Spurius Ligustinus avec la fille de son oncle paternel. Voy. Tite Live, XLII, XXXIV.

— 4. *Et fore hoc quoque*, etc. Tacite a exprimé la même pensée dans le livre précédent, chap. XXIV.

Page 110 : 1. *Adductum*. Métaphore empruntée à l'action du cavalier ou du conducteur d'un char, quand il tire les rênes à lui. Tacite l'emploie encore dans les *Histoires*, III, LXXI : *Adductius imperitabat*.

Page 112 : 1. *Apud lucum Dianæ*. Diane était la déesse de la chasteté.

— 2. *Uterentur* a pour sujets sous-entendus Néron et Agrippine. D'autres lisent *uteretur*, qui ne se rapporte alors qu'à Néron, comme *adolesceret*.

— 3. *Credebatur*. Expression générale, d'où l'on peut induire que cette opinion n'était pas seulement celle d'Agrippine, mais celle de tout le monde.

— 4. *Inducunt*. Ce verbe est au pluriel, parce qu'il se rapporte à Agrippine et à ses agents.

Page 114 : 1. *Ut retuli*. Voy. *Annales*, XI, x.

Page 116 : 1. *Ideo regum obsides liberos dari*, etc. Fiction oratoire, et flatterie pour les Romains. Si les rois d'Orient donnaient leurs fils en otages à Rome, c'était uniquement pour éloigner des compétiteurs dangereux.

— 2. *Is quoque miserat*. Tibère leur avait envoyé trois souverains, Vonon, Phraate et Tiridate. Voy. *Annales*, II, I ; VI, xxx, etc.

— 3. *Ignara* a le même sens que *ignota*. Cette leçon est justifiée par de nombreux exemples. *Annales*, XV, LXII : *Cui enim ignaram fuisse sævitiam Neronis?* Salluste, *Guerre de Jugurtha*, XVIII : *Ignara lingua*; et LII : *Regio hostibus ignara*.

Page 118 : 1. *Per illas quoque gentes celebrata*. Allusion à Cassius, l'un des meurtriers de César, qui avait défendu la Syrie contre les Parthes, après la défaite de Crassus, dont il était questeur.

— 2. *Zeugma*. Mot grec qui veut dire pont. La ville était ainsi appelée probablement en souvenir du pont qu'Alexandre avait fait construire en cet endroit pour passer l'Euphrate.

Page 124 : 1. *At Mithridates*. Ce Mithridate est nommé ici pour la première fois dans ce qui nous reste de Tacite. Suivant Dion, LX, VIII, il descendait du fameux Mithridate, roi de Pont, et devait sa couronne à Claude.

Page 126 : 1. *Dandaridarum*. Peuple sarmate, qui habitait sur la côte orientale de la mer d'Azof (Palus-Méotides), entre le Kuban et le Don ou Tanaïs.

— 2. *Siracorum*, et plus loin *Aorsorum*. Peuples des mêmes contrées, répandus vers le sud jusqu'aux monts Caucasiens. Voy. Strabon, XI, II.

Page 128 : 1. *Media humo*. Voy., sur ces constructions, César, *Commentaires sur la guerre des Gaules*, VII, XXIII ; Polybe, traduction de Thuilier, avec notes de Folard, t. III, p. 12.

Page 130 : 1. *Effigiem Cæsaris* désigne la statue de César, où plutôt son image, que portaient les enseignes de Rome. Voy. *Annales*, XV, xxiv ; Suétone, *Vie de Caligula*, xiv.

Page 132 : 1. *Magni Achæmenis*. Tige des rois de Perse, aïeul ou bisaïeul de Cambyse, père de Cyrus. Mithridate, roi du Bosphore, remontait à Achéménès par Mithridate Ier, qui descendait d'un certain Artabaze, regardé par quelques historiens comme un fils de Darius Hystaspe, roi de Perse.

— 2. *Communionem*. Changement de construction familier à Tacite. *Ex communione* serait plus en rapport avec *ex similitudine fortunæ*.

Page 136 : 1. *Per Junium Cilonem*. Ce Junius Cilon ayant désolé sa province par ses rapines, les Bithyniens vinrent se plaindre à Claude et lui demander justice. Comme l'assemblée était fort tumultueuse, Claude n'entendit point ce que l'on disait, et il s'adressa à Narcisse. Celui-ci, voulant favoriser Cilon, dont il était l'ami, répondit à l'empereur que les Bithyniens se louaient beaucoup de leur procurateur et qu'ils venaient lui faire des remercîments. « Eh ! bien, dit Claude, il n'y a qu'à le leur laisser encore deux ans. » Voy. Dion, LX, xxxiii.

— 2. *Apollinis Clarii*. Claros était une ville voisine de Colophon. Voy. sur cet oracle, *Annales*, II, liv.

Page 138 : 1. *Quinquagies sestertium*. 974,178 francs de notre monnaie. Ces immenses richesses de Lollia étaient le fruit des concussions de son aïeul M. Lollius, qui, après avoir déshonoré en Germanie les armes romaines, n'en fut pas moins choisi par Auguste pour aider le jeune Caïus, fils d'Agrippa, dans l'administration de l'Orient. Voy. Pline, IX, lviii.

— 2. *In Lolliam*. Dion rapporte qu'Agrippine se fit apporter la tête de Lollia, et que cette tête se trouvant trop défigurée pour qu'elle pût la reconnaître, elle en ouvrit la bouche de sa propre main, et regarda les dents, qui avaient quelques marques particulières.

— 3. *Non exquisita principis sententia*. Auguste avait défendu à tout sénateur de sortir de l'Italie sans sa permission, excepté pour aller en Sicile.

— 4. *Salutis augurium*. « Espèce de divination qu'on employait, lorsque la république était dans une paix complète, pour savoir si les dieux approuvaient qu'on leur en demandât la continuation. Il y avait tous les ans un jour destiné à cette cérémonie ; mais il fallait, pour l'accomplir, que, dans tout le cours de l'année, la république n'eût levé aucune armée; qu'il n'y eût eu aucune action militaire; que pas un de ses alliés ne se fût détaché d'elle, et qu'elle n'eût été troublée au dedans par aucune division domestique. Ces circonstances étaient si rares que presque jamais on n'était dans le cas de consulter l'augure de salut. » De Brosses, *Note sur l'histoire de la conjuration de Catilina*, chap. XII.

Page 140 : 1. *Pomœrium.* De *post* et de *murus*, anciennement *mœrus.* Voy. Tite Live, I, XLIV, et Aulu-Gelle, XIII, XIV.

— 2. *Interjecti lapides.* C'est ce que Varron (*de lingua Latina*, IV, 32) appelle *cippi pomœrii*, petites colonnes qui marquaient la limite du pomœrium.

— 3. *Consi.* Comme dieu du conseil, ce dieu avait, dans le grand cirque, un autel à moitié enfoncé dans la terre, pour montrer que les desseins doivent être secrets. On l'adorait aussi sous le nom de Neptune Équestre.

— 4. *Ad Curias veteres.* Bâties par Romulus, on les appelait *veteres*, par opposition aux nouvelles qui furent ajoutées depuis. C'é-taient des édifices où les membres de chacune des curies qui compo-saient le peuple romain offraient des sacrifices, et prenaient, à de certains jours, des repas en commun.

Page 142 : 1. *Inter patricios Claudios.* Cette branche patricienne de la famille Claudia s'éteignit avec Caligula et Claude. La branche plé-béienne la plus célèbre est celle des Marcellus, qui finit avec Mar-cellus, neveu et gendre d'Auguste.

Page 144 : 1. *Ex vocabulo ipsius.* Cette ville prit le nom de *Colonia Agrippinensis*; c'est aujourd'hui *Cologne.*

— 2. *Avus Agrippa.* L'an de Rome 717, suivant Juste-Lipse. Voy. Dion, XLVIII, XLIX.

Page 146 : 1. *Vangionas ac Nemetas.* Peuples venus de la Germanie transrhénane, et qui étaient établis près de Worms et de Spire. Voy. la *Germanie*, chap. XXVIII.

— 2. *Quadragesimum post annum.* Le désastre de Varus avait eu lieu l'an de Rome 762.

— 3. *Ad montem Taunum.* Aujourd'hui *die Hohe*, au nord de Francfort.

Page 148 : 1. *A Druso Cæsare.* Voy. *Annales*, II, LXIII.

— 2. *Mutans*, pour *mutatus.* Voy. *Annales*, III, XLVII; VI, VI.

Page 148 : 3. *Sido.* Le même qui embrassa la cause de Vespasien. Voy. *Histoires,* III, v.

— 4. *Oratus.* Sous-ent. *a Vannio.*

— 5. *Lygii.* Ils habitaient sur la Vistule. Ce sont les Lièches du moyen âge et les ancêtres des Polonais.

Page 150 : 1. *Iazygibus.* Au nord des Palus-Méotides, entre le Tanaïs et le Borysthène.

Page 152 : 1. *P. Ostorium.* Le même dont il est question dans la *Vie d'Agricola,* chap. xiv.

— 2. *Auvonam.* Peut être l'*Avon,* qui se jette dans la Saverne, ou plutôt le *Nen* ou *Nyne,* qui passe à Northampton et se jette dans la mer du Nord. — *Sabrinam.* La *Saverne,* le plus grand fleuve de l'Angleterre. Elle prend sa source dans le pays de Galles et se jette dans le canal de Bristol, après un cours de plus de quatre-vingts lieues.

— 3. *Iceni.* Ils occupaient les comtés de Suffolk, de Norfolk et de Cambridge.

Page 154 : 1. *Cangos.* Au nord du pays de Galles, près des Ordoviques.

— 2. *Brigantas.* Au nord des Canges et des Ordoviques, dans les comtés de Lancastre, de Cumberland, de Durham et d'York.

— 3. *Silurum.* Dans le pays de Galles, au sud, entre la Saverne et la mer d'Irlande.

Page 156 : 1. *Camulodunum.* Aujourd'hui *Colchester,* ou, selon d'autres, *Maldon,* un peu au-dessous de Colchester. C'est la première colonie fondée par les Romains en Bretagne.

— 2. *Pacem nostram.* Tacite caractérise énergiquement cette paix dans la *Vie d'Agricola,* xxx : *Auferre, trucidare, rapere, falsis nominibus, imperium, atque ubi solitudinem faciunt, pacem appellant.*

Page 158 : 1. *Gentili quisque religione.* C'est le nom commun pour le nom propre, la religion pour le serment.

Page 160 : 1. *Ferentarius* vient, selon Facciolati, *a ferendo, quia ea tantum arma habebant, quæ feruntur.* Plaute, *Trin.,* II, iv, 55 : *Ferentarius amicus,* un ami toujours prêt à vous porter secours.

— 2. *Spathis. Spatha* est défini par Végèce (II, xv) : *Gladius major.*

Page 166 : 1. *Ambiguis.* Voy. plus haut, chap. xxxiii.

Page 168 : 1. *Manipulus* a ici le même sens que *manipularis.*

Page 172 : 1. *Ne feminæ imperio subderentur.* La domination d'une femme ne pouvait paraître ignominieuse pour ces peuples que par comparaison au grand homme qu'ils avaient eu pour chef. En effet Tacite affirme ailleurs (*Annales*, XIV, xxxv ; *Vie d'Agricola*, xvi) que, chez les Bretons, les femmes étaient admises à commander, comme les hommes.

Page 172 : 2. *Maturata*. Néron entrait dans sa quatorzième année, et il fallait avoir quatorze ans révolus pour prendre la robe virile.

Page 174 : 1. *Designatus*. On ne pouvait être consul qu'à quarante-trois ans, et l'on n'était désigné que six mois avant d'entrer en charge.

— 2. *Donativum*. Largesses faites aux soldats. — *Congiarium*. Ce que l'on donnait au peuple (de *congius*, mesure qui servait aux distributions d'huile et de vin).

Page 176 : 1. *Quæ jusserit populus*. Allusion à la loi curiate, qui avait confirmé l'adoption de Domitius.

— 2. *Sacerdotibus*. Juste-Lipse prend ce mot au féminin, et croit qu'il désigne les Vestales.

Page 178 : 1. *Imperatore genitam*. Germanicus avait été salué *imperator* par ses soldats. Voy. *Annales*, I, LVIII.

— 2. *Sororem.... et conjugem et matrem*. Agrippine était sœur de Caligula, femme de Claude, mère de Néron.

— 3. *Unicum ad hunc diem exemplum*. Il y avait eu un exemple semblable chez les Grecs. Pline, VII, XLII : *Una feminarum in omni ævo Lampido Lacedæmonia reperitur quæ regis filia, regis uxor, regis mater fuit.*

Page 180 : 1. *Navibusque et casibus vita populi Romani permissa est*. Nous avons déjà vu, *Annales*, III, LIV : *Vita populi Romani per incerta maris et tempestatum quotidie volvitur.*

— 2. *Pharasmanes.... Mithridates*. Ce sont ces deux frères que Tibère avait réconciliés pour les faire servir à ses desseins contre les Parthes. Voy. *Annales*, VI, xxxii.

Page 186 : 1. *Armis malle*. Construction rare. Apulée dit de même : *Persuaserat idem Pontianus matri suæ ut me aliis omnibus mallet.*

Page 188 : 1. *Invicem lambunt*. Lucien, *de l'Amitié*, 37 : Ἀφ' οὗ γὰρ ἐντεμόντες ἅπαξ τοὺς δακτύλους, ἐνσταλάξωμεν τὸ αἷμα εἰς κύλικα, καὶ, τὰ ξίφη ἄκρα βάψαντες, ἅμα ἀμφότεροι ἐπισχόμενοι πίωμεν, οὐκ ἔστιν ὅ τι μετὰ τοῦτο ἡμᾶς διαλύσειεν ἄν.

Page 190 : 1. *In sororem et patruum*. Rhadamiste était à la fois neveu, gendre et beau-frère de Mithridate.

Page 194 : 1. *Conversatione scurrarum*. Suétone, parlant de ces mêmes bouffons (*Vie de Claude*, v), ajoute : *E quorum contubernio, super veterem segnitiæ notam, ebrietatis quoque et aleæ infamiam subiit.*

Page 196 : 1. *Percellunt omittere.* Hellénisme pour *ita percellunt ut omittat.*

Page 198 : 1. *Quati... vibrantur.* Ces deux mots, ainsi associés dans la même phrase, forment une construction peu régulière, mais justifiée par plusieurs exemples de Tacite. La correction *quatitur* est donc inutile. *Histoires*, III, xxxi : *Mox, ut præberi ora contumeliis, et, posita omni ferocia, cuncta victi patiebantur.* — *Annales*, XV, xxvii : *Simul consilio terrorem adjicere, et megistanas Armenios, qui primi a nobis defecerant, pellit sedibus.*

Page 200 : 1. *Scriboniani.* Furius Camillus Scribonianus fut abandonné au bout de cinq jours par les soldats qui l'avaient proclamé empereur. S'étant enfui dans la petite île d'Issa, il fut tué dans les bras de sa femme par un soldat nommé Volaginius. Voy. Suétone, *Vie de Claude*, xiii et xxxv.

— 2. *Centies quinquagies sestertium.* Près de trois millions de notre monnaie (2 922 534 fr.).

Page 202 : 1. *Ære publico.* Quelques critiques donnent à ces mots le même sens qu'à *publice*, aux frais du trésor public. Nous pensons qu'ils désignent tout simplement l'airain où l'on gravait les actes publics.

— 2. *Orta seditione.* Le texte est mutilé. Brotier propose d'ajouter après ces mots : *ob Caii Cæsaris effigiem in templo locandam.* Tel est du moins le sens de la phrase. Quant au fait, Tacite le raconte ainsi (*Histoires*, V, ix) : *Dein jussi a C. Cæsare effigiem ejus in templo locare, arma potius sumpsere : quem motum Cæsaris mors diremit.*

Page 208 : 1. *Lacum Fucinum.* Aujourd'hui le lac de *Célano*, dans l'Abruzze ultérieure. — *Lirin.* Aujourd'hui le *Garigliano.* — *Perrupto monte.* Trente mille hommes, selon Suétone (*Vie de Claude*, xx), furent employés à ce travail pendant onze années. On en découvre encore des vestiges.

— 2. *Paludamento.* Le *paludamentum* était l'habit militaire du général. — *Chlamyde.* Ce mot paraît pris dans le même sens que *paludamento.* Pline, XXXIII, ix : *Nos vidimus Agrippinam Claudii principis, edente eo navalis prœlii spectaculum, assidentem ei, indutam paludamento auro textili, sine ulla materie.*

Page 210 : 1. *Ulterioribus*, s'applique à la fois aux choses et aux personnes.

Page 210 : 2. *In matrimonium accepit.* Néron étant fils adoptif de Claude, l'empereur eut soin, avant le mariage, de faire adopter Octavie dans une autre famille. Voy. Dion, LX, xxxiii.

Page 212 : 1. *Redditur Rhodiis libertas.* Les Rhodiens avaient perdu leur liberté neuf ans auparavant (voy. Dion, LX, xxiv) pour avoir mis en croix des citoyens romains.

— 2. *Apamensibus.* Apamée, ville de Phrygie.

Page 214 : 1. *Curia exactus est.* Nommé depuis proconsul de Bithynie, il fut accusé par cette province et condamné pour concussion. Voy. *Annales*, XIV, xlvi.

— 2. *A procuratoribus suis.* Dans les provinces gouvernées par des proconsuls ou des propréteurs, les procurateurs étaient exclusivement chargés de l'administration des domaines et des revenus du prince. Ils tenaient lieu de gouverneurs dans les provinces moins importantes; on les appelait alors *procuratores vice præsidis*, ou *cum potestate.*

— 3. *Equestres.* Expression nouvelle pour désigner spécialement les hommes de l'ordre équestre. *Equites* a le double sens de *chevaliers* et de *cavaliers.* (*Annales*, XIII, x) : *Julius Densus equester.*

Page 216 : 1. *Semproniis rogationibus.* Cette loi fut ainsi appelée du nom de famille de son auteur, C. Sempronius Gracchus. Voy. Montesquieu, *Esprit des lois*, XI, xviii.

— 2. *Serviliæ leges.* Ainsi appelées de C. Servilius Cépion qui, en 648, partagea les fonctions de juges entre les sénateurs et les chevaliers.

— 3. *C. Oppius.* Ami de Jules César. Voy. Suétone, *Vie de César*, lii et liii. — *Cornelius Balbus.* Autre ami de César, qui l'employa dans les affaires les plus importantes.

— 4. *Matios.* Matius, chevalier romain, ami d'Auguste. Voy. Pline, XII, vi. — *Vedios.* Voy. *Annales*, I, x.

— 5. *Cœum.* Voy. Hésiode, *Théogonie*, 404. C'est de Céus que vient le nom de l'île de Cos.

Page 218 : 1. *Regem Macedonum.* Il s'agit d'un certain Andriscus, qui se fit passer pour fils de Persée. Vaincu après quelques succès, il fut pris et mené à Rome. Voy. Florus, II, xiv.

— 2. *Antonium.* Le père du triumvir. Battu par les Crétois, il fut surnommé ironiquement *Creticus.*

Page 220 : 1. *Cœcorum terris.* Voy. Strabon, VII; Hérodote, IV, 114.

Page 220 : 2. *Vis piscium innumera.* Ce poisson est le thon, qui passe, au printemps, de la Méditerranée dans le Pont-Euxin, va frayer dans les Palus-Méotides, et revient à l'automne, par troupes innombrables, de l'Euxin dans la Propontide.

Page 222 : 1. *Thracio.* Voy. *Annales*, IV, XLVI et suiv. — *Bosporano.* Voy. plus haut, ch. XV-XVI.

— 2. *Partus* est à l'accusatif et dépend, ainsi que *suis fœtum*, d'un verbe sous-entendu, *credebatur* ou *ferebatur.*

Page 224 : 1. *Cnei.* Cn. Domitius, père de Néron.

Page 228 : 1. *Sinuessam.* Ville de Campanie, dont on voit les ruines près de *Rocca di Mondragone.* Sur la salubrité de ses eaux, voy. *Histoires*, I, LXXII, et Pline, XXXI, IV.

— 2. *Ad amorem filii rediret.* Cette crainte était fondée, si l'on en croit Suétone, *Vie de Claude*, XLIII.

— 3. *Delectabili.* Burnouf prend ce mot dans un sens plus restreint, et traduit : « mets favori de Claude. » Néron, faisant plus tard allusion à la mort de Claude et à son apothéose, appelait les champignons un mets des dieux.

Page 232 : 1. *Ex monitis Chaldæorum.* Voy. *Annales*, VI, XXII.

— 2. *Tertium ante idus octobris.* Le treize octobre, l'an 54 de J. C.

— 3. *Palatii* désigne le palais bâti par Auguste sur le mont Palatin.

— 4. *Paternæ largitionis.* Voy. Suétone, *Vie de Claude*, X.

— 5. *Cœlestes honores.* Le frère de Sénèque, Junius Gallion, disait que Claude avait été traîné au ciel avec un croc, faisant allusion aux criminels qu'on traînait ainsi aux Gémonies.

ARGUMENT ANALYTIQUE

DU TREIZIÈME LIVRE DES ANNALES.

I. Meurtre de Junius Silanus, proconsul d'Asie. Narcisse est contraint de se tuer.

II. Portraits de Burrus et de Sénèque.

III. Néron prononce l'éloge funèbre de Claude.

IV-V. Heureux commencements de Néron. Sages règlements du sénat. Ambition d'Agrippine.

VI-IX. Irruption des Parthes en Arménie. Rivalité de Corbulon et d'Ummidius Quadratus.

X-XI. Modestie et douceur de Néron.

XII-XIII. Amour du prince pour l'affranchie Acté. Emportement d'Agrippine.

XIV-XVIII. Disgrâce de Pallas. Nouvelles fureurs d'Agrippine. Mort et obsèques de Britannicus. Néron éloigne Agrippine du palais.

XIX-XXII. Agrippine accusée de complot contre l'empereur, interrogée, justifiée et vengée.

XXIII-XXIV. Pallas et Burrus faussement accusés. Néron purifie la ville.

XXV. Désordres nocturnes de Néron. Il encourage d'abord la licence du théâtre, puis la réprime.

XXVI-XXIX. Mesure adoptée par l'empereur au sujet des affranchis ingrats. Restriction du pouvoir des tribuns et des édiles. Les registres du trésor ôtés aux questeurs et confiés à des préfets. Changements successifs dans cette partie de l'administration publique.

XXX-XXXIV. Plusieurs procès de concussion. Construction d'un amphithéâtre au Champ-de-Mars. Colonies de vétérans envoyées à Capoue et à Nucérie. Largesse au peuple. Sénatus-consulte contre les esclaves. Procès de Pomponia Grécina, de P. Céler, de Capiton, d'Éprius Marcellus. Reprise de la guerre d'Arménie entre les Parthes et les Romains.

XXXV-XLI. Discipline sévère et victoires de Corbulon. Prise et destruction d'Artaxate.

XLII-XLIV. Suilius accusé; ses invectives contre Sénèque; il est relégué aux îles Baléares. Meurtre de Pontia. Dévouement d'un affranchi.

XLV-LII. Caractère de Poppée. Ses liaisons et son mariage avec Othon. Amour de Néron pour cette femme. Othon est envoyé en Lusitanie. Sylla, soupçonné d'un complot, est relégué à Marseille. Troubles à Pouzzoles. Opposition de Thraséas dans le sénat. Néron a le projet d'abolir les droits d'entrée et de consommation; le sénat s'y oppose. Édit contre les traitants.

LIII-LVII. Travaux des armées de Germanie. Affaire des Frisons et des Ansibariens. Guerre entre les Hermondures et les Cattes.

LVIII. Le figuier ruminal se dessèche et reverdit.

Ce livre contient la fin de l'an de Rome 807 et les quatre années suivantes :

Ans de Rome.	Ans de J. C.	Consuls.
808	55	Néron Claudius César. L. Antistius Vétus.
809	56	Q. Volusius Saturninus. P. Cornélius Scipion.
810	57	Néron Claudius César pour la deuxième fois. L. Calpurnius Pison.
811	58	Néron Claudius César pour la troisième fois. M. Valérius Messala.

ANNALIUM

LIBER XIII.

I. Prima novo principatu mors Junii Silani[1], proconsulis
Asiæ, ignaro Nerone, per dolum Agrippinæ paratur : non quia
ingenii violentia exitium irritaverat, segnis et dominationibus
aliis fastiditus adeo, ut C. Cæsar pecudem auream[2] eum appellare solitus sit; verum Agrippina, fratri ejus L. Silano
necem molita, ultorem metuebat, crebra vulgi fama « Anteponendum esse vixdum pueritiam egresso Neroni, et imperium per scelus adepto, virum ætate composita, insontem,
nobilem, et, quod tunc spectaretur, e Cæsarum posteris. »
Quippe et Silanus divi Augusti abnepos erat : hæc causa
necis; ministri fuere P. Celer[3], eques Romanus, et Helius

I. Le premier meurtre du nouveau règne fut celui de Junius
Silanus, proconsul d'Asie, préparé par les intrigues d'Agrippine, à
l'insu de Néron. Ce n'est pas que Silanus eût provoqué son malheur par la violence de son caractère : c'était un homme sans
énergie, et tellement méprisé sous les autres princes que Caïus
l'appelait toujours la brebis d'or. Mais Agrippine, qui avait fait
périr L. Silanus, craignait la vengeance de son frère; d'ailleurs la
voix publique ne cessait de répéter qu'il fallait préférer à Néron, à
peine sorti de l'enfance et parvenu à l'empire par un crime, un
Romain irréprochable, d'un âge mûr, d'un nom illustre, et, ce
qu'alors on considérait, du sang des Césars. En effet Silanus était
arrière-petit-fils d'Auguste : ce fut la cause de sa mort. P. Céler,
chevalier romain, et l'affranchi Hélius, tous deux préposés aux do-

ANNALES.

LIVRE XIII.

I. Mors Junii Silani,
proconsulis Asiæ,
paratur prima
novo principatu
per dolum Agrippinæ,
Nerone ignaro :
non quia
irritaverat exitium
violentia ingenii,
segnis et fastiditus
aliis dominationibus
adeo ut C. Cæsar
solitus sit appellare eum
pecudem auream ;
verum Agrippina,
molita necem
L. Silano, fratri ejus,
metuebat ultorem,
fama vulgi crebra
« Virum ætate composita,
insontem, nobilem,
et, quod tunc spectaretur,
e posteris Cæsarum,
anteponendum esse Neroni
vixdum egresso pueritiam,
et adepto imperium
per scelus. »
Quippe et Silanus
erat abnepos
divi Augusti :
hæc causa necis ;
ministri fuere
P. Celer, eques Romanus,

I. La mort de Junius Silanus,
proconsul d'Asie,
est préparée la première
sous le nouveau principat
par l'artifice d'Agrippine,
Néron *l'*ignorant :
non parce que
il avait provoqué *sa* perte
par la violence de *son* caractère,
étant indolent et dédaigné
sous les autres règnes
tellement que C. César (Caligula)
avait-coutume d'appeler lui
une brebis d'-or ;
mais Agrippine,
ayant tramé la mort
contre L. Silanus, frère de lui,
craignait un vengeur,   [pandue)
l'opinion de la foule *étant* fréquente (ré-
« Un homme d'un âge rassis (mûr),
irréprochable, noble,
et, *ce* qui alors était considéré,
un des descendants des Césars,
devoir être préféré à Néron
qui était à peine sorti de l'enfance,
et qui avait obtenu l'empire
par un crime. »
Car Silanus aussi
était arrière-petit-fils
du divin Auguste :
celle-ci (telle) *fut* la cause de *sa* mort
les ministres (instruments) furent
P. Céler, chevalier romain,

libertus, rei familiari principis in Asia impositi : ab his pro-
consuli venenum inter epulas datum est, apertius quam ut
fallerent. Nec minus properato Narcissus Claudii libertus,
de cujus jurgiis adversus Agrippinam retuli[1], aspera custodia
et necessitate extrema[2] ad mortem agitur; invito principe,
cujus abditis adhuc vitiis per avaritiam ac prodigentiam mire
congruebat.

II. Ibaturque in cædes, nisi Afranius Burrus et Annæus Seneca obviam issent. Hi rectores imperatoriæ juventæ, et,
rarum in societate potentiæ[3], concordes, diversa arte ex æquo
pollebant : Burrus militaribus curis et severitate morum, Seneca præceptis eloquentiæ et comitate honesta ; juvantes
invicem, quo facilius lubricam principis ætatem, si virtutem
aspernaretur, voluptatibus concessis[4] retinerent. Certamen

maines du prince en Asie, furent les intruments du crime. Ils
empoisonnèrent le proconsul à table, et trop ouvertement pour que
personne y fût trompé. On ne mit pas moins de précipitation pour
Narcisse, cet affranchi de Claude, dont j'ai rapporté les invectives
contre Agrippine. Une captivité rigoureuse, puis un ordre fatal, le
contraignirent de se tuer, au grand regret du prince, dont les vices,
encore cachés, s'accordaient merveilleusement avec l'avarice et la
prodigalité de cet affranchi.

II. On allait poursuivre ce plan d'assassinats, si Burrus et Sénèque ne s'y fussent opposés. Ces deux hommes, qui gouvernaient la
jeunesse de l'empereur et vivaient entre eux dans une harmonie
qu'admet rarement le partage du pouvoir, jouissaient d'un crédit
égal, avec des titres bien différents. Burrus était recommandable par
ses connaissances militaires et par l'austérité de ses mœurs ; Sénèque
par ses leçons d'éloquence et les grâces dont il paraît la sagesse : ils
se concertaient tous deux pour arrêter le prince sur la pente glissante
de la première jeunesse, et, si la vertu l'effarouchait, pour le contenir
au moins par quelques plaisirs permis. Ils étaient occupés sans re-

et libertus Helius,	et l'affranchi Hélius,
impositi	préposés
rei familiari principis	au bien de-famille du prince
in Asia :	en Asie :
ab his venenum	par eux le poison
datum est inter epulas	fut donné dans un repas
proconsuli,	au proconsul,
apertius quam	plus ouvertement qu'*il ne fallait*
ut fallerent.	pour qu'ils trompassent *les soupçons.*
Nec Narcissus,	Et Narcisse,
libertus Claudii,	affranchi de Claude,
de jurgiis cujus	des débats duquel
adversus Agrippinam	contre Agrippine
retuli,	j'ai fait-mention,
agitur minus properato	n'est pas poussé moins précipitamment
ad mortem	à la mort
custodia aspera	par une prison rigoureuse
et necessitate extrema;	et une nécessité extrême;
principe invito,	le prince y répugnant,
vitiis cujus abditis adhuc	avec les vices duquel cachés encore
congruebat mire	il (Narcisse) s'accordait merveilleusement
per avaritiam	par *son* avarice
ac prodigentiam.	et *sa* prodigalité. [tres,
II. Ibaturque in cædes,	II. Et on allait *en venir* à des meur-
nisi Afranius Burrus	si Afranius Burrus
et Annæus Seneca	et Annéus Sénèque
issent obviam.	ne fussent allés à-l'encontre.
Hi rectores	Ceux-ci directeurs
juventæ imperatoriæ,	de la jeunesse de-l'empereur,
et concordes,	et s'accordant *entre eux,*
rarum	chose rare
in societate potentiæ,	dans le partage de la puissance,
pollebant ex æquo	avaient-du-crédit à *part* égale
arte diversa :	par des moyens divers :
Burrus	Burrus
curis militaribus	par *ses* occupations militaires
et severitate morum,	et la sévérité de *ses* mœurs,
Seneca	Sénèque
præceptis eloquentiæ	par *ses* leçons d'éloquence
et comitate honesta;	et une affabilité honnête;
juvantes invicem	s'aidant mutuellement
quo retinerent facilius	afin qu'ils retinssent plus facilement
voluptatibus concessis	par des plaisirs tolérés
ætatem lubricam	l'âge glissant
principis,	du prince,
si aspernaretur virtutem.	s'il se rebutait de la vertu.
Utrique	A l'un-et-à-l'autre

utrique unum ¹ erat contra ferociam Agrippinæ : quæ, cunctis
malæ dominationis cupidinibus flagrans, habebat in partibus
Pallantem ; quo auctore Claudius nuptiis incestis et adoptione
exitiosa semet perverterat. Sed neque Neroni infra servos ingenium ; et Pallas, tristi arrogantia modum liberti egressus,
tædium sui moverat. Propalam tamen omnes in eam honores
cumulabantur, signumque more militiæ petenti tribuno dedit,
« Optimæ matris. » Decreti et a senatu duo lictores, flaminium Claudiale ², simul Claudio censorium funus et mox consecratio ³.

III. Die funeris laudationem ejus princeps exorsus est. Dum
antiquitatem generis, consulatus ac triumphos ⁴ majorum
enumerabat, intentus ipse et ceteri : liberalium quoque artium
commemoratio, et nihil regente eo reipublicæ triste ab exter-

lâche à combattre la violence d'Agrippine, qui, dévorée de tous les
désirs d'un pouvoir malfaisant, avait dans son parti Pallas, l'auteur
de ce mariage incestueux et de cette funeste adoption qui avaient
causé la perte de Claude. Il est vrai que Néron n'était point d'un
caractère à se soumettre à des esclaves ; et Pallas, sortant des bornes
de sa condition, s'était rendu insupportable par son humeur sévère
et hautaine. En public toutefois on accumulait les honneurs sur
Agrippine : un tribun étant venu, selon l'usage, demander le mot
d'ordre, Néron lui donna celui-ci : « La meilleure des mères. » Le
sénat, de son côté, lui décerna deux licteurs, avec le titre de prêtresse de Claude, et à Claude les funérailles de censeur, puis
l'apothéose.

III. Le jour des obsèques, ce fut Néron qui prononça l'éloge funèbre. Tant qu'il s'étendit sur l'ancienneté de la race de Claude, sur
les consulats et les triomphes de ses ancêtres, le ton de l'orateur et
l'attention de l'auditoire se soutinrent. Quand il parla même des
connaissances littéraires de Claude et du bonheur qu'avait eu l'empire
sous son règne de n'essuyer aucun échec au dehors, on l'écouta

unum certamen erat	une *seule* lutte était
contra ferociam	contre la violence
Agrippinæ :	d'Agrippine :
quæ, flagrans	celle-ci, brûlant
cunctis cupidinibus	de toutes les passions
dominationis malæ,	d'un pouvoir malfaisant,
habebat Pallantem	avait Pallas
in partibus ;	dans *son* parti ;
quo auctore	lequel *étant* instigateur
Claudius	Claude
semet perverterat	s'était perdu
nuptiis incestis	par un mariage incestueux
et adoptione exitiosa.	et une adoption funeste.
Sed neque Neroni	Mais ni à Néron
ingenium	*n'était* un caractère
infra servos ;	à *plier* sous des esclaves ;
et Pallas,	et Pallas,
egressus modum liberti	étant sorti de la mesure d'un affranchi
arrogantia tristi,	par une arrogance-sévère, [fait haïr).
moverat tædium sui.	avait excité le dégoût de lui-même (s'était
Tamen omnes honores	Cependant tous les honneurs
cumulabantur in eam	étaient accumulés sur elle
propalam,	publiquement,
tribunoque	et à un tribun
petenti signum	qui demandait le mot-d'ordre
more militiæ	selon l'usage du service-militaire
dedit	il (Néron) donna *celui-ci*
« Optimæ matris. »	« De la meilleure mère. »
Et duo lictores	Et deux licteurs
decreti a senatu,	*furent* décernés *à elle* par le sénat,
flaminium Claudiale,	*ainsi que* le titre-de-prêtresse de-Claude,
simul Claudio	en-même-temps à Claude
funus censorium	des funérailles de-censeur,
et mox consecratio.	et bientôt l'apothéose.
III. Die funeris	III. Le jour des funérailles
princeps exorsus est	le prince commença
laudationem ejus.	l'éloge de lui (de Claude).
Dum enumerabat	Tant qu'il énumérait
antiquitatem generis,	l'antiquité de *sa* race,
consulatus	les consulats
ac triumphos majorum,	et les triomphes de *ses* ancêtres,
ipse intentus	lui-même *était* attentif
et ceteri :	et tous-les-autres *aussi* :
commemoratio quoque	le rappel aussi
artium liberalium,	des connaissances libérales *de Claude*,
et nihil triste	et rien de triste
accidisse reipublicæ	n'être arrivé à la république

nis accidisse, pronis animis audita : « Postquam ad providentiam sapientiamque flexit, nemo risui temperare, quanquam oratio, a Seneca composita, multum cultus præferret : ut fuit illi viro [1] ingenium amœnum et temporis ejus auribus accommodatum. Adnotabant seniores, quibus otiosum est vetera et præsentia contendere, primum ex iis qui rerum potiti essent Neronem alienæ facundiæ eguisse. Nam dictator Cæsar [2] summis oratoribus æmulus; et Augusto prompta ac profluens, quæ deceret principem, eloquentia fuit. Tiberius artem quoque callebat qua verba expenderet, tum validus sensibus, aut consulto ambiguus. Etiam C. Cæsaris turbata mens vim dicendi non corrupit. Nec in Claudio, quoties meditata dissereret, elegantiam requireres. Nero, puerilibus statim annis, vividum animum in alia detorsit : cælare, pingere, cantus aut regimen

encore favorablement; mais quand il en vint au discernement et à la pénétration de ce prince, personne ne put s'empêcher de rire, quoique le discours étincelât d'ornements : car il avait été composé par Sénèque, qui avait un esprit agréable et assorti au goût de ce siècle. Les vieillards, qui se plaisent à comparer le présent et le passé, remarquaient que, de tous ceux qui avaient possédé la suprême puissance, Néron était le premier qui eût eu besoin de recourir à l'éloquence d'autrui. En effet le dictateur César était l'émule des plus grands orateurs. Auguste avait une élocution abondante et facile, celle qui convient à un prince, et Tibère, un art singulier pour peser ses expressions, soit qu'il en fortifiât le sens, soit qu'il l'enveloppât à dessein. Chez Caïus même, le désordre de l'esprit ne nuisit point à la vigueur de l'éloquence; et jusque dans Claude, toutes les fois qu'il avait préparé ses discours, on trouvait encore quelque élégance. Néron, dès ses premières années, tourna la vivacité de son esprit vers d'autres objets; il s'exerçait à graver, à peindre, à chanter,

ab externis	de la part des étrangers
eo regente,	lui (Claude) *la* gouvernant,
audita	*tout cela fut* entendu
animis pronis ;	avec des dispositions-d'esprit favorables ;
postquam flexit	*mais* après qu'il eut tourné (quand il en
ad providentiam	à la prévoyance [vint)
sapientiamque,	et à la sagesse *de Claude,*
nemo temperare risui,	personne *ne put* modérer *son* rire,
quanquam oratio,	quoique le discours,
composita a Seneca,	composé par Sénèque,
præferret multum cultus :	étalât beaucoup de parure :
ut ingenium amœnum	vu que (car) un esprit agréable
et accommodatum	et assorti
auribus ejus temporis	aux oreilles (au goût) de ce temps
fuit illi viro.	fut à cet homme.
Seniores,	Les plus âgés,
quibus est otiosum	auxquels il est de-loisir
contendere	de rapprocher
vetera et præsentia,	les choses anciennes et présentes,
adnotabant Neronem	remarquaient Néron
primum ex iis	le premier de ceux
qui potiti essent rerum	qui étaient devenus-maîtres des affaires
eguisse facundiæ alienæ.	avoir eu-besoin de l'éloquence d'-autrui.
Nam dictator Cæsar	Car le dictateur César
æmulus	*fut* un rival
summis oratoribus ;	pour les plus grands orateurs ;
et Augusto.	et à Auguste
fuit eloquentia	fut une éloquence
prompta ac profluens,	facile et coulante,
quæ deceret principem.	qui seyait à un prince.
Tiberius quoque	Tibère aussi
callebat artem	était-habile-dans un art (avait l'art)
qua expenderet verba,	par lequel il pesât (de peser) les mots,
tum validus sensibus,	tantôt fort par les pensées,
aut ambiguus consulto.	ou équivoque à dessein.
Etiam mens turbata	Même l'esprit troublé
C. Cæsaris	de C. César (Caligula)
non corrupit vim dicendi.	n'altéra point *son* énergie de parole.
Nec in Claudio	Dans Claude non plus
requireres elegantiam,	tu n'aurais pas regretté l'élégance,
quoties dissereret	chaque-fois-qu'il développait
meditata.	des *sujets* préparés.
Nero,	Néron,
statim annis puerilibus,	aussitôt dès *ses* années d'-enfance,
detorsit in alia	détourna vers d'autres *objets*
animum vividum :	*son* esprit vif :
cælare, pingere,	*il se mit à* graver, *à* peindre,

equorum exercere ; et aliquando, carminibus pangendis, inesse
sibi elementa doctrinæ ostendebat.

IV. Ceterum, peractis tristitiæ imitamentis, curiam ingressus, et de auctoritate patrum et consensu militum præfatus, consilia sibi et exempla[1] capessendi egregie imperii
memoravit; « Nec juventam armis civilibus aut domesticis
discordiis imbutam[2]; nulla odia, nullas injurias, nec cupidinem ultionis afferre. » Tum formam futuri principatus
præscripsit, ea maxime declinans quorum recens flagrabat
invidia : « Non enim se negotiorum omnium judicem fore, ut,
clausis unam intra domum[3] accusatoribus et reis, paucorum
potentia grassaretur; nihil in penatibus suis venale aut ambitioni pervium; discretam domum et rempublicam[4]. Teneret
antiqua munia senatus; consulum tribunalibus[5] Italia et pu-

ou à conduire des chars; quelquefois aussi il faisait des vers qui
montraient que les lettres ne lui étaient pas absolument étrangères.

IV. Quand on eut satisfait à tous ces dehors de la douleur, Néron
entra au sénat. Après quelques mots sur son élection consacrée par
les sénateurs et reconnue par l'armée, il ajouta « qu'il ne manquait
ni de conseils ni d'exemples pour bien gouverner; que des guerres
civiles et des dissensions domestiques n'avaient point aigri sa jeunesse; qu'il n'apportait ni haine, ni ressentiment, ni désir de vengeance. » Puis il traça le plan de son règne futur, évitant surtout
les abus dont le souvenir récent soulevait encore les esprits. « Ainsi
il ne s'établirait point juge de toutes les affaires, et ne renfermerait
point dans le secret du palais les accusateurs et les accusés, pour
augmenter la puissance de quelques favoris. Il ne donnerait rien,
dans sa cour, ni à l'or, ni à la brigue; sa maison et l'État seraient
deux choses distinctes; le sénat reprendrait ses anciennes fonctions,
l'Italie et les provinces du peuple romain s'adresseraient au tribunal

exercere cantus — à pratiquer le chant
aut regimen equorum ; — ou la conduite des chevaux ;
et aliquando, — et quelquefois,
pangendis carminibus, — en composant des vers,
ostendebat — il montrait
elementa doctrinæ — des éléments d'instruction
inesse sibi. — être en lui.

IV. Ceterum, — IV. Au-reste,
imitamentis tristitiæ — ces semblants de tristesse
peractis, — étant accomplis,
ingressus curiam, — étant entré dans la curie,
et præfatus — et ayant parlé-d'abord
de auctoritate patrum — de l'autorité des sénateurs
et consensu militum, — et du consentement des soldats,
memoravit — il rappela
consilia — des conseils
et exempla sibi — et des exemples *être* à lui
capessendi imperii — de (pour) prendre-en-main l'empire
egregie ; — d'une-manière-remarquable ;
« Nec juventam imbutam — « *Et sa* jeunesse *n'avoir* pas *été* formée
armis civilibus — par les armes (guerres) civiles
aut discordiis domesticis ; — ou par les discordes domestiques ;
afferre nulla odia, — *lui n'*apporter aucunes haines,
nullas injurias, — aucuns ressentiments,
nec cupidinem ultionis. » — ni *aucun* désir de vengeance. »
Tum præscripsit formam — Alors (puis) il traça la forme
principatus futuri, — de *son* principat futur,
declinans maxime ea — écartant surtout ces *abus*
quorum invidia recens — dont l'odieux récent-
flagrabat : — brûlait (durait) *encore :*
« Se enim non fore judicem — « Car lui ne devoir pas être juge
omnium negotiorum, — de toutes les affaires,
ut potentia — de-sorte-que la puissance
paucorum — d'un petit-nombre
grassaretur, — s'accrût,
accusatoribus et reis — les accusateurs et les accusés
clausis — étant enfermés
intra unam domum ; — dans une *seule* maison ;
in suis penatibus — dans ses pénates
nihil venale — rien de vénal
aut pervium ambitioni ; — ou d'accessible à la brigue ;
domum et rempublicam — *sa* maison et la république
discretam. — *être* distinctes.
Senatus teneret — Que le sénat gardât
antiqua munia ; — *ses* anciennes fonctions ;
Italia — que l'Italie
et provinciæ publicæ — et les provinces du-peuple

blicæ provinciæ [1] adsisterent. Illi patrum aditum præberent ;
se mandatis exercitibus consulturum. »

V. Nec defuit fides. Multaque arbitrio senatus constituta
sunt : ne quis ad causam orandam mercede aut donis emeretur [2]; ne designatis quæstoribus edendi gladiatores necessitas esset [3]. Quod quidem adversante Agrippina, tanquam acta
Claudii subverterentur, obtinuere patres ; qui in palatium ob
id vocabantur, ut adstaret abditis a tergo foribus [4] velo discreta, quod visum arceret, auditum non adimeret. Quin et
legatis Armeniorum, causam gentis apud Neronem orantibus, escendere suggestum imperatoris et præsidere simul
parabat, nisi, ceteris pavore defixis, Seneca admonuisset
venienti matri occurreret. Ita, specie pietatis, obviam itum
dedecori.

VI. Fine anni, turbidis rumoribus, prorupisse rursum Parthos et rapi Armeniam allatum est, pulso Rhadamisto [5], qui,

---

des consuls : par eux, on aurait accès auprès du sénat ; lui, chargé
des armées, s'en réservait tout le soin. »

V. Il tint parole, et le sénat, de sa propre autorité, fit plusieurs
règlements, entre autres celui qui défendait aux orateurs d'accepter
des présents ou de l'argent, et celui qui dispensait les questeurs désignés de donner des combats de gladiateurs. Agrippine s'y opposait,
sous prétexte que c'était renverser les actes de Claude ; mais le sénat
l'emporta. Ses assemblées se tenaient dans le palais, afin qu'Agrippine
pût y assister. Elle entrait par une porte dérobée, et n'était séparée
que par un voile, qui l'empêchait d'être vue sans l'empêcher d'entendre. Elle fit plus : un jour que des ambassadeurs arméniens plai-
daient devant Néron la cause de leur nation, elle se disposait à
monter sur le tribunal de l'empereur et à siéger avec lui, si, tandis
que tous les autres restaient interdits de frayeur, Sénèque n'eût
averti Néron d'aller au-devant de sa mère. C'est ainsi qu'avec l'air
du respect on prévint un affront public.

VI. A la fin de l'année, on apprit par de sinistres rumeurs que les
Parthes avaient fait une nouvelle irruption et envahi l'Arménie,

adsisterent tribunalibus
consulum.
Illi præberent
aditum patrum ;
se consulturum
exercitibus mandatis. »
　V. Nec fides
defuit.
Multaque constituta sunt
arbitrio senatus :
ne quis emeretur
mercede aut donis
ad orandam causam ;
ne necessitas
edendi gladiatores
esset
quæstoribus designatis.
Quod quidem
patres obtinuere,
Agrippina adversante,
tanquam acta Claudii
subverterentur ;
qui vocabantur
in palatium
ob id, ut adstaret
foribus abditis a tergo,
discreta velo
quod arceret visum,
non adimeret auditum.
Quin et
legatis Armeniorum
orantibus causam gentis
apud Neronem,
parabat escendere
suggestum imperatoris
et præsidere simul ,
nisi, ceteris
defixis pavore,
Seneca admonuisset
occurreret matri venienti.
Ita, specie pietatis,
itum obviam dedecori.
　VI. Fine anni,
allatum est
rumoribus turbidis
Parthos prorupisse rursum
et Armeniam rapi,

se tinssent-auprès-des (s'adressassent aux)
des consuls.　　　　　[tribunaux
Que ceux-là- fournissent
l'accès des (auprès des) sénateurs ;
lui-même devoir veiller
sur les armées qui lui étaient confiées. »
　V. Et la bonne foi
ne manqua pas à ces paroles.
Et beaucoup de choses furent établies
par la décision du sénat :
par exemple, que personne ne fût acheté
par un salaire ou par des présents
pour plaider une cause ;
que la nécessité
de produire en spectacle des gladiateurs
ne fût pas imposée
aux questeurs désignés.
Ce que certes
les sénateurs obtinrent
Agrippine s'y opposant,
comme si les actes de Claude
étaient renversés ;
lesquels sénateurs étaient convoqués
au palais
pour cela, afin qu'elle assistât
au moyen d'une porte cachée par derrière,
séparée par un voile
qui écartât la vue (empêchât de la voir),
mais ne lui ôtât pas la faculté-d'entendre.
Bien-plus aussi,
des députés des Arméniens
plaidant la cause de leur nation
devant Néron,
elle se préparait à monter
sur le tribunal de l'empereur
et à présider la séance en-même-temps ,
si, les autres
étant immobiles de crainte,
Sénèque n'eût averti Néron　　　[nait.
qu'il allât-au-devant de sa mère qui ve-
Ainsi, sous prétexte de piété filiale,
on (il) alla au-devant du déshonneur.
　VI. A la fin de l'année,
la nouvelle fut apportée
par des rumeurs sinistres.　　　[veau
les Parthes avoir fait-irruption de-nou-
et l'Arménie être enlevée,

sæpe regni ejus potitus, dein profugus, tum quoque bellum
deseruerat. Igitur in Urbe sermonum avida, « Quemadmodum
princeps vix septemdecim annos egressus suscipere eam
molem aut propulsare posset; quod subsidium in eo qui a
femina regeretur; num prœlia quoque et oppugnationes
urbium et cetera belli per magistros administrari possent, »
anquirebant. Contra alii « Melius evenisse disserunt quam si,
invalidus senecta et ignavia, Claudius militiæ ad labores vocaretur, servilibus jussis obtemperaturus. Burrum tamen et
Senecam multarum rerum experientia cognitos : et imperatori
quantum ad robur deesse, quum octavodecimo ætatis anno
Cn. Pompeius, nonodecimo Cæsar Octavianus, civilia bella
sustinuerint? Pleraque in summa fortuna auspiciis et consiliis [1]
quam telis et manibus geri. Daturum plane documentum

depuis l'expulsion de Rhadamiste, qui, après avoir plusieurs fois
perdu et recouvré ce royaume, avait alors renoncé même à le dis-
puter. Rome est avide d'entretiens; elle se demandait « comment un
prince, à peine âgé de dix-sept ans, pourrait soutenir des conjonc-
tures si difficiles et écarter les dangers. Qu'attendre d'un enfant
gouverné par une femme? Les siéges, les combats et toutes les opé-
rations de la guerre seraient-ils encore dirigés par ses maîtres? »
D'autres au contraire trouvaient « l'événement plus heureux que si
les fatigues de cette guerre étaient tombées sur Claude, sur un homme
à qui la vieillesse et la lâcheté ne laissaient aucune vigueur, et qui
eût obéi aux ordres de ses esclaves. Burrus après tout et Sénèque
n'avaient-ils pas donné mille preuves de leur capacité? Quant à
l'empereur même, comment se récrier sur son âge, lorsque Pompée,
à dix-huit ans, César Octavien, à dix-neuf, avaient soutenu la guerre
civile? Dans le rang suprême les auspices du prince et les conseils
de ceux qui l'entourent font plus que son épée et son bras. Certes on
jugera bien que Néron a pour amis des hommes vertueux, s'il choisit

Rhadamisto pulso,	Rhadamiste ayant été chassé,
qui, sæpe potitus	qui, souvent devenu-maître
ejus regni,	de ce royaume,
dein profugus,	puis fugitif,
tum quoque	alors aussi
deseruerat bellum.	avait abandonné (renoncé à) la guerre.
Igitur in Urbe	Donc dans la ville (Rome)
avida sermonum,	avide d'entretiens,
anquirebant	on se demandait
« Quemadmodum	« Comment
princeps egressus vix	un prince sorti à peine
septemdecim annos	de dix-sept ans
posset suscipere	pourrait soutenir
aut propulsare eam molem;	ou repousser ce fardeau ;
quod subsidium in eo	quelle ressource était en celui
qui regeretur a femina ;	qui était gouverné par une femme ;
num prœlia quoque	si les combats aussi
et oppugnationes urbium	et les siéges de villes
et cetera belli	et les autres opérations d'une guerre
possent administrari	pourraient être conduits
per magistros. »	par ses maîtres. »
Contra alii disserunt	Au-contraire d'autres soutiennent
« Evenisse melius,	« Cela être arrivé mieux,
quam si Claudius,	que si Claude,
invalidus senecta	impuissant par sa vieillesse
et ignavia,	et par sa lâcheté,
vocaretur	était appelé
ad labores militiæ,	aux travaux de la guerre,
obtemperaturus	prêt-à-obéir
jussis servilibus.	à des ordres d'-esclaves.
Tamen Burrum et Senecam	Cependant Burrus et Sénèque
cognitos experientia	être connus par l'expérience
multarum rerum :	de beaucoup de choses :
et quantum deesse	et combien manquer
imperatori ad robur,	à l'empereur en-fait-de force,
quum Cn. Pompeius	puisque Cn. Pompée [année
octavodecimo anno	dans la huitième et dixième (dix-huitième)
ætatis,	de son âge,
Cæsar Octavianus	César Octavien
nonodecimo,	dans la dix-neuvième,
sustinuerint bella civilia ?	avaient soutenu des guerres civiles ?
In summa fortuna	Dans la plus haute fortune
pleraque geri	la plupart des choses se faire
auspiciis et consiliis,	par les auspices et les conseils
quam telis et manibus.	plus que par les armes et les mains.
Daturum plane	Néron devoir donner assurément
documentum	une preuve

honestis an secus amicis uteretur, si ducem amota invidia
egregium, quam si pecuniosum et gratia subnixum per ambitum deligeret. »

VII. Hæc atque talia vulgantibus, Nero et juventutem
proximas per provincias quæsitam supplendis Orientis legionibus admoveri, legionesque ipsas propius Armeniam collo-
cari jubet. Duosque veteres reges[1], Agrippam et Antiochum,
expedire copias, quis Parthorum fines ultro intrarent; simul
pontes per amnem Euphraten jungi. Et minorem Armeniam
Aristobulo, regionem Sophenen[2] Sohemo, cum insignibus
regiis, mandat. Exortusque in tempore æmulus Vologeso[3],
filius Vardanes; et abscessere Armenia Parthi, tanquam
differrent bellum.

VIII. Sed apud senatum omnia in majus celebrata sunt,
sententiis eorum qui supplicationes, et diebus supplicationum
vestem principi triumphalem, utque ovans Urbem iniret,

---

un habile capitaine, en dépit de l'envie, plutôt que de céder à la
brigue et de prendre un courtisan riche et accrédité. »

VII. Tandis que ces discours et d'autres semblables se tiennent
publiquement, Néron fait avancer les troupes qu'on avait levées dans
les provinces les plus voisines pour compléter les légions d'Orient,
et ordonne aux légions elles-mêmes de se rapprocher de l'Arménie.
Antiochus et Agrippa, deux anciens rois, reçoivent l'ordre de tenir
leurs forces prêtes à entrer au premier moment sur les frontières
des Parthes. Des ponts sont jetés sur l'Euphrate; l'Arménie mineure
est donnée avec les ornements de la royauté à Aristobule, et le pays
de Sophène à Sohémus. D'un autre côté la fortune suscite à Vologèse
un rival dans son propre fils Vardane, et les Parthes se retirent de
l'Arménie, comme s'ils n'eussent fait que suspendre l'exécution de
leurs projets.

VIII. Mais tous ces événements acquièrent une bien autre importance dans les délibérations du sénat, par le vote de prières solennelles, auquel on ajouta que, durant ces solennités, le prince serait
décoré de la robe triomphale, qu'il ferait son entrée dans Rome avec
les honneurs de l'ovation, et qu'on lui élèverait dans le temple de

uteretur amicis honestis	s'il se servait d'amis honnêtes
an secus,	ou autrement,
si invidia amota	si l'envie étant écartée
deligeret ducem egregium,	il choisissait un chef distingué,
quam si per ambitum	*plutôt* que *s'il choisissait* (au lieu de choi-
pecuniosum	un *chef* riche [sir) par brigue
et subnixum gratia. »	et appuyé par la faveur. »
VII. Vulgantibus	VII. *Tous* répandant
hæc atque talia,	ces *propos* et *d'autres* tels,
Nero jubet	Néron ordonne
et juventutem quæsitam	et la jeunesse recherchée
per provincias proximas	dans les provinces voisines
supplendis legionibus	pour compléter les légions
Orientis	de l'Orient
admoveri,	être appelée,
legionesque ipsas	et les légions elles-mêmes
collocari	être placées
propius Armeniam.	plus près de l'Arménie.
Duosque veteres reges,	Et deux anciens rois,
Agrippam et Antiochum,	Agrippa et Antiochus,
expedire copias,	préparer des troupes, [ment
quis intrarent ultro	avec lesquelles ils entrassent spontané-
fines Parthorum ;	sur les frontières des Parthes ;
simul	en-même-temps
pontes jungi	des ponts être joints (jetés)
per amnem Euphraten.	sur le fleuve *de* l'Euphrate.
Et mandat Aristobulo	Il confie aussi à Aristobule
Armeniam minorem,	l'Arménie mineure,
Sohemo	à Sohème
regionem Sophenen,	le pays *de* Sophène,
cum insignibus regiis.	avec les insignes royaux,
Æmulusque Vologeso	Et un rival à Vologèse
exortus in tempore,	se leva à propos,
filius Vardanes ;	*à savoir son* fils Vardane ;
et Parthi	et les Parthes
abscessere Armenia,	se retirèrent de l'Arménie,
tanquam differrent bellum.	comme s'ils différaient la guerre.
VIII. Sed apud senatum	VIII. Mais devant le sénat
omnia celebrata sunt	tous *ces faits* furent exaltés
in majus,	dans une *proportion* plus grande,
sententiis eorum	par les opinions de ceux
qui censuere supplicationes	qui votèrent des supplications
et diebus supplicationum	et pendant les jours des supplications
vestem triumphalem	l'habit triomphal
principi,	pour le prince,
utque iniret Urbem	et qu'il entrât dans la ville (Rome)
ovans,	jouissant-de-l'ovation,

effigiesque ejus pari magnitudine ac Martis Ultoris, eodem in
templo, censuere : præter suetam adulationem læti quod
Domitium Corbulonem [1] retinendæ Armeniæ præposuerat,
videbaturque locus virtutibus patefactus. Copiæ Orientis ita
dividuntur ut pars auxiliarium, cum duabus legionibus, apud
provinciam Syriam et legatum ejus Quadratum Ummidium [2]
remaneret; par civium sociorumque numerus Corbuloni esset,
additis cohortibus alisque quæ apud Cappadociam hiemabant;
socii reges, prout bello conduceret, parere jussi. Sed studia
eorum in Corbulonem promptiora erant : qui, ut famæ inser-
viret, quæ in novis cœptis validissima est, itinere propere
confecto, apud Ægeas [3], civitatem Ciliciæ, obvium Quadratum
habuit, illuc progressum ne, si ad accipiendas copias Syriam
intravisset Corbulo, omnium ora in se verteret, corpore ingens,

Mars Vengeur des statues d'une grandeur égale à celles du dieu. A
cette flatterie qui était dans les habitudes du sénat s'unissait la joie
de voir Corbulon nommé pour la guerre d'Arménie. De plus, la
carrière semblait se rouvrir au mérite. Les troupes de l'Orient furent
partagées; une partie des auxiliaires et deux légions restèrent en
Syrie, sous le commandement d'Ummidius Quadratus. Un nombre
égal de citoyens et d'alliés marcha sous Corbulon, avec les cohortes
et la cavalerie qui hivernaient en Cappadoce. Les rois alliés eurent
ordre d'obéir à l'un ou à l'autre, suivant les besoins de la guerre;
mais leur zèle était plus empressé pour Corbulon, qui, afin de se
ménager la renommée, dont l'influence est décisive au commencement d'une entreprise, s'était rendu en toute diligence à Égée, ville
de Cilicie. Il y trouva Quadratus, qui s'était avancé jusque-là, dans
la crainte que, si Corbulon entrait en Syrie pour y prendre son
armée, il n'attirât sur lui tous les regards, ayant une haute stature,

effigiesque ejus | et que des images de lui
ac Martis Ultoris, | et de Mars Vengeur,
magnitudine pari, | de grandeur pareille,
in eodem templo : | *fussent dressées* dans le même temple : :
læti | *se montrant* joyeux
præter adulationem suetam | outre l'adulation accoutumée
quod præposuerat | de ce qu'il avait préposé
Domitium Corbulonem | Domitius Corbulon
retinendæ Armeniæ, | pour garder l'Arménie,
locusque [tibus. | et *de ce que* un lieu (un champ)
videbatur patefactus virtu- | semblait *être* ouvert aux talents.
Copiæ Orientis | Les troupes de l'Orient
dividuntur ita | sont divisées de-telle-sorte
ut pars auxiliarium, | qu'une partie des auxiliaires,
cum duabus legionibus, | avec deux légions,
remaneret | restât
apud provinciam Syriam | dans la province *de* Syrie
et Quadratum Ummidium | et *auprès de* Quadratus Ummidius
legatum ejus ; | gouverneur de cette *province ;*
numerus par | *qu'un* nombre égal
civium sociorumque | de citoyens et d'alliés
esset Corbuloni, | fût à Corbulon,
cohortibus additis | des cohortes étant ajoutées
alisque | et (ainsi que) les escadrons
quæ hiemabant | qui hivernaient
apud Cappadociam ; | en Cappadoce ;
reges socii | les rois alliés
jussi parere, | reçurent-l'ordre d'obéir,
prout conduceret | selon qu'il serait-utile
bello. | pour la guerre.
Sed studia eorum | Mais les inclinations d'eux
erant promptiora | étaient plus décidées
in Corbulonem : | vers Corbulon : :
qui, ut inserviret famæ, | qui, pour qu'il servît la renommée,
quæ est validissima | laquelle est très-puissante (influente)
in novis cœptis, | dans les nouvelles entreprises,
itinere confecto propere, | la route étant achevée promptement,
habuit obvium | eut sur-son-passage
apud Ægeas, | à Égée,
civitatem Ciliciæ, | ville de Cilicie,
Quadratum, | Quadratus,
progressum illuc | qui s'était avancé *jusque* là
ne, si Corbulo | de-crainte-que, si Corbulon
intravisset Syriam | était entré en Syrie
ad accipiendas copias, | pour y recevoir *ses* troupes, [de tous,
verteret in se ora omnium, | il ne tournât vers lui les visages (regards)
ingens corpore, | *étant* grand de corps,

verbis magnificus, et, super experientiam sapientiamque, etiam specie inanium validus.

IX. Ceterum uterque Vologesen regem nuntiis monebant pacem quam bellum mallet, datisque obsidibus solitam prioribus reverentiam in populum Romanum continuaret. Et Vologeses, quo bellum ex commodo pararet, an ut æmulationis suspectos per nomen obsidum amoveret, tradit nobilissimos ex familia Arsacidarum. Accepitque eos centurio Histeius, ab Ummidio missus forte prior, ea de causa adito rege. Quod postquam Corbuloni cognitum est, ire præfectum cohortis Arrium Varum et recuperare obsides jubet. Hinc ortum inter præfectum et centurionem jurgium ne diutius externis spectaculo esset, arbitrium rei obsidibus legatisque qui eos ducebant permissum. Atque illi, ob recentem gloriam, et inclinatione quadam etiam hostium, Corbulonem prætulere.

un langage imposant, et joignant aux talents et à l'expérience l'art de se faire valoir même par les petites choses.

IX. Au reste nos deux généraux avaient ouvert une négociation avec Vologèse; ils lui conseillaient de préférer la paix à la guerre, et de marquer toujours au peuple romain, en lui envoyant des otages, une déférence dont ses ancêtres lui avaient donné l'exemple. Vologèse, soit pour avoir le temps de faire ses préparatifs, soit pour écarter des rivaux suspects, livra en effet ce qu'il y avait de plus distingué parmi les Arsacides. Ils furent remis entre les mains du centurion Histéius, dépêché à ce sujet vers le roi par Quadratus, et qui par hasard arriva le premier. A cette nouvelle, Corbulon fit partir le préfet de cohorte, Arrius Varus, avec ordre de se ressaisir des otages : ce qui amena une querelle entre le centurion et le préfet; mais, pour ne pas se donner plus longtemps en spectacle aux barbares, ils choisirent pour arbitres les otages eux-mêmes et les ambassadeurs qui les conduisaient. Ceux-ci, par égard pour sa gloire récente, et par je ne sais quel penchant qu'il inspirait même à ses ennemis, préférèrent Corbulon. Cet incident mit la discorde entre

magnificus verbis, — magnifique de paroles,
et, super experientiam — et, outre *son* expérience
sapientiamque, — et *son* habileté,
validus etiam — puissant aussi
specie inanium. — par l'apparence de vains *dehors*.

IX. Ceterum — IX. Au-reste — [sages
uterque monebant nuntiis — l'un-et-l'autre avertissaient par des mes-
regem Vologesen, — le roi Vologèse,
mallet pacem — qu'il aimât-mieux la paix
quam bellum, — que la guerre,
obsidibusque datis — et que des otages étant donnés
continuaret — il continuât
in populum Romanum — envers le peuple romain
reverentiam solitam — la déférence accoutumée
prioribus. — à (de) *ses* prédécesseurs.
Et Vologeses, — Et Vologèse,
quo pararet bellum — afin qu'il préparât la guerre
ex commodo, — selon *son* avantage,
an ut amoveret — ou afin qu'il écartât
per nomen obsidum — par (sous) le nom d'otages
suspectos æmulationis, — *ceux qui étaient* suspects de rivalité,
tradit nobilissimos — livre les plus nobles
ex familia Arsacidarum. — de la famille des Arsacides.
Centurioque Histeius — Et le centurion Histéius
accepit eos, — reçut eux,
missus forte prior — ayant été envoyé par-hasard le premier
ab Ummidio, — par Ummidius,
rege adito de ea causa. — le roi ayant été visité à ce sujet.
Quod — Laquelle chose
postquam cognitum est — après qu'elle fut connue
Corbuloni, — de Corbulon,
jubet Arrium Varum — il ordonne à Arrius Varus
præfectum cohortis — préfet de cohorte
ire — d'aller
et recuperare obsides. — et de recevoir les otages.
Ne jurgium ortum hinc — Pour que la querelle qui s'éleva de là
inter præfectum — entre le préfet
et centurionem — et le centurion
esset diutius spectaculo — ne fût pas plus longtemps en spectacle
externis, — à des étrangers,
arbitrium rei permissum — l'arbitrage de l'affaire fut remis
obsidibus legatisque — aux otages et aux députés
qui ducebant eos. — qui conduisaient eux.
Atque illi — Et ceux-ci
prætulere Corbulonem, — préférèrent Corbulon,
ob gloriam recentem, — à-cause-de *sa* gloire récente,
et etiam — et aussi

Unde discordia inter duces : querente Ummidio « Prærepta
quæ suis consiliis patravisset; » testante contra Corbulone
« Non prius conversum regem ad offerendos obsides, quam
ipse, dux bello delectus, spes ejus ad metum mutaret. »
Nero, quo componeret diversos, sic evulgari jussit, « ob res a
Quadrato et Corbulone prospere gestas laurum fascibus imperatoriis [1] addi. » Quæ, in alios consules egressa, conjunxi.

X. Eodem anno Cæsar effigiem Cn. Domitio patri [2], et consularia insignia Asconio Labeoni, quo tutore usus erat, petivit
a senatu, sibique statuas argento vel auro solidas, adversus
offerentes, prohibuit. Et, quanquam censuissent patres ut
principium anni inciperet mense decembre, quo ortus erat
Nero, veterem religionem calendarum januariarum inchoando
anno retinuit. Neque recepti sunt inter reos Carinas Celer,

les généraux : Quadratus se plaignit qu'on lui enlevait le fruit de
ses négociations; Corbulon de son côté soutenait « que les Parthes
ne s'étaient déterminés à offrir des otages que depuis sa nomination,
qui avait converti en craintes leurs espérances. » Néron, pour accorder
leur différend, fit publier « qu'en l'honneur des succès de Quadratus
et de Corbulon on joindrait une branche de laurier aux faisceaux
de l'empereur. » Ces faits anticipent sur le consulat suivant : je
les ai réunis.

X. Cette même année, le prince demanda au sénat une statue pour
son père Cn. Domitius, et les ornements consulaires pour Asconius
Labéon, qui avait été son tuteur. Il refusa pour lui-même des statues
d'or et d'argent massif qu'on lui offrait. Les sénateurs voulaient
aussi que l'année commençât au mois de décembre, époque de la
naissance de Néron; mais il conserva aux calendes de janvier l'honneur d'ouvrir l'année et leur ancienne solennité. Il défendit toute
procédure contre un sénateur nommé Carinas Céler, accusé par un

quadam inclinatione	par un certain penchant (une certaine
hostium.	des ennemis *même*. [prédilection)
Unde discordia	D'où la discorde
inter duces :	*se mit* entre les chefs :
Ummidio querente	Ummidius se plaignant
« Quæ patravisset	« *Les choses* qu'il avait faites
suis consiliis	par ses négociations
prærepta; »	*lui être* ravies ; »
contra	au-contraire
Corbulone testante	Corbulon protestant
« Regem non conversum	« Le roi n'avoir pas été tourné (déterminé)
ad offerendum obsides	à offrir des otages
prius quam ipse,	avant que lui-même,
delectus dux bello,	choisi *pour* chef à la guerre,
mutaret spes ejus	changeât les espérances de lui
ad metum, »	en crainte. »
Nero,	Néron,
quo componeret diversos,	afin qu'il accommodât *eux* divisés,
jussit evulgari sic,	ordonna une-publication-être-faite ainsi,
« Laurum addi	« Un laurier être ajouté
fascibus imperatoriis	aux faisceaux de-l'empereur
ob res gestas prospere	à-cause-des choses faites avec-succès
a Quadrato et Corbulone.»	par Quadratus et Corbulon. »
Quæ conjunxi,	Lesquels *faits* j'ai réunis,
egressa	*quoique* ayant empiété
in alios consules.	sur d'autres consuls.
X. Eodem anno	X. La même année
Nero petivit a senatu	Néron demanda au sénat
effigiem patri	une statue pour *son* père
Cn. Domitio,	Cn. Domitius,
et insignia consularia	et les ornements consulaires
Asconio Labeoni,	pour Asconius Labéon,
quo usus erat tutore,	duquel il s'était servi *comme* tuteur,
prohibuitque sibi,	et il défendit *d'élever* à lui,
adversus offerentes,	en-opposition-avec ceux qui *l'*offraient,
statuas solidas	des statues massives
argento vel auro.	d'argent ou d'or.
Et, quanquam patres	Et, quoique les sénateurs
censuissent	eussent été-d'avis
principium anni	que le commencement de l'année
inciperet mense decembre,	débutât par le mois *de* décembre,
quo Nero ortus erat,	dans lequel Néron était né,
retinuit inchoando anno	il conserva pour commencer l'année
veterem religionem	l'ancienne religion
calendarum januariarum.	des calendes de-janvier.
Neque Carinas Celer,	Et ni Carinas Céler,
senator,	sénateur,

senator, servo accusante, aut Julius Densus, equester, cui favor in Britannicum crimini dabatur.

XI. Claudio Nerone, L. Antistio consulibus, quum in acta principum jurarent magistratus, in sua acta [1] collegam Antistium jurare prohibuit : magnis patrum laudibus, ut juvenilis animus, levium quoque rerum gloria sublatus, majores continuaret. Secutaque lenitas in Plautium Lateranum [2], quem, ob adulterium Messalinæ ordine remotum, reddidit senatui; clementiam suam obstringens crebris orationibus, quas Seneca, testificando quam honesta præciperet, vel jactandi ingenii, voce principis vulgabat.

XII. Ceterum infracta paulatim potentia matris, delapso Nerone in amorem libertæ cui vocabulum Acte fuit [3], simul assumptis in conscientiam Othone et Claudio Senecione, adolescentulis decoris; quorum Otho familia consulari, Senecio liberto Cæsaris patre genitus, ignara matre, dein frustra obnitente, penitus irrepserant per luxum et ambigua secreta :

esclave, et contre Julius Densus, chevalier romain, à qui l'on faisait un crime de son attachement pour Britannicus.

XI. Sous le consulat de Néron et de L. Antistius, comme les magistrats juraient sur les actes des princes, Néron défendit à son collègue de jurer sur les siens : modestie fort louée du sénat, qui voulait élever ce jeune cœur et l'exciter aux grandes actions par la gloire qui s'attachait à celles de moindre importance. Ce trait fut suivi d'un acte de bonté. Plautius Latéranus avait été chassé du sénat pour ses amours avec Messaline; Néron le rendit à son ordre, engageant sa clémence dans des discours fréquents que Sénèque, afin de prouver la sagesse de ses leçons ou de faire admirer son esprit, publiait par la bouche du prince.

XII. Cependant le pouvoir d'Agrippine tomba insensiblement, depuis que Néron eut pris de l'amour pour une affranchie nommée Acté, et qu'il eut mis dans sa confidence Othon et Sénécion, le premier, d'une famille consulaire, le second, fils d'un affranchi de Claude, tous deux dans la fleur de la jeunesse et de la beauté. Ce fut d'abord à l'insu de la mère qu'ils s'insinuèrent dans la confiance

-servo accusante,
aut Julius Densus,
equester,
cui favor in Britannicum
dabatur crimini,
recepti sunt inter reos.
  XI. Claudio Nerone,
L. Antistio consulibus,
quum magistratus jurarent
in acta principum,
prohibuit
collegam Antistium
jurare in sua acta :
magnis laudibus patrum,
ut animus juvenilis,
sublatus quoque
gloria rerum levium,
continuaret majores.
Lenitasque secuta
in Plautium Lateranum,
quem, remotum ordine
ob adulterium Messalinæ,
reddidit senatui ;
obstringens
suam clementiam
crebris orationibus,
quas Seneca vulgabat
voce principis,
testificando
quam præciperet honesta,
vel jactandi ingenii.
  XII. Ceterum
potentia matris
infracta paulatim,
Nerone delapso
in amorem libertæ
cui vocabulum fuit Acte,
simul Othone
et Claudio Senecione,
decoris adolescentulis,
assumptis in conscientiam ;
quorum Otho
familia consulari,
Senecio genitus patre
liberto Cæsaris,
irrepserant penitus
per luxum

un esclave l'accusant,
ou (ni) Julius Densus,
de-l'ordre-équestre,
auquel son attachement à Britannicus
était donné (imputé) à grief,
ne furent reçus parmi les accusés.
  XI. Claude Néron
et L. Antistius étant consuls,
comme les magistrats juraient
sur les actes des princes,
il défendit
son collègue Antistius
jurer sur ses actes :
avec de grands éloges des sénateurs,
afin que son cœur de-jeune-homme,
élevé aussi
par la gloire de choses frivoles,
en continuât (poursuivît) de plus grandes.
Et sa douceur suivit (fut la même)
envers Plautius Latéranus,
lequel, écarté de l'ordre sénatorial
à-cause-de son adultère avec Messaline,
il rendit au sénat ;
engageant
sa clémence
par de fréquents discours,
lesquels Sénèque publiait
par la voix (bouche) du prince,
en attestant (pour attester)   [nêtes,
combien il lui enseignait des choses hon-
ou en vue de faire-montre de son génie.
  XII. Au-reste
la puissance de sa mère
fut brisée peu-à-peu,
Néron s'étant laissé-aller
à l'amour d'une affranchie
à qui le nom fut Acté,
en-même-temps Othone
et Claudius Sénécion,
beaux jeunes-gens,
ayant été pris en confidence ;
desquels Othon
issu d'une famille consulaire,
Sénécion né d'un père
affranchi de César,
s'étaient insinués profondément
à-la-faveur du plaisir

ne severioribus quidem principis amicis adversantibus, muliercula, nulla cujusquam injuria, cupidines principis explente;
quando uxore ab Octavia, nobili quidem et probitatis spectatæ,
fato quodam, an quia prævalent illicita, abhorrebat; metuebaturque ne in stupra feminarum illustrium prorumperet, si
illa libidine prohiberetur.

XIII. Sed Agrippina libertam æmulam, nurum ancillam,
aliaque eumdem in modum muliebriter fremere. Neque pœnitentiam filii aut satietatem opperiri; quantoque fœdiora
exprobrabat, acrius accendere : donec, vi amoris subactus,
exueret obsequium in matrem, seque Senecæ permitteret. Ex
cujus familiaribus Annæus Serenus [1], simulatione amoris
adversus eamdem libertam, primas adolescentis cupidines velaverat, præbueratque nomen, ut quæ princeps furtim mulier-
culæ tribuebat, ille palam largiretur. Tum Agrippina, versis

du fils par la communauté des plaisirs et par d'équivoques et mysté-
rieuses relations; et depuis ils s'y maintinrent en dépit de tous les
efforts d'Agrippine, d'autant plus que ceux même des amis de l'empereur qui avaient plus de sévérité ne cherchaient pas trop à combattre ce goût pour une maîtresse obscure, qui, sans nuire à personne, satisfaisait les désirs du prince. En effet sa femme Octavie,
quoique d'une naissance illustre et d'une vertu sans tache, soit par
une sorte de fatalité, soit par cet attrait si puissant des plaisirs
illicites, lui inspirait une aversion insurmontable, et il était à
craindre, si cet amusement lui était interdit, qu'il ne portât le
déshonneur dans d'illustres familles.

XIII. Mais Agrippine, avec l'emportement d'une femme offensée,
se récria sur ce qu'on lui donnait une affranchie pour rivale, une
esclave pour bru, enfin mille autres discours semblables. Au lieu
d'attendre les regrets ou la satiété de son fils, elle irrite sa passion
par la dureté des reproches, tant qu'enfin Néron, poussé par la
violence de son amour, dépouille tout respect pour sa mère et s'abandonne à Sénèque. Déjà un des amis de ce dernier, Annéus Sérénus,
avait feint d'aimer lui-même l'affranchie pour voiler la passion
naissante du jeune prince, et ce que Néron donnait furtivement à sa
maîtresse passait en public sous le nom de Sérénus. Alors Agrippine,

et secreta ambigua, et de secrets équivoques,
matre ignara, la mère *du prince* l'ignorant,
dein obnitente frustra : puis s'y opposant en-vain :
ne amicis quidem severiori- les amis même plus sévères
principis, [bus du prince
adversantibus, ne s'opposant point,
muliercula une femme-obscure
explente assouvissant
cupidines principis, les désirs du prince,
nulla injuria cujusquam ; sans aucune offense de personne ;
quando quodam fato, puisque par une certaine fatalité,
an quia illicita ou parce que les *plaisirs* illicites
prævalent, ont-plus-de-prix,
abhorrebat il avait-de-l'aversion
ab uxore Octavia, pour *son* épouse Octavie,
nobili quidem *femme* noble certes
et probitatis spectatæ ; et d'une honnêteté éprouvée ;
metuebaturque et il était craint (on craignait)
ne prorumperet in stupra qu'il ne s'échappât jusqu'au déshonneur
feminarum illustrium, de femmes de-distinction,
si prohiberetur s'il était empêché
illa libidine. de *satisfaire* cette fantaisie.

XIII. Sed Agrippina XIII. Mais Agrippine [me
fremere muliebriter de se plaindre avec-une-aigreur-de-fem-
libertam æmulam, *d'avoir* une affranchie *pour* rivale,
ancillam nurum, une esclave *pour* bru,
aliaque in eumdem modum. et autres *plaintes* de la même sorte.
Neque opperiri Et de ne pas attendre
pœnitentiam filii le repentir de *son* fils
aut satietatem ; ou *sa* satiété ;
accendereque acrius, et de *l'*enflammer *d'autant* plus vivement
quanto exprobrabat qu'elle *lui* reprochait
fœdiora : des choses plus honteuses :
donec, jusqu'à ce que,
subactus vi amoris, dompté par la force de *son* amour,
exueret obsequium il dépouillât *toute* déférence
in matrem, envers *sa* mère,
seque permitteret Senecæ. et s'abandonnât à Sénèque.
Ex familiaribus cujus Des amis-intimes duquel
Annæus Serenus, Annéus Sérénus,
simulatione amoris par la feinte d'un *violent* amour
adversus eamdem libertam, pour la même affranchie,
velaverat primas cupidines avait voilé les premiers désirs
adolescentis, du jeune-homme (Néron),
præbueratque nomen, et avait prêté *son* nom, [vertement
ut ille largiretur palam de-manière-que lui (Sérénus) fournît ou-
quæ princeps furtim *les dons* que le prince en-secret

12.

artibus, per blandimenta juvenem aggredi, suum potius cubiculum ac sinum offerre, contegendis quæ prima ætas et
summa fortuna expeterent. Quin et fatebatur intempestivam
severitatem, et suarum opum, quæ haud procul imperatoriis
aberant, copias tradebat; ut nimia nuper coercendo filio, ita
rursum intemperanter demissa. Quæ mutatio neque Neronem
fefellit, et proximi amicorum metuebant, orabantque cavere
insidias mulieris semper atrocis, tum et falsæ. Forte illis
diebus Cæsar, inspecto ornatu quo principum conjuges ac
parentes effulserant, deligit vestem et gemmas, misitque
donum matri; nulla parsimonia, quum præcipua et cupita
aliis prior deferret. Sed Agrippina « Non his instrui cultus suos, sed ceteris arceri proclamat, et dividere filium

changeant de plan, attaque son fils par les caresses; elle lui
offre son appartement, son sein même, pour cacher des plaisirs
qu'une première jeunesse et une si haute fortune rendent indis-
pensables. Elle va jusqu'à s'accuser d'une sévérité déplacée, et
lui fournit abondamment de son propre trésor, qui ne le cédait
guère à celui de l'empereur, non moins outrée alors dans ses com-
plaisances qu'auparavant dans ses rigueurs. Ce changement ne
trompa point Néron, éclairé d'ailleurs par les craintes de ceux qui
l'approchaient, et qui tous le conjuraient de se tenir en garde contre
les piéges d'une femme toujours implacable, et maintenant implacable à la fois et dissimulée. Néron, ayant par hasard en ce temps-là
fait la revue des riches parures qu'avaient portées les épouses et les
mères des empereurs, choisit une robe et des pierreries pour en faire
don à sa mère. Il n'avait rien ménagé dans ce présent; c'était ce
qu'il y avait de plus beau, ce que d'autres femmes avaient ambi-
tionné, et il l'offrait sans qu'on le demandât. Mais Agrippine se
plaignit « que c'était moins l'enrichir d'une parure nouvelle que la
priver de toutes les autres; et que son fils lui faisait sa part, tandis

tribuebat mulierculæ.	accordait (faisait) à *cette* jeune-femme.
Tum Agrippina,	Alors Agrippine,
artibus versis,	*ses* moyens étant changés,
aggredi juvenem	*se met à* attaquer le jeune *prince*
per blandimenta,	par des caresses,
offerre potius	à *lui* offrir de préférence
suum cubiculum ac sinum,	son appartement et *son* sein,
contegendis	pour cacher *les plaisirs*
quæ prima ætas	qu'un premier âge
et summa fortuna	et la plus haute fortune
expeterent.	réclamaient.
Quin et fatebatur	Bien-plus encore elle confessait
severitatem	*sa* sévérité
intempestivam,	*avoir été* intempestive,
et tradebat copias	et elle livrait des quantités
suarum opum,	de ses *propres* trésors,
quæ haud aberant procul	lesquels n'étaient pas loin
imperatoriis;	de *valoir* les *trésors* impériaux;
ut nuper nimia	de même que naguère excessive
coercendo filio,	pour réprimer *son* fils,
ita rursum demissa	ainsi de-nouveau abaissée
intemperanter.	sans-mesure.
Quæ mutatio	Lequel changement
neque fefellit Neronem,	ne trompa point Néron,
et proximi amicorum	et les plus proches de *ses* amis
metuebant, orabantque	craignaient, et *le* conjuraient
cavere insidias mulieris	de se garder des embûches d'une femme
semper atrocis,	toujours cruelle,
tum et falsæ.	alors en-outre fausse.
Forte illis diebus	Par hasard en ces jours-là
Cæsar,	César (Néron),
ornatu	les ornements
quo effulserant conjuges	sous lesquels avaient brillé les épouses
ac parentes principum	et les mères des princes
inspecto,	ayant été visités,
deligit vestem	choisit une robe
et gemmas,	et des pierreries,
misitque donum matri;	et *les* envoya *en* don à *sa* mère;
nulla parsimonia,	sans aucune parcimonie,
quum prior deferret	puisque le premier il *lui* offrait
præcipua	*les objets* les plus beaux
et cupita aliis.	et désirés par d'autres *femmes*.
Sed Agrippina proclamat	Mais Agrippine s'écrie
« Suos cultus	« Sa parure
non instrui his,	n'être point montée par ces *objets*, [rure,
sed arceri ceteris,	mais *elle* être exclue de toute-autre pa-
et filium dividere	et *son* fils partager

quæ cuncta ex ipsa haberet. » Nec defuere qui in deterius referrent.

XIV. Et Nero, infensus iis quibus superbia muliebris innitebatur, demovet Pallantem [1] cura rerum, quis a Claudio impositus velut arbitrium regni agebat. Ferebaturque, degrediente eo magna prosequentium multitudine, non absurde dixisse « Ire Pallantem ut ejuraret [2]. » Sane pepigerat Pallas ne cujus facti in præteritum interrogaretur, paresque rationes [5] cum republica haberet. Præcops post hæc Agrippina ruere ad terrorem et minas, neque principis auribus abstinere quominus testaretur « Adultum jam esse Britannicum, veram dignamque stirpem suscipiendo patris imperio, quod insitus et adoptivus per injurias matris exerceret. Non abnuere se quin cuncta infelicis domus mala patefierent, suæ in primis nuptiæ, suum

qu'il tenait tout d'elle-même. » On ne manqua pas de répéter ce mot et de l'envenimer.

XIV. Irrité contre ceux dont le pouvoir entretenait cet orgueil d'une femme, Néron ôte à Pallas le ministère qu'il tenait de Claude, et qui faisait de lui comme l'arbitre de l'empire. On rapporte qu'en voyant la foule énorme qui entourait l'affranchi, au moment où on vint lui signifier sa retraite, le prince dit assez plaisamment que Pallas allait abdiquer. Ce qu'il y a de certain, c'est que Pallas avait stipulé qu'on ne le rechercherait en rien sur le passé, et qu'on accepterait tous ses comptes sans examen. Alors Agrippine ne se contient plus ; elle éclate en menaces terribles ; elle crie aux oreilles même du prince « que Britannicus n'est plus un enfant ; que c'est le véritable, le digne héritier de ce trône, qu'un intrus, qu'un fils adoptif retient pour insulter sa mère. Il ne tient pas à elle qu'on ne mette au grand jour tous les malheurs d'une maison infortunée, à commencer par l'inceste et le poison. Grâce aux dieux et à sa pré-

quæ haberet cuncta | des *choses* qu'il avait *reçues* toutes
ex ipsa. » | d'elle-même. »
Nec defúere | Et *des gens* ne manquèrent pas [*roles*
qui referrent | qui apportassent (pour rapporter) *ces pa*-
in deterius. | dans un plus mauvais *sens*.

XIV. Et Nero, | XIV. Et Néron,
infensus iis | irrité contre ceux
quibus innitebatur | sur lesquels s'appuyait
superbia muliebris, | *cet* orgueil de-femme,
demovet Pallantem | éloigne Pallas
cura rerum, | du soin des affaires,
quis impositus a Claudio | auxquelles préposé par Claude
agebat | il menait (avait)
velut arbitrium | pour-ainsi-dire la libre-disposition
regni. | de l'empire.
Ferebaturque, | Et il était rapporté (on rapportait),
eo digrediente | celui-ci (Pallas) se retirant
magna multitudine | avec une grande multitude
prosequentium, | de *gens* qui *le* suivaient,
dixisse non absurde | *Néron* avoir dit non sans-raison
« Pallantem ire | « Pallas aller
ut ejuraret. » | pour qu'il abdiquât. » [tion
Sane Pallas pepigerat | Certainement Pallas avait fait-la-condi-
ne interrogaretur | qu'il ne serait interrogé
cujus facti | sur aucun fait
in præteritum, | relativement au passé, [quitte)
haberetque rationes pares | et qu'il aurait des comptes au-pair (serait
cum republica. | avec (envers) la république.
Post hæc Agrippina | Après cela Agrippine
ruere præceps | de se jeter violente (en forcenée)
ad terrorem et minas, | dans la terreur et les menaces,
neque abstinere | et de ne pas ménager
auribus principis | les oreilles du prince
quominus testaretur | au point qu'elle ne protestât point
« Britannicum | « Britannicus
esse jam adultum, | être déjà adulte,
stirpem veram dignamque | rejeton *impérial* véritable et digne
suscipiendo imperio patris, | pour prendre l'autorité de *son* père,
quod insitus et adoptivus | qu'un intrus et un adopté
exerceret | exerçait
per injurias matris. | au-moyen-d'outrages envers *sa* mère.
Se non abnuere | Elle *certes* ne *rien* refuser
quin cuncta mala | pour que tous les malheurs
domus infelicis | d'une famille infortunée
patefierent, | fussent-découverts,
in primis suæ nuptiæ, | entre les premiers (d'abord) son hymen,
suum veneficium. | son *crime* d'empoisonnement.

veneficium. Id solum diis et sibi provisum, quod viveret pri-
vignus : ituram cum illo in castra; audiretur hinc Germanici
filia, debilis rursus Burrus et exsul Seneca, trunca scilicet
manu et professoria lingua, generis humani regimen expostu-
lantes.» Simul intendere manus, aggerere probra, consecratum
Claudium, infernos Silanorum manes invocare, et tot·irrita
facinora.

XV. Turbatus his Nero, et propinquo die quo quartumde-
cimum ætatis annum Britannicus explebat, volutare secum
modo·matris violentiam, modo ipsius indolem, levi quidem
experimento nuper cognitam, quo tamen favorem late quæsivisset. Festis Saturno diebus, inter alia æqualium ludicra,
regnum lusu sortientium, evenerat ea sors Neroni. Igitur
ceteris diversa nec ruborem allatura; ubi Britannico jussit
exsurgeret, progressusque in medium cantum aliquem inciperet, irrisum ex eo sperans pueri sobrios quoque convictus,

voyance, son beau-fils au moins vit encore : ils iront ensemble au
camp; on entendra d'un côté la fille de Germanicus, et de l'autre,
le vieux Burrus et le déclamateur Sénèque, venant l'un avec sa main
mutilée, l'autre avec sa voix de rhéteur, réclamer l'empire de l'univers. » Elle joignait à ces discours les gestes les plus violents ; elle
entassait les invectives ; elle appelait du haut des cieux et du fond
des enfers les vengeances de Claude, celles de Silanus, et la juste
punition de tant de forfaits dont elle n'avait recueilli que la honte.

XV. Ces menaces, au moment où Britannicus entrait dans sa quin-
zième année, effrayèrent Néron. Sa mère et son frère occupaient
incessamment son esprit ; car s'il était alarmé des emportements
d'Agrippine, il l'était aussi du caractère même du jeune prince, qui
venait de se déceler par un indice léger, il est vrai, mais qui toutefois lui avait concilié l'affection publique. Pendant les saturnales,
entre autres jeux de leur âge, ils avaient tiré au sort la royauté, et
elle était échue à Néron. Celui-ci donna aux autres enfants des ordres
qui n'avaient rien d'embarrassant pour leur timidité. Quand il arriva
à Britannicus, il lui commanda de se lever, de s'avancer au milieu
de l'assemblée, et de chanter quelque chose, espérant faire rire aux
dépens d'un enfant qui n'avait pas même l'usage des sociétés ordi-

Id solum provisum | Cela seul *avoir été* ménagé
diis et sibi, | par les dieux et par elle,
quod privignus viveret : | que *son* beau-fils vécût *encore* :
ituram cum illo | *elle* devoir aller avec lui
in castra ; | dans le camp ;
hinc audiretur | d'un-côté serait entendue
filia Germanici, | la fille de Germanicus,
rursus debilis Burrus | *et* d'un-autre-côté l'estropié Burrus
et exsul Seneca, | et l'exilé Sénèque,
expostulantes scilicet | réclamant sans-doute
regimen generis humani | la direction du genre humain
manu trunca | *l'un* avec *sa* main mutilée
et lingua professoria. » | et *l'autre* avec *sa* langue de-professeur. »
Simul intendere manus, | En-même-temps de tendre les mains,
aggerere probra, | d'accumuler les injures,
invocare Claudium | d'invoquer Claude
consecratum, | divinisé,
manes infernos | les mânes infernaux
Silanorum, | des Silanus,
et tot facinora irrita. | et tant de forfaits inutiles.

XV.—Nero turbatus his, | XV. Néron troublé de ces *fureurs*,
et die propinquo | et le jour *étant* proche
quo Britannicus explebat | dans lequel Britannicus accomplissait
quartumdecimum annum | la quatorzième année
ætatis, | de *son* âge, [rer],
volutare secum | *se met à* rouler avec lui-même (à considé-
modo violentiam matris, | tautôt la violence de *sa* mère, [nicus),
modo indolem ipsius, | tantôt le caractère de lui-même (Britan-
cognitam nuper | connu depuis-peu
experimento levi quidem, | par une épreuve légère à la vérité,
quo tamen | *mais* par laquelle cependant
quæsivisset favorem late. | il avait conquis la faveur au loin.
Diebus festis Saturno, | Dans les jours de-fête *consacrés* à Saturne,
inter alia ludicra | entre autres amusements
æqualium, | des *jeunes gens* de-leur-âge,
sortientium lusu regnum, | qui tiraient-au-sort par jeu la royauté,
ea sors evenerat Neroni. | ce lot était échu à Néron.
Igitur ceteris diversa | Donc aux autres *il ordonna* diverses choses
nec allatura | et qui ne devaient pas *leur* apporter
ruborem ; | de la rougeur (de la honte) ;
ubi jussit Britannico | *mais* dès qu'il eut ordonné à Britannicus
exsurgeret, | qu'il se levât, [blée
progressusque in medium | et que s'étant avancé au milieu *de l'assem-*
inciperet aliquem cantum, | il commençât quelque chant,
sperans ex eo | espérant par là
irrisum pueri | une risée de (contre) un enfant
ignorantis | qui ignorait

nedum temulentos, ignorantis : ille constanter exorsus est
carmen ¹ quo evolutum eum sede patria rebusque summis
significabatur. Unde orta miseratio manifestior, quia dissimulationem nox et lascivia exemerat. Nero, intellecta invidia,
odium intendit. Urgentibusque Agrippinæ minis, quia nullum
crimen, neque jubere cædem fratris palam audebat, occulta
molitur; pararique venenum jubet, ministro Pollione Julio,
prætoriæ cohortis tribuno, cujus cura attinebatur damnata
veneficii nomine Locusta, multa scelerum fama. Nam, ut
proximus quisque Britannico neque fas neque fidem pensi
haberet, olim provisum erat. Primum venenum ab ipsis educa-
toribus accepit transmisitque, exsoluta alvo, parum validum,
sive temperamentum inerat, ne statim sæviret. Sed Nero,
lenti sceleris impatiens, minitari tribuno, jubere supplicium

naires, encore moins de ces sortes d'orgies; mais lui, avec beaucoup d'assurance, chanta des vers qu'on pouvait appliquer à son
exclusion du trône et du rang de son père; ce qui produisit un
attendrissement assez marqué, parce que la nuit et la gaieté de la
fête avaient banni la dissimulation. Néron comprit le reproche, et
sa haine redoubla. Sous le coup des menaces d'Agrippine, comme
on ne pouvait inculper Britannicus, et qu'il n'osait ordonner publiquement sa mort, il résolut de le frapper en secret. Il fit préparer du
poison par l'entremise de Julius Pollion, tribun d'une cohorte prétorienne, qui était chargé de la garde de Locuste, condamnée pour
empoisonnement et fameuse par ses crimes. Quant à ce qui approchait Britannicus, dès longtemps on avait pris soin de ne l'entourer
que de gens qu'aucun scrupule n'arrêtât. Le premier poison lui fut
donné par ses gouverneurs mêmes; mais une évacuation qui survint
en détruisit toute la force, ou peut-être l'avait-on mitigé exprès
pour qu'il ne tuât pas sur-le-champ. Néron, indigné de ces lenteurs,
s'emporte en menaces contre le tribun et ordonne le supplice de l'em-

convictus quoque sobrios,	les réunions même sobres,
nedum	bien loin qu'il n'*ignorât* pas
temulentos :	les *réunions* d'-ivresse :
ille constanter	celui-ci avec-fermeté
exorsus est carmen	commença un chant
quo significabatur	par lequel il était signifié
eum evolutum	lui *avoir été* précipité
sede patria	du siége (trône) paternel
rebusque summis.	et des affaires les plus hautes.
Unde orta	D'où s'éleva
miseratio manifestior,	une pitié plus manifeste,
quia nox et lascivia	parce que la nuit et la licence
exemerat dissimulationem.	avaient ôté la dissimulation.
Nero,	Néron,
invidia intellecta,	le reproche étant compris,
intendit odium.	tendit (redoubla) *sa* haine.
Minisque Agrippinæ	Et les menaces d'Agrippine
urgentibus,	*le* pressant,
quia nullum crimen,	parce que nulle accusation *n'existait*,
neque audebat palam	et qu'il n'osait pas ouvertement
jubere cædem fratris,	ordonner le meurtre d'un frère,
molitur occulta;	il machine des *trames* secrètes ;
jubetque venenum parari,	et il ordonne du poison être préparé,
Pollione Julio,	Pollion Jules,
tribuno cohortis prætoriæ,	tribun d'une cohorte prétorienne,
cura cujus	par le soin duquel
attinebatur Locusta	était gardée Locuste
damnata nomine veneficii,	condamnée à titre d'empoisonnement,
multa fama	*et* d'une grande renommée (et fameuse)
scelerum,	de (par ses) forfaits,
ministro.	*étant son* agent.
Nam provisum erat olim	Car *ceci* avait été ménagé autrefois
ut quisque proximus	que chaque *personne* la plus proche
Britannico	de Britannicus
haberet pensi	n'eût à tâche (ne connût)
neque fas neque fidem.	ni loi ni foi.
Accepit primum venenum	Il reçut le premier poison
ab educatoribus ipsis,	de *ses* gouverneurs eux-mêmes,
alvoque exsoluta,	et *son* ventre s'étant lâché,
transmisit	il rendit *ce poison*
parum validum, [rat,	*soit qu'il fût* peu puissant,
sive temperamentum ine-	soit qu'un mélange s'y-trouvât,
ne sæviret statim.	pour qu'il ne sévît pas aussitôt.
Sed Nero,	Mais Néron,
impatiens sceleris lenti,	ne-pouvant-supporter un crime lent,
minitari tribuno,	*se met à* menacer le tribun,
jubere supplicium	*à* ordonner le supplice

veneficæ, quod, dum rumorem respiciunt, dum parant defensiones, securitatem morarentur. Promittentibus dein tam
præcipitem necem, quam si ferro urgeretur, cubiculum
Cæsaris juxta decoquitur virus, cognitis antea venenis [1]
rapidum.

XVI. Mos habebatur principum liberos, cum ceteris idem
ætatis nobilibus, sedentes vesci [2] in adspectu propinquorum,
propria et parciore mensa. Illic epulante Britannico, quia
cibos potusque ejus delectus ex ministris gustu explorabat,
ne omitteretur institutum aut utriusque morte proderetur
scelus, talis dolus repertus est. Innoxia adhuc ac præcalida,
et libata gustu, potio traditur Britannico; dein, postquam
fervore aspernabatur, frigida in aqua affunditur venenum,
quod ita cunctos ejus artus pervasit, ut vox pariter et spiritus
raperentur. Trepidatur à circumsedentibus : diffugiunt imprudentes; at quibus altior intellectus, resistunt defixi et

poisonneuse, se plaignant que, pour se précautionner contre la rumeur publique et se ménager un moyen de défense, ils retardaient
sa sécurité. Ils lui promirent alors une mort aussi subite que si elle
était donnée par le fer. Le poison fut distillé auprès de la chambre
du prince; chaque drogue avait été éprouvée auparavant, l'effet en
était terrible.

XVI. C'était l'usage que les fils des princes mangeassent assis avec
les autres nobles de leur âge, en présence de leurs parents, à une
table séparée et plus frugale. Britannicus était à l'une de ces tables.
Comme tous ses mets et sa boisson étaient goûtés par un esclave de
confiance, et qu'on ne voulait ni omettre cet usage ni déceler le
crime par la mort de l'un et de l'autre, voici l'expédient qu'on ima-
gina. On présenta à Britannicus, après l'essai, un breuvage non
encore empoisonné, mais si chaud qu'il ne put le boire. Alors on versa
le poison avec de l'eau froide, et il attaqua si violemment tous ses
membres, qu'il lui ravit à la fois la parole et la vie. Les plus proches
voisins de Britannicus se précipitent autour de lui, les moins pru-
dents s'enfuient; mais ceux qui avaient plus de pénétration restent à

veneficæ,

parce qu'ils retardaient

securitatem,

dum respiciunt rumorem,

dum parant defensiones.

Dein promittentibus

necem tam præcipitem.

quam si urgeretur ferro,

virus, rapidum

venenis cognitis antea,

decoquitur

juxta cubiculum Cæsaris.

XVI. Mos habebatur

liberos principum

vesci sedentes

cum ceteris nobilibus

idem ætatis,

in adspectu propinquorum,

mensa propria et parciore.

Britannico epulante illic,

quia delectus ex ministris

explorabat gustu

cibos potusque ejus,

talis dolus repertus est,

ne institutum

omitteretur,

aut scelus proderetur

morte utriusque.

Potio adhuc innoxia

ac præcalida,

et libata gustu,

traditur Britannico ;

dein,

postquam aspernabatur

fervore,

venenum affunditur

in aqua frigida,

quod pervasit ita

cunctos artus ejus,

ut vox pariter et spiritus

raperentur.

Trepidatur

a circumsedentibus :

imprudentes diffugiunt;

at quibus

intellectus altior,

resistunt defixi

de l'empoisonneuse,

parce qu'ils retardaient

sa sécurité,

pendant qu'ils regardent l'opinion,

pendant qu'ils préparent des justifications.

Puis *eux* promettant

une mort aussi prompte

que si elle était hâtée par le fer,

un poison, *rendu* rapide

par des drogues éprouvées auparavant,

est distillé

près de la chambre de César (Néron).

XVI. La coutume était

les fils des princes

manger assis

avec les autres nobles

du même *degré* d'âge,

à la vue de *leurs* proches,

à une table particulière et plus frugale.

Britannicus prenant-son-repas là,

comme un *homme* choisi parmi les servi-

essayait par la dégustation   [teurs

les mets et les breuvages de lui,

une telle ruse fut trouvée,

pour que l'*usage* établi

ne fût pas abandonné,

ou (et) que le crime ne fût pas trahi

par la mort de l'un-et-l'autre.

Un breuvage encore inoffensif

et trop-chaud,

et effleuré par la dégustation (goûté),

est remis à Britannicus ;

puis,

comme il *le* repoussait

à cause de la chaleur,

le poison *y* est versé

dans de l'eau froide,

lequel *poison* pénétra tellement

tous les membres de lui,

que la voix également et le souffle

lui furent ravis.

On se trouble   [de lui :

du-côté-de ceux qui étaient-assis-autour

les imprudents s'enfuient ;

mais *ceux* à qui *était*

une intelligence plus profonde,

restent immobiles

Neronem intuentes. Ille, ut erat reclinis, et nescio similis, solitum ita ait, per comitialem morbum, quo primum ab infantia afflictaretur Britannicus, et redituros paulatim visus sensusque. At Agrippinæ is pavor, ea consternatio mentis, quamvis vultu premeretur, emicuit, ut perinde ignaram fuisse ac sororem Britannici Octaviam constiterit : quippe sibi supremum auxilium ereptum, et parricidii exemplum [1] intelligebat. Octavia quoque, quamvis rudibus annis, dolorem, caritatem, omnes affectus abscondere didicerat. Ita, post breve silentium, repetita convivii lætitia.

XVII. Nox eadem necem Britannici et rogum conjunxit, proviso ante funebri paratu, qui modicus fuit. In campo tamen Martis sepultus est, adeo turbidis imbribus ut vulgus iram deum portendi crediderit adversus facinus cui plerique etiam hominum ignoscebant, antiquas fratrum discordias et insociabile regnum æstimantes. Tradunt plerique eorum temporum

leur place, les yeux fixés sur Néron. Lui, toujours penché sur son lit et feignant de ne rien savoir, dit que c'était un accès d'épilepsie, comme Britannicus en avait éprouvé plus d'une fois dès sa première enfance, et qu'insensiblement la vue et le sentiment lui reviendraient. Pour Agrippine, l'effroi, la consternation de son âme éclatèrent si visiblement sur son visage, malgré tous ses efforts pour se contenir, qu'on la jugea aussi innocente de ce crime que l'était Octavie, sœur de Britannicus. En effet elle voyait son fils lui enlever par là sa dernière ressource et s'essayer au paricide. Octavie aussi, malgré l'inexpérience de son âge, avait appris à voiler sa douleur, sa tendresse, toutes ses émotions. Ainsi, après un moment de silence, la joie du festin recommença.

XVII. La même nuit vit la mort de Britannicus et son bûcher. On avait pourvu d'avance aux apprêts funéraires, qui ne furent point magnifiques ; toutefois on l'ensevelit au champ de Mars ; il tombait une pluie si violente que le peuple l'attribuait au ressentiment des dieux contre un crime que bien des hommes excusaient encore, en songeant que les frères se sont haïs de tout temps et que la souveraineté ne souffre point de partage. Plusieurs écrivains de ce temps

et intuentes Neronem.
Ille, reclinis ut erat,
et similis nescio,
ait solitum ita,
per morbum comitialem,
quo Britannicus
afflictaretur ab infantia,
et visus sensusque
redituros paulatim.
At is pavor,
ea consternatio mentis
emicuit Agrippinæ,
quamvis premeretur vultu,
ut constiterit
fuisse ignaram
perinde ac Octaviam
sororem Britannici :
quippe intelligebat
supremum auxilium
ereptum sibi,
et exemplum parricidii.
Octavia quoque,
quamvis annis rudibus,
didicerat
abscondere dolorem,
caritatem, omnes affectus.
Ita, post breve silentium,
lætitia convivii repetita.
　XVII. Eadem nox
conjunxit necem et rogum
Britannici,
paratu funebri
proviso ante,
qui fuit modicus.
Tamen sepultus est
in campo Martis,
imbribus adeo turbidis
ut vulgus crediderit
iram deum portendi
adversus facinus, cui
plerique etiam hominum
ignoscebant,
æstimantes
discordias fratrum antiquas
et regnum insociabile.
Plerique scriptores
eorum temporum

et regardant Néron.
Celui-ci, penché comme il était,
et semblable à *quelqu'un* qui-ne-sait-rien;
dit *la chose être* habituelle ainsi,
par-suite-d'une maladie épileptique,
dont Britannicus
était affligé depuis *son* enfance,
et la vue et le sentiment
devoir *lui* revenir peu-à-peu.
Mais une telle frayeur,
une telle consternation d'âme
parut à (dans) Agrippine,
quoiqu'elle se réprimât de visage,
qu'il fut-constant
elle avoir été ignorante *du crime*
de même qu'Octavie
sœur de Britannicus :
car elle comprenait
le dernier secours
être enlevé à elle,
et *voyait là* l'exemple du parricide.
Octavie aussi,　　　　　　[expérience,
quoique dans des années (un âge) sans-
avait appris
à cacher *sa* douleur,
sa tendresse, tous *ses* sentiments.
Ainsi, après un court silence,
la joie du festin *fut* reprise.
　XVII. La même nuit
unit la mort et le bûcher
de Britannicus,
l'apprêt funèbre
ayant été ménagé auparavant,
lequel fut médiocre.
Cependant il fut enseveli
dans le champ de Mars,
les pluies *étant* si violentes
que le peuple crut
la colère des dieux être présagée
contre *ce* crime, auquel
la plupart même des hommes
pardonnaient,
estimant
les discordes des frères *être* anciennes
et la royauté impossible-à-partager.
La plupart des écrivains
de ces temps-là

scriptores, crebris ante exitium diebus, illusum isse pueritiæ
Britannici Neronem : ut jam non præmatura neque sæva mors
videri queat, quamvis inter sacra mensæ [1], ne tempore quidem ad complexum sorori dato, ante oculos inimici properata
sit, in illum supremum Claudiorum sanguinem, stupro prius-
quam veneno pollutum. Festinationem exsequiarum edicto
Cæsar defendit, id à majoribus institutum referens, « Sub-
trahere oculis acerba funera, neque laudationibus aut pompa
detinere. Ceterum et sibi, amisso fratris auxilio, reliquas spes
in republica sitas; et tanto magis fovendum patribus popu-
loque principem, qui unus superesset e familia summum ad
fastigium genita. » Exin largitione potissimos amicorum auxit.

XVIII. Nec defuere qui arguerent viros gravitatem assever-
rantes [2], quod domos, villas, id temporis, quasi prædam divi-
sissent. Alii necessitatem adhibitam credebant a principe,

rapportent que, les jours qui précédèrent l'empoisonnement, Néron
abusa fréquemment de l'enfance de Britannicus. Ainsi, quoique
expirant au milieu des solennités d'un banquet, sous les yeux d'un
ennemi, sans pouvoir même recueillir les embrassements d'une sœur,
on ne doit plus trouver ni si cruelle ni si prématurée la mort de ce
tendre et dernier rejeton des Claudes, qu'avant le poison avait
souillé la prostitution. Néron s'excusa par un édit sur la précipitation des funérailles; il allégua « l'usage ancien de soustraire aux
yeux les morts trop douloureuses, dont une pompe et des éloges
funèbres prolongeraient encore l'amertume. Quant à lui, après la
perte de son frère, il mettait tout son espoir dans la république ;
le peuple et le sénat n'en avaient que plus de raison de chérir un
prince, seul reste d'une maison destinée à l'empire de l'univers. »
Ensuite il combla de largesses les principaux de ses amis.

XVIII. On ne manqua point de faire un crime à des hommes qui
professaient une morale austère d'avoir accepté des terres, des palais,
dans une circonstance où ils semblaient se partager des dépouilles.
D'autres croyaient qu'ils y avaient été contraints par Néron, qui,

tradunt, diebus crebris	rapportent, des jours nombreux
ante exitium,	avant *cette* mort,
Neronem isse illusum	Néron être allé outrager
pueritiæ Britannici :	l'enfance de Britannicus :
ut mors	de-sorte-que la mort
non queat jam videri	ne peut plus paraître
præmatura neque sæva,	prématurée ni cruelle,
quamvis properata sit	quoiqu'elle ait été hâtée
ante oculos inimici,	devant les yeux d'un ennemi,
inter sacra mensæ,	au milieu des *usages* sacrés de la table,
ne tempore quidem dato	le temps n'ayant pas même été donné
sorori ad complexum,	à sa sœur pour un embrassement,
in illum sanguinem	à-l'égard-de ce sang
supremum Claudiorum,	le dernier des Claudes,
pollutum stupro	souillé par un commerce-criminel
priusquam veneno.	avant qu'*il le fût* par le poison.
Cæsar defendit edicto	César (Néron) défendit par un édit
festinationem	*toute* précipitation
exsequiarum,	d'obsèques,
referens id institutum	rapportant ceci *avoir été* établi
a majoribus,	par *nos* ancêtres,
« Subtrahere oculis	« De dérober aux yeux
funera acerba,	les morts prématurées,
neque detinere	et de ne pas arrêter *les regards*
laudationibus aut pompa.	par des éloges ou (ni) par *aucune* pompe.
Ceterum et sibi,	Au-reste à lui aussi,
auxilio fratris amisso,	l'appui d'un frère étant perdu,
spes reliquas	les espérances qui *lui* restaient
sitas in republica ;	*être* placées dans la république ;
et principem	et le prince
qui superesset unus	qui restait seul
e familia genita	d'une famille née
ad summum fastigium	pour le plus haut faîte
fovendum tanto magis	devoir être chéri d'autant plus
patribus populoque. »	par les sénateurs et par le peuple. »
Exin auxit largitione	Ensuite il rehaussa par des largesses
potissimos amicorum.	les principaux de *ses* amis.
XVIII. Nec defuere	XVIII. Et *des gens* ne manquèrent pas
qui arguerent viros	qui accusaient des hommes
asseverantes gravitatem,	professant la gravité,
quod divisissent	de ce qu'ils avaient partagé
quasi prædam,	comme une proie,
id temporis,	à ce *moment* du temps,
domos, villas.	des maisons, des villas.
Alii credebant	D'autres croyaient
necessitatem adhibitam	la nécessité *avoir été* employée
a principe,	par le prince,

sceleris sibi conscio, et veniam sperante si largitionibus validissimum quemque obstrinxisset. At matris ira nulla munificentia leniri : sed amplecti Octaviam ; crebra cum amicis
secreta habere ; super ingenitam avaritiam, undique pecunias,
quasi in subsidium, corripiens, tribunos et centuriones
comiter excipere ; nomina et virtutes nobilium qui etiam tum
supererant in honore habere, quasi quæreret ducem et
partes. Cognitum id Neroni, excubiasque militares, quæ, ut
conjugi imperatoris solitum, et matri servabantur, et Germanos super eumdem honorem custodes additos, degredi
jubet. Ac, ne cœtu salutantium frequentaretur, separat
domum, matremque transfert in eam quæ Antoniæ[1] fuerat ;
quoties ipse illuc ventitaret, septus turba centurionum, et
post breve osculum digrediens.

XIX. Nihil rerum mortalium tam instabile ac fluxum est,

ne se dissimulant point son crime, espérait se le faire pardonner en
liant à sa cause par ses largesses ce qu'il y avait de plus accrédité
dans l'État. Mais toutes ses libéralités échouèrent contre le ressentiment de sa mère : elle ne quittait plus Octavie ; elle tenait fréquemment avec ses amis des conférences secrètes ; elle ramassait de
tout côté de l'argent, avec une ardeur que n'expliquait même pas
son avarice naturelle ; elle accueillait avec bonté des tribuns et des
centurions, traitait avec distinction ce qui restait alors de noms et de
talents illustres, comme si elle eût cherché un chef et un parti. Néron,
instruit de ces manœuvres, ôta à sa mère non-seulement la garde prétorienne qu'elle avait autrefois comme femme d'empereur, et qu'elle conservait encore comme mère du prince, mais les soldats germains qu'on
y avait ajoutés pour surcroît d'honneur. Pour écarter d'elle la foule
des courtisans, il sépara leurs deux maisons et relégua sa mère dans
l'ancien palais d'Antonia, n'y paraissant jamais qu'au milieu d'une
haie de centurions, et se retirant aussitôt après un froid baiser.

XIX. De toutes les choses humaines il n'en est point d'aussi fragile

conscio sibi sceleris, — qui-avait-conscience en lui-même de *son*
et sperante veniam — et qui espérait le pardon [crime,
si obstrinxisset — s'il avait enchaîné
largitionibus — par des largesses
quemque validissimum. — chaque *homme* le plus puissant.
At ira matris — Mais le courroux de *sa* mère
leniri — *ne put* être adouci
nulla munificentia : — par aucune libéralité : [Octavie;
sed amplecti Octaviam; — mais *elle se mit à* embrasser (s'attacher à)
habere cum amicis — à avoir avec *ses* amis
secreta crebra ; — des *conférences* secrètes fréquentes ;
super avaritiam ingenitam, — outre *son* avarice innée,
corripiens undique — saisissant de-tout-côté
pecuniam, — de l'argent,
quasi in subsidium, — comme pour ressource,
excipere comiter — *elle se mit à* recevoir avec-affabilité
tribunos et centuriones ; — tribuns et centurions ;
habere in honore — à avoir en honneur
nomina et virtutes — les noms et les vertus
nobilium — des nobles
qui etiam tum supererant; — qui encore alors restaient ;
quasi quæreret — comme-si elle cherchait
ducem et partes. — un chef et un parti.
Id cognitum Neroni, — Cela *fut* connu de Néron,
jubetque — et il ordonne
excubias militares, — les gardes militaires
quæ servabantur et matri, — qui étaient conservées à *sa* mère aussi,
ut solitum — comme *c'est* accoutumé
conjugi imperatoris, — pour l'épouse de l'empereur,
et Germanos, — et les Germains,
additos custodes — ajoutés *comme* gardiens
super eumdem honorem, — par-dessus *ce* même honneur,
degredi. — se retirer.
Ac, ne frequentaretur — Et, pour qu'elle ne fût pas hantée
cœtu salutantium, — par une foule de *gens* venant-*lui*-rendre-
separat domum, — il sépare *sa* maison, [hommage,
transfertque matrem — et transfère *sa* mère
in eam quæ fuerat — dans celle qui avait été
Antoniæ; — *la maison* d'Antonia;
quoties ipse — chaque-fois-que lui-même
ventitaret illuc, — se rendait là,
septus — *y allant* entouré
turba centurionum, — d'une troupe de centurions,
et digrediens — et se retirant
post breve osculum. — après un court baiser.
XIX. Nihil — XIX. Rien
rerum mortalium — des (parmi les) choses mortelles

quam fama potentiæ non sua vi nixa. Statim relictum Agrippinæ limen. Nemo solari, nemo adire, præter paucas feminas,
amore an odio incertum. Ex quibus erat Junia Silana, quam
matrimonio C. Silii a Messalina depulsam supra retuli¹, insignis genere, forma, lascivia, et Agrippinæ diu percara; mox
occultis inter eas offensionibus, quia Sextium Africanum, nobilem juvenem, a nuptiis Silanæ deterruerat Agrippina, im-
pudicam et vergentem annis dictitans; non ut Africanum sibi
seponeret, sed ne opibus et orbitate Silanæ maritus potiretur.
Illa, spe ultionis oblata, parat accusatores ex clientibus suis,
Iturium et Calvisium, non vetera et sæpius jam audita defe-
rens, quod Britannici mortem lugeret, aut Octaviæ injurias
evulgaret; sed destinavisse eam Rubellium Plautum², per
maternam originem pari ac Nero gradu a divo Augusto, ad
res novas extollere, conjugioque ejus et jam imperio rempu-

et d'aussi fugitive qu'un renom de pouvoir qui n'est point appuyé
sur une force réelle. Dès ce moment le palais d'Agrippine fut désert;
personne ne la consolait, personne n'allait la voir, hors un petit
nombre de femmes, par attachement, ou par haine peut-être. Parmi
ces femmes se trouvait Julia Silana, chassée autrefois par Messaline
du lit de Silius, comme je l'ai raconté plus haut, célèbre par sa
beauté, sa naissance, ses galanteries, et longtemps chérie d'Agrippine.
De secrètes inimitiés avaient rompu leur intelligence, depuis
qu'Agrippine, à force de répéter que Silana était vieille et débau-
chée, avait dégoûté de sa main Sextius Africanus, jeune homme d'un
nom illustre; non sans doute qu'Agrippine voulût réserver Sextius
pour elle-même, mais afin que les grandes richesses d'une veuve
sans enfants ne passassent point au pouvoir d'un mari. Celle-ci,
voyant une occasion de se venger, lui suscite parmi ses clients deux
accusateurs, Iturius et Calvisius. On ne lui reprochait point de
pleurer la mort de Britannicus, de divulguer les chagrins d'Octavie,
imputations cent fois renouvelées et trop usées; on l'accusa « de
vouloir élever à l'empire Rubellius Plautus, descendant d'Auguste
par les femmes au même degré que Néron, afin de pouvoir, en l'épou-

est tam instabile ac fluxum	n'est aussi instable et fugitif
quam fama potentiæ	qu'un renom de pouvoir
non nixa vi sua.	non appuyé sur une force propre.
Statim limen Agrippinæ	Aussitôt le seuil d'Agrippine
relictum.	*fut* délaissé.
Nemo solari,	Personne n'*ose la* consoler,
nemo adire,	personne n'*ose la* visiter,
præter paucas feminas,	excepté quelques femmes,
incertum	*et il est* incertain (on ne sait)
amore an odio.	si c'était par amour ou par haine.
Ex quibus	Desquelles
erat Junia Silana,	était Junia Silana,
quam retuli supra	que j'ai rapporté plus haut
depulsam a Messalina	*avoir été* chassée par Messaline
matrimonio C. Silii,	du mariage (du lit) de C. Silius,
insignis genere,	*femme* remarquable par *sa* naissance,
forma, lascivia,	par *sa* beauté, par *sa* licence,
et diu percara Agrippinæ ;	et longtemps très-chère à Agrippine ;
mox offensionibus occultis	bientôt des inimitiés secrètes
inter eas,	*s'étant élevées* entre elles,
quia Agrippina	parce qu'Agrippine
deterruerat	avait détourné
a nuptiis Silanæ	du mariage de Silana
Sextium Africanum,	Sextius Africanus,
juvenem nobilem,	jeune noble,
dictitans impudicam	répétant *elle être* dissolue
et vergentem annis ;	et déclinant par les années ;
non ut seponeret sibi	non pour qu'elle réservât pour elle-même
Africanum,	Africanus,
sed ne maritus potiretur	mais de peur qu'un mari ne devînt-maître
opibus et orbitate	des richesses et du manque-d'enfants
Silanæ.	de Silana.
Illa, spe ultionis	Celle-ci, l'espoir de la vengeance
oblata,	*lui* étant offert,
parat accusatores	prépare *pour* accusateurs
Iturium et Calvisium,	Iturius et Calvisius,
ex suis clientibus,	*deux* de ses clients,
non deferens vetera	ne dénonçant pas des *griefs* anciens
et audita jam sæpius,	et entendus déjà assez-souvent,
quod lugeret	*à savoir* qu'elle pleurait
mortem Britannici,	la mort de Britannicus,
aut evulgaret	ou divulguait
injurias Octaviæ ;	les injures d'Octavie ;
sed eam destinavisse	mais *disant* elle avoir résolu
extollere ad res novas	d'élever pour un état-de-choses nouveau
Rubellium Plautum,	Rubellius Plautus,
pari gradu	qui *était* du même degré *de parenté*

blicam rursus invadere. Hæc Iturius et Calvisius Atimeto, Domitiæ, Neronis amitæ, liberto, aperiunt. Qui lætus oblatis (quippe inter Agrippinam et Domitiam infensa æmulatio exercebatur), Paridem histrionem, libertum et ipsum Domitiæ; impulit ire propere crimenque atrociter deferre.

XX. Provecta nox erat et Neroni per vinolentiam trahebatur, quum ingreditur Paris, solitus alioquin id temporis luxus principis intendere. Sed tunc compositus ad mœstitiam, expositoque indicii ordine, ita audientem exterret, ut non tantum matrem Plautumque interficere, sed Burrum etiam demovere præfectura destinaret, tanquam Agrippinæ gratia provectum et vicem reddentem. Fabius Rusticus [1] auctor est scriptos esse ad Cæcinam Tuscum codicillos [2], mandata ei

sant, envahir encore la suprême puissance. » Iturius et Calvisius s'ouvrent de ces projets à Atimétus, affranchi de Domitia, tante de Néron. Atimétus, ravi de cette occasion (car il régnait entre Agrippine et Domitia une rivalité implacable), pressa l'histrion Paris, autre affranchi de Domitia, de courir chez le prince et de lui présenter la dénonciation sous les couleurs les plus noires.

XX. La nuit était avancée, et Néron prolongeait encore les débauches de la table, quand Paris se présenta. Il venait ordinairement à cette heure ranimer les plaisirs du prince. Mais l'air triste dont il exposa tous les détails de l'accusation effraya tellement Néron, qu'il voulait non-seulement faire périr sa mère et Plautus, mais encore ôter la préfecture à Burrus, qu'il supposait du parti d'Agrippine, en reconnaissance de l'avancement qu'il lui devait. Si l'on en croit Fabius Rusticus, un ordre fut écrit, qui donnait à Cécina Tuscus le

ac Nero	que Néron
a divo Augusto	à *partir* du divin Auguste,
per originem maternam,	par *son* origine maternelle,
invadereque rursus	et de s'emparer de-nouveau
rempublicam	de la république
conjugio ejus	par le mariage de lui
et jam imperio.	et immédiatement par *son* autorité.
Iturius et Calvisius	Iturius et Calvisius
aperiunt hæc Atimeto,	découvrent ces *projets* à Atimétus,
liberto Domitiæ,	affranchi de Domitia,
amitæ Neronis.	tante de Néron.
Qui	Lequel
lætus oblatis	joyeux des *occasions* offertes
(quippe æmulatio infensa	(car une rivalité ennemie
exercebatur	s'exerçait
inter Agrippinam	entre Agrippine
et Domitiam),	et Domitia),
impulit	poussa
histrionem Paridem,	l'histrion Paris,
et ipsum libertum Domitiæ,	aussi lui-même affranchi de Domitia,
ire propere	à aller-en-toute-hâte
deferreque crimen	et à dénoncer ce grief
atrociter.	avec-acharnement.
XX. Nox erat provecta	XX. La nuit était avancée
et trahebatur Neroni	et se prolongeait pour Néron
per vinolentiam,	à travers l'ivresse,
quum Paris ingreditur,	lorsque Paris entre,
solitus alioquin	habitué d'-ailleurs
id temporis	à ce *moment* du temps (à cette heure)
intendere luxus principis.	à animer les plaisirs du prince.
Sed tunc	Mais alors
compositus ad mœstitiam,	arrangé pour (feignant) la tristesse,
ordineque indicii	et la suite de *sa* dénonciation
exposito,	étant exposée,
exterret audientem	il effraye le *prince* qui *l'*écoute
ita, ut destinaret	tellement, qu'il résolut
non tantum interficere	non-seulement de tuer
matrem Plautumque,	*sa* mère et Plautus,
sed etiam demovere Burrum	mais encore d'éloigner Burrus
præfectura,	de la préfecture *du prétoire*,
tanquam provectum	comme *y* étant arrivé
gratia Agrippinæ	par la faveur d'Agrippine
et reddentem vicem.	et *lui en* rendant (payant) le retour.
Fabius Rusticus	Fabius Rusticus
est auctor codicillos	est auteur (prétend) un ordre
scriptos esse	avoir été écrit
ad Cæcinam Tuscum,	à Cécina Tuscus,

prætoriarum cohortium cura, sed ope Senecæ dignationem Burro retentam. Plinius et Cluvius[1] nihil dubitatum de fide præfecti referunt. Sane Fabius inclinat ad laudes Senecæ, cujus amicitia floruit. Nos, consensum auctorum secuti, quæ diversa prodiderint sub nominibus ipsorum trademus. Nero, trepidus et interficiendæ matris avidus, non prius differri potuit quam Burrus necem ejus promitteret, si facinoris coargueretur.: « Sed cuicumque, nedum parenti, defensionem tribuendam; nec accusatores adesse, sed vocem unius ex inimica domo afferri. Refutare tenebras, et vigilatam convivio noctem, omniaque temeritati et inscitiæ propiora. »

XXI. Sic lenito principis metu, et luce orta, itur ad Agrippinam, ut nosceret objecta, dissolveretque vel pœna lueret. Burrus iis mandatis, Seneca coram, fungebatur; aderant et

commandement des prétoriens; mais Sénèque empêcha la disgrâce de son ami. Pline et Cluvius disent qu'on n'eut pas le moindre doute sur la fidélité de Burrus. Il est certain que Fabius incline à louer Sénèque, auteur de sa fortune. Pour moi, l'accord des écrivains me sert de règle, et je cite sous leur nom les faits sur lesquels ils varient. Néron, impatient et ne respirant que le meurtre de sa mère, ne voulait pas même différer, si Burrus ne lui avait promis qu'elle mourrait, au cas qu'elle fût convaincue. « Mais au moins fallait-il laisser, surtout à une mère, les moyens de se défendre. Les accusateurs ne se montraient pas; il n'y avait qu'une seule déposition, et elle partait d'une maison ennemie. Irait-il la condamner, sur un indice aussi incertain, au milieu des ténèbres, des veilles d'une nuit de plaisir, toutes choses qui favorisaient la surprise et l'imposture ? »

XXI. Ces remontrances calmèrent les frayeurs de Néron, et au point du jour on alla chez Agrippine pour lui faire part des imputations, afin qu'elle pût s'en justifier ou qu'elle fût punie. Burrus exécutait cette commission, Sénèque présent; il y avait aussi

cura	le soin
cohortium prætoriarum	des cohortes prétoriennes
mandata ei,	étant confié à lui,
sed dignationem	mais *cette* dignité
retentam Burro	*avoir été* maintenue à Burrus
ope Senecæ.	par le secours de Sénèque.
Plinius et Cluvius	Pline et Cluvius
referunt nihil dubitatum	rapportent rien n'*avoir été* mis-en-doute
de fide præfecti.	touchant la fidélité du préfet.
Sane Fabius inclinat	Certainement Fabius incline
ad laudes Senecæ,	à la louange de Sénèque,
amicitia cujus floruit.	par l'amitié duquel il fut-florissant.
Nos, secuti	Nous, ayant suivi
consensum auctorum,	l'accord des auteurs,
trademus	nous rapporterons
sub nominibus ipsorum	sous les noms d'eux-mêmes
quæ prodiderint diversa.	*les faits* qu'ils auront transmis différents.
Nero, trepidus [tris,	Néron, empressé
et avidus interficiendæ ma-	et avide de tuer *sa* mère,
non potuit differri	ne put être amené-à-un-délai
prius quam Burrus	avant que Burrus
promitteret necem ejus,	*lui* promît le meurtre d'elle,
si coargueretur facinoris :	si elle était convaincue de crime :
« Sed defensionem	« Mais la défense
tribuendam cuicumque,	devoir être accordée à qui-que-ce-soit,
nedum parenti ;	bien loin qu'*elle* ne *le fût* pas à une mère ;
nec accusatores adesse,	et les accusateurs ne pas se présenter,
sed vocem afferri unius	mais un mot être apporté d'une *seule per-*
ex domo inimica.	*qui était* d'une maison ennemie. [*sonne*
Tenebras,	Les ténèbres,
et noctem vigilatam	et une nuit passée-à-veiller
convivio,	dans un festin,
omniaque propiora	et toutes choses plus voisines [*de vérité*
temeritati et inscitiæ	de témérité et d'erreur *que de prudence et*
refutare. »	réfuter *l'accusation.* »
XXI. Metu principis	XXI. La frayeur du prince
lenito sic,	ayant été calmée ainsi,
et luce orta,	et le jour s'étant levé,
itur ad Agrippinam,	on va chez Agrippine,
ut nosceret objecta,	pour qu'elle connût les *griefs* reprochés,
dissolveretque	et *les* détruisît
vel lueret pœna.	ou *les* expiât par un châtiment.
Burrus fungebatur	Burrus s'acquittait
iis mandatis,	de ces commissions,
coram Seneca ;	devant Sénèque ;
aderant et	*quelques personnes* assistaient aussi
ex libertis,	d'entre les affranchis,

ex libertis, arbitri sermonis. Deinde a Burro, postquam crimina et auctores exposuit, minaciter actum. Et Agrippina ferociæ memor : « Non miror, inquit, Silanam, nunquam edito partu, matrum affectus ignotos habere. Neque enim perinde a parentibus liberi, quam ab impudica adulteri, mutantur. Nec, si Iturius et Calvisius, adesis omnibus fortunis, novissimam suscipiendæ accusationis operam anui rependunt, ideo aut mihi infamia parricidii, aut Cæsari conscientia subeunda est. Nam Domitiæ inimicitiis gratias agerem, si benevolentia mecum in Nerorem meum certaret. Nunc, per concubinum Atimetum et histrionem Paridem, quasi scenæ fabulas componit. Baiarum suarum piscinas extollebat, quum meis consiliis adoptio, et proconsulare jus, et designatio consulatus, et cetera apiscendo imperio præpararentur. Aut exsistat qui cohortes in Urbe tentatas, qui provinciarum fidem labefacta-

des affranchis témoins de l'entrevue. Burrus, après avoir exposé les charges et nommé les dénonciateurs, parla d'un ton menaçant. Agrippine, conservant toute sa fierté : « Je ne m'étonne pas, dit-elle, que Silana, n'ayant jamais eu d'enfants, méconnaisse les affections maternelles, et croie qu'une mère peut abandonner son fils avec la même facilité qu'une femme impudique change d'amants. Eh quoi ! parce que Iturius et Calvisius, après avoir dévoré toute leur fortune, n'ont plus d'autre ressource que de vendre à une vieille courtisane leurs délations mercenaires, faut-il que nous restions accablés, moi, du soupçon, mon fils, des remords d'un parricide? Domitia m'accuse, dites-vous; certes, je rendrais grâces à son inimitié, si elle disputait avec moi de tendresse pour mon cher Néron. Mais la voilà maintenant qui, de concert avec son vil amant, Atimétus, et l'histrion Paris, arrange une fable tragique. Cependant elle s'occupait à Baïes de construire de magnifiques réservoirs, tandis que par mes soins Néron adopté, nommé proconsul, désigné consul, voyait lever par moi seule toutes les barrières qui lui fermaient l'empire. Qu'on me cite une cohorte, une province, un affranchi, un esclave enfin, dont j'aie tenté seulement d'ébranler la foi ! Hélas ! pouvais-je me flatte

arbitri sermonis.

comme témoins de l'entretien.

Deinde actum minaciter
a Burro,
postquam exposuit
crimina et auctores.
Et Agrippina
memor ferociæ :
« Non miror, inquit,
Silanam
habere ignotos
affectus matrum,
partu nunquam edito.
Neque enim liberi
mutantur à parentibus
perinde quam adulteri
ab impudica.
Nec, si Iturius et Calvisius,
omnibus fortunis adesis,
rependunt anui
novissimam operam
suscipiendæ accusationis,
aut infamia parricidii
est subeunda mihi ideo,
aut conscientia Cæsari.
Nam agerem gratias
inimicitiis Domitiæ,
si certaret mecum
benevolentia
in meum Neronem.
Nunc componit
quasi fabulas scenæ,
per concubinum Atimetum
et histrionem Paridem.
Extollebat piscinas
suarum Baïarum,
quum meis consiliis
adoptio,
et jus proconsulare,
et designatio consulatus,
et cetera
apiscendo imperio
præpararentur.
Aut exsistat
qui arguat cohortes
tentatas in Urbe,
qui fidem provinciarum
labefactatam,

Ensuite *la chose fut* traitée avec menace
par Burrus,
après qu'il eut exposé
les griefs et *leurs* auteurs.
Et Agrippine
se souvenant de *sa* fierté :
« Je ne m'étonne pas, dit-elle,
Silana
avoir inconnus (ne pas connaître)
les sentiments des mères,   [par elle.
un fruit n'ayant jamais été mis-au-jour
Et en effet les enfants
ne sont pas changés par *leurs* mères
aussi-bien que les amants
par une *femme* impudique.
Et, si Iturius et Calvisius,
toute *leur* fortune étant dévorée,
payent (rendent) à une vieille-femme
le dernier service
de se charger d'une accusation,
ou (ni) l'infamie d'un parricide
n'est à-subir par moi pour-cela,
ou (ni) le remords *n'est à subir* par César.
Car je rendrais grâces
aux inimitiés de Domitia,
si elle disputait avec-moi
de tendresse
pour mon *cher* Néron.
Maintenant elle arrange
comme des pièces de théâtre,
au-moyen-de *son* amant Atimétus
et de l'histrion Paris.
Elle élevait les piscines
de sa *maison* de Baïes,
lorsque par mes conseils
l'adoption,
et le droit proconsulaire,
et la désignation du (pour le) consulat,
et toutes-les-autres choses
nécessaires pour obtenir l'empire
étaient préparées.
Ou que *quelqu'un* se lève
qui accuse les cohortes
débauchées *par moi* dans la ville,
qui *accuse* la fidélité des provinces
ébranlée *par moi*,

13.

tam, denique servos vel libertos ad scelus corruptos arguat.
Vivere ego[1], Britannico potiente rerum, poteram? at si Plautus,
aut quis alius, rempublicam judicaturus obtinuerit, desunt
scilicet mihi accusatores, qui non verba, impatientia caritatis
aliquando incauta, sed ea crimina objiciant, quibus, nisi a
filio, absolvi non possim! » Commotis qui aderant, ultroque
spiritus ejus mitigantibus, colloquium filii exposcit : ubi nihil
pro innocentia, quasi diffideret, nec beneficiis, quasi expro-
braret, disseruit; sed ultionem in delatores et præmia amicis
obtinuit.

XXII. Præfectura annonæ Fenio Rufo, cura ludorum qui a
Cæsare parabantur Arruntio Stellæ, Ægyptus C. Balbillo[2],
permittuntur. Syria P. Anteio destinata; et variis mox artibus
elusus, ad postremum in Urbe retentus est. At Silana in
exsilium acta. Calvisius quoque et Iturius relegantur[3]. De

d'un instant de vie, si Britannicus eût régné? Le pourrais-je encore,
si Plautus ou tout autre devenait mon prince et mon juge? Man-
querais-je alors d'accusateurs qui me reprocheraient, non des cris
imprudents que m'arrachent quelquefois le dépit et la tendresse,
mais des crimes dont mon fils seul peut m'absoudre? » Ce discours
fit la plus vive impression sur tous ceux qui étaient présents, et ils
cherchaient à calmer ses transports. Elle demande impérieusement à
voir son fils. Dans cette entrevue, elle ne dit rien de son innocence,
dont elle eût paru se défier, ni de ses bienfaits, ce qui eût été un
reproche; mais elle obtint le châtiment de ses délateurs et l'avancement de ses amis.

XXII. La préfecture des vivres fut donnée à Fénius Rufus; la
direction des jeux que Néron préparait, à Arruntius Stella; l'Égypte,
à C. Balbillus. On promit la Syrie à P. Antéius; mais, après s'être
joué de lui sous différents prétextes, on finit par le retenir à Rome.
D'un autre côté, Silana fut exilée, Iturius et Calvisius relégués,

denique servos vel libertos | enfin des esclaves ou des affranchis
corruptos ad scelus. | corrompus *par moi* pour un crime.
Poteram vivere, ego, | Pouvais-je vivre, moi,
Britannico potiente rerum ? | Britannicus devenant-maître des affaires ?
At si Plautus, | Mais si Plautus,
aut quis alius, | ou quelque autre,
obtinuerit rempublicam | vient-à-obtenir la république (l'empire)
judicaturus, | devant *me* juger,
scilicet accusatores | apparemment les accusateurs
desunt mihi, | manquent à moi,
qui objiciant | qui *me* reprochent
non verba | non des paroles
aliquando incauta | quelquefois imprudentes
impatientia caritatis, | par l'impatience de *ma* tendresse,
sed ea crimina | mais ces (des) crimes
quibus non possim absolvi, | dont je ne pourrais être absoute,
nisi a filio ! » | sinon par *mon fils* ! »
Qui aderant commotis, | *Ceux* qui étaient-présents étant émus,
mitigantibusque ultro | et calmant spontanément
spiritus ejus, | les transports d'elle,
exposcit colloquium filii : | elle réclame l'entretien de *son* fils :
ubi disseruit nihil | où (dans lequel) elle ne dit rien
pro innocentia, | pour *son* innocence,
quasi diffideret, | comme si elle se fût défiée,
nec beneficiis, | ni pour *ses* bienfaits,
quasi exprobraret ; | comme si elle *les lui* eût reprochés ;
sed obtinuit ultionem | mais elle obtint vengeance
in delatores | contre *ses* délateurs
et præmia amicis. | et des récompenses pour *ses* amis.
XXII. Permittuntur | XXII. *Alors* sont confiés
præfectura annonæ | la préfecture des vivres
Fenio Rufo, | à Fénius Rufus,
cura ludorum | le soin des jeux
qui parabantur a Cæsare | qui étaient préparés par César (Néron)
Arruntio Stellæ, | à Arruntius Stella,
Ægyptus C. Balbillo. | l'Égypte à C. Balbillus.
Syria destinata | La Syrie *fut* destinée
P. Anteio ; | à P. Antéius ;
et mox elusus | et bientôt joué
variis artibus, | par différents artifices,
ad postremum | à la fin
retentus est in Urbe. | il fut retenu dans la ville (à Rome).
At Silana | Mais Silana
acta in exsilium. | *fut* envoyée en exil.
Calvisius et Iturius quoque | Calvisius et Iturius aussi
relegantur. | sont relégués.
Supplicium sumptum | Le supplice *fut* tiré

Atimeto supplicium sumptum, validiore apud libidines principis Paride quam ut pœna afficeretur. Plautus ad præsens
silentio transmissus est.

XXIII. Deferuntur dehinc consensisse Pallas ac Burrus ut
Cornelius Sulla, claritudine generis et affinitate Claudii, cui
per nuptias Antoniæ gener erat, ad imperium vocaretur.
Ejus accusationis auctor exstitit Pætus quidam, exercendis
apud ærarium sectionibus¹ famosus, et tum vanitatis manifestus. Nec tam grata Pallantis innocentia quam gravis
superbia fuit : quippe, nominatis libertis ejus, quos conscios
haberet, respondit nihil unquam se domi, nisi nutu aut manu,
significasse, vel, si plura demonstranda essent, scripto usum,
ne vocem consociaret. Burrus, quamvis reus, inter judices
sententiam dixit. Exsiliumque accusatori irrogatum, et tabulæ
exustæ sunt, quibus oblitterata ærarii nomina retrahebat.

Atimétus condamné à mort. Paris, trop nécessaire aux débauches de
Néron, resta impuni ; on oublia Plautus pour le moment.

XXIII. Quelque temps après, on dénonça un prétendu complot
de Pallas et de Burrus pour donner l'empire à Cornélius Sylla, Romain d'une haute naissance, et gendre de Claude par son hymen
avec Antonia. Un certain Pétus, solliciteur odieusement célèbre de
confiscations et d'enchères, était l'auteur de cette grossière et visible
imposture. Toutefois on fut moins satisfait de la justification de
Pallas que choqué de son orgueil. Comme on lui nommait de ses
affranchis parmi ses complices, il répondit « qu'il n'avait jamais
donné d'ordres chez lui que par un signe de tête ou par un geste de la
main, et que, quand il fallait plus d'explication, il écrivait, afin de ne
pas converser avec ses gens. » Burrus, quoique accusé, opina parmi
les juges. On infligea l'exil à l'accusateur, et on brûla des registres
où il faisait reparaître des créances du fisc oubliées depuis longtemps.

de Atimeto,
Paride validiore
apud libidines principis
quam ut afficeretur pœna.
Plautus
transmissus est silentio
ad præsens.
XXIII. Dehinc
Pallas ac Burrus
deferuntur consensisse
ut Cornelius Sulla,
claritudine
generis
et affinitate Claudii,
cui erat gener
per nuptias
Antoniæ,
vocaretur ad imperium.
Quidam Pætus exstitit
auctor ejus accusationis,
famosus
exercendis sectionibus
apud ærarium,
et tum
manifestus vanitatis.
Nec innocentia Pallantis
fuit tam grata
quam superbia gravis :
quippe, libertis ejus
nominatis,
quos haberet conscios,
respondit
se significasse
unquam nihil domi,
nisi nutu, aut manu,
vel usum scripto,
si plura
essent demonstranda,
ne consociaret vocem.
Burrus, quamvis reus,
dixit sententiam
inter judices.
Exsiliumque
irrogatum accusatori,
et tabulæ exustæ sunt,
quibus retrahebat
nomina ærarii oblitterata.

d'Atimétus,
Paris étant plus puissant
pour les plaisirs du prince [châtiment.
qu'*il n'eût fallu* pour qu'il fût frappé de
Plautus
fut passé sous silence
pour le *moment* présent.
XXIII. Ensuite
Pallas et Burrus
sont accusés de s'être concertés
pour que Cornélius Sylla,
qui jouissait de l'illustration
de la naissance
et de la parenté de Claude (était parent
auquel (dont) il était gendre [de Claude)
par le mariage (son mariage)
de (avec) Antonia,
fût appelé à l'empire.
Un certain Pétus se rencontra
auteur de cette accusation,
fameux
pour exercer des enchères
au-profit-du trésor-public,
et alors
manifestement-convaincu d'imposture.
Et l'innocence de Pallas
ne fut pas aussi agréable
que *son* orgueil *fut* à-charge :
car, des affranchis de lui
ayant été nommés,
lesquels il avait *pour* complices,
il répondit
lui *n'avoir* signifié (ordonné)
jamais rien à la maison (chez lui),
sinon d'un signe-de-tête, ou de la main,
ou avoir usé d'un *ordre* écrit,
si plusieurs choses
étaient à-indiquer,
afin qu'il n'associât pas *sa* parole (n'eût pas
Burrus, quoique accusé, [de conversation).
dit *son* opinion
parmi les juges.
Et l'exil
fut prononcé contre l'accusateur,
et les tablettes furent brûlées;
sur lesquelles il faisait-revivre
les titres du trésor-public oblitérés.

XXIV. Fine anni, statio cohortis assidere ludis solita demovetur, quo major species libertatis esset; utque miles, theatrali licentiæ non permixtus, incorruptior ageret, et plebes daret experimentum an amotis custodibus modestiam retineret. Urbem princeps lustravit, e responso aruspicum, quod Jovis ac Minervæ ædes de cœlo tactæ erant.

XXV. Q. Volusio, P. Scipione consulibus, otium foris, fœda domi lascivia, qua Nero itinera Urbis¹ et lupanaria et deverticula, veste servili in dissimulationem sui compositus, pererrabat, comitantibus qui raperent ad venditionem exposita, et obviis vulnera inferrent; adversus ignaros adeo, ut ipse quoque exciperet ictus et ore præferret. Deinde, ubi Cæsarem esse qui grassaretur pernotuit, augebanturque injuriæ adversus viros feminasque insignes; et quidam, permissa semel licentia sub nomine Neronis, inulti propriis cum globis eadem exerce-

XXIV. A la fin de l'année, la cohorte qui était toujours de garde aux jeux du cirque fut retirée, afin qu'il y eût un plus grand air de liberté, afin aussi que le soldat, n'étant plus mêlé dans toutes ces dissolutions du théâtre, en fût moins corrompu; enfin on voulait essayer si le peuple, sans gardes, saurait se contenir. Le prince, sur une réponse des aruspices, purifia la ville, parce que la foudre était tombée sur les temples de Jupiter et de Minerve.

XXV. Le consulat de Q. Volusius et de P. Scipion, tranquille au dehors, vit au dedans d'infâmes désordres. Néron, déguisé en esclave, parcourait les rues de la ville, les lieux de débauche, les tavernes, en compagnie de gens qui pillaient les marchandises exposées en vente et frappaient les passants. Et d'abord on le reconnaissait si peu que lui même reçut des coups, dont il porta les marques au visage. Lorsque ensuite on sut que c'était l'empereur qui se permettait ces excès, on en vint à insulter des hommes et des femmes du premier rang. Quelques-uns même, voyant la licence autorisée par le nom du prince, exerçaient impunément avec leurs propres trou-

XXIV. Fine anni,
statio cohortis
solita assidere ludis
demovetur,
quo species libertatis
esset major ;
utque miles,
non permixtus
licentiæ theatrali,
ageret incorruptior,
et plebes
daret experimentum
an retineret modestiam
custodibus amotis.
Princeps
lustravit Urbem,
e responso aruspicum,
quod ædes
Jovis ac Minervæ
tactæ erant
de cœlo.
XXV. Q. Volusio,
P. Scipione consulibus,
otium foris,
domi lascivia fœda,
qua Nero
compositus veste servili
in dissimulationem sui,
pererrabat itinera Urbis
et lupanaria et deverticula,
comitantibus qui raperent
exposita ad venditionem,
et inferrent vulnera
obviis ;
adversus ignaros
adeo ut ipse quoque
exciperet ictus
et præferret ore.
Deinde, ubi pernotuit
Cæsarem esse
qui grassaretur,
injuriæque augebantur
adversus viros
feminasque insignes,
et quidam,
licentia permissa semel
sub nomine Neronis,

XXIV. A la fin de l'année,
le poste de la cohorte
qui avait-coutume d'assister aux jeux
est retiré,
afin que l'apparence de la liberté
fût plus grande ;
et pour que le soldat,
n'étant pas mêlé
à la licence du-théâtre,
agit (se montrât) plus incorruptible,
et *que* le peuple
donnât l'épreuve (fît voir)
s'il garderait *sa* modération
les surveillants étant écartés.
Le prince
purifia la ville,
d'après une réponse des aruspices,
parce que les temples
de Jupiter et de Minerve
avaient été touchés (frappés)
du ciel (par la foudre).
XXV. Q. Volusius
et P. Scipion *étant* consuls,
la paix *régna* au-dehors,
au-dedans une licence ignoble,
par laquelle Néron
arrangé avec un vêtement d'-esclave
pour le déguisement de lui,
errait-à-travers les rues de la ville
et les lieux-de-débauche et les tavernes,
*des gens l'*accompagnant qui enlevaient
les *objets* exposés pour la vente,
et portaient des blessures (coups)
à ceux qui-étaient-sur-leur-passage ;
et cela contre *des gens* qui-ne-le-connais-
tellement que lui-même aussi [saient-pas
recevait des coups
et *en* portait *la marque* sur son visage.
Ensuite, dès qu'il fut-notoire
César être (que c'était Néron)
qui allait *ainsi par les rues*,
et les outrages s'augmentaient
contre les hommes
et les femmes de-distinction,
et quelques-uns,
la licence étant permise une-fois
sous le nom de Néron,

bant, et in modum captivitatis nox agebatur; Julius quidem
Montanus; senatorii ordinis [f], sed qui nondum honorem
capessisset, congressus forte per tenebras cum principe, quia
vi attentantem acriter repulerat, deinde agnitum oraverat,
quasi exprobrasset, mori adactus est. Nero autem, metuentior
in posterum, milites sibi et plerosque gladiatores circumdedit,
qui rixarum initia modica et quasi privata sinerent; si a læsis
validius ageretur, arma inferrent. Ludicram quoque licentiam
et fautores histrionum velut in prœlia convertit impunitate et
præmiis, atque ipse occultus et plerumque coram prospectans [2]:
donec, discordi populo, et gravioris motus terrore, non aliud
remedium repertum est, quam ut histriones Italia pellerentur [3], milesque theatro rursum assideret.

XXVI. Per idem tempus actum in senatu de fraudibus liber-

pes les mêmes violences, et les nuits de Rome retraçaient les horreurs
d'une ville prise d'assaut. Julius Montanus, de l'ordre sénatorial,
mais qui n'était pas encore parvenu aux honneurs, rencontra Néron
dans l'obscurité. Comme d'abord il avait repoussé vivement ses attaques, et qu'ensuite, après l'avoir reconnu, il lui fit des excuses, le
prince les prit pour des reproches, et on le força de se donner la
mort. Depuis ce moment, Néron s'exposa moins, et ne marcha qu'entouré de soldats et de gladiateurs. Tant que la lutte n'était pas trop
violente, ils la traitaient comme une querelle privée, et ne s'en mê-
laient point ; pour peu que l'offensé y mît de chaleur, ils interpo-
saient leurs armes. Ce fut aussi Néron qui, par l'impunité et par les
récompenses, fit dégénérer presque en combats la licence du cirque
et les dissensions au sujet des différents histrions. Il se mêlait lui-
même en secret dans les querelles, et souvent les encourageait publiquement de ses regards. Enfin la fermentation générale faisant craindre un soulèvement, on ne trouva d'autre remède que de chasser les
histrions d'Italie et de rappeler les soldats au théâtre.

XXVI. Dans le même temps, des plaintes s'élevèrent au sénat
contre les trahisons des affranchis, et l'on demanda que les patrons

exercebant eadem	pratiquaient les mêmes *actes*
inulti	impunis (impunément)
cum propriis globis,	avec *leurs* propres bandes,
et nox agebatur	et la nuit se passait
in modum captivitatis;	à la manière d'une prise-de-ville;
quidam Julius Montanus,	un certain Julius Montanus,
ordinis senatorii,	de l'ordre sénatorial,
sed qui nondum capessisset	mais qui n'avait pas-encore obtenu
honorem,	d'honneur (de charge),
congressus forte	s'étant rencontré par hasard
cum principe per tenebras,	avec le prince dans les ténèbres,
adactus est mori,	fut forcé de mourir,
quia repulerat acriter	parce qu'il avait repoussé vivement
attentantem vi,	*Néron* qui *l'*attaquait par la force,
deinde oraverat agnitum,	*et* ensuite avait supplié *lui* reconnu,
quasi exprobrasset.	comme s'il *lui* eût fait-des-reproches.
Nero autem,	Mais Néron,
metuentior in posterum,	plus timide à l'avenir,
circumdedit sibi	mit-autour-de lui
plerosque milites	plusieurs soldats
et gladiatores,	et gladiateurs,
qui sinerent	lesquels permettaient
initia rixarum	des commencements de rixes
modica et quasi privata,	peu-importants et comme privés,
inferrent arma,	*mais* interposaient *leurs* armes,
si ageretur validius	si *la chose* était traitée trop vigoureusement
a læsis.	par les *gens* attaqués.
Convertit quoque	Il tourna aussi
velut in prœlia	comme en combats
impunitate et præmiis	par l'impunité et par des récompenses
licentiam ludicram	la licence des-jeux
et fautores histrionum,	et les partisans des histrions,
atque ipse occultus	et lui-même *se tenant* caché
et plerumque	et le plus souvent
prospectans coram :	regardant publiquement : [de,
donec, populo discordi,	jusqu'à ce que, le peuple *étant* en-discor-
et terrore –	et dans la crainte
motus gravioris,	d'un mouvement plus grave,
aliud remedium	un autre remède
non repertum est,	ne fut pas trouvé,
quam ut histriones	que *ceci, savoir* que les histrions
pellerentur Italia,	fussent chassés d'Italie,
milesque rursum	et *que* le soldat de-nouveau
assideret theatro.	assistât (fût de garde) au théâtre.
XXVI. Per idem tempus	XXVI. Pendant le même temps
actum in senatu	on s'occupa dans le sénat
de fraudibus libertorum,	des fraudes des affranchis,

torum, efflagitatumque ut adversus male meritos revocandæ
libertatis jus patronis daretur. Nec deerant qui censerent;
sed consules, relationem incipere non ausi ignaro principe,
perscripsere tamen consensum senatus. Ille, an auctor [1]
constitutionis fieret, inter paucos et sententiæ diversos con-
sultare: quibusdam coalitam libertate irreverentiam eo prorupisse frementibus, « Ut jam æquo cum patronis jure
agerent, ac verberibus manus ultro intenderent, impune vel
pœnam suam deridentes. Quid enim aliud læso patrono con-
cessum, quam ut vicesimum ultra lapidem, in oram Cam-
paniæ, libertum releget? Ceteras actiones promiscuas et pares
esse. Tribuendum aliquod telum quod sperni nequeat. Nec
grave manumissis per idem obsequium retinendi [2] libertatem,
per quod assecuti sint. At criminum manifestos merito ad
servitutem retrahi, ut metu coerceantur quos beneficia non
mutavissent. »

XXVII. Disserebatur contra « Paucorum culpam ipsis

eussent le droit de révoquer la liberté de ceux qui en abuseraient. Il
ne manquait pas de sénateurs prêts à opiner ; mais les consuls n'osèrent pas entamer une délibération dont le prince n'était pas prévenu ;
ils lui transmirent toutefois le vœu du sénat. Néron délibéra dans
son conseil s'il autoriserait ces règlements. Les opinions furent partagées : quelques-uns s'indignaient de l'insolence des affranchis qui,
fiers de leur liberté, « traitaient à peine en égaux leurs patrons,
foulaient aux pieds leurs décisions, opposaient à leur courroux des
gestes menaçants, et ne conjuraient même le châtiment que par
l'impudence. En effet, tous les priviléges du patron ne se réduisaient-
ils pas à pouvoir reléguer son affranchi à vingt milles de Rome, sur
la côte de la Campanie? Dans tout le reste, nulle différence entre eux
devant les tribunaux. Il était donc indispensable de donner au patron une arme qui le fît respecter. Les affranchis ne seraient point
malheureux d'avoir à conserver leur liberté par les mêmes moyens
qui la leur avaient acquise. Quant à ceux d'entre eux qui seraient
manifestement coupables, il était juste de les rendre à l'esclavage, afin de retenir par la crainte des âmes insensibles aux bienfaits. »

XXVII. D'autres soutinrent « que les coupables devaient porter la

efflagitatumque	et on demanda-instamment
ut jus daretur patronis	que le droit fût donné aux patrons
revocandæ libertatis	de révoquer la liberté
adversus male meritos.	contre ceux qui avaient mal mérité *d'eux.*
Nec deerant	Et *les sénateurs* ne manquaient pas
qui censerent;	qui allaient-voter;
sed consules, non ausi	mais les consuls, n'ayant pas osé
incipere relationem	commencer la délibération
principe ignaro,	le prince ignorant *l'affaire*,
perscripsere tamen	transcrivirent cependant
consensum senatus.	le vœu-unanime du sénat.
Ille consultare	Celui-ci (Néron) *se mit à* délibérer
inter paucos	au milieu de quelques *hommes*
et diversos sententiæ,	et opposés d'avis,
an fieret auctor	s'il deviendrait auteur
constitutionis :	de *ce* règlement :
quibusdam frementibus	quelques-uns s'indignant
irreverentiam	l'irrévérence
coalitam libertate	fortifiée par la liberté
prorupisse eo,	avoir éclaté à-ce-point,
« Ut jam agerent	« Que déjà *des affranchis* agissaient
jure æquo cum patronis,	de droit égal avec *leurs* patrons,
ac intenderent ultro manus	et tendaient spontanément les mains
verberibus,	pour des coups (pour frapper),
impune [nam.	impunément
vel deridentes suam pœ-	ou se moquant de leur châtiment.
Quid enim aliud	Car quelle autre *vengeance*
concessum patrono læso,	accordée au patron offensé,
quam ut	que *celle-ci, savoir* que
releget libertum	il relègue *son* affranchi
ultra vicesimum lapidem,	au delà de la vingtième pierre,
in oram Campaniæ?	sur la côte de la Campanie?
Ceteras actiones	Toutes-les-autres actions (procédures)
esse promiscuas et pares.	être communes et pareilles *entre eux.*
Aliquod telum tribuendum	Quelque arme devoir être accordée
quod nequeat sperni.	qui ne-puisse être méprisée.
Nec grave manumissis	Et n'*être* pas pénible pour les affranchis
retinendi libertatem	de garder *leur* liberté
per idem obsequium,	par les mêmes égards,
per quod assecuti sint.	par lesquels ils *l'*ont obtenue. [mes
At manifestos criminum	Mais manifestement-convaincus de cri-
retrahi merito	*eux* être traînés-de-nouveau avec-raison
ad servitutem,	à la servitude,
ut quos beneficia	afin que *ceux* que les bienfaits
non mutavissent	n'avaient pas changés
coerceantur metu. »	soient contenus par la crainte. »
XXVII. Contra	XXVII. Au-contraire

exitiosam esse debere, nihil universorum juri derogandum :
quippe late fusum id corpus ; hinc plerumque tribus, decurias [1],
ministeria magistratibus et sacerdotibus, cohortes etiam in
Urbe conscriptas [2] ; et plurimis equitum, plerisque senatoribus,
non aliunde originem trahi. Si separarentur libertini, manifestam fore penuriam ingenuorum [3]. Non frustra majores, quum
dignitatem ordinum dividerent, libertatem in communi
posuisse. Quin et manumittendi duas species [4] institutas, ut
relinqueretur pœnitentiæ aut novo beneficio locus : quos vindicta [5] patronus non liberaverit, velut vinculo servitutis
attineri. Dispiceret quisque merita, tardeque concederet quod
datum non adimeretur. » Hæc sententia valuit. Scripsitque
Cæsar senatui, privatim expenderent causam libertorum,
quoties a patronis arguerentur ; in commune nihil derogarent.

peine de leurs fautes, sans que l'on attaquât pour cela les droits d'un
corps très-étendu ; que ce corps servait à recruter les tribus, les décuries, les cohortes même de la ville ; qu'on en tirait les officiers des
magistrats et des prêtres ; que la plupart des chevaliers et beaucoup
de sénateurs n'avaient pas une autre origine ; qu'en faisant des affranchis une classe à part, on manifesterait la disette des citoyens
de naissance libre ; que ce n'était point sans dessein que les anciens
Romains, en admettant des distinctions dans le rang des citoyens,
n'en avaient mis aucune dans leur liberté ; qu'au reste on avait établi deux sortes d'affranchissement, pour laisser place au repentir ou à
un nouveau bienfait ; que les esclaves qui n'avaient pas été affranchis par-devant le préteur restaient, pour ainsi dire, sous le lien de
la servitude ; qu'il fallait que chacun pesât le mérite, et qu'on n'ac-
cordât point légèrement un don irrévocable. » Cet avis prévalut.
Néron écrivit au sénat d'examiner séparément les plaintes des patrons contre les affranchis, toutes les fois qu'il s'en présenterait,
sans toucher aux droits du corps. Peu de temps après, Paris, affran-

disserebatur	on exposait
« Culpam paucorum	« La faute de quelques-uns
debere esse exitiosam ipsis,	devoir être funeste à eux-mêmes,
nihil derogandum	*mais* rien ne devoir être retranché
juri universorum :	au droit de tous :
quippe id corpus	car ce corps (les affranchis)
fusum late ;	*être* répandu au loin ;
hinc plerumque tribus,	de là souvent *se recruter* les tribus,
decurias,	les décuries,
ministeria magistratibus	les serviteurs pour les magistrats
et sacerdotibus,	et pour les prêtres,
cohortes etiam	les cohortes même
conscriptas in Urbe ;	enrôlées dans la ville (Rome) ;
et plurimis equitum,	et à beaucoup de chevaliers,
plerisque senatoribus,	à la plupart des sénateurs,
originem	l'origine
non trahi aliunde.	n'être pas tirée d'ailleurs.
Si libertini separarentur,	Si les affranchis étaient mis-à-part,
penuriam ingenuorum	la disette d'*hommes* nés-libres
fore manifestam.	devoir être manifeste.
Nec majores	Et *nos* ancêtres
posuisse frustra	n'avoir pas mis en-vain
libertatem in communi,	la liberté en commun,
quum dividerent	lorsqu'ils séparaient
dignitatem ordinum.	la dignité des ordres.
Quin et	Bien-plus aussi
duas species manumittendi	deux manières d'affranchir
institutas,	*avoir été* instituées,
ut locus relinqueretur	afin que lieu fût laissé
pœnitentiæ	au repentir
aut novo beneficio :	ou à un nouveau bienfait :
quos patronus	*ceux* que *leur* patron
non liberaverit vindicta,	n'a pas affranchis par la baguette,
attineri	être retenus
velut vinculo servitutis.	comme par un lien de servitude.
Quisque dispiceret merita,	Que chacun examinât les mérites,
concederetque tarde	et accordât tard
quod datum	ce qui *une fois* donné
non adimeretur. »	ne s'ôtait point. »
Hæc sententia valuit.	Cet avis prévalut.
Cæsarque	Et César (Néron)
scripsit senatui,	écrivit au sénat,
expenderent privatim	qu'ils pesassent séparément
causam libertorum,	la cause des affranchis,
quoties arguerentur	toutes-les-fois-qu'ils seraient accusés
a patronis ;	par *leurs* patrons ;
derogarent nihil	*mais* qu'ils ne retranchassent rien

Nec multo post ereptus amitæ libertus Paris, quasi jure civili; non sine infamia principis, cujus jussu perpetratum ingenuitatis judicium erat.

XXVIII. Manebat nihilominus quædam imago reipublicæ. Nam inter Vibullium prætorem et plebei tribunum Antistium ortum certamen, quod immodestos fautores histrionum, et a prætore in vincula ductos, tribunus omitti jussisset : comprobavere patres, incusata Antistii licentia. Simul prohibiti tribuni jus prætorum et consulum præcipere, aut vocare ex Italia cum quibus lege agi posset. Addidit L. Piso, designatus consul, ne quid intra domum pro potestate animadverterent, neve mulctam ab iis dictam quæstores ærarii in publicas tabulas, ante quatuor menses, referrent; medio temporis contradicere liceret, deque eo consules statuerent. Cohibita arctius et ædilium potestas, statutumque quantum curules,

chi de Domitia, déclaré faussement citoyen, fut enlevé à sa maîtresse, non sans honte pour le prince, qui avait fait prononcer par jugement que Paris était né libre.

XXVIII. Néanmoins il subsistait encore un fantôme de république. Le préteur Vibullius avait fait mettre en prison quelques séditieux, qu'échauffait leur zèle pour des histrions, et Antistius, tribun du peuple, les avait fait relâcher, ce qui produisit entre ces deux magistrats une vive contestation. Le sénat se prononça en faveur du préteur, et fit au tribun de grands reproches de sa témérité. A cette occasion, on défendit aux tribuns d'usurper la juridiction des préteurs et des consuls, et de recevoir d'aucune partie de l'Italie le moindre appel, lorsqu'il y avait un autre recours légitime. L. Pison, consul désigné, ajouta que les jugements qu'ils rendraient dans leurs maisons seraient nuls, et que les amendes qu'ils infligeraient ne seraient portées sur les registres publics par les questeurs de l'épargne qu'au bout de quatre mois; que, dans l'intervalle, on pourrait en appeler, et que les consuls prononceraient sur l'appel. On restreignit encore davantage le pouvoir des édiles, et l'on fixa ce que les édiles curules, ce que les édiles plébéiens pourin commune.

en général.

Nec multo post

Et non beaucoup après

libertus Paris

l'affranchi Paris

ereptus amitæ,

fut enlevé à la tante *du prince,*

quasi jure civili;

comme en vertu du droit civil;

non sine infamia

non sans la honte

principis,

du prince,

jussu cujus

par l'ordre de qui   [condition-libre

judicium ingenuitatis

un jugement (une reconnaissance) de

perpetratum erat.

avait été accompli (prononcée).

XXVIII. Nihilominus

XXVIII. Néanmoins

quædam imago reipublicæ

une certaine image de la république

manebat.

subsistait.

Nam certamen ortum

Car une lutte s'éleva

inter prætorem Vibullium

entre le préteur Vibullius

et Antistium,

et Antistius,

tribunum plebei,

tribun du peuple,

quod tribunus jussisset

parce que le tribun avait ordonné

fautores immodestos

les partisans exagérés

histrionum,

des histrions,

et ductos in vincula

et *qui avaient été* conduits dans les fers

a prætore,

par le préteur,

omitti :

être relâchés :

patres comprobavere,

les sénateurs approuvèrent *le préteur,*

licentia Antistii incusata.

la licence d'Antistius étant accusée.

Simul tribuni prohibiti

En-même-temps les tribuns *furent* empê-

præcipere jus

d'usurper le droit   [chés

prætorum et consulum,

des préteurs et des consuls,

aut vocare ex Italia

ou d'appeler d'Italie   [traitée

cum quibus posset agi

ceux avec lesquels *la chose* pouvait être

lege.

par la loi (légalement).

L. Piso, consul designatus,

L. Pison, consul désigné,

addidit,

ajouta,

ne animadverterent quid

qu'ils ne sévissent en rien

intra domum

dans *leur* maison

pro potestate,

en-vertu-de *leur* pouvoir,

neve quæstores ærarii

et que les questeurs du trésor-public

referrent

ne portassent

in tabulas publicas,

sur les registres publics,

ante quatuor menses,

avant quatre mois,

mulctam dictam ab iis ;

aucune amende prononcée par eux ;

liceret contradicere

qu'il fût-permis de contredire (d'en ap-

medio temporis,

dans l'intervalle du temps,   [peler)

consulesque statuerent

et que les consuls statuassent

de eo.

sur cet *appel.*

Potestas et ædilium

Le pouvoir des édiles aussi

cohibita arctius,

fut restreint plus étroitement,

quantum plebei pignoris' caperent vel pœnæ irrogarent. Eo
Helvidius Priscus, tribunus plebis, adversus Obultronium
Sabinum, ærarii quæstorem, contentiones proprias exercuit,
tanquam jus hastæ adversus inopes inclementer augeret. Dein
princeps curam tabularum publicarum a quæstoribus ad præfectos transtulit.

XXIX. Varie habita ac sæpe immutata ejus rei forma : nam
Augustus permisit senatui deligere præfectos; dein, ambitu
suffragiorum suspecto, sorte ducebantur ex numero prætorum,
qui præessent; neque id diu mansit, quia sors deerrabat ad
parum idoneos. Tunc Claudius quæstores rursum imposuit[2],
iisque, ne metu offensionum segnius consulerent, extra ordinem[3] honores promisit. Sed deerat robur ætatis eum primum
magistratum capessentibus : igitur Nero prætura perfunctos et
experientia probatos delegit.

XXX. Damnatus iisdem consulibus Vipsanius Lænas, ob

raient prendre de gages ou infliger de peines. Helvidius Priscus,
tribun du peuple, profita de ce moment de réforme pour satisfaire
des ressentiments particuliers contre Obultronius Sabinus, questeur
de l'épargne, sous prétexte que celui-ci aggravait inhumainement
les droits de saisie sur les pauvres. Le prince ne tarda point à ôter
l'inspection du trésor public aux questeurs pour la donner à des
préfets.

XXIX. Cette partie de l'administration publique a subi de fréquents
changements. D'abord Auguste permit au sénat d'élire ces préfets;
ensuite, comme on craignit la brigue, on les tira au sort parmi les
préteurs; ce qui ne subsista pas longtemps, parce que le sort favorisait souvent l'incapacité. Alors Claude rétablit les questeurs; et,
pour encourager leur sévérité en les mettant au-dessus de la crainte
de déplaire, il leur promit d'avance les grandes dignités. Mais comme
c'était leur première magistrature, il leur manquait la maturité de
l'âge. C'est pourquoi Néron préféra d'anciens préteurs qui avaient
fait preuve de capacité.

XXX. Sous les mêmes consuls, Vipsanius Lénas fut condamné

statutumque
quantum pignoris vel pœnæ
plebei irrogarent.
Eo Helvidius Priscus,
tribunus plebis,
exercuit
contentiones proprias
adversus Obultronium Sa-
quæstorem ærarii, [binum,
tanquam augeret
inclementer
jus hastæ
adversus inopes.
Dein princeps transtulit
a quæstoribus ad præfectos
curam
tabularum publicarum.
  XXIX. Forma
ejus rei
habita varie
ac sæpe immutata :
nam Augustus
permisit senatui
deligere præfectos ;
dein, ambitu suffragiorum
suspecto,
qui præessent
ducebantur sorte
ex numero prætorum ;
neque id mansit diu,
quia sors deerrabat
ad parum idoneos.
Tum Claudius rursum
imposuit quæstores,
promisitque iis
honores extra ordinem,
ne consulerent segnius
metu offensionum.
Sed robur ætatis
deerat capessentibus
eum primum honorem :
igitur Nero delegit
perfunctos prætura
et probatos experientia.
  XXX. Vipsanius Lænas
damnatus
iisdem consulibus,

et *il fut* statué
combien de gage ou d'amende
les *édiles* plébéiens imposeraient.
Par cela Helvidius Priscus,
tribun du peuple,
exerça
des ressentiments particuliers
contre Obultronius Sabinus,
questeur du trésor-public ;
comme s'il aggravait
sans-pitié
le droit de la pique (de l'encan)
contre les pauvres.
Ensuite le prince transféra
des questeurs aux préfets
le soin
des registres publics.
  XXIX. Le système
de cette administration
fut disposé diversement
et souvent changé :
car Auguste
laissa au sénat
le soin d'élire les préfets ;
ensuite, la brigue des suffrages
étant suspectée,
ceux qui seraient-à-la-tête
étaient tirés au sort
du nombre des préteurs ;
et cela ne subsista pas longtemps,
parce que le sort s'égarait
sur des *hommes* peu capables.
Alors Claude de-nouveau
préposa les questeurs *au trésor*,
et promit à eux
des honneurs hors rang (extraordinaires),
pour qu'ils n'agissent pas trop mollement
par crainte des mécontentements.
Mais la vigueur de l'âge
manquait à *des hommes* qui recevaient
ce premier honneur :
donc Néron choisit
des *hommes* sortis de la préture
et éprouvés par l'expérience.
  XXX. Vipsanius Lénas
fut condamné
sous les mêmes consuls,

Sardiniam provinciam avare habitam. Absolutus Cestius Proculus repetundarum, cedentibus accusatoribus. Clodius Quirinalis, quod, præfectus remigum qui Ravennæ haberentur, velut infimam nationum, Italiam luxuria sævitiaque afflictavisset, veneno damnationem antevertit. Caninius Rebilus, ex primoribus peritia legum et pecuniæ magnitudine, cruciatus ægræ senectæ, misso per venas sanguine, effugit; haud creditus sufficere ad constantiam sumendæ mortis, ob libidines muliebriter infamis. At L. Volusius egregia fama concessit; cui tres et nonaginta anni spatium vivendi, præcipuæque opes bonis artibus, inoffensa tot imperatorum malitia fuit.

XXXI. Nerone secundum, L. Pisone consulibus, pauca memoria digna evenere; nisi cui libeat laudandis fundamentis et trabibus, quis molem amphitheatri [1] apud campum Martis

---

pour ses exactions dans le gouvernement de la Sardaigne. Cestius Proculus fut absous du crime de concussion, ses accusateurs s'étant désistés. Claudius Quirinalis, préfet des rameurs de la flotte stationnée à Ravenne, avait traité l'Italie comme la dernière des nations, et l'avait désolée par ses dissolutions et ses cruautés; il prévint sa condamnation en s'empoisonnant. Caninius Rébilus, un des Romains les plus distingués par sa profonde connaissance de nos lois et par ses immenses richesses, se délivra des douleurs d'une vieillesse infirme en se coupant les veines, avec un courage qu'on n'eût point attendu d'un homme décrié par ses infâmes prostitutions. L. Volusius mourut aussi, mais environné de l'estime publique : il avait fourni une carrière de quatre-vingt-treize ans, et acquis sans injustice de grands biens, que respecta la tyrannie de tant de princes.

XXXI. Peu d'événements signalèrent l'année où Néron, consul pour la seconde fois, eut L. Pison pour collègue; à moins qu'on ne veuille s'amuser à décrire les fondements et la charpente du vaste amphithéâtre que Néron avait fait construire dans le champ de

ob provinciam Sardiniam	à-cause-de la province *de* Sardaigne
habitam avare.	tenue (gouvernée) *par lui* avec avarice.
Cestius Proculus	Cestius Proculus
absolutus	*fut* absous [concussion),
repetundarum,	*de l'accusation* de *sommes* à-réclamer (de
accusatoribus cedentibus.	*ses* accusateurs se désistant.
Clodius Quirinalis	Clodius Quirinalis
antevertit damnationem	prévint *sa* condamnation
veneno,	par le poison,
quod, præfectus remigum	parce que, préfet des rameurs [ne,
qui haberentur Ravennæ,	qui étaient tenus (stationnaient) à Raven-
afflictavisset Italiam,	il avait désolé l'Italie,
velut infimam nationum,	comme la dernière des nations,
luxuria sævitiaque.	par *sa* débauche et *sa* cruauté.
Caninius Rebilus,	Caninius Rébilus,
ex primoribus	*un* des premiers
peritia legum	par la science des lois
et magnitudine pecuniæ,	et la grandeur de *sa* fortune,
effugit cruciatus	échappa aux tourments
senectæ ægræ,	d'une vieillesse malade,
sanguine misso	le sang ayant été lâché
per venas ;	par (en ouvrant) *ses* veines ;
haud creditus	n'ayant pas été cru [capable)
sufficere ad constantiam	avoir-assez-de-force pour la fermeté (être
sumendæ mortis,	dé prendre (se donner) la mort,
infamis ad libidines	infâme *qu'il était* pour les plaisirs
muliebriter.	à-la-manière-d'une-femme.
At L. Volusius	Mais L. Volusius [lente ;
concessit fama egregia ;	sortit *de la vie* avec une renommée excel-
cui nonaginta et tres anni	*lui* à qui quatre-vingt-treize ans
spatium vivendi,	*furent* l'espace de vivre (de sa vie),
opesque præcipuæ	et des richesses remarquables
bonis artibus,	*acquises* par de bons moyens,
malitia tot imperatorum	*et à qui* l'iniquité de tant d'empereurs
fuit inoffensa.	fut inoffensive.
XXXI. Consulibus	XXXI. Sous les consuls
Nerone secundum,	Néron *qui l'était* pour-la-seconde-fois
L. Pisone,	*et* L. Pison,
pauca evenere	peu de choses arrivèrent
digna memoria ;	dignes de mémoire ;
nisi libeat cui	à moins qu'il ne plaise à quelqu'un
implere volumina	de remplir des volumes
laudandis fundamentis	en louant les fondements
et trabibus,	et les poutres,
quis Cæsar exstruxerat	avec lesquelles César avait élevé
molem amphitheatri	la masse-d'un amphithéâtre
apud campum Martis ;	au champ de Mars ;

Cæsar exstruxerat, volumina implere; quum ex dignitate
populi Romani repertum sit res illustres annalibus, talia
diurnis Urbis actis, mandare. Ceterum coloniæ Capua atque
Nuceria, additis veteranis, firmatæ sunt, plebeique congiarium
quadringeni nummi viritim dati, et sestertium quadringenties.[1] ærario illatum est, ad retinendam populi fidem. Vectigal
quoque quintæ et vicesimæ [2] venalium mancipiorum remissum, specie magis quam vi : quia, quum venditor pendere
juberetur, in partem pretii emptoribus accrescebat[3]. Edixit
Cæsar ne quis magistratus aut procurator, qui provinciam
obtineret, spectaculum gladiatorum aut ferarum , aut quod
aliud ludicrum ederet. Nam ante non minus tali largitione
quam corripiendis pecuniis subjectos affligebant; dum, quæ
libidine deliquerant, ambitu propugnant.

　　XXXII.Factum et senatusconsultum ultioni juxta et securi-

Mars, et remplir des volumes de ces minuties, bonnes pour les
journaux de la ville, indignes des annales du peuple romain. Les
colonies de Capoue et de Nucérie furent renforcées par un corps de
vétérans. On distribua au peuple une gratification de quatre cents
sesterces par tête, et l'on porta dans le trésor public quarante millions de sesterces pour assurer le crédit de l'empire. Le vingt-cinquième dû sur les achats d'esclaves fut supprimé, suppression plus
apparente que réelle, la même somme restant imposée sur les ven-
deurs, qui augmentaient d'autant le prix de la vente. Néron, par un
édit, défendit à tout magistrat ou procurateur, commandant dans
les provinces, de donner des combats de gladiateurs ou d'animaux,
ou tout autre divertissement. En effet, toutes ces largesses ambitieu-
ses n'étaient pas pour les peuples un moindre fléau que leurs concussions mêmes, en ce que toutes les prévarications de la cupidité
étaient couvertes du voile de la popularité.

　　XXXII. On fit aussi, pour la vengeance et pour la sécurité des

quum repertum sit
tandis qu'il a été trouvé

ex dignitate populi Romani
de la dignité du peuple romain

mandare res illustres
de confier les faits éclatants

annalibus,
à des annales,

talia
et de telles choses [la ville (Rome).

actis diurnis Urbis.
aux actes journaliers (aux journaux) de

Ceterum coloniæ
Au-reste les colonies

Capua atque Nuceria
de Capoue et *de* Nucérie

firmatæ sunt,
furent renforcées,

veteranis additis ;
des vétérans y ayant été ajoutés ;

quadringenique nummi
et quatre-cents écus

dati viritim plebei
furent donnés par-tête au peuple

congiarium,
comme congiarium,

et quadringenties
et quatre-cent-fois *cent milliers*

sestertium
de sesterces

illatum est ærario,
furent portés au trésor-public,

ad retinendam fidem
pour maintenir le crédit

populi.
du peuple (de l'État).

Vectigal quoque
L'impôt aussi

vicesimæ et quintæ
du vingt-cinquième

mancipiorum venalium
des (sur les) esclaves à-vendre

remissum,
fut remis (supprimé),

specie magis quam vi :
en apparence plus qu'en réalité :

quia, quum venditor
parce que, comme le vendeur

juberetur pendere,
était obligé de *le* payer,

accrescebat
il (l'impôt) s'ajoutait [tion) du prix

in partem pretii
en *devenant* une partie (comme augmenta-

emptoribus.
pour les acheteurs.

Cæsar edixit
César (Néron) fit-un-édit

ne quis magistratus
pour qu'aucun magistrat

aut procurator,
ou (ni) procurateur,

qui obtineret provinciam,
qui obtiendrait une province,

ederet spectaculum
ne donnât un spectacle

gladiatorum aut ferarum,
de gladiateurs ou de bêtes-féroces,

aut quod aliud ludicrum.
ou quelque autre jeu.

Nam ante
Car auparavant

affligebant subjectos
ils accablaient *leurs* sujets

tali largitione
par une telle largesse

non minus [niis ;
non moins

quam corripiendis pecu-
qu'en pillant les fortunes ;

dum propugnant ambitu
tandis qu'ils repoussent par la brigue

quæ deliquerant
la peine des fautes qu'ils avaient commises

libidine. [sultum
par déréglement.

XXXII. Et senatuscon-
XXXII. Et un sénatus-consulte

factum juxta
fut fait (rendu) également

ultioni et securitati,
pour la vengeance et la sécurité,

ut, si quis
portant que, si quelqu'un

tati, ut, si quis a suis servis interfectus esset, ii quoque qui, testamento manumissi, sub eodem tecto mansissent, inter servos supplicia penderent. Redditur ordini L. Varius, con- sularis, avaritiæ criminibus olim perculsus. Et Pomponia Græcina, insignis femina, Plautio, qui ovans se de Britanniis retulit, nupta, ac superstitionis externæ [1] rea, mariti judicio permissa. Isque prisco instituto, propinquis coram, de capite famaque conjugis cognovit, et insontem nuntiavit. Longa huic Pomponiæ ætas et continua tristitia fuit. Nam, post Juliam, Drusi filiam, dolo Messalinæ interfectam, per quadraginta annos, non cultu nisi lugubri, non animo nisi mœsto egit. Idque illi imperitante Claudio impune, mox ad gloriam vertit.

XXXIII. Idem annus plures reos habit : quorum P. Cele- rem, accusante Asia, quia absolvere nequibat Cæsar, traxit,

---

maîtres, un sénatus-consulte par lequel, dans le cas où un citoyen était assassiné par un de ses esclaves, tous les autres, et jusqu'aux affranchis par testament qui habitaient sous le même toit, étaient enveloppés dans le supplice du meurtrier. On rendit au sénat le con- sulaire L. Varius, qui avait autrefois succombé à une accusation de péculat. Pomponia Grécina, femme de la première distinction, épouse de Plautius, qui, par ses exploits en Bretagne, avait mérité les honneurs de l'ovation, fut accusée de se livrer à des superstitions étrangères. Le jugement de cette affaire fut remis au mari même, qui, après avoir, suivant l'usage ancien, instruit en présence des parents ce procès, d'où dépendaient la vie et l'honneur de sa femme, la déclara innocente. Pomponia vécut longtemps, et toujours dans les larmes. Depuis la mort de Julie, fille de Drusus, laquelle avait été victime des intrigues de Messaline, elle ne porta pendant quarante ans que des habits de deuil, et ne connut que l'affliction : constance impunie sous Claude, et qui devint ensuite pour elle un titre de gloire.

XXXIII. Cette même année vit plusieurs grands procès, entre autres celui de P. Céler, poursuivi par la province d'Asie. Néron, ne pouvant l'absoudre, fit traîner l'affaire jusqu'à ce que l'accusé mou-

interfectus esset	avait été tué
a suis servis,	par ses esclaves,
ii quoque qui,	ceux-là aussi qui,
manumissi testamento,	affranchis par *son* testament,
mansissent	étaient restés
sub eodem tecto,	sous le même toit,
penderent supplicia	payeraient (subiraient) des supplices
inter servos.	parmi les esclaves.
L. Varius, consularis,	L. Varius, consulaire,
perculsus olim	frappé autrefois [lat],
criminibus avaritiæ,	pour des accusations d'avarice (de pécu-
redditur ordini.	est rendu à l'ordre *sénatorial*.
Et Pomponia Græcina,	Pomponia Grécina aussi,
femina insignis,	femme de-marque,
nupta Plautio,	mariée à Plautius,
qui se retulit ovans	qui s'en revint avec-l'ovation
de Britanniis,	des Bretagnes,
ac rea	et accusée
superstitionis externæ,	de superstition étrangère,
permissa judicio mariti.	*fut* abandonnée au jugement de *son* mari.
Isque prisco instituto,	Et celui-ci d'après l'ancien usage,
coram propinquis,	en présence de *ses* proches,
cognovit de capite	instruisit-le-procès sur la tête (la vie)
famaque conjugis,	et la réputation de *sa* femme,
et nuntiavit insontem.	et *la* déclara innocente.
Huic Pomponiæ	A cette Pomponia
ætas fuit longa	la vie fut longue
et tristitia continua.	et la tristesse continuelle.
Nam, post Juliam,	Car, après Julie,
filiam Drusi,	fille de Drusus,
interfectam	tuée
dolo Messalinæ,	par la perfidie de Messaline,
per quadraginta annos,	pendant quarante ans,
non egit cultu	elle ne passa pas *sa vie* avec une parure
nisi lugubri,	sinon de-deuil,
non animo	ni avec une âme
nisi mœsto.	sinon triste.
Idque impune illi,	Et cela *fut* impuni pour elle,
Claudio imperitante,	Claude régnant,
mox vertit ad gloriam.	puis tourna à *sa* gloire.
XXXIII. Idem annus	XXXIII. La même année
habuit plures reos :	eut plusieurs accusés :
quorum,	desquels,
quia Cæsar nequibat	comme César (Néron) ne-pouvait-pas
absolvere P. Celerem,	absoudre P. Céler,
Asia accusante,	l'Asie *l'*accusant,
traxit,	il *le* traîna (traîna son procès),

senecta donec mortem obiret; nam Celer, interfecto, ut memoravi[1], Silano proconsule, magnitudine sceleris cetera flagitia
obtegebat. Cossutianum Capitonem[2] Cilices detulerant macu-
losum fœdumque, et idem jus audaciæ in provincia ratum,
quo in Urbe exercuerat. Sed, pervicaci accusatione conflicta-
tus, postremo defensionem omisit, ac lege repetundarum
damnatus est Pro Eprio Marcello, a quo Lycii res repetebant,
eo usque ambitus prævaluit, ut quidam accusatorum ejus
exsilio mulctarentur, tanquam insonti periculum fecissent.

XXXIV. Nerone tertium consule, simul iniit consulatum
Valerius Messala, cujus proavum, oratorem Corvinum[3], divo
Augusto, abavo Neronis, collegam in eo magistratu fuisse
pauci jam senum meminerant : sed nobili familiæ honor auctus
est, oblatis in singulos annos quingenis sestertiis, quibus
Messala paupertatem innoxiam sustentaret. Aurelio quoque

rût de vieillesse. Céler avait empoisonné, comme je l'ai dit, le proconsul Silanus, et, par un crime d'une telle importance, il couvrait
tous ses autres délits. Cossutianus Capiton était poursuivi par les Ciliciens comme un homme chargé d'opprobre et d'infamie, et qui
avait cru pouvoir se permettre dans sa province ce qui lui avait réussi
dans Rome. Écrasé par la force irrésistible des preuves, il renonça
enfin à se défendre, et fut condamné pour crime de concussion.
Éprius Marcellus fut plus heureux contre les Lyciens, qui le pour-
suivaient pour des prévarications toutes pareilles ; la brigue prévalut
au point qu'on exila quelques-uns de ses accusateurs, comme s'ils
eussent inquiété un innocent.

XXXIV. Néron, dans son troisième consulat, eut pour collègue
Valérius Messala, dont le bisaïeul, l'orateur Corvinus, avait été le
collègue d'Auguste, trisaïeul de Néron ; quelques vieillards s'en res-
souvenaient encore. Cette illustre maison reçut un nouvel éclat par
le don d'une pension de cinq cent mille sesterces qu'on offrit à Messala
pour l'aider à soutenir son honorable pauvreté. Aurélius Cotta et Ha-

donec obiret mortem	jusqu'à ce qu'il arrivât à la mort
senecta;	par vieillesse;
nam Celer,	car Céler,
proconsule Silano	le proconsul Silanus
interfecto, ut memoravi,	ayant été tué, comme je *l'*ai rappelé,
obtegebat cetera flagitia	couvrait *ses* autres désordres
magnitudine sceleris.	par la grandeur de *son* crime.
Cilices detulerant	Les Ciliciens avaient dénoncé
Cossutianum Capitonem	Cossutianus Capiton
maculosum fœdumque,	*comme* souillé et infâme,
et ratum	et persuadé
idem jus audaciæ	le même droit *être* à son audace
in provincia,	dans la province,
quod exercuerat in Urbe.	*que celui* qu'il avait exercé dans la ville.
Sed, conflictatus	Mais, abattu
accusatione pervicaci,	par une accusation opiniâtre,
omisit postremo	il renonça enfin
defensionem,	à *toute* défense,
ac damnatus est lege	et fut condamné d'après la loi
repetundarum.	de *sommes* à-réclamer (de concussion).
Pro Eprio Marcello,	Pour Éprius Marcellus,
a quo Lycii	auquel les Lyciens
repetebant res,	réclamaient des biens,
ambitus prævaluit usque eo	la brigue prévalut jusque-là (à ce point)
ut quidam	que quelques-uns
accusatorum ejus	des accusateurs de lui
mulctarentur exsilio,	furent frappés de l'exil,
tanquam fecissent	comme s'ils avaient fait (suscité)
periculum insonti.	un péril à un innocent.
XXXIV. Nerone	XXXIV. Néron
consule tertium,	*étant* consul pour-la-troisième-fois,
Valerius Messala	Valérius Messala
iniit simul consulatum,	entra en-même-temps dans le consulat,
cujus pauci senum	*homme* dont quelques-uns des vieillards
meminerant jam proavum,	se souvenaient encore le bisaïeul,
oratorem Corvinum,	l'orateur Corvinus,
fuisse collegam	avoir été collègue
in eo magistratu	dans cette magistrature
divo Augusto,	au (du) divin Auguste,
abavo Neronis:	trisaïeul de Néron :
sed honor auctus est	mais l'honneur fut augmenté
nobili familiæ,	à *cette* noble famille,
quingenis sestertiis	cinq-cents milliers-de-sesterces
oblatis in singulos annos,	ayant été offerts pour chaque année,
quibus Messala	avec lesquels Messala
sustentaret	pût-soutenir
paupertatem innoxiam.	une pauvreté honorable.

14

Cottæ et Haterio Antonino[1] annuam pecuniam statuit princeps, quamvis per luxum avitas opes dissipassent. Ejus anni
principio, mollibus adhuc initiis prolatatum, inter Parthos
Romanosque de obtinenda Armenia bellum acriter sumitur :
quia nec Vologeses sinebat fratrem Tiridaten dati a se regni
expertem esse, aut alienæ id potentiæ donum habere; et
Corbulo dignum magnitudine populi Romani rebatur parta
olim a Lucullo Pompeioque recipere. Ad hæc Armenii ambigua
fide utraque arma invitabant, situ terrarum, similitudine
morum Parthis propiores, connubiisque permixti, ac, libertate
ignota, illuc magis ad servitium inclinantes.

XXXV. Sed Corbuloni plus molis adversus ignaviam militum quam contra perfidiam hostium erat. Quippe Syria
transmotæ legiones, pace longa segnes, munia Romanorum
ægerrime tolerabant. Satis constitit fuisse in eo exercitu ve-

térius Antoninus reçurent aussi du prince un revenu annuel, quoique
ce fût par la débauche qu'ils eussent dissipé les richesses de leurs pères.
On avait vu jusque-là les Parthes et les Romains engager mollement
et traîner en longueur la guerre pour la possession de l'Arménie ;
au commencement de cette année, elle éclata vivement. D'un côté,
Vologèse ne voulait point que son frère Tiridate perdît un sceptre
qu'il lui avait donné ou le conservât comme un don d'une puissance
étrangère ; de l'autre, Corbulon jugeait digne de la grandeur romaine
de recouvrer les anciennes conquêtes de Lucullus et de Pompée. D'ailleurs les Arméniens, avec leur fausseté ordinaire, appelaient les deux
puissances à la fois, quoique pourtant la situation de leur pays et la
conformité de leurs mœurs les rapprochassent plus naturellement des
Parthes ; confondus avec eux par de fréquents mariages, et ne con-
naissant point la liberté, ils inclinaient davantage à prendre leurs
maîtres dans cette nation.

XXXV. Mais la lâcheté des soldats opposait plus d'obstacles à
Corbulon que la perfidie des ennemis. Toutes ces légions de Syrie,
amollies par une longue paix, enduraient impatiemment les travaux
du soldat romain. Il est certain qu'il existait dans cette armée des

Princeps statuit quoque | Le prince fixa aussi
pecuniam annuam | une somme d'argent annuelle
Aurelio Cottæ | pour Aurélius Cotta
et Haterio Antonino, | et Hatérius Antoninus,
quamvis dissipassent | quoiqu'ils eussent dissipé
opes avitas | les richesses de-leurs-pères
per luxum. | dans les plaisirs.
Principio ejus anni, | Au commencement de cette année,
bellum | la guerre
inter Parthos Romanosque | entre les Parthes et les Romains
de obtinenda Armenia, | pour posséder l'Arménie,
prolatatum | guerre traînée-en-longueur
initiis adhuc mollibus, | par des commencements jusque-là mous,
sumitur acriter : | est entreprise vivement :
quia nec Vologeses | parce que et Vologèse
sinebat fratrem Tiridaten | ne laissait pas son frère Tiridate
esse expertem | être privé
regni dati a se, | d'un royaume donné par lui,
aut habere id donum | ou avoir ce royaume comme don
potentiæ alienæ; | d'une puissance étrangère;
et Corbulo rebatur | et que Corbulon pensait
dignum magnitudine | ceci être digne de la grandeur
populi Romani, | du peuple romain,
recipere parta olim | de recouvrer des pays conquis autrefois
a Lucullo Pompeioque. | par Lucullus et Pompée.
Ad hæc Armenii | Outre cela les Arméniens
fide ambigua | d'une foi indécise
invitabant utraque arma, | appelaient les-unes-et-les-autres armes,
propiores Parthis | plus rapprochés des Parthes
situ terrarum, | par la situation du territoire,
similitudine morum, | par la ressemblance des mœurs,
permixtique connubiis, | et mêlés à eux par des mariages,
ac inclinantes magis illuc | et inclinant plus de-ce-côté-là
ad servitium, | pour l'esclavage,
libertate ignota. | la liberté leur étant inconnue.

XXXV. Sed plus molis | XXXV. Mais plus d'effort
erat Corbuloni | était à Corbulon
adversus ignaviam militum | contre la lâcheté de ses soldats
quam contra perfidiam | que contre la perfidie
hostium. | des ennemis.
Quippe legiones | En effet les légions
transmotæ Syria, | déplacées de Syrie,
segnes longa pace, | amollies par une longue paix,
tolerabant ægerrime | supportaient avec-beaucoup-de-peine
munia Romanorum. | les charges des soldats romains.
Constitit satis | Il fut-constant assez
veteranos fuisse | des vétérans avoir été

teranos qui non stationem, non vigilias inissent; vallum
fossamque, quasi nova et mira, viserent, sine galeis, sine
loricis, nitidi et quæstuosi, militia per oppida expleta. Igitur
dimissis quibus senecta aut valetudo adversa erat, supple-
mentum petivit. Et habiti per Galatiam [1] ac Cappadociam
delectus. Adjectaque ex Germania legio, cum equitibus alariis
et peditatu cohortium [2]; retentusque omnis exercitus sub
pellibus, quamvis hieme sæva adeo ut, obducta glacie, nisi
effossa, humus tentoriis locum non præberet. Ambusti multorum artus vi frigoris, et quidam inter excubias exanimati
sunt. Annotatusque miles, qui fascem lignorum gestabat, ita
præriguisse manus, ut, oneri adhærentes, truncis brachiis
deciderent. Ipse cultu levi, capite intecto, in agmine, in labo-
ribus, frequens adesse: laudem strenuis, solatium invalidis,
exemplum omnibus ostendere. Dehinc, quia duritiam cœli
militiæque multi abnuebant deserebantque, remedium seve-

vétérans qui n'avaient jamais monté une garde ni le jour ni la nuit,
pour qui des fossés et des retranchements étaient un spectacle
étrange et absolument nouveau ; sans casques, sans cuirasses, bril-
lants de parure et avides de gain, ils avaient vieilli dans les villes.
Corbulon renvoya tous ceux que leur âge ou leur santé empêchait de
servir, et demanda des recrues. On fit des levées dans la Galatie et
dans la Cappadoce. On y ajouta une des légions de Germanie, avec
la division de cavalerie et le corps d'infanterie auxiliaire qui y
étaient attachés. Toute l'armée resta campée, quoique l'hiver fût si
rigoureux que, la terre étant couverte de glace, on était obligé de la
creuser avec le fer pour y enfoncer les pieux destinés à soutenir les
tentes. Beaucoup d'hommes eurent les membres gelés, et l'on trouva
des sentinelles mortes de froid. On remarqua surtout un soldat qui
portait des fascines, et dont les mains, pénétrées par le froid, restèrent collées à ce fardeau, et se détachèrent des bras qu'elles laissè-
rent mutilés. Corbulon, vêtu légèrement, la tête nue, partageait
toutes les marches, tous les travaux ; il donnait des éloges aux braves, des consolations aux faibles, l'exemple à tous. Ensuite, comme
l a dureté du service et du climat rebuta beaucoup de soldats et amena
de nombreuses désertions, on y remédia par la sévérité. Et ce ne fut

in eo exercitu,	dans cette armée,
qui non inissent stationem,	qui n'avaient *jamais* fait de garde,
non vigilias ;	ni de veilles ; [fossé,
viserent vallum fossamque,	*qui* regardaient un retranchement et un
quasi nova et mira,	comme choses nouvelles et étranges,
sine galeis, sine loricis,	sans casques, sans cuirasses,
nitidi et quæstuosi,	brillants *de parure* et avides-de-gain,
militia expleta	*leur* service-militaire ayant été accompli
per oppida.	dans des villes.
Igitur dimissis	Donc *ceux-là* étant congédiés
quibus erat senecta	auxquels était de la vieillesse
aut valetudo adversa,	ou une santé contraire (mauvaise),
petivit supplementum.	il (Corbulon) demanda des recrues.
Et delectus habiti	Et des levées *furent* faites
per Galatiam	dans la Galatie
ac Cappadociam.	et *dans* la Cappadoce.
Legioque ex Germania	Et une légion *tirée* de Germanie
adjecta	*fut* ajoutée
cum equitibus alariis	avec des cavaliers d'-ailes (auxiliaires)
et peditatu cohortium ;	et l'infanterie des cohortes ;
omnisque exercitus	et toute l'armée
retentus sub pellibus,	*fut* retenue sous les peaux (tentes),
quamvis hieme sæva	quoique l'hiver *étant* rigoureux
adeo ut, obducta glacie,	tellement que, couverte de glace,
humus non præberet locum	la terre n'offrait pas de place
tentoriis	pour des tentes
nisi effossa.	sinon étant creusée.
Artus multorum	Les membres de beaucoup *d'hommes*
ambusti sunt vi frigoris,	furent brûlés par la force du froid,
et quidam exanimati	et quelques-uns moururent
inter excubias.	pendant *leur* garde (en sentinelle).
Milesque annotatus,	Et un soldat *fut* remarqué,
qui gestabat	qui portait
fascem lignorum,	un fagot de bois,
præriguisse manus ita,	avoir été roidi des mains tellement,
ut, adhærentes oneri,	que, s'attachant à *ce* fardeau,
deciderent brachiis truncis.	elles tombèrent de *ses* bras mutilés.
Ipse cultu levi,	Lui-même (Corbulon) en vêtement léger,
capite intecto,	la tête non-couverte, [quemment)
adesse frequens	de se tenir-auprès *d'eux* fréquent (fré-
in agmine, in laboribus ;	dans la marche, dans les travaux ;
ostendere laudem	de montrer de la louange
strenuis,	aux *hommes* actifs,
solatium invalidis,	de la consolation aux faibles,
exemplum omnibus.	l'exemple à tous.
Dehinc, quia multi	Puis, parce que beaucoup *d'hommes*
abnuebant deserebantque	refusaient et désertaient

ritate quæsitum est. Nec enim, ut in aliis exercitibus, primum alterumque delictum venia prosequebatur, sed qui signa reliquerat statim capite pœnas luebat. Idque usu salubre et misericordia melius apparuit; quippe pauciores illa castra deseruere, quam ea in quibus ignoscebatur.

XXXVI. Interim Corbulo, legionibus intra castra habitis donec ver adolesceret, dispositisque per idoneos locos cohortibus auxiliariis, ne pugnam priores auderent prædicit. Curam præsidiorum Pactio Orphito, primipili honore perfuncto, mandat. Is, quanquam incautos barbaros, et bene gerendæ rei casum offerri, scripserat tenere se munimentis et majores copias opperiri jubetur. Sed rupto imperio, postquam paucæ e proximis castellis turmæ advenerant pugnamque imperitia poscebant, congressus cum hoste funditur. Et, damno ejus

pas comme dans les autres armées, où l'on excusait la première et la seconde faute; sous Corbulon, quiconque avait quitté le drapeau était sur-le-champ puni de mort, et l'expérience démontra que cette rigueur valait mieux que la pitié. Il y eut moins de désertions dans son camp que dans tous ceux où l'on pardonnait.

XXXVI. Corbulon tint les légions sous la tente jusqu'aux premiers beaux jours du printemps, et distribua ses cohortes auxiliaires dans des postes avantageux, sous les ordres de Pactius Orphitus, ancien primipilaire, avec ordre exprès de ne point chercher à engager le combat. Pactius écrivit en vain que la négligence des barbares offrait des chances dont ou pouvait profiter; il lui fut enjoint de rester dans ses retranchements et d'attendre de plus grandes forces. Mais, au mépris de cet ordre, sitôt qu'il eut reçu des postes voisins quelques troupes, qui étourdiment demandaient la bataille, Pactius attaqua l'ennemi et fut repoussé. Sa déroute jetant l'effroi

duritiam cœli	la dureté du climat
militiæque,	et du service;
remedium quæsitum est	un remède fut cherché
severitate.	dans la sévérité.
Nec enim venia	Et en effet le pardon
prosequebatur	ne suivait pas
primum	une première
alterumque delictum,	et une seconde faute,
ut in aliis exercitibus,	comme dans les autres armées, [dards
sed qui reliquerat signa	mais *celui* qui avait abandonné *ses* éten-
statim luebat pœnas	aussitôt payait les peines (était puni)
capite.	de *sa* tête (de mort).
Idque apparuit usu	Et cela parut par la pratique
salubre	salutaire
et melius misericordia;	et meilleur que la clémence;
quippe pauciores	car moins *d'hommes*
deseruere illa castra,	désertèrent ce camp,
quam ea in quibus	que ceux (les camps) dans lesquels
ignoscebatur.	on pardonnait.
XXXVI. Interim,	XXXVI. Cependant,
legionibus habitis	les légions ayant été tenues
intra castra	dans le camp [force,
donec ver adolesceret,	jusqu'à ce que le printemps fût-dans-sa-
cohortibusque auxiliariis	et les cohortes auxiliaires
dispositis	ayant été distribuées
per locos idoneos,	dans des lieux convenables,
Corbulo prædicit	Corbulon donne-ordre
ne auderent pugnam	qu'ils ne hasardassent pas le combat
priores.	les premiers.
Mandat curam	Il confie le soin
præsidiorum	des postes
Pactio Orphito,	à Pactius Orphitus, [mipile.
perfuncto honore primipili.	qui s'était acquitté de l'honneur de pri-
Is, quanquam scripserat	Celui-ci, quoiqu'il eût écrit
barbaros incautos,	les barbares *être* sans-précaution,
et casum offerri	et une chance s'offrir
bene gerendæ rei,	de bien mener l'affaire,
jubetur	reçoit-l'ordre
se tenere munimentis	de se tenir dans *ses* retranchements
et opperiri majores copias.	et d'attendre de plus grandes troupes.
Sed imperio rupto,	Mais *cet* ordre ayant été enfreint,
postquam paucæ turmæ	comme quelques escadrons
advenerant	étaient arrivés
e castellis proximis,	des forts voisins,
poscebantque pugnam	et demandaient le combat
imperitia,	par impéritie,
congressus cum hoste	s'étant engagé avec l'ennemi

exterriti, qui subsidium ferre debuerant sua quisque in castra
trepida fuga rediere. Quod graviter Corbulo accepit; incre-
pitumque Pactium et præfectos militesque, tendere omnes
extra vallum [1] jussit; inque ea contumelia detenti, nec nisi
precibus universi exercitus exsoluti sunt.

XXXVII. At Tiridates, super proprias clientelas, ope Volo-
gesis fratris adjutus, non furtim jam, sed palam bello infensare
Armeniam, quosque fidos nobis rebatur depopulari ; et si
copiæ contra ducerentur, eludere; huc quoque et illuc volitans, plura fama quam pugna exterrere. Igitur Corbulo,
quæsito diu prœlio, frustra habitus, et exemplo hostium cir-
cumferre bellum coactus, dispartit vires, ut legati præfectique
diversos locos pariter invaderent. Simul regem Antiochum [2]

parmi ceux qui auraient dû le soutenir, chacun regagna son camp
d'une fuite-précipitée. Corbulon indigné réprimanda durement Pactius, ainsi que les préfets et les soldats, les fit tous camper en dehors
des retranchements, et ne les releva de cette ignominie que longtemps après, sur les instances de toute l'armée.

XXXVII. Cependant Tiridate qui, indépendamment de ses propres forces, pouvait compter encore sur les secours de son frère
Vologèse, désolait l'Arménie, non plus par des menées sourdes, mais
par une guerre ouverte. Il dévastait les terres de ceux qu'il croyait
du parti des Romains, et, toutes les fois qu'on faisait marcher des
troupes contre lui, il éludait leur rencontre. Ne cessant de battre la
campagne, il causait encore plus de terreur par le bruit de ses
courses que par la force de ses armes. Corbulon, après avoir longtemps cherché le combat, frustré dans son attente, et forcé, à
l'exemple de l'ennemi, de porter la guerre en vingt endroits, divise
ses troupes, et envoie ses lieutenants et ses préfets attaquer à la fois
différents postes. Il prescrit au roi Antiochus de se jeter sur les pro-

funditur.	il est mis-en-déroute.
Et, exterriti damno ejus,	Et, effrayés par la défaite de lui,
qui debuerant	ceux qui avaient dû
ferre-subsidium	lui porter secours
rediere	retournèrent
quisque in sua castra	chacun dans son camp,
fuga trepida.	par une fuite précipitée.
Quod Corbulo	Ce que Corbulon
accepit graviter;	reçut (apprit) avec-indignation;
jussitque	et il ordonna
Pactium increpitum	Pactius blâmé
et præfectos militesque	et (ainsi que) les préfets et les soldats
tendere omnes	camper tous
extra vallum;	hors du retranchement;
detentique sunt	et ils furent retenus
in ea contumelia,	dans cette humiliation,
nec exsoluti	et n'en furent pas délivrés
nisi precibus	sinon par les prières
exercitus universi.	de l'armée entière.
XXXVII. At Tiridates,	XXXVII. Mais Tiridate,
super proprias clientelas,	outre ses propres clients,
adjutus ope	aidé du secours
fratris Vologesis,	de son frère Vologèse,
infensare Armeniam	de désoler l'Arménie
non jam furtim,	non plus furtivement,
sed palam,	mais ouvertement,
depopularique	et de piller
quos rebatur fidos nobis;	ceux qu'il croyait fidèles à nous;
et, si copiæ	et, si des troupes
ducerentur contra,	étaient conduites contre lui,
eludere;	de les éluder;
volitans quoque	voltigeant aussi
huc et illuc,	çà et là,
exterrere plura	d'effrayer plus de contrées
fama quam pugna.	par la renommée que par le combat.
Igitur Corbulo,	Donc Corbulon,
prœlio quæsito diu,	le combat ayant été cherché longtemps,
habitus frustra,	se trouvant dans-la-déception (trompé
et coactus	et contraint [dans son espoir),
circumferre bellum	de porter-tout-autour la guerre
exemplo hostium,	à l'exemple des ennemis,
dispartit vires,	disperse ses forces,
ut legati præfectique	afin que ses lieutenants et ses préfets
invaderent pariter	envahissent à la fois
locos diversos.	des lieux opposés.
Simul monet	En-même-temps il avertit
regem Antiochum	le roi Antiochus

monet. proximas sibi præfecturas petere. Nam Pharasmanes,
interfecto filio Rhadamisto, quasi proditore sui, quo fidem in
_ nos testaretur, vetus adversus Armenios odium promptius
exercebat. Tuncque primum illecti Insichi, gens ante alias socia Romanis, avia Armeniæ incursavit. Ita consilia Tiridati in
contrarium vertebant. Mittebatque oratores, qui suo Parthorumque nomine expostularent « Cur, datis nuper obsidibus
redintegrataque amicitia, quæ novis quoque beneficiis locum
aperiret, vetere Armeniæ possessione depelleretur? Ideo nondum ipsum Vologesen commotum, quia causa quam vi agere
mallent. Sin perstaretur in bello, non defore Arsacidis virtutem fortunamque, sæpius jam clade Romana expertam. » Ad
ea Corbulo, satis comperto Vologesen defectione Hyrcaniæ
attineri, suadet Tiridati « Precibus Cæsarem aggredi : posse

vinces voisines de ses États ; en même temps, Pharasmane, qui venait de tuer son fils Rhadamiste sous prétexte de trahison, et qui
voulait nous prouver sa fidélité, se livrait avec plus de fureur que
jamais à ses anciennes haines contre les Arméniens. D'un autre
côté, les Insiques, distingués par leur attachement aux Romains, et
attirés alors pour la première fois dans notre alliance, infestaient les
parties les moins accessibles de l'Arménie. Ainsi partout échouaient
les projets de Tiridate. Ses ambassadeurs vinrent se plaindre en son
nom et au nom des Parthes « de ce que, malgré les otages qu'il venait de livrer, et malgré le renouvellement d'une alliance qui semblait lui promettre de nouveaux bienfaits, on le chassait d'une
ancienne possession. » Ils représentèrent « que, si Vologèse n'avait
point encore agi en personne, c'est qu'il préférait les moyens de
conciliation aux moyens violents ; mais que si l'on s'obstinait à la
guerre, les Arsacides sauraient bien retrouver cette valeur et cette
fortune dont les Romains, par leur désastres, avaient eu tant de
fois la preuve. » Pour toute réponse, Corbulon, qui savait Vologèse
occupé par la révolte de l'Hyrcanie, conseilla à Tiridate d'attaquer
César par la soumission. Il lui fit entendre « qu'il pourrait, sans

petere præfecturas
proximas sibi.
Nam Pharasmanes,
filio Rhadamisto
interfecto,
quasi proditore sui,
quo testaretur
fidem in nos,
excercebat promptius
vetus odium
adversus Armenios.
Tuncque gens
socia Romanis
ante alias,
Insichi illecti primum,
incursavit avia
Armeniæ.
Ita consilia
vertebant Tiridati
in contrarium.
Mittebatque oratores,
qui suo nomine
Parthorumque
expostularent « Cur,
obsidibus datis nuper,
amicitiaque redintegrata,
quæ aperiret locum
novis beneficiis quoque,
depelleretur
vetere possessione
Armeniæ ?
Vologesen ipsum
nondum commotum,
quia mallent agere
causa quam vi.
Sin perstaretur in bello,
virtutem fortunamque,
expertam jam sæpius
clade Romana,
non defore Arsacidis. »
Ad ea Corbulo,
satis comperto
Vologesen attineri
defectione Hyrcaniæ,
suadet Tiridati
« Aggredi Cæsarem
precibus :

d'attaquer les préfectures
les plus proches de lui
Car Pharasmane,
son fils Rhadamiste
ayant été tué,
comme traître de (contre) lui,
afin qu'il attestât
sa fidélité envers nous,
exerçait avec-plus-d'ardeur
sa vieille haine
contre les Arméniens.
Et alors une nation
alliée aux Romains
avant *toutes* les autres,
les Insiques attirés pour-la-première fois,
parcourut les *lieux* impraticables
de l'Arménie.
Ainsi les plans
tournaient pour Tiridate
en *sens* contraire.
Et il envoyait des députés,
qui en son nom
et *au nom* des Parthes
demandassent « Pourquoi,
des otages ayant été donnés naguère,
et l'amitié ayant été renouvelée,
laquelle ouvrait (donnait) lieu
à de nouveaux bienfaits aussi,
il était chassé
de l'ancienne possession
de l'Arménie?
Vologèse lui-même
ne *s'être* pas-encore mis-en-mouvement,
parce qu'ils aimaient-mieux agir
par un *juste* motif que par la force.
Mais-si l'on persistait dans la guerre,
la valeur et la fortune,
éprouvée déjà assez-souvent
par la défaite des-Romains,
ne devoir pas manquer aux Arsacides. »
Sur ce Corbulon,
ceci étant assez avéré,
Vologèse être retenu
par la défection de l'Hyrcanie,
conseille à Tiridate
« D'attaquer César (Néron)
par les prières :

illi regnum stabile et res incruentas contingere, si, omissa spe
longinqua et sera, præsentem potioremque sequeretur. »

XXXVIII. Placitum dehinc, quia, commeantibus invicem
nuntiis, nihil in summam pacis proficiebatur, colloquio ipsorum tempus locumque destinari. Mille equitum præsidium
Tiridates afforĕ sibi dicebat; quantum Corbuloni cujusque
generis militum assisteret, non statuere, dum positis loricis
et galeis, in faciem pacis, veniretur. Cuicumque mortalium,
nedum veteri et provido duci, barbaræ astutiæ patuissent.
« Ideo arctum inde numerum finiri, et hinc majorem offerri,
ut dolus pararetur : nam equiti, sagittarum usu exercito, si
detecta corpora objicerentur, nihil profuturam multitudinem. » Dissimulato tamen intellectu, rectius de his quæ in
publicum consulerentur, totis exercitibus coram, dissertaturos

effusion de sang, se procurer un établissement solide, si, renonçant
à des espérances lointaines et tardives, il en poursuivait de plus
sûres et qui se feraient moins attendre.

XXXVIII. Ensuite, comme l'échange des courriers traînait les
négociations en longueur, on préféra choisir un jour et un lieu
pour conférer. Tiridate proposait de s'y rendre escorté seulement
de mille chevaux; il ne fixait à Corbulon ni le nombre ni l'espèce
de ses soldats, pourvu qu'ils vinssent sans casques, sans cuirasses,
dans un appareil pacifique. Cette ruse des barbares n'eût trompé
personne, elle trompa encore moins un vieux et rusé capitaine. « Il
était visible que ce nombre restreint d'un côté et illimité de l'autre
cachait un piége. En effet, de quoi eût servi le nombre, si l'on nous
eût exposés sans armure à des cavaliers et à des archers si redou-
tables ? » Toutefois Corbulon, feignant de ne rien soupçonner, répondit que des objets si importants pour tous se discuteraient mieux

regnum stabile

un règne stable

et res incruentas

et des affaires non-sanglantes

posse contingere illi,

pouvoir échoir à lui,

si, spe longinqua et sera

si, un espoir lointain et tardif

omissa,

étant abandonné,

sequeretur præsentem

il suivait (s'attachait à) un *espoir* présent

potioremque. »

et préférable. »

XXXVIII. Dehinc

XXXVIII. Ensuite

placitum,

il fut décidé,

quia, nuntiis

parce que, des messagers

commeantibus invicem,

allant-et-venant tour-à-tour,

nihil proficiebatur

rien n'était gagné

in summam pacis,

pour la conclusion de la paix,

tempus locumque

une époque et un lieu

destinari

être fixés

colloquio ipsorum.

pour une conférence d'eux-mêmes.

Tiridates dicebat

Tiridate disait

mille equitum affore sibi

un millier de cavaliers devoir assister lui

præsidium ;

comme escorte ;

non statuere

lui ne pas déterminer

quantum militum

combien de soldats

cujusque generis

et de quelle espèce

assisteret Corbuloni,

accompagneraient Corbulon,

dum veniretur

pourvu qu'on vînt

loricis et galeis positis,

les cuirasses et les casques étant déposés,

in faciem pacis.

en signe de paix.

Astutiæ barbaræ

Ces ruses barbares

patuissent

eussent été-visibles

cuicumque mortalium,

pour qui-que-ce-fût des mortels,

nedum

loin qu'*elles* ne *le fussent* pas

duci veteri et provido.

pour un chef vieux et prudent.

« Numerum arctum

Il se disait « Un nombre restreint

finiri inde,

être limité d'un-côté,

et hinc

et de-l'autre

majorem offerri

un *nombre* plus grand être offert

ideo, ut dolus pararetur :

pour-cela, pour qu'un piége fût préparé:

nam, si corpora detecta

car, si des corps découverts

objicerentur equiti

étaient opposés à un cavalier

exercito usu sagittarum,

exercé à l'usage des flèches,

multitudinem

la multitude *des soldats*

profuturam nihil. »

ne devoir servir de rien. »

Tamen intellectu

Cependant *sa* pénétration

dissimulato,

étant dissimulée,

respondit dissertaturos

il répondit *eux* devoir discuter

rectius de his

plus convenablement sur ces *affaires*

quæ consulerentur

qui seraient examinées

in publicum,

pour l'*intérêt* public,

respondit. Locumque delegit cujus pars altera colles erant
clementer assurgentes, accipiendis peditum ordinibus; pars
in planitiem porrigebatur, ad explicandas equitum turmas.
Dieque pacto, prior Corbulo socias cohortes et auxilia regum
pro cornibus, medio sextam legionem constituit; cui accita
per noctem aliis ex castris tria millia tertianorum permiscuerat, una cum aquila, quasi eadem legio spectaretur. Tiridates, vergente jam die, procul adstitit, unde videri magis
quam audiri posset. Ita sine congressu dux Romanus abscedere militem sua quemque in castra jubet.

XXXIX. Rex, sive fraudem suspectans, quia plura simul
in loca ibatur, sive ut commeatus nostros, Pontico mari et
Trapezunte oppido adventantes, interciperet, propere discedit.
Sed neque commeatibus vim facere potuit, quia per montes
ducebantur præsidiis nostris insessos; et Corbulo, ne irritum

en présence des deux armées; et il choisit un lieu dont une partie,
propre à recevoir l'infanterie en bataille, s'élevait en pente douce,
tandis que l'autre, se prolongeant dans une plaine unie, favorisait
les évolutions de la cavalerie. Le jour convenu, il arrive le premier.
Il place sur les ailes l'infanterie auxiliaire et les troupes des rois
alliés; au centre, la sixième légion, renforcée de trois mille soldats
de la troisième, qu'il avait tirés d'un autre camp pendant la nuit,
en ne leur laissant qu'une aigle, afin de ne figurer qu'une légion.
Tiridate, au déclin du jour, se montra, mais de loin, à la portée
des yeux plus que de la voix. Ainsi la conférence n'eut pas lieu, et
le général romain fit rentrer ses soldats chacun dans leur camp.

XXXIX. Le roi se retira précipitamment, soit que tous ces mouvements de troupes vers plusieurs lieux à la fois lui fissent craindre
une surprise, soit qu'il eût dessein d'intercepter nos convois qui
arrivaient par l'Euxin et par Trébizonde. Mais, comme ils passaient
par des montagnes occupées par nos détachements, il ne put les

coram exercitibus totis.
Delegitque locum
cujus altera pars
erant colles
assurgentes clementer,
accipiendis ordinibus
peditum;
pars porrigebatur
in planitiem,
ad explicandas turmas
equitum.
Dieque pacto,
Corbulo prior
constituit pro cornibus
cohortes socias
et auxilia regum,
medio sextam legionem;
cui permiscuerat
tria millia tertianorum
accita per noctem
ex aliis castris,
cum una aquila,
quasi eadem legio
spectaretur.
Die vergente jam,
Tiridates adstitit procul
unde posset videri
magis quam audiri.
Ita dux Romanus
jubet militem abscedere
quemque in sua castra
sine congressu.
XXXIX. Rex,
sive suspectans fraudem,
quia ibatur simul
in plura loca,
sive ut interciperet
nostros commeatus
adventantes
mari Pontico
et oppido Trapezunte,
discedit propere.
Sed neque potuit
facere vim commeatibus,
quia ducebantur
per montes insessos
præsidiis nostris;

devant les *deux* armées entières.
Et il choisit un lieu
dont une partie
était des collines
s'élevant doucement,
propres à recevoir les lignes
des fantassins;
et dont l'autre *partie* s'étendait
en plaine,
propre à développer les escadrons
des cavaliers.
Et au jour convenu,
Corbulon *arrivé* le premier
plaça devant les ailes
les cohortes alliées
et les troupes-auxiliaires des rois,
au milieu la sixième légion;
à laquelle il avait mêlé
trois mille des soldats-de-la-troisième
mandés pendant la nuit
d'un autre camp,
avec une *seule* aigle,
comme si une même légion
était-en-vue.
Le jour baissant déjà,
Tiridate parut loin
à une distance d'où il pouvait être vu
plus qu'être entendu.
Ainsi le général romain
ordonne le soldat se retirer
chacun dans son camp
sans conférence.
XXXIX. Le roi,
soit soupçonnant une ruse,
parce qu'on allait (nous allions) à la fois
dans plusieurs lieux,
soit pour qu'il interceptât
nos convois
qui arrivaient
par la mer du-Pont
et la ville *de* Trébizonde,
se rétire précipitamment.
Mais et il ne put
faire violence aux convois,
parce qu'ils étaient conduits
à travers des montagnes occupées
par des postes nôtres;

bellum traheretur, utque Armenios ad sua defendenda cogeret,
exscindere parat castella : sibique quod validissimum in ea
præfectura, cognomento Volandum, sumit: minora Cornelio
Flacco legato et Insteio Capitoni, castrorum præfecto, mandat.
Tum, circumspectis munimentis, et quæ expugnationi idonea
provisis, hortatu milites « Ut hostem vagum, neque paci aut
prœlio paratum, sed perfidiam et ignaviam fuga confitentem,
exuerent sedibus, gloriæque pariter et prædæ consulerent. »
Tum, quadripartito exercitu, hos in testudinem conglobatos
subruendo vallo inducit, alios scalas mœnibus admovere,
multos tormentis faces et hastas incutere jubet ; libratoribus [1]
funditoribusque attributus locus unde eminus glandes torquerent ; ne qua pars subsidium laborantibus ferret, pari
undique metu. Tantus inde ardor certantis exercitus fuit, ut,

entamer ; et Corbulon, voulant abréger une guerre qui se prolongeait sans fruit et réduire les Arméniens à la défensive, se disposa à
attaquer leurs places. La plus forte de cette province était Volande :
il se la réserve. Pour les moindres, il s'en remet à son lieutenant
Cornélius Flaccus, et au préfet de camp Instéius Capiton. Lorsqu'il
eut bien reconnu toute l'enceinte des fortifications, et qu'il se fut
pourvu de tout ce qui facilite la prise d'une ville, il exhorta ses
soldats, leur disant « qu'avec un ennemi vagabond, qui n'était
décidé à faire ni la paix ni la guerre, et qui, par sa fuite, prou-
vait sa perfidie non moins que sa lâcheté, il n'y avait point
d'autre parti que de le dépouiller de ses places ; qu'ils y trouve-
raient à la fois de la gloire et du butin. » Ensuite il divise son armée
en quatre corps : les uns, formant la tortue, sapent le pied des
murs ; d'autres escaladent les remparts ; un grand nombre font
pleuvoir à l'aide des machines les dards et les torches ; enfin un
poste est assigné aux frondeurs pour lancer de loin une grêle
de balles, en sorte que l'ennemi ne pût respirer nulle part et
fût pressé partout également. Il résulta de ces dispositions une
telle ardeur et une telle émulation dans l'armée, qu'avant le

et Corbulo, ne bellum
traheretur irritum,
utque cogeret Armenios
ad defendenda sua,
parat exscindere castella :
sumitque sibi
quod validissimum
in ea præfectura,
cognomento Volandum;
mandat minora
Cornelio Flacco legato
et Insteio Capitoni
præfecto.
Tum, munimentis
circumspectis,
et quæ idonea expugnationi
provisis,
hortatur milites,
« Ut exuerent sedibus
hostem vagum,
neque paratum paci
aut prœlio,
sed confitentem fuga
perfidiam et ignaviam,
consulerentque pariter
gloriæ et prædæ. »
Tum,
exercitu quadripartito ,
inducit hos
conglobatos in testudinem
subruendo vallo,
jubet alios
admovere scalas mœnibus,
multos incutere tormentis
faces et hastas ;
locus attributus
libratoribus
funditoribusque
unde torquerent glandes
eminus;
ne qua pars
ferret subsidium
laborantibus,
metu pari undique.
Inde ardor
exercitus certantis
fuit tantus, ut,

et Corbulon, pour que la guerre
ne fût pas traînée inutile,
et pour qu'il forçât les Arméniens
à défendre leurs *possessions*,
se prépare à détruire *leurs* places :
et il prend pour lui-même
celle qui *était* la plus forte
dans cette préfecture,
de surnom Volande;
il confie les moins-importantes
à Cornélius Flaccus lieutenant
et à Instéius Capiton
préfet.
Alors, les fortifications
ayant été inspectées,   [l'assaut
et *les mesures* qui *étaient* propres pour
ayant été prises,
il exhorte *ses* soldats
« A ce qu'ils dépossédassent de *ses* retraites
un ennemi vagabond,
et non préparé pour la paix
ou (ni) pour le combat,
mais qui confessait par *sa* fuite
sa perfidie et *sa* lâcheté,
et à ce qu'ils songeassent à la fois
à la gloire et au butin. »
Alors,
l'armée étant divisée-en-quatre corps,
il conduit ceux-ci
agglomérés en tortue
pour saper le rempart,
il ordonne-d'autres
approcher les échelles des murs,
beaucoup *d'autres* lancer avec les machines
des torches et des javelots ;
un lieu *fut* assigné
aux gens-de-trait
et aux frondeurs
d'où ils lançassent des balles
de loin ;
pour qu'aucune partie *des assiégés*
ne portât secours
à *ceux* qui faibliraient,
la crainte *étant* égale de-tout-côté.
De là l'ardeur
de l'armée qui combattait
fut si-grande, que,

intra tertiam diei partem, nudati propugnatoribus muri, obices
portarum subversi, capta ascensu munimenta, omnesque
puberes trucidati sint nullo milite amisso, paucis admodum
vulneratis : et imbelle vulgus sub corona [1] venundatum ; reliqua præda victoribus cessit. Pari fortuna legatus ac præfectus
usi sunt : tribusque una die castellis expugnatis, cetera terrore, et alia sponte incolarum, in deditionem veniebant : unde
orta fiducia caput gentis Artaxata aggrediendi. Nec tamen
proximo itinere ductæ legiones, quæ, si amnem Araxen, quia
mœnia alluit, ponte transgrederentur, sub ictum dabantur :
procul, et latioribus vadis, transiere.

XL. At Tiridates, pudore et metu, ne, si concessisset obsidioni, nihil opis in ipso videretur, si prohiberet, impeditis
locis seque et equestres copias illigaret, statuit postremo
ostendere aciem, et dato die proelium incipere, vel simulatione fugæ locum fraudi parare. Igitur repente agmen Romatiers du jour les remparts étaient balayés, les portes enfoncées, les
fortifications prises par escalade, et tous les adultes massacrés, les
Romains n'ayant que très-peu de blessés et pas un mort. La foule
inhabile au combat fut vendue à l'encan, et le reste du butin abandonné aux soldats. Le lieutenant et le préfet eurent un succès pareil ; et ces trois forts, emportés le même jour, ayant entraîné la
reddition des autres places, que la terreur ou la bonne volonté des
habitants nous soumit, Corbulon entreprit le siége d'Artaxate, capitale du pays. Toutefois il n'y mena point les légions par le plus
court chemin, pour ne point traverser l'Araxe, qui baigne les murs
de la ville, sur un pont qui les eût exposées aux traits de l'ennemi :
on passa plus loin, à gué, dans un endroit assez large.

XL. Tiridate flottait entre la honte et la crainte : s'il laissait
faire le siége, il avouait son impuissance ; et d'autre part, en s'y
opposant, il s'embarrassait peut-être, lui et sa cavalerie, dans des
lieux impraticables. Il résolut alors de se montrer en bataille, et, au
point du jour, d'engager le combat, ou du moins, par une fuite simulée, de nous attirer dans quelque embuscade. On vit donc les

intra tertiam partem diei,	dans la troisième partie du jour,
muri nudati sint	les murs furent balayés
propugnatoribus,	de défenseurs,
obices portarum subversi,	les barrières des portes renversées,
munimenta capta	les fortifications prises
ascensu,	par escalade,
omnesque puberes	et tous les adultes
trucidati,	égorgés,
nullo milite amisso,	aucun soldat *romain* n'étant perdu,
admodum paucis	tout à fait peu
vulneratis :	étant blessés :
et vulgus imbelle	et la foule impropre-à-la-guerre
venundatum sub corona ;	*fut* vendue sous la couronne (à l'encan);
præda reliqua	le butin restant
cessit victoribus.	passa aux vainqueurs.
Legatus ac præfectus	Le lieutenant et le préfet
usi sunt pari fortuna ;	usèrent d'une pareille fortune;
tribusque castellis	et trois places
expugnatis una die,	ayant été emportées en un *seul* jour,
cetera	toutes-les-autres
veniebant in deditionem	venaient à soumission
terrore,	*les unes* par terreur,
et alia sponte incolarum :	et d'autres par la volonté des habitants :
unde fiducia orta	d'où la confiance s'éleva (vint)
aggrediendi Artaxata,	d'attaquer Artaxate,
caput gentis.	tête (capitale) de la nation.
Nec tamen legiones	Et cependant les légions [plus proche,
ductæ itinere proximo,	ne *furent* pas conduites par la route la
quæ dabantur sub ictum,	lesquelles étaient livrées sous le coup,
si transgrederentur ponte	si elles passaient sur un pont
amnem Araxen,	le fleuve *de* l'Araxe,
quia alluit mœnia :	parce qu'il baigne les murs *de la ville* :
transiere procul,	elles passèrent *plus* loin,
et vadis latioribus.	et par des gués plus larges.
XL. At Tiridates,	XL. Mais Tiridate,
pudore et metu, ne,	par honte et par crainte, que,
si concessisset obsidioni,	s'il avait cédé à un siége, [même,
nihil opis videretur in ipso,	rien *en fait* de ressource ne parût en lui-
si prohiberet,	*et* s'il *l'*empêchait,
illigaret	qu'il n'engageât
locis impeditis	dans des lieux impraticables
seque et copias equestres,	et lui-même et les troupes de-cavalerie,
statuit postremo	résolut à-la-fin
ostendere aciem,	de montrer *son* armée-en-bataille,
et incipere prœlium	et de commencer le combat
die dato,	le jour étant donné (au point du jour),
vel parare locum fraudi	ou de préparer un lieu pour un piége

num circumfundit, non ignaro duce nostro, qui viæ pariter et
pugnæ composuerat exercitum. Latere dextro tertia legio,
sinistro sexta incedebat, mediis decumanorum delectis : recepta inter ordines impedimenta, et tergum mille equites tuebantur; quibus jusserat ut instantibus cominus resisterent,
refugos non sequerentur. In cornibus pedes[1], sagittarius, et
cetera manus equitum ibat; productiore cornu sinistro per
ima collium, ut, si hostis intravisset, fronte simul et sinu
exciperetur. Assultare ex diverso Tiridates, non usque ad
jactum teli, sed tum minitans, tum specie trepidantis, si laxare
ordines et diversos consectari posset. Ubi nihil temeritate solu-
tum, nec amplius quam decurio equitum, audentius progres-
sus et sagittis confixus, ceteros ad obsequium exemplo firma-
verat, propinquis jam tenebris abscessit.

Parthes se répandre tout à coup autour de l'armée romaine; mais
notre général ne fut point surpris : il avait tout disposé à la fois et
pour la marche et pour le combat. La troisième légion s'avançait à
la droite, la sixième à la gauche, au centre l'élite de la dixième; les
bagages étaient placés entre les lignes, et mille chevaux protégeaient
l'arrière-garde, avec ordre de tenir ferme si l'ennemi chargeait,
mais de ne jamais le poursuivre s'il fuyait. Les cohortes, les archers
et le reste de la cavalerie garnissaient les deux ailes : la gauche se
prolongeait davantage en suivant le pied des collines, de manière
que l'ennemi, s'il eût osé pénétrer, fût pris en flanc et de front tout
à la fois. De son côté, Tiridate ne cessait de nous harceler, sans
toutefois s'avancer jusqu'à la portée du trait, affectant tour à tour la
menace ou la frayeur, dans l'espoir de désunir nos lignes et de
tomber sur ceux des nôtres qui s'écarteraient. Mais sa témérité ne
causa aucun désordre; seulement un décurion de cavalerie, emporté par son audace, fut percé de mille flèches. Sa mort fut pour
les autres une leçon de discipline, et aux approches de la nuit les
Parthes se retirèrent.

simulatione fugæ.	par un semblant de fuite.
Igitur repente	Donc tout-à-coup
circumfundit	il *se* répand-autour
agmen Romanum,	de l'armée romaine,
nostro duce non ignaro,	notre général ne *l*'ignorant point,
qui composuerat exercitum	*lui* qui avait disposé *son* armée
pariter viæ	également pour la marche
et pugnæ.	et pour le combat.
Latere dextro	Sur le flanc droit
incedebat tertia legio,	s'avançait la troisième légion,
sinistro sexta,	sur le *flanc* gauche la sixième,
delectis decumanorum	des hommes d'-élite de ceux-de-la-dixième
mediis :	*étant* au-centre :
impedimenta recepta	les bagages *étaient* retirés (placés)
inter ordines,	entre les lignes,
et mille equites	et mille cavaliers
tuebantur tergum ;	protégeaient les derrières ;
quibus jusserat	auxquels il avait ordonné
ut resisterent	qu'ils résistassent
instantibus cominus,	aux *ennemis* chargeant de près,
non sequerentur refugos.	*et* ne suivissent pas *eux* fuyant.
In cornibus ibat	Aux ailes marchait
pedes, sagittarius,	le fantassin, l'archer,
et cetera manus equitum ;	et le-reste-de-la troupe des cavaliers ;
cornu sinistro productiore	l'aile gauche *étant* plus allongée.
per ima collium,	en-suivant le bas des collines,
ut, si hostis intravisset,	afin que, si l'ennemi *y* avait pénétré,
exciperetur simul	il fût reçu à la fois
fronte et sinu.	de front et de flanc.
Tiridates assultare	Tiridate de *nous* harceler
ex diverso,	de divers *côtés*,
non usque ad jactum teli,	non jusqu'à portée de trait,
sed tum minitans,	mais tantôt menaçant, [a-peur,
tum specie trepidantis,	tantôt avec l'apparence d'un *homme* qui
si posset	*essayant* s'il pourrait
laxare ordines	relâcher (rompre) *nos* lignes
et consectari diversos.	et poursuivre *nos* hommes dispersés.
Ubi nihil solutum	Comme rien ne *fut* rompu
temeritate,	par *sa* témérité,
nec amplius	et que pas plus
quam decurio equitum,	qu'un décurion des cavaliers,
progressus audentius	s'étant avancé avec-trop-d'audace
et confixus sagittis,	et ayant été percé de flèches,
firmaverat exemplo	avait encouragé par *son* exemple
ceteros ad obsequium,	tous-les-autres à l'obéissance,
tenebris jam propinquis	les ténèbres *étant* déjà proches
abscessit.	il se retira.

XLI. Et Corbulo, castra in loco metatus, an expeditis legionibus nocte Artaxata pergeret obsidioque circumdaret, agitavit, concessisse illuc Tiridaten ratus. Dein, postquam exploratores attulere longinquum regis iter, et Medi an Albani peterentur incertum, lucem opperitur; præmissaque levis armatura, quæ muros interim ambiret oppugnationemque eminus inciperet. Sed oppidani, portis sponte patefactis, se suaque Romanis permisere; quod salutem ipsis tulit. Artaxatis ignis immissus, deletaque et solo adæquata sunt: quia nec teneri sine valido præsidio, ob magnitudinem mœnium; nec id nobis virium erat, quod firmando præsidio et capessendo bello divideretur; vel, si integra et incustodita relinquerentur, nulla in eo utilitas aut gloria, quod capta essent. Adjicitur

XLI. Corbulon campa sur le lieu même, et songea d'abord à laisser ses bagages pour aller, la même nuit, avec ses légions investir Artaxate, dans la persuasion que Tiridate s'y était retiré; mais ayant appris par ses éclaireurs que le roi s'éloignait, sans qu'on sût s'il gagnait la Médie ou l'Albanie, il résolut d'attendre le jour. Seulement il détacha d'avance ses troupes légères pour entourer la place et commencer de loin l'attaque. Mais les habitants ouvrirent leurs portes volontairement, et se livrèrent aux Romains avec tous leurs biens: ce qui sauva leurs personnes; car Artaxate même fut détruite. Comme il eût fallu pour la conserver, vu la grandeur de son enceinte, une forte garnison qu'on ne pouvait détacher de l'armée sans se mettre hors d'état de tenir la campagne, et que d'autre part, en conservant les fortifications sans troupes pour les garder, on eût perdu tout le fruit et tout l'honneur de cette conquête, on mit le feu à la ville, et on rasa tous les murs. On rapporte

XLI. Et Corbulo,	XLI. Et Corbulon,
métatus castra	ayant mesuré un camp (campé)
in loco,	sur le lieu,
agitavit	agita (délibéra)
an pergeret nocte	s'il pousserait pendant la nuit
Artaxata	jusqu'à Artaxate
legionibus expeditis	avec ses légions sans-bagages
circumdaretque obsidio,	et l'investirait d'un siége,
ratus Tiridaten	persuadé Tiridate
concessisse illuc.	s'être retiré là.
Dein,	Ensuite,
postquam exploratores	après que les éclaireurs
attulere	eurent rapporté
iter regis longinquum,	la route du roi être lointaine,
et incertum	et ceci être incertain
Medi an Albani	si les Mèdes ou les Albaniens
peterentur,	étaient gagnés par lui,
opperitur lucem;	il attend le jour;
armaturaque levis	et une troupe légère
præmissa,	fut envoyée-en-avant,
quæ interim	qui en-attendant
ambiret muros	environnât les murs
inciperetque eminus	et commençât de loin
oppugnationem.	l'attaque.
Sed oppidani,	Mais les habitants-de-la-ville,
portis patefactis sponte,	les portes étant ouvertes spontanément,
permisere Romanis	abandonnèrent aux Romains
se suaque;	eux et leurs biens;
quod tulit salutem ipsis.	ce qui apporta le salut à eux-mêmes.
Ignis immissus	Le feu fut mis
Artaxatis,	à Artaxate,
deletaque sunt	et elle fut détruite
et adæquata solo :	et mise-au-niveau du sol :
quia nec teneri	parce que et elle ne pouvait être gardée
sine valido præsidio,	sans une forte garnison,
ob magnitudinem	à-cause-de la grandeur
mœnium,	de ses remparts,
nec id virium	et cette (une telle) quantité de forces
erat nobis,	n'était pas à nous, [diviser]
quod divideretur	qui fût partagée (que nous pussions nous
firmando præsidio	pour assurer ce poste
et capessendo bello;	et pour entreprendre la guerre;
vel, si relinquerentur	ou, si elle était abandonnée
integra et incustodita,	entière et non-gardée,
nulla utilitas aut gloria	aucune utilité ou (ni) aucune gloire
in eo, quod capta essent.	ne se trouvait en cela, qu'elle avait été
Miraculum adjicitur,	Un prodige s'ajoute, [prise.

miraculum, velut numine oblatum : nam cuncta extra , tectis
tenus, sole illustria fuere; quod mœnibus cingebatur, ita
repente atra nube coopertum fulguribusque discretum [1] est, ut,
quasi infensantibus diis, exitio tradi crederetur. Ob hæc con-
sultatus imperator Nero; ex senatusconsulto supplicationes
habitæ; statuæque et arcus et continui consulatus principi,
utque inter festos referretur dies quo patrata victoria, quo
nuntiata, quo relatum de ea esset, aliaque in eamdem formam
decernuntur, adeo modum egressa, ut C. Cassius, de ceteris
honoribus assensus, « Si pro benignitate fortunæ diis grates
agerentur, ne totum quidem annum supplicationibus sufficere
disseruerit, eoque oportere dividi sacros et negotiosos dies,
quis divina colerent et humana non impedirent. »

XLII. Variis deinde casibus jactatus et multorum odia me-

ici un phénomène où l'on crut voir l'intervention du ciel. Tous les
dehors de la place restèrent éclairés par le soleil , tandis que l'enceinte même des murs se couvrit subitement de nuages si noirs et si
entrecoupés d'éclairs, que l'on se persuada que les dieux irrités au-
torisaient en quelque sorte sa destruction. Néron, pour tous ces
succès, fut proclamé *imperator;* le sénat décerna des prières publiques aux dieux, et au prince des statues, des arcs de triomphe, plusieurs consulats consécutifs. On voulait encore mettre au nombre
des fêtes le jour où l'on avait remporté la victoire, le jour où on en
avait reçu la nouvelle, le jour où elle avait été annoncée au sénat, et
autres adulations de cette nature, si ridiculement outrées, que Cassius, après avoir marqué son approbation sur les autres points, déclara « que s'ils voulaient régler leur reconnaissance sur les faveurs
du ciel, l'année entière ne suffirait pas à leurs actions de grâces;
mais qu'il fallait des jours de travail ainsi que des jours de fête,
afin d'honorer les dieux sans négliger les affaires des hommes. »

XLII. On jugea dans ce temps un homme dont la fortune avait
éprouvé de grandes révolutions, qui s'était attiré justement un grand

velut oblatum numine :	comme offert par la divinité :
nam cuncta extra,	car tous *les lieux* hors de *la ville*,
tenus tectis,	jusqu'aux toits *des maisons*,
fuere illustria sole ;	furent éclairés par le soleil ;
quod cingebatur mœnibus,	ce qui étoit environné par les murs,
coopertum est repente	fut couvert tout-à-coup
atra nube	d'un noir nuage
discretumque fulguribus	et sillonné par des éclairs
ita, ut crederetur	tellement qu'il fut cru
tradi exitio,	être livré à la ruine,
quasi diis infensantibus.	comme les dieux persécutant *la ville*.
Ob hæc imperator Nero	A-cause-de cela l'empereur Néron
consultatus ;	*fut* consulté ;
ex senatusconsulto	d'après un sénatus-consulte
supplicationes habitæ,	des supplications eurent-lieu,
statuæque et arcus	et des statues et des arcs *de triomphe*
et consulatus continui	et des consulats consécutifs
principi,	*furent décernés* au prince,
utque dies	et *on décida* que *ce* jour
referretur inter festos,	serait reporté parmi les *jours* de-fête,
quo victoria	dans lequel la victoire
patrata esset,	avait été accomplie,
quo nuntiata,	dans lequel elle *avait été* annoncée, [elle,
quo relatum de ea,	dans lequel un-rapport-avait-été-fait sur
aliaque decernuntur	et d'autres *honneurs* sont décernés
in eamdem formam,	dans la même forme,
egressa adeo modum	qui excédèrent tellement la mesure
ut C. Cassius,	que C. Cassius,
assensus	ayant donné-son-assentiment
de ceteris honoribus,	pour les autres honneurs,
disseruerit	exposa
« Si grates	« Si des actions-de-grâces
agerentur diis	étaient rendues aux dieux
pro benignitate fortunæ,	pour la faveur de la fortune,
ne annum quidem totum	pas même une année entière
sufficere supplicationibus ,	ne suffire aux supplications,
eoque oportere	et par-là falloir (mais qu'il fallait)
dies dividi	les jours être partagés,
sacros et negotiosos,	*jours* sacrés et *jours* de-travail,
quis colerent divina	pendant lesquels on honorât les *puissan-*
et non impedirent	et on n'entravât point [*ces* divines,
humana. »	les *affaires* humaines. »
XLII. Deinde	XLII. Ensuite
reus	un accusé
jactatus variis casibus	qui avait été ballotté par divers hasards
et meritus	et qui avait mérité
odia multorum,	les haines de beaucoup *d'hommes*,

ritus reus, haud tamen sine invidia Senecæ, damnatur. Is fuit
P. Suilius[1], imperitante Claudio terribilis ac venalis, et mutatione temporum, non quantum inimici cuperent, demissus,
quique se nocentem videri quam supplicem mallet. Ejus oppri-
mendi gratia repetitum credebatur senatusconsultum pœnaque
Cinciæ legis[2], adversus eos qui pretio causas oravissent; nec
Suilius questu aut exprobratione abstinebat, præter ferociam
animi, extrema senecta liber, et Senecam increpans « Infensum
amicis Claudii, sub quo justissimum exsilium pertulisset. Simul
studiis inertibus et juvenum imperitiæ suetum, livere his qui
vividam et incorruptam eloquentiam tuendis civibus exercerent. Se quæstorem[3] Germanici, illum domus ejus adulterum[4]
fuisse. An gravius existimandum sponte litigatoris præmium
honestæ operæ assequi, quam corrumpere cubicula principum feminarum? Qua sapientia, quibus philosophorum

nombre d'ennemis, et dont la condamnation toutefois ne laissa pas
de jeter de l'odieux sur Sénèque. C'était Suilius, cet orateur vénal,
si terrible sous Claude, tombé depuis, mais moins bas que ne l'eussent voulu ses ennemis, et qui aimait encore mieux paraître coupable que suppliant. On croyait que c'était à dessein qu'on avait
rédigé ce sénatus-consulte qui renouvelait les peines de la loi Cincia
contre ceux qui avaient accepté de l'argent pour leurs plaidoyers. Et
à ce sujet Suilius n'épargnait point les plaintes et les invectives;
son courage naturel et son extrême vieillesse lui donnaient de la
hardiesse. Il se déchaînait contre Sénèque : « C'était, disait-il, l'implacable ennemi de tous les amis de Claude, qui lui avait si justement infligé l'exil. Accoutumé aux études mortes de l'école et à
un auditoire de jeunes ignorants, Sénèque voyait d'un œil jaloux
ceux dont l'éloquence saine et vigoureuse s'exerçait à défendre les
citoyens. Il avait été, lui, le questeur de Germanicus, et Sénèque, le
séducteur de sa fille. Lequel valait mieux, ou de recevoir de la reconnaissance d'un plaideur le salaire d'un travail honorable, ou de
souiller la couche des premières femmes de l'empire? Par quelle

damnatur,	est condamné,
haud tamen	non cependant
sine invidia Senecæ.	sans mécontentement contre Sénèque.
Is fuit P. Suilius,	Cet *accusé* fut P. Suilius,
terribilis ac venalis	terrible et vénal
Claudio imperitante,	Claude régnant,
et demissus	et abaissé
mutatione temporum,	par le changement des temps,
non quantum inimici	non *autant* que *ses* ennemis
cuperent,	*l'*eussent désiré,
quique mallet	et qui aimait-mieux
se videri nocentem	lui-même paraître coupable
quam supplicem.	que suppliant.
Senatusconsultum	Le sénatus-consulte
credebatur repetitum	était cru *avoir été* repris
gratia opprimendi ejus,	pour perdre lui,
pœnaque legis Cinciæ,	et (ainsi que) la peine de la loi Cincia,
adversus eos	contre ceux
qui oravissent causas	qui avaient plaidé des causes
pretio :	à prix *d'argent*,
nec Suilius abstinebat	et Suilius ne s'abstenait pas
questu aut exprobratione,	de plaintes ou de reproches,
liber extrema senecta,	libre par *son* extrême vieillesse,
præter ferociam animi,	outre la violence de *son* caractère,
et increpans Senecam	et gourmandant Sénèque
« Infensum amicis Claudii,	« Acharné contre les amis de Claude,
sub quo pertulisset	sous qui il avait subi
exsilium justissimum.	l'exil le plus juste.
Simul	*Il disait* en-même-temps *cet homme*
suetum studiis inertibus	accoutumé aux études mortes
et imperitiæ juvenum	et à l'impéritie des jeunes-gens
livere his	être-jaloux de ceux
qui exercerent	qui exerçaient
tuendis civibus	pour protéger des citoyens
eloquentiam vividam	une éloquence vive
et incorruptam.	et non-corrompue.
Se fuisse quæstorem	Lui-même avoir été questeur
Germanici,	de Germanicus,
illum adulterum	celui-là (Sénèque) adultère
domus ejus.	de (dans) la famille de lui.
An existimandum gravius	Est-ce qu'il devait être jugé plus grave
assequi præmium	d'obtenir la récompense
operæ honestæ	d'un travail honorable
sponte litigatoris,	de la volonté d'un plaideur,
quam corrumpere cubicula	que de souiller les couches
feminarum principum ?	de femmes du-premier-rang ?
Qua sapientia,	Par quelle sagesse,

præceptis, intra quadriennium regiæ amicitiæ, ter millies sestertium¹ paravisset? Romæ testamenta et orbos velut in- dagine ejus capi; Italiam et provincias immenso fœnore hauriri. At sibi labore quæsitam et modicam pecuniam esse. Crimeñ, periculum, omnia potius toleraturùm, quam veterem ac diu partam dignationem subitæ felicitati submitteret. »

XLIII. Nec deerant qui hæc, iisdem verbis aut versa in deterius, Senecæ deferrent. Repertique accusatores, direptos socios, quum Suilius provinciam Asiam regeret, ac publicæ pecuniæ peculatum detulere. Mox, quia inquisitionem annuam impetraverant, brevius visum suburbana crimina incipi, quorum obvii testes erant. Ii, acerbitate accusationis Q. Pom- ponium² ad necessitatem belli civilis³ detrusum, Juliam Drusi filiam Sabinamque Poppæam ad mortem actas, et Valerium Asiaticum⁴, Lusium Saturninum, Cornelium Lupum

philosòphie, par quelle morale, en quatre ans de faveur, Sénèque avait-il amassé trois cents millions de sesterces? On le voyait épier dans Rome les testaments, attirer dans ses pièges les vieillards sans héritiers, dévorer l'Italie et les provinces par des usures énormes; tandis que lui, Suilius, ne devait qu'à son travail une fortune mé- diocre. Il était donc résolu à braver accusations, jugements, tout enfin, plutôt que d'abaisser devant la fortune d'un parvenu sa longue et ancienne considération. »

XLIII. Ces discours ne manquèrent pas d'être rapportés à Sé- nèque dans les mêmes termes, ou d'une manière plus offensante en- core. On trouva des accusateurs qui dénoncèrent d'abord Suilius pour des concussions exercées contre les alliés dans son gouverne- ment d'Asie, et pour crime de péculat; mais, comme les informa- tions eussent exigé un an de délai, il parut plus court de le recher- cher sur des crimes dont les témoins étaient tout prêts. On lui reprocha l'atrocité de ses accusations, qui avaient poussé Pomponius à la guerre civile et réduit Julie, fille de Drusus, et Sabina Poppéa à se donner la mort; la condamnation de Valérius Asiaticus, de Lu-

quibus præceptis	par quels préceptes
philosophorum	des philosophes
paravisset	avait-il acquis [cents millions)
ter millies	trois-fois mille-fois *cent milliers* (trois
sestertium,	de sesterces,
intra quadriennium	dans-l'espace-de quatre-ans
amicitiæ regiæ?	d'une amitié royale ?
Romæ testamenta	A Rome les testaments
et orbos capi	et les *vieillards* sans-enfants être pris
velut indagine ejus;	comme au filet de lui ;
Italiam et provincias	l'Italie et les provinces
hauriri fœnore immenso.	être épuisées par *son* usure excessive.
At sibi esse pecuniam	Mais à lui (Suilius) être un argent
quæsitam labore	acquis par le travail
et modicam.	et modique.
Toleraturum crimen,	*Lui être* prêt-à-subir l'accusation,
periculum, omnia,	le péril, toutes-choses,
potius quam submitteret	plutôt qu'il *ne* soumît
felicitati subitæ	à une fortune soudaine
dignationem veterem	une considération ancienne
ac partam diu. »	et acquise longuement. »
XLIII. Nec deerant	XLIII. Et *des gens* ne manquaient pas
qui deferrent Senecæ	qui rapportaient à Sénèque
hæc, iisdem verbis	ces *discours*, dans les mêmes termes
aut versa in deterius.	ou tournés en pis.
Accusatoresque reperti	Et des accusateurs trouvés
detulere socios direptos,	dénoncèrent les alliés *avoir été* pillés,
quum Suilius	lorsque Suilius
regeret provinciam Asiam,	gouvernait la province d'Asie,
ac peculatum	et le péculat
pecuniæ publicæ.	de la fortune publique.
Mox, quia impetraverant	Puis, parce qu'ils avaient obtenu
inquisitionem annuam,	la faculté-de-s'enquérir pendant-un-an,
visum brevius	il parut plus court [ville
crimina suburbana	des fautes commises-aux-environs-de-la-
incipi,	être commencées (signalées d'abord),
quorum testes erant obvii.	desquels les témoins étaient à-portée.
Ii objectabant Suilio	Ceux-ci reprochaient à Suilius
Q. Pomponium	Q. Pomponius
detrusum	jeté
acerbitate accusationis	par la violence de *son* accusation
ad necessitatem	dans la nécessité
belli civilis,	de la guerre civile,
Juliam filiam Drusi	Julie fille de Drusus
Sabinamque Poppæam	et Sabina Poppéa
actas ad mortem,	réduites à la mort,
et Valerium Asiaticum,	et Valérius Asiaticus,

circumventos; jam equitum Romanorum agmina damnata,
omnemque Claudii sævitiam Suilio objectabant. Ille nihil ex
his sponte susceptum, sed principi paruisse defendebat;
donec eam orationem Cæsar cohibuit, compertum sibi referens, ex commentariis patris sui [1], nullam cujusquam accusa-
tionem ab eo coactam. Tum jussa Messalinæ prætendi, et
labare defensio : « Cur enim neminem alium delectum qui
sævienti impudicæ vocem præberet? Puniendos rerum atro-
cium ministros, ubi, pretia scelerum adepti, scelera ipsa aliis
delegent. » Igitur, adempta bonorum parte (nam filio et nepti
pars concedebatur, eximebanturque etiam quæ testamento
matris aut aviæ [2] ceperant), in insulas Baleares pellitur; non
in ipso discrimine, non post damnationem fractus animo.

sius Saturninus, de Cornélius Lupus et d'une foule de chevaliers
romains, enfin toutes les cruautés de Claude. Suilius répondit « qu'il
n'avait rien fait de son propre mouvement, qu'il avait obéi au
prince. » Mais Néron lui ferma la bouche, en déclarant qu'il avait la
preuve, par les mémoires de son père, que Claude n'avait jamais contraint personne à se porter pour accusateur. Alors il se couvrit des
ordres de Messaline, et sa défense en devint plus faible : « Pourquoi,
en effet, avait-il été choisi seul, entre tous, pour servir les vengeances
d'une femme sans pudeur? Ne fallait-il pas sévir contre ces exécuteurs
d'ordres barbares qui, s'appropriant les fruits du crime, rejetaient
sur d'autres le crime lui-même? » Dépouillé d'une partie de ses biens
(car la moitié fut laissée à son fils et à sa petite-fille, sans compter la
succession de leur mère et de leur aïeule), il fut relégué aux îles Baléares. Sa fierté ne se démentit ni dans le cours du procès, ni après
sa condamnation. On prétend qu'il porta dans la solitude de son

Lusium Saturninum,	Lusius Saturninus,
Cornelium Lupum	Cornélius Lupus
circumventos ;	circonvenus *par lui ;*
jam agmina	enfin des troupes (milliers)
equitum Romanorum	de chevaliers romains
damnata,	condamnées,
omnemquæ sævitiam	et toute la cruauté
Claudii.	de Claude.
Ille defendebat	Celui-là (Suilius) disait-pour-défense
nihil ex his	rien de ces choses
susceptum sponte,	*n'avoir été* entrepris *par lui* de *son* gré,
sed paruisse principi ;	mais *lui* avoir obéi au prince ;
donec Cæsar	jusqu'à ce que César (Néron)
cohibuit eam orationem,	arrêta ce discours,
referens compertum sibi,	rapportant *ceci être* avéré pour lui,
ex commentariis	d'après les tablettes
sui patris,	de son père,
nullam accusationem	aucune accusation
cujusquam	de personne
coactam ab eo.	*n'avoir été* contrainte par lui.
Tum jussa Messalinæ	Alors les ordres de Messaline
prætendi,	d'être mis-en-avant.
et defensio labare :	et la défense de chanceler :
« Cur enim neminem alium	« Car pourquoi personne autre
delectum	*n'avoir été* choisi
qui præberet vocem	qui prêtât *sa* voix
impudicæ sævienti ?	à une *femme* impudique qui sévissait
Ministros rerum atrocium	*Ces* exécuteurs de choses cruelles
puniendos,	devoir être punis,
ubi, adepti	lorsque, ayant obtenu
pretia scelerum,	les prix de *leurs* crimes,
delegent aliis	ils renvoyaient à d'autres
scelera ipsa. »	les crimes eux-mêmes. »
Igitur, parte bonorum	Donc, une partie de *ses* biens
adempta	*lui* étant ôtée
(nam pars concedebatur	(car une partie était accordée
filio et nepti,	à *son* fils et à *sa* petite-fille,
etiamque quæ ceperant	et même *ceux* qu'ils avaient reçus
testamento matris	par testament de *leur* mère
aut aviæ	ou de *leur* aïeule
eximebantur),	étaient mis-en-dehors *de la confiscation*)
pellitur	il est chassé
in insulas Baleares ;	dans les îles Baléares ;
non fractus animo	n'ayant pas été abattu de cœur
in discrimine ipso,	dans la crise même,
non post damnationem.	pas *davantage* après *sa* condamnation.
Ferebaturque	Et il était dit

Ferebaturque copiosa et molli vita secretum illud toleravisse. Filium ejus Nerulinum aggressis accusatoribus per invidiam patris et crimina repetundarum, intercessit princeps, tanquam satis expleta ultione.

XLIV. Per idem tempus Octavius Sagitta, plebei tribunus, Pontiæ, mulieris nuptæ, amore vecors, ingentibus donis adulterium, et mox ut omitteret maritum, emercatur, suum matrimonium promittens ac nuptias ejus pactus. Sed ubi mulier vacua fuit, nectere moras, adversam patris voluntatem causari, repertaque spe ditioris conjugis, promissa exuere. Octavius contra modo conqueri, modo minitari, famam perditam, pecuniam exhaustam obtestans, denique salutem, quæ sola reliqua esset, arbitrio ejus permittens. Ac, postquam spernebatur, noctem unam ad solatium poscit, qua delenitus modum in posterum adhiberet. Statuitur nox; et Pontia consciæ an-

---

exil toutes les superfluités et tous les raffinements de la mollesse. Les accusateurs voulaient poursuivre aussi son fils Nérulinus, en haine du père, et pour crime de concussion. Néron s'y opposa, trouvant qu'on avait poussé assez loin la vengeance.

XLIV. Dans le même temps, Octavius Sagitta, tribun du peuple, épris d'un violent amour pour une femme mariée, nommée Pontia, était parvenu, à force de présents, d'abord à l'entraîner dans l'adultère, puis à lui faire quitter son mari : lui-même avait promis de l'épouser, et la femme, de son côté, lui avait engagé sa foi. Mais à peine fut-elle libre qu'elle fit naître mille obstacles, prétexta l'opposition de son père ; enfin séduite par l'appât d'un mariage plus riche, elle retira sa parole. Octavius se plaint, menace, crie que sa réputation est perdue, sa fortune anéantie, qu'elle n'a donc qu'à prendre sa vie, le seul bien qui lui reste. Rebuté encore, il demande au moins une nuit pour le consoler et lui faire reprendre de l'empire sur ses sens. On la lui accorde : Pontia charge une esclave, qui

toleravisse illud secretum
vita copiosa et molli.
Accusatoribus aggressis
Nerulinum filium ejus
per invidiam patris
et crimina repetundarum,
princeps intercessit,
tanquam ultione
satis expleta.
 XLIV. Per idem tempus
Octavius Sagitta,
tribunus plebei,
vecors amore Pontiæ,
mulieris nuptæ,
emercatur adulterium
ingentibus donis,
et mox
ut omitteret maritum,
promittens
suum matrimonium
ac pactus nuptias ejus.
Sed ubi mulier
fuit vacua,
nectere moras,
causari
voluntatem adversam
patris,
speque reperta
conjugis ditioris,
exuere promissa.
Octavius contra
modo conqueri,
modo minitari,
obtestans famam perditam,
pecuniam exhaustam,
denique permittens
arbitrio ejus
salutem, quæ sola
esset reliqua.
Ac, postquam spernebatur,
poscit unam noctem
ad solatium,
qua delenitus
adhiberet modum
in posterum.
Nox statuitur;
et Pontia mandat

avoir supporté cette retraite
par une vie d'-abondance et de-mollesse.
Les accusateurs ayant attaqué
Nérulinus fils de lui
par haine de son père [mer (de concussion),
et au moyen de griefs de sommes à-récla-
le prince s'interposa,
comme la vengeance
ayant été assez assouvie.
 XLIV. Pendant le même temps
Octavius Sagitta,
tribun du peuple,
fou d'amour pour Pontia,
femme mariée,
achète l'adultère
par de grands présents,
et bientôt
obtient qu'elle quittât son mari,
lui promettant
son mariage (de l'épouser) [l'épouserait].
et ayant stipulé l'hymen d'elle (qu'elle
Mais dès que la femme
fut libre,
elle se mit à former des délais,
à prétexter
la volonté contraire
de son père,
et l'espérance étant trouvée
d'un époux plus riche,
à se dépouiller de (renier) ses promesses.
Octavius d'autre-part
tantôt de se plaindre,
tantôt de menacer,
attestant sa réputation perdue,
son argent épuisé,
enfin remettant
à la décision d'elle
son salut, qui seul
était restant à lui.
Et, comme il était rebuté,
il demande une seule nuit
pour consolation,
par laquelle nuit calmé
il mettrait de la mesure dans sa douleur
à l'avenir.
La nuit est fixée;
et Pontia confie

cillæ custodiam cubiculi mandat. Ille, uno cum liberto, ferrum
veste occultum infert. Tum, ut assolet in amore et ira, jurgia,
preces, exprobratio, satisfactio; et pars tenebrarum libidine
seposita. Ex qua, statim incensus, nihil metuentem ferro
transverberat, et accurrentem ancillam vulnere absterret,
cubiculoque prorumpit. Postera die manifesta cædes, haud
ambiguus percussor : quippe mansitasse una convincebatur.
Sed libertus suum illud facinus profiteri, se patroni injurias
ultum esse. Commoveratque quosdam magnitudine exempli,
donec ancilla, ex vulnere refecta, verum aperuit; postulatus-
que apud consules a patre interfectæ, postquam tribunatu
abierat, sententia patrum et lege de sicariis[1] condemnatur.

XLV. Non minus insignis, eo anno, impudicitia magnorum
reipublicæ malorum initium fecit. Erat in civitate Sabina
Poppæa, T. Ollio patre genita, sed nomen avi materni sump-

était dans sa confidence, d'ouvrir l'appartement; Octavius, suivi
d'un affranchi, entre avec un poignard caché sous sa robe. D'abord,
comme il arrive entre amants courroucés, ce sont des querelles, des
prières, des reproches, des raccommodements ; une partie de la nuit
fut aussi occupée par les plaisirs. Enfin, saisi tout à coup de fureur,
il se jette sur Pontia, qui était loin de s'attendre à un pareil emportement, et lui plonge le fer dans le cœur. L'esclave accourt; il l'é-
carte d'un coup qu'il lui porte, et se sauve aussitôt. Le lendemain
le meurtre fut constaté, et l'on n'avait aucun doute sur le meurtrier. On savait qu'Octavius avait passé la nuit avec Pontia ; mais
l'affranchi prit le crime sur lui ; il déclara qu'il avait vengé l'ou-
trage fait à son maître, et la beauté de ce trait ébranlait quelques
esprits, lorsque l'esclave, guérie de sa blessure, découvrit la vérité.
Octavius, au sortir du tribunat, fut poursuivi devant les consuls
par le père de sa victime, et condamné par le sénat d'après la loi
sur les assassins.

XLV. Une impudicité non moins scandaleuse signala cette année, et fut la source des plus grands malheurs pour l'empire. Il y
avait à Rome une femme nommée Sabina Poppéa : fille de Titus Ollius,

custodiam cubiculi	la garde de *sa* chambre
ancillæ consciæ.	à une esclave complice.
Ille, cum uno liberto,	Lui, avec un *seul* affranchi,
infert ferrum	apporte un fer
occultum veste.	caché sous *sa* robe.
Tum, ut assolet	Alors, comme *c'est-la-coutume*
in amore et ira,	dans l'amour et la colère,
jurgia, preces,	*il y eut* querelles, prières,
exprobratio, satisfactio ;	reproches, raccommodement ;
et pars tenebrarum	et une partie des ténèbres (de la nuit)
seposita libidine.	*fut* réservée au plaisir.
Ex qua, statim incensus,	*Au sortir* duquel, aussitôt enflammé,
transverberat ferro	il transperce du fer
metuentem nihil,	*Pontia* qui *ne* craignait rien,
et absterret vulnere	et écarte d'un *second* coup
ancillam accurrentem,	l'eslave qui accourait,
prorumpitque cubiculo.	et s'élance-hors de la chambre.
Die postera	Le jour suivant
cædes manifesta,	le meurtre *fut* manifeste,
percussor haud ambiguus :	le meurtrier non douteux :
quippe convincebatur	car il était convaincu
mansitasse una.	d'avoir séjourné ensemble *avec elle.*
Sed libertus profiteri	Mais l'affranchi de déclarer
illud facinus suum,	ce crime *être* sien,
se ultum esse	lui-même avoir vengé
injurias patroni.	les injures de *son* patron.
Commoveratque quosdam	Et il avait ébranlé quelques *personnes*
magnitudine exempli,	par la grandeur de l'exemple,
donec ancilla,	jusqu'à ce que la suivante,
refecta ex vulnere,	remise de *sa* blessure,
aperuit verum ;	découvrit la vérité ;
postulatusque	et *Octavius* cité
apud consules	devant les consuls
a patre interfectæ,	par le père de la *femme* tuée,
postquam abierat	lorsqu'il fut sorti
tribunatu,	du tribunat,
condemnatur	est condamné
sententia patrum	par arrêt des sénateurs
et lege de sicariis.	et d'après la loi sur les assassins.
XLV. Eo anno,	XLV. Cette *même* année,
impudicitia	une impudicité
non minus insignis	non moins éclatante
fuit initium	fut le commencement
magnorum malorum	de grands malheurs
reipublicæ.	pour la république.
Sabina Poppæa,	Sabina Poppéa,
genita T. Ollio patre,	née de T. Ollius *son* père,

serat, illustri memoria Poppæi Sabini [1], consulari et trium-
phali decore præfulgentis; nam Ollium, honoribus nondum
functum [2], amicitia Sejani pervertit. Huic mulieri cuncta alia
fuere, præter honestum animum : quippe mater ejus, ætatis
suæ feminas pulchritudine supergressa, gloriam pariter et
formam dederat : opes claritudini generis sufficiebant; sermo
comis, nec absurdum ingenium [3] : modestiam præferre, et lascivia uti : rarus in publicum egressus idque velata parte oris,
ne satiaret adspectum, vel quia sic decebat. Famæ nunquam
pepercit, maritos et adulteros non distinguens; neque affectui
suo aut alieno obnoxia, unde utilitas ostenderetur, illuc libidinem transferebat. Igitur agentem eam in matrimonio Rufii
Crispini, equitis Romani, ex quo filium genuerat, Otho pel-
lexit juventa ac luxu, et quia flagrantissimus in amicitia

elle avait pris le nom de son aïeul maternel Sabinus Poppéus, dont
le consulat et les décorations triomphales illustraient la mémoire;
car Ollius, enveloppé dans la disgrâce de Séjan, avait péri avant
d'être parvenu aux honneurs. Hors un cœur honnête, Poppée avait
tout pour elle. Sa mère, la plus belle femme de son siècle, lui avait
transmis la beauté avec son grand nom. Ses richesses suffisaient à
son rang; sa conversation avait de la grâce; son esprit ne manquait
point d'agrément; à des mœurs dissolues, elle alliait des dehors
modestes, paraissant rarement en public, et toujours le visage à
demi voilé, soit pour irriter la curiosité, soit qu'elle eût ainsi plus
de charmes. Prodigue de sa renommée, elle ne distingua jamais un
amant d'un époux; ne dépendant ni des affections d'autrui ni des
siennes, elle portait ses changeantes amours là où elle espérait
plus d'avantages. Ainsi, mariée à Rufius Crispinus, chevalier romain, dont elle avait un fils, elle céda aux séductions d'Othon,
parce qu'Othon était jeune et fastueux, surtout parce qu'on lui

erat in civitate,	était dans la ville,
sed sumpserat nomen	mais avait pris le nom
avi materni,	de *son* aïeul maternel,
Poppæi Sabini	Poppéus Sabinus
illustri memoria,	d'illustre mémoire,
præfulgentis decore	qui brillait de l'éclat
consulari et triumphali ;	du-consulat et-du-triomphe ;
nam amicitia Sejani	car l'amitié de Séjan
pervertit Ollium,	perdit Ollius,
nondum functum	qui n'avait pas-encore exercé
honoribus.	les honneurs.
Huic mulieri	A cette femme.
fuere cuncta alia,	furent tous les autres *avantages*,
præter animum honestum :	excepté une âme honnête :
quippe mater ejus,	en effet la mère d'elle,
supergressa pulchritudine	ayant surpassé en beauté
feminas suæ ætatis,	les femmes de son temps,
dederat pariter	*lui* avait donné tout-ensemble
gloriam et formam :	gloire et beauté :
opes sufficiebant	*ses* richesses suffisaient (répondaient)
claritudini generis ;	à l'éclat de *sa* naissance ;
sermo comis,	*sa* conversation *était* attrayante,
nec ingenium absurdum ;	et *son* esprit non-sot : [destie,
præferre modestiam,	*elle avait coutume* de montrer de la mo-
et uti lasciviâ :	et d'user de dissolution :
egressus in publicum	*sa* sortie en public
rarus	*était* rare [lée,
idque parte oris velata,	et cela une partie de *sa* figure étant voi-
ne satiaret adspectum,	pour qu'elle ne rassasiât pas les regards,
vel quia decebat sic.	ou parce que *cela lui* seyait ainsi.
Nunquam pepercit famæ,	Jamais elle ne ménagea *sa* renommée,
non distinguens maritos	ne distinguant pas les maris
vel adulteros ;	ou les amants ;
neque obnoxia	et n'*étant* pas assujettie
affectui suo	à une affection sienne
aut alieno,	ou à *l'affection* d'-autrui,
transferebat libidinem	elle transportait *son* caprice
illuc, unde utilitas	là, d'où *son* intérêt
ostenderetur.	*lui* était montré.
Igitur Otho	Donc Othon
juventa ac luxu	par *sa* jeunesse et *son* luxe
pellexit eam	séduisit elle
agentem in matrimonio	qui vivait dans le mariage
Rufii Crispini,	de Rufius Crispinus,
equitis Romani,	chevalier romain,
ex quo genuerat filium,	duquel elle avait engendré un fils,
et quia habebatur	et parce qu'il était tenu

Neronis habebatur; nec mora, quin adulterio matrimonium jungeretur.

XLVI. Otho, sive amore incautus[1], laudare formam elegantiamque uxoris apud principem, sive ut accenderet, ac, si eadem femina potirentur, id quoque vinculum potentiam ei adjiceret. Sæpe auditus est, consurgens e convivio Cæsaris, « Se ire ad illam sibi concessam dictitans nobilitatem, pulchritudinem, vota omnium et gaudia felicium[2]. » His atque talibus irritamentis, non longa cunctatio interponitur. Sed, accepto aditu, Poppæa primum per blandimenta et artes valescere, imparem cupidini se et forma Neronis captam simulans; mox, acri jam principis amore, ad superbiam vertens, si ultra unam alteramque noctem attineretur, nuptam esse se dictitans, « Nec posse matrimonium omittere, devinctam Othoni per genus vitæ quod nemo adæquaret. Illum

croyait tout pouvoir sur le cœur de Néron; et l'hymen suivit de près l'adultère.

XLVI. Othon ne cessait de vanter à Néron la beauté et les grâces de son épouse, soit indiscrétion de l'amour, soit qu'il eût le dessein d'enflammer le prince, et qu'il crût que la possession d'une même femme serait un nouveau lien qui ajouterait encore à sa faveur. On l'entendit souvent s'applaudir, en quittant la table de César « d'aller revoir sa Poppée, dans laquelle il trouvait beauté, naissance, tout ce qu'on peut demander aux dieux, tous les bonheurs ensemble. » Ces discours et d'autres pareils ne tardèrent point à exciter la curiosité de l'empereur. Il vit Poppée, dont l'empire commença par la séduction et par la coquetterie; elle feignit de ne point résister à son amour, d'être éprise de la beauté de Néron; puis, assurée une fois de la passion du prince, elle lui opposa de la rigueur, ne souffrant point que Néron la retînt plus d'une nuit ou deux, « alléguant son époux, la crainte de perdre la main d'Othon, qui l'enchaînait par les délices d'une vie sans égale. C'était chez lui qu'elle retrouvait la dignité

flagrantissimus	pour être le plus chaud
in amicitia Neronis ;	dans l'amitié de Néron ;
nec mora,	et il n'y eut point de retard,
quin matrimonium	que le mariage
jungeretur adulterio.	ne fût joint à l'adultère.

XLVI. Otho — **XLVI.** Othon

laudare formam	se met à louer la beauté
elegantiamque uxoris	et l'élégance de son épouse
apud principem,	devant le prince,
sive incautus amore,	soit imprudent par amour,
sive ut accenderet,	soit pour qu'il l'enflammât,
ac, si potirentur	et pour que, s'ils possédaient
eadem femina,	la même femme,
id vinculum quoque	ce lien aussi
adjiceret ei potentiam.	ajoutât à lui de la puissance.
Sæpe auditus est,	Souvent il fut entendu,
consurgens	se levant
e convivio Cæsaris,	du festin de César (Néron),
dictitans « Se ire	répétant « Lui aller
ad illam nobilitatem,	vers cette noblesse,
pulchritudinem,	cette beauté,
concessam sibi,	accordée à lui,
vota omnium	vœux (objet des vœux) de tous
et gaudia felicium. »	et joie des heureux. »
His irritamentis	Par ces excitations
atque talibus,	et d'autres telles,
cunctatio non longa	un retard non long
interponitur.	est interposé.
Sed, aditu accepto,	Mais, une fois l'accès reçu,
Poppæa primum valescere	Poppée tout d'abord d'être-en-crédit
per blanditamenta et artes,	par les caresses et les artifices,
simulans se	feignant elle-même
imparem cupidini	être incapable de résister à sa passion,
et captam forma Neronis ;	et éprise de la beauté de Néron ;
mox, amore principis	bientôt, l'amour du prince
jam acri,	étant déjà violent,
vertens ad superbiam,	tournant à l'orgueil,
si attineretur	si elle était retenue par lui
ultra unam	au delà d'une
alteramque noctem,	et d'une autre nuit,
dictitans se esse nuptam,	disant-sans-cesse elle être mariée,
« Nec posse	« Et ne pas pouvoir
omittere matrimonium,	renoncer à son mariage,
devinctam Othoni	liée qu'elle était à Othon
per genus vitæ	par un genre de vie
quod nemo adæquaret.	que personne n'égalait.
Illum magnificum	Celui-là (Othon) être magnifique

animo et cultu magnificum ; ibi se summa fortuna digna visere :
at Neronem, pellice ancilla, et assuetudine Actes devinctum,
nil e contubernio servili nisi abjectum et sordidum traxisse. »
Dejicitur familiaritate sueta, post congressu et comitatu,
Otho ; et ad postremum, ne in Urbe æmulatus ageret, provinciæ Lusitaniæ præficitur ; ubi usque ad civilia arma, non ex
priore infamia, sed integre sancteque egit, procax otii et pote-
statis temperantior.

XLVII. Hactenus Nero flagitiis et sceleribus velamenta
quæsivit. Suspectabat maxime Cornelium Sullam[1], socors
ingenium ejus in contrarium trahens, callidumque et simula-
torem interpretando. Quem metum Graptus, ex libertis Cæsaris, usu et senecta Tiberio abusque domum principum
edoctus, tali mendacio intendit. Pons Milvius in eo tempore
celebris nocturnis illecebris erat ; ventitabatque illuc Nero,
quo solutius, Urbem extra, lasciviret. Igitur, regredienti per

qui convient à un souverain ; au lieu que Néron, captivé par Acté,
avait pris, dans le commerce ignoble d'une vile esclave, un peu de
l'abjection de sa maîtresse. » Néron repousse Othon de sa familiarité,
puis de sa société et de sa cour. Enfin, s'alarmant même du séjour
de son rival à Rome, il l'envoie gouverner la Lusitanie, où Othon
resta jusqu'à la guerre civile, faisant oublier par une vie pure et irréprochable ses premiers désordres ; sans frein dans la condition
privée, plus maître de lui dans le pouvoir.

XLVII. De ce moment Néron ne chercha plus à voiler ses déréglements et ses crimes. Il redoutait surtout Sylla, malgré l'indolence
stupide de ce Romain, qu'il prenait pour de la finesse et de la dissimulation. Ses alarmes se fortifièrent par une calomnie de Graptus,
affranchi de l'empereur, vieilli, depuis Tibère, dans la maison des
princes, et fort exercé aux intrigues du palais. Le pont Milvius était
alors un rendez-vous fameux pour les débauches nocturnes, et Néron le fréquentait, parce que ce lieu, situé hors de Rome, lui permettait de se livrer avec plus de licence à ses dissolutions. Graptus

animo et cultu ;	d'âme et de train-de-vie ;
ibi se visere	là elle voir
digna fortuna summa :	des choses dignes d'une fortune suprême :
at Neronem,	mais Néron,
ancilla pellice,	avec une esclave *pour* concubine,
et devinctum	et enchaîné
assuetudine Actes,	par le commerce d'Acté,
traxisse nil	n'avoir retiré rien
nisi abjectum et sordidum	sinon d'abject et de vil
e contubernio servili. »	de *ce* concubinage servile. »
Otho dejicitur	Othon est exclus
familiaritate sueta,	de l'intimité accoutumée *de Néron*,
postcongressu et comitatu;	puis de *son* approche et de *sa* suite ;
et ad postremum,	et à la fin,
ne ageret æmulatus	pour qu'il ne fît pas des rivalités
in Urbe,	dans la ville (Rome),
præficitur	il est préposé
provinciæ Lusitaniæ ;	à la province *de* Lusitanie ;
ubi egit	où il passa *le temps*
usque ad arma civilia,	jusqu'aux armes (à la guerre) civiles,
non ex priore infamia,	non d'après *sa* première infamie,
sed integre sancteque,	mais irréprochablement et purement,
procax otii	sans-retenue dans le repos
et temperantior potestatis.	et plus maître-de-lui dans le pouvoir.
XLVII. Hactenus	XLVII. Jusque-là
Nero quæsivit velamenta	Néron chercha des voiles
flagitiis et sceleribus.	à *ses* désordres et à *ses* crimes.
Suspectabat maxime	Il se défiait surtout
Cornelium Sullam,	de Cornélius Sylla,
trahens in contrarium	tirant (expliquant) en *sens* contraire
ingenium socors ejus,	le caractère indolent de lui,
interpretandoque	et en *l*'interprétant *lui-même*
callidum et simulatorem.	comme rusé et dissimulé.
Quem metum Graptus,	Laquelle crainte Graptus,
ex libertis Cæsaris,	*un* des affranchis de César (Néron),
edoctus	ayant appris (connaissant)
domum principum	la famille des princes
usu et senecta	par *son* expérience et *sa* vieillesse
abusque Tiberio,	dès Tibère,
intendit mendacio tali.	augmenta par un mensonge tel.
Pons Milvius	Le pont Milvius
erat celebris in eo tempore	était célèbre en ce temps-là
illecebris nocturnis ;	par les plaisirs nocturnes ;
Neroque ventitabat illuc,	et Néron venait-fréquemment là,
quo lasciviret	afin qu'il s'abandonnât-à-la-licence
solutius,	plus librement,
extra Urbem.	hors de la ville.

viam Flaminiam compositas insidias fatoque evitatas, quó-
niam diverso itinere Sallustianos in hortos remeaverit, aucto-
remque ejus doli Sullam, ementitur : quia forte, redeuntibus
ministris principis quidam, per juvenilem licentiam, quæ tunc
passim exercebatur, inanem metum fecerant. Neque servorum quisquam, neque clientium Sullæ agnitus; maximeque
despecta et nullius ausi capax natura ejus a crimine abhorrebat; perinde tamen quasi convictus esset, cedere patria et
Massiliensium mœnibus coerceri jubetur.

XLVIII. Iisdem consulibus auditæ Puteolanorum legationes,
quas diversas ordo plebesque ad senatum miserant; illi vim
multitudinis, hi magistratuum et primi cujusque avaritiam
increpantes. Quumque seditio, ad saxa et minas ignium pro-
gressa, necem et arma pelliceret, C. Cassius adhibendo reme-

feignit qu'au retour on avait dressé au prince, sur la voie Flami-
nienne, une embuscade que Néron n'avait évitée que par hasard,
ayant pris un chemin différent par les jardins de Salluste; et Graptus imputait à Sylla ce prétendu complot. Il est vrai que quelques
jeunes gens, qui se livraient à la licence générale de ce temps,
s'étaient amusés à effrayer des esclaves de l'empereur qui s'en reve-
naient; mais parmi ces jeunes gens on n'avait reconnu aucun esclave ni aucun client de Sylla; d'ailleurs son caractère rampant,
incapable de la moindre hardiesse, réfutait l'accusation. Toutefois,
comme si elle eût été prouvée, on lui signifia de quitter sa patrie et
de se confiner dans les murs de Marseille.

XLVIII. Sous les mêmes consuls, on donna audience aux députés que le peuple et le sénat de Pouzzoles envoyaient, chacun
de son côté, au sénat de Rome. Les sénateurs se plaignaient des
violences du peuple, qui accusait à son tour la cupidité de ses magistrats et de ses premiers citoyens. Comme il y avait eu des pierres
lancées, des menaces de brûler les maisons, et que la sédition, pous-
sée à cet excès, faisait craindre un carnage et une guerre, C. Cassius fut choisi pour y porter remède; mais sa sévérité révolta les

Igitur ementitur	Donc il (Graptus) invente-faussement
insidias compositas	des embûches *avoir été* dressées
regredienti	à *lui* revenant
per viam Flaminiam	par la voie Flaminienne
evitatasque fato,	et *avoir été* évitées par hasard,
quoniam remeaverit	parce qu'il était revenu
in hortos Sallustianos	dans les jardins de-Salluste
itinere diverso,	par une route différente,
Sullamque auctorem	et Sylla *être* l'auteur
ejus doli :	de ce piége :
quia	parce que (le fait est que)
forte quidam	par hasard quelques *personnes*
fecerant metum inanem	avaient fait (causé) une crainte vaine
ministris principis	à des serviteurs du prince
redeuntibus,	qui revenaient,
per licentiam juvenilem,	par une licence de-jeunes-gens,
quæ tunc exercebatur	qui alors s'exerçait
passim.	communément.
Neque quisquam servorum	Et aucun des esclaves
neque clientium Sullæ	ni des clients de Sylla
agnitus ;	ne *fut* reconnu ;
naturaque ejus	et le caractère de lui
maxime despecta	très-méprisé
et capax nullius ausi	et *qui n'était* capable d'aucune hardiesse
abhorrebat a crimine ;	répugnait à l'accusation ;
tamen jubetur	cependant il reçoit-ordre
cedere patria	de se retirer de *sa* patrie
et coerceri	et de s'enfermer
mœnibus Massiliensium,	dans les murs des Marseillais,
perinde quasi	tout comme-si
convictus esset. [bus	il eût été convaincu.
XLVIII. Iisdem consuli-	XLVIII. Sous les mêmes consuls
auditæ legationes	*furent* entendûes les députations
Puteolanorum,	des habitants-de-Pouzzoles,
quas diversas	lesquelles séparées
ordo plebesque	l'ordre *sénatorial* et le peuple
miserant ad senatum ;	avaient envoyées au sénat ;
illi increpantes	ceux-là accusant
vim multitudinis,	la violence de la multitude,
hi avaritiam magistratuum	ceux-ci l'avarice des magistrats
et cujusque primi.	et de chaque premier *citoyen* (des pre-
Quumque seditio,	Et comme la sédition, [miers citoyens).
progressa ad saxa	*en* étant venue aux pierres
et minas ignium,	et aux menaces de feu,
pelliceret necem et arma,	appelait la mort et les armes,
C. Cassius delectus	C. Cassius *fut* choisi
adhibendo remedio :	pour *y* porter remède :

dio delectus : quia severitatem ejus non tolerabant, precante
ipso, ad Scribonios fratres[1] ea cura transfertur, data cohorte
prætoria ; cujus terrore, et paucorum supplicio, rediit oppidanis concordia.

XLIX. Non referrem vulgatissimum senatusconsultum, quo
civitati Syracusanorum egredi numerum edendis gladiatoribus
finitum permittebatur, nisi Pætus Thrasea contra dixisset,
præbuissetque materiem obtrectatoribus arguendæ sententiæ :
« Cur enim, si rempublicam egere libertate senatoria crederet,
tam levia consectaretur ? Quin de bello aut pace, de vectigalibus et legibus, quibusque aliis Romana continentur, suaderet
dissuaderetve ? Licere patribus [2], quoties jus dicendæ sententiæ accepissent, quæ vellent expromere, relationemque in
ea postulare. An solum emendatione dignum, ne Syracusis
spectacula largius ederentur ? Cetera per omnes imperii
partes perinde egregia quam si non Nero, sed Thrasea, regi-

esprits, et, sur sa propre prière, on remit ce soin aux deux frères
Scribonius, auxquels on donna une cohorte prétorienne. La terreur
qu'inspira cette troupe et le supplice de quelques mutins rétablirent
la concorde.

XLIX. Je ne parlerais point d'un sénatus-consulte très-indifférent
qui promettait aux Syracusains d'excéder dans les combats de gladiateurs le nombre prescrit, si Thraséas, en votant contre ce décret,
n'eût fourni à ses détracteurs l'occasion de censurer sa conduite.
« Car enfin, s'il croyait la liberté du sénat si nécessaire à la république, pourquoi s'attacher à de telles frivolités ? Que n'employait-il
son courage à s'expliquer librement sur la paix ou la guerre, sur
les impôts, les lois, enfin sur tout ce qui touche à la grandeur romaine ? Tout sénateur, dès que son tour d'opiner est venu, a le droit
de proposer ce qu'il veut, et d'exiger qu'on en délibère. N'y a-t-il
donc pas d'autre abus à réformer qu'un peu de profusion dans les
spectacles de Syracuse ? Les autres parties de l'administration sont-
elles aussi irréprochables que si c'était Thraséas, au lieu de Néron,

quia non tolerabant	comme ils ne supportaient pas
severitatem ejus,	la sévérité de lui,
ipso precante,	lui-même priant (sur sa prière),
ea cura transfertur	ce soin est transféré
ad fratres Scribonios,	aux frères Scribonius, [née;
cohorte prætoria data;	une cohorte prétorienne *leur* étant don-
terrore cujus,	par la terreur de laquelle,
et supplicio paucorum,	et par le supplice de quelques-uns,
concordia rediit	la concorde revint
oppidanis.	aux habitants-de-la-ville.

XLIX. Non referrem   XLIX. Je ne rapporterais pas

senatusconsultum	un sénatus-consulte
vulgatissimum,	très-vulgaire,
quo permittebatur	par lequel il était permis
civitati Syracusanorum	à la cité des Syracusains
egredi numerum finitum	d'excéder le nombre déterminé
gladiatoribus edendis,	pour les gladiateurs à-produire,
nisi Pætus Thrasea	si Pétus Thraséas
dixisset contra,	n'eût parlé contre,
præbuissetque materiem	et n'eût fourni matière
obtrectatoribus	à *ses* détracteurs
arguendæ sententiæ :	de censurer *son* vote:
« Cur enim	« Car pourquoi
consectaretur tam levia,	poursuivait-il de si légers *abus*,
si crederet rempublicam	s'il croyait la république
egere libertate senatoria?	avoir-besoin de la liberté du-sénat?
Quin suaderet	Que ne conseillait-il
dissuaderetve	ou *ne* déconseillait-il
de bello aut pace,	touchant la guerre ou la paix,
de vectigalibus et legibus,	touchant les impôts et les lois,
aliisque quibus	et autres choses dans lesquelles
Romana continentur?	les *affaires* romaines sont contenues?
Licere patribus,	*Ceci* être-permis aux sénateurs,
quoties accepissent jus	toutes-les-fois-qu'ils avaient reçu le droit
dicendæ sententiæ,	de dire *leur* avis,
expromere quæ vellent,	d'exprimer *ce* qu'ils voulaient,
postulareque relationem	et de demander une délibération
in ea.	sur ces *objets*.
An solum dignum	Est-ce que *cela* seul *était* digne
emendatione,	d'une réforme,
ne spectacula	*à savoir* que les spectacles
ederentur largius	ne fussent pas donnés trop largement
Syracusis?	à Syracuse?
Cetera	*Est-ce que* toutes-les-autres choses
per omnes partes imperii	dans toutes les parties de l'empire
perinde quam si non Nero,	*allaient* tout-comme si *ce* n'*était* pas Néron,
sed Thrasea,	mais Thraséas,

men eorum teneret? Quod si summa dissimulatione transmitterentur, quanto magis inanibus abstinendum!» Thrasea
contra, rationem poscentibus amicis, « Non præsentium
ignarum, respondebat, ejusmodi consulta corrigere; sed patrum honori dare, ut manifestum fieret magnarum rerum
curam non dissimulaturos, qui animum etiam levissimis adver-
terent. »

L. Eodem anno, crebris populi flagitationibus, immodestiam
publicanorum arguentis, dubitavit Nero an cuncta vectigalia[1]
omitti juberet, idque pulcherrimum donum generi mortalium
daret. Sed impetum ejus, multum prius laudata magnitudine
animi, attinuere senatores, dissolutionem imperii docendo,
« Si fructus, quibus respublica sustineretur, deminuerentur :
quippe, sublatis portoriis, sequens ut tributorum[2] abolitio
expostularetur. Plerasque vectigalium societates a consulibus
et tribunis plebis constitutas, acri etiam populi Romani tum

qui les surveillât? Si l'on ferme les yeux sur les choses importantes,
combien plus doit-on se taire sur des bagatelles ! » Comme les amis
de Thraséas lui demandaient la raison de cette conduite, il leur répondit « que, s'il s'élevait contre cet abus, ce n'était point qu'il
ignorât les autres, mais qu'il importait à l'honneur du sénat de con-
vaincre la nation que ceux-là certes ne se refuseraient pas au soin
des grandes choses, qui fixaient leur attention même sur les
petites. »

L. Cette même année, sur les instances réitérées du peuple, qui
se plaignait de la tyrannie des publicains, Néron eut l'idée de sup-
primer toutes les taxes, et de faire ainsi au genre humain le présent
le plus magnifique. Mais le sénat, après avoir commencé par donner
de grands éloges à la générosité du prince, arrêta ce zèle, en lui faisant envisager « que c'en était fait de l'empire, si l'on diminuait les
revenus qui soutenaient sa puissance; que la suppression des péages
autoriserait à demander celle des tributs; que la plupart des fermes
publiques avaient été établies par les consuls et les tribuns du peuple, quand la liberté romaine était encore dans toute sa vigueur;

teneret regimen eorum ?
Quod si summa
transmitterentur
dissimulatione,
quanto magis abstinendum
inanibus ! »
Thrasea contra
respondebat amicis
poscentibus rationem,
« Non ignarum præsentium
corrigere senatusconsulta
ejusmodi ;
sed dare honori patrum,
ut fieret manifestum
non dissimulaturos
curam magnarum rerum,
qui advérterent animum
etiam levissimis. »
    L. Eodem anno,
crebris flagitationibus
populi,
arguentis immodestiam
publicanorum,
Nero dubitavit
an juberet
cuncta vectigalia omitti,
daretque generi mortalium
id donum pulcherrimum.
Sed, magnitudine animi
laudata multum prius,
senatores
attinuere impetum ejus,
docendo
dissolutionem imperii,
« Si fructus quibus
respublica sustineretur
deminuerentur :
quippe, portoriis sublatis,
sequens
ut abolitio tributorum
expostularetur.
Plerasque societates
vectigalium
constitutas a consulibus
et tribunis plebis,
libertate populi Romani
acri etiam tum :

qui tînt le gouvernail d'elles ?
Que si les plus grandes *affaires*
étaient passées-sous-silence
par dissimulation,
combien plus fallait-il-s'abstenir
de vains *reproches* ! »
Thraséas au-contraire
répondait à *ses* amis
qui *lui* demandaient raison *de sa conduite*,
« *Lui* non ignorant des *affaires* présentes
réformer des sénatus-consultes
de-cette-sorte ;   [nateurs,
mais *lui* donner *cela* à l'honneur des sé-
qu'il devînt manifeste
eux ne pas devoir dissimuler
le soin des grandes affaires,
qui (puisqu'ils) tournaient *leur* esprit
même vers les plus frivoles. »
    L. La même année,
sur les fréquentes instances
du peuple,
qui accusait le manque-de-mesure
des publicains,
Néron balança
s'il ordonnerait
tous les impôts être abandonnés,
et s'il donnerait au genre des mortels (au
ce présent le plus beau. [genre humain)
Mais, *sa* grandeur d'âme
ayant été louée beaucoup d'abord,
les sénateurs
continrent l'élan de lui,
en *l*'instruisant
de la dissolution de l'empire,
« Si les revenus par lesquels
l'Etat était soutenu
étaient diminués :
en effet, les péages étant supprimés,
la conséquence *était*
que l'abolition des tributs
serait demandée.
La plupart des compagnies
pour la levée des impôts
avoir été établies par les consuls
et *par* les tribuns du peuple,
la liberté du peuple romain
étant vigoureuse encore alors :

libertate : reliqua mox ita provisa, ut ratio quæstuum et necessitas erogationum inter se congruerent. Temperandas plane
publicanorum cupidines, ne per tot annos sine querela tolerata
novis acerbitatibus ad invidiam verterent. »

LI. Ergo edixit princeps' « Ut leges cujusque publici[1],
occultæ ad id tempus, proscriberentur ; omissas petitiones non
ultra annum resumerent ; Romæ prætor, per provincias qui
pro prætore aut consule essent, jura adversus publicanos extra
ordinem redderent ; militibus immunitas servaretur, nisi in
iis quæ veno exercerent ; » aliaque admodum æqua, quæ
brevi servata, dein frustra habita sunt. Manet tamen abolitio
quadragesimæ quinquagesimæque, et quæ alia exactionibus
illicitis nomina publicani invenerant. Temperata apud transmarinas provincias frumenti subvectio. Et ne censibus negotiatorum naves adscriberentur, tributumque pro illis penderent,
constitutum.

qu'on n'avait fait depuis que pourvoir aux moyens de balancer les
dépenses par les recettes ; il était bon cependant de réprimer l'avarice des traitants, afin que des charges supportées sans murmure depuis tant d'années ne fussent pas changées par de nouvelles rigueurs
en d'odieuses vexations. »

LI. Le prince ordonna donc par un édit « que les lois qui réglaient
chaque impôt, tenues secrètes jusqu'alors, fussent affichées ; que les
demandes qui n'auraient point été faites dans l'année fussent prescrites ; qu'à Rome, le préteur, et dans les provinces, ceux qui représentaient le préteur et les consuls, connussent extrajudiciairement
de toutes les plaintes portées contre les traitants ; que les soldats
continuassent à jouir de l'exemption, excepté pour les objets sur lesquels ils commerceraient, » et plusieurs autres dispositions très-sages,
qui furent observées quelque temps, et qui restèrent ensuite sans exécution. Cependant la suppression du quarantième subsista, ainsi que
celle du cinquantième et d'autres droits introduits par les exactions
illicites des traitants. Les provinces d'au delà des mers, chargées
du transport de grains, reçurent sur ce point quelques adoucisse-
ments, et l'on établit que les navires des négociants ne seraient pas
compris dans le cens de leurs biens, ni assujettis au tribut.

mox reliquá
provisa ita,
ut ratio quæstuum
et necessitas erogationum
congruerent inter se.
Cupidines publicanorum
temperandas plane,
ne tolerata sine querela
per tot annos
verterent ad invidiam
novis acerbitatibus. »

LI. Ergo princeps edixit
«Ut leges cujusque publici,
occultæ ad id tempus,
proscriberentur ;
non resumerent
ultra annum
petitiones omissas ;
prætor Romæ,
per provincias qui essent
pro prætore aut consule,
redderent jura
extra ordinem
adversus publicanos ;
immunitas servaretnr
militibus,
nisi in iis
quæ exercerent veno ; »
aliaque admodum æqua,
quæ servata brevi,
dein habita sunt frustra.
Tamen abolitio
quadragesimæ
quinquagesimæque, [cani
et quæ alia nomina publi-
invenerant
exactionibus illicitis,
manet.
Subvectio frumenti
temperata
apud provincias
transmarinas.
Et constitutum
ne naves adscriberentur
censibus negotiatorum,
penderentque tributum
pro illis.

bientôt les autres choses
avoir été arrangées de-telle-sorte
que le compte des recettes
et la nécessité des dépenses
concordassent entre eux.
Les passions des publicains
devoir être modérées sans-doute,
afin que des *charges* tolérées sans plainte
pendant tant d'années   [en haine
ne tournassent pas (ne fussent pas prises)
par de nouvelles rigueurs. »

LI. Donc le prince ordonna-par-édit
« Que les lois de chaque *impôt* public,
tenues secrètes jusqu'à cette époque,
fussent affichées ;
qu'on ne reprît pas
au delà d'une année
des demandes abandonnées ;
que le préteur à Rome,
et dans les provinces *ceux* qui étaient
en-place-de préteur ou de consul,
rendissent la justice
hors tour (extraordinairement)
contre les publicains ;
que l'immunité fût conservée
aux soldats,
si ce n'est pour ces choses
qu'ils exploiteraient par vente ; »
et autres *dispositions* tout à fait justes,
qui observées quelque temps,
ensuite furent tenues en-vain (négligées).
Cependant l'abolition
du quarantième
et du cinquantième,
et autres noms que les publicains
avaient trouvés
pour des exactions illicites,
subsiste.
Le transport du blé
fut allégé
dans les provinces
d'-outre-mer.
Il fut aussi établi
que les vaisseaux ne seraient pas comptés
dans le cens des négociants,
et que *ceux-ci* ne payeraient pas tribut
pour eux.

16.

LII. Reos ex provincia Africa, qui proconsulare imperium illic habuerant, Sulpicium Camerinum [1] et Pomponium Silvanum absolvit Cæsar : Camerinum adversus privatos et paucos, sævitiæ magis quam captarum pecuniarum crimina objicientes. Silvanum magna vis accusatorum circumsteterat, poscebatque tempus evocandorum testium; reus illico defendi postulabat. Valuitque pecuniosa orbitate et senecta, quam ultra vitam eorum produxit, quorum ambitu evaserat.

LIII. Quietæ ad id tempus res in Germania fuerant, ingenio ducum, qui, pervulgatis triumphi insignibus, majus ex eo decus sperabant, si pacem continuavissent. Paulinus Pompeius et L. Vetus ea tempestate exercitui præerant. Ne tamen segnem militem attinerent, ille inchoatum ante tres et sexaginta annos a Druso aggerem coercendo Rheno absolvit : Vetus Mosellam atque Ararim, facta inter utrumque fossa, connectere parabat, ut copiæ per mare [2], dein Rhodano et

LII. Deux anciens proconsuls d'Afrique, Sulpicius Camérinus et Pomponius Silvanus, étaient accusés; ils furent absous par Néron. Camérinus n'était poursuivi que par des particuliers, et en petit nombre, pour violences plus que pour concussions. Silvanus avait contre lui une nuée d'accusateurs; ceux-ci demandaient du temps pour faire venir des témoins; l'accusé au contraire insistait pour être jugé sur l'heure. Il l'emporta, parce qu'il était riche, sans enfants, et vieux; ce qui ne l'empêcha point de survivre à ceux dont la brigue l'avait sauvé.

LIII. Depuis longtemps tout était tranquille en Germanie, grâce à nos généraux, qui, voyant prodiguer les décorations triomphales, espéraient plus d'honneur du maintien de la paix. Paulinus Pompéius et L. Vétus commandaient alors l'armée. Afin de ne pas laisser le soldat oisif, Paulinus acheva la digue commencée soixante-trois ans auparavant par Drusus pour contenir le Rhin, et Vétus se proposait de joindre par un canal la Saône et la Moselle. Nos troupes, embarquées sur la Méditerranée, puis sur le Rhône et sur la

LII. Cæsar absolvit
reos ex provincia Africa,
qui habuerant illic
imperium proconsulare,
Sulpicium Camerinum
et Pomponium Silvanum :
Camerinum
adversus privatos
et paucos,
objicientes crimina
sævitiæ   [captarum.
magis quam pecuniarum
Magna vis accusatorum
circumsteterat Silvanum,
poscebatque tempus
evocandorum testium ;
reus-postulabat
defendi illico.
Valuitque
orbitate pecuniosa
et senecta, quam produxit
ultra vitam eorum
ambitu quorum evaserat.

LIII. Ad id tempus
res in Germania
fuerant quietæ,
ingenio ducum,
qui, insignibus triumphi
pervulgatis,
sperabant majus decus
ex eo,
si continuavissent pacem.
Paulinus Pompeius
et L. Vetus
præerant exercitui
ea tempestate.
Tamen ne attinerent
militem segnem,
ille absolvit aggerem
inchoatum a Druso   [nos
ante sexaginta et tres an-
coercendo Rheno :
Vetus parabat connectere
Mosellam atque Ararim,
fossa facta
inter utrumque,
ut copiæ

LII. César (Néron) renvoya-absous
deux accusés de la province *d*'Afrique,
qui avaient eu là
le pouvoir proconsulaire,
Sulpicius Camérinus
et Pomponius Silvanus :
Camérinus
contre des particuliers
et en-petit-nombre,
qui *lui* imputaient des griefs
de cruauté
plutôt que d'argent pris.
Une grande foule d'accusateurs
avait entouré Silvanus,
et demandait le temps
de faire-venir des témoins ;
l'accusé réclamait
le droit de se défendre sur-le-champ.
Et il l'emporta
par *son* manque-d'enfants opulent
et par *sa* vieillesse, qu'il prolongea
au delà de la vie de ceux
par la brigue desquels il avait échappé.

LIII. Jusqu'à cette époque
les affaires en Germanie
avaient été tranquilles,
par le talent des généraux,
qui, les insignes du triomphe
étant devenus-communs,
espéraient un plus grand honneur
de ceci,
s'ils avaient continué la paix.
Paulinus Pompéius
et L. Vétus
commandaient l'armée
en ce temps-là.
Cependant pour qu'ils ne tinssent pas
le soldat inactif,
celui-là (Paulinus) acheva la digue
commencée par Drusus   [ravant)
avant soixante et trois ans (63 ans aupa-
pour contenir le Rhin :
Vétus se disposait à joindre
la Moselle et la Saône,
un canal étant pratiqué
entre l'une-et-l'autre *rivière*,
afin que les troupes

Arare subvectæ, per eam fossam, mox fluvio Mosella in
Rhenum, exin Oceanum decurrerent; sublatisque itinerum
difficultatibus, navigabilia inter se occidentis septentrionisque
littora fierent. Invidit operi Ælius Gracilis, Belgicæ legatus,
deterrendo Veterem, ne legiones alienæ provinciæ inferret,
studiaque Galliarum affectaret, formidolosum id imperatori
dictitans; quo plerumque prohibentur conatus honesti.

LIV. Ceterum, continuo exercituum otio, fama incessit ereptum jus legatis ducendi in hostem. Eoque Frisii juventutem
saltibus aut paludibus, imbellem ætatem per lacus, admovere
ripæ, agrosque vacuos et militum usui sepositos insedere,
auctore Verrito et Malorige, qui nationem eam regebant, in
quantum Germani regnantur. Jamque fixerant domos, semina

Saône, auraient été par ce moyen portées de la Moselle dans le Rhin,
et de là dans l'Océan; on eût évité l'embarras des marches, et réuni
par la navigation les côtes du Nord et celles de l'Occident. Élius
Gracilis, lieutenant de la Belgique, fit avorter ce projet, à force
d'alarmer Vétus sur le danger de porter des légions dans une province qui n'était pas la sienne, et de paraître briguer l'affection des
Gaules, ce dont l'empereur prendrait de l'ombrage; considération
qui fait échouer souvent les plus louables desseins.

LIV. Du reste, la longue inaction de nos armées fit croire que
nos généraux avaient perdu le droit de les mener à l'ennemi. Aussi
les Frisons s'approchèrent du Rhin, la jeunesse guerrière par les
bois et les marais, le reste par les lacs, et ils occupèrent un terrain
vacant, qu'on tenait en réserve pour l'usage des troupes : l'entreprise avait pour chefs Verritus et Malorix, qui régnaient sur eux
autant qu'on peut régner sur les Germains. Déjà ils avaient construit des maisons, ensemencé les champs, et ils cultivaient cette

subvectæ per mare, — transportées par mer,
dein Rhodano et Arare, — puis par le Rhône et la Saône,
decurrerent — courussent
per eam fossam, — au moyen de ce canal,
mox fluvio Mosella — puis par la rivière de Moselle
in Rhenum, — dans le Rhin,
exin Oceanum ; — ensuite dans l'Océan ;
difficultatibusque itinerum — et afin que les difficultés des marches
sublatis, — étant supprimées,
littora occidentis — les rivages de l'occident
septentrionisque — et du septentrion   [merce)
fierent navigabilia — devinssent navigables (eussent com-
inter se. — entre eux.
Ælius Gracilis, — Élius Gracilis,
legatus Belgicæ, — lieutenant de la Belgique,
invidit operi, — envia cet ouvrage,
deterrendo Veterem, — en détournant Vétus,
ne inferret legiones — pour qu'il ne conduisît pas ses légions
provinciæ alienæ, — dans une province d'-autrui,
affectaretque — et ne recherchât pas
studia Galliarum, — l'affection des Gaules,
dictitans id — répétant cela
formidolosum imperatori ; — être alarmant pour l'empereur ;
quo plerumque — ce par quoi la-plupart-du-temps
conatus honesti — des efforts honorables
prohibentur. — sont entravés.
    LIV. Ceterum, — LIV. Au-reste,
otio exercituum continuo, — le repos des armées étant continu,
fama incessit — le bruit courut
jus ereptum legatis — le droit avoir été ravi aux lieutenants
ducendi in hostem. — de les conduire à l'ennemi.
Eoque Frisii — Et par-là les Frisons
admovere ripæ — approchèrent de la rive du Rhin
juventutem saltibus — la jeunesse guerrière par les bois
aut paludibus, — ou par les marais,
ætatem imbellem — l'âge impropre-à-la-guerre
per lacus, — par les lacs,
insedereque — et occupèrent
agros vacuos — des terres vacantes
et sepositos usui militum, — et réservées pour l'usage des soldats,
Verrito auctore — Verritus étant auteur de l'entreprise
et Malorige, — et (ainsi que) Malorix,
qui regebant — lesquels gouvernaient
eam nationem, — cette nation,
in quantum Germani — en tant que (si toutefois) les Germains
regnantur. — sont gouvernés-par-des-rois.
Jamque fixerant domos, — Et déjà ils avaient établi des maisons,

arvis intulerant, utque patrium solum exercebant; quum Dubius Avitus, accepta a Paulino provincia, minitando vim
Romanam, nisi abscederent Frisii veteres in locos, aut novam
sedem a Cæsare impetrarent, perpulit Verritum et Malorigen
preces suscipere. Profectique Romam, dum aliis curis intentum
Neronem opperiuntur, inter ea quæ barbaris ostentantur, intravere Pompeii theatrum, quo magnitudinem populi viserent.
Illic per otium (neque enim ludicris ignari oblectabantur)
dum consessum caveæ[1], discrimina ordinum; quis eques,
ubi senatus, percontantur, advertere quosdam cultu externo[2]
in sedibus senatorum.: et quinam forent rogitantes, postquam
audiverant earum gentium legatis id honoris datum, quæ
virtute et amicitia Romana præcellerent, «Nullos mortalium
armis aut fide ante Germanos esse » exclamant, degrediunturque et inter patres considunt; quod comiter a visentibus

terre comme si elle eût été un héritage de leurs pères, lorsque Dubius Avitus, successeur de Paulinus, les menaça des armes romaines,
s'ils ne rentraient dans leurs anciennes limites, ou s'ils n'obtenaient
de Néron ce nouvel établissement. Verritus et Malorix préférèrent
de s'adresser à l'empereur. Arrivés à Rome, pendant que Néron,
distrait par d'autres soins, leur fait attendre son audience, on étale
à leurs yeux les merveilles de la ville : on les mena un jour au théâtre de Pompée, pour leur faire admirer la grandeur du peuple
romain. Là, tandis que par désœuvrement (car la pièce, où ils ne
comprenaient rien, n'avait pour eux aucun intérêt), ils s'informent
de ce qui composait l'assemblée, des distinctions de chaque ordre,
de la place des chevaliers, de celle des sénateurs, ils aperçoivent sur
les bancs de ces derniers des spectateurs en costume étranger. Ils
demandent quelles sont ces personnes, et apprenant que ce sont des
députés de quelques nations, et qu'on accorde cet honneur à celles
qui se sont distinguées par leur bravoure et par leur fidélité à l'empire : « Eh bien ! s'écrient-ils, aucun peuple n'est plus brave ni plus
fidèle que les Germains. » Et à l'instant ils descendent et vont s'as-
seoir parmi les sénateurs : ce qui fut applaudi comme la saillie d'un

intulerant semina arvis, ils avaient mis des semences dans les
exercebantque solum et ils cultivaient le sol [champs,
ut patrium ; comme un *bien* paternel ;
quum Dubius Avitus, lorsque Dubius Avitus,
provincia accepta la province ayant été reçue
a Paulino, de Paulinus,
minitando vim Romanam, en menaçant de la force romaine,
nisi Frisii abscederent si les Frisons ne se retiraient
in veteres locos, dans *leur* ancien séjour,
aut impetrarent a Cæsare où *s'ils n'*obtenaient de César (Néron)
novam sedem, une nouvelle résidence,
perpulit Verritum décida Verritus
et Malorigen et Malorix
suscipere preces. à entreprendre les (recourir aux) prières.
Profectique Romam, Et partis pour Rome,
dum opperiuntur Neronem tandis qu'ils attendent Néron
intentum aliis curis, appliqué à d'autres soins,
inter ea au-milieu-de ces *spectacles*
quæ ostentantur barbaris, qui sont montrés aux barbares,
intravere ils entrèrent
theatrum Pompeii, au théâtre de Pompée,
quo viserent afin qu'ils vissent
magnitudinem populi. la grandeur du peuple *réuni*.
Illic per otium Là par loisir
(neque enim ignari (et en effet ignorants
oblectabantur ludicris) il ne s'amusaient pas des jeux)
dum percontantur pendant qu'ils s'informent
consessum caveæ, de la réunion du théâtre,
discrimina ordinum, des distinctions des ordres,
quis eques, ubi senatus, quel *était* le chevalier, où *était* le sénat,
advertere quosdam ils remarquèrent quelques *hommes*
cultu externo en costume étranger
in sedibus senatorum : sur les siéges des sénateurs :
et rogitantes et demandant
quinam forent, quels étaient *ces hommes,*
postquam audiverant après qu'ils eurent appris
id honoris datum cette *marque* d'honneur *avoir été* donnée
legatis earum gentium, aux députés de ces nations,
quæ præcellerent virtute qui l'emportaient par le courage
et amicitia Romana, et par *leur* amitié pour-Rome,
exclamant ils s'écrient
« Nullos mortalium « Nuls des mortels
esse ante Germanos n'être avant-les Germains
armis aut fide, » par les armes ou la fidélité, »
degrediunturque et ils descendent
et considunt inter patres ; et s'asseyent parmi les sénateurs ;
quod exceptum comiter *acte* qui *fut* accueilli avec-bienveillance

exceptum, quasi impetus antiqui et bona æmulatione. Nero
civitate Romana ambos donavit : Frisios decedere agris jussit ;
atque, illis aspernantibus, auxiliaris eques repente immissus necessitatem attulit, captis cæsisve qui pervicacius
restiterant.

LV. Eosdem agros Ansibarii occupavere, validior gens non
modo sua copia, sed adjacentium populorum miseratione :
quia pulsi a Chaucis et sedis inopes tutum exsilium orabant.
Aderatque iis clarus per illas gentes, et nobis quoque fidus,
nomine Boiocalus, « Vinctum se rebellione Cherusca, jussu
Arminii, referens, mox Tiberio et Germanico ducibus stipendia meruisse. Quinquaginta annorum obsequio id quoque
adjungere, quod gentem suam ditioni nostræ subjiceret.
Quotam partem campi jacere, in quam pecora et armenta
militum aliquando transmitterentur ? Servarent sane receptos

caractère généreux et l'effet d'une louable émulation. Néron leur
accorda à tous deux le titre de citoyen, mais il exigea la retraite
des Frisons. Sur leur refus, on envoya sur-le-champ de la cavalerie
auxiliaire, qui les y contraignit, après avoir fait prisonniers ou
taillé en pièces les plus opiniâtres.

LV. Les Ansibariens vinrent depuis occuper les mêmes champs,
nation plus redoutable que les Frisons et par le nombre et par la
pitié qu'elle trouva chez les peuples voisins. Chassés de leur pays
par les Chauques, et n'ayant plus de retraite, ils demandaient pour
toute grâce un exil tranquille. Ils avaient à leur tête Boïocalus,
guerrier célèbre parmi ces barbares, et connu aussi de nous par sa
fidélité à notre empire. Boïocalus représenta « que, dans la révolte
des Chérusques, Armínius l'avait chargé de fers ; que, depuis, il
avait servi sous Tibère et Germanicus, et qu'il venait couronner un
attachement de cinquante années en mettant sa nation sous notre
puissance. De ces champs inutiles, combien était petite la partie sur
laquelle on transportait quelquefois les troupeaux de l'armée ! Qu'on
leur réservât l'espace que partout l'homme abandonne aux animaux,

a visentibus, par les spectateurs,
quasi impetus antiqui, comme *étant* d'un élan antique,
et bona æmulatione. et *provenant* d'une bonne émulation.
Nero donavit ambos Néron *les* gratifia tous-deux
civitate Romana : *du droit* de cité romaine :
jussit Frisios il ordonna les Frisons
decedere agris ; se retirer des terres *qu'ils avaient occupées;*
atque, illis aspernantibus, et, eux rejetant *cet ordre,*
eques auxiliaris le cavalier auxiliaire
immissus repente lancé tout à coup
attulit necessitatem, *leur* apporta la nécessité *d'obéir,*
qui restiterant *ceux* qui avaient résisté
pervicacius avec-plus-d'opiniâtreté
captis cæsisve. ayant été pris ou tués.

LV. Ansibarii LV. Les Ansibariens
occupavere eosdem agros, occupèrent les mêmes terres,
gens validior nation plus forte
non modo sua copia, non-seulement par sa masse,
sed miseratione mais *encore* par la pitié
populorum adjacentium : des peuples voisins :
quia pulsi a Chaucis parce que chassés par les Chauques
et inopes sedis et dénués de demeure
orabant exsilium tutum. ils imploraient un exil sûr.
Aderatque iis. Et *un homme* soutenait eux
clarus per illas gentes, célèbre parmi ces nations,
et fidus quoque nobis, et fidèle aussi à nous,
nomine Boiocalus, de nom Boïocalus,
referens « Se vinctum rapportant « Lui *avoir été* enchaîné
rebellione Cherusca dans la révolte des-Chérusques
jussu Arminii, par ordre d'Arminius,
mox meruisse stipendia ensuite avoir gagné une paye (avoir servi)
Tiberio et Germanico Tibère et Germanicus
ducibus. *étant ses* chefs.
Obsequio A une obéissance
quinquaginta annorum de cinquante années
adjungere id quoque, *lui* ajouter ceci aussi,
quod subjiceret *savoir* qu'il soumettait
suam gentem sa nation
nostræ ditioni. à notre puissance.
Quotam partem campi Une combien-petite partie de plaine
jacere, être-laissée,
in quam pecora dans laquelle le petit-bétail
et armenta militum et les gros-troupeaux des soldats
transmitterentur étaient transportés
aliquando ? quelquefois ?
Sane servarent Certes qu'on *leur* réservât
receptos les *champs* reçus (reconnus nécessaires)

gregibus inter hominum famam[1], modo ne vastitatem et solitudinem mallent quam amicos populos. Chamavorum quondam
ea arva, mox Tubantum, et post Usipiorum fuisse. Sicut
cœlum diis, ita terras generi mortalium datas : quæque va-
cuæ, eas publicas esse. » Solem deinde respiciens, et cetera
sidera vocans, quasi coram interrogabat « Vellentne contueri
inane solum. Potius mare superfunderent adversus terrarum
ereptores. »

LVI. Et commotus his Avitus, « Patienda meliorum impe-
ria : id diis, quos implorarent, placitum, ut arbitrium penes
Romanos maneret, quid darent, quid adimerent, neque
alios judices quam se ipsos paterentur. » Hæc in publicum
Ansibariis respondit; ipsi Boiocalo, ob memoriam amicitiæ
daturum agros : quod ille, ut proditionis pretium, aspernatus,
addidit : « Deesse nobis terra in qua vivamus; in qua mo-

rien de mieux; mais pourquoi préférer le voisinage d'un désert à
celui d'un peuple ami? Ce territoire avait autrefois appartenu aux
Chamaves, puis aux Tubantes, et ensuite aux Usipiens. La terre
était pour l'homme, comme le ciel pour les dieux, et les places
vacantes appartenaient à tous. » Ensuite regardant le soleil, et s'a-
dressant à tous les astres, il leur demandait « s'ils consentiraient à
éclairer un sol inhabité; si plutôt ils ne verseraient pas tous les flots
de la mer sur les ravisseurs de la terre. »

LVI. Offensé de ce discours, Avitus répondit « qu'il fallait subir
la loi du plus fort; que ces dieux, qu'ils imploraient, avaient
laissé les Romains maîtres de donner ou d'ôter, sans avoir de juges
qu'eux-mêmes. » Telle fut sa réponse publique aux Ansibariens :
quant à Boïocalus, il lui dit qu'en mémoire de son attachement, on
lui donnerait des terres; mais le Germain rejeta cette faveur, comme
la récompense d'une trahison. « Si la terre nous manque pour vivre,

gregibus	pour les troupeaux
inter famam hominum ;	dans l'opinion des hommes ;
modo ne mallent	seulement qu'on n'aimât-pas-mieux
vastitatem et solitudinem	le désert et la solitude
quam populos amicos.	que des peuples amis.
Ea arva quondam	Ces champs autrefois
fuisse Chamavorum,	avoir été *ceux* des Chamaves,
mox Tubantum,	puis des Tubantes,
et post Usipiorum.	et après des Usipiens.
Terras datas	La terre *avoir été* donnée
generi mortalium	au genre des mortels (au genre humain)
ita sicut cœlum diis :	ainsi comme le ciel aux dieux :
quæque vacuæ,	et *les-terres* qui *sont* vides,
eas esse publicas. »	celles-là être publiques. »
Deinde respiciens solem,	Ensuite regardant le soleil,
et vocans cetera sidera,	et appelant les autres astres,
interrogabat quasi coram	il *leur* demandait comme en-face
« Vellentne contueri	« S'ils voulaient contempler (éclairer)
solum inane.	un sol vide *d'habitants.*
Potius	Que plutôt
superfunderent mare	ils fissent-déborder la mer
adversus ereptores	contre les ravisseurs
terrarum. »	de la terre. »
LVI. Et Avitus	LVI. Et Avitus
commotus his,	ému de ces *discours* [leurs (plus forts)
« Imperia meliorum	*répondit* « Les commandements des meil-
patienda :	devoir être subis :
id placitum diis,	cela avoir plu aux dieux,
quos implorarent,	qu'ils imploraient,
ut arbitrium	que le droit-de-décider
quid darent,	quoi ils donneraient,
quid adimerent,	quoi ils ôteraient,
maneret penes Romanos,	restât au-pouvoir-des Romains,
neque paterentur	et qu'ils ne souffrissent pas
alios judices	d'autres juges
quam se ipsos. »	qu'eux-mêmes. »
Respondit hæc	Il répondit ces *mots*
Ansibariis in publicum ;	aux Ansibariens en public ;
Boiocalo ipsi,	*mais* à Boïocalus lui-même,
daturum agros	*il dit* devoir *lui* donner des terres
ob memoriam amicitiæ :	à-cause-du souvenir de *son* amitié :
quod ille aspernatus,	*ce que* celui-ci ayant rejeté,
ut pretium proditionis,	comme prix de la trahison,
addidit : « Terra	il ajouta : « La terre
potest deesse nobis	peut manquer à nous
in qua vivamus,	dans laquelle nous puissions-vivre,
non	*mais* non *celle*

riamur non potest : » atque ita, infensis utrinque animis,
discessum. Illi Bructeros, Tencteros, ulteriores etiam nationes
socias bello vocabant. Avitus, scripto ad Curtilium Manciam,
superioris exercitus legatum, ut Rhenum transgressus, arma
a tergo ostenderet, ipse legiones in agrum Tencterum induxit,
excidium minitans nisi causam suam dissociarent. Igitur,
absistentibus his, pari metu exterriti Bructeri; et ceteris
quoque aliena pericula deserentibus, sola Ansibariorum gens
retro ad Usipios et Tubantes concessit : quorum terris exacti,
quum Cattos, dein Cheruscos petissent, errore longo, hospites,
egeni, hostes, in alieno, quod juventutis erat, cæduntur;
imbellis ætas in prædam divisa est.

LVII. Eadem æstate, inter Hermunduros Cattosque certatum magno prœlio, dum flumen [1], gignendo sale fecundum et
conterminum, vi trahunt; super libidinem cuncta armis
agendi, religione insita, « Eos maxime locos propinquare

ajouta-t-il, elle ne peut nous manquer pour mourir ; » et les deux
partis se retirèrent également irrités. Les Ansibariens avaient appelé
à leur secours les Bructères, les Tenctères, et même d'autres nations
plus éloignées. Avitus écrivit à Curtilius Mancia, général de l'armée
du haut Rhin, de passer le fleuve, afin de se montrer sur les derrières
des barbares. De son côté, il conduisit ses légions sur le territoire
des Tenctères, en menaçant de le saccager, s'ils ne renonçaient à la
ligue. Ceux-ci se désistant, la même crainte gagna les Bructères, et
les autres se dégoûtant aussi d'une querelle qui n'était pas la leur,
les Ansibariens, restés seuls, reculèrent vers les Usipiens et vers les
Tubantes, qui les chassèrent de leur pays. Ils allèrent errer chez les
Cattes, puis chez les Chérusques ; ne pouvant s'établir nulle part,
manquant de tout, partout poursuivis, ce qu'ils avaient de guerriers
finit par périr entièrement dans ces longues courses à travers tant de
terres ennemies ; le reste fut une proie que l'on se partagea.

LVII. Ce même été, les Hermondures et les Cattes se livrèrent
une grande bataille. Ils se disputaient un fleuve limitrophe, dont les
eaux fournissent du sel abondamment ; et à leur fureur habituelle
de décider tout par les armes se joignait la croyance religieuse

in qua moriamur : »
dans laquelle nous puissions-mourir : »

atque discessum ita,
et on se sépara ainsi,

animis infensis utrinque.
les esprits irrités de-part-et-d'autre.

Illi vocabant
Ceux-ci (les Ansibariens) appelaient

Bructeros, Tencteros,
les Bructères, les Tenctères,

etiam nationes ulteriores
et même des nations plus éloignées

socias bello.
comme alliées pour la guerre.

Avitus, scripto
Avitus, *ordre* ayant été écrit

ad Curtilium Manciam,
à Curtilius Mancia,

legatum
lieutenant

exercitus superioris,
de l'armée supérieure (du haut Rhin),

ut transgressus Rhenum
pour qu'ayant passé le Rhin

ostenderet arma a tergo,
il montrât *ses* armes sur *leurs* derrières,

induxit ipse legiones
conduisit lui-même *ses* légions

in agrum Tencterum,
sur le territoire des-Tenctères,

minitans excidium
les menaçant de ruine

nisi dissociarent
s'ils ne séparaient

suam causam.
leur cause.

Igitur, his absistentibus,
Donc, ceux-ci se désistant *de la ligue*,

Bructeri exterriti
les Bructères *furent* effrayés

eodem metu ;
d'une même crainte ;

et ceteris quoque
et tous-les-autres aussi

deserentibus
désertant

pericula aliena,
des périls étrangers *à eux*,

gens Ansibariorum sola
la nation des Ansibariens *restée* seule

concessit retro
se retira en-arrière

ad Usipios et Tubantes :
chez les Usipiens et les Tubantes :

terris quorum exacti,
des terres desquels chassés,

quum petissent Cattos,
après qu'ils eurent gagné les Cattes,

dein Cheruscos,
puis les Chérusques,

errore longo,
par une course longue,

hospites, egeni, hostes,
étrangers, manquant-de-tout, ennemis,

cæduntur in alieno,
ils sont massacrés sur un *sol* étranger,

quod erat juventutis ;
du moins ce qui était de jeunesse *parmi*

ætas imbellis
ceux d'un âge impropre-à-la-guerre [*eux* ;

divisa est in prædam.
fut partagé en butin.

LVII. Eadem æstate,
LVII. Le même été,

certatum magno prœlio
il fut combattu dans un grand combat

inter Hermunduros
entre les Hermondures

Cattosque,
et les Cattes,

dum trahunt vi
pendant qu'ils tirent *à eux* de force

flumen fecundum
un fleuve fécond

gignendo sale
pour produire le sel

et conterminum ;
et limitrophe ;

super libidinem
outre la passion

agendi cuncta armis,
de mener tout par les armes,

religione insita,
cette croyance-religieuse *leur* étant innée,

cœlo, precesque mortalium a deis nusquam propius audiri :
inde, indulgentia numinum, illo in amne illisque silvis salem
provenire, non, ut alias apud gentes, eluvie maris arescente
unda, sed super ardentem arborum struem fusa, ex contrariis
inter se elementis, igne atque aquis, concretum.» Sed bellum,
Hermunduris prosperum, Cattis exitiosius fuit, quia victores
diversam aciem Marti ac Mercurio sacravere, quo voto equi,
viri, cuncta victa occidioni dantur. Et minæ quidem hostiles
in ipsos¹ vertebant. Sed civitas Ubiorum, socia nobis, malo
improviso afflicta est : nam ignes terra editi villas, arva,
vicos passim corripiebant, ferebanturque in ipsa conditæ
nuper coloniæ mœnia : neque exstingui poterant, non si imbres
caderent, non fluvialibus aquis, aut quo alio humore; donec,
inopia remedii et ira cladis, agrestes quidam eminus saxa

« que ces lieux étaient le point le plus voisin du ciel , et que nulle
part les dieux n'entendaient si bien les prières des mortels. C'était
pour cela que le sel ; donné par une prédilection divine à cette rivière
et à ces forêts, ne naissait pas, comme en d'autres pays, des alluvions
de la mer lentement évaporées. On allumait un grand bûcher, que l'on
arrosait de l'eau du fleuve, et du combat des deux éléments se formait
le sel. » La guerre, heureuse pour les Hermondures , fut meurtrière
pour les Cattes. Le parti vainqueur avait dévoué l'autre à Mars et
à Mercure : en vertu de ce vœu, ni hommes, ni chevaux, rien enfin
des vaincus n'est épargné. Ici du moins les menaces de nos ennemis
tournaient contre eux-mêmes : bientôt un mal imprévu frappa les
Ubiens, nos alliés. Des feux sortis de terre dévoraient les moissons,
les fermes, les bourgs. Déjà même ils se portaient sur les murs de la
colonie nouvellement bâtie, et rien ne pouvait les éteindre, ni la
pluie, ni l'eau des rivières, ni toute autre eau. Enfin, n'imaginant
plus de remèdes, et s'indignant contre le mal , des paysans jetèrent

« Eos locos
propinquare maxime cœlo,
precesque mortalium
audiri nusquam propius
a deis :
inde indulgentia numinum
salem provenire
in illo amne
illisque silvis,
non unda arescente,
eluvie maris,
ut apud alias gentes,
sed fusa
super struem ardentem
arborum,
concretum ex elementis
contrariis inter se,
igne atque aquis. »
Sed bellum,
prosperum Hermunduris,
fuit Cattis exitiosius,
quia victores
sacravere
aciem diversam
Marti ac Mercurio,
voto quo equi, viri,
cuncta victa
dantur occidioni.
Et quidem
minæ hostiles
vertebant in ipsos.
Sed civitas Ubiorum,
socia nobis,
afflicta est
malo improviso :
nam ignes editi terra
corripiebant passim
villas, arva, vicos,
ferebanturque
in mœnia ipsa coloniæ
nuper conditæ :
neque poterant exstingui,
non si imbres caderent,
non aquis fluvialibus,
aut quo alio humore ;
donec, inopia remedii
et ira cladis,

« Ces lieux
s'approcher le plus du ciel,
et les prières des mortels
n'être entendues nulle-part de plus près
par les dieux :
de là par l'indulgence des divinités
le sel naître
dans ce fleuve
et dans ces forêts,
non de l'eau s'évaporant,
dans les alluvions de la mer,
comme chez d'autres nations,
mais de l'eau répandue
sur une pile embrasée
d'arbres,
formé d'éléments
contraires entre eux,
le feu et l'eau. »
Mais la guerre,
heureuse pour les Hermondures,
fut pour les Cattes plus funeste,
parce que les vainqueurs
consacrèrent (dévouèrent)
l'armée opposée
à Mars et à Mercure, [hommes,
par un vœu suivant lequel chevaux,
toutes choses vaincues
sont livrées à l'extermination.
Et à la vérité
ces menaces des-ennemis
tournaient contre eux-mêmes.
Mais l'État des Ubiens,
allié à nous,
fut frappé
d'un mal imprévu :
car des feux sortis de terre
saisissaient çà-et-là
les fermes, les champs, les villages,
et se portaient
jusqu'aux murs mêmes de la colonie
nouvellement fondée :
et ils ne pouvaient être éteints,
ni si des pluies tombaient,
ni par les eaux fluviales,
ou par quelque autre liquide;
jusqu'à ce que, par manque de remède
et par colère de (contre) ce désastre,

jacere, dein, residentibus flammis, propius suggressi, ictu fustium aliisque verberibus, ut feras, absterrebant : postremo tegmina corpori derepta injiciunt, quanto magis profana et usu polluta, tanto magis oppressura ignes.

LVIII. Eodem anno Ruminalem arborem in comitio, quæ octingentos et quadraginta ante annos Remi Romulique infantiam texerat, mortuis ramalibus et arescente trunco deminutam, prodigii loco habitum est, donec in novos fetus reviresceret.

de loin des pierres, et aussitôt la flamme s'affaissa. Alors, s'approchant de plus près, ils la chassent à coups de bâton et de fouet, comme une bête sauvage ; enfin, se dépouillant de leurs vêtements, ils les jettent dans le feu ; et plus ces vêtements étaient vieux et sales, plus ils l'éteignaient facilement.

LVIII. Cette même année, le figuier Ruminal, qu'on voyait au comice, et qui, huit cent quarante ans auparavant, avait ombragé l'enfance de Romulus et de Rémus, perdit toutes ses branches et son tronc se dessécha, ce qui parut d'un sinistre augure ; mais il poussa de nouveaux rejetons.

quidam agrestes
jacere saxa eminus,
dein, flammis residentibus,
suggressi propius,
absterrebant, ut feras,
ictu fustium
aliisque verberibus :
postremo injiciunt
tegmina erepta corpori,
oppressura ignes
tanto magis
quanto magis profana
et polluta usu.

quelques paysans
se mirent à lancer des pierres de loin,
puis, les flammes s'affaissant,
s'étant approchés plus près,
ils *les* chassaient, comme des bêtes-féroces,
à coup de bâtons
et par d'autres coups :
enfin ils jettent
les vêtements arrachés à *leur* corps,
propres-à-étouffer les feux
d'autant plus
qu'*ils étaient* plus vieux
et souillés par l'usage.

LVIII. Eodem anno
habitum est loco prodigii,
arborem Ruminalem
in comitio,
quæ   [ginta annos
ante octingentos et quadra-
texerat infantiam
Remi Romulique,
deminutam
ramalibus mortuis
et trunco arescente,
donec reviresceret
in novos fetus.

LVIII. La même année
ceci fut tenu en guise de prodige,
l'arbre Ruminal
qui est dans le comice,
lequel   [auparavant)
avant huit-cent et quarante ans (840 ans
avait couvert (ombragé) l'enfance
de Rémus et de Romulus,
avoir été amoindri
ses branches étant mortes
et *son* tronc se desséchant,
jusqu'à ce qu'il reverdît
en nouveaux rejetons.

NOTES

Page 248 : 1. *Julii Silani*. Les Silanus étaient une branche de la maison Junia, si célèbre par les deux Brutus, meurtriers de César.

— 2. *Pecudem auream*. Dion, qui rapporte ce mot (χρυσοῦν πρό-6ατον) le prend à tort pour un témoignage d'estime : c'était évidemment une injure, dans la pensée de Caïus, peut-être une allusion au bélier à la toison d'or.

— 3. *P. Celer*. Voy. plus bas, XXXIII, et *Histoires*, IV, XVIII.

Page 250 : 1. *Retuli*. Voy. *Annales*, XII, LXV.

— 2. *Necessitate extrema*, l'ordre de mourir, et non *les traitements les plus barbares*, comme traduit Dureau de Lamalle. Voy. *Histoires*, I, III : *Supremæ necessitates*.

— 3. *Rarum in societate potentiæ*. On trouve la même pensée dans Lucain, I, 92 :

> Nulla fides regni sociis, omnisque potestas
> Impatiens consortis erit.

— 4. *Voluptatibus concessis*. « D'autres ont traduit ces mots par des *plaisirs innocents* ; mais ces *plaisirs innocents*, il aurait toujours fallu les accorder à Néron, dans le cas même où la vertu ne l'aurait point rebuté. » (Dureau de Lamalle.)

Page 252 : 1. *Certamen utrique unum*. Par opposition à *in societate potentiæ concordes*.

— 2. *Duo lictores*. Le sénat avait décerné à Livie un seul licteur, et Tibère s'y était opposé. Voy. *Annales*, I, XIV. — *Flaminium Claudiale*. Livie avait été aussi nommée prêtresse d'Auguste. Voy. Dion, LVI, XLVI ; Velléius Paterculus, II, LXXV.

— 3. *Censorium funus et mox consecratio*. C'est la répétition de ce qui a été dit à la fin du dernier chapitre du livre précédent : *Cæ-*

lestesque honores Claudio decernuntur et funeris solenne... cele-
bratur.

Page 252 : 4. *Consulatus ac triumphos.* La maison Claudia comptait
vingt-huit consulats, cinq dictatures, sept censures, sept triomphes et
deux ovations. Voy. Suétone, *Vie de Tibère*, I.

Page 254 : 1. *Ut fuit illi viro,* etc. Sénèque eut cependant, de son
temps même, plus d'un critique, entre autres Caligula, qui appelait ses
ouvrages de purs jeux d'esprit et un ciment sans chaux (*commissio-
nes meras, et arenam sine calce*). Voy. Suétone, *Vie de Caligula*, LIII.

— 2. *Dictator Cæsar,* etc. Voy. Plutarque, *Vie de Cicéron*, et Cicéron, *Brutus*, LXXII–LXXV.

Page 256 : 1. *Consilia, exempla.* Les conseils de Burrus, de Sénèque et du sénat; les exemples d'Auguste. Voy. Suétone, *Vie de
Néron*, X.

— 2. *Nec juventam... imbutam.* Allusion 1° aux guerres civiles
qui avaient déchiré l'empire pendant la jeunesse d'Auguste; 2° aux
querelles d'Agrippine, mère de Caligula, avec Augusta et la jeune
Livie. Voy. *Annales*, IV, XI et XII.

— 3. *Unam intra domum.* Comme sous Claude, dans le jugement
de Valérius Asiaticus. Voy. *Annales*, XI, II.

— 4. *Discretam domum et rempublicam.* Tibère n'avait pas ce scrupule, à en juger par la facilité avec laquelle il enleva au trésor public les biens confisqués sur Séjan pour les transférer dans le sien.
Voy. *Annales*, VI, II.

— 5. *Consulum tribunalibus.* Explication et développement de la
phrase précédente : *teneret antiqua munia senatus.* En effet, c'était
par les consuls qu'étaient évoquées toutes les affaires jugées par le
sénat.

Page 258 : 1. *Publicæ provinciæ.* Il s'agit des provinces qui avaient
été abandonnées au sénat par Auguste et qui étaient gouvernées par
des proconsuls : les autres avaient pour gouverneurs des lieutenants
du prince.

— 2. *Ne quis ad causam... emeretur.* Voy. *Annales*, XI, VII.

— 3. *Ne designatis quæstoribus... necessitas esset.* Cette nécessité
leur avait été imposée par Claude. Voy. *Annales*, XI, XXII.

— 4. *Abditis a tergo foribus.* Il s'agit ici d'une porte secrète, don-
nant dans un autre appartement; Agrippine était séparée du sénat
par une tapisserie tendue devant cette porte.

— 5. *Pulso Rhadamisto.* Voy. *Annales*, XII, L. Trois ans s'étaient écoulés (de 804 à 807) depuis l'expulsion de Rhadamiste ; les mots *sæpe regni ejus potitus*, *dein profugus*, se rapportent à cet intervalle de temps, sur lequel Tacite n'a donné aucun détail.

Page 260 : 1. *Consiliis*. Burnouf entend par ce mot les résolutions, les plans arrêtés par l'empereur, la direction qu'il donne aux affaires, sa politique enfin. Nous avons préféré l'interprétation de Dureau de Lamalle.

Page 262 : 1. *Veteres reges*. Par opposition à Sohémus et Aristobule, qui reçurent la royauté de Néron même.

— 2. *Sophenen*. La Sophène faisait partie de l'Arménie Majeure.

— 3. *Æmulus Vologeso*. Voy. *Annales*, XII, LI.

Page 264 : 1. *Domitium Corbulonem*. Voy. *Annales*, XI, XVIII et XX.

— 2. *Quadratum Ummidium*. Voy. *Annales*, XII, XLV et LIV.

— 3. *Ægeas*. Ville maritime de Cilicie, non loin d'Issus. Voy Strabon, XIV, V. Aujourd'hui le port d'Aïas (?), sur le golfe d'Alexandrette.

Page 268 : 1. *Fascibus imperatoriis*. Les faisceaux de l'empereur, et non les faisceaux des deux généraux. L'esprit d'adulation de cette époque autorise pleinement cette interprétation.

— 2. *Cn. Domitio patri*. C'est ce Domitius qui, félicité par ses amis de la naissance de Néron, leur répondit que de lui et d'Agrippine il ne pouvait être né qu'un fléau public (*negantis quidquam ex se et Agrippina nisi detestabile et malo publico nasci potuisse*). Voy. Suétone, *Vie de Néron*, V.

Page 270 : 1. *In sua acta*. Ce furent les triumvirs Octave, Antoine et Lépide, qui imaginèrent les premiers de jurer et de faire jurer sur les actes de Jules César. Cette innovation fut une autorité pour Auguste, et l'usage s'établit alors de jurer sur les actes des princes, en faisant entrer dans le serment, avec le nom du prince actuel, les noms de tous les princes qui avaient précédé, à commencer par Jules César et Auguste.

— 2. *In Plautium Lateranum*. Voy. *Annales*, XI, XXXVI.

— 3. *Cui vocabulum Acte fuit*. Cette femme avait été achetée en Asie, et Néron prétendit qu'elle était issue du roi Attale. Suétone dit même (*Vie de Néron*, XXVIII) qu'il eut l'idée de la prendre en légitime mariage.

Page 272 : 1. *Annæus Serenus*. Il était préfet des gardes nocturnés, et périt avec tous ses convives à la suite d'un repas où l'on avait servi des champignons. Voy. Pline, XXII, XLVII.

Page 276 ; 1. *Demovet Pallantem.* Pallas n'était pas seulement maître des comptes et trésorier de Claude (Voy. Suétone, *Vie de Claude*, XXVIII) ; il administrait aussi les finances de l'État.

— 2. *Ut ejuraret.* Ejurare a deux sens : abdiquer (*ejurare imperium*), ou déclarer sa banqueroute (*ejurare bonam copiam*). Néron jouait probablement sur cette double signification du mot, qu'il est impossible de faire sentir en français.

— 3. *Pares rationes.* Des comptes où la recette et la dépense sont exactement balancées.

Page 280 : 1. *Carmen.* On croit que ces vers étaient ceux de l'*Andromaque* d'Ennius, cités par Cicéron, *Tusculanes*, III, XIX : *O pater, o patria, o Priami domus*, etc.

Page 282 : 1. *Cognitis antea venenis.* On fit l'essai du poison sur un bouc d'abord, puis sur un porc. Voy. Suétone, *Vie de Néron*, XXXIII.

— 2. *Sedentes vesci.* Dans les premiers temps de la république, on mangeait assis et non couché. Lorsque l'usage de manger couché se fut établi pour les hommes, les femmes restèrent encore assises, *quia turpis visus est in muliere accubitus*, dit Valère Maxime, II, I, 8 ; mais, dès le temps même de Varron, au rapport de Cicéron, ce scrupule s'était déjà dissipé, et depuis les femmes généralement mangèrent couchées comme les hommes. On voit par ce passage de Tacite qu'on s'était relâché moins promptement pour les enfants ; mais par la suite le changement qui était arrivé pour les femmes s'étendit aussi jusqu'à eux.

Page 284 : 1. *Parricidii exemplum.* Racine, *Britannicus*, act. V, sc. VI :

> Poursuis, tu n'as pas fait ce pas pour reculer :
> Ta main a commencé par le sang de ton frère ;
> Je prévois que tes coups viendront jusqu'à ta mère.

Page 286 : 1. *Inter sacra mensæ.* Sacra, à cause des prières et des libations qui consacraient en quelque sorte la table du festin. Tite Live, XXXIX, XLIII : *Inter pocula atque epulas, ubi libare diis dapes, ubi bene precari mos esset*, etc.

— 2. *Viros gravitatem asseverantes.* Entre autres, et particulièrement, Sénèque et Burrus. — *Asseverantes* a ici le même sens que *præ se ferentes.*

17.

Page 288 : 1. *Antoniæ*. L'aïeule de Néron.

Page 290 : 1. *Supra retuli*. Voy. *Annales*, XI, XII.

— 2. *Rubellium Plautum*. Il descendait d'Auguste au quatrième degré, par adoption, de la manière suivante : Auguste ; Tibère, fils adoptif ; Drusus, fils de Tibère et de Vipsania Agrippina ; Julie, fille de Drusus et de Livie, femme de Rubellius Blandus ; Rubellius Plautus. L'exil et la mort de ce Rubellius sont racontés au livre suivant, XXII et LVIII.

Page 292 : 1. *Fabius Rusticus*. Tacite fait l'éloge de cet historien dans la *Vie d'Agricola*, X.

— 2. *Codicillos*. Mot propre pour désigner l'ordre par lequel les empereurs conféraient une charge ou un gouvernement.

Page 294 : 1. *Plinius*. Pline l'Ancien, qui, outre son *Histoire naturelle*, avait écrit l'histoire de toutes les guerres de Germanie, en vingt livres, et celle de Rome depuis l'époque où s'était arrêté Aufidius Bassus, qui vivait sous Auguste et Tibère. — *Cluvius*. Il est cité avec honneur par Pline le Jeune (*Lettres*, IX, XIX) ; il avait écrit l'histoire de son temps.

Page 298 : 1. *Vivere ego*, etc. Racine, *Britannicus*, act. IV, sc. II :

> Moi le faire empereur ! ingrat, l'avez-vous cru ?
> Quel serait mon dessein ? qu'aurais-je pu prétendre ?
> Quels honneurs dans sa cour, quel rang pourrais-je attendre ?
> Ah ! si sous votre empire on ne m'épargne pas, etc.

— 2. *Balbillo*. C'est ce Balbillus que Sénèque (*Questions naturelles*, IV, 11) appelle *virorum optimus, in omni litterarum genere rarissimus*.

— 3. *Relegantur*. La relégation était moins dure que l'exil. L'exilé perdait ses biens et le titre de citoyen ; il ne pouvait tester et n'avait plus d'autorité sur ses enfants. Celui qui n'était que relégué conservait tous ces avantages ; la peine pour lui se réduisait à être banni du lieu fixé par l'arrêt.

Page 300 : 1. *Exercendis sectionibus*. *Sectio* désigne proprement une enchère, une vente à l'encan. Quant à *exercere sectiones*, ce n'est pas autre chose que se rendre adjudicataire des biens des proscrits ou des condamnés, sur lesquels le trésor avait des droits. On sent combien les Romains devaient attacher de déshonneur à un pareil trafic.

Page 302 : 1. *Nero itinera Urbis.* Voy. pour plus de détails Suétone, *Vie de Néron*, XXVI.

Page 304 : 1. *Montanus, senatorii ordinis.* Du temps de la république, on n'avait point entrée au sénat si l'on n'avait été au moins questeur. Mais Auguste, afin d'accoutumer de bonne heure aux affaires ceux que la naissance destinait à être des hommes publics, permit aux enfants des sénateurs de revêtir le laticlave en même temps que la robe virile, et d'assister aux séances du sénat. De là l'épithète de *laticlavius* donnée par Suétone à Montanus.

— 2. *Plerumque coram prospectans.* Voy. Suétone, *Vie de Néron*, XXVI.

— 3. *Ut histriones Italia pellerentur.* Chassés une première fois par Tibère (*Annales*, IV, XIV), ils étaient revenus de ce premier exil, comme ils revinrent encore de celui-ci (*Annales*, XIV, XXI). Bannis de nouveau par Domitien, ils rentrèrent sous Nerva, pour être encore chassés par Trajan.

Page 306 : 1. *Ille, an auctor,* etc. Le texte est ici fort altéré dans les manuscrits, et chaque commentateur a proposé sa correction. Nous suivons la leçon donnée par Burnouf.

— 2. *Grave.... retinendi.* Expression peut-être unique, et qu'on ne peut guère expliquer que par l'ellipse de *consilium* ou d'un mot équivalent.

Page 308 : 1. *Tribus.* Le peuple romain était partagé en trente-cinq tribus; trente et une étaient appelées *tribus rusticæ*, tribus de la campagne; les quatre autres, *tribus urbanæ*, tribus de la ville. C'est dans ces dernières qu'on faisait entrer les affranchis. — *Decurias*, non les décuries des juges, composées de sénateurs ou de chevaliers, mais les décuries des scribes ou greffiers, licteurs, appariteurs, crieurs publics.

— 2. *Cohortes etiam in Urbe conscriptas.* C'est-à-dire les gardes nocturnes, *cohortes vigilum.* Milice établie par Auguste et composée d'affranchis : on ne recevait que des gens de condition libre, *ingenui*, parmi les légionnaires.

— 3. *Si separarentur.... ingenuorum.* Montesquieu, *Esprit des lois*, XV, XVIII : « On sent bien que quand, dans le gouvernement républicain, on a beaucoup d'esclaves, il faut en affranchir beaucoup. Le mal est que, si l'on a trop d'esclaves, ils ne peuvent être contenus; si l'on a trop d'affranchis, ils ne peuvent pas vivre, et ils deviennent à charge à la république : outre que celle-ci peut être également en danger de la part d'un trop grand nombre d'affranchis et de la part d'un trop grand nombre d'esclaves. Il faut donc que les lois aient l'œil sur ces deux inconvénients. Les diverses lois et les sénatus-consultes qu'on fit à Rome pour et contre les esclaves, tantôt pour gêner, tantôt pour faciliter les affranchissements, font bien voir l'embarras où l'on se trouva à cet égard. Il y eut même des temps où l'on n'osa pas faire des lois. Lorsque, sous Néron, on demanda au sénat qu'il fût permis aux patrons de remettre en servitude les affranchis ingrats ; l'empereur écrivit qu'il fallait juger les affaires particulières, et ne rien statuer de général. »

Page 308 : 4. *Manumittendi duas species*. C'est-à-dire l'affranchissement absolu par le cens, par la baguette ou par le testament, et l'affranchissement relatif qui avait lieu de plusieurs manières : *inter amicos*, en présence de quelques amis ; *per mensam*, par l'admission à la table du maître ; *per epistolam*, par déclaration écrite.

— 5. *Vindicta*. Proprement la baguette avec laquelle le licteur du préteur touchait l'esclave au moment de l'affranchissement.

Page 312 : 1. *Quantum curules, quantum plebei*. Les édiles étaient ainsi nommés *ab ædibus*, parce qu'ils avaient surtout l'inspection des édifices publics et particuliers. Lors de la retraite sur le mont Sacré, le peuple obtint, outre ses tribuns, la création de deux édiles plébéiens, dont la principale attribution fut d'abord d'aider les tribuns et de juger sous eux les affaires les moins importantes ; ils étaient aussi chargés d'inspecter les temples, les monuments publics, de surveiller les grains, les mœurs des dames romaines, les dépenses des citoyens, etc. Lorsque enfin le peuple eut obtenu que l'un des consuls serait pris dans son sein, le sénat, pour célébrer le rétablissement de la concorde, décerna des jeux en l'honneur des dieux. Les édiles plébéiens ayant refusé de se charger de la dépense de ces jeux, de jeunes patriciens s'offrirent, et, à cette occasion, parut le sénatus-consulte qui ajoutait aux deux édiles du peuple deux autres édiles patriciens. On les nomma édiles curules, parce qu'ils avaient, comme les préteurs et les consuls, les honneurs de la chaise d'ivoire, appelée la chaise curule. C'était la première magistrature qui donnât le droit d'image, *jus imaginis*, c'est-à-dire d'étaler chez soi ou de faire porter aux funérailles les images ou portraits de ses ancêtres, qui avaient été revêtus d'une charge curule. — *Pignoris*. Ce gage était la saisie exercée sur les meubles du citoyen qui ne se rendait pas à la citation d'un magistrat, du sénateur qui, dûment convoqué, ne venait pas à l'assemblée.

Page 312 : 2. *Claudius quæstores rursum imposuit*. C'est-à-dire qu'il rétablit ce qui avait lieu sous la république, à cela près que les questeurs, qui avaient l'inspection de l'épargne, n'étaient alors en charge qu'un an, comme les autres questeurs, au lieu que, sous Claude, ils y restèrent trois ans.

— 3. *Extra ordinem*. Dion, LX, XXIV, explique ces mots en disant que, sous Claude, les questeurs chargés de l'épargne étaient nommés préteurs au sortir de cet emploi, sans passer par l'édilité. Ils obtenaient donc cet honneur *extra ordinem*.

Page 314 : 1. *Molem amphitheatri*. Suétone, *Vie de Néron* XII, dit que cet amphithéâtre était tout en bois et qu'il avait été construit en un an.

Page 316 : 1. *Quadringeni nummi*, 73 fr. 52 centimes.— *Sestertium quadringenties*, 7 352 392 francs.

— 2. *Vectigal quintæ et vicesimæ*. C'est Auguste qui, pour fournir à l'entretien des gardes nocturnes de Rome et à d'autres dépenses militaires, établit le premier cet impôt ; mais ce n'était que le cinquantième, et non le vingt-cinquième. Les prodigalités de Caligula ayant épuisé le trésor, il paraît qu'on fut obligé de doubler l'impôt.

— 3. *In partem pretii emptoribus accrescebat*. Montesquieu, *Esprit des Lois*, XIII, VII : « Les droits sur les marchandises sont ceux que les peuples sentent le moins, parce qu'on ne leur fait pas une demande formelle. Ils peuvent être si sagement ménagés que le peuple ignorera presque qu'il les paye. Pour cela il est d'une grande conséquence que ce soit celui qui vend la marchandise qui paye le droit. Il sait bien qu'il ne paye pas pour lui ; et l'acheteur, qui dans le fond paye, le confond avec le prix. Quelques auteurs ont dit que Néron avait ôté le droit du vingt-cinquième des esclaves qui se vendaient ; il n'avait pourtant fait qu'ordonner que ce serait le vendeur qui le payerait, au lieu de l'acheteur : ce règlement, qui laissait tout l'impôt, parut l'ôter. »

Page 318 : 1. *Superstitionis externæ*. Probablement le christianisme ou le judaïsme, deux choses souvent confondues par les Romains.

Page 320 : 1. *Ut memoravi*. Voy. plus haut, chap. I.

— 2. *Capitonem*. Voy. *Annales*, XI, VI ; XVI, XXXIII.

— 3. *Corvinum*. Consul avec Auguste, l'an de Rome 723.

Page 322 : 1. *Antonino*. Voy. *Annales*, XII, LVIII.

Page 324 : 1. *Galatiam*. Voy. *Annales*, XV, VI. D'autres proposent de lire *Ciliciam*, à tort.

— 2. *Equitibus alariis*. La cavalerie auxiliaire, par opposition à la cavalerie légionnaire. Voy. *Annales*, IV, LXXIII. — *Peditatu cohortium*. L'infanterie auxiliaire.

Page 328 : 1. *Tendere extra vallum*. Punition militaire, usitée dès les temps les plus anciens. Voy. Tite Live, X, IV.

— 2. *Antiochum*. Roi de Commagène. Voy. plus haut, chapitre VII.

Page 336 : 1. *Libratoribus*. Voy. *Annales*, II, XX. Ces soldats faisaient à peu près le même service que les frondeurs, auxquels ils sont presque toujours associés. On croit seulement qu'ils lançaient de plus grosses pierres.

Page 338 : 1. *Sub corona*. Allusion à un usage tombé en désuétude. Voy. Tite Live, V, XXII.

Page 340 : 1. *Pedes*. L'infanterie auxiliaire.

Page 344 : 1. *Fulguribus discretum*. Expression poétique qui rappelle celle d'Horace, *Odes*, I, XXXIV, 5 : *Diespiter igni corusco nubila dividens*.

Page 346 : 1. *Suilius*. Voy. *Annales*, IV, XXXI.

— 2. *Cinciæ legis*. Voy. *Annales*, XI, V.

— 3. *Quæstorem*. Voy. *Annales*, IV, XXXI.

— 4. *Domus ejus adulterum*. Allusion à Julie, fille de Germanicus, dont Sénèque passait pour avoir été l'amant.

Page 348 : 1. *Ter millies sestertium*, 55 142 940 francs. Dion, LXI, X, donne le même chiffre.

— 2. *Q. Pomponium*. Voy. *Annales*, VI, XVIII; *Histoires*, I, LXXXIX.

— 3. *Belli civilis*. Probablement la rébellion de Camillus Scribonianus en Dalmatie (an de Rome 793).

— 4. *Juliam Drusi filiam*. Voy. plus haut, chap. XXXII. — *Poppæam... Asiaticum*. Voy. *Annales*, XI, I-IV.

Page 350 : 1. *Commentariis patris sui*. Voy. *Histoires*, IV, XL; Suétone, *Vie de Caligula*, XX.

— 2. *Matris aut aviæ*. Il s'agit d'une seule et même personne; la mère du fils de Suilius, qui était par cela même l'aïeule de sa petite-fille.

Page 354 : 1. *Lege de sicariis*. Loi rendue par Sylla, dictateur, l'an de Rome 673.

Page 356 : 1. *Poppæi Sabini*. Voy. *Annales*, IV, XLVI.

— 2. *Honoribus nondum functum*. Il avait été questeur, mais il lui restait à obtenir l'édilité, la préture, le consulat. Voy. Suétone, *Vie de Néron*, XXXV.

— 3. *Nec absurdum ingenium*. Imitation de Salluste. Voy. le portrait de Sempronia, *Catilina*, XXV.

Page 358 : 1. *Otho, sive amore incautum*, etc. Voy. *Histoires*, I, XIII.

— 2. *Vota omnium et gaudia felicium*. Espèce de formule pour désigner une chose d'un prix inestimable.

Page 360 : 1. *Cornelium Sullam*. Mari d'Antonia, fille de Claude. Voy. plus haut, chap. XXIII.

Page 364 : 1. *Scribonios fratres*. Voy. *Histoires*, IV, XLI.

— 2. *Licere patribus*. Voy. *Annales*, II, XXXVIII.

Page 366 : 1. *Cuncta vectigalia*. Les impôts compris sous ce nom étaient les dîmes, *decumæ*, perçues sur toutes les terres conquises, les douanes, *portorium*, droit frappé sur l'importation et l'exportation des marchandises, et la taxe sur les bestiaux, *scriptura* : chaque habitant était tenu de déclarer la quantité de bétail qu'il voulait faire paître, et ces déclarations étaient enregistrées par les préposés du fermier qui avait la perception.

— 2. *Tributorum*. Ce mot répond assez bien à notre contribution personnelle et foncière.

Page 368 : 1. *Publici*. De *publicum*, pris dans le sens de *fructus publicus*. Suétone, *Vie de Vespasien*: *Hujus filius publicum quadragesimæ in Asia egit*.

Page 370 : 1. *Sulpicium Camerinum*. Néron le fit tuer plus tard sous un prétexte absurde. Voy. *Dion*, LXIII, XVIII.

— 2. *Mare*. La Méditerranée.

Page 374 : 1. *Caveæ*. *Cavea* est proprement l'enceinte où sont placés les spectateurs.

— 2. *Quosdam cultu externo*. Suétone rapporte le même fait, mais il le place sous Claude. (*Vie de Claude*, XXV.)

Page 376 : 1. *Quotam*. L'adjectif *quotus* n'équivaut pas à *quantus*, comme l'a cru Dureau de Lamalle, mais à *quam exiguus*, comme nous l'avons traduit avec Burnouf. Ainsi dans Senèque, *Hercule sur l'OEta*, 95 : *Quota est mundi plaga Oriens subjectus?*

Page 378 : 1. *Inter-hominum famam* a le même sens que *fama ho-*

minium. Dureau de Lamalle est dans l'erreur, quand il traduit « pour l'honneur des hommes. »

Page 380 : 1. *Flumen.* La Saale ou Sala.

Page 382 : 1. *In ipsos.* Cette réflexion de Tacite rappelle ce cri qu'il laisse échapper ailleurs (*Germanie*, ch. XXXIII) : *Maneut, quæso, duretque gentibus si non amor nostri, at certe odium sui.*

LIBRAIRIE DE L. HACHETTE ET Cie.

TRADUCTIONS JUXTALINÉAIRES

DES

PRINCIPAUX AUTEURS CLASSIQUES LATINS.

FORMAT IN-12.

Cette collection comprendra les principaux auteurs qu'on explique dans les classes.

EN VENTE LE 1er MARS 1854 :

CÉSAR : Guerre des Gaules, livres I, II, III et IV réunis.
Livres V, VI et VII réunis.
CICÉRON : Catilinaires (les quatre).
La 1re Catilinaire séparément.
— Dialogue sur l'Amitié.
— Dialogue sur la Vieillesse.
— Discours pour la loi Manilia.
— Discours pour Ligarius.
— Discours pour Marcellus.
— Discours contre Verrès sur les Statues.
— Discours contre Verrès sur les Supplices.
— Plaidoyer pour Archias.
— Plaidoyer pour Milon.
— Plaidoyer pour Muréna.
— Songe de Scipion.
HORACE : Art poétique.
— Épîtres.
— Odes et Épodes. 2 vol.

On vend séparément :

Le 1er et le IIe livre des Odes.
Le IIIe et le IVe livre des Odes et les Épodes.
— Satires.

LHOMOND : Epitome historiæ sacræ.
PHÈDRE : Fables.
SALLUSTE : Catilina.
— Jugurtha.
TACITE : Annales, livres I, II et III réunis.
Le Ier livre séparément.
Livres IV, V et VI réunis.
Livres XI, XII et XIII réunis.
Livres XIV, XV et XVI réunis.
— Germanie (la).
— Vie d'Agricola.
TÉRENCE : Adelphes.
— Andrienne.
VIRGILE : Églogues.
La 1re Églogue, séparément.
— Énéide. 4 volumes.
Livres I, II et III réunis.
Livres IV, V et VI réunis.
Livres VII, VIII et IX réunis.
Livres X, XI et XII réunis.
Chaque livre séparément.
— Géorgiques (les quatre livres), 1 volume.
Chaque livre séparément.

A la même Librairie :

TRADUCTIONS JUXTALINÉAIRES

DES PRINCIPAUX AUTEURS GRECS,

à l'usage

des classes et des aspirants au baccalauréat ès lettres.

Ch. Lahure, imprimeur du Sénat et de la Cour de Cassation (ancienne maison Crapelet), rue de Vaugirard, 9.

www.ingramcontent.com/pod-product-compliance
Lightning Source LLC
Chambersburg PA
CBHW050752030726
47505CB00002B/513